Sowi NRW

Einführungsphase

Unterrichtswerk für Sozialwissenschaften in der gymnasialen Oberstufe in Nordrhein-Westfalen

UpdateCodes

Aktualisierung von Grafiken, Statistiken und Tabellen

Herausgegeben von

Brigitte Binke-Orth

Bearbeitet von

Sabrina Becker

Brigitte Binke-Orth

Eva Dieckmann

Teresa Tuncel

Mit digitalen Aufgabenkästen

Digitale Hilfen für Operatoren und Methoden, Zusatzmaterialien, interaktive Anwendungen (Quizze, Rankings, Abstimmungen, ...)

Erklärfilm

73000-521

C.C.BUCHNER

Sowi NRW
Unterrichtswerk für Sozialwissenschaften in der gymnasialen Oberstufe in Nordrhein-Westfalen

Herausgegeben von Brigitte Binke-Orth

Einführungsphase

Bearbeitet von Sabrina Becker, Brigitte Binke-Orth, Eva Dieckmann und Teresa Tuncel

Zu diesem Lehrwerk ist erhältlich:
- Digitales Lehrermaterial **click & teach** Einzellizenz, Bestell-Nr. 720451
- Digitales Lehrermaterial **click & teach** Box (Karte mit Freischaltcode), ISBN 978-3-661-72045-6

Weitere Lizenzformen (Einzellizenz flex, Kollegiumslizenz) und Materialien unter www.ccbuchner.de..

Dieser Titel ist auch als digitale Ausgabe **click & study** unter www.ccbuchner.de erhältlich.

1. Auflage, 1. Druck 2023

Alle Drucke dieser Auflage sind, weil untereinander unverändert, nebeneinander benutzbar.

Dieses Werk folgt der reformierten Rechtschreibung und Zeichensetzung. Ausnahmen bilden Texte, bei denen künstlerische, philologische oder lizenzrechtliche Gründe einer Änderung entgegenstehen.

Die Mediencodes enthalten ausschließlich optionale Unterrichtsmaterialien. An keiner Stelle im Schulbuch dürfen Eintragungen vorgenommen werden. Auf verschiedenen Seiten dieses Buches finden sich Verweise (Links) auf Internetadressen. Haftungshinweis: Trotz sorgfältiger inhaltlicher Kontrolle wird die Haftung für die Inhalte externer Seiten ausgeschlossen.

Redaktion: Markus Willers
Layout und Satz: Wildner + Designer GmbH, Fürth
Druck und Bindung: Firmengruppe Appl, aprinta Druck, Wemding

www.ccbuchner.de

ISBN 978-3-661-**72043**-2

Inhaltsverzeichnis

Individuum und Gesellschaft

Politische Strukturen, Prozesse und Partizipationsmöglichkeiten

Marktwirtschaftliche Ordnung

Methodenverzeichnis

Zentrale Methoden für den sozialwissenschaftlichen Unterricht

Die Methoden zur Bearbeitung von Texten, Karikaturen und Statistiken werden sukzessive trainiert, Das Training der Methoden wird mit steigendem Schwierigkeitsgrad der Texte, Karikaturen und Statistiken vorgenommen. Außerdem wird ein besonderer Fokus auf einen der drei Anforderungsbereiche (AFB) gelegt.

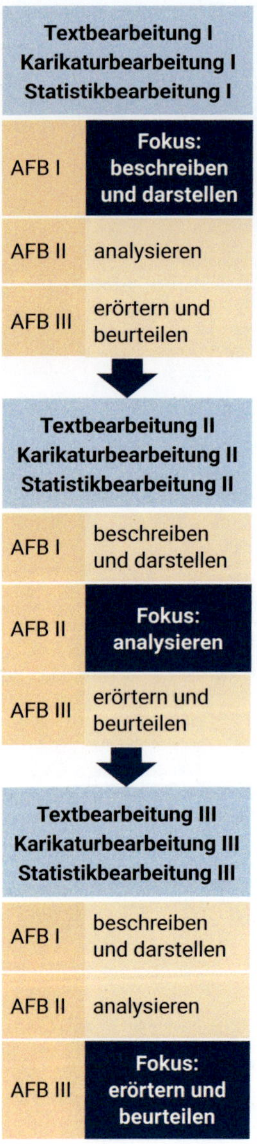

1. Methoden zur Bearbeitung von Texten, Karikaturen und Statistiken

2. Sozialwissenschaftliche Fachmethoden

3. Allgemeine Unterrichtsmethoden

Zur Bearbeitung der Aufgaben werden an vielen Stellen nachfolgende Unterrichts- und Bearbeitungsmethoden verlangt und in den digitalen Aufgabenkästen verlinkt. Diese sind in alphabetischer Reihenfolge im Methodenglossar erklärt.

Zur Arbeit mit dem Buch

Der Band **Sowi NRW – Einführungsphase** wurde nach den Vorgaben des aktuellen Lehrplans für die Fächer Sozialwissenschaften und Sozialwissenschaften/Wirtschaft neu konzipiert. Er ermöglicht Ihnen, liebe Schülerinnen und Schüler, die zentralen Inhalte und Kompetenzen des Faches anhand vieler Beispiele aus Ihrem Leben und Ihrer Umgebung zu erwerben. Für Ihre Lehrerinnen und Lehrer ist das Buch eine Hilfe, einen modernen und binnendifferenzierten Unterricht zu verwirklichen.

1 Kapitelauftakt- und Kapitelabschlussseiten

Jedes Kapitel beginnt mit einer Auftaktdoppelseite. Eine Materialseite und offene Aufgaben ermöglichen Ihnen eine erste Annäherung an die Inhalte des neuen Kapitels. Ein kurzer Einführungstext und die Aufzählung der zu erlernenden Kompetenzen hilft Ihnen ferner – einen Überblick über die anstehenden Inhalte zu erhalten.
Die Rubrik **„Wissen kompakt“** am Ende der Unterkapitel hilft Ihnen, das erworbene Wissen zu sichern. Die dortigen QR- und Mediencodes führen zu interaktiven Übungen, mit Hilfe derer Sie sich selbstständig überprüfen können.
Die letzte Doppelseite eines jeden Kapitels **„Kompetenzen prüfen“** ermöglicht es Ihnen, sich auf eine anstehende Kursarbeit vorzubereiten.

Demokratie praktisch: Deutschlands Staatsorganisation – wie arbeiten die Verfassungsorgane zusammen? 4

Deutscher Bundestag, Bundesrat, Bundesregierung usw. sind Organe der Staatsorganisation in Deutschland. Weil sie im Grundgesetz, der Verfassung der Bundesrepublik Deutschland, verankert sind, werden sie auch Verfassungsorgane genannt.
Sie erfahren anhand unterschiedlicher Fallbeispiele (Heizkostenzuschussgesetz, Erbschaftsteuergesetz), wie die Verfassungsorgane zusammengesetzt sind, welche Aufgaben sie im Einzelnen haben und wie sie bei der Verabschiedung von Gesetzen zusammenarbeiten. Darüber hinaus haben Sie die Möglichkeit, sich mit der Problematik der Fraktionsdisziplin für Abgeordnete zu befassen und der Frage nachzugehen, wie frei die einzelnen Abgeordneten sind, Entscheidungen im Deutschen Bundestag nur nach ihrem Gewissen zu treffen. Ebenso setzen Sie sich mit der Frage auseinander, inwieweit die Aufhebung der Fraktionsdisziplin bei sozialethischen Entscheidungen wie im Fall der allgemeinen Impfpflicht begrüßenswert ist oder nicht.
Abschließend lernen Sie das im Jahr 2023 neu verabschiedete Gesetz zur Wahlrechtsreform kennen und haben Gelegenheit, Chancen und Probleme dieses Gesetzes einzuordnen.

Kompetenzen

Am Ende des Kapitels sollten Sie Folgendes können:

- die im Grundgesetz verankerten Aufgaben der Verfassungsorgane beschreiben;
- auf der Grundlage von Fallbeispielen die Arbeitsweisen der Verfassungsorgane im Gesetzgebungsprozess erläutern;
- das Fallbeispiel „Heizkostenzuschussgesetz“ mit Hilfe des Politikzyklus analysieren und die Gestaltungsmöglichkeiten und den Einfluss aller beteiligten Akteure beurteilen;
- Möglichkeiten und Grenzen des Bundesverfassungsgerichts im Hinblick auf das Gesetzgebungsverfahren erläutern und zu dem Urteil zum Erbschaftsteuergesetz Stellung nehmen;
- die Entscheidungskompetenzen der Bundestagsabgeordneten im Spannungsfeld zwischen Gewissensfreiheit und Fraktionsdisziplin erörtern und eine begründete Stellungnahme entwickeln;
- das Gesetz zur Wahlrechtsreform zur Verkleinerung des Deutschen Bundestages analysieren.

6
a) Seit dem Jahr 1994 dient Schloss Bellevue als Amtssitz des Bundespräsidenten oder der Bundespräsidentin.
b) Der Amtssitz des Bundesverfassungsgerichts ist nicht in Berlin, sondern in Karlsruhe.
c) Seit 1999 tagt der Deutsche Bundestag im Reichstagsgebäude in Berlin.
d) Das Bundeskanzleramt ist der Sitz der Bundesbehörde, welche die Bundeskanzlerin oder den Bundeskanzler unterstützt.
e) Das Preußische Herrenhaus ist seit dem Jahr 2000 der Sitz des Bundesrates.

Aufgaben

1. Ordnen Sie die auf der linken Seite stehenden Bildunterschriften (6) den entsprechenden Bildern (1 – 5) zu.
2. Legen Sie dar, was Sie über die Aufgaben der einzelnen Verfassungsorgane wissen.
3. Entwickeln Sie abschließend einen Fragenkatalog zu den Aspekten, die Sie im Rahmen der Behandlung von Kapitel 4 klären möchten.

132 133

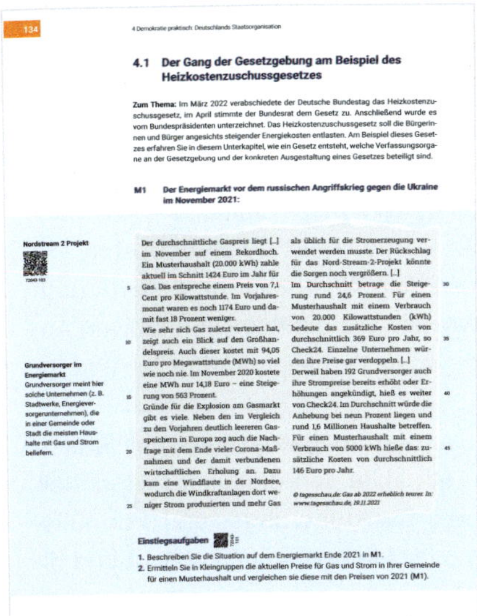

134 4 Demokratie praktisch: Deutschlands Staatsorganisation

4.1 Der Gang der Gesetzgebung am Beispiel des Heizkostenzuschussgesetzes

Zum Thema: Im März 2022 verabschiedete der Deutsche Bundestag das Heizkostenzuschussgesetz, im April stimmte der Bundesrat dem Gesetz zu. Anschließend wurde es vom Bundespräsidenten unterzeichnet. Das Heizkostenzuschussgesetz soll die Bürgerinnen und Bürger angesichts steigender Energiekosten entlasten. Am Beispiel dieses Gesetzes erfahren Sie in diesem Unterkapitel, wie ein Gesetz entsteht, welche Verfassungsorgane an der Gesetzgebung und der konkreten Ausgestaltung eines Gesetzes beteiligt sind.

M1 Der Energiemarkt vor dem russischen Angriffskrieg gegen die Ukraine im November 2021:

Der durchschnittliche Gaspreis liegt [...] im November auf einem Rekordhoch. Ein Musterhaushalt (20.000 kWh) zahle aktuell im Schnitt 1424 Euro im Jahr für Gas. Das entspreche einem Preis von 7,1 Cent pro Kilowattstunde. Im Vorjahresmonat waren es noch 1174 Euro und damit fast 18 Prozent weniger.
Wie sehr sich Gas zuletzt verteuert hat, zeigt auch ein Blick auf den Großhandelspreis. Auch dieser kostet mit 94,05 Euro pro Megawattstunde (MWh) so viel wie noch nie. Im November 2020 kostete eine MWh nur 14,18 Euro – eine Steigerung von 563 Prozent.
Gründe für die Explosion am Gasmarkt gibt es viele. Neben den im Vergleich zu den Vorjahren deutlich leereren Gasspeichern in Europa zog auch die Nachfrage mit dem Ende vieler Corona-Maßnahmen und der damit verbundenen wirtschaftlichen Erholung an. Dazu kam eine Windflaute in der Nordsee, wodurch die Windkraftanlagen dort weniger Strom produzierten und mehr Gas als üblich für die Stromerzeugung verwendet werden musste. Der Rückschlag für das Nord-Stream-2-Projekt könnte die Sorgen noch vergrößern. [...]
Im Durchschnitt betrage die Steigerung rund 24,6 Prozent. Für einen Musterhaushalt mit einem Verbrauch von 20.000 Kilowattstunden (kWh) bedeute das zusätzliche Kosten von durchschnittlich 369 Euro pro Jahr, so Check24. Einzelne Unternehmen würden ihre Preise gar verdoppeln. [...]
Derweil haben 192 Grundversorger auch ihre Strompreise bereits erhöht oder Erhöhungen angekündigt, hieß es weiter von Check24. Im Durchschnitt würde die Anhebung bei neun Prozent liegen und rund 1,6 Millionen Haushalte betreffen. Für einen Musterhaushalt mit einem Verbrauch von 5000 kWh hieße das: zusätzliche Kosten von durchschnittlich 146 Euro pro Jahr.

© tagesschau.de: Gas ab 2022 erheblich teurer. In: www.tagesschau.de, 19.11.2021

Nordstream 2 Projekt
72043-103

Grundversorger im Energiemarkt
Grundversorger meint hier solche Unternehmen (z. B. Stadtwerke, Energieversorgerunternehmen), die in einer Gemeinde oder Stadt die meisten Haushalte mit Gas und Strom beliefern.

Einstiegsaufgaben

1. Beschreiben Sie die Situation auf dem Energiemarkt Ende 2021 in **M1**.
2. Ermitteln Sie in Kleingruppen die aktuellen Preise für Gas und Strom in Ihrer Gemeinde für einen Musterhaushalt und vergleichen sie diese mit den Preisen von 2021 (**M1**).

2 Einführung in die Unterkapitel

Jedes Unterkapitel beginnt mit der Rubrik **„Zum Thema“**. Hier erfahren Sie, was das zu behandelnde Problem auf den nachfolgenden Seiten ist und mit welchen Themen es bearbeitet werden kann. Im Anschluss an die thematische Hinführung beginnt jedes Unterkapitel mit einem Einstiegsmaterial und entsprechenden Einstiegsaufgaben. Diese gewährleisten einen motivierenden und problemorientierten Auftakt für den Unterricht.

3 Aufbau der Unterkapitel

Durch die Arbeit mit dem Materialienteil schulen Sie Ihre Analyse-, Urteils-, Handlungs- und Methodenkompetenzen. Die sorgfältig ausgewählten Quellen zeigen unterschiedlichste Perspektiven und vertiefen die zentralen Themenaspekte. Die Aufgaben zeigen Ihnen, wie Sie das Thema mittels der Materialien erarbeiten können, wobei die Aufgaben in der Regel eine konkrete Handlungsanweisung (Operator) enthalten.
Zudem unterstützen die Angebote **H** (Hilfe) und **F** (Fordern) in der Randspalte zu den Aufgabenkästen bei der Bearbeitung der Aufgaben und ermöglichen dadurch einen binnendifferenzierenden Unterricht.

4 Operatoren-Training

Die Reihe „Sowi NRW" trainiert mit Hilfe eines eigens für die Sekundarstufe II entwickelten Trainings den fachlich richtigen Umgang mit den Operatoren.
Hierbei kommen vor allem zwei Lernaspekte zum Tragen:

1. Einfache verbale und passende grafische Erklärungen des jeweiligen Operators,
2. Hilfen zur Strukturierung und Formulierung bei der Bearbeitung des jeweiligen Operators.

Die Operatorenkarten werden in allen digitalen Aufgabenkästen zusätzlich verlinkt, so dass sie an Ort und Stelle als Differenzierungsangebot (digital) genutzt werden können.

5 Methodenkonzept

1. Im Laufe des Lehrbuches werden die Methoden zur **„Text-, Karikatur- und Statistikbearbeitung I, II und III"** schrittweise eingeführt. Sie unterliegen somit einer Art Progression: Zunächst werden die jeweiligen Methoden auf der Ebene des Anforderungsbereiches I anhand einfacher Materialien eingeführt. In einem zweiten und dritten Schritt werden dieselben Methoden auf der Ebene des Anforderungsbereiches II anhand „mittelschwerer" Materialien und auf der Ebene des Anforderungsbereiches III mittels schwieriger Materialien eingeführt.
2. An geeigneten Inhalten werden **fachspezifische Methoden und Arbeitstechniken** exemplarisch dargestellt, sodass sie auch an anderer Stelle herangezogen werden können.
3. In den Aufgaben werden vielfach **Unterrichts- und Bearbeitungsmethoden** gefordert. Diese Methoden werden im Methodenglossar hinten im Buch und in den digitalen Aufgabenkästen verlinkt.

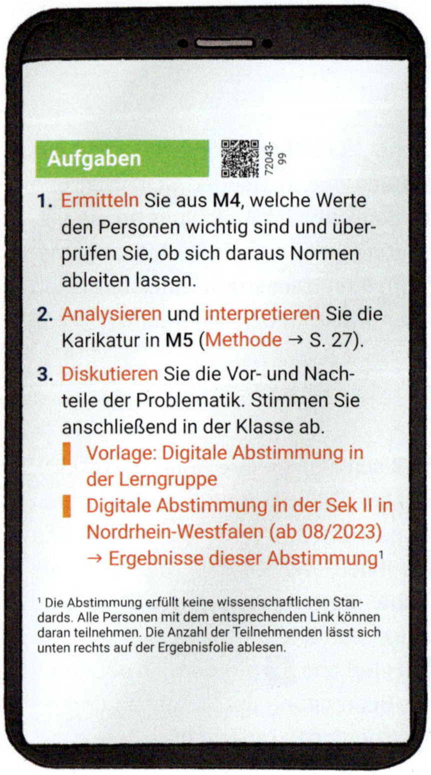

6 Digitale Aufgabenkästen

„Sowi NRW – Einführungsphase" gibt allen Aufgabenkästen einen „digitalen Zwilling". Mit Hilfe der QR- und Mediencodes in den Kopfzeilen der Aufgabenkästen können die jeweiligen Aufgaben digital abgerufen werden. Diese digitalen Aufgaben sind identisch mit den jeweiligen Aufgaben im Schulbuch, bieten aber folgenden Mehrwert:

- Digitale interaktive Anwendungen zu den Aufgaben: Aufgaben aus dem Schulbuch werden um digitale, interaktive Anwendungen (z. B. Abstimmungen, Wortwolken, Rankings, ...) erweitert. Diese digitalen Anwendungen sind sowohl im Klassenraum (z. B. moderiert durch die Lehrkraft) als auch im ganzen Bundesland Nordrhein-Westfalen (moderiert durch den Verlag) möglich. Mit anderen Worten: Die digitalen interaktiven Anwendungen ermöglichen einen anonymen Vergleich im Kurs – und im Bundesland.
- Operatoren- und Methodenkarten werden zu den jeweils passenden Operatoren und Methoden verlinkt. Mit Hilfe von digitalen Endgeräten können somit wichtige Verständnis-, Strukturierungs- und Formulierungshilfen für einzelne Operatoren oder Methoden angeschaut und direkt an der Aufgabe, ohne blättern zu müssen, genutzt werden.
- Formulierungshilfen o.ä. ermöglichen eine Differenzierung in den Aufgaben.

7 UpdateCodes

Zahlreiche Grafiken, Schaubilder und Tabellen mit dem Icon werden regelmäßig aktualisiert und stehen mit Hilfe eines QR- und Mediencodes neben der jeweiligen Grafiküberschrift kostenfrei zum Download zur Verfügung.

Die Grafiken sind wie folgt konzipiert:
- Unter der Grafiküberschrift findet sich der jeweilige Stand der Grafik-Aktualisierung, z. B. „Stand: 2022". Dieser Stand zeigt immer die letzte Datenüberprüfung an.
- Die Quellenangabe unter der Grafik informiert über den jeweiligen Datenerhebungszeitpunkt.

Lesebeispiel zur nebenstehenden Grafik: Die Daten stammen vom Bundesministerium für Arbeit und Soziales aus dem Jahr 2021. Die letzte Datenüberprüfung, ob es neuere Daten gibt, fand im Jahr 2023 statt.
Weitere Informationen zu den Update Codes finden sich im nebenstehenden QR- und Mediencode.

73000-519

Letzte Überprüfung nach aktuellsten Daten

73000-06

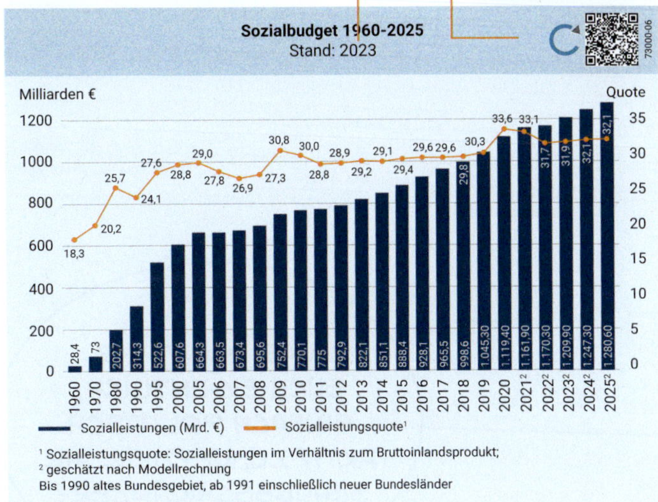

©C.C. Buchner Verlag, aktuelle Daten nach: Bundesministerium für Arbeit und Soziales, Sozialbericht 2021 (Datenerhebung: 2021; Grafikerstellung: 2023)

Datenerhebungszeitraum

8 Allgemeine Hinweise

- Das Methodenglossar am Ende des Buches bietet Ihnen einen Überblick über wichtige Methoden, um die Aufgaben besser bearbeiten zu können.
- Das Register zum Auffinden von Querverweisen kann ein wichtiges Hilfsmittel sein und das selbstständige Arbeiten mit dem Buch erleichtern.
- Eigens für das Lehrbuch erstellte Zusatzmaterialien oder Erklärfilme können Sie auf der Verlagshomepage (www.ccbuchner.de) kosten- und werbefrei jederzeit abrufen. Mit Hilfe von Mediencodes können Sie sie entweder direkt (Quick-Response-Code ↔ Smartphone/Tablet) oder über die Eingabe des jeweiligen Mediencodes in das Suchfeld der Verlagshomepage beziehen.
- Geschlechtergerechte Sprache: Die Reihe „Sowi NRW" lebt Vielfalt und Gleichheit unabhängig von Alter, Herkunft, Handicap, sexueller Orientierung, Geschlecht und individueller Identität. Daher wurde auch eine geschlechtergerechte Sprache verwendet. Eine Ausnahme stellen Quellen dar, die in ihrer original-sprachlichen Form belassen wurden. Sie beziehen aber selbstverständlich auch alle Menschen mit ein.
- Materialien ohne Quellenangaben sind von den Bearbeiterinnen verfasst.
- Sofern bei Materialien aus dem Internet kein Verfasserdatum ermittelt werden konnte, wird das „Abrufdatum" genannt.
- Die URL/vollständigen Internetadressen aller verwendeten Materialien aus dem Internet können Sie über den nebenstehenden QR- und Mediencode einsehen.

QR- und Mediencodes in Sowi NRW – Einführungsphase

72043-01

URL aller verwendeten Materialien aus dem Internet

72043-02

Karikatur: Timo Essner, 2019

Wie soll meine Zukunft aussehen? Zukunftswünsche, Wertorientierungen und Identitätsentwicklung Jugendlicher

1

Im Mittelpunkt dieses Kapitels stehen die Vorstellungen Jugendlicher über ihre Zukunft, ihre Werte und der Einfluss der Gesellschaft auf die Entwicklung ihrer Persönlichkeit. Thema des ersten Unterkapitels sind die Werte der heutigen Jugendgeneration. Im zweiten und dritten Unterkapitel werden die Begriffe „Identität“ und „Identitätsmodelle“ am Beispiel der Gleichaltrigengruppe und der sozialen Medien erklärt. Die zentrale Bedeutung der digitalen Medien, deren möglichen negativen Einflüsse, aber auch Chancen auf die Identitätsentwicklung werden im dritten Unterkapitel thematisiert.
Ausgehend von einigen Fallbeispielen von Menschen mit Migrationshintergrund wird im vierten Unterkapitel diskutiert, inwiefern sie sich der deutschen Kultur anpassen sollen oder müssen. Im Abschlusskapitel wird u. a. die Bedeutung jugendlicher Lebenswelten für die Identitätsentwicklung Jugendlicher thematisiert.

Kompetenzen

Am Ende des Kapitels sollten Sie Folgendes können:

- die Erwartungen Jugendlicher an die Zukunft mit eigenen Erwartungen vergleichen;
- die Ergebnisse der Shell-Jugendstudie zu den Wertvorstellungen Jugendlicher analysieren;
- unterschiedliche Identitätsmodelle erklären und analysieren;
- die Bedeutung der sozialen Netzwerke für die Identitätsentwicklung Jugendlicher analysieren und Gefahren und Chancen beurteilen;
- beurteilen, welche Herausforderungen oder Chancen das Aufwachsen in zwei Kulturen für die Identitätsentwicklung mit sich bringt;
- den Wertewandel anhand des Beispiels der Abibälle analysieren und diskutieren.

Aufgaben

72043-04

1. a) Legen Sie in Bezug auf die links stehende Karikatur dar, ob Ihnen schon ähnliche Äußerungen von Erwachsenen zu den Demonstrationen von Fridays for Future begegnet sind.
   b) Vergleichen Sie Ihre Ergebnisse im Kurs.
2. Füllen Sie zu zweit eine Sprechblase aus, in der Sie den Erwachsenen in der Karikatur antworten.
3. Diskutieren Sie vor dem Hintergrund Ihrer Erfahrungen, inwieweit es unterschiedliche Vorstellungen zwischen Jugendlichen und Erwachsenen über notwendige politische Entscheidungen gibt.

1.1 Wie „ticken" Jugendliche heute? Werte und Zukunftsvorstellungen der heutigen Jugendgeneration

Zum Thema: Seit dem Jahre 1953 gibt es die Shell-Jugendstudie, in der Wissenschaftler und Wissenschaftlerinnen mit Hilfe von Fragebögen und Interviews Sichtweisen, Stimmungen und Erwartungen von Jugendlichen in Deutschland erforschen. Für die 18. Shell-Jugendstudie wurden 2.572 Jugendliche im Alter von 12-25 Jahren befragt. In diesem Unterkapitel geht es zunächst um Ihre eigenen Vorstellungen Ihrer Zukunft in verschiedenen Lebensbereichen. Daran anschließend werden zentrale Ergebnisse der Shell-Jugendstudie zu den Zukunftserwartungen und Wertvorstellungen Jugendlicher thematisiert.

M1 Fallbeispiele: Welche Kriterien sollen für das künftige Leben im Beruf gelten?

Dass ich auf jeden Fall gute Arbeitszeiten und nicht zu viele Arbeitsstunden, dass ich mich nicht überarbeiten sollte, und dass ich mich mit den Leuten gut verstehe und auch das Gefühl habe, dass ich was, sozusagen, Gutes gemacht habe. Und ja, dass mir das schon Spaß macht. Es muss nicht ein Beruf sein, wo ich jeden Tag total glücklich bin, aber halt nicht, dass ich mir denke, ach nee, jetzt muss ich wieder arbeiten gehen, sondern halt glücklich [...]. Und bei der Polizei, dass man für Gutes sorgt, halt fürs Recht, und bei der Bundeswehr auch, dass man sein Land verteidigt, das finde ich auch wichtig. **(Männlich, 15 Jahre)**

Also es sollte mir schon gefallen, weil wenn ich es nicht so mag, dann macht die ganze Arbeit keinen Spaß, dann steht man morgens auf schon mit einem schlechten Gefühl, ja, jetzt muss ich schon wieder diese Arbeit machen. Also man sollte schon mit einem guten Gefühl aufwachen, ja, jetzt kann ich wieder durchstarten mit dem Beruf, den ich möchte. **(Weiblich, 14 Jahre)**

Calmbach, Marc / Flaig, Bodo / Edwards, James / Möller-Slawinski, Heide / Borchard, Inge / Schleer, Christoph: SINUS-Jugendstudie 2020 - Wie ticken Jugendliche? Lebenswelten von Jugendlichen im Alter von 14 bis 17 Jahren in Deutschland. Bonn, 2020. S. 245-247

Einstiegsaufgaben

72043-05

1. Gestalten Sie ein eigenes Statement, in dem Sie kurz Ihre Kriterien für die Berufswahl nennen.
2. Vergleichen Sie Ihre Vorstellungen im Kurs mit den Vorstellungen in **M1**.
3. Beurteilen Sie spontan, inwiefern die Aussagen in **M1** repräsentativ sind für alle Jugendlichen.
4. Diskutieren Sie, welche Bedeutung der Beruf für Sie in Zukunft haben soll.

METHODE

Eine Collage über mein Leben mit dreißig erstellen

I. Worum geht es?

Eine Collage ist im üblichen Sinne eine auf einen festen Untergrund (Pappe) geklebte Zusammenstellung unterschiedlicher Bild- und Textformate (Zeitungsausschnitte, Bilder, Fotografien, kurze Textaussagen) über ein bestimmtes Thema. Anhand verschiedener Bilder, Fotos oder Zeitungsausschnitte sollen Gedanken-, Wunsch- oder Zielvorstellungen miteinander verknüpft werden. Alternativ können Sie eine digitale Collage mit Bildern aus dem Netz oder eigenen Fotos erstellen.

II. Gehen Sie dabei wie folgt vor:

1 Wie wird eine Collage gestaltet?

Stellen Sie mit mitgebrachten Bildern (Fotos aus Zeitschriften oder dem Netz, u. a.) eine Collage über Ihr Leben mit 30 zusammen. Sie können Ihre Bilder durch einzelne Begriffe erläutern, sollten aber keine zusammenhängenden Texte schreiben, sondern nur einzelne Stichwörter verwenden.

▼

2 Wie wird eine Collage analysiert?

Analysieren Sie Collagen in Dreiergruppen und vergleichen Sie Ihre Darstellungen im Hinblick auf Ihre Vorstellungen über Ihr zukünftiges Leben. Untersuchen Sie Ihre Collage gemeinsam mit Hilfe der unten angeführten Aspekte. Wenn Ihnen an einzelnen Stellen diese Aspekte nicht passend erscheinen, formulieren Sie diese um, bzw. finden Sie eigene Überschriften.

▼

3 Mögliche Aspekte für eine Collage über mein Leben mit 30

Fleißig und ehrgeizig sein – Macht und Einfluss haben – gute Freunde haben - Fantasie und Kreativität entwickeln – viele Kontakte zu andern Menschen haben - einen hohen Lebensstandard haben - an Althergebrachtem festhalten – das Leben in vollen Zügen genießen - ein gutes Familienleben führen – sich unter allen Umständen umweltbewusst verhalten - Gesetz und Ordnung respektieren - eigenverantwortlich leben und handeln – sich politisch engagieren - das Leben in vollen Zügen genießen – sozial Benachteiligten und Randgruppen helfen – eigene Bedürfnisse durchsetzen

▼

4 Präsentation Ihrer Collage

Präsentieren Sie Ihre Collagen im Kurs. Welche Unterschiede gibt es zu den anderen Collagen? Gibt es Unterschiede zwischen Jungen und Mädchen?

Bearbeiterin

M2 Studienergebnisse zu den Zukunftssorgen Jugendlicher

A Wovor Jugendliche Angst haben und was ihnen wichtig ist: Daten der Shell-Jugendstudie aus dem Jahre 2019

Seit 1953 beauftragt Shell unabhängige Wissenschaftler und Institute mit der Erstellung von Studien, um Sichtweisen, Stimmungen und Erwartungen von Jugendlichen in Deutschland zu dokumentieren. Die Shell Jugendstudie präsentiert nicht nur eine Sicht auf die Jugend von heute, sondern gibt auch gesellschaftspolitische Denkanstöße. [...] Die 18. Shell Jugendstudie trägt den Untertitel „Eine Generation meldet sich zu Wort". Sie stützt sich auf eine repräsentativ zusammengesetzte Stichprobe von 2.572 Jugendlichen im Alter von 12 bis 25 Jahren aus der gesamten Bundesrepublik, die von Kantar-Interviewern zu ihrer Lebenssituation, ihren Einstellungen und Orientierungen persönlich befragt wurden. Die Erhebung fand auf Grundlage eines standardisierten Fragebogens im Zeitraum von Anfang Januar bis Mitte März 2019 statt. Im Rahmen einer ergänzenden qualitativen Studie wurden zwei- bis dreistündige, vertiefende Interviews mit 20 Jugendlichen dieser Altersgruppe durchgeführt.

Shell Jugendstudie: Über die Shell Jugendstudie 2019. In: www.shell.de, Abruf am 20.06.2022

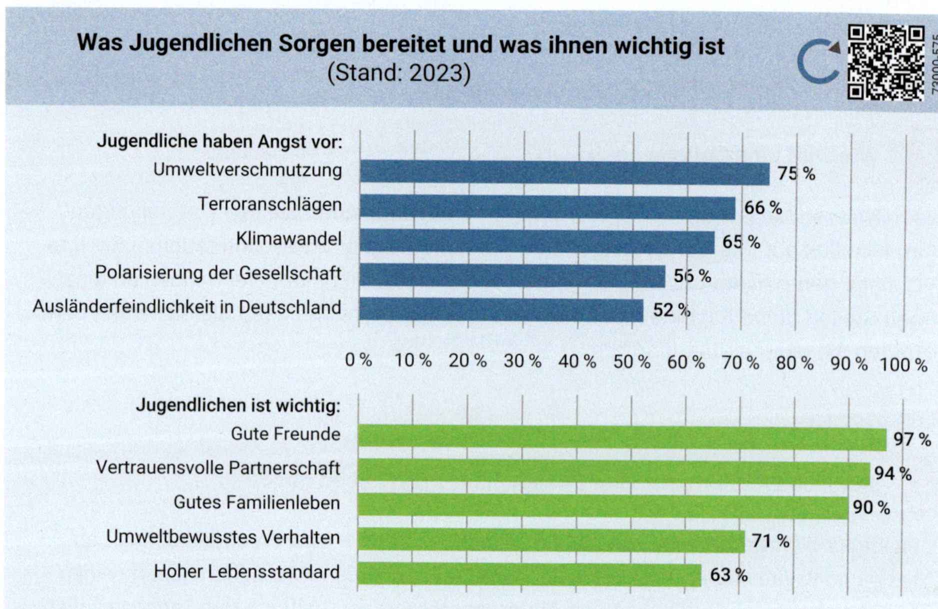

©C.C. Buchner Verlag, Aktuelle Daten nach: Shell Jugendstudie 2019 (Datenerhebung: 2019; Grafikerstellung: 2023)

B Klima und Rente sind die großen Zukunftssorgen nach dem Corona-Schock: Ergebnisse der jüngsten Trendstudie „Jugend in Deutschland – Winter 2021/22"

Der Schock von 21 Monaten Corona-Pandemie sitzt in der jungen Generation tief. Das zeigt die dritte aktuelle Trendstudie „Jugend in Deutschland". Sie basiert auf einer repräsentativen Befragung von 14- bis 29-Jährigen von Ende Oktober 2021. Immer noch leiden viele von ihnen unter psychischen Belastungen. Sie beklagen den Kontrollverlust bei ihrer Alltagsgestaltung, den persönlichen Beziehungen „und der Bildungs- und Berufslaufbahn. Doch ihre größten Zukunftssorgen sind die Auswirkungen des Klimawandels und die unsichere wirtschaftliche Zukunft mit schwindender Aussicht auf eine funktionierende Alterssicherung.

„Die Studie zeichnet das Bild einer grundsätzlich politisch wachen und aktiven jungen Generation, die sich ihrer wichtigen gestalterischen Rolle für die Zukunft des Landes bewusst ist. Die Pandemie hat sie allerdings in einer äußerst sensiblen Lebensphase getroffen, und nur ganz allmählich erholt sie sich von den einschneidenden Auswirkungen", fasst der Autor Simon Schnetzer zusammen. „Nur eine Minderheit bringt die Kraft auf, sich der großen Herausforderung zu stellen und den eigenen Lebensstil aktiv zu verändern, obwohl sie das selbst stark befürwortet. Die große Mehrheit ist noch nicht bereit, die liebgewordenen Gewohnheiten in den Bereichen Konsum, Mobilität, Ernährung aufzugeben und wartet erst einmal auf Entscheidungshilfen durch die Politik", ergänzt Co-Autor Klaus Hurrelmann.

Schnetzer, Simon / Hurrelmann, Klaus: Trendstudie: Jugend in Deutschland. Grosse Herausforderungen nach dem Corona-Schock. In: www.simon-schnetzer.com, Abruf am 20.06.2022

Klaus Hurrelmann, Soziologe: „Der größte Gegenspieler von Veränderung ist die Komfortzone des Wohlfahrtstaats, in der sich die jüngere Generation nach dem Vorbild ihrer Eltern bequem eingerichtet hat. Unter diesen Umständen kann der von jungen Leuten mehrheitlich befürwortete Klimaschutz nur mit klaren Regeln und Vorgaben durch die Politik gelingen"

Ebd.

M3 Studienergebnisse über die Jugendlichen von heute: nicht so „grün" wie erwartet

Eine genaue Analyse des ökologischen Verhaltens zeigt, dass die Jugend in Deutschland nicht so „grün" ist, wie sie manchmal unter dem Eindruck von aktiven Umweltbewegungen wahrgenommen wird. Rund 60 % der 14- bis 29-Jährigen sind regelmäßig privat mit einem Auto unterwegs.

Der Anteil der Befragten, die bereit sind, dauerhaft auf ein eigenes Auto (19 %) oder auf Flugreisen (27 %) zu verzichten, ist noch gering. Hoch ist dagegen der Anteil derer, die hin und wieder neue Verhaltensweisen erproben und möglicherweise auf lange Sicht bereit sind, ihr Verhalten zu verändern. [...] Eine gründliche Untersuchung des Essverhaltens kommt [zum] Schluss:

Die große Mehrheit von 56 % isst ohne Einschränkungen, doch bereits 44 % erprobt alternative Ernährungsformen. Es ist bemerkenswert, dass sich ein so großer Teil der jungen Menschen gegen traditionelle Ernährungsmuster entscheidet und sich vegetarisch, vegan oder zumindest flexitarisch ernährt."

Schnetzer, Simon / Hurrelmann, Klaus: Trendstudie: Jugend in Deutschland. Grosse Herausforderungen nach dem Corona-Schock. In: www.simon-schnetzer.com, Abruf am 20.06.2022

Aufgaben

72043-06

1. Erläutern Sie auf der Grundlage von **M2** A und **M2** B, auf welche Weise die Ergebnisse der genannten Studien ermittelt worden sind.
2. Vergleichen Sie Ihre Ergebnisse mit denen der Shell-Jugendstudie 2019 (**M2** A).
3. Die Trendstudie in **M2** B erfasst auch die Sorgen Jugendlicher in Folge der Corona-Krise. Arbeiten Sie in Kleingruppenarbeit heraus, welche Ergebnisse die Trendstudie ermittelt hat in Bezug auf
   a) die Folgen der Corona-Krise
   b) die größten Zukunftssorgen
   c) das politische Interesse
   d) die Bereitschaft, das eigene ökologische Verhalten zu ändern.
   Präsentieren Sie Ihre Ergebnisse im Kurs.
4. Diskutieren Sie in Kleingruppen, in welchen Bereichen Sie bereit sind, ihr Konsumverhalten zu verändern (**M3**).

M4 Werte und Normen: Definitionen und Beispiele

A Was bedeutet der Begriff „Werte"?

Werte sind verbreitete Vorstellungen des Wünschbaren, Erstrebenswerten, Wertvollen. Werte definieren ein allgemeines Ziel und geben eine Orientierung, sie legen kein konkretes Handeln fest; sie schaffen einerseits Ordnung durch gemeinsame Orientierungen, lassen andererseits aber Spielraum für Handlungsfreiheit. Der Begriff Wert lässt sich definieren als ein allgemeines Ziel, oberstes Ziel des Handelns in einer Kultur.

Thomas Schwietring: Was ist Gesellschaft? Eine Einführung in soziologische Grundbegriffe. Schriftenreihe der bpb, Band 1210, Bonn 2011

B Was bedeutet der Begriff „Normen"?

Lat.: [Richtschnur, Vorschrift]. Soziolog.: Regelmäßigkeiten sozialen Verhaltens, die über Konformität und Abweichungen, Gebote und Verbote Auskunft geben. Es wird zwischen latenten (wirkenden, aber nicht klar bestimmbaren), manifesten (bekannten und klaren), traditionellen (gewohnheitsmäßig geltenden) und rationalen (rechtlich gesetzten) Normen unterschieden.

Schubert, Klaus/ Klein, Martina: Normen. In: Das Politiklexikon. 2016, S. 242

C Beispiele für den Zusammenhang zwischen Werte und Normen:

Wert (= allgemeine Zielorientierung)	Norm (= konkrete Handlungsvorschrift)
Gerechtigkeit	„Du sollst jeden gleich behandeln!"
Ehrlichkeit	„Du sollst nicht lügen!" „Du sollst immer die Wahrheit sagen!"
Verantwortung	„Du sollst für die Folgen deiner Handlungen eingestehen!"

Nach: Institut für Bildungsanalysen Baden-Württemberg (IBBW): Zusammenhang von Werte und Normen mit Beispielen. In: www.schule-bw.de, Abruf am 12.08.2022

M5 Eine Generation meldet sich zu Wort: Ergebnisse der Shell Jugendstudie 2019 zum Wertewandel zwischen 2002 und 2019

A Die einzelnen Werte im Überblick

Interesse an Politik: Das seit Beginn des Jahrtausends stark gestiegene Interesse an Politik bleibt stabil. Jugendliche meinen, dass politisches Engagement eine hohe Bedeutung hat. Diese Auffassung nimmt insbesondere bei Mädchen zu, bleibt jedoch vornehmlich auf höher gebildete Jugendliche beschränkt.

Eltern und Familie: Im Ergebnis zeichnet sich ein relativ familienorientiertes Bild ab. Das Verhältnis der Jugendlichen zu ihren Eltern ist überwiegend gut. Die Mehrheit sieht ihre Eltern als Erziehungsvorbilder. Der Kinderwunsch ist stabil. Bei der Familiengründung wünschen sich vor allem westdeutsche Männer und Frauen, dass der Mann der Haupt- oder Alleinversorger der Familie ist.

Populismus: Bestimmte rechtspopulistisch orientierte Aussagen stoßen auch bei Jugendlichen auf Zustimmung. So stimmen mehr als zwei Drittel der Aussage zu, dass man nichts Negatives über Ausländer sagen darf, ohne als Rassist zu gelten. Graduell sind westdeutsche Jugendliche und höher gebildete eher weltoffener als ostdeutsche und weniger gebildete.

Zufriedenheit mit der Demokratie, Politikverdrossenheit und Vertrauen in Institutionen: Mehr als drei Viertel der Jugendlichen sind mit der Demokratie zufrieden. Gleichzeitig kritisieren mehr als zwei Drittel, dass die Politiker sich nicht um ihre Belange kümmern, was als Ursache für Politikverdrossenheit gesehen werden kann. Bei der Frage nach dem Vertrauen in Institutionen kommen die Polizei, das Bundesverfassungsgericht und Umweltschutzgruppen auf deutlich überdurchschnittliche Werte. Großen Unternehmen, Kirchen, Parteien und Banken wird deutlich weniger Vertrauen entgegengebracht.

Wertorientierungen: Für die überwältigende Mehrheit der Jugendlichen bilden nach wie vor gute Freunde, eine vertrauensvolle Partnerschaft und ein gutes Familienleben die wichtigsten Werte. Ein hoher Lebensstandard und die Durchsetzung eigener Bedürfnisse verlieren vergleichsweise stark an Bedeutung. Insgesamt stehen idealistische, eher sinnstiftende Wertorientierungen bei jungen Menschen wieder höher im Kurs. Gegenläufig ist die Entwicklung bei tendenziell materialistischen Orientierungen, die darauf abzielen, die persönliche Macht und Durchsetzungskraft zu steigern.

Religion: Die große Mehrheit der Jugendlichen ist Mitglied einer Religionsgemeinschaft. Dabei liegt der Wert aktuell zwar niedriger als 2015, aber höher als 2002. Während die christlichen Konfessionen seit 2002 stetig an jugendlichen Mitgliedern verloren haben (allein zwischen 2015 und 2019 um fünf Prozentpunkte), haben der Islam und andere nicht christliche Religionen an Bedeutung gewonnen. Der Anteil der Konfessionslosen stagniert. Der Anteil der Jugendlichen, für die der Glaube an Gott tatsächlich wichtig ist, liegt mit fast einem Drittel allerdings deutlich niedriger und hat seit 2002 sogar leicht abgenommen.

Schule und Abschluss: Der Trend zu höheren Bildungsabschlüssen hält an. Das Gymnasium ist unangefochten die populärste Schulform und unter den Mädchen sogar schon die Schule, die von einer absoluten Mehrheit besucht wird. Entsprechend ist das Abitur der mit Abstand am häufigsten angestrebte Schulabschluss. Der Trend zur akademischen Bildung nimmt weiter zu. Integrierte Schulformen, die in fast allen Bundesländern eingeführt wurden, verzeichnen die stärksten Zuwächse seit 2015. Der Anteil der Jugendlichen, die sie besuchen, hat sich seit 2002 verdoppelt. Entsprechend weniger Jugendliche gehen auf eine Haupt- oder Realschule.

Zuversicht und Gerechtigkeit: Mehr als die Hälfte der Jugendlichen sieht die gesellschaftliche Zukunft eher positiv. 59 Prozent finden, dass es in Deutschland insgesamt gerecht zugeht. Das gilt für West- und Ostdeutschland gleichermaßen. [...]

Europäische Union: 50 Prozent der Jugendlichen stehen der EU insgesamt positiv, aber nur acht Prozent negativ gegenüber. Das Vertrauen in die Staatengemeinschaft hat eher zugenommen. Sie steht bei Jugendlichen für Freizügigkeit, kulturelle Vielfalt und Frieden, im Vergleich zu 2006 zunehmend aber auch für wirtschaftlichen Wohlstand und soziale Absicherung.

Vielfalt und Toleranz: Die Trends zu einer immer bunteren Gesellschaft geht bei Jugendlichen mit einem hohen Maß an Toleranz einher. Die Studie zeigt, dass Mädchen und Jungen verschiedenen gesellschaftlichen Gruppen und Minderheiten mit sehr großer Mehrheit positiv gegenüberstehen. Die Ablehnungswerte liegen durchweg bei unter 20 Prozent.

Zusammenhang Bildung und soziale Herkunft: Nach wie vor lässt sich ein starker Zusammenhang zwischen Bildungserfolg und sozialer Herkunft feststellen. Bei Jugendlichen aus bildungsfernen Elternhäusern ist es nur halb so wahrscheinlich, dass sie das Abitur erreichen als bei Jugendlichen aus gebildeten Elternhäusern. Allerdings ist die Bildungspolitik der letzten Jahre insofern erfolgreich, als auch Jugendliche aus bildungsfernen Schichten das Abitur mittlerweile deutlich häufiger anstreben bzw. erreichen als früher.

Shell in Deutschland: Zusammenfassung Shell Jugendstudie. In: www.shell.de, S. 13-33, Abruf am 10.03.2023

B Wertewandel zwischen 2002 und 2019

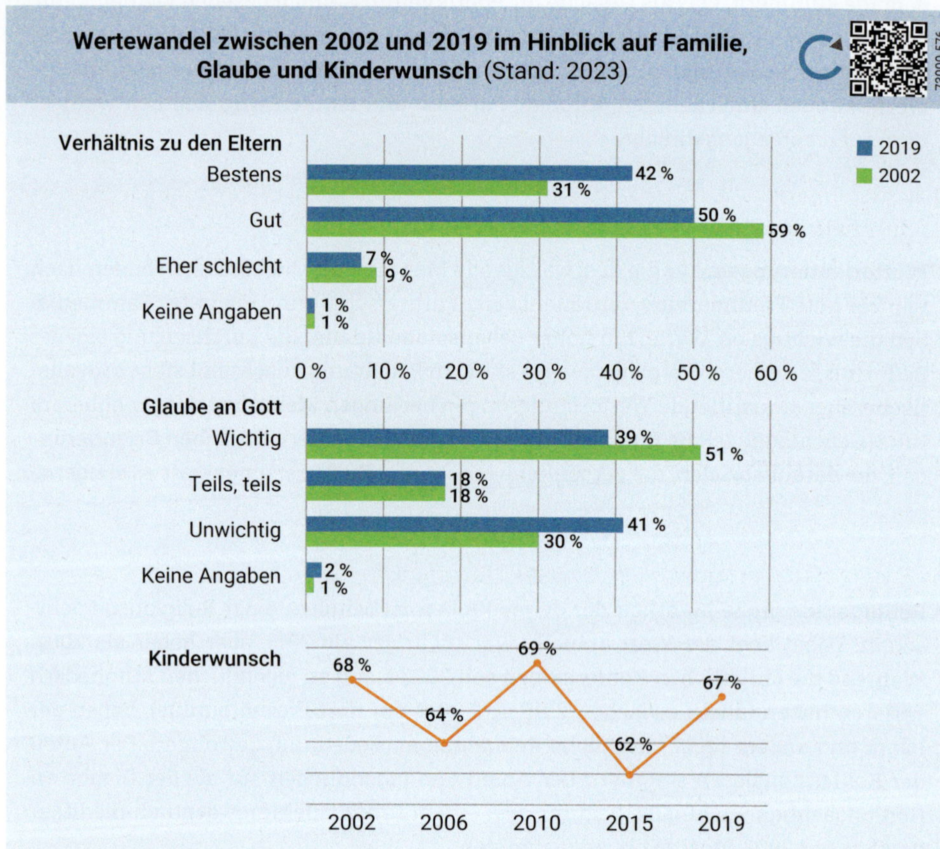

©C.C. Buchner Verlag, aktuelle Daten nach: Shell Jugendstudie 2019 (Datenerhebung: 2019; Grafikerstellung: 2023)

Aufgaben

72043-07

1. Erklären Sie die Begriffe „Werte“ und „Normen“ (**M4** A, B) und die Beispiele in **M4** C.
2. Entwickeln Sie in Kleingruppenarbeit eine Präsentation, in der Sie darstellen, wie groß die Zustimmung zu den einzelnen Werten (**M5** A) unter den Befragten ist (wo möglich, differenziert nach: Mädchen/Jungen, Ost/West, Bildung).
3. Analysieren Sie, welche Werte für Jugendliche besonders wichtig sind und in welchem Umfang sie sich zwischen 2002 und 2019 verändert haben (**M5** B).

F zu Aufgabe 3
Gestalten Sie auf der Grundlage von **M5a-b** einen Vortrag, in dem Sie die heutige Jugend beschreiben.

1.2 Identitätsentwicklung von Jugendlichen: Wie groß ist der Einfluss der jugendlichen Lebenswelt auf die einzelne Persönlichkeit?

Zum Thema: Das Jugendalter ist geprägt von der Suche nach der eigenen Identität, d. h., der Herausbildung der eigenen Persönlichkeit. Der Einfluss des Elternhauses auf die Entwicklung von Jugendlichen wird zunehmend ergänzt durch den Einfluss von Gleichaltrigen und auch von digitalen Medien. Jugendliche suchen nach Vorbildern, an denen sie sich orientieren können, wobei die Entwicklung einer Geschlechtsidentität (Mann, Frau, intersexuell, transsexuell), aber auch die Orientierung an Werten eine besondere Rolle spielt.

M6 Wer bin ich? Die schwierige Frage nach der eigenen Identität

Der Begriff Identität ist ein Konstrukt, d. h. ein empirisch nicht erkennbarer Sachverhalt, der aus anderen messbaren Sachverhalten erschlossen wird. In den Sozialwissenschaften wird häufig mit Konstrukten gearbeitet, um komplexe Zusammenhänge zu beschreiben.

„Identität ist das Bewusstsein, ein unverwechselbares Individuum mit einer eigenen Lebensgeschichte zu sein […] und in der Auseinandersetzung mit anderen eine Balance zwischen individuellen Ansprüchen und sozialen Erwartungen gefunden zu haben."
Heinz Abels, deutscher Soziologe

Abels, Heinz: Identität. Verlag für Sozialwissenschaften. Wiesbaden 2006, S. 254

Einstiegsaufgaben

72043-08

1. Erklären Sie den Begriff Identität mit Hilfe von **M6** in eigenen Worten.
2. Vergleichen Sie Ihr Ergebnis mit denen Ihrer Mitschülerinnen und Mitschüler.

M7 Was steht bei der Suche nach der eigenen Identität von Jugendlichen im Vordergrund?

Bei der Suche nach der eigenen Identität geht es darum, ein individuelles Selbstverständnis zu entwickeln und sich in der sozialen Umwelt zu verorten. Für Jugendliche steht dabei in der Beschäftigung mit einem sich verändernden Körper, mit Sexualität sowie mit Männlichkeit und Weiblichkeit vor allem die Entwicklung einer Geschlechtsidentität (= Gender) im Vordergrund. Das Gefühl eines Menschen, sich als Mann, Frau oder auch dazwischen (intersexuell, transsexuell) zu erleben, ist Ausdruck des Persönlichkeitsrechts – ein individueller Anspruch auf Selbstverwirklichung. Diese Selbstverwirklichung kann jedoch nur über ein Sich-Ausprobieren gelingen. Jugendliche experimentieren, loten eigene Vorlieben und Grenzen aus und schlüpfen in verschiedene Rollen, um sich selbst zu finden. In der Jugend werden wesentliche Persönlichkeitseigenschaften und die Geschlechtsidentität entwickelt: ein Vorgang, der damit zu tun hat, wie man sich selbst in Bezug zu einem sozialen Umfeld sieht. Die wichtigsten Einflüsse in diesem Prozess sind Familie,

Freunde, Schule – und eben auch die Medien. Heranwachsende suchen während dieser Entwicklung nach entsprechenden Vorbildern, an denen sie sich orientieren können. Populäre Medien sind dabei zentrale Schauplätze, auf denen Jugendliche diesen Vorbildern begegnen: Hier werden Geschlechternormen verhandelt und Werturteile formuliert. Wenn diese medialen Zuschreibungen vielfältig und tolerant oder im Gegenteil einschränkend und stereotyp sind, hat das Einfluss auf die freie, individuelle Identitätsbildung der Jugendlichen.

Medienanstalt Rheinland-Pfalz: Klicksafe: Mediale Frauen- und Männerbilder. In: www.medien-weiter-bildung.de, Abruf am 10.03.2023

M8 Wie wirkt der Einfluss der Gleichaltrigen auf die Identitätsbildung?

Die Orientierung an der Freundesgruppe setzt schon vor dem Eintritt der Pubertät ein und gewinnt anschließend immer mehr an Intensität. Jugendliche haben in dieser Phase ihrer Entwicklung einen großen Bedarf an diesen Kontakten, um sich in ihrem sozialen und emotionalen Erleben und Handeln der Unterstützungs- und Vertrauensbeziehungen zu vergewissern, die ihre Eltern nun nicht mehr oder nur noch eingeschränkt anbieten können. [...] Neben den engen, auf gegenseitigem Vertrauen basierenden Freundschaften spielen feste Cliquen Gleichaltriger eine besondere Rolle im Prozess der jugendlichen Persönlichkeitsentwicklung. Diese Peergroups, wie sie in der amerikanischen Forschung genannt werden, ermöglichen neuartige Teilnahme- und Selbstverwirklichungschancen, denn sie bieten ihren Angehörigen vollwertige Mitgliedschaftsrollen, die sich erheblich von denen unterscheiden, die sie in ihren Familien und Schulen innehaben. [...] Gleichaltrige grenzen sich nach außen gegenüber Erwachsenen durch „gruppenspezifische Codes, Symbole und Stilelemente ab und entwickeln in ihren alltäglichen Lebensbereichen relativ eigenständige Wert- und Normenstrukturen sowie eigene Normalitätsstandards, die gelegentlich auch die Möglichkeit abweichenden Verhaltens einschließen können". In der Gruppe wird es hierdurch möglich, gemeinsame Handlungsorientierungen und Sinnbezüge zu entwickeln, mit denen sich die Cliquenmitglieder von anderen Jugendlichen in anderen Gruppen abgrenzen und so ihre Identität stabilisieren. [...]

Wegen ihrer vielfältigen Formen haben die Gleichaltrigengruppen eine wichtige Bedeutung im Sozialisationsprozess. Sie bieten Jugendlichen die Chance, Handlungskompetenzen zu entwickeln, die ihnen andernorts vorenthalten werden. Die Jugendlichen können hier Rollen einnehmen, die in Familie und Schule so nicht ausgeübt werden können oder dürfen. Der besondere Reiz der Gleichaltrigengruppen liegt in ihrer symmetrischen Konstitution. Das unterscheidet sie deutlich von den durch Generationsunterschiede gekennzeichneten Beziehungen innerhalb der Familie. Die Gruppen können aufgrund

Jugendliche auf dem Pausenhof ihrer Schule

ihrer Vertraulichkeit auch Themen aus dem emotionalen und sexuellen Bereich aufgreifen, die in der familiären Kommunikation ausgespart bleiben. Sie können damit in sensiblen Bereichen Halt und Unterstützung vermitteln, die den Eltern so nicht möglich ist. Das bedeutet nicht, dass es in Gleichaltrigengruppen keine Hierarchien gibt. Diese bilden sich aber nicht über die Autorität der Zugehörigkeit zu unterschiedlichen Generationen, sondern über die funktionale Stellung innerhalb der Gruppe, die kontinuierlich erarbeitet werden muss. Gruppenbeziehungen zu gleichaltrigen Freunden sind freiwillig und beruhen auf Gleichberechtigung, sie erfordern somit Kooperation und Verhandlungen. Dies bedeutet auch, dass sie leicht beendet werden können. Die hierfür nötigen Konfliktlösungsstrategien können in der Beziehung zu den Eltern typischerweise nicht erlernt werden, sind aber zugleich für die Ablösung von ihnen durchaus hilfreich.

Hurrelmann, Klaus/ Quenzel, Gudrun: Lebensphase Jugend. Eine Einführung in die sozialwissenschaftliche Jugendforschung. 13. Auflage. 2016. S. 173-176.

M9 Wie können Identitätsmodelle erklären, wie Identität entsteht?

Identität ist das Bewusstsein, ein unverwechselbares Individuum mit einer eigenen Lebensgeschichte zu sein, in seinem Handeln eine gewisse Konsequenz zu zeigen und in der Auseinandersetzung mit anderen eine Balance zwischen individuellen Ansprüchen und sozialen Erwartungen gefunden zu haben. [...] [Ich] will [...] nachzeichnen, wie das Thema [...] behandelt worden ist. [...]

A **ERVING GOFFMAN:** Erving Goffman hat die soziologische Diskussion über Identität mit der These verunsichert, dass wir im ganz normalen Alltag alle Theater spielen. Dabei steht die Strategie im Vordergrund, uns von unserer besten Seite zu zeigen. Und man wird auch den Verdacht nicht los, dass jemand seine „wahre Identität" nicht preisgibt. Aber wenn man genauer hinsieht, dann sind es auch Strategien, unser bedrohtes Selbst zu schützen. Dazu greifen wir manchmal auch zu Tricks. Wir tun so, als ob, und schaffen uns damit einen Freiraum für unsere Identität und erlauben den anderen, so zu tun, als ob sie genau dieses Schauspiel für die Wahrheit hielten.

B **GEORGE HERBERT MEAD:** Georg Herbert Mead konzentriert seine Erklärungen der Identität auf die Kommunikation, in der sie gewonnen wird. Seine zentrale These ist, dass sich das Individuum seiner selbst bewusst wird, indem es sich mit den Augen des Anderen betrachtet. Identität hat also etwas mit den Anderen zu tun.

C **DAVID RIESMAN:** Das nimmt auch David Riesman an, aber genau das bringt ihn zu der kritischen These, dass das Individuum der Moderne außengeleitet ist. Es tut das, was alle tun, und ist bereit, sich immer wieder neu auf den Zeitgeist einzustellen. Das Individuum legt sich die Haltung eines flexiblen Rollenspielers zu. Zum Schluss weiß der Außengeleitete nicht mehr, wer er ist und was mit ihm geschieht.

D ERIK H. ERIKSON: Erik H. Erikson entwickelt [...] den Gedanken der Verschränkung von psychosexueller und psychosozialer Entwicklung des Individuums. Er versteht Identität als einen lebenslangen Prozess. Erikson spricht ganz offen von einer „gesunden Persönlichkeit", die sich in einer „gelungenen Identität" äußert. Erikson nennt sie „Ich-Identität". Sie lebt von dem ständigen Anspruch, soziale Erwartungen und eigene Überzeugungen, die Blicke der anderen auf uns und unser Selbstbild, das Bild der anderen von uns und unsere Biographie selbstbewusst zu verbinden.

E LOTHAR KRAPPMANN: Ähnlich wie Erikson vertritt auch Lothar Krappmann die These, dass Identität Balance ist. Allerdings sieht er die gesellschaftlichen Bedingungen, unter denen sie überhaupt möglich sein könnte, deutlich kritischer als Erikson, und deshalb ist das Ziel der Identitätsentwicklung auch mehr als Abwehr denn als Gelingen zu verstehen. Identität setzt u. U. auch die Negierung gesellschaftlicher Normen voraus.

F TALCOTT PARSONS: Für Talcott Parsons heißt Identität, dem Rollenpluralismus, der durch die soziale Differenzierung entstanden ist, eine angemessene individuelle Integration entgegenzusetzen. Das Individuum muss beides können: sich an gesellschaftliche Werte dauerhaft binden und zugleich ein einzigartiges Orientierungsmuster gegenüber diesen Werten finden.

Heinz Abels: Einführung in die Soziologie, Band 2. Die Individuen in ihrer Gesellschaft. 4. Auflage. Wiesbaden (Verlag für Sozialwissenschaften) 2009, S. 322 - 325

Aufgaben

72043-09

1. Erläutern Sie, was bei der Suche nach der eigenen Identität bei Jugendlichen im Vordergrund steht (**M7**).
2. Arbeiten Sie heraus, mit welchen Einflüssen Jugendliche bei der Entwicklung einer eigenen Persönlichkeit konfrontiert sind (**M8**).
3. Arbeiten Sie aus **M8** den Einfluss von Gruppen auf die Identitätsbildung von Jugendlichen heraus, indem Sie die folgenden Fragen beantworten:
   a) Welche Funktionen haben Peergroups auf die Jugendlichen?
   b) Welche Funktion hat die Abgrenzung von Erwachsenen?
   c) Welche Unterschiede gibt es zwischen der Bedeutung von Peergroups und den Erwachsenen für die Entwicklung von Jugendlichen?
4. Arbeiten Sie in Kleingruppen aus **M9** die Kernaussagen der verschiedenen Theoretiker heraus. Gehen Sie ggf. arbeitsteilig vor.
5. Entwickeln Sie in Kleingruppen ein Schaubild, in dem Sie mit eigenen Worten den Kern der einzelnen Theorien erläutern.
6. Werten Sie die Theorien in **M9** im Hinblick auf die Frage aus, welche Theorien Ihnen selbst Ansatzpunkte für die Erklärung der Persönlichkeitsentwicklung von Jugendlichen geben.
7. Vergleichen Sie abschließend Ihre Ergebnisse im Kurs.

1.3 Liken und geliked werden: Einfluss sozialer Medien auf die Identitätsentwicklung Jugendlicher

Zum Thema: Jugendliche verfügen über vielfältige Medien und verbringen damit viel Zeit. In Kapitel 1.3 erfahren Sie auf der Grundlage verschiedener empirischer Untersuchungen, welche Medien vorrangig von Jugendlichen genutzt werden und was die Faszination sozialer Netzwerke ausmacht. Wenig erfreulich ist, dass digitale Medien auch für Desinformation und die Verbreitung von Hassbotschaften sowie Mobbing genutzt werden, wovon auch Schüler:innen im Schulumfeld betroffen sind. Deshalb ist es wichtig, in der Schule gemeinsam mit den Lehrkräften Strategien gegen Mobbing zu entwickeln.

M10 Fallbeispiele: Aussagen Jugendlicher zur Nutzung sozialer Medien

A Also, aus meinem Freundeskreis hat echt jeder WhatsApp.
Nele, 16 Jahre, Gymnasiastin

B Ja, auf YouTube größtenteils. Ab und zu google ich auch was, wenn mich was speziell interessiert. Aber auf YouTube beziehe ich so meine allgemeinen Informationen, was gerade so los ist.
Erik, 17 Jahre, Gymnasiast

C Im Freundeskreis ist es eher, um sich zu treffen, Kommunikation zwischen uns. Wir verabreden uns. Es ersetzt auch teilweise die Kommunikation, dass man sich weniger trifft.
Malala, 21 Jahre, Gymnasiastin

D Aber es sind wirklich so Influencer, die [...] so nett rüberkommen und interessante Sachen machen. Oder die halt eine schöne Einstellung haben [...] Weiß nicht, die eine ist umweltbewusst und nachhaltig. Ist interessant zu sehen, was die Leute so umsetzen.
Mona, 21 Jahre, Studentin

F Also, Facebook, war wirklich ein Massenphänomen, wo ich eigentlich am Anfang eher dagegen war. Bis es irgendwie jeder hatte und man sich so ein bisschen zwangsläufig anschließen musste. Das ist vorbei.
Fabian, 21 Jahre, erwerbstätig

E Und das löst so einen Druck bei Menschen aus. Und ich finde das einfach schlecht, diesen Druck. Jeder zeigt, wie toll sein Leben ist. Man zeigt ja nur die Bilder, wenn es bei einem gut läuft. Wenn man sein Studium erfolgreich abgeschlossen hat, wenn man im Urlaub ist oder was mit Freunden macht.
Luisa, 22 Jahre, Studentin

Ingo Leven, Hilde Utzmann: Die Vielfalt der Digital Natives. In: 18. Shell Jugendstudie, Weinheim und Basel 2019, S. 272 ff.

Einstiegsaufgaben

72043-10

1. Formulieren Sie ein Statement zu der Auswahl an sozialen Medien, in dem Sie darstellen, warum Sie selbst diese nutzen.
2. Vergleichen Sie Ihre Statements mit den Statements in **M10**.
3. Diskutieren Sie, welche Chancen, aber auch Risiken soziale Medien mit sich bringen.

M11 Daten aus der 18. Shell-Jugend-Studie zu Online-Aktivitäten Jugendlicher

Alle Befragten besitzen ein Smartphone – und das Smartphone ist auch das bevorzugte Gerät zur Internetnutzung (75 % Frauen/65 % Männer). Die durchschnittliche Internetnutzung am Tag beträgt laut Selbsteinschätzung 3,7 Stunden. Das Smartphone begleitet Jugendliche übrigens nicht selten den ganzen Tag: vom Aufstehen, weil das Handy als Wecker genutzt wird, bis zum kurzen Chat mit Freunden vor dem Einschlafen. 80 % der Befragten nutzen mehrmals am Tag das Internet für Messengerdienste wie WhatsApp, 48 % für soziale Netzwerke wie Facebook und YouTube, 32 % zum Musikstreaming und 18 % für das Streamen von Videos, Filmen und Serien; hingegen nutzen 29 % das Internet mehrmals pro Woche für die Informationssuche und 21 % für Schule, Ausbildung und Beruf. Zum Nachdenken regt aber eine ganz andere Zahl an: 60 % der befragten Kinder und Jugendlichen finden es nicht gut, dass große IT-Konzerne Geld mit ihren Daten verdienen und sie so Teil eines Geschäftsmodells werden. 58 % wissen, dass es im Internet Hassrede gibt, 51 % wissen, dass Fake News kursieren. „FOMO", oder „fear of missing out", die Angst, etwas zu verpassen, wenn man nicht ständig online ist, betrifft 38 % der Befragten. Und auch wenn viele der Befragten sich der Frage des Datenschutzes bewusst zu sein scheinen, überprüft lediglich ein Drittel (31 %) die Datenschutzeinstellungen sozialer Netzwerke.

Winter, Heidi: 18. Shell Jugendstudie: Digital, solidarisch und bereit für mehr Mitsprache. In: www.jugendinfoservice.dresden.de, 18.11.2019

M12 Übersicht: Was machen Jugendliche online?

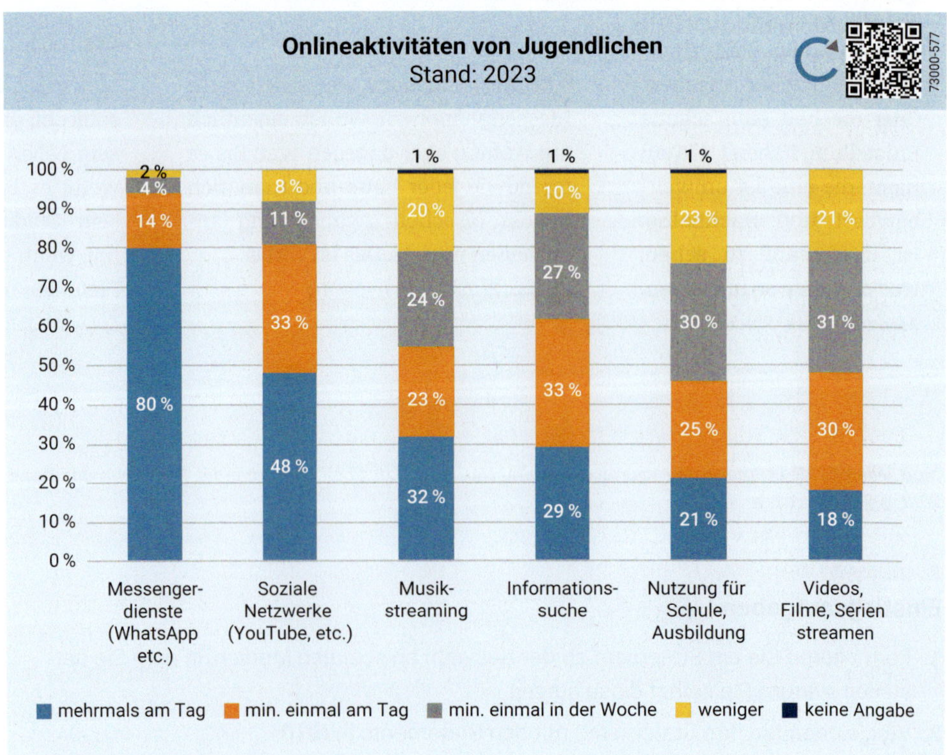

©C.C. Buchner Verlag, aktuelle Daten nach: Shell Jugendstudie 2019 (Datenerhebung: 2019; Grafikerstellung: 2023)

M13 Faszination sozialer Netzwerke: Was fasziniert Kinder und Jugendliche daran?

Schülerinnen und Schüler der 11 Jahrgangsstufe eines Gymnasiums in Düsseldorf während der Pause

Was fasziniert Kinder und Jugendliche an sozialen Netzwerken und veranlasst sie auch teils sehr persönliche Infos von sich preiszugeben? Soziale Netzwerke kommen zuerst einmal den Interessen von Jugendlichen entgegen und unterstützen beim Bewältigen von Entwicklungsaufgaben:

- Jugendliche brennen darauf, sich selbst darstellen zu können. Interessen und soziales Umfeld repräsentieren schließlich die Persönlichkeit und das wiederum verschafft Anerkennung durch andere. Soziale Netzwerke nur für Jugendliche sind von ihrer Grundidee erwachsenenfreie Räume, in denen sich die Jugendlichen ausprobieren können – ohne bspw. elterliche Bewertung oder Sanktionen befürchten zu müssen.
- Es ist sehr einfach, andere mit gleichen Interessen zu treffen und sich darüber auszutauschen. Jugendliche sind nicht mehr von den lokalen Gegebenheiten in ihrem Wohnort oder von ihrem direkten Umfeld abhängig.
- Fast alle Social Networks bieten vielfältige Kommunikationsmöglichkeiten, z. B. Chats, Nachrichten, Gruppen. Jugendliche stärken damit ihre Identität und erhalten im Gegenzug die Selbstbestätigung durch Gleichaltrige.
- Das Social Network ist multi-funktionell und spricht durch die verschiedenen Nutzungsmöglichkeiten nahezu jede Stimmungslage an. Bei „Null Bock“-Laune kann man einfach durch Profile oder Gruppen klicken, Applikationen nutzen u.v.m. Bei Tatendrang kann man aktiv werden, d. h. kommunizieren und sich verabreden.
- Letztlich gibt es in Social Networks wie im realen Leben auch einen „Gruppenzwang“, dem sich Jugendliche gerne beugen, um sich in ihrer sozialen Bezugsgruppe zu messen. Sind fast alle Freund:innen in einem Social Network angemeldet, so muss der Jugendliche dieses natürlich ebenfalls ausprobieren, um mitreden zu können. Ansonsten liefe er Gefahr, nicht mehr „up to date“ zu sein über die Aktivitäten des Freundeskreises.
- „Mit vielen bekannt sein“ ist zu einer Art neuem Wert avanciert. Die Anzahl der „Freund:innen“ – mögen sie auch nur einmalige Bekanntschaften gewesen sein, zeigt, wie beliebt ein Nutzer ist.

Die Internetangebote werden also einerseits im Hinblick auf Prozesse des Identitätsmanagements genutzt – in kürzester Zeit und ohne großen Aufwand kann ein junger Mensch Identitätsmodelle ausprobieren und bekommt sogleich Rückmeldung von der Internetgemeinschaft: Fotos, auf denen das neue Ausgeh-Outfit präsentiert wird, werden anhand der Kommentar-Funktion bewertet. Den meisten Jugendlichen ist es dabei wichtig, möglichst authentisch zu sein und gleichzeitig möglichst cool, sexy, seriös oder lustig „rüberzukommen“.

Andererseits dienen Social Networks dem Beziehungsmanagement. Das Freund:innennetzwerk anhand einer Freund:innenliste abzubilden, die Positionierung im Gefüge einer Clique oder der Schulklasse und den Kontakt zu Gleichaltrigen zu halten, all das ist in Sozialen Netzwerken möglich.

Medienanstalt Rheinland-Pfalz: Soziale Netzwerke. In: www.klicksafe.de, Abruf am 10.03.2023

Interview mit einem Medienpsychologen zur Mediennutzung und zu Medieneffekten

72043-03

M14 JIM-Studie 2021: Anstieg an Desinformationen und Beleidigungen im Netz

Die Studienreihe JIM (Jugend, Information, Medien) wird vom Medienpädagogischen Forschungsverbund Südwest seit 1998 jährlich in Zusammenarbeit mit dem Südwestrundfunk (SWR) durchgeführt. Die repräsentative Studie bildet das Medienverhalten der Jugendlichen in Deutschland ab.

A **WhatsApp** bleibt weiterhin der wichtigste Dienst zur Kommunikation unter den Zwölf- bis 19-Jährigen. 92 Prozent der Jugendlichen nutzen ihn mindestens mehrmals pro Woche. **Instagram** folgt mit 58 Prozent auf dem zweiten Platz, verliert aber im Vergleich zum Vorjahr an Relevanz. **TikTok** (46 %) hat bei den Jugendlichen weiter an Bedeutung gewonnen und verdrängt Snapchat (42 %) vom dritten Platz. Wenig sensibel zeigen sich die Jugendlichen, wenn es um den Datenschutz auf diesen Plattformen geht. Nur ein Drittel der Jugendlichen hat in Bezug auf die Sicherheit persönlicher Daten Bedenken.

B Die Bewegtbildnutzung bleibt vielfältig und erfolgt auf unterschiedlichen Endgeräten, wobei weiterhin mit großem Abstand das stationäre Fernsehgerät im Vordergrund steht. Bei der rein internetbasierten Nutzung von Serien, Sendungen und Filmen sind insbesondere YouTube und Netflix für Jugendliche relevant. Insgesamt erreichen die Videostreaming-Dienste gut acht von zehn Jugendlichen regelmäßig.

C Wenig erfreulich ist, dass 58 Prozent der Jugendlichen allein im Monat vor der Befragung mit Hassbotschaften im Internet konfrontiert wurden, 56 Prozent mit extremen politischen Ansichten sowie etwa die Hälfte mit Verschwörungstheorien und beleidigenden Kommentaren. Fake News liegen bei 42 Prozent. Lediglich 23 Prozent der Jugendlichen konnten von sich sagen, im letzten Monat mit keinem dieser Phänomene konfrontiert worden zu sein. Die Ergebnisse machen deutlich, wie wichtig die Förderung eines sicheren und kompetenten Umgangs mit aggressivem und hasserfülltem Verhalten im Netz ist.

Klicksafe: JIM-Studie 2021: Anstieg an Desinformationen und Beleidigungen im Netz. In: www.klicksafe.com, 30.11.2021

Aufgaben

72043-11

1. Werten Sie **M11** im Hinblick auf die Handynutzung Jugendlicher im Jahre 2019 aus.
2. a) Analysieren Sie den Text in **M11** hinsichtlich der kritischen Einstellung von Kindern und Jugendlichen zu den großen IT-Konzernen.
   b) Diskutieren Sie, inwieweit Sie die Kritik berechtigt finden.
3. Bewerten Sie die Daten in **M12** insgesamt zu den Online-Aktivitäten Jugendlicher.
4. Analysieren Sie **M13** im Hinblick auf Chancen und Risiken sozialer Netzwerke.
5. Entwickeln Sie zu zweit eine Tabelle, in der Sie die Chancen und Risiken von sozialen Netzwerken gegenüberstellen (**M13**).
6. a) Stellen Sie die Daten der JIM-Studie aus dem Jahre 2021 dar (**M14**).
   b) Erläutern Sie die Ergebnisse zu Hassbotschaften im Netz.
   c) Stellen Sie in Kleingruppen eigene Erfahrungen dar und berichten Sie, wie Sie damit umgehen.
   d) Erörtern Sie ggf. mit Ihrer Lehrkraft, welche Möglichkeiten es an Ihrer Schule gibt, sich gegen Mobbing zu wehren.

1.4 Jugendliche hin- und hergerissen zwischen zwei Kulturen: Ist Deutschland eine multikulturelle Gesellschaft?

Zum Thema: Der Anteil von Jugendlichen, die selbst nicht in Deutschland geboren sind oder deren Eltern/Großeltern einen Migrationshintergrund haben, ist stetig gestiegen. Viele fühlen sich zwischen zwei Kulturen und wünschen sich Akzeptanz. Im Folgenden werden Theorien dazu behandelt und Fragen zur Willkommenskultur geklärt.

M15 Adnan Meha im Interview mit dem Blogger Sigi Lieb über die „Identitätsfindung" migrierter Menschen

Adnan Meha lebte schon in mehreren Ländern auf dem Balkan und in Skandinavien und sprach drei Sprachen fließend, bevor er in die Schule kam. Die Schulsprache Deutsch war Sprache Nummer vier. Im Interview mit Sigri Lieb schildert er seine Erfahrungen.

Wie würdest du deine Einstellung zum Thema Identität oder Identitäten beschreiben? Hat sie sich im Laufe deines Lebens verändert?
Ich habe das Gefühl, dass ich meine ganze Jugend unbewusst nach der Identität gesucht habe, wer ich bin und wer ich sein möchte. Ich denke aber, dass es normal ist, sich in jungen Jahren erst finden zu müssen und einige Identitätskrisen zu durchlaufen. Vor allem wenn man mit fünf Jahren in einem fremden Land ankommt und eine Odyssee durch den ganzen Balkan und halb Skandinavien hinter sich hat. Man fühlt sich hin- und hergerissen zwischen zwei Kulturen. [...]
Was bedeutet für dich Heimat und wo fühlst du dich heute zuhause? [...]
Eigentlich müsste ich sagen, dass Deutschland meine Heimat ist, aber das kann ich nicht. Denn, um ehrlich zu sein, spürt man und es wird einem oft deutlich gemacht, dass das hier nicht meine Heimat ist. Ich kann aber auch nicht sagen, dass der Kosovo oder Bosnien meine Heimat ist. Ich weiß, woher ich komme, wo meine Wurzeln sind und welches Land mich am meisten geprägt hat. Ich vermute, so ist es bei allen migrierten Menschen: Das Verlangen nach dem Gefühl von Heimat macht einen rastlos. [...]
Die Frage „Woher kommst du eigentlich?" ist in Deutschland alltäglicher Gegenstand von Smalltalk. [...] Was denkst du über die Frage und wie gehst du damit um, wenn du auf deine Herkunft angesprochen wirst? [...]
Ich muss sagen, dass ich leider noch viel zu oft daran erinnert werde, hier nicht willkommen zu sein. Ob im Rewe an der Kasse oder in der U-Bahn, es war schon alles dabei. Ich muss zugeben, dass es mich in meinen jungen Jahren ziemlich gestört hat, aber ich kann schon lange darüber hinwegsehen. Denn ich weiß, dass dies nur ein kleiner Teil ist.

Lieb, Sigi: Identität- Hin- und Hergerissen zwischen den Kulturen. In: www.gespraechswert.de, 21.04.2017

Einstiegsaufgaben

72043-12

1. Analysieren Sie zu zweit **M15** im Hinblick auf die folgenden Aspekte:
   a) die Erfahrungen von Adnan Meha auf der Suche nach Identität, b) die Bedeutung von „Heimat" für ihn, c) die Frage nach der Herkunft.
2. Diskutieren Sie, inwieweit die Erfahrungen von Adnan verallgemeinert werden können.
3. Stellen Sie ggf. eigene Erfahrungen dar und diskutieren Sie, was diese Erfahrungen für Menschen mit Migrationshintergrund in Deutschland bedeuten.

M16 „Zwei Kulturen in sich zu vereinen, ist eine Kompetenz"

Warum es Menschen mit „hybrider Identität" in Deutschland noch immer schwer haben, erklärt Hochschulprofessor Ahmet Toprak im Deutsche Welle-Interview.

Ahmet Toprak, hier bei einer Pressekonferenz der Fachhochschule Dortmund im Jahre 2019, kommt als Sohn türkischer Gastarbeiter nach Deutschland. Dem deutschen Schulunterricht kann er nur schlecht folgen, wird von der Lehrerin als schlechter Schüler abgestempelt. Eine Empfehlung für die weiterführende Schule bekommt Toprak nicht. Weil er aber unbedingt das Abitur machen will, geht Toprak zurück in die Türkei, wo er die Prüfung zur allgemeinen Hochschulreife erfolgreich besteht. Inzwischen lehrt Toprak seit über zehn Jahren als Professor für Erziehungswissenschaften an der FH Dortmund.

Deutsche Welle: Herr Professor Toprak, nach dem Rücktritt von Mesut Özil aus der deutschen Fußballnationalmannschaft gibt es hier im Land einen Diskurs über „hybride Identitäten" von Menschen mit Migrationshintergrund, die sich zwei oder mehreren Kulturen zugehörig fühlen. Was erzählt uns diese Debatte über den Zustand unserer Gesellschaft?

Ahmet Toprak: [...] Man muss das von zwei Ebenen aus betrachten: die der Menschen mit Migrationshintergrund und die der Mehrheitsgesellschaft. Viele Menschen mit Migrationshintergrund fühlen sich in Deutschland wohl und zugehörig. Aber sie bleiben auch dem Herkunftsland ihrer Eltern verbunden. Für diese Menschen ist das ganz normal. Psychologisch betrachtet ist es das auch. Aus der Wissenschaft wissen wir, dass Menschen mehrere Identitäten haben können und es sie bereichert. Die Mehrheitsgesellschaft wiederum erwartet von Menschen mit Migrationshintergrund eine 105 prozentige Loyalität gegenüber Deutschland. Das kann natürlich nicht jeder leisten. Aber auch nicht jeder Deutsche ohne Migrationshintergrund kann sich zu hundert Prozent mit Deutschland identifizieren. Es gibt immer auch Kritikpunkte. Das ist der Knackpunkt, wir haben ein Kommunikationsproblem: Die einen erwarten zu viel und die anderen können diese Erwartungen nicht erfüllen.

Was bedeutet es, mit einer „hybriden Identität" zu leben? Was macht das mit demjenigen, der sich mit zwei Kulturen identifiziert? [...]

Man kann nicht einfach sagen „Ich bin Deutscher" mit schwarzen Haaren und braunen Augen. Das wird in dieser Form nicht sofort akzeptiert, sondern es wird nachgefragt: Warum Deutscher? Woher kommen deine Eltern, woher kommen deine Großeltern? Ich unterstelle keinem, der solche Fragen stellt, Rassismus. Aber es wird wieder dieses Migrantische, Ausländische, Nichtdeutsche gesucht. Das ist für viele Betroffene nervig und löst Trotzreaktionen aus. [...] Mesut Özil hat seine Jugend und Kindheit in Gelsenkirchen verbracht. In seiner Biografie hat er erzählt, dass er sehr türkisch erzogen wurde und kaum Deutsch reden musste in seinem Stadtteil. Das ist vielen migrantischen Jugendlichen nicht fremd, sie leben zwischen zwei Kulturen und lernen, diese in sich zu vereinen. Dass es sich dabei eigentlich um eine Kompetenz handelt, wird in der öffentlichen Wahrnehmung oft vernachlässigt. Wir erleben immer wieder, dass es von der Mehrheitsgesellschaft als Integrationsdefizit interpretiert wird, wenn man sich zu beiden Kulturen bekennt. Dabei besteht genau darin die Hybridität.

Woran liegt es, dass es in Deutschland vielen Menschen schwerfällt, diese Hybridität nachzuvollziehen?

Hier kommt der Islam ins Spiel. Bei anderen Nationalitäten, zum Beispiel Italienern, Spaniern oder Franzosen, wird diese Kompetenz anerkannt. Der ausländische Dialekt wird als sexy, nett und romantisch wahrgenommen, [...] Aber Türken oder Arabern wird genau das als Integrationsunwilligkeit ausgelegt. Das geht an den Leuten nicht spurlos vorbei. Sie tragen den Stempel Muslim auf der Stirn, ob sie nun gläubig sind oder nicht.

Rösler, Paula: #MeTwo: „Zwei Kulturen in sich zu vereinen, ist eine Kompetenz". In: www.dw.com, 26.07.2018

M17 Kommentar: Alle reden von ihrer türkischen Herkunft – eine migrantische Erfolgsgeschichte

Özlem Türeci und Uğur Şahin heißen die Forscher, die einen Coronaimpfstoff entwickelt haben. Sie haben türkische Wurzeln. Ist das erwähnenswert? Oder ist die Erwähnung eine Form von Diskriminierung? Darüber macht sich Publizist Hasnain Kazim Gedanken.

Uğur Şahin und Özlem Türeci, Vorstandsvorsitzende und Mitgründer bzw. Mitgründerin von Biontech im Februar 2023

In einem idealen Deutschland spielte es keine Rolle, welche Wurzeln Menschen haben, die Großartiges leisten. Es wäre zum Beispiel egal, woher die Wissenschaftler kommen, die einen Covid-19-Impfstoff entwickelt haben. Es wären einfach die Wissenschaftler Özlem Türeci und Uğur Şahin, das Medizinerpaar, dem Bahnbrechendes gelungen ist.

Aber jetzt reden alle doch von ihrer Herkunft: Şahin, geboren im türkischen Iskenderun, als Vierjähriger mit seiner Mutter zu seinem Vater nach Köln gezogen, der dort bei den Ford-Werken arbeitete. Gastarbeiterkind also, um dieses seltsame Wort zu bemühen, denn was, bitte, soll ein „Gastarbeiter" sein, seit wann lässt man Gäste arbeiten? Und Türeci wurde im niedersächsischen Lastrup geboren, als Tochter eines Chirurgen, der aus Istanbul nach Deutschland gezogen war. Türeci und Şahin lernten einander in Deutschland kennen.

Jetzt beschweren sich manche, dass in der Berichterstattung ihre Herkunft herausgestellt werde. Ob man damit das Image von Zuwanderern aufpolieren wolle, indem man sie als „Vorzeigemigranten" präsentiere, heißt es in der rechten Twitter-Ecke. Aus der linken ist zu hören, von der Darstellung des Paares als „Musterbeispiel der Integration" profitierten Minderheiten nicht, im Gegenteil, das sei „rassistisch". [...]

Beide Seiten liegen falsch. Es geht nicht darum, irgendetwas zu beschönigen. Und Minderheiten profitieren sehr wohl, denn es geht einzig darum, ein ewig schiefes Bild geradezurücken. Wir leben in einem Land, in dem der Innenminister sagt, Migration sei „die Mutter aller Probleme". Wir leben in einem Land, in dem sehr viele Menschen mit Namen wie Özlem und Uğur verortet werden als Putzfrau, Gemüsehändler oder Dönerbudenbesitzer. Das ist die Denkschublade, die für sie vorgesehen ist.

Das Paar aber zählt zu den Spitzenmedizinern dieses Landes, und es zählt übrigens durch die auch in der Vergangenheit sehr erfolgreiche Arbeit zu den hundert reichsten Menschen Deutschlands. Gut so.

Es ist auch nicht neu, dass Einwanderer beziehungsweise deren Kinder in Deutschland Überragendes leisten. Abgesehen davon, dass sie es in vielen akademischen Bereichen tun, in Kultur, Wirtschaft, Politik, Gesellschaft, im Sport sowieso – wo wäre Deutschland ohne die Leistungen all der Servicekräfte und Arbeiter und Macher und Schaffer mit migrantischen Wurzeln? Auch diesen Menschen gebührt Anerkennung, die sie jahrzehntelang nicht erhalten haben.

Kazim, Hasnain: Impfstoffforscher. Eine migrantische Erfolgsgeschichte. In: www.deutschlandfunkkultur.de, 13.11.2020

M18 Was bedeuten Migrationsgesellschaft und Migrationshintergrund?

Allgemein gesprochen ist eine Migrationsgesellschaft eine Gesellschaft, für die die Zuwanderung von Menschen konstitutiv ist und die dies auch anerkennt. Die Anwendung dieses Begriffs auf die deutsche Gesellschaft ist relativ neuen Datums, nachdem die Bundesrepublik offiziell jahrzehntelang kein Einwanderungsland sein wollte.

Erst seit der durch den Regierungswechsel von Schwarz-Gelb zu Rot-Grün begünstigten „migrationspolitischen Wende" Ende der 1990er-Jahre hat sich die Erkenntnis nachhaltig durchgesetzt, dass Zuwanderer in Deutschland keine „Gäste" sind, sondern in der Regel dauerhaft bleiben und dass ihre Kinder in Deutschland aufwachsen und trotz der ausländischen Herkunft ihrer Eltern Deutsche sind.

Anders als früher werden in Deutschland geborene Kinder seit der Reform des Staatsangehörigkeitsrechts im Jahr 2000 automatisch Deutsche. Die Hürden für die Einbürgerung von in Deutschland lebenden Personen ausländischer Herkunft wurden deutlich gesenkt.

Eine Konsequenz dieser Reformen ist, dass die Gesellschaft im öffentlichen Diskurs nicht mehr nur in „Deutsche" und „Ausländer" unterteilt ist. Seitdem gibt es viele „neue Deutsche", denen ein „Migrationshintergrund" zugeschrieben wird. Hierbei handelte es sich ursprünglich um eine statistische Kategorie, die es ermöglichen sollte, die Vielfalt der bundesdeutschen Bevölkerung jenseits der Kategorie der Staatsangehörigkeit zu erfassen. Aus dem Bereich der Statistik ist der Begriff inzwischen auch in den allgemeinen Sprachgebrauch übergegangen.

Seine exakte Definition wurde immer wieder verändert. Im Mikrozensus 2017, der von den Statistischen Landesämtern erhoben und vom Statistischen Bundesamt ausgewertet wurde, lautete sie wie folgt: Eine Person hat einen Migrationshintergrund, wenn sie selbst oder mindestens ein Elternteil die deutsche Staatsangehörigkeit nicht durch Geburt besitzt. Diese Definition umfasst laut Mikrozensus 2017 folgende Gruppen:

- zugewanderte und nicht zugewanderte Ausländer,
- zugewanderte und nicht zugewanderte Eingebürgerte,
- (Spät-)Aussiedler,
- Personen, die die deutsche Staatsangehörigkeit infolge der Adoption durch einen deutschen Elternteil erhalten haben,
- mit deutscher Staatsangehörigkeit geborene Kinder der vier zuvor genannten Gruppen.

Panagiotidis, Jannis: (Spät-)Aussiedler in der Migrationsgesellschaft. Migrationsgesellschaft Deutschland. In: www.bpb.de, 14.10.2019

M19 Was ist Multikulturalismus? Definition, Theorien und Beispiele

In der Soziologie beschreibt Multikulturalismus die Art und Weise, wie eine bestimmte Gesellschaft mit kultureller Vielfalt umgeht. Basierend auf der zugrundeliegenden Annahme, dass Mitglieder oft sehr unterschiedlicher Kulturen friedlich zusammenleben können, drückt der Multikulturalismus die Ansicht aus, dass die Gesellschaft durch die Erhaltung, Achtung und sogar Förderung der kulturellen Vielfalt bereichert wird. […] Befürworter des Multikulturalismus glauben, dass die Menschen zumindest einige Merkmale ihrer traditionellen Kulturen beibehalten sollten. Gegner sagen, dass Multikulturalismus die soziale Ordnung bedroht, indem er die Identität und den Einfluss der vorherrschenden Kultur verringert. […]

A Multikulturalismus-Theorien

Die beiden primären Theorien oder Modelle des Multikulturalismus als die Art und Weise, wie verschiedene Kulturen in eine einzige Gesellschaft integriert werden, lassen sich am besten durch die Metaphern definieren, die üblicherweise zur Beschreibung verwendet werden – die Theorien des „Schmelztiegels" und der „Salatschüssel".

Die Schmelztiegel-Theorie : Die Schmelztiegel-Theorie des Multikulturalismus geht davon aus, dass verschiedene Einwanderergruppen dazu neigen, „zusammenzuschmelzen", ihre individuellen Kulturen aufzugeben und sich schließlich vollständig in die vorherrschende Gesellschaft zu integrieren. Typischerweise zur Beschreibung der Assimilation von Einwanderern in die USA verwendet, wird die Schmelztiegel-Theorie häufig durch die Metapher der Schmelztiegel einer Gießerei veranschaulicht, in der die Elemente Eisen und Kohlenstoff zu einem einzigen, stärkeren Metall – Stahl – zusammengeschmolzen werden. [...] Das Schmelztiegelmodell wurde dafür kritisiert, dass es die Vielfalt verringert, die Menschen dazu bringt, ihre Traditionen zu verlieren, und dass es durch Regierungspolitik durchgesetzt werden muss. [...]

Die Salatschüssel-Theorie: Die Salatschüsseltheorie ist eine liberalere Theorie des Multikulturalismus als der Schmelztiegel und beschreibt eine heterogene Gesellschaft, in der Menschen koexistieren, aber zumindest einige der einzigartigen Merkmale ihrer traditionellen Kultur beibehalten. Wie die Zutaten eines Salats werden verschiedene Kulturen zusammengeführt, aber anstatt zu einer einzigen homogenen Kultur zu verschmelzen, behalten sie ihre eigenen unterschiedlichen Aromen bei. [...] Die Salatschüsseltheorie besagt, dass es nicht notwendig ist, dass Menschen ihr kulturelles Erbe aufgeben, um als Mitglieder der dominierenden Gesellschaft zu gelten. [...] Auf der negativen Seite können die kulturellen Unterschiede, die durch das Salatschüsselmodell gefördert werden, eine Gesellschaft spalten, was zu Vorurteilen und Diskriminierung führt. [...]

B Merkmale einer multikulturellen Gesellschaft

Multikulturelle Gesellschaften zeichnen sich durch Menschen unterschiedlicher Rassen, Ethnien und Nationalitäten aus, die in derselben Gemeinschaft zusammenleben.

In multikulturellen Gemeinschaften behalten Menschen ihre einzigartigen kulturellen Lebensweisen, Sprachen, Kunst, Traditionen und Verhaltensweisen bei, geben sie weiter, feiern [...] und teilen sie.

Greenlane: Was ist Multikulturalismus? Definition, Theorien und Beispiele. In: www.greenlane.com, 15.10.2020

M20 Bielefelder Studie aus dem Jahre 2021: Zustimmung zur Integration von Eingewanderten rückläufig

Mehr Deutsche stimmen einer neuen Studie der Universität Bielefeld zufolge einer Willkommenskultur gegenüber Einwanderern zu, äußern jedoch zunehmend Vorbehalte gegenüber einer Beibehaltung kultureller Eigenheiten der Migranten.

Wer grundsätzlich offen gegenüber Einwanderung ist, hat nicht immer eine positive Einstellung zur Integration, erklärte der Bielefelder Konfliktforscher Andreas Zick am Montag bei der Vorstellung der aktuellen Zugehörigkeits- und Gleichwertigkeitsstudie „ZuGleich", die die Universität Bielefeld und die Mercator Stiftung aus Essen erstellt haben.

Nur noch 48 Prozent der Bevölkerung befürworten demnach Integration, wollen also Eingewanderten ihre kulturelle Identität weiter zugestehen und sie zugleich an der Gesellschaft hierzulande teilhaben lassen. Fast jeder dritte Befragte meint hingegen, Eingewanderte sollten ihre eigene kulturelle Prägung aufgeben, sich absolut an die Mehrheitsgesellschaft anpassen, erläuterte Co-Autorin Nora Rebekka Krott.

Weitere zehn Prozent sprechen Zugewanderten ihre eigene kulturelle Identität zwar nicht ab, wollen sie aber in Deutschland nicht teilhaben lassen. Und ebenfalls jeder Zehnte verwehre Zugewanderten sowohl den Erhalt der eigenen Identität als auch

Hinweis zur Studie
Für die Studie wurden den Angaben zufolge zwischen November 2020 und Januar 2021 insgesamt 2.005 Menschen telefonisch befragt. 71 Prozent davon seien in Deutschland geboren, 32 Prozent hätten selbst eine Einwanderungsgeschichte, hieß es.

gesellschaftliche Teilhabe.

Forscher: „Kultur der Abwehr" auszumachen: Aus Sicht der Studienautoren „erschreckend": Eine wachsende Gruppe verlange Vorrechte für sich als vermeintlich Etablierte. Gut 38 Prozent stimmten der Aussage zu: „Wer in Deutschland neu ist oder später hinzukommt, soll sich mit weniger zufriedengeben"

Man habe eine „Kultur der Abwehr" ausgemacht und eine deutliche Zunahme bei der Abwertung von Geflüchteten (28 Prozent) und bei Muslimfeindlichkeit festgestellt, die bei gut jedem dritten Befragten zutage getreten sei. Integration verlange Bemühungen von allen, auch den Eingesessenen, betonte Zick, Leiter des Instituts für interdisziplinäre Konflikt- und Gewaltforschung an der Uni Bielefeld. Die Achtung der kulturellen Eigenschaften von Hinzugekommenen und die Anerkennung einer Gleichwertigkeit seien zentral für Integration. Hier hapere es aber deutlich [...]

Ein Drittel der Befragten sieht sich Rassismus-Tendenzen ausgesetzt: Studienteilnehmer waren sowohl Menschen mit Migrationsgeschichte als auch ohne. Rund ein Drittel der Befragten, die nach Deutschland eingewandert sind, sieht demnach sich rassistischen Tendenzen ausgesetzt. „Nur Teilhabe in Arbeit und Bildung reichen nicht aus", so Andreas Zick. Zick plädierte dafür, kulturelle Vielfalt sichtbarer zu machen und deren Akzeptanz durch Migrationsbildung, Einbürgerungen und die Stärkung von Migrantenorganisationen zu fördern.

WDR: Bielefelder Studie: Zustimmung zur Integration von Eingewanderten rückläufig. In: www1.wdr.de, 16.08.2021.

Aufgaben

72043-13

1. Beschreiben Sie Ahmet Tobraks Erfahrungen als Schüler in Deutschland (**M16**) und diskutieren Sie, inwiefern diese mit seiner Herkunft zu tun haben könnten.
2. Erklären Sie mit Hilfe von **M16** am Beispiel von Mesut Özil,
   a) was der Begriff „hybride Identität" bedeutet und b) welche Rolle der Islam in diesem Zusammenhang spielen könnte.
3. Erläutern Sie, wie der Autor in **M17** die beiden unterschiedlichen Reaktionen in Deutschland auf die Berichterstattung über die Herkunft des Forscherpaares darstellt und arbeiten Sie heraus, warum der Autor meint, dass beide Seiten falsch lägen.
4. Entwickeln Sie eine Mindmap, die die folgenden Begriffe erklärt: Migrationsgesellschaft, Migrationshintergrund, Multikulturalismus, die Schmelztiegel- und die Salatschüssel-Theorie sowie die Merkmale einer multikulturellen Gesellschaft (**M18, M19**).
5. Diskutieren Sie im Kurs, ob sich die Gesellschaft in Deutschland mit einer der Theorien in **M19** beschreiben lässt.
6. Analysieren Sie die Studie in **M20** im Hinblick auf die folgenden Aspekte (**M19**): Forderung nach absoluter Anpassung, Positive Einstellung zur Integration, Ablehnung von gesellschaftlicher Teilhabe, Vorrecht für Etablierte.
7. Gestalten Sie eine Tabelle, in der Sie die in der Studie (**M20**) ermittelten Daten zu den oben genannten Punkten darstellen. Es soll jeweils mit ja oder nein geantwortet werden.
8. a) Analysieren Sie den Text (**M20**) im Hinblick auf das Urteil des Konfliktforschers Andreas Zick zu den Studienergebnissen.
   b) Erörtern Sie die Kritik an den Ergebnissen der Studie und die Vorschläge von Andreas Zick zum Umgang mit Eingewanderten.

F zu Aufgabe 2
Erläutern Sie, wie Toprak den Umgang der Mehrheitsgesellschaft mit Menschen mit Migrationshintergrund beschreibt und was diese Erwartungen für die betroffenen Menschen bedeuten (**M16**).

F zu Aufgabe 3
Charakterisieren Sie in **M17** Özlem Tureci und Ugur Sahin bezüglich a) ihrer Herkunft, b) ihrer Arbeit und ihrer Erfolge.

Textbearbeitung I

1 Aufgaben

1. **Stellen Sie die Ergebnisse der Studie (M20), die von dem Konfliktforscher Andreas Zick von der Universität Bielefeld durchgeführt wurde, im Hinblick auf die Einstellung der Befragten zur Integration von Eingewanderten dar.**
2. Analysieren Sie den Text im Hinblick auf das Urteil des Konfliktforschers Andreas Zick zu den Studienergebnissen.
3. Erörtern Sie die Kritik an den Ergebnissen der Studie und die Vorschläge von Andreas Zick zum Umgang mit Eingewanderten.

▼

2 Tipps zur Bearbeitung von Aufgabe 1

1. Lesen Sie zunächst in den „allgemeinen Hinweisen zur Bearbeitung von Texten" auf S. 402 die Abschnitte II und III.
2. Bei der Bearbeitung der Aufgabe 1 sollten Sie sich an den Hinweisen orientieren.

▼

3 Anleitung zur Darstellung der Ergebnisse der Bielefelder Studie

1. Überfliegen Sie den Text und erfassen Sie wichtige Aussagen. Markieren Sie die Stellen, an denen zentrale Ergebnisse der Bielefelder Studie beschrieben werden.
2. Beachten Sie bei der Verfassung Ihres Textes die folgenden Schritte:
   a) Nennen Sie die Überschrift des Textes, die Quelle, die Textsorte, das Erscheinungsjahr und (wenn möglich) den Erscheinungsort.
   b) Dann sollten Sie die zentralen Ergebnisse der Studie beschreiben und insbesondere den Unterschied zwischen einer allgemeinen Zustimmung der Befragten zu einer Willkommenskultur und den unterschiedlichen Vorstellungen zu der Frage, ob die eigene Kultur bewahrt werden darf, darlegen. Dabei sollten Sie jeweils den prozentualen Anteil der Befürwortung oder Ablehnung angeben.
   c) Anschließend sollten Sie wiedergeben, wie die Studienautoren die Ergebnisse der Studie im Hinblick auf die Einstellungen der Befragten gegenüber zugewanderten Menschen beurteilen. Sie sollten auch darstellen, was die Autoren unter einer „Kultur der Abwehr" verstehen und in welchem Umfang „Muslimfeindlichkeit" eine Rolle spielt.
   d) Der Text enthält Informationen darüber, welche Anforderungen die Studienautoren an die „Eingesessenen" stellen, damit Integration gelingen kann. Mit der Beschreibung dieser Anforderungen sollten Sie Ihre Darstellung abschließen.
3. Zitieren Sie in Ihrem Text nur einzelne Begriffe und nicht ganze Sätze. Setzen Sie diese in Anführungszeichen und geben Sie die Zeile(n) an (Z. xy).
4. Verwenden Sie den Konjunktiv Präsens, um die Aussagen der Autoren darzustellen.
5. Vermeiden Sie Wiederholungen, sondern arbeiten Sie mit Synonymen wie z.B.: darstellen, zusammenfassen, aufzählen, nennen, kritisieren, beschreiben, darlegen, wiederholen, u. a.
6. Beachten Sie, dass Sie bei einer Aufgabe aus dem AFB I noch keine Analyse des Textes und keine Wertung vornehmen dürfen. Orientieren Sie sich bei der Verwendung der Verben ausschließlich an den Operatoren zum AFB I (→ Operatorenübersicht am Ende des Buches).

Bearbeiterin

1.5 *Vertiefung:* Können Abiturfeierlichkeiten den Wertewandel erklären? Wertewandel heutiger Jugendgenerationen

Zum Thema: Der Abiturball ist seit Jahrzehnten der krönende Abschluss einer erfolgreichen Schulzeit. Doch seit ein paar Jahren übertreffen die Kosten der Feierlichkeiten häufig bei weitem das, was früher üblich war. In Kapitel 1.5 lernen Sie Gründe kennen, die Sozialwissenschaftler:innen für den Wandel der Feierkultur herausgefunden haben und wie sie den Wandel vor dem Hintergrund gesellschaftlicher Veränderungen bewerten.

M21 Vergleich von Abiturjahrgängen anhand ihrer Abschlussfotos

A Abiturjahrgang 1977

Abschlussfoto des gesamten Abiturjahrgangs eines Gymnasiums in Köln im Jahr 1977

B Abiturjahrgang 2018

Abschlussfoto des Sowi-LKs eines Abiturjahrgangs eines Gymnasiums in Münster im Jahr 2018

Einstiegsaufgaben

72043-14

1. In gut zwei Jahren werden Sie hoffentlich Ihr Abitur in der Tasche haben. Wie möchten Sie dieses feiern? Entwickeln Sie im Kurs in einem Brainstorming Ideen für die Abiturfeierlichkeiten. Was gehört für Sie alles dazu?
2. Beschreiben Sie anhand der Bilder in **M21**, inwiefern sich die Feierlichkeiten zum Abitur gewandelt haben.

M22 Abiball: Immer teurer, immer pompöser oder gibt es eine Trendwende?

In einer Radiosendung diskutieren Schülerinnen und Schüler, Eltern, Lehrkräfte und Wissenschaftlerinnen und Wissenschaftler darüber, welche Werte eine Generation hat, die ihren Abiball zu einem Großevent hat werden lassen. Dabei sind auch Schülerinnen und Schüler einer Stufe, die sich vorgenommen hat, ihren Abiball im viel kleineren und günstigeren Rahmen zu begehen. Hier sind ihre Stimmen:

Sophie, 18 Jahre: „Ich denke, dass unserer Generation es sehr wichtig ist, sich anderen Leuten mitzuteilen. Auch durch die ganzen sozialen Netzwerke und so, und dass viele es auch deswegen mögen, so groß zu feiern, einfach um anderen Leuten mitzuteilen, was für ein Kleid sie tragen und wie groß der Abiball ist. Ich glaube, dass das auch ein sehr großer Faktor ist."

Nach: Eine Sendung von Bettina Köster und Jürgen Wiebicke (Moderation): Horrende Summen für den Abiball. In: www.deutschlandfunk.de, 18.01.2017

Lea, 18 Jahre: „Es ging uns da eher um die Mentalität: Brauchen wir so was Großes überhaupt? So einen großen Abiball nach amerikanischem Vorbild. Ist das überhaupt irgendwie sinnvoll? Oder reicht es nicht einfach, wenn man irgendwas Kleines macht, wo man ja genauso Spaß haben kann."

Nach: Eine Sendung von Bettina Köster und Jürgen Wiebicke (Moderation): Horrende Summen für den Abiball. In: www.deutschlandfunk.de, 18.01.2017

Kerem, 17 Jahre: „Ich persönlich finde es auch wichtig. Also wir waren jetzt 12 Jahre in der Schule. Ich freue mich schon seit Jahren darauf, uns zu verabschieden und mit Freunden zu feiern. [...] Ich denke, dass es schön wäre, unseren Abiball groß zu feiern. Und ich denke, dass kann man sich auch mal nach 12 Jahren leisten."

Nach: Eine Sendung von Bettina Köster und Jürgen Wiebicke (Moderation): Horrende Summen für den Abiball. In: www.deutschlandfunk.de, 18.01.2017

Tian, 17 Jahre: „Es gibt Schüler, die sich die teuren Abiballkarten nicht leisten können. Vor allem wenn es um die Familie geht, dass man mehr als eine Karte braucht. Und wenn dann die Karte bei 50-60 Euro liegt [...], ist das nicht immer für die Familien bezahlbar. Das halte ich für ein großes Problem, wenn dann Schüler ausgeschlossen sind, die sonst immer im Stufenverband integriert waren."

Nach: Eine Sendung von Bettina Köster und Jürgen Wiebicke (Moderation): Horrende Summen für den Abiball. In: www.deutschlandfunk.de, 18.01.2017

M23 „Je unsicherer die Aussichten, desto intensiver wird gefeiert!" Ein Interview mit der Volkskundlerin Gabriele Dafft

Süddeutsche Zeitung: Frau Dafft, Sie erforschen die Bräuche von Abiturientinnen und Abiturienten in Deutschland. Wie war Ihr eigener Abi-Ball?

Gabriele Dafft: Ich habe 1989 das Abitur gemacht und in meinem Jahrgang gab es tatsächlich keinen Abschlussball. Erst die Stufe danach fing damit an. In den 80ern war, zumindest bei uns, auch noch gar nicht so klar, in welcher Form man sich das Zeugnis abholt: Zieht man sich chic an oder kommt man einfach in Freizeitkleidung wie zu jedem anderen Schultag davor auch?

So wenig Fest und Pomp rund um das Reifezeugnis wäre heute schwer vorstellbar. In NRW mahnte erst kürzlich die Schulministerin, dass die Abi-Feiern nicht zu teuren Opernbällen ausarten sollten.

Viele Abiturientinnen und Abiturienten wollen ihren Abschluss heute vielseitig feiern, der gediegene Ball gehört dazu. Die Jahrgänge geben zum Teil fünfstellige Beträge für Festsäle, Catering und Live-Band aus. Das Abitur ist damit auch zu einer großen Managementaufgabe geworden: Es bilden sich in den Schulen schon lange vorher Festkomitees, die Strategien zur Finanzierung erarbeiten und Sponsoren suchen. Ich kenne einen Abiturjahrgang, in dem die Schüler zum Blutspenden gingen, um Geld für die Feier zu bekommen. Das Abitur ist aufwendiger und teurer geworden. Da wird mit größeren Summen hantiert als vor ein paar Jahrzehnten.

Woran liegt das?

Das Abi ist nicht mehr der Freischein für die glorreiche berufliche Zukunft. Heute macht ein größerer Anteil eines Altersjahrgangs Abitur als noch vor einigen Jahrzehnten. Der höchste allgemeinbildende Schulabschluss ist weniger exklusiv geworden, mit dem Abitur gehört man nicht mehr automatisch zu einer Elite. Gleichzeitig sind die Möglichkeiten nach dem Abitur explodiert. Es gibt eine Vielzahl neuer Studiengänge, die Auswahloptionen sind unübersichtlich, die Wege nicht mehr so klar vorgezeichnet wie einst. Es ist heute sehr viel schwieriger, sich nach der Schule zu orientieren. Das führt dazu, dass man das Abitur selbst, die Gemeinschaft und das Vertraute, noch einmal zelebrieren will.

Abiturienten feiern ihren Abschluss so ausgiebig, weil er an Wert eingebüßt hat?

Es gibt immer mehrere Gründe, die zu solchen Entwicklungen führen, einer davon ist: Je unsicherer die Aussichten, desto intensiver wird das Abi gefeiert. Man schafft Rituale, die Sicherheit geben und Gemeinschaft stiften. Bei Hochzeiten erleben wir ein ähnliches Phänomen: Die Scheidungsraten widersprechen der Vorstellung, dass die Ehe automatisch der Bund fürs Leben ist. Und auch der Alltag vor und nach der Eheschließung unterscheidet sich nicht mehr so klar wie früher, man lebt heute in der Regel schon vorher zusammen und hat eine sexuelle Beziehung. Die Hochzeit ist also nicht mehr aus sich selbst heraus ein Übergang in eine ganz andere Lebensphase. Umso aufwendiger muss sie daher gefeiert und mit Ritualen aufgewertet werden. [...]

Wie haben sich Abi-Scherze im Lauf der Jahre gewandelt?

Das Ziel bleibt immer gleich: Es geht darum, sich selbst zu feiern und zum Ende der Schullaufbahn einmal den Schulablauf zu stören und den Unterricht ausfallen zu lassen. Aber die Mittel ändern sich. [...] Früher war es beliebt, mit Schulmöbeln die Gänge zu versperren, so dass niemand in die Klassenräume kam und der Unterricht verzögert wurde. [Heute stimmt man] sich partnerschaftlicher mit den Verantwortlichen an der Schule ab.

Dafft, Gabriele im Interview mit Kramer, Bernd: „Je unsicherer die Aussichten, desto intensiver wird gefeiert". In: www.sueddeutsche.de, 13.06.2019

M24 Der Abiball als Übergangsritual in der heutigen Gesellschaft?

Ihrem Selbstverständnis nach ist die Moderne eine säkulare Gesellschaft. Doch warum gibt es dann auch in der Moderne noch Rituale, z. B. in Form von Heiratszeremonien, Bestattungen, Prüfungsritualen sowie politischen Ritualen und Feierstunden? Rituale können auch in der Moderne nicht „abgeschafft" werden, da sie auf grundlegende Weise mit dem Funktionieren von Gemeinschaft verbunden sind: Rituale sind eng verknüpft mit der Frage nach Stabilität und Wandel sozialer Pro-

zesse und sind in diesem Verständnis notwendiger Bestandteil gesellschaftlicher Praxis. Sie dienen der sinnlichen, fraglosen Konstitution sozialer Ordnung. [...]
Neben den Alltagsritualen gibt es außeralltägliche Rituale, meist Übergangsrituale, die soziale Rollen- und Statuswechsel einleiten und markieren. [...] Diese Rituale zeichnen sich dadurch aus, dass sie eine „liminale Phase" bzw. „Schwellenphase" enthalten, in der eine Form der Kommunikation praktiziert wird, die fern von den im Alltag üblichen Rollen-, Status- und Besitzverhältnissen ist. [...]
In der liminalen Phase kommt es zum eigentlichen Ritualgeschehen, das durch eine ästhetische Ordnung strukturiert ist, durch eine Gliederung von Raum und Zeit, Formen und Farben, durch Musik und rituelle Worte. In dieser liminalen Phase kann es auch zu Umkehrungen, anarchischem Geschehen und emotionalen Exzessen kommen. [...]
Rituale kann man als kulturelle Laboratorien für soziale Transformationsvorgänge verstehen. In Ritualen kommt es zu Transformationen persönlich-existentieller Art, in dem personale Identität einem Wandel unterworfen wird. [...] Rituale dienen der Stärkung von Gemeinschaften, es werden Prozesse der Inklusion und Exklusion erzeugt und durchlaufen.

Aida Bosch: Ritual, in: Johannes Kopp, Anja Steinbach (Hrsg.): Grundbegriffe der Soziologie. 11. Auflage, 2016, S. 287-290

Abiturientinnen und Abiturienten tanzen bei ihrem Abiball im Juni 2021.

Aufgaben

72043-15

1. Analysieren Sie mit Hilfe von **M22** mögliche Merkmale von Ritualen. Halten Sie Ihre Ergebnisse stichpunktartig fest.
2. Arbeiten Sie in Gruppenarbeit aus **M22** und **M23** heraus, wie
   a) die Schülerinnen und Schüler (**M22**) die Bedeutung der Abiturfeierlichkeiten erklären;
   b) die Völkerkundlerin Dafft (**M23**) die Unterschiede zwischen dem Abitur 1989 und dem heutigen Abitur beschreibt und die Gründe für den Wandel deutet.
   c) Vergleichen Sie Ihre Ergebnisse im Kurs.
3. Erklären Sie mit Hilfe von **M23** und **M24**, inwiefern der Abiball zu einem Übergangsritual geworden ist.
4. a) Diskutieren Sie abschließend im Kurs, ob es Überlegungen in den vorliegenden Materialien gibt, die Sie in die Planung Ihres eigenen Abiballes einfließen lassen würden. Führen Sie eine Pro-Kontra-Diskussion zu der Frage durch: Wollen wir in der Jahrgangsstufe einen großen, pompösen Abiball oder suchen wir nach einer Alternative?
   b) Halten Sie Ihre Ergebnisse ggf. schriftlich fest, damit Sie sie in ca. zwei Jahren zur Hand haben.

Werte

Werte sind Leitbilder für das Handeln der Menschen in einer Gesellschaft. Sie beinhalten Vorstellungen einer Gruppe oder einer Gesellschaft, die die Mehrheit für richtig hält. In jeder Kultur gibt es eigene Vorstellungen davon, was den Menschen beim Handeln Orientierung bieten sollte.

Übung 72043-16

Wertewandel

Die Wertorientierungen der Menschen in einer Gesellschaft unterliegen einem ständigen Wandel, der mit Veränderungen in der Gesellschaft zusammenhängt. In der Bundesrepublik Deutschland gab es in den Jahrzehnten nach dem Zweiten Weltkrieg einen solchen Wertewandel von materialistischen zu postmaterialistischen Werten. Als Grund für diesen Wandel werden zwei verschiedene Thesen angeführt:

Die **Mangelhypothese** besagt, dass Menschen besonders das haben wollen, was für sie knapp und schwer erreichbar ist. Menschen, die in der Zeit von Krieg mit Mangel und Entbehrung aufgewachsen sind, werden entsprechend eher an Materiellem hängen, als Menschen, die im Wohlstand der Zeit nach dem Zweiten Weltkrieg aufgewachsen sind.

Die **Sozialisationshypothese** geht davon aus, dass ein Mensch entscheidend in den ersten Jahren seiner Kindheit geprägt, sprich sozialisiert wird und diese Sozialisation so prägend ist für den Menschen, dass er sie nie ablegt. Wer also materialistisch sozialisiert wurde in seiner frühen Kindheit, der wird diese Wertorientierung nie ganz ablegen.

Übung 72043-17

Identität

Die Identität eines Menschen ist das, was ihn als Persönlichkeit ausmacht. Sie ist das Bild, was der Mensch von sich selbst entwickelt. Die Identität bildet sich im Wechselspiel zwischen den Erwartungen der Gesellschaft an die Menschen und der Reaktion des Einzelnen auf diese Anforderungen heraus. Dabei gilt es für den Einzelnen, immer wieder verschiedene Herausforderungen zu bewältigen, die verschiedene Lebensabschnitte mit sich bringen, aber auch die zum Teil widersprüchlichen Anforderungen zu bewältigen, die in der Gesellschaft an einen gestellt werden.

Übung 72043-18

Identitätsmodelle

Ein Gegenstand der soziologischen Forschung ist die Frage, wie sich Identitäten herausbilden, wie sie entstehen, welche Prozesse dabei ablaufen und welche Schwierigkeiten es dabei geben kann. Zur Beantwortung dieser Frage, haben Soziologen unterschiedliche Modelle entwickelt.

Übung 72043-19

Multikulturalismus
Der Multikulturalismus geht davon aus, dass in einer multikulturellen Gesellschaft verschiedene Kulturen gleichwertig mit- und nebeneinander existieren können. Vertreterinnen und Vertreter dieses Begriffs sind in der Regel Kritikerinnen bzw. Kritiker des Konzeptes des Multikulturalismus. Sie fordern eine Anpassung von Zuwandernden an die in Deutschland vorherrschende Kultur, um Integration gelingen zu lassen.

Übung 72043-20

Hybride Identitäten
Menschen mit Migrationshintergrund werden in der Wissenschaft u. a. als Menschen mit hybriden Identitäten bezeichnet. Sie haben durch das Aufwachsen in zwei oder mehreren Kulturen Wissen und Kompetenzen aus beiden Welten, die sie für sich gewinnbringend einbringen können.

Übung 72043-21

Shell-Jugendstudie
Die „Shell-Jugendstudie“ versteht sich als „Langzeit-Berichterstattung über junge Generationen“ und wird in Deutschland im Auftrag des Mineralölkonzerns Shell seit 1953 durchgeführt. Untersucht werden Einstellungen, Wertorientierungen und das Sozialverhalten junger Menschen im Alter zwischen zwölf und 25 Jahren. Für die 18. Shell-Jugendstudie wurde z. B. eine repräsentativ zusammengesetzte Stichprobe von über 2.000 Jugendlichen befragt.

Peer-Group
In der Wissenschaft wird der Begriff „Peer-Group“ für „Gleichaltrigengruppe“ oder „Clique“ verwendet. „Peer“ bedeutet im Englischen gleichaltrig bzw. ebenbürtig.

Rituale
Rituale sind nach bestimmten Regeln ablaufende Handlungsabläufe. Dabei kann es sich um Alltagsrituale, wie das morgendliche Zeitunglesen vor der Arbeit handeln, oder ein Einschlafritual für ein Kind. Neben diesen gibt es auch in modernen Gesellschaften noch Rituale und Zeremonien, die häufig einen neuen Lebensabschnitt symbolisch einläuten, sogenannte Übergangsrituale, wie z. B. Hochzeiten oder auch Abiturfeierlichkeiten. In traditionellen Gesellschaften sind viele Rituale durch die Religion geprägt.

Übung 72043-22

KOMPETENZEN PRÜFEN

I. Selbstdiagnose

Ich kann ...	sehr gut	nicht gut	Übung durch z. B.
die Erwartungen Jugendlicher an die Zukunft benennen (AFB I).			M1-M3
empirische Daten zu den Wertvorstellungen und die Zukunftswünsche Jugendlicher erläutern (AFB II) und eigene Vorstellungen begründen (AFB III).			M5 A - B
erläutern und analysieren, welche Instanzen prägend sind für die Identität von Jugendlichen (AFB II).			M7-M9
die Bedeutung sozialen Netzwerken für die Identitätsentwicklung Jugendlicher analysieren (AFB II) und die Gefahren und Chancen beurteilen (AFB III).			M11-M14
Kontrovers diskutieren und beurteilen (AFB III), welchen Chancen und Herausforderungen das Aufwachsen in zwei Kulturen für die Identitätsentwicklung bedeuten.			M15-M20
den Wertewandel anhand des Beispiels der Abibälle analysieren (AFB II) und diskutieren (AFB III).			M22-M24

II. Kompetenzen anwenden – am Beispiel: Integration

Karikatur: Stefan Roth, 2011

Aufgaben 72043-23

1. Beschreiben Sie die Karikatur.
2. Erklären Sie die Aussageabsicht des Karikaturisten.
3. Entwickeln Sie ausgehend von der Karikatur einen kleinen Vortrag zu dem Thema „Deutschland – ein Einwanderungsland?"

KOMPETENZEN PRÜFEN

III. Klausurtraining

Das Spiel mit der Identität

Dass Jugendliche ihre Grenzen testen und gelegentlich überschreiten, sich von der Erwachsenengeneration abgrenzen und so manche „Jugendsünde" begehen, ist nichts Neues. Das alles gehört zur zentralen Herausforderung der Pubertät, der Identitätsfindung, dazu. Doch die mediale Umwelt, in der Jugendliche heute aufwachsen, unterscheidet sich gravierend von der vorangegangener Generationen. Welche Rolle spielen Medien bei der Suche nach der eigenen Identität? Wie wird die Jugendphase durch das Social Web verändert? Warum üben WhatsApp, Snapchat und YouTube gerade auf Jugendliche einen so großen Reiz aus? [...]

Die Identitätsbildung wird [...] zur zentralen Herausforderung des Jugendalters. Dazu zählt die Ablösung vom Elternhaus und die eigenständige Aufnahme und Gestaltung von Freundschaften. Vorbilder und Identifikationen, die für den Prozess der Identitätsbildung notwendig sind, finden Jugendliche sowohl in ihrem direkten Umfeld, als auch in den Medien.

In Filmen und Büchern entdecken Jugendliche Themen wieder, die auch in ihrem eigenen Alltag eine Rolle spielen. Sie entdecken Handlungs- und Verhaltensmöglichkeiten, welche es im realen Leben auszutesten gilt. Medien bieten somit Orientierungsmöglichkeiten. Das Social Web umfasst durch seine Strukturen Möglichkeiten, die weit darüber hinausgehen. Das wichtigste Merkmal des Social Web ist, dass die Nutzer selbst Inhalte produzieren und online stellen können. Dadurch wird eigenes Handeln in und mit den Medien ermöglicht. [...]. Vor allem soziale Netzwerke werden genutzt, um verschiedene Identitätsfacetten auszuprobieren. Mittels eines Profils, dort eingestellten Inhalten und Kommentaren zu den Beiträgen anderer Nutzer, wird der eigenen Persönlichkeit Ausdruck verliehen. Nutzer haben dort die Möglichkeit, sich so zu präsentieren, wie sie von anderen gesehen werden möchten. Gleichzeitig können sie auch herausfinden, wie sie damit auf andere wirken. Medien werden somit sowohl für die Entwicklung, als auch für die Präsentation der eigenen Identität genutzt. Kommuniziert wird hauptsächlich mit Freunden, die den Jugendlichen auch aus der „Offline"-Welt bekannt sind. Der besorgte Blick so mancher Erwachsener ist jedoch nicht ganz unbegründet. Denn mit den vielfältigen Möglichkeiten der Identitätsentwicklung und Kommunikation sind auch Schattenseiten verbunden. Einerseits funktioniert ein soziales Netzwerk nur, wenn die Personen dort auffindbar sind. Denn was nützt ein Profil, das nicht gefunden werden kann? Andererseits bedeutet dies die Freigabe persönlicher Informationen, wie zum Beispiel Klarname, Alter und Wohnort. Die „Jugendsünden" vorangegangener Generationen wurden jedoch nicht in einem Raum dokumentiert, der weltweit öffentlich ist. Im Internet hingegen wird dokumentiert und gespeichert. Durch das Teilen von Beiträgen kann sich so eine Eigendynamik entwickeln, die nicht mehr zu stoppen ist. Es bleibt nicht unter denen, die dabei waren.

Menz, Julia: Das Spiel mit der Identität. In: www.katholisch.de, 08.06.2016

Aufgaben 72043-24

1. Stellen Sie dar, welche Bedeutung die Gleichaltrigengruppe für Jugendliche bei der Suche nach einer eigenen Identität hat.
2. Analysieren Sie den Text von Julia Menz im Hinblick auf die Bedeutung der medialen Umwelt für die Identitätsentwicklung Jugendlicher.
3. Erörtern Sie, ob durch die intensive Nutzung digitaler Medien durch Jugendliche die Normen und Werte der Gesellschaft gefährdet werden.

Erwartungshorizonte zu den Aufgaben

72043-25

Berliner Säuglingsheim, 1950er Jahre

Heutige Kindertagesstätte in Düsseldorf

3

„Die ganze Welt ist Bühne
Und alle Frau'n und Männer bloße Spieler.
Sie treten auf und geben wieder ab,
Sein Leben lang spielt einer manche
Rollen."

William Shakespeare, in: .Wie es euch gefällt, Kapitel 11

Inwieweit prägt die Gesellschaft unser Leben? Das Hineinwachsen in die Gesellschaft durch Sozialisation und das Erlernen sozialer Rollen

2

Die Gesellschaft prägt uns, wenn man an die Familie und die Schule als Teilbereiche der Gesellschaft denkt. Aber auf welche Weise prägt die Gesellschaft unser Leben?
Die Soziologie, eine Teildisziplin der Sozialwissenschaften, bezeichnet den Prozess des Hineinwachsens in die Gesellschaft als „Sozialisation". Sozialisation besteht aus dem Erwerb von Orientierungen und Handlungskompetenzen, die das Handeln eines Individuums in verschiedenen Rollen in der Gesellschaft erfordert (vorläufige Definition). Sozialisation und Rollenhandeln hängen eng zusammen. Den Begriff „Rolle" kennen Sie aus dem Theater oder aus Filmen (→ Zitat von Shakespeare links). Die Soziologie hat diesen Rollenbegriff aufgegriffen und näher erläutert. Dieses Kapitel beschäftigt sich schwerpunktmäßig mit Sozialisation und Rolle. Das Thema der Vertiefung ist der Mensch in der (sozialen) Gruppe.

Kompetenzen

Am Ende des Kapitels sollten Sie Folgendes können:

- Bedingungsfaktoren für eine gelungene Entwicklung in der frühen Sozialisation erläutern;
- zentrale Begriffe aus der Sozialisationstheorie erklären;
- die Funktionen der Schule als Sozialisationsinstanz beschreiben;
- zentrale Begriffe der Rollentheorie mit Hilfe des Werkzeugkastens Soziologie erläutern;
- das Gesellschaftsbild des Homo sociologicus darstellen;
- Rollenmodelle und Rollentheorien analysieren;
- unterschiedlichen Formen von Rollenkonflikten mit Hilfe von Grundbegriffen aus der Rollentheorie analysieren;
- die strukturfunktionalistische und die interaktionistische Rollentheorie erklären und die Menschen- und Gesellschaftsbilder beider Theorien an dem Fallbeispiel erörtern;
- den Begriff „soziale Gruppe" erklären;
- die Wirkungsweise von Gruppendruck erläutern und Gegenmaßnahmen beurteilen.

Aufgaben

72043-200

1. Gestalten Sie einen Post, in dem Sie die Unterschiede zwischen dem Säuglingsheim (→ linke Seite: 1) aus den 1950iger Jahren und einer Kindertagestätte (→ 2) heute beschreiben.
2. Entwickeln Sie Hypothesen über die abgebildeten Unterschiede in 1 und 2.
3. Erklären Sie den Tatbestand, auf den der Dichter Shakespeare aufmerksam macht 3.
4. Beschreiben Sie einige der Rollen, die der Mensch im Laufe seines Lebens spielt 3. Welche Anforderungen sind mit diesen Rollen verbunden?

2.1 Unabdingbar! Der Mensch als soziales Wesen und der Prozess der Sozialisation

Zum Thema: Das Wolfskinder-Fallbeispiel macht deutlich, wie sehr Kinder nach der Geburt darauf angewiesen sind, gefühlsmäßige Zuwendung zu bekommen, um sich u. a. in der Gesellschaft, in der sie aufwachsen, zurecht zu finden. In diesem Zusammenhang erfahren Sie, wie wichtig die Einflüsse der Familie, der Schule und der Freundesgruppen im Sozialisationsprozess sind. Am Ende des Unterkapitels lernen Sie, die einzelnen Phasen des Sozialisationsprozesses zu unterscheiden.

M1 Fallbeispiel: „Wolfskinder" in Indien

Im Oktober 1920 macht Reverend J.A.L. Singh in Begleitung von Arbeitern Halt in einem Waldgebiet nahe der Grenze zu Nepal, um einen verlassenen Termitenhügel zu untersuchen. Ein Menschengeist soll in dem Hügel wohnen und seit Monaten im Wald spuken. Der Reverend möchte die lokale Bevölkerung zum Christentum bekehren und den Aberglauben bekämpfen. Die Arbeiter graben in den Termitenhügel und ein Wolf flüchtet in panischer Angst. Die Arbeiter finden in einem kesselförmigen Raum vier kleine Wesen, von denen zwei Welpen sind und die anderen Menschenkinder zu sein scheinen, die bei den Wölfen leben. Die Kinder werden gefangen genommen und in ein Waisenhaus gebracht, wo sie von Singh und seiner Frau betreut werden. Die Kinder sind stumm, gehen auf allen vieren und ernähren sich fast ausschließlich von rohem Fleisch. Niemand kann sich erklären, wie sie unter die Wölfe geraten sind. Die Forscher sehen eine Chance, durch das Studium des verbliebenen Wolfskinds, Kamala, eine grundlegende Frage beantworten zu können: Was macht den Menschen zum Menschen? Doch Kamala stirbt im Jahr 1929, bevor sie untersucht werden kann. Dies ist die erstaunliche Geschichte, die noch heute im Tagebuch des Reverend Singh nachgelesen werden kann.

Amala und Kamala einige Tage nach ihrem Auffinden in Uttar

Kamala, ein „Wolfskind" beim Essen aus einer Schüssel

Nach: Blumenthal, P.J.: Verhaltensforschung – Wolfskinder: Schicksale an der Grenze zwischen Mensch und Tier. Ausgabe 11. In: P.M. Magazin, München: 2002

Einstiegsaufgaben

72043-201

1. Beschreiben Sie in einem stichwortgestützten Bericht die Entdeckung, die Reverend Singh im Jahre 1920 in Indien machte sowie die Bemühungen des Reverends und seiner Frau, Kamala und Amala an die menschliche Gesellschaft zu gewöhnen (**M1**).
2. Diskutieren Sie mögliche Gründe für den Tod der Wolfskinder und die dauerhafte Außenseiterposition von Kamala.

M2 Voraussetzungen für die Entwicklung des Menschen: Zuwendung und Geborgenheit

Wie fundamental eine sozial-kulturelle Umgebung Voraussetzung für die Entwicklung des Menschen und für die menschliche Existenz ist, zeigt die Tatsache, dass bloße physische Aufzucht in extremer Einsamkeit und ohne jede gefühlsmäßige Zuwendung und Sprachvermittlung letztlich scheitert. Besonders eindrucksvoll wird dies durch jene Schilderungen von „wilden Kindern" belegt, die ohne Einfluss von Mitmenschen, sozialen Beziehungen, Sprache und kulturellen Einrichtungen aufwuchsen. [...] Am bekanntesten sind jedoch wohl die beiden kleinen Mädchen Amala und Kamala, die man 1920 in Indien [...] in der Gesellschaft von Wölfen aufgefunden hatte [...]. Da sie vermutlich von ihren Eltern oder ihrem Stamm in frühester Kindheit – vielleicht auch zum Opfer irgendeiner Gottheit – ausgesetzt wurden, ihnen also faktisch in entscheidenden Entwicklungsphasen der soziale Mutterschoß fehlte und sie wohl nur aufgrund außergewöhnlicher Umstände und Zufälle in der Gesellschaft von Tieren überlebten, hatten sie typische menschliche Fähigkeiten nicht ausbilden können und hielten auch die Menschen offenbar nicht für Artgenossen; beide „Wolfskinder" mussten in einem Waisenhaus regelrecht gezähmt werden.

Vergleichbare Ergebnisse für die Wirkungen solcher Deprivationen von sozialen Interaktionen, insbesondere im Säuglings- und Kleinkindalter, erbrachten auch die Beobachtungen des in den USA lehrenden Psychoanalytikers René Spitz [...] Frühe Trennung von den Eltern, beispielsweise bei hospitalisierten, längere Zeit ohne feste Bezugspersonen in Krankenhäusern, Anstalten oder Heimen untergebrachten Kindern, führt mit zunehmender Dauer zu tiefgreifenden psychischen und auch physischen Entwicklungsstörungen (Hospitalismus). Da – so die Deprivationsforscher – infolge der in [...] Institutionen üblichen, geregelten Schichtarbeit diese Kinder bei ständig wechselndem Personal nur mangelhafte individuelle und emotionale Beziehungen zu festen Zuneigungspersonen aufnehmen können und als Folge der geringeren sozialen Kontakte auch nur verminderte entwicklungsfördernde taktile und visuelle Sinnesreize erfahren, erleiden sie in solchen Einrichtungen häufig irreversible Schädigungen kognitiviert und affektiver Art mit entsprechenden psychosomatischen Effekten. Ab einem gewissen Zeitpunkt können diese Deprivationen nicht mehr ausgeglichen oder allenfalls nur mit großen Schwierigkeiten wieder [...] „repariert" werden.

Henecka, Hans Peter: Grundkurs Soziologie, 10. überarbeitende Auflage, Konstanz und München 2015, S. 77, 79, 80 f.

René Spitz, (1887-1974), österreichisch-amerikanischer Psychoanalytiker forschte über soziale Interaktion im Säuglings- und Kleinkindalter.

Affektiv
Durch Gefühle (Affekte) gekennzeichnet

Psychosomatisch
Auf psychisch-körperlichen Wechselwirkungen beruhend

Deprivation
Bezeichnung für Zustand der Entbehrung eines Menschen, weil ein Mensch seine Bedürfnisse nicht oder unzureichend befriedigen kann.

Taktil
Den Tastsinn betreffend

Irreversibel
Nicht umkehrbar, nicht rückgängig zu machen

Kognitiv
Das Denken betreffend

M3 Eine alltägliche Situation und die Bedingungsfaktoren sozialen Handelns

A Ein Fallbeispiel ...

Ein 17-jähriger Jugendlicher wartet um 22.30 Uhr im U-Bahnhof im Zentrum einer Großstadt auf seinen Anschluss. Jemand tippt ihm von hinten auf die Schulter. Wie reagiert er darauf? Seine Reaktion wird von seiner biografischen Erfahrung und von seiner Wahrnehmung der Situation abhängen. Situativ: Er kann schlechte Laune (nach langer Arbeit und einer missratenden Prüfung am Vormittag) oder gute Laune (nach einem gemeinsamen Shopping mit Freunden) haben und entsprechend offen oder nicht-offen sein für die Frage, die das Tippen auf der Schulter signalisiert. Biografisch: Er kann aus einem Umfeld stammen, in dem er viel Aggression erlebt, das ihn deshalb disponiert, auf eine Bewegung von hinten, die direkt sei-

Junger Mann in einem U-Bahnhof in Berlin

nen Körper adressiert, sofort zu reagieren, herumzuschnellen und eine Abwehr- oder Angriffsgeste einzusetzen. Er kann aber auch schlechte Erfahrungen mit dieser Reaktion gemacht haben und sich deshalb entscheiden, keine Gewalt einzusetzen. Er kann die Erwartung haben, eine aggressive Handlung könne folgen, er hat sich aber vorher selbst entschlossen, dieser Dynamik zu widerstehen. Im Gedankenexperiment können wir uns den 17-jährigen Jugendlichen auch als jungen Violinisten vorstellen, der gerade von Ensemble-Proben kommt und die manifeste Idee der Gewalt oder Gegengewalt gar nicht in seinem Handlungsvorrat hat und völlig defensiv reagiert. Oder ein überzeugter Gläubiger ist, der aufgrund einer intensiven religiösen Bindung jegliche Gewalt von sich weist.

Hurrelmann, Klaus/ Bauer, Uwe: Einführung in die Sozialisationstheorie – Das Modell der produktiven Realitätsverarbeitung. 11. Auflage. Weinheim und Basel 2015, S. 13

B Interpretation des Fallbeispiels in M3A

Mit den situativen und biografischen Hintergründen haben wir in diesem Beispiel zwei der Einflüsse eingekreist, die bereits zum Bedingungsgefüge gehören, das die Reaktionsmöglichkeiten eines Menschen in einer bestimmten Situation festlegt. Auch die Geschlechts- und die Religionszugehörigkeit bezeichnen Faktoren, die auf unterschiedliche Weise auf gemeinsame Einstellungen verweisen. Wie das Beispiel deutlich macht, hängt die Reaktion des 17-jährigen Jugendlichen auf das Fingertippen von hinten von diesen Einflüssen ab. Sie entscheiden über die Hinwendung zu bestimmten Handlungen und können dabei mehr oder weniger unbewusst und unreflektiert sein, also Bestandteil von [...] Reaktionsmustern sein. [...] Der 17-jährige Jugendliche nimmt blitzschnell die Realität auf, verarbeitet sie und reagiert auf sie. Das Gleiche tut aber auch der Fingertipper. Beide interagieren miteinander und antworten auf die Reaktionen des anderen. Dabei rufen beide einen Wissens- und Handlungsvorrat ab, der ihnen aus ihrem bisherigen Leben vertraut ist. Der 17-jährige Jugendliche zeigt vielleicht ein verärgertes Gesicht und spricht laut, wenn er einen aggressiven Unbekannten vor sich sieht, er lacht freundlich und spricht langsam und fürsorglich, wenn er die alte Dame sieht. Dies alles ist Teil der Sozialisation. [...] In der Interaktion aktualisiert sich unser Handlungswissen, wir greifen auf Sprache, Erfahrungen im Umgang mit älteren Menschen und die ihnen zustehende Fürsorglichkeit zurück.

Ebd. S. 13 f.

M4 Welche Phasen des Sozialisationsprozesses werden diskutiert?

Man bezeichnet die erste und elementare Sozialisation in der frühen Kindheit als primäre Sozialisation. Sie erfolgt in der Regel in der Familie und vermittelt inhaltlich und formal die Grunderfahrungen des sozialen Lebens in einer kleinen und vertrauten Gruppe: Das Kind lernt, welche Bedeutungen die Menschen seiner unmittelbaren Umgebung mit ihren Worten, Gesten, Mienen und mit ihrem Tun und Lassen verbinden; es lernt, sich selbst bestimmte Verhaltensweisen sowie vorsprachliche und dann auch sprachliche Ausdrucksformen anzueignen, die die anderen verstehen und gelten lassen; und schließlich muss das Kind lernen, seine Bedürfnisse nach und nach mit den Erwartungen seiner Umwelt in Einklang zu bringen. Fachlich gesprochen werden damit kognitive, sprachliche, motivationale und affektiv-emotionale Persönlichkeitsmerkmale in der primären Sozialisation elementar ausgeformt. Die hierbei vermittelten gesellschaftlichen Verhaltensmuster und Erfahrungen legen zwar ein relativ solides Fundament, das im Verlauf späterer Lebensphasen jedoch nach zahlreichen Richtungen hin weiter ausgebaut und ergänzt sowie differenziert und modifiziert werden muss. Dies geschieht dann in der sogenannten sekundären Sozialisation, die auf der Basis primärer Sozialisiertheit aufbaut, hingegen im Wesentlichen im außerfamiliären Raum verläuft, wie z. B. im Kindergarten, in der Schule und in Freundschaftsgruppen, in der beruflichen Ausbildung oder im Studium, in der Freizeit, in Vereinen, in religiösen Gruppen, aber auch in den »anonymen« Feldern der Konsumindustrie, der Massenmedien sowie der sozialen Netzwerke im Internet.
Sozialisation müssen wir darum auch als einen kumulativen, aktuell sich vollziehenden lebenslangen Prozess verstehen. [...] In jeder neuen Lebensphase ergeben nicht zuletzt unter veränderten materiellen Bedingungen und durch den Wechsel von sozialen Beziehungen, z. B. bei Eheschließung, Berufseintritt, Arbeitslosigkeit, Wahl in einen Vereinsvorstand o. Ä. (tertiäre Sozialisation) oder bei Pensionierung, Tod des Partners, Umzug in ein Altenheim (quartäre Sozialisation), immer wieder neue, meist auch mehr oder minder krisenhafte Konstellationen, die beim Individuum Veränderungen von bestehenden bzw. die Übernahme neuer Handlungsfähigkeiten erforderlich machen.

Henecka, Hans Peter: Aspekte und Dimensionen der Sozialisation: Sozialisation als soziale Interaktion. In: Grundkurs Soziologie. 10. Auflage. Konstanz und München 2015, S. 95 f.

M5 Lernprozesse in den einzelnen Phasen der Sozialisation – eine Auswertung des Textes in M4

Phasen	Lernprozesse
Primäre Sozialisation	
Sekundäre Sozialisation	
Tertiäre Sozialisation	Ins Heft
Quartäre Sozialisation	

Tabelle in M5 zum Ausdrucken

72043-202

M6 Was sind die Bedingungen der Sozialisation?

[Der Sozialisationsbegriff wendet] [...] sich entschieden gegen alle biologistischen Auffassungen, die die Persönlichkeitsentwicklung allein oder weit überwiegend auf genetisch fixierte „Anlage"-Faktoren und ihre „Reifung" zurückführen wollen. In einer solchen Sichtweise sind individuelle Unterschiede in Leistungsfähigkeit und Charaktereigenschaften bereits vor der Geburt weitgehend festgelegt, die Umwelt hat dann allenfalls noch die Funktion eines gärtnerischen Nährbodens. [...] Gegenüber solchen Thesen haben Sozialisationsforscher stets betont, dass sich die Persönlichkeit in Auseinandersetzung mit der jeweiligen Umwelt entwickelt und dass eine genetische Fixierung von Charaktereigenschaften eine wissenschaftlich durch nichts belegte Spekulation ist. Diese Ablehnung biologistischer Positionen schließt aber ein, dass Sozialisationstheorien die biologische Basis aller menschlichen Erkenntnis- und Handlungsfähigkeit berücksichtigen. Es geht also nicht darum, die organischen Voraussetzungen der menschlichen Entwicklung (z. B. genetische Vorgaben, körperliches Wachstum, Triebbedürfnisse, [...] Gehirnaktivitäten) zu leugnen, sondern die Wechselwirkungen zwischen diesen Bedingungen und den Einflüssen der Umwelt zu analysieren.

Tillmann, Klaus-Jürgen: Bedingungen der Sozialisation. In: Sozialisationstheorien, eine Einführung in den Zusammenhang von Gesellschaft. Institution und Subjektwerdung. Reinbek 2010, S. 18 f.

Aufgaben

72043-203

1. Der Reverend Singh in **M1** bemühte sich, die Kinder langsam an das Leben in der Gesellschaft zu gewöhnen. Erläutern Sie mit Hilfe des 2. Begriffs im Werkzeugkasten Soziologie „Gesellschaft" (→ S. 65), was für Kamala und Amala der späte Kontakt zur Gesellschaft bedeutete.
2. Beschreiben Sie die Ergebnisse der Hospitalismusforschung von René Spitz (**M2**).
3. Erläutern Sie mit Hilfe des 1. Begriffs „Sozial" im Werkzeugkasten Soziologie (→ S. 65), was der Autor von **M2** damit meint, dass den Wolfskindern in der entscheidenden Phase ihrer Entwicklung „der soziale Mutterschoß" fehlte.
4. Erläutern Sie den 3. Begriff „Soziologie" im Werkzeugkasten (→ S. 66).
5. Überprüfen Sie die These der Überschrift dieses Unterkapitels 2.1.
6. Analysieren Sie das Fallbeispiel in **M3** A im Hinblick auf die situativen und biografischen Hintergründe.
7. Erläutern Sie auf der Grundlage von **M3** B, inwiefern situative und biografische Hintergründe das Handeln beider Personen (Jugendlicher und Fingertipper) in der beschriebenen Situation beeinflussen.
8. Erläutern Sie den 4., 5., 6., und 7. Begriff „Normen", „Werte", „Sozialisation" und „Erziehung als Teil der Sozialisation" im Werkzeugkasten Soziologie (→ S. 66 f.).
9. Erläutern Sie das Begriffspaar „primäre Sozialisation" mit Hilfe von **M4**.
10. Werten Sie **M4** und die Tabelle im QR-Code hinsichtlich der verschiedenen Phasen der Sozialisation, der Sozialisationsinstanzen und der Lernprozesse in den einzelnen Phasen aus, indem Sie die wichtigsten Aspekte in die Tabelle (**M5**) eintragen.
11. a) Erläutern Sie die Vorstellungen der Vertreter und Vertreterinnen einer „biologistischen Auffassung" von der Persönlichkeitsentwicklung des Menschen (**M6**).
    b) Arbeiten Sie heraus, welche Position die Sozialisationsforschenden dagegen vertreten (**M6**).

F zu Aufgabe 1
Entwickeln Sie Hypothesen über notwendige Bedingungen für die normale Entwicklung eines Kindes.

F zu Aufgabe 3
Begründen Sie, warum es sich hier um das wertneutrale Verständnis von „Sozial" handelt.

F zu Aufgabe 8
Entwickeln Sie Hypothesen über die „Normen" und „Werte", die dem Handeln der Personen in Ihren Szenarien zu Grunde liegen.

2.2 Primäre Sozialisation: Ist die Mutter in der frühen Kindheit unersetzlich?

Zum Thema: In Kapitel 2.1 haben Sie gesehen, wie wichtig die Zuwendung der Erziehungspersonen für eine gesunde Entwicklung von Kindern ist. Das Bedürfnis nach Nähe und Geborgenheit ist eine Grundvoraussetzung für eine selbstbestimmte Entwicklung. Welche Rolle die Mutter oder andere Bezugspersonen in den ersten Jahren des Kindes spielen, ist ein zentrales Thema dieses Unterkapitels.

M7 Collien Ulmen-Fernandes: Ich bin keine Rabenmutter!

EMMA: Ihre TV-Dokus heißen „Rabenmütter oder Super Moms" und „Rabenväter und Super Dads". Sind Sie selbst schon als „Rabenmutter" beschimpft worden?

Ulmen-Fernandes: Natürlich! Gerade wenn man als Mutter beruflich reist, wird man dafür sehr stark angefeindet. Ich bin ja manchmal für Dreharbeiten drei oder vier Wochen unterwegs, auch im Ausland. Was ich mir da anhören muss, ist schon extrem. Ein bisschen Teilzeit arbeiten – das ist okay. Aber Mütter, die Vollzeit arbeiten, werden in Deutschland noch immer dafür attackiert. Es gilt das Leitbild: Die Mutter gehört naturgegeben zum Kind. Und wenn sie da nicht ist, dann handelt sie quasi widernatürlich. Ich habe das auch im Kindergarten bei meiner Tochter mitbekommen. Da gab es neben mir nur eine einzige Mutter, die Vollzeit gearbeitet hat. Da hieß es dann: „Wie kann sie bloß bis 18 Uhr arbeiten? Das arme Kind!"

Wenn Sie zu Dreharbeiten weg sind, übernimmt dann Ihr Mann Christian Ulmen?

Genau, dann übernimmt natürlich mein Mann. [...]

Collien Ulmen-Fernandes spricht im EMMA-Interview über Rollenverteilung von Müttern und Vätern und zähe Geschlechterklischees

Ihre Mutter war Hausfrau. Wie haben Sie das erlebt?

Mein Vater hat oft die Formulierung benutzt, dass meine Mutter „sein Geld ausgibt". Diesen Satz habe ich zu Hause oft gehört. Und ich habe gedacht: Das will ich nicht! Ich möchte nicht fragen müssen, wenn ich mir eine neue Hose kaufen will. Ich will mein eigenes Geld verdienen und selbst entscheiden, wann und wofür ich es ausgebe.

Sie haben es dann anders gemacht.

Ja, aber grundsätzlich habe ich den Eindruck, dass man es als Frau nur falsch machen kann: Wenn man arbeiten geht, ist man die Rabenmutter. Wenn man zu Hause bleibt, ist man die Frau, die das Geld des Mannes ausgibt. Dabei hat die Frau ja auch ihre 24 Stunden Care-Arbeit dafür geleistet und hart gearbeitet. Die Vorstellung des Mannes, dass er das Geld erwirtschaftet hat und seiner Frau davon gönnerhaft etwas abgibt, ist ziemlich unfair.

Ulmen-Fernandes, Collien im Interview mit Louis, Chantal: Ich bin keine Rabenmutter. In: www.emma.de, 06.05.2021

Einstiegsaufgaben

72043-204

1. Beschreiben Sie, wie Collien Ulmen-Fernandez und ihr Mann die Erziehung ihrer Tochter bewältigen und wie ihre Aufgabenteilung gelegentlich von anderen Eltern beurteilt wird.
2. Diskutieren Sie, inwiefern Sie mit der Position von Ulmen-Fernandez übereinstimmen.

M8 Bindung: Streben nach Sicherheit und Geborgenheit (Aus einem Ratgeber für Eltern)

Frühkindliche Bindungen jenseits der Eltern
Babys bzw. Kinder können über ihre Mütter und Väter hinaus weitere Personen als wichtige Bezugspersonen annehmen: Dies können z. B. Großeltern oder Tageseltern sein, bei denen das Kind Schutz und Geborgenheit sucht.

Ein Kind mit seinen Eltern beim Ausflug

Kinder brauchen verlässliche und vertrauensvolle Beziehungen. Sie geben ihnen die Sicherheit, die sie brauchen, um neugierig ihre Welt erforschen zu können. Ohne menschliche Nähe, Schutz und Zuwendung kann ein Baby nicht gedeihen, und um seiner natürlichen Neugier und seinem angeborenen Erkundungsdrang folgen zu können, braucht ein Kind den Schutz und die Sicherheit einer zuverlässigen Beziehung.

Vom Tag der Geburt an ist deshalb das Verhalten des Babys darauf ausgerichtet, mit den Menschen, die es umsorgen und seine Bedürfnisse nach Nähe und Geborgenheit erfüllen, eine gefühlsmäßige und dauerhafte Bindung einzugehen. In der Regel sind dies vorrangig Mutter und Vater. [...] Von Natur aus ist ein Kind mit bestimmten Verhaltensweisen ausgestattet, durch die es die Nähe zu Mutter, Vater oder anderen Bezugspersonen sichern kann:

Weinen, Rufen, Anklammern, Nachfolgen oder Nähesuchen gehören zum typischen Bindungsverhalten. In bedrohlichen oder ihm unbekannten Situationen will Ihr Kind hierdurch die Nähe zu Ihnen herstellen.

Als Eltern verstehen Sie diese Signale Ihres Kindes meist und „beantworten" sie richtig: Sie wenden sich Ihrem Kind zu, trösten es, nehmen es auf den Arm, beruhigen es.

Wie sicher sich ein Kind in der Bindung zu Mutter und Vater fühlt, hängt vor allem von den „Bindungserfahrungen" ab: Je mehr Ihr Kind erfährt, dass es sich auf Ihre Nähe und Fürsorge verlassen kann, umso sicherer fühlt es sich in der Beziehung zu Ihnen.

Wenn Sie es gleichzeitig zu seinen altersgemäßen Entdeckungen und Beschäftigungen ermutigen (aber nicht drängen), entwickelt es allmählich ein Gefühl von Selbstbestimmung und Tüchtigkeit. [...] Bindung entwickelt sich aus der wechselseitigen Beziehung zwischen dem Kind und seinen nahen Bezugspersonen.

© Bundeszentrale für gesundheitliche Aufklärung (BZgA): Bindung: Streben nach Sicherheit und Geborgenheit. In: www.kindergesundheit-info.de, Abruf am 11.01.2018

M9 „Mütter sind für ihre Kinder und deren Wohlbefinden unersetzlich": ein Interview mit der Schriftstellerin Alina Bronsky

Alina Bronsky wurde in Russland geboren und lebt seit Anfang der Neunzigerjahre in Deutschland. [...] Bronsky hat vier Kinder. [...]

SPIEGEL ONLINE: Sie schreiben in Ihrem Buch „Die Abschaffung der Mutter", dass Sie bei der Arbeit das Gefühl gehabt hätten, an einem „Hochrisikoprojekt" zu arbeiten. Was sind Ihre riskanten Botschaften?

Bronsky: Zum einen, dass Mütter für ihre Kinder und deren Wohlbefinden unersetzlich sind. Das bedeutet, dass man Frauen zumindest nicht daran hindern sollte, für ihre Kinder da zu sein. Die andere, noch brisantere Botschaft ist, dass wir sagen: Die Mutter ist nicht nur eine von vielen Bezugspersonen, sondern in der Regel die wichtigste. Das zu sagen, ist heutzutage offenbar anstößig. Liebende Mütter sind anscheinend verdächtig. [...]

Sie beklagen auch eine neue Norm, wonach Mama an den Arbeitsplatz gehöre.

Und zwar möglichst schnell und möglichst lange. Da hat sich etwas verschoben und zwar ziemlich abrupt. Und Normen sind bekanntlich der Feind der Vielfalt.

Was hat zu dieser Verschiebung geführt?

Da kam einiges zusammen: [...] das Versprechen, wonach alle Eltern einen Anspruch auf einen Krippenplatz haben, der zunehmende öffentliche Druck auf Frauen, die etwas länger zu Hause bleiben wollen.

Aber das wurde doch nicht von oben verordnet. Die Politik hat doch nur auf ein verbreitetes Bedürfnis in der Bevölkerung reagiert.

Natürlich gibt es den Elternwunsch nach Betreuungsplätzen. Doch zugleich hat die Politik die Anforderungen, die eigentlich die Wirtschaft an die Bevölkerung stellte, aufgegriffen und so verdreht, dass sie als Fürsorge verkauft wurden. Mütter sollten mehr arbeiten, daher hieß es: Wir schaffen jetzt Krippenplätze, um die armen Frauen vom Herd loszureißen. [...]

Für viele Feministinnen älterer Semester ist Ihr Buch ein Affront. Diese Frauen haben ihr Leben lang für Chancengerechtigkeit gekämpft und nun, da Frauen fast alle Türen offenstehen, wählen Sie freiwillig den Beruf der Mutter.

Das ist mein gutes Recht. Wer aus der eigenen Biografie Forderungen an nachfolgende Generationen ableitet, verhält sich erpresserisch. Nur weil Frauen früher unter männlicher Unterdrückung gelitten haben, soll ich jetzt das Wohl meiner Kinder aufs Spiel setzen? Einen Feminismus, der sich ausschließlich für die Rechte der arbeitenden Frau einsetzt, halte ich für frauenfeindlich.

Clauß, Anna/ Feldenkirchen, Markus: „Sich Hausfrau zu nennen, hat etwas Revolutionäres". In: www.spiegel.de, 12.03.2016

Alina Bronsky veröffentlichte zuletzt gemeinsam mit Denise Wilk die Streitschrift „Die Abschaffung der Mutter: Kontrolliert, manipuliert und abkassiert – warum es so nicht weitergehen darf". Bronsky hat vier Kinder.

M10 „Beide Eltern können Innigkeit geben und sind auch gleich wichtig"

Lediglich ein Drittel der deutschen Väter geht in Elternzeit. 79 Prozent davon für höchstens zwei Monate. In fast Dreiviertel aller Familien arbeitet der Vater Vollzeit, während die Mutter geringfügig beschäftigt ist, als Teilzeitkraft arbeitet oder gar nicht. Dabei wollen sich 60 Prozent der Paare mit Kindern unter drei Jahren die Pflichten in Haushalt und Beruf fair teilen. So steht es im Väterreport der Bundesregierung. Dort steht aber auch, dass dieses Vorhaben nur von 14 Prozent umgesetzt wird. [...]

Im Jahr 2015 befragte das Allensbach-Institut Paare, die ein junges Kind hatten, nach welchen Kriterien sie Job und Haushalt aufteilen würden. 70 Prozent sagten, dass der Wunsch der Mutter, Zeit mit dem Kind zu verbringen, großen Einfluss hatte. Zwei Drittel nannten den Wunsch der Mutter, das Kind in den ersten Jahren zu betreuen. Nur bei 36 Prozent spielten die Möglichkeiten der Mutter, ihren Beruf mit der Familie zu vereinbaren, eine große Rolle. Anders gesagt: Die meisten Mütter verzichten gerne. Und die meisten Männer nehmen diesen Verzicht gerne an. Natürlich darf jedes Paar selbst entscheiden, wer wann das Kind füttert, wickelt und bespaßt. Alles völlig okay. Wenn es das Paar glücklich macht. Emanzipiert ist das allerdings nicht. Doch die Debatte um Vereinbarkeit in diesem Land beruht auf der Annahme, dass Paare emanzipiert leben wollen. [...]

Vielleicht ist es an der Zeit, den Fokus der Vereinbarkeitsdebatte zu verrücken, ein paar Wirklichkeiten anzuerkennen und nach Gründen zu fragen. Warum fügen sich viele Frauen in traditionelle Rollen?

WHO
Die Weltgesundheitsorganisation (englisch: World Health Organization, WHO) ist die Koordinationsbehörde der Vereinten Nationen für das internationale öffentliche Gesundheitswesen.

Was hält so viele Männer davon ab, mehr Zeit mit ihren Kindern zu verbringen? Müssen Beziehungen überhaupt emanzipiert sein? Die erste Wirklichkeit wäre, sich einzugestehen, dass es schlecht zu den Klagen über Benachteiligung passt, wenn man sagen muss: Das größte Problem für die Vereinbarkeit sind die Frauen selbst. Das zweitgrößte Problem sind die Männer. Die meisten von ihnen hören „Vereinbarkeit" und denken „Karriereknick". Laut Väterreport hat fast jeder fünfte Vater aus Angst auf Elternzeit verzichtet. Das fehlende Geld, die beruflichen Nachteile, die dummen Sprüche. [...]
Neben der Angst um die Karriere gibt es noch ein anderes Problem. Das Baby. Und wie man es umsorgt. Väter sagen dann gerne mal: „Ich kann mit so kleinen Kindern einfach nichts anfangen." Oder: „Seit sie Fußball spielen können, kann ich ihnen was bieten." Oder: „Bevor die ein Jahr alt sind, ist die Mutterbindung das Wichtigste." Typisch Mann?
Man muss nicht lange suchen, um Frauen zu finden, die diese Meinungen bestärken. Etwa Alina Bronsky, Verfasserin der Streitschrift „Die Abschaffung der Mutter". Die Autorin erklärte in einem Interview: „Schwangerschaft, Geburt und Stillen sorgen für eine kontinuierliche Innigkeit, die ein fürsorglicher Vater ergänzen, aber nicht ersetzen kann." Eine gute These. Nur leider falsch. Das haben Studien von Michael Lamb ergeben, einem der renommiertesten Väterforscher der Welt. Danach können beide Eltern Innigkeit geben und sind auch gleich wichtig. Nur Stillen können Männer nicht. Die WHO sagt: Ein halbes Jahr Muttermilch genügt. Blieben noch acht Monate Elternzeit für den Vater.

Novotny, Rudi: Elternzeit – Die Schuld der Mütter. In: www.zeit.de, 21.08.2017

Aufgaben

72043-205

1. a) Gestalten Sie – mit Hilfe der Überschrift in **M8** – eine Mindmap, in der Sie darstellen, was für Sie das Streben nach Sicherheit und Geborgenheit konkret für die Kinder bedeutet.
   b) Vergleichen Sie Ihre Ergebnisse im Kurs.
2. Analysieren Sie **M8** in Kleingruppen (3-4 Personen) im Hinblick auf die Bezugspersonen, die die Bedürfnisse von kleinen Kindern nach Sicherheit und Geborgenheit erfüllen können.
3. Werten Sie **M9** und **M10** in arbeitsteiliger Gruppenarbeit aus:

   Gruppe A
   a) Stellen Sie die Vorstellungen von Alina Bronsky über die Aufgaben der Eltern bei der Erziehung kleiner Kinder dar.
   b) Arbeiten Sie die Argumente heraus, mit denen sie ihre Entscheidung begründet, dass die Mutter in der frühen Kindheit unersetzlich sei.

   Gruppe B
   a) Stellen Sie die Vorstellungen von Rudi Novotny über die Aufgaben der Väter bei der Erziehung kleiner Kinder dar.
   b) Arbeiten Sie die Argumente heraus, mit denen er begründet, dass die Mutter in der frühen Kindheit nicht unersetzlich sei.
4. Vergleichen Sie Ihre Ergebnisse aus Aufgabe 3 im Kurs.
5. a) Setzen Sie sich mit beiden Positionen aus Aufgabe 3 auseinander.
   b) Gestalten Sie im Anschluss daran einen Podcast, der Ihre Ergebnisse darstellt.
   c) Entwickeln Sie abschließend ein eigenes Urteil.

2.3 Sekundäre Sozialisation: Das Beispiel Schule – ist die Schulpflicht noch zeitgemäß?

Zum Thema: Mit der Einschulung beginnt die Phase der sekundären Sozialisation. In der Schule werden den Schülerinnen und Schülern Kompetenzen vermittelt, mit deren Hilfe sie sich in einer komplexen Gesellschaft zurechtfinden können. Der Erwerb grundlegender Qualifikationen für die spätere Ausübung eines Berufs ist Teil des sekundären Sozialisationsprozesses. Ob Schulbildung durch Homeschooling erfolgreich ersetzt werden kann, ist ebenfalls Thema in diesem Unterkapitel.

M11 Lernen ohne Schule!?

A Schule in der Corona-Pandemie: Die Schwächeren werden schwächer

In NRW lernen die Schüler [in der Corona-Krise monatelang] im Distanzunterricht. Eine Befragung von Eltern zeigt jetzt: Die Ungleichheiten werden durch Homeschooling verstärkt [...]. Distanzunterricht bedeutet: Die Schüler lernen von zu Hause aus. Im Idealfall an einem mit schnellem Internet ausgerüsteten PC in ihrem Kinderzimmer. Oder in einer Ecke im Wohnzimmer. Oder in der Küche. Aber längst nicht alle Schüler haben daheim ideale Lernbedingungen. Für sie gibt es seit Anfang der Woche Distanzunterricht vor Ort, sprich: in der Schule selbst. Keine Frage: Corona wirbelt den Schulalltag ganz gehörig durcheinander. Das hat nicht zuletzt auch negative Folgen für Lernschwächere, die im Distanzunterricht nicht hinreichend genug gefördert werden. [...] Besonders bei der technischen Ausstattung gibt es laut der Umfrage große Unterschiede zwischen den Schulformen. Während 60 Prozent der Gymnasien ihre Schüler mit Endgeräten wie Tablets und Laptops versorgen, sind es bei Haupt- und Realschulen nur jeweils 31 Prozent.

© WDR: Schule in der Corona-Pandemie: Die Schwächeren werden schwächer. In: www.wrd.de, 04.02.2021

B „Freilerner"-Aktivistin aus Grevenbroich: Schule? „Das entscheidet mein Kind selbst"

Die fünfjährige Tochter von Tatjana Weigel aus Grevenbroich wird im Juni schulpflichtig, aber ihre Mutter will ihr die Wahl lassen, ob sie zur Grundschule gehen möchte oder nicht. Sie praktiziert das sogenannte Freilernen, bei dem Kinder selbst entscheiden, was, ob und wann sie lernen möchten. Dabei wird das Lernen an den Interessen des Kindes ausgerichtet. Die Mutter sieht die Schulpflicht als Grundrechtsverletzung und möchte ihren Kindern die Wahl lassen. Sie ist jedoch bereit, ihre Tochter zur Schule zu schicken, wenn diese sich dafür entscheidet. Die Familie möchte anonym bleiben. [...] Der Schulleiter eines Gymnasiums in Grevenbroich sieht das Freilernen kritisch. Er glaubt, dass soziales Lernen, Konfliktbewältigung und demokratisches Werteverständnis durch das Freilernen nicht ausreichend gefördert werden können.

Nach: Kandzorra, Christian: Freilerner"-Aktivistin aus Grevenbroich: Schule? „Das entscheidet mein Kind selbst". In: www-rp-online.de, 23.01.2019

Einstiegsaufgaben

72043-207

1. Beurteilen Sie spontan die Vor- und Nachteile des Homeschooling in der Corona-Krise.
2. Beschreiben Sie die Gründe, die dazu geführt haben, dass Eltern sich entscheiden, ihre Kinder nicht am Unterricht in der Schule teilnehmen zu lassen (**M11** B) und die Beurteilung durch den Schulleiter.
3. Analysieren Sie **M11** A im Hinblick auf die Auswirkungen des Distanzunterrichts in der Corona-Krise.

Ganzer Text M11b

72043-206

Schulpflicht und ihre Ausnahmeregelungen in Deutschland
In Deutschland herrscht Schulpflicht seit 1919 (Weimarer Verfassung). Ausnahmegenehmigungen gibt es etwa für Kinder, die dauerhaft krank sind und nicht am Unterricht teilnehmen können. Oder für Eltern, die aus beruflichen Gründen unterwegs sind und ihre Kinder nicht an einem Ort in die Schule schicken können. Dazu zählt etwa der Nachwuchs von Schaustellenden und Zirkusmenschen. (→ S. 61, **M18**)

Anzahl von „Freilernenden" in Deutschland
Schätzungen zufolge gibt es in Deutschland rund 1.000 Kinder, die zu Hause unterrichtet werden.

M12 Schulpflicht oder Unterrichtspflicht in Deutschland, Österreich und der Schweiz

Schulpflicht in		
Deutschland	**Österreich**	**Schweiz**
• In Deutschland steht das Schulwesen „unter Aufsicht des Staates" (Artikel 7 GG). • Gemäß dieser Bestimmung haben alle Bundesländer die Schulpflicht bis zum 9. oder 10. Schuljahr gesetzlich verankert. * • Die Schulpflicht ist eine gesetzliche Regelung, die ab einem bestimmten Alter Kinder, Jugendliche und Heranwachsende dazu verpflichtet, eine Schule zu besuchen. ** Ausnahme: Rheinland-Pfalz bis zum 12. Schuljahr*	• In Österreich gibt es nur eine Unterrichtspflicht, die außer in den Schulen auch durch die Teilnahme am häuslichen Unterricht erfüllt werden kann. • Verpflichtend ist eine Prüfung durch eine staatliche Kommission am Ende jedes Schuljahres, in der entschieden wird, ob nach Maßgabe des Lehrplans weiter Hausunterricht erteilt werden kann. • Im Falle des Nichtbestehens muss die Schülerin/der Schüler eine Schule besuchen.	• In der Schweiz besteht eine Bildungspflicht oder Unterrichtspflicht, die statt durch Schulbesuch durch Hausunterricht erfüllt werden kann. • Voraussetzung ist die behördliche Bewilligung, in einigen Kantonen auch eine bloße Meldung. Nur Zürich kennt die Voraussetzung einer Lehrerausbildung.

Bearbeiterin

M13 Die Schule als Sozialisationsinstanz

A Unterschied zwischen Kindergarten und Schule

Der Kindergarten hat die Aufgabe, den Sozialisationsprozess der ersten fünf bis sechs Lebensjahre zusammen mit den Eltern zu gestalten und die Kinder auf den Übergang in die Schule vorzubereiten. Mit der Schule beginnt dann der Ernst der Bildungsqualifizierung. Der Übergang von der Erziehungsinstitution Kindergarten in die Bildungsinstitution Schule ist aus diesem Grund in den meisten Gesellschaften ein Wechsel zwischen zwei sozialen Welten, die sich in ihren Umgangsformen und Arbeitsweisen deutlich unterscheiden […]
Im Kindergarten steht die Förderung der motorischen, sinnlichen und sozialen Kompetenzen eines Kindes im Vordergrund, in der Schule geht es um die Vermittlung von Wissen und kognitiven Fertigkeiten. Der Besuch des Kindergartens ist zwar in fast allen Industrieländern heute zur Regel geworden, aber er ist freiwillig. Der Besuch der Schule hingegen ist in fast allen Ländern, so auch in Deutschland, rechtlich verpflichtend und kann gegenüber Eltern und Kindern im Extremfall mit Polizeigewalt durchgesetzt werden. Damit soll gesichert werden, dass allen Kindern die Wertorientierungen und Verhaltensmuster vermittelt werden, die im öffentlichen Bereich von Arbeit, Behörden, Konsum- und Freizeitinstitutionen vorherrschen. In der Wahrnehmung von Eltern und Kindern kommt der Schule damit ein viel größeres Gewicht als den Vorschuleinrichtungen zu.

Hurrelmann, Klaus/ Bauer, Ulrich: Die Schule als Sozialisationsinstanz und -kontext. In: Einführung in die Sozialisationstheorie – Das Modell der produktiven Realitätsverarbeitung. 11. Auflage. Weinheim und Basel 2015, S. 171

B Charakter der Schule als organisiertes Bildungssystem

Die schulischen Bildungseinrichtungen sind im Unterschied zur Familie als formale gesellschaftliche Organisationen verfasst, die bei der Ausübung ihrer Funktionen öffentlich kontrolliert werden. Die zentralen sozialen Rollen sind die der professionell geschulten und mit der Leitung des Bildungsprozesses verantwortlich vertrauten Pädagogen und die der Schülerin und des Schülers. Im Unterschied zur Familie steht der professionelle Pädagoge in der Regel einer sehr großen Gruppe von Schülerinnen und Schülern gegenüber und kann nur in Ansätzen eine persönliche und emotionale Beziehung zu jedem Einzelnen von ihnen aufbauen. Umgekehrt haben auch die Schülerinnen und Schüler ihren Lehrkräften gegenüber einen im Vergleich zur Familie sachlichen und nur in Ansätzen persönlichen und emotionalen (gefühlsmäßigen) Kontakt.

Die Schule hat als organisiertes Bildungssystem eine Schulaufsicht, die staatliche Vorgaben umsetzt. Diese werden von der Schulleitung aufgenommen, die für die Steuerung aller Abläufe innerhalb der Schule zuständig ist. Die eigentliche Bildungsarbeit erfolgt in den Schulklassen, in denen jeweils eine professionelle Pädagogin oder ein professioneller Pädagoge (Lehrerin/Lehrer) einer größeren Gruppe von Schülerinnen und Schülern zugeordnet ist. Die Pädagogin oder der Pädagoge ist von den Vorgaben der Schulleitung abhängig und richtet sein Handeln an Lehrplänen und Leistungstests aus, die feste Lernziele und oft auch spezielle Arbeitsformen zum Erreichen der Lernziele vorgeben. Die Lehrkraft baut zur Gesamtgruppe der Schülerinnen und Schüler ebenso eine Beziehung auf wie zu jedem einzelnen Schüler [...]. Die Schülerinnen und Schüler bilden als Kollektiv ein soziales Untersystem („Schülersystem“), in dem viele Interaktionen ablaufen, und sie sind auch in kleineren Netzwerken miteinander, verbunden, die freundschaftlichen Charakter haben können („Schülerbeziehungen“).

Hurrelmann, Klaus/ Bauer, Ulrich: Die Schule als Sozialisationsinstanz und -kontext. In: Einführung in die Sozialisationstheorie – Das Modell der produktiven Realitätsverarbeitung. 11. Auflage. Weinheim und Basel 2015, S. 172

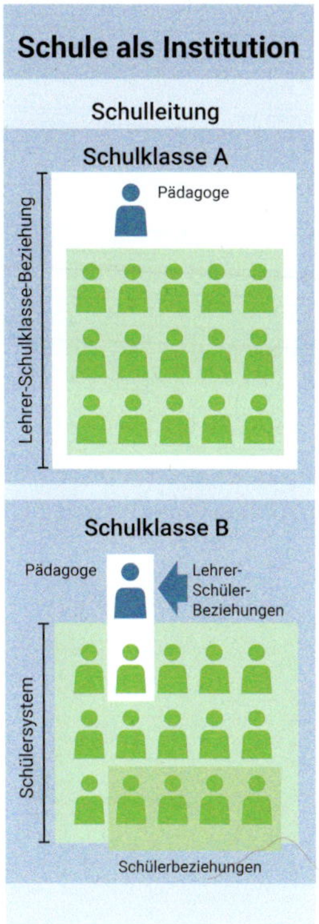

C Die vier Ebenen der Sozialisation in der Schule

Ebenen der Bildungs- und Sozialisationsfunktionen der Schule			
1. Ebene	**2. Ebene**	**3. Ebene**	**4. Ebene**
Direkte Person-zu-Person-Beziehung zwischen Lehrkräften und Schülern Jeder Pädagoge interagiert mit den Kindern und Jugendlichen der jeweiligen Schulklasse, um das Wissen, die Einstellungen und die Verhaltensdispositionen der Schülerinnen und Schüler zu beeinflussen.	**Beziehung zwischen dem Lehrer und dem gesamten Kollektiv der Schülerinnen und Schüler** Der Pädagoge muss immer die Interessen und Bedürfnisse der gesamten Gruppe berücksichtigen, wenn er seine gestaltende Rolle beibehalten will. Daraus ergeben sich Grenzen für die Intensität der persönlichen Beziehung zu einzelnen Schülerinnen und Schülern und somit auch für die persönliche Förderung der Leistungen der Schüler.	**Schülerschaft untereinander [...]** Das Kollektiv der Schülerschaft übt Sozialisationsfunktionen aus. Der Anpassungsdruck der Mitschülerinnen und Mitschüler kann in manchen Phasen des Schullebens mehr Einfluss ausüben, als es die von den Pädagoginnen und Pädagogen ausgehenden Impulse vermögen.	**Organisationsstruktur** Die Bildungseinrichtung Schule ist eine große und komplexe Organisation mit formal festgelegten Zuständigkeiten und Verantwortlichkeiten. Diese Organisationsstruktur wirkt auf die Verhaltensweisen aller Menschen ein, die sich in der Schule aufhalten. [...] Kurz: Die Schule als Institution erzieht.

Nach: Hurrelmann, Klaus/ Bauer, Ulrich: Die Schule als Sozialisationsinstanz und –kontext. In: Einführung in die Sozialisationstheorie – Das Modell der produktiven Realitätsverarbeitung. 11. Auflage. Weinheim und Basel 2015, S. 172

M14 Welche Funktionen hat die Schule?

Schulen haben drei zentrale Funktionen für die Gesellschaft		
1. Kompetenztraining	**2. Integration**	**3. Platzierung**
Schulen übernehmen die Vermittlung von Wissen und Kenntnissen, die für das kompetente Handeln in einer Gesellschaft notwendig und wünschenswert sind. Dazu gehört das Training des intellektuellen wie auch fachlichen Denkens und Kombinierens und der Fähigkeit, sich auf eigene Initiative hin mit Sach- und Lebensproblemen auseinanderzusetzen. Das schulische Lern- und Bildungstraining hat immer auch eine berufsorientierende und -qualifizierende Komponente der Kompetenzvermittlung.	Schulen leisten für die Gesellschaft die Aufgabe der sozialen Integration, indem sie Jugendliche auf die vorherrschenden kulturellen Normen und Werte sowie die gesellschaftlichen Lebens- und Arbeitsbedingungen einstimmen. Sie stellen einen sozialen Mikrokosmos der Gesellschaft her, in dem diejenigen formalen Umgangsformen, Hierarchien, Abhängigkeiten und Erfolgskriterien etabliert werden, die für die soziale Welt außerhalb der Schule typisch sind. Sie fordern ein hohes Maß von Anpassung an die bestehenden sozialen Strukturen.	Schulen vermitteln den Jugendlichen die Prinzipien, nach denen in modernen Gesellschaften beruflicher Status und soziales Prestige vergeben werden. Das Kriterium hierfür sind die individuell erbrachten Leistungen, die nach standardisierten Verfahren gemessen und bewertet werden. Mit der Platzierungs- ist unvermeidlich eine Selektionsfunktion* verbunden, weil je nach Ergebnis der Leistungsmessung unterschiedliche Abschlüsse mit unterschiedlicher Berechtigung für Ausbildungs- und spätere Berufslaufbahnen vergeben werden. ** Selektion: Auslese, Auswahl*

Nach: Hurrelmann, Klaus/ Quenzel, Gudrun: Die Bildungsfunktionen der Schule. In: Lebensphase Jugend – eine Einführung in sozialwissenschaftliche Jugendforschung, 13. Auflage. Weinheim / Basel 2016, S. 116 f.

M15 Schule als Vorbereitung auf die Leistungsgesellschaft

Die dritte Funktion [→ M14 Funktion Platzierung] spiegelt den Charakter heutiger Gesellschaften als Leistungsgesellschaften wider, weil sie die junge Generation mit den Spielregeln einer [...] Wettbewerbsgesellschaft vertraut macht, in der im Prinzip nur die individuelle Leistung über die Platzierung im Gefüge der sozialen Privilegien entscheidet. Die Schule gehört zu denjenigen gesellschaftlichen Instanzen, in denen das Leistungsprinzip als Basis der Selektionsfunktion und damit der Vergabe von sozialen Privilegien in klar erkennbarer Form in Kraft ist. Sie vermittelt den Jugendlichen damit Erfahrungen von Erfolg und Misserfolg und bereitet sie so auf die Lebensrealität im Arbeitsleben vor.

Hurrelmann, Klaus/ Quenzel, Gudrun: Die Bildungsfunktionen der Schule. In: Lebensphase Jugend – eine Einführung in sozialwissenschaftliche Jugendforschung, 13. Auflage. Weinheim und Basel 2016, S. 116 f.

M16 Das Leistungsprinzip – ein gesellschaftliches Gestaltungsprinzip

Um zu verdeutlichen, worum es beim Leistungsprinzip im Grunde geht, erscheint es zweckmäßig, an folgende Gegebenheiten zu erinnern:
In jeder Gesellschaft entsteht aus dem Leben und Zusammenleben von Menschen eine Reihe von „Bedürfnissen", die bewältigt werden müssen, wenn das Leben und Zusammenleben erhalten bleiben soll. Einige Bedürfnisse sind in allen Gesellschaften gegeben: So müssen immer Güter und Dienstleistungen erstellt werden; diese müssen verteilt werden; es gilt zu klären, was mit Alten, Kranken, Schwachen und generell mit jenen geschehen soll, die sich nicht selbst versorgen können; Menschen, die in das Zusammenleben neu hineinkommen, z. B. die Kinder, müssen mit den Denk- und Verhaltensweisen bekannt gemacht werden, die sie zum Leben in der Gesellschaft benötigen, u. a. m.
Je nachdem, durch wen und wie die Bewältigung dieser Bedürfnisse erfolgt, lassen sich in verschiedenen Gesellschaften jeweils bestimmte „Regel- oder Ordnungssysteme" erkennen, so z. B. ein bestimmtes Produktionssystem, Verteilungssystem, System sozialer Sicherung, Erziehungssystem, usw. Hinter den tatsächlich feststellbaren Regelungen stehen dabei u. U. bestimmte Regelkonzeptionen, d. h. Modellvorstellungen, wie dies oder jenes geregelt werden soll. [...] Neben Modellvorstellungen von Wirtschaftssystemen, Erziehungssystemen u. a. m. finden sich – und wirken in diese hinein – Vorstellungen darüber, nach welchen Prinzipien bestimmte Teilaspekte gesellschaftlichen Lebens gestaltet werden sollen. [...] Das Leistungsprinzip ist ein Gestaltungsprinzip, das sich zunächst auf die „Verteilungsproblematik", d. h. auf die Zuteilung von Positionen, Einkommen, Chancen u. a. m. bezieht. Es enthält den Gedanken, die individuelle Leistung zum Zuteilungskriterium für materielle und soziale Chancen zu machen. „Die Ausstattung der einzelnen Mitglieder der Gesellschaft mit Einkommen, Vermögen, beruflichen Kompetenzen, Macht und sozialem Ansehen soll sich nach den jeweils erbrachten Leistungen richten [...]."

Bolte, Karl Martin: Leistung und Leistungsprinzip. Zur Konzeption, Wirklichkeit und Möglichkeit eines gesellschaftlichen Gestaltungsprinzips – ein Beitrag zur Sozialkunde des Bundesrepublik Deutschland. Opladen 1979, S. 13 f.

Aufgaben

72043-208

1. Analysieren Sie die Bestimmungen zur Schulpflicht oder Unterrichtspflicht in Deutschland, Österreich und der Schweiz (**M12**).
2. Vergleichen Sie die Aufgaben von Kindergarten und Schule (**M13** A).
3. Charakterisieren Sie zu zweit mit Hilfe von **M13** B die Schule als formale gesellschaftliche Institution und erklären Sie sich das Schaubild in **M13** B.
4. Stellen Sie die unterschiedlichen Formen der personalen Beziehungen zwischen Lehrkräften, Schülerinnen und Schülern in der Schule dar (**M13** C).
5. Charakterisieren Sie die unterschiedlichen Sozialisationsfunktionen der Lehrkräfte und der Schülerinnen und Schüler untereinander (**M13** C).
6. Arbeiten Sie die zentralen Unterschiede zwischen der Organisation der Lernprozesse in den Sozialisationsinstanzen Familie (**M11**) und Schule (**M13** A - C) im Hinblick auf die Personen, die den Unterricht erteilen, heraus und halten Sie die Unterschiede auf einer Wandzeitung fest.
7. Erläutern Sie die verschiedenen Funktionen der Schule und notieren Sie zentrale Aspekte in Ihr Heft (**M13** A - C, **M14**).
8. Begründen Sie, warum das Leistungsprinzip eng mit der schulischen Sozialisation verbunden ist (**M15, M16**).
9. Werten Sie **M13-M15** zur schulischen Sozialisation dahingehend aus, ob diese Materialien Auskunft geben über das Problem des Hausunterrichtes (**M11**).

H zu Aufgabe 8
Beschreiben Sie zunächst den Stellenwert des Leistungsprinzips als eines der gesellschaftlichen Gestaltungsprinzipien.

M17 Schulische und berufliche Sozialisation

A Eintrittskarte ins Berufsleben – die Bedeutung schulischer Sozialisation für das künftige Berufsleben

Die soziale Institution „Schule" gehört zur „äußeren Realität" der Lebenswelt Jugendlicher, mit der sie sich auseinandersetzen müssen. In verschiedenen Studien wurden die subjektiven Deutungsmuster dieser Realität, also der „Sinn", den Jugendliche dem Schulbesuch zusprechen, herausgearbeitet. [...] Der Schule wird ein subjektiv nachvollziehbarer Sinn für die eigene Lebensplanung vor allem insoweit zugesprochen, als sie etwas für die Gestaltung und Bewältigung der Zeit nach der Schule leistet. Die gesellschaftliche Auslese- und Platzierungsfunktion der Schule wird von den Jugendlichen erkannt und als notwendig und legitim erachtet. Damit hängt die Einschätzung zusammen, dass das Abschlusszeugnis das eigentlich wichtige Resultat der Lernvorgänge in der Schule sei. [...]

Es wird deutlich, dass der Schule von den Jugendlichen in erster Linie eine Trainings- und Platzierungsfunktion zugeschrieben wird [...] Weil nach ihrer Einschätzung der eigentliche Sinn des Schulbesuchs im Abschlusszeugnis liegt, fühlen sie sich zu einer die späteren Berufs- und Lebenschancen sichernden Verhaltensstrategie gezwungen, die gegenüber den Bildungsinhalten der Schule offen [...] ist. [...] Je besser der Abschluss, desto sinnvoller ist der Schulbesuch. [...] Aus den Bewertungen des schulischen Bildungsgangs vonseiten der Jugendlichen lässt sich ableiten, welch große biografische Bedeutung Misserfolg und Versagen im schulischen Bildungsprozess für sie haben. Erfolge in der Schule gelten den Jugendlichen als guter Ausgangspunkt für eine spätere Berufslaufbahn, Versagensereignisse werden von ihnen als empfindliche Rückschläge hierfür empfunden. [...] Die Anforderungen an Bildung und Qualifizierung haben sich in den letzten zwei Generationen spürbar erhöht. [...] Seit den 1960er Jahren ist in allen hoch entwickelten Ländern zu beobachten, dass einfache, von Wiederholung gekennzeichnete Tätigkeiten zunehmend von Computern und maschinellen Automaten übernommen werden. Wenn das nicht möglich ist, werden sie aus Kostengründen in Länder mit deutlich niedrigerem Lohnniveau ausgelagert. Entsprechend verschieben sich auch die Anforderungen an die Qualifizierung der Berufstätigen.

Hurrelmann, Klaus/ Quenzel, Gudrun: Die Bildungsfunktionen der Schule. In: Lebensphase Jugend – eine Einführung in sozialwissenschaftliche Jugendforschung, 13. Auflage. Weinheim und Basel 2016, S. 116 f.

B Berufliche Sozialisation

Mit dem Eintritt in den Beruf ergeben sich Veränderungen von Handlungskompetenzen und Selbstdefinitionen. Im Rahmen der betrieblichen Arbeit werden unter Ergebnisdruck neue Einschätzungen der weiteren beruflichen Entwicklungsmöglichkeiten und Karriereperspektiven aufgebaut. Die während der Ausbildung entwickelten Vorstellungen müssen nun auf die vorgefundenen Bedingungen abgestellt werden, was häufig zu schmerzlichen Korrekturen führt. [...] Nicht nur dieser Laufbahneffekt mit seinem biografischen Stellenwert macht die Bedeutung der beruflichen Sozialisation aus, sondern auch der strukturierende Effekt der Art der Arbeitstätigkeit nach Selbstständigkeitsgrad, Typ der Beschaffenheit der Arbeit und Einbindung in eine Betriebshierarchie. Das „Betriebsklima" mit seiner spezifischen technisch-organisatorischen und kommunikativen Strukturierung bildet über die gesamte Zeit der Erwerbstätigkeit hinweg ein nachhaltig wirkendes Sozialisationsmilieu, einen zentralen Bereich der äußeren Realität, mit vielen persönlichen Kontakten zu Berufskollegen und Abstimmungen von Werten und Lebensansprüchen. [...]

Im Zuge der Einführung von modernen Informations- und Kommunikationstechniken in den Arbeitsalltag verschieben sich die beruflichen Anforderungen in Richtung eines individualisierten Qualifikationsprofils von Erwerbstätigen, verbunden mit der Notwendigkeit einer permanenten Anpassung an veränderte Arbeitsbedingungen. Das setzt die Bereitschaft zur Selbstkontrolle der eigenen Arbeitsleistung voraus.

Allmählich bildet sich hierdurch ein neuer Idealtypus der Erwerbstätigkeit heraus, der dadurch gekennzeichnet ist, dass Berufstätige nicht mehr in erster Linie ihr Arbeitsvermögen im Rahmen von vorstrukturierten Arbeitsplätzen anbieten („verkaufen"), sondern vorwiegend als Auftragnehmer für im Einzelnen vereinbarte Arbeitsleistungen handeln. Die „Arbeitskraft-Unternehmer", wie sie genannt werden, können [...] und müssen in der Lage sein, den täglichen Arbeitsablauf selbstständig zu planen und zu strukturieren. Das gilt für die zeitliche Ebene ebenso wie für die räumliche, wobei in beiden Fällen ein hohes Ausmaß an Flexibilität charakteristisch ist. An welchem Ort und zu welcher Zeit die vereinbarte Arbeitsleistung erbracht wird, das liegt in Zeiten der Erreichbarkeit über Mobiltelefone und E-Mails im Verantwortungsbereich des Arbeitenden. Ein solches Anforderungsprofil verlangt eine ausgeprägte Fähigkeit zur Selbstmotivation und die Bereitschaft zur fachlichen Flexibilität, verbunden mit einer hohen Sensibilität für sich abzeichnende Veränderungen im Arbeitsablauf. Arbeitskraft-Unternehmer werden gewissermaßen zu aktiven Maklern der eigenen Fähigkeiten und individuellen Qualifikationen. Die eigene Arbeitskraft wird permanent am wirtschaftlichen Nutzen und am spezifischen Bedarf des Unternehmens orientiert, wobei die persönliche Bewertung des Nutzens stark einfließt. Typischerweise hat der Arbeitskraft-Unternehmer gegenüber dem klassischen Typus des abhängig Erwerbstätigen viel größere zeitliche und räumliche Freiräume und verfügt über ein deutlich höheres Ausmaß an Autonomie in der Gestaltung seiner Arbeitsabläufe. Er sieht sich allerdings durch die starke Selbstdisziplinierung einem hohen Leistungsdruck ausgesetzt und ist gezwungen, die Fähigkeit des selbst organisierten Arbeitens und Lernens in den Vordergrund seines Lebens zu rücken.

Ebd., S. 178

M18 Unterricht zu Hause mit Mama oder Papa: Pro und Kontra

A Homeschooling: Erfolgskonzept aus der Coronazeit? Pro und Kontra

Ein Vater unterrichtet seine Tochter zu Hause.

Homeschooling im Sinne eines dauerhaften Schulunterrichts durch die Eltern ist in Deutschland verboten, in vielen anderen Länder aber erlaubt. Auch hierzulande möchten einige Eltern ihre Kinder selbst unterrichten. Welche Argumente gibt es für und welche gegen Homeschooling in Deutschland? [...]

Seit Corona und dem ersten Lockdown wird der Begriff Homeschooling benutzt, um den temporären Unterricht zu Hause zu benennen. Eigentlich meint Homeschooling jedoch den dauerhaften Unterricht zu Hause: Statt von Lehrkräften in der Schule wird das Kind von den eigenen Eltern daheim unterrichtet.

Ist Homeschooling in Deutschland erlaubt?

Deutschland gehört in der Europäischen Union zu einem der wenigen Länder, in denen nicht nur eine allgemeine Bildungspflicht herrscht, sondern eine Schulpflicht. Seit 1919 müssen hierzulande alle gemeldeten Kinder eine Schule besuchen. Die Vollzeitschulpflicht ist Ländersache und dauert in Deutschland neun bzw. zehn Jahre. Im Anschluss besteht in Deutschland noch eine Berufsschulpflicht meist bis zum 18. Lebensjahr. Wenn Eltern (und Kinder) gegen diese Schulpflicht verstoßen und Homeschooling in Deutschland praktizieren, begehen sie eine Schulverweigerung und müssen mit Konsequenzen rechnen. Ein Verstoß gegen die allgemeine Schulpflicht gilt als Ordnungswidrigkeit und wird mit einem Bußgeld geahndet. In manchen Bundesländern, wie z. B. Hessen, Hamburg oder dem Saarland, droht Eltern in solchen Fällen eine strafrechtliche Verfolgung mit Freiheitsstrafen von bis zu sechs Monaten.

Gründe für Homeschooling

Einige Eltern in Deutschland wehren sich gegen die Schulpflicht und die daraus resultierende Art der staatlichen Einflussnahme. Sie befürchten eine Einschränkung der freien Entwicklung und der Lernfreude ihres Kindes. Teilweise wünschen sich Eltern auch aus religiösen, ethischen und pädagogischen Gründen den Heimunterricht. Kritiker des Homeschoolings in Deutschland argumentieren, dass der Unterricht zu Hause die Entstehung einer Parallelgesellschaft fördere. Zudem werde dadurch der Austausch mit Andersdenkenden vermieden. Es gibt keine offiziellen Zahlen dazu, wie viele Kinder in Deutschland im Homeschooling unterrichtet werden, Schätzungen gehen von 500 bis 1000 Kindern aus.

Ausnahmen: Wer darf Homeschooling machen?

Immer wieder kommt es zu gerichtlichen Auseinandersetzungen im Zusammenhang mit Homeschooling in Deutschland. Eine Entbindung von der Schulpflicht ist nur in streng geregelten Sonderfällen möglich, z. B.

- bei einer Krankheit, die den Schulbesuch unmöglich macht;
- bei Kindern von Diplomat/-innen;
- bei Kindern von Schausteller/-innen.

© sofatutor.com: Homeschooling in Deutschland – Pro und Contra. In: www.www.magazin.sofatutor.com, Abruf am 05.07.2023

Zwei Mädchen (6. Klasse) tuscheln auf dem Schulhof.

B Expertendiskussion: Pro und Kontra

Pro

Volker Ladenthin, Professor für Historische und Systematische Erziehungswissenschaft der Universität Bonn: „Was geschieht mit Eltern, die ihren Kindern mit eigener Hilfe eine optimale, passende Bildung zukommen lassen möchten? Müsste der Staat diese Eltern nicht unterstützen, weil diese Eltern den Staat entlasten? Das häufigste Argument ist, dass Kinder frühzeitig Gemeinschaftserfahrungen machen müssten: Was wohl die 500.000 schulischen Mobbingopfer zu diesem Argument sagen? Ein selbstsicherer Staat braucht seine Bürger nicht zum Glück zwingen. Er stellt Möglichkeiten bereit, hilft denen, die sich allein nicht helfen können und vertraut jenen, die nachweisen, dass sie etwas gut können oder gar besser als er."

Kontra

Ulrich Pfaff, Berichterstatter der Kultusministerkonferenz (KMK) für Schulrecht: „Ein Kind kann vielleicht auch durch Homeschooling schulisches Wissen erwerben. Was ihm aber entgeht, sind eine qualifizierte Schulbildung und soziale Koedukation (Gemeinschaftserziehung) in der Schule, wie sie in einem Land wie unserem unverzichtbar sind. Eltern, die ihr Kind zuhause unterrichten wollen, gehören meist kleinen religiösen oder weltanschaulichen Gruppen an. Der Staat schützt solche Lebensweisen auch bis zu einem gewissen Maße. Er darf aber verlangen, dass die Kinder in der Schule jungen Menschen anderer Prägung begegnen. Nur so kann gegenseitiger Respekt wachsen."

Ladenthin, Volker / Pfaff, Ulrich: Pro und Contra: Was sagen Experten zum Homeschooling in Deutschland? In: www.magazin.sofatutor.com, Abruf am 05.07.2023

Aufgaben

72043-209

1. Analysieren Sie zu zweit den Text bezüglich der Sozialisationsleistungen der Schule (**M17**) im Hinblick auf die Vorbereitung auf den Beruf, indem Sie die folgenden Aspekte untersuchen:
   a) Bedeutung der Schule aus der Sicht der Jugendlichen für das künftige Leben;
   b) Stellenwert des Zeugnisses;
   c) biografische Bedeutung von Erfolg und Misserfolg in der Schule für das spätere Berufsleben;
   d) Veränderung der Anforderungen an Bildung für künftigen Berufserfolg und
   e) Gründe für die veränderten Anforderungen.

   Vergleichen Sie abschließend Ihre Ergebnisse im Kurs.
2. Diskutieren Sie zu viert auf der Basis von **M17** A, welche Anforderungen eine Schule erfüllen muss, um Schülerinnen und Schüler gut auf das Berufsleben vorzubereiten.
3. Analysieren Sie anhand von **M17** B, welche Anforderungen in der modernen Arbeitswelt zunehmend erfüllt sein müssen.
4. Diskutieren Sie Vor- und Nachteile des Homeschoolings vor dem Hintergrund Ihrer Erfahrungen aus der Corona-Zeit. Befragen Sie auch Ihre Lehrkräfte und Ihre Eltern.
5. Setzen Sie sich abschließend in einer Debatte mit den Vor- und Nachteilen des Hausunterrichts auseinander, indem Sie Befürworterinnen und Befürworter sowie Kritikerinnen und Kritiker in einer Podiumsdiskussion (→ Methodenglossar) miteinander diskutieren lassen (**M11, M12, M18** A B). Ein Teil des Kurses übernimmt jeweils die Rollen der Befürworterinnen und Befürworter sowie der Kritikerinnen und Kritiker, die anderen Schülerinnen und Schüler bereiten kritische Fragen vor, die sie den Debattierenden stellen wollen.

METHODE

Werkzeugkasten Soziologie

I. Worum geht es?

Das Schulfach Sozialwissenschaften umfasst drei wissenschaftliche Disziplinen: Politikwissenschaften, Soziologie und Wirtschaftswissenschaften. Unter Politikwissenschaften und Wirtschaftswissenschaften kann man sich auch ohne tiefere Kenntnisse etwas vorstellen, weil in den Namen der Disziplinen schon deutlich wird, um welche Inhalte es geht.

Schwieriger wird es mit der Soziologie. Ohne gesicherte Kenntnisse weiß man zwar, dass Soziologie irgendetwas mit Gesellschaft zu tun hat. Aber was versteht man unter Gesellschaft? Was ist das Anliegen der Soziologie?

Noch komplizierter wird es, wenn man zentrale Begriffe der Soziologie wie Sozialisation und Identität verstehen will. Deshalb gibt es in diesem Kapitel einen „Werkzeugkasten" der Soziologie, in dem einige Begriffe der Soziologie erklärt werden.

II. Gehen Sie dabei wie folgt vor:

1 Erklärung – was bietet der „Werkzeugkasten Soziologie"?

1. Der Werkzeugkasten Soziologie beginnt zunächst mit den allgemeinen Begriffen „Sozial", „Gesellschaft" und „Soziologie". Im Anschluss daran werden weitere Begriffe aus der Mikrosoziologie („Mikrosoziologie" von griechisch „mikros" = klein) erklärt, die sich auf die kleinsten Einheiten der Gesellschaft wie die einzelnen Menschen (= Individuen) oder wenige Menschen in ihren Wechselbeziehungen untereinander oder in Wechselbeziehung zur Gesellschaft beziehen.
2. Die Begriffe der Makrosoziologie (von griechisch „makros" = groß), die sich auf größere Einheiten der Gesellschaft wie Klassen, Schichten und Milieus beziehen, werden in der Qualifikationsphase erklärt.

▼

2 Anwendung – wie können Sie mit dem „Werkzeugkasten Soziologie" arbeiten?

1. Sie können in zweierlei Weise mit dem Werkzeugkasten arbeiten. Für beide Weisen gilt, dass zunächst die allgemeinen Begriffe „Sozial", „Gesellschaft" und „Soziologie" bearbeitet werden.
2. Dann können Sie entweder die Begriffe des Werkzeugkastens sofort ganz durcharbeiten oder die einzelnen Begriffe auswerten, wenn diese in den einzelnen Unterkapiteln vorkommen.

Auf diese nachfolgenden Begriffe wird verwiesen, wenn sie zum ersten Mal vorkommen: „Sozialisation", „Erziehung als Teil der Sozialisation", „Normen", „Werte", „Rolle", „Rollenkonflikt" „Rollendistanz", „Identität", „(soziale) Gruppe".

Bearbeiterin

Werkzeugkasten Soziologie (WkS)

WkS1 Begriff „Sozial"

Sozial: *Es gibt zwei Bedeutungsvarianten des Begriffes „Sozial": 1. Einen ethisch-moralischen Begriffsgebrauch; 2. Einen wertneutralen Begriffsgebrauch.*

1. Das ethisch-moralische Verständnis von „Sozial"

Mit „sozial" in diesem Sinne wird eine ethisch-moralische Haltung angesprochen, wie sie beispielsweise nach christlichem Verständnis in den Seligpreisungen der Bergpredigt zum Ausdruck gebracht wird: Es ist „sozial", den Armen und Behinderten zu helfen, [...] kranke und alte Menschen zu besuchen, [...] für Katastrophenopfer oder für die Hungernden in der Dritten Welt zu spenden. Dieses Sinnverständnis [schließt auch noch die Redewendung ein], wenn wir umgangssprachlich von einem „sozialen Typ" sprechen [...]. Neben diese menschenfreundliche [...] soziale Handlung tritt mit der Entwicklung des modernen Staates, insbesondere mit dem Aufkommen des Industrialismus [...] ein neuer Bedeutungsgehalt: In der sogenannten „sozialen Frage" verdichten sich jetzt Problembündel, die nicht mehr von Einzelnen aufgrund privater ethisch-moralischer Verpflichtung und fürsorglichen Engagements gelöst werden können, sondern einer gemeinschaftlichen politischen Lösung zugeführt werden müssen. Das Wort „sozial" gewinnt damit eine öffentlich-politische Dimension, ausgedrückt etwa in Wortverbindungen wie „Sozialpolitik", „Sozialhilfe", „Sozialreform", „soziale Revolution", „soziale Gerechtigkeit" oder „Sozialstaat".

2. Das wertneutrale Verständnis von „Sozial"

Ausgehend von der Grundtatsache, dass der Mensch als „soziales Wesen" von anderen Menschen in hohem Maße abhängig ist, nur in Gemeinsamkeit vorkommt und nur darin existieren kann, wird als „sozial" hier schlechterdings jedes zwischenmenschliche, wechselseitig orientierte Handeln und Verhalten von Menschen bezeichnet, gleichgültig, ob es sich um „gute" Taten oder „schlechte" Formen des Miteinanderumgehens, um moralische Verbundenheiten oder unmoralische Verhaltensakte handelt. Es bezeichnet also nicht nur Werke der Nächstenliebe und Fürsorge [...], sondern ebenso Akte der Gleichgültigkeit und Ablehnung, der Inhumanität und Grausamkeit, des Wettbewerbs, der Auseinandersetzung oder des offenen Konflikts. In deutlichem Gegensatz zum normativen (als Maßstab dienend) Alltagsgebrauch wird durch die bewusste Ausscheidung von einseitig positiven Bewertungen und Gefühlen der wissenschaftliche Begriff des „Sozialen" wertneutral benutzt. Sozial in diesem Sinne sind nach einer Umschreibung einer der Pioniere der amerikanischen Soziologie, Edward A. Ross (1866-1951) „alle Phänomene, die wir nicht erklären können, ohne dabei den Einfluss des einen Menschen auf den anderen einzubeziehen".

Hans Peter Henecka: Zum Begrifflichen: Was heißt „sozial"?, in: Grundkurs Soziologie, 10. Auflage, Konstanz und München 2015, S. 23 ff.

WkS2 Begriff „Gesellschaft"

Allgemein die Bezeichnung für einen Verband von Menschen oder auch von Tieren. Die menschliche Gesellschaft ist ein Gefüge von Einzelpersonen, das mehr oder weniger dauerhaft und organisiert zur Erreichung bestimmter Ziele oder zur Befriedigung bestimmter Bedürfnisse zusammenwirkt. Die Gesellschaftswissenschaft (insbesondere die Soziologie) meint mit dem Begriff Gesellschaft das System, in dem der einzelne Mensch Orientierung und eine bestimmte Ordnung findet. Ohne sie kann der Mensch (als gesellschaftliches Wesen) nicht existieren. Aus der natürlichen Situation heraus schufen die Menschen auf der Grundlage der Familie und Verwandtschaft durch einen bewussteren Zusammenschluss die Gesellschaft.

Dieter Claessens, Karin Claessens: Gesellschaft, in: Gesellschaft – Lexikon der Grundbegriffe, Reinbeck 1992, S. 87

WkS3 Begriff „Soziologie“

Wir befinden uns immer schon in einer von Menschen gestalteten und gedeuteten Kultur. Ohne sie ist menschliche Existenz nicht möglich. [...] Die menschlichen Individuen (sind) wie die von ihnen geschaffenen Gemeinschaften bzw. (fachlicher ausgedrückt:) „sozialen Systeme“ (von Kleingruppen über Organisationen bis zu ganzen Gesellschaften) zentrale Themen der Soziologie.
Einerseits geht es hierbei der Soziologie um die Erforschung menschlichen Handelns und Verhaltens im Allgemeinen sowie zwischenmenschlicher Interaktionen, Kommunikationen und sozialer Beziehungen im Besonderen; zum anderen untersucht sie die Entstehungsbedingungen sowie die grundlegenden Entwicklungsprozesse und Veränderungen unserer modernen sozialen Welt. [...] Soziologie befasst sich mit dem Zusammenleben der Menschen, ihrem zwischenmenschlichen Handeln und Verhalten und sucht dabei die gesellschaftlichen „Webmuster“ und Verknüpfungszusammenhänge – die Strukturen, Funktionen und Prozesse der verschiedenen sozialen Systeme (einschließlich deren Rückwirkungen auf das Individuum) – zu beschreiben, zu analysieren und zu erklären.

Hans Peter Henecka: Wir und die anderen: Das Rätsel der Gesellschaft, in: Grundkurs Soziologie, 10. Auflage, Konstanz und München 2015, S. 13 ff.

WkS4 Begriff „Normen“

a) Normen: [Die] Erwartungen in Bezug auf das Handeln oder Nichthandeln der Mitglieder einer Gesellschaft werden Normen genannt. Diese Bezeichnung bringt den mehr oder weniger verpflichtenden Aufforderungscharakter entsprechender Erwartungen zum Ausdruck. [...] Entsprechen wir [...] den jeweiligen Erwartungen nicht, so müssen wir mit negativen Sanktionen (Bestrafungen) rechnen, die je nach Grad und Art der Abweichung auf einer Palette von Klatsch, Verachtung, Hohn und Spott bis zu unmittelbarem physischem Druck reichen können. Umgekehrt hat die Befolgung der Normen positive Sanktionen (Belohnungen) zur Folge, die beispielsweise aus Ansehen, Prestige oder aus einem „guten Ruf“ bestehen können.

Hans Peter Henecka: Normen, Werte und Institutionen: Soziale Sinngebungen unseres Handelns, in: Grundkurs Soziologie, 10. Auflage, Konstanz und München 2015, S. 82

b) Normen: Schon bei oberflächlicher Betrachtung des sozialen Lebens ist offenkundig, dass es Normen mit sehr unterschiedlicher Verbindlichkeit und Bewusstheit gibt. Am wenigsten bewusst sind Normen in Handlungszusammenhängen, die zu den täglichen Gewohnheiten gehören. Den höchsten Grad an Verbindlichkeit haben Normen, die (straf-)rechtlich verankert sind und deren Einhaltung eingeklagt werden kann: [...] [Es wird die Systematik vorgeschlagen]:

- Einteilung der Normen nach dem Grad des Bewusstseins [...], mit dem sie in der einzelnen Handlung präsent sind;
- Einteilung nach dem Grad der Verbindlichkeit und damit nach der Art (Strenge) der Sanktionen. Grob lassen sich unterscheiden: Muss-Normen (z. B. Gesetze), Soll-Normen (z. B. Sitten), Kann-Normen (z. B. Bräuche, Gewohnheiten).

Bernhard Schäfers: Soziales Handeln und seine Grundlagen; Normen, Werte, Sinn, in: Hermann Korte, Bernhard Schäfers (Hrsg.): Einführung in die Hauptbegriffe der Soziologie, 9. Auflage, Wiesbaden 2016, S. 33

WkS5 Begriff „Werte“

Werte: Die sozialen Normen lassen sich bei genauerer Analyse auf Leitbilder bzw. auf Vorstellungen darüber zurückführen, was von der überwiegenden Mehrheit einer Gruppe oder einer Gesellschaft für richtig und erstrebenswert angesehen wird. Diese mehr abstrakten Ideen werden im soziologischen Sprachgebrauch als Werte bezeichnet und beinhalten die einer Gruppe oder Gesellschaft als Kern ihrer Kultur zugrunde liegenden gemeinsamen Zielsetzungen.

Hans Peter Henecka: Normen, Werte und Institutionen: Soziale Sinngebungen unseres Handelns, in: Grundkurs Soziologie, 10. Auflage, Konstanz und München 2015, S. 83

WkS6 Begriff „Sozialisation"

Sozialisation: Die Vermittlung sozialer Normen und Wertvorstellungen erfolgt in einem Prozess, den die Soziologie als Sozialisation bezeichnet. [...] Sozialisation [...] umfasst [...] persönlichkeitsprägende Lernvorgänge, die sowohl das Kleinkind wie auch später noch der Erwachsene durch eigene Erfahrungen machen können. Hierzu zählen auch jene unspezifischen Lernvorgänge [...] für die selbst in Gesellschaften mit breit entwickeltem Erziehungswesen keine pädagogische Instanz und keine erzieherischen Maßnahmen als explizite Einwirkungen auszumachen sind. Überhaupt lassen sich solche Einflüsse – denkt man beispielsweise an die prägenden Wirkungen von jugendlichen Freundschaftsgruppen, Fan-Clubs, Reklame, Massenmedien, Interessenorganisationen, politischer Öffentlichkeit usw. – nach pädagogischem Selbstverständnis schwerlich alle sinnvoll als Erziehung oder Ausbildung charakterisieren, während sie indessen zweifellos sozialisierende Prozesse darstellen. [...] Sozialisation begegnet uns damit als ein relativ weit gefasster Begriff, der alle sozialen Geschehensverläufe abbildet, durch die das Individuum, das mit rudimentären Instinkten, aber mit [...] großer Plastizität und Lernfähigkeit, also „mit einer enormen Variationsbreite von Verhaltensmöglichkeiten geboren wird, zur Ausbildung seines faktischen, weit enger begrenzten Verhaltens geführt wird – wobei die Grenzen des üblichen und akzeptablen Verhaltens durch die Normen der Gruppe, der es angehört, bestimmt werden". [...] In anderen Worten: Der Begriff Sozialisation bezeichnet einen Vorgang, der aus unendlich vielen Einzelereignissen zusammengesetzt ist, die sich unmöglich nur einem einzigen, z. B. dem pädagogischen Handlungssystem und -feld zuordnen lassen. Sozialisation ist vielmehr allgegenwärtig und beinhaltet alle prozessualen Zusammenhänge, durch die der zunächst nur „biologisch" geborene Mensch allmählich zu einem Mitglied seiner ihn umgebenden Gruppe und Gesellschaft wird.

Hans Peter Henecka: Die Mitgliedschaft in der Gesellschaft: Sozialisation, in: Grundkurs Soziologie, 10. Auflage, Konstanz und München 2015, S. 88 ff.

WkS7 Begriff „Erziehung" als Teil der Sozialisation

„Erziehung" als Teil der Sozialisation: Im Verhältnis zur ohnehin geschehenden Sozialisation kann Erziehung als bewusste „gesellschaftliche Reaktion auf die Entwicklungstatsache" [...] verstanden werden, als Reaktion darauf also, dass Kinder die Fähigkeiten erst erwerben müssen, durch die sie zu kompetenten Gesellschaftsmitgliedern werden. Erziehung lässt sich vor diesem Hintergrund [...] als geplante und absichtsvolle Sozialisation bestimmen. Das heißt: Erziehung ist diejenige Teilmenge der Sozialisationsvorgänge, für die das Ziel grundlegend ist, Veränderungen von Personen, insbesondere von Kindern und Jugendlichen, zu bewirken. Damit ist zunächst darauf hingewiesen, dass Erziehung in der Perspektive der Soziologie keineswegs der alleinige, zentrale und einflussreichste Weg ist, auf dem gesellschaftliche Einflüsse auf Heranwachsende ausgeübt werden, sondern eben nur ein bestimmter Ausschnitt des Sozialisationsgeschehens.

Albert Scherr: Sozialisation, Person, Individuum, in: Hermann Korte, Bernhard Schäfers (Hrsg.): Einführung in die Hauptbegriffe der Soziologie, 9. Auflage, Wiesbaden 2016, S. 56

WkS8 Begriff „Rolle“

Rolle: Der Alltagssprachgebrauch kennt den Rollenbegriff und benutzt ihn insbesondere im Zusammenhang mit dem Theater und Vorgängen, die als theatralisch empfunden werden („er spielt Theater“; „sie spielt heute Abend wieder einmal die Hauptrolle“); aber auch in vielen Situationen des Alltags wird der Rollenbegriff zur Beschreibung und Interpretation bestimmter menschlicher Verhaltensweisen herangezogen („die Rolle des Polizisten bei der Verkehrsregelung“ usw.). Von hier aus ergibt sich auch der beste Zugang zum soziologischen Rollenbegriff. Darunter versteht man nämlich die Verhaltenserwartungen, die mit einer bestimmten gesellschaftlichen Aufgabe verbunden sind. [...] Damit jeder genau weiß, was er bei der Übernahme einer solchen [...] Aufgabe tun soll, werden mit einer solchen Aufgabe die für die sinnvolle Erfüllung dieser Aufgabe notwendigen Erfordernisse (Pflichten) in der Art von Erwartungen, Vorschriften verknüpft. Diese [...] verbundenen Pflichten, die an sie gestellten (informellen) Erwartungen und (formell artikulierten) Anforderungen und Vorschriften, die für den jeweiligen Inhaber einer solchen Position mehr oder weniger verbindlichen Verhaltensregeln, nennt man Rolle. [...]

Wie der Schauspieler im allgemeinen nur ein bestimmtes Repertoire von Rollen lernt, für die er eine Realisierungschance auf der Bühne sieht (er kennt aber auch mehr Parts, als er aktuell benötigt), sieht es auf der „Weltbühne“ ähnlich aus: Die Gesellschaftsmitglieder lernen vor allem solche Parts, die sie voraussichtlich einmal spielen werden: die Rolle des Vaters, der Mutter, des Schülers, des Käufers etc. Wie der Schauspieler gewöhnlich nur den Part voll beherrscht, den er für den aktuellen Auftritt in einem bestimmten Spiel braucht, lernt auch das Gesellschaftsmitglied erst im Vollzug bestimmter Rollen, die es aktualisiert (als Vater, als Schüler), deren Anforderungen in vollem Umfang kennen. [...]

Wie im Theater aber die Parts schriftlich fixiert sind, auch wenn das Stück gerade gar nicht gegeben wird, existieren die Rollenerfordernisse im Welttheater auch in Aufzeichnungen (z. B. Gesetzen, Arbeitsplatzbeschreibungen) und in Vorstellungen von Bezugspersonen, ohne dass „Rollenspieler“ bereits die betreffenden „Parts“ (Positionen) übernommen haben.

Horst Reimann, Bernhard Giesen u. a.: Basale Soziologie: Hauptprobleme, 4.Auflage, Opladen 1991, S. 178 ff.

WkS9 Begriff „Rollenkonflikt“

Rollenkonflikt: Bezeichnung für unterschiedlich ausgeprägte Konflikte, denen ein Träger sozialer Rollen aufgrund inkompatibler bzw. widersprüchlicher Rollenerwartungen ausgesetzt ist. Beim Intra-Rollen-Konflikt beinhaltet bereits eine einzige Rolle widersprüchliche Erwartungen. Diese stammen von verschiedenen Rollenpartnern und verdichten sich in Rollensektoren, die eine widerspruchsvolle, konfliktgeladene Rolle ergeben. So stehen z. B. bei der Rolle des Werkmeisters in einem Betrieb die Erwartungen der untergebenen Mitarbeiter in einem gewissen Gegensatz zu jenen der Vorgesetzten.

Beim Inter-Rollen-Konflikt befindet sich der Träger von zwei oder mehr Rollen in der Situation, dass zwischen verschiedenen Rollen Widersprüche oder Unvereinbarkeiten bestehen. So befinden sich in der modernen Gesellschaft viele Frauen in einem Inter-Rollen-Konflikt, die der komplexen Rolle der Hausfrau und Mutter gerecht werden wollen und zugleich im Rahmen ihrer Berufsrolle Karriereerfolg anstreben.

Karl-Heinz-Hillmann: Rollenkonflikt, in: Wörterbuch des Soziologie, 5. Auflage, Stuttgart 2007, S. 758 f.

WkS10 Begriff „Rollenidentifikation" (Rollenkonformität)

Rollenidentifikation: Die Übereinstimmung einer Person mit einer Rolle, und zwar mit den Tendenzen, dass die betreffende Rolle bejaht und positiv bewertet sowie engagiert „gespielt" wird. Rollenidentifikation begünstigt die Internalisierung (Verinnerlichung) der Rolle, so dass sie als „selbstverständlich", unproblematisch, als Bestandteil der eigenen Persönlichkeit empfunden wird. Der Rolleninhaber verhält sich demzufolge aus eigenem Antrieb heraus, unterbewusst-gewohnheitsmäßig gleichsam automatisch rollenkonform.

Karl-Heinz-Hillmann: Rollenidentifikation, in: Wörterbuch der Soziologie, 5. Auflage, Stuttgart 2007, S. 758

WkS11 Begriff „Rollendistanz"

Rollendistanz: Ein [...] Begriff, der den Sachverhalt bezeichnet, dass der Träger einer Rolle ein ambivalentes, kritisches, zweifelndes Verhältnis zu seiner Rolle haben kann. Rollendistanz beinhaltet das Infragestellen der Legitimität oder des handlungspraktischen Sinns der die Rolle kennzeichnenden Erwartungen. Durch Rollendistanz muss es nicht zu (von einer Rolle) abweichendem Verhalten kommen. Sie meint sowohl globale oder partielle innere Ablehnung der gespielten Rolle als auch eine gewisse Souveränität des Rollenträgers gegenüber seiner Rolle.

Karl-Heinz-Hillmann: Rollendistanz, in: Wörterbuch der Soziologie, 5. Auflage, Stuttgart 2007, S. 758

WkS12 Begriff „(Soziale) Gruppe"

(Soziale Gruppe): Als soziologischen Grundbegriff bezeichnet „Gruppe" die verbreitetste Form sozialer Gebilde, die folgende Merkmale aufweist:

1) eine Mehrzahl von Personen, die eine für die Gruppenmitglieder und für Außenstehende überschaubare, von anderen sozialen Gebilden abhebbare soziale Einheit ergeben;

2) gemeinsame Sprache, die gruppenspezifische Züge annehmen kann (Gruppensprache oder sogar -jargon);

3) gemeinsame Wertorientierungen, Ziele, Interessen und Auffassungen;

4) gemeinsame, gruppenspezifisch ausgeprägte soziale Normen, die mit sozialer Kontrolle und mit Sanktionen verbunden sind;

5) ein System wechselseitig aufeinander bezogener, z. T. unterschiedlich bewerteter und status- bzw. rangmäßig eingestufter sozialer Positionen und Rollen (Rang- und Statusordnung, Positions- und Rollenstruktur), die mit Gruppenmitgliedern besetzt werden müssen;

6) dauerhafte soziale Beziehungen und Interaktionen zwischen den Gruppenmitgliedern sowie ein räumlich, zeitlich und kooperativ gemeinsames Handeln zur Erreichung der Gruppenziele und zur Bewältigung von Aufgaben und Problemen;

7) hinsichtlich der gegenseitigen Orientierung, psychisch-geistigen Verbundenheit und gruppenbezogenen Verantwortungsbereitschaft das Vorhandensein eines Wir-Bewusstseins bzw. -Gefühls (Gruppensolidarität).

Karl-Heinz-Hillmann: Soziale Gruppe, in: Wörterbuch der Soziologie, 5. Auflage, Stuttgart 2007, S. 318 f.

WkS13 Begriff „Identität"

Identität: Identität ist ein Konzept zum Verständnis von Selbstbildern. Mithilfe des Identitätskonzepts werden sich ständig wandelnde Antworten auf die Frage „Wer bin ich?" gegeben. Identitäten werden in einem Wechselspiel von bestehenden sozialen Strukturen und verändernder Aneignung gebildet. Sie transportieren sowohl Reaktionen auf Vorgegebenes wie auch selbstgestaltete Definitionen.

Katharina Liebsch: Identität und Habitus, in: Hermann Korte, Bernhard Schäfers (Hrsg.), Einführung in die Hauptbegriffe der Soziologie, 9. Auflage, Wiesbaden 2016, S. 84; ***Hinweis:*** *In Kapitel 1, M11 findet sich eine ausführlichere Beschreibung von Identität.*

2.4 Wie frei ist der Mensch in der Gestaltung der Rollen? Der soziologische Begriff „Rolle" und seine Ausprägungen

Zum Thema: In diesem Unterkapitel steht die Vermittlung von Kenntnissen über die Rollen von Schülerinnen, Schülern und Lehrkräften im Vordergrund. Da Menschen unterschiedliche soziale Rollen innehaben können, z.B. als Kind in der Familie oder als Schülerin bzw. Schüler in der Schule kann es zu Rollenkonflikten kommen. Am Ende des Unterkapitels lernen Sie die wichtigsten Rollentheorien kennen, mit denen die Soziologie das Verhalten von Menschen in sozialen Situationen beschreibt.

M19 Fallbeispiel: Rollen in einer alltäglichen Situation

A Ein Fallbeispiel: ein Mercedes fahrender Arbeiter als Vater und Parteimitglied ...

Eine Frau steht am Fenster einer Schule und schaut hinaus. Draußen fährt ein Mercedes vor, in dem ein Mann sitzt. Sie nimmt wahr: ein Autofahrer – ein Mercedesbesitzer. Ein Mann steigt aus, der einen blauen Overall trägt. Sie nimmt wahr: ein Monteur – ein Arbeiter. Der Mann geht auf den Schulhof, auf dem die Schüler gerade Pause haben. Ein Kind rennt auf ihn zu. Sie nimmt wahr: Vater. [...] Der Hausmeister bringt dem Mann ein Bündel Plakate. Sie nimmt wahr: Parteimitglieder. [...] Auch der Mann hat dieses Rollenmuster: Als er hochsieht zur Frau am Fenster, nimmt er wahr: Lehrerin.

Müller, Hermann: Sozialisation und Individualität, München 1977, S. 62

B Interpretation des Fallbeispiels

Dieses Beispiel zeigt deutlich, wie wir in alltäglichen Beobachtungen oder Begegnungen herauszufinden suchen, in welcher Rolle der andere auftritt [...] Wenn wir seinen „sozialen Ort" kennen, den er in der Gesellschaft oder in einer Gruppe im Verhältnis zu anderen einnimmt, dann wissen wir meist auch, wie er sich verhalten wird und wie wir ihm begegnen müssen. [...] Sicher sind soziale Wahrnehmungen wie „Mann", „Mercedesbesitzer", „Arbeiter", „Vater", „Parteimitglied" oder „Lehrerin" noch keine ausreichenden Informationen über die Persönlichkeit der beobachteten Menschen. Aber dennoch wird durch derartige Wahrnehmungen oder durch solche Angaben bereits unsere soziologische Fantasie beflügelt. Wir glauben, konkrete Vorstellungen darüber entwickeln zu können, wie sich dieser Mann oder jene Frau mit hoher Wahrscheinlichkeit [...] – weitgehend unabhängig von allen individuellen Besonderheiten – jeweils zu verhalten pflegt.

Henecka, Hans Peter: Aspekte und Dimensionen der Sozialisation: Sozialisation als soziale Interaktion. In: Grundkurs Soziologie. 10. Auflage, Konstanz und München 2015, S. 95 f.

Einstiegsaufgaben

72043-210

1. Erläutern Sie in einem kurzen Blitzlicht, welche Informationen das Fallbeispiel in M19 A nach Ihrer Auffassung über Art und Weise, wie Menschen ihnen unbekannte Personen wahrnehmen, enthält.
2. Interpretieren Sie das Fallbeispiel aus M19 A mit Hilfe von M19 B und der Begriffsdefinition „Rolle" aus dem Werkzeugkasten auf S. 68.

M20 Was bedeuten die Begriffspaare „Homo sociologicus“, „soziale Positionen“ und „soziale Rollen“?

A Der „Homo sociologicus“ als Inhaber einer sozialen Position und einer sozialen Rolle

Zu jeder Stellung, die ein Mensch einnimmt, gehören gewisse Verhaltensweisen, die man von dem Träger dieser Position erwartet; zu allem, was er ist, gehören Dinge, die er tut und hat; zu jeder sozialen Position gehört eine soziale Rolle. Indem der Einzelne soziale Positionen einnimmt, wird er zur Person des Dramas, das die Gesellschaft, in der er lebt, geschrieben hat. Mit jeder Position gibt die Gesellschaft ihm eine Rolle in die Hand, die er zu spielen hat. Durch Positionen und Rollen werden die beiden Tatsachen des Einzelnen und der Gesellschaft vermittelt; dieses Begriffspaar bezeichnet homo sociologicus, den Menschen der Soziologie, und es bildet daher das Element soziologischer Analyse. Von den beiden Begriffen der Position und der Rolle ist der der Rolle bei weitem der wichtigere; die Unterscheidung beider ist dennoch nützlich. Während Positionen nur Orte in Bezugsfeldern bezeichnen, gibt die Rolle uns die Art der Beziehungen zwischen den Trägern von Positionen und denen anderer Positionen desselben Feldes an. Soziale Rollen bezeichnen Ansprüche der Gesellschaft an die Träger von Positionen, die von zweierlei Art sein können: einmal Ansprüche an das Verhalten der Träger von Positionen (Rollenverhalten), zum anderen Ansprüche an sein Aussehen und seinen „Charakter“ (Rollenattribute). [...] Obwohl die soziale Rolle, die zu einer Position gehört, uns nicht verraten kann, wie ein Träger dieser Position sich tatsächlich verhält, wissen wir doch, wenn wir mit der Gesellschaft, die diese Rolle definiert, vertraut sind, was von ihrem Spieler, erwartet wird. Soziale Rollen sind Bündel von Erwartungen, die sich in einer gegebenen Gesellschaft an das Verhalten der Träger von Positionen knüpfen.

Dahrendorf, Ralf. In: Homo Sociologicus – ein Versuch zu Geschichte, Bedeutung und Kritik der Kategorie der sozialen Rolle. 14. Auflage. Opladen 1974, S. 32 f.

Ralf Dahrendorf (1929-2009), deutscher Soziologe

B Ralf Dahrendorf über soziale Positionen und soziale Rollen

1. „Zu jeder Stellung, die ein Mensch einnimmt, gehören gewisse Verhaltensweisen, die man von dem Träger dieser Person erwartet.“
2. „Zu jeder sozialen Position gehört eine soziale Rolle.“
3. „Soziale Rollen bezeichnen Ansprüche der Gesellschaft an die Träger von Positionen, die von zweierlei Art sein können: einmal Ansprüche an das Verhalten der Träger von Positionen (Rollenverhalten), zum anderen Ansprüche an sein Aussehen und seinen Charakter.“

Dahrendorf, Ralf. In: Homo Sociologicus – ein Versuch zu Geschichte, Bedeutung und Kritik der Kategorie der sozialen Rolle. 15. Auflage. Opladen 1977, S. 32 f.

Aufgaben

72043-211

1. Werten Sie **M20** A - B in einem Schaubild anhand folgender Aspekte aus: a) Definition der Begriffe „Position“ und „Rolle“; b) Erklärung des Begriffspaars „Homo sociologicus“ unter Bezugnahme auf die Begriffe „Position“ und „Rolle“; c) zweierlei Ansprüche der Gesellschaft an die Trägerinnen und Träger von Positionen; d) Erwartungen der Gesellschaft an die Trägerinnen und Träger von Positionen.
2. Entwickeln Sie anhand Ihrer eigenen Erfahrungen Beispiele für Erwartungen der Gesellschaft an Trägerinnen und Träger von sozialen Positionen (Schüler:in, Fußballspieler:in, Mutter, Handwerker:in, Arzt/Ärztin, Fotograf:in, Reinigungskraft, u. a.).

M21 Welche Arten von sozialen Positionen werden unterschieden?

Von seiner wissenschaftlichen Perspektive her lassen sich also für den Soziologen [...] die Menschen vor allem differenzieren nach den sozialen Positionen, die sie im Laufe ihres Lebens einnehmen oder auch gleichzeitig nebeneinander innehaben. Hierbei unterscheidet man:

- zugewiesene oder zugeschriebene Positionen, die wir ohne eigenes Zutun (gewissermaßen „natürlich") erlangen und die z. B. bestimmt werden durch unser Geschlecht (Mann, Frau), durch unser jeweiliges Alter (Kleinkind, Kind, Jugendlicher, Erwachsener, Greis), durch unsere Position in der Herkunftsfamilie (Sohn, Bruder, Tochter, Schwester) und durch unsere Hautfarbe, ethnische Gruppe oder Nationalität;
- erworbene Positionen, wie beispielsweise unsere berufliche Stellung (Lehrer, Auszubildender, Schreinermeister, Versicherungsvertreter, Beamter, Hilfsarbeiter, Ärztin, Friseuse, Sekretärin usw.), unsere Position in der selbst gegründeten Familie (Ehemann, Vater, Ehefrau, Mutter), in Freizeitgruppen (Freund, Freundin, Kegelbruder, Kassierer des Fußballklubs, Jugendtrainer u. Ä.) oder in öffentlichen Organisationen (Parteifreund, Gemeinderat, Kirchenältester, aber auch Patient im Krankenhaus usw. usf.).

Mit den Positionen verbinden sich nicht nur entsprechende soziale Erwartungskomplexe, die rollengemäßes Handeln für die Akteure definieren, sondern auch bestimmte soziale Wertschätzungen. Wiederum unabhängig von der persönlichen Eigenart des Menschen, der eine Position zu einem bestimmten Zeitpunkt innehat, verknüpfen wir allein schon mit der Kenntnis einer bestimmten Position einen höheren oder niedrigeren sozialen Prestigewert. Diesen Prestigewert einer sozialen Position bezeichnet man als Status. So wird beispielsweise der Status eines Chefarztes höher bewertet als der eines Handwerkers.

Nach: Henecka, Hans Peter Henecka: Die Regieanweisungen der Gesellschaft: Soziale Rollen, in: Grundkurs Soziologie, 10. Auflage. Konstanz und München 2015, S. 104 f.

M22 Was wird von Schülerinnen, Schülern und Lehrkräften erwartet?

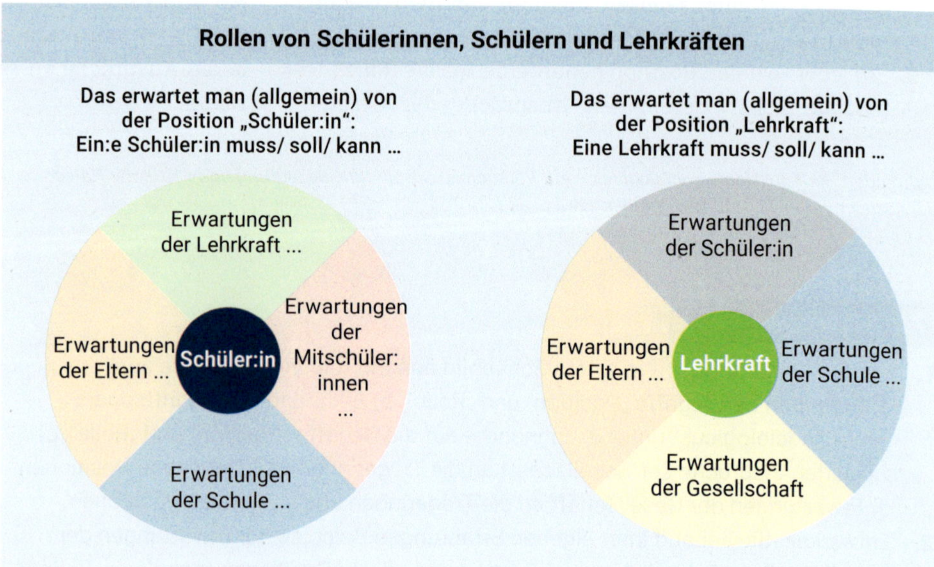

Bearbeiterin

M23 Rollenbild der Lehrkräfte, Schülerinnen und Schüler nach dem nordrhein-westfälischen Schulgesetz vom 15.02.2015

A Schülerinnen und Schüler: § 42 Allgemeine Rechte und Pflichten aus dem Schulverhältnis

(2) Schülerinnen und Schüler haben das Recht, im Rahmen dieses Gesetzes an der Gestaltung der Bildungs- und Erziehungsarbeit der Schule mitzuwirken und ihre Interessen wahrzunehmen. [...]

(3) Schülerinnen und Schüler haben die Pflicht daran mitzuarbeiten, dass die Aufgabe der Schule erfüllt und das Bildungsziel erreicht werden kann. Sie sind insbesondere verpflichtet, sich auf den Unterricht vorzubereiten, sich aktiv daran zu beteiligen, die erforderlichen Arbeiten anzufertigen und die Hausaufgaben zu erledigen. Sie haben die Schulordnung einzuhalten und die Anordnungen der Lehrerinnen und Lehrer, der Schulleitung und anderer dazu befugter Personen zu befolgen.

B § 57 Lehrerinnen und Lehrer

(1) Lehrerinnen und Lehrer unterrichten, erziehen, beraten, beurteilen, beaufsichtigen und betreuen Schülerinnen und Schüler in eigener Verantwortung im Rahmen [...] der geltenden Rechts- und Verwaltungsvorschriften, der Anordnungen der Schulaufsichtsbehörden und der Konferenzbeschlüsse [...]

(2) Die Lehrerinnen und Lehrer wirken an der Gestaltung des Schullebens, an der Organisation der Schule und an der Fortentwicklung der Qualität schulischer Arbeit aktiv mit. Sie stimmen sich in der pädagogischen Arbeit miteinander ab und arbeiten zusammen.

(4) Lehrerinnen und Lehrer dürfen in der Schule keine politischen, religiösen, weltanschaulichen oder ähnlichen äußeren Bekundungen abgeben, die geeignet sind, die Neutralität des Landes gegenüber Schülerinnen und Schülern sowie Eltern oder den politischen, religiösen oder weltanschaulichen Schulfrieden zu gefährden oder zu stören. Insbesondere ist ein äußeres Verhalten unzulässig, welches bei Schülerinnen und Schülern oder den Eltern den Eindruck hervorrufen kann, dass eine Lehrerin oder ein Lehrer gegen die Menschenwürde, die Gleichberechtigung nach Artikel 3 des Grundgesetzes, die Freiheitsgrundrechte oder die freiheitlich-demokratische Grundordnung auftritt.

Aufgaben

72043-212

1. Arbeiten Sie mit Hilfe von **M21** den Unterschied zwischen zugewiesenen und erworbenen Positionen heraus und erläutern Sie diese an den Beispielen.
2. Erklären Sie den Begriff „Status“ (**M21**) in Verbindung mit dem Begriffspaar „soziales Prestige“.
3. Bewerten Sie den „Status“ der von Ihnen ausgewählten Beispiele aus Aufgabe 1 auf einer Prestigeskala und begründen Sie, nach welchen Kriterien Sie die ausgewählten Positionen weiter oben oder weiter unten anordnen.
4. Erklären Sie zusammenfassend den Begriff „Rolle“ im Werkzeugkasten auf S. 68 und halten Sie eine zusammenfassende Definition in Ihrem Heft fest.
5. Entwickeln Sie in Kleingruppenarbeit Vorstellungen zur Rolle von Schülerinnen, Schülern und Lehrkräften, indem Sie **M22** auf eine große Wandzeitung übertragen.
6. Analysieren Sie in Ihren Gruppen **M23** A - B im Hinblick auf das im Schulgesetz NRW enthaltene Rollenbild der Schülerinnen und Schüler sowie der Lehrkräfte und vergleichen Sie jeweils Ihre Rollenbilder mit den Bestimmungen des Schulgesetzes.
7. Arbeiten Sie mit Hilfe der nachfolgenden Operatorenkarte heraus, welche Bestimmungen des Schulgesetzes von Ihnen bei der Erstellung der Wandzeitungen unberücksichtigt blieben und entwickeln Sie Hypothesen über die Unterschiede.

H zu Aufgabe 5

Befestigen Sie die Wandzeitung an der Wand/Stellwand und notieren Sie Ihre Vorstellungen erst dann auf der Wandzeitung, wenn Sie sich in der Gruppe auf gemeinsame Formulierungen verständigt haben.

OPERATOREN-TRAINING

Ermitteln, erschließen, herausarbeiten

I. Was gehört dazu?

1. Sie erschließen zu einer Fragestellung aus Materialien bestimmte Sachverhalte, auch wenn sie nicht explizit (direkt) genannt werden.

▼

2. Zwischen diesen Sachverhalten stellen Sie dann Zusammenhänge her.

II. Hilfen zur Strukturierung und Formulierung

Fragestellung benennen

Der Text/ das Material/die Statistik/das Gesetz ... sagt etwas aus/enthält Informationen über ...
Mit Hilfe des Materials ... lässt sich die Frage klären/ermitteln ...

Zugehörige Sachverhalte erschließen

Im Fall/ Material/Gesetzestext ... lässt sich erkennen, dass ...
Das Material/der Fall ist ein Beispiel für ..., weil ...
Die Aspekte/Sachverhalte gehören zu ...
Anhand der Gesetzestexte lässt sich feststellen, dass ...
Bei genauer Betrachtung von ... zeigt sich ...
Wenn man ... anwendet, dann ...
Aus ... ergibt sich/ lässt sich ableiten, dass ...

Zusammenhänge herstellen

Der Aspekt ... ist ein Teilaspekt/eine Ursache/eine Folge von ...
Zwischen ... und ... ergibt sich ein Zusammenhang/Widerspruch durch ...
Die Aspekte/Sachverhalte ... und ... decken sich/ergänzen sich, weil ...
... und ... widersprechen sich darin, dass ...

Labusch, Alexandra: Ermitteln, erschließen, herausarbeiten. In: Operatorentraining für Wirtschaft-Poliltik / Sozialwissenschaften. Bamberg 2023

M24 Die Rolle der Schülerinnen und Schüler – im Schaubild

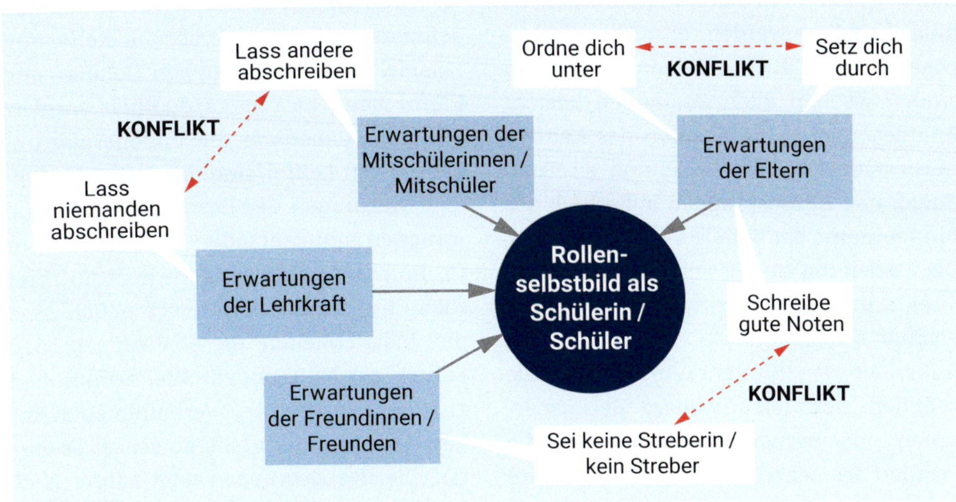

Nach: Prändl, Ingeborg: Intra-Rollenkonflikt, www.gesellschaft.psycho-wissen.net, Abruf am 15.01.2018

M25 Die Rolle der Schülerinnen und Schüler – zusammengefasst

Eine für das ganze künftige Leben außerordentlich bedeutungsvolle Rolle ist die Rolle der Schülerin bzw. des Schülers, mit der weitreichende Erwartungen und z. T. einschneidende Kontrollen verbunden sind.

	Weitreichende Erwartungen	Einschneidende Kontrollen (ggf. mit positiven und negativen Sanktionen)
Eltern		
Lehrkräfte		
Mitschülerinnen und Mitschüler	Ins Heft	
Quartäre Sozialisation		

Nach: Rückriem, G.M: Der gesellschaftliche Zusammenhang der Erziehung. In: Klafki, Wolfgang / u. a. (Hrsg.): Funk-Kolleg Erziehungswissenschaften. Band 1. Frankfurt und Hamburg 1970, S. 267

Sanktionen in der Soziologie
Billigung oder Missbilligung des Verhaltens eines Menschen durch Belohnungen (positive Sanktionen) oder Strafen (negative Sanktionen)

M26 Die Rolle der Lehrkräfte: ein Beziehungsgeflecht

Die Berufsposition der Lehrkraft kann nur vollständig beschrieben werden, wenn alle anderen Positionen und Bezugsgruppen in und außerhalb der Organisation Schule angegeben werden, mit denen sie in einem Beziehungsverhältnis steht. Innerhalb der Binnenstruktur der Institution Schule gibt es folgende Positionen, mit denen die Lehrkraft in einem wechselseitigen Bezug steht:

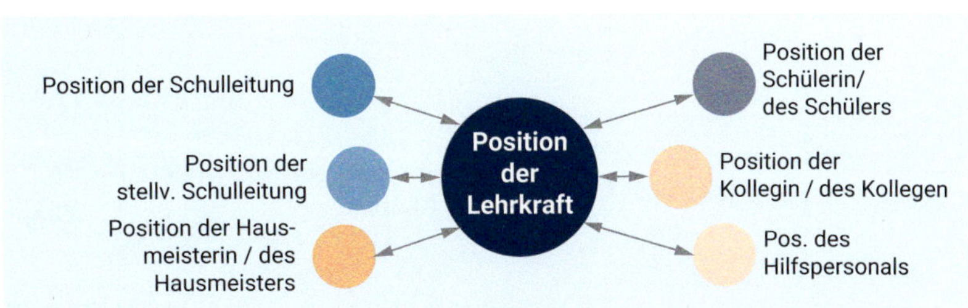

Nach: Prändl, Ingeborg: Intra-Rollenkonflikt, www.gesellschaft.psycho-wissen.net, Abruf am 15.01.2018

[Vorangegangenes Modell] stellt die Position des Lehrers in den Mittelpunkt. [...] Es muss beachtet werden, dass die „Gegenpositionen" [...] auch aufeinander bezogen sind. Zwischen allen Positionen besteht Interdependenz. Die Position des Lehrers muss auch in ihrer Beziehung zu Positionen und Bezugsgruppen außerhalb des Binnenraums der Schule gesehen werden. Die Beziehung zu diesen Positionen hat direkte und indirekte Bedeutung für die Position des Lehrers.
Außerhalb des Binnenraums der Schule befinden sich noch weitere Bezugspersonen und Bezugsgruppen, die auf die Position des Lehrers einwirken und somit seine soziale Rolle mitbestimmen: Eltern, Gemeinde, Wirtschaft, politische Parteien, Pädagogische Hochschule, Lehrerverbände, Schulträger, Kirchen usw. Insgesamt stellen folgende Bezugspersonen und -gruppen an den Lehrer Erwartungen und definieren somit seine soziale Rolle. Am Beispiel der Bezugsgruppen Schüler und Eltern kann besonders deutlich werden, wie unterschiedlich die Rollenerwartungen an den Lehrer sind. Die Fülle der Rollenerwartungen der Bezugspersonen und -gruppen unterscheiden sich nicht nur in ihrer Intensität, sondern auch in ihrer Richtung. Ebenfalls unterschiedlich sind die Möglichkeiten dieser Gruppen, den Lehrer mit Hilfe angedrohter Sanktionen zu einem bestimmten Verhalten zu zwingen. Bestimmte Verhaltensweisen erwarten alle Bezugsgruppen vom Lehrer (z. B. gesittetes Verhalten) und kontrollieren diese auch, bestimmte Rollenerwartungen sind sogar rechtlich festgelegt (abzuleistende Stundenzahl, Aufsichtspflicht).

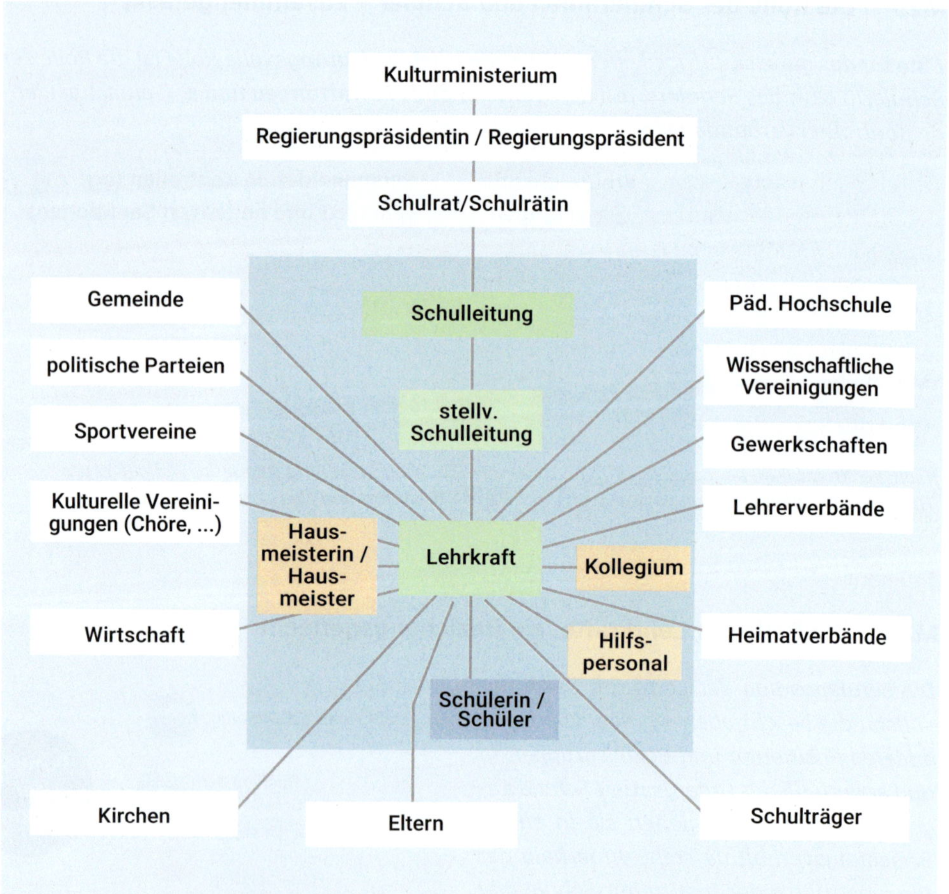

Nach: Klose, Peter: Das Rollenkonzept als Untersuchungsansätze für die Berufssituation des Lehrers. In: Kölner Zeitschrift für Soziologie und Sozialpsychologie. 23. Jg. 1971, S. 79 ff.

M27 Die Rolle der Lehrkraft – eine typische Berufsrolle?

Sozialisation [ist] ein Prozess, in dem grundlegende Wertorientierungen erworben werden, die zum erfolgreichen Rollenhandeln erforderlich sind. Um dies zu verstehen, muss man sich klarmachen, dass der Sozialisationsprozess bei Heranwachsenden nicht auf konkrete künftige Rollen vorbereiten kann; denn ob ein Kind später einmal Opernsänger oder Straßenbahnfahrer, Politiker, Textilverkäufer wird, entscheidet sich erst im frühen Erwachsenenalter. Es kommt hinzu, dass Menschen im Laufe ihres Lebens familiäre Situationen und berufliche Tätigkeiten – und damit auch Rollen – wechseln; dies alles kann durch Sozialisation nicht konkret vorbereitet werden; dennoch muss Sozialisation zur Übernahme und zur Ausfüllung dieser Rollen befähigen. [...] Ein Beispiel mag dies verdeutlichen. Die Erwartung an eine Vorzimmer-Sekretärin, störende Besucher freundlich, aber bestimmt abzuweisen, ist eine spezifische Rollenerwartung. Generell ist hingegen die Anforderung an Berufsrollen, sachgerecht, funktional und möglichst emotionsfrei die übertragenen Aufgaben zu erledigen. Während spezifische Formen des Rollenhandelns (im Sinne von Techniken) in den Situationen selbst gelernt werden, müssen generelle Verhaltensorientierungen tiefer in der Persönlichkeit verankert und daher im Sozialisationsprozess längerfristig vorbereitet werden. Die Fähigkeit zum Rollenhandeln wird im Sozialisationsprozess somit vor allem durch den Erwerb allgemeiner, für viele Rollen bedeutsamer Grundorientierungen erworben. [Der amerikanische Sozialisationsforscher] Parsons beschreibt für den öffentlichen Bereich [...] ein solches übergreifendes Wertmuster als universalistische Orientierung [...] Er sieht darin jenseits aller sozialen Dynamik ein relativ stabiles und übergreifendes Wertesystem moderner Gesellschaften; die Ausrichtung an der individuellen Leistung, die Erwartung affektiver Neutralität, die Begrenzung von Kommunikation auf die jeweiligen Aufgaben gehören dazu. Eine Orientierung an solchen Wertmustern ist in komplexen Gesellschaften vor allem erforderlich, um in Berufsrollen erfolgreich agieren zu können. Demgegenüber herrscht in der Familie und in anderen privaten Kontexten eher eine entgegengesetzte Wertorientierung: Beziehungen sind affektiv gefärbt, und Leistungserbringung steht nicht im Vordergrund. Eine solche Wertorientierung wird als partikularistisch bezeichnet.

Tillmann, Klaus-Jürgen: Sozialisationstheorien – eine Einführung in den Zusammenhang von Gesellschaft, Institution und Subjektwerdung. Reinbeck 2010, S. 152 f.

Aufgaben

72043-213

1. Erläutern Sie am Beispiel der Rolle der Schülerinnen und Schüler, welchen unterschiedlichen Erwartungen eine Schülerin bzw. ein Schüler von den Inhaberinnen und Inhabern verschiedener sozialer Positionen ausgesetzt ist (**M24**).
2. Gestalten Sie in Kleingruppenarbeit auf der Grundlage von **M25** eine Tabelle, in der Sie die weitreichenden Erwartungen der genannten Personengruppen und mögliche positive sowie negative Sanktionen eintragen.
3. Erläutern Sie die Schaubilder zur Rolle der Lehrkräfte (**M26**).
4. Entwickeln Sie zu zweit mögliche Szenarien für unterschiedliche Rollenerwartungen an Lehrkräfte seitens der Trägerinnen und Träger verschiedener Positionen.
5. Erläutern Sie die spezifischen Erwartungen an die Berufsrolle (**M27**).
6. Diskutieren Sie: Ist die Rolle der Lehrkräfte eine typische Berufsrolle?

H zu Aufgabe 1
Berücksichtigen Sie dabei, zu welchen Konflikten es wegen unterschiedlicher Rollenerwartungen kommen kann.

M28 Rollenkonflikte von Lehrkräften, Schülerinnen und Schülern

A Rollenkonflikt eines Schülers

Der Tag beginnt schon äußerst schlecht für Daniel, Schüler der 10. Klasse, als er mal wieder viel zu spät aus den Federn kommt und ohne Frühstück in die Schule hetzt. Beim Bäcker gleich neben der Schule, kauft er sich noch schnell eine Brezel und erscheint, wie so oft in letzter Zeit, unpünktlich [im Sowi Kurs]. Der Lehrer kennt keine Gnade, denn besonders er verlangt von seinen Schülern Pünktlichkeit und bestellt ihn für heute [...] (nach der letzten Stunde zu einem Gespräch) ein. Während der Stunde möchte sein Nachbar sich mit ihm über das Fußballspiel [...] (Borussia Dortmund) gegen Bayern München unterhalten, aber Daniel will nichts mehr riskieren und passt lieber auf. Er müsste auch mal was für seine mündliche Note tun, hasst es aber andererseits, als Streber dazustehen. Hatte er doch erst letzte Woche dem Hausmeister freiwillig geholfen, was seine Mitschüler mit bissigen Sprüchen kommentierten. Nachdem er auch die letzten Unterrichtsstunden mehr oder weniger erfolgreich hinter sich gebracht hat, fährt er nach Hause, wo schon die Familie mit dem Mittagessen auf ihn wartet. Kaum hat er am Tisch Platz genommen, erfährt er gleich durch den Anruf seines Fußballtrainers, dass das Training auf heute Abend vorverlegt wird. Um diese Zeit ist er doch mit seiner Klassenkameradin Katja verabredet, hinter der er schon lange her ist! Seine Mutter erinnert ihn an den Geburtstag von Tante Gerlinde, der spätnachmittags im Kreise der Familie gefeiert wird und bei dem man sich auch mal blicken lassen sollte. Da piepst auch schon sein Handy mit der Nachricht, dass seine Freunde sich heute Abend mit ihm in der Disco treffen wollen. „Und wie soll ich das alles unter einen Hut bringen?" fragt sich Daniel besorgt.

Schülertext: Dumm gelaufen, www.politikundunterricht.de, Abruf am 15.01.2018

B Rollenkonflikt einer Lehrkraft

Nun hat [...] niemand im alltäglichen Leben und Handeln nur eine einzige soziale Position inne. Der Mensch des Alltags – nennen wir ihn Wilhelm Müller – ist ja z. B. nicht nur Lehrer, sondern auch Mann, Ehegatte, Vater, Katholik, Staatsbürger, aktives Mitglied eines Musikvereins u. v. a. Dieser Sachverhalt wird auch als Rollenkonfiguration bezeichnet und lässt sich grafisch wie folgt darstellen:

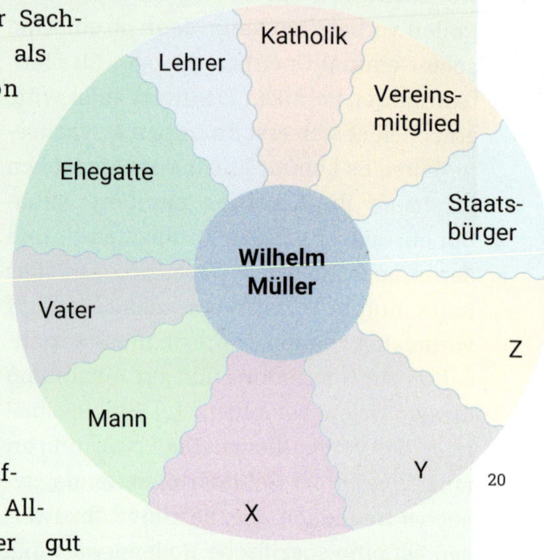

Die mit diesen einzelnen Positionen verknüpften Rollenerwartungen können teilweise miteinander vereinbar sein. Man kann sich aber aufgrund der eigenen Alltagserfahrung sicher gut vorstellen, dass sich aus diesem Nebeneinander von Rollen und der Gleichzeitigkeit unterschiedlicher Erwartungen auch erhebliche Spannungen und schwerwiegende Konfliktlagen ergeben können: Der Lehrer Wilhelm Müller ist vielleicht mit seinem Beruf „verheiratet" und begegnet deshalb den seitens der Familie an ihn als Ehemann und Vater gerichteten Ansprüchen nur unzureichend. Oder er probt mit seinem Musikverein intensiv für verschiedene bevorstehende Konzerte, was ihn an der notwendigen Unterrichtsvorbereitung hindert, die fälligen Korrekturen der Klassenarbeiten verzögert sowie das erwartete kollegiale Engagement beeinträchtigt. Je mehr soziale Positionen Wilhelm Müller im Netzwerk verschiedener sozialer Beziehungen einnimmt, desto wahrscheinlicher wird er den unterschiedlichen, oft auch noch grundsätzlich widersprüchlich formulierten Anforderungen und Erwartungen nicht mehr in vollem Umfang gerecht werden können. Und zwar nicht nur von der zeitlichen Erfüllung der Rollenzumutungen her, sondern auch insbesondere aufgrund verschiedener moralischer Implikationen, die die einzelnen Rollen beinhalten und die die eine oder andere Partei enttäuschen bzw. die eine oder andere Verhaltenserwartung verletzen (müssen).

Hencka, Hans Peter: Schwierigkeiten beim Rollenspiel. In: Grundkurs Soziologie, 10. Auflage. Konstanz und München 2015, S. 110 ff.

M29 Fallbeispiel: typisch Lehrkraft?

Szene aus dem Film „Club der toten Dichter“

Aufgaben

72043-214

1. Analysieren Sie den Begriff „Rollenkonflikt“ im Werkzeugkasten Soziologie (→ S. 68) und halten Sie Ihre Definitionen in Ihrem Heft fest.
2. Werten Sie **M28** in arbeitsteiliger Kleingruppenarbeit (3-4 Personen) aus und bearbeiten Sie jeweils die folgenden Aufgaben:
   Gruppe A (M28 A):
   a) Charakterisieren Sie den Schüler Daniel in einem kurzen Porträt.
   b) Analysieren Sie den Rollenkonflikt von Daniel und ordnen Sie den Rollenkonflikt einer der zwei Kategorien von Rollenkonflikten (Intra-Rollen-Konflikt oder Inter-Rollen-Konflikt) in dem Werkzeugenkasten Soziologie „Rollenkonflikt“ (→ S. 68) zu.
   c) Entwickeln Sie Vorschläge, wie Daniel sich in der jeweiligen Konfliktsituation verhalten könnte.

   Gruppe B (M28 B):
   a) Charakterisieren Sie den Lehrer Wilhelm Müller in einem kurzen Porträt, indem Sie das Schaubild in **M28** B erläutern.
   b) Analysieren Sie den Rollenkonflikt des Lehrer Müller und ordnen Sie den Rollenkonflikt einer der zwei Kategorien von Rollenkonflikten (Intra-Rollen-Konflikt oder Inter-Rollen-Konflikt) in dem Werkzeugkasten Soziologie „Rollenkonflikt“ (→ S. 68) zu.
   c) Entwickeln Sie Vorschläge, wie sich Wilhelm Müller in der jeweiligen Konfliktsituation verhalten könnte.
3. Entwickeln Sie Vorschläge, wie Menschen grundsätzlich mit Rollenkonflikten umgehen sollten (**M27**, **M28** A-B).
4. Analysieren Sie das auf dem Bild in **M29** dargestellte Verhalten der Lehrkraft und beantworten Sie die Frage: „typisch Lehrkraft?“.
5. Erläutern Sie die Begriffe „Rollenidentifikation“ und „Rollendistanz“ aus dem Werkzeugkasten Soziologie (→ S. 69) und halten Sie die Definitionen schriftlich fest.
6. Beurteilen Sie, inwieweit sich aus dem dargestellten Verhalten des Lehrers (**M29**) Aussagen über Rollenidentifikation oder Rollendistanz ableiten lassen.

M30 Rollentheorien: der Versuch, die Wirklichkeit zu systematisieren ...

*Sie haben schon die Theorie des „Homo sociologicus" von Ralf Dahrendorf kennen gelernt (**M20**). Aber es gibt noch weitere Rollentheorien, die an den Vorstellungen, die auch von Ralf Dahrendorf vertreten werden, anknüpfen und das Rollengeschehen in der Gesellschaft und den Stellenwert des Rollenerlernens in der Sozialisation verschieden interpretieren. Sie können in **M30** A-B die strukturfunktionalistische Rollentheorie des amerikanischen Soziologen Talcott Parsons und die Theorie des symbolischen Interaktionismus (George Herbert Mead, u. a.) kennenlernen. Die beiden Rollentheorien setzten unterschiedliche Akzente für den Zusammenhang von Gesellschaft und Individuen und das konkrete Rollenhandeln der Individuen.*

Bearbeiterin

A Die strukturfunktionalistische Rollentheorie von Talcott Parsons

Die wohl systematischste und konsequenteste Anwendung rollentheoretischer Annahmen auf den Sozialisationsprozess findet sich bei dem amerikanischen Soziologen Talcott Parsons (1902-1979) [...] Im Rahmen seiner allgemeinen [...] Theorie geht Parsons der soziologischen Grundfrage nach, welche Bedingungen erfüllt sein müssen, damit ein Zusammenleben und -wirken von mehreren Menschen möglich ist. Dabei begreift er die Gesellschaften als Systeme, in denen bestimmte Funktionen erfüllt sein müssen, damit die Struktur des Systems über einen gewissen Zeitraum gesichert bleibt (daher auch: strukturell-funktionale Theorie).

Talcott Parsons (1902-1979) gilt als einer der großen modernen soziologischen Theoretiker und Hauptvertreter der strukturfunktionalistischen Theorie.

Damit die Mitglieder eines sozialen Systems diese selbstregulativen Bedingungen erfüllen, gibt es nach Parsons zwei Mechanismen, die dies sicherstellen:

- Die Sozialisation der heranwachsenden Individuen, mittels derer sie gleichfalls über die gesellschaftlich notwendigen Verhaltensmuster (Rollen) verfügen und sich ihrer für vorhandene oder neu sich abzeichnende Systemzwecke bedienen können sowie
- die sozialen Kontrollen, die dann einsetzen, wenn von den Rollenerwartungen abgewichen wird.

Von den verschiedenen sozialen Positionen aus gesehen, ist dieser Rollenzwang objektiv unterschiedlich stark und wird auch von den Rollenträgern selbst subjektiv differenziert wahrgenommen. Je mehr das Individuum als Rollenträger sich solche, quasi von „außen" herangetragene Anforderungen zu eigen macht, sie bejaht und sich ihnen unterwirft, umso weniger wird es diese Zumutungen und Erwartungen als zwanghaft empfinden. Überdies ist der Einzelne auf viele Rollenverpflichtungen schon deshalb vorbereitet, weil er sie bereits in früher Kindheit gelernt und in selbstverständlicher Weise verinnerlicht hat. Über diese Norminternalisierung werden soziale Verhaltensvorschriften in das Repertoire der Handlungsmuster des Individuums übernommen, so dass sie mehr und mehr als subjektiv selbstbestimmt und quasi „natürlich" begriffen werden.

Da parallel dazu auch das Gewissen eine Kontrollfunktion ausübt, erscheint das sozialisierte Individuum – relativ unabhängig von äußeren Zwängen – nicht nur fähig (im kognitiven Sinne), sondern vor allem auch willens (im motivationalen Sinne), sich in entsprechenden Situationen rollenkonform zu verhalten. Im Idealfall besteht somit zwischen den Rollenerwartungen und den Rollenentsprechungen ein reziprokes Gleichgewicht: Der Mensch ist Lehrer, Facharbeiter, Arzt, Beamter oder Familienvater. Grundannahme dieser strukturell-funktionalen Rollentheorie ist also nicht nur, dass die Individuen im Sozialisationsprozess ihre Rollen, d. h. insbesondere deren gesellschaftliche Bedeutung und funktionalen Sinn erkennen lernen, um ihre Rollen dann auch „textgetreu spielen" zu können, sondern auch, dass durch Sozialisation die Rollen geradezu zum Bestandteil der Persönlichkeit werden.

Henecka: Hans Peter: Rollenübertragung und Rollenübernahme: Traditionelle Prüfsteine für die Effizienz von Erziehung und Sozialisation. In: Grundkurs Soziologie. 10. Auflage. Konstanz und München 2015, S. 120 ff.

B Der symbolische Interaktionismus (George Herbert Mead, u.a.)

Kritische Einwände gegen [das] Sozialisations-und Rollenkonzept kamen vor allem von jenen Sozialwissenschaftlern, die [...] an Aussagen über das tatsächliche soziale Alltagshandeln von Menschen interessiert waren. [Diese] Bedenken [...] wurden dabei insbesondere von jenen Soziologen und Sozialpsychologen formuliert, die sich eher der Schule des sogenannten „Symbolischen Interaktionismus“ verpflichtet fühlen [...] Dieser von George Herbert Mead begründete [...] Theorieansatz [...] berücksichtigt zur Erfassung des alltäglichen Normalfalles von sozialem Handeln nämlich stärker die individuierenden* Aspekte des Sozialisationsgeschehens. Das Kernstück dieses Ansatzes ist es, im Spannungsfeld zwischen den rollenmäßigen Begrenzungen und Zwängen der Gesellschaft und den primären Bedürfnissen und Voraussetzungen des Individuums gerade auch jene individuellen Freiheitsräume sozialen Handelns auszumachen und jene menschlichen Grundqualifikationen zu erkennen, die eine relative Autonomie bzw. subjektive Interpretation des Individuums beim Rollenspiel ermöglichen [...].

George Herbert Mead (1862-1931) war ein amerikanischer Soziologe und gilt als einer der Hauptvertreter des „Symbolischen Interaktionismus“.

Die soziologische Grundfrage nach den Entwicklungsgesetzen menschlichen Zusammenlebens beantwortet der symbolische Interaktionismus mit dem Prinzip einer einvernehmlichen Interpretation über Gegenstandsbedeutungen im Rahmen sozialer Beziehungen, in die sich die Persönlichkeitsentwicklung als Zusammenhang von „Interaktion“ und „Selbst“-Entwicklung eingliedern lässt [...].

Diese [...] versucht Mead im amerikanischen Original seiner Schriften mit den Termini „I“ und „me“ zu erhellen. Beide Begriffe wären im Deutschen mit „ich“ wiederzugeben, was jedoch die von Mead beabsichtigte Differenzierung verwischen würde. Mit der grammatikalischen Unterscheidung von „I“ als Subjektfall und „me“ als Objektfall der ersten Person Singular möchte Mead vielmehr bewusst auf zwei verschiedene Seiten des sozialen Handelns aufmerksam machen. Auf die uns bereits geläufige Theatermetapher bezogen, stellt das „me“ die objektive Seite des Rollenspiels dar, das von anderen auf die Aufführungsrichtigkeit und „Werktreue“ des „sozialen Textes“ hin beobachtet und kontrolliert wird, während das „I“ den subjektiven Aspekt, nämlich den Schauspieler in seiner persönlichen Originalität und individuellen Unverwechselbarkeit sowie der schöpferischen Interpretation seiner Rolle, zum Ausdruck bringt. Oder allgemeiner formuliert: Das „me“ besteht aus einer Reihe von gesellschaftlich vorbestimmten und normierten Rollen (z. B. Lehrer oder Schüler, Sohn oder Tochter, Katholik oder Protestant) und stellt meine soziale Identität dar, während das nach Verwirklichung meiner genuin eigenen Bedürfnisse drängende „I“ das Freiheitspotenzial meines "Selbsts“, d. h. meine personale Identität bezeichnet. Das „I“ denkt über die zugemuteten oder vorgeschriebenen Rollen nach, sucht sie individuell zu gestalten oder kennt auch Wege, sich unter bestimmten Voraussetzungen dem Zwang oktroyierter, beispielsweise tradierter Kulturmuster zu entziehen.

Aus dieser Konstruktion von „I“ und „me“ ergibt sich für die Binnenstruktur des Selbst ein labiles Gleichgewicht (von sozialer Identität und personaler Identität, beides bezeichnet die Ich-Identität). [...] Je stärker die Umwelt seitens ihrer Sozialisationsagenturen bestimmte Erziehungsziele verfolgt und z. B. den Wert der sozialen Anpassung und Gleichförmigkeit über den der individuellen Originalität und Kreativität stellt (und derartige Ziele über damit korrespondierende Erziehungspraktiken und Sozialisationskontrollen absichert), umso mehr wird das Individuum gesellschaftlichem Druck ausgesetzt und seine (tendenziell gleichfalls expandierenden) Selbstverwirklichungstendenzen einschränken. Das heißt, der individuelle Gestaltungs- und Einflussbereich des Einzelnen wird entsprechend beschnitten. [...] Einen entgegengesetzten Fall stellt gewissermaßen die ausufernde Tendenz zur Ignoranz gesellschaftlicher Ansprüche und Notwendigkeiten dar, wie sie beispielsweise in extremer Form als soziale Extravaganz, übersteigerter Egozentrismus oder in gesellschaftsfeindlichen, „asozialen“ Attitüden („Ich bin das Gesetz!“) in Erscheinung treten kann.

Das Zusammenspiel von „Me" und „I" nach der Rollentheorie von George Herbert Mead

Me	**I**
Von der Gesellschaft vorgegebene Rolle (z. B. die Lehrerrolle allgemein) **= objektive Seite der Ausfüllung der Rolle**	eigene Interpretation der Rolle (z. B. der Rolle des Lehrers xy) **= subjektive Seite der Ausfüllung der Rolle**
Soziale Identität Von der Gesellschaft vorgegebenes Bewusstsein, das ein Individuum von sich selbst haben sollte	**Personale Identität** Das persönlich-individuelle-Bewusstsein, das ein Individuum von sich selbst hat

Ich-Identität
(ein labiles Gleichgewicht von sozialer Identität und personaler Identität)

Nach: Henecka, Hans Peter. Sind wir wirklich alle Schauspieler? Zur Kritik und Erweiterung des Rollenmodells. In: Grundkurs Soziologie. 10. Auflage. Konstanz und München 2015, S. 126 ff.

** Individuierung: aktive Auseinandersetzungen mit gesellschaftlichen Erwartungen und Forderungen, aktive Seite der Sozialisation*

Aufgaben

72043-215

H zu Aufgabe 1
Berücksichtigen Sie bei der Textanalyse die folgenden Aspekte:
- Grundfrage der soziologischen Theorie von Parsons;
- Erläuterung des Begriffs „Strukturfunktionalismus";
- Beschreibung der zwei Mechanismen, damit die Struktur des sozialen Systems gesichert wird;
- optimale Einstellung des Individuums zu den von der Gesellschaft vermittelten Rollen.

1. Analysieren Sie zu zweit die strukturfunktionalistische Rollentheorie von Talcott Parsons (**M30** A) und halten Sie die Ergebnisse Ihrer Analyse stichpunktartig in einem Thesenpapier fest. Das Thesenpapier soll die Grundlage für einen mündlichen Vortrag sein.
2. Analysieren Sie zu zweit den Text zum symbolischen Interaktionismus von Herbert Mead (**M30** B) und halten Sie die Ergebnisse Ihrer Analyse stichpunktartig in einem Thesenpapier fest. Das Thesenpapier soll die Grundlage für einen mündlichen Vortrag sein. Berücksichtigen Sie bei der Textanalyse die folgenden Aspekte:
   Beschreibung des unterschiedlichen Untersuchungsansatzes des Strukturfunktionalismus und des symbolischen Interaktionismus in Bezug auf das Sozialisationsgeschehens; Darstellung des Kernstücks des symbolischen Interaktionismus; Abgrenzung der unterschiedlichen Begriffe „I" und „Me"; Darstellung der Problematik, die sich aus dem labilen Gleichgewicht von „I" und „Me" ergibt.
3. Arbeiten Sie mit Hilfe des 13. Begriffs im Werkzeugkasten Soziologie „Identität" auf S. 69 heraus, was der symbolische Interaktionismus unter Identitätsentwicklung versteht.
4. Präsentieren Sie die Ergebnisse der Textanalysen (→ Aufgaben 1 und 2) von **M30** im Kurs, indem Sie in einem Gruppenvortrag (mindestens zwei Personen) die zentralen Aspekte der beiden Theorien erklären.
5. Vergleichen Sie die unterschiedlichen Schwerpunkte der beiden Theorien im Hinblick auf das Rollenlernen im Sozialisationsprozess.

M31 Analyse eines Fallbeispiels mit Hilfe der theoretischen Annahmen des Strukturfunktionalismus und des symbolischen Interaktionismus

Ein Erdkundeleistungskurs der Jahrgangsstufe 12 unternimmt eine Kursfahrt nach Freiburg mit einem täglichen Besichtigungsprogramm und Freizeit für die Schülerinnen und Schüler. Während der Fahrt gibt es zwischen Lehrer Bertram und Schüler Felix zunächst kleinere Konflikte, die sich jedoch am zweiten Tag verschlimmern, als Felix zu spät zum Tagesausflug erscheint und es zu einem Streit zwischen ihm und dem Lehrer kommt. Am nächsten Tag gehen nach einer Fahrt in den Schwarzwald alle Schülerinnen und Schüler in die Disco. Es wird eine großzügige Regelung vereinbart, dass die Schülerinnen und Schüler erst gegen ein Uhr morgens in der Jugendherberge sein müssten.

Gegen ein Uhr sind alle Schülerinnen und Schüler mit Ausnahme von Felix in der Jugendherberge. Felix erscheint erst gegen zwei Uhr und wird von einem wütenden Lehrer Bertram empfangen. Nun sei das Maß voll. Noch an demselben Tag könne Felix die Heimfahrt auf eigene Kosten antreten. Felix aber hält sich für unschuldig. Er habe den letzten Bus verpasst. Als die anderen aufgebrochen waren, um den letzten Bus zu bekommen, sei er auf der Toilette gewesen. Deshalb habe er den ganzen Weg von 5 km zu Fuß gehen müssen.

Beim Frühstück am nächsten Morgen bittet die Kurssprecherin Anna, dass Felix nicht ausgeschlossen wird, aber die Lehrkräfte betonen, dass es vor der Fahrt vereinbarte Regeln gibt. Frau Schäfers ist unsicher, ob die Entscheidung richtig ist.

Sie kennt die Kurssprecherin aus ihrer Arbeit als Verbindungslehrerin gut und geht davon aus, dass Anna gute Gründe hat, sich für Felix einzusetzen. Aber sie ist erst seit einem Jahr im Dienst und vertraut dem erfahrenen Kollegen, der den Ruf hat, dass in seinen Klassen Disziplin herrscht. So hat sie nicht den Mut, sich für Felix einzusetzen.

Sie kennt Felix aus dem Sportunterricht als fairen Sportler, der aber über ein ausgeprägtes Selbstbewusstsein verfügt. Am nächsten Morgen bringt Herr Bertram Felix zum Bahnhof und kauft ihm eine Fahrkarte, die später von den Eltern erstattet werden soll.

Bearbeiterin

Aufgaben

72043-229

1. Stellen Sie zunächst die in dem Fallbeispiel (**M31**) handelnden Personen vor und analysieren Sie, welche Rolleninterpretation bei den einzelnen Personen vorherrschend ist.
2. Beurteilen Sie, inwiefern sich die einzelnen Personen rollenkonform nach den Vorstellungen von Parsons (**M31**) verhalten. Begründen Sie Ihre Einschätzung.
3. a) Analysieren Sie die Konflikte zwischen dem Schüler und den Lehrkräften mit Hilfe der strukturfunktionalistischen Rollentheorie und des symbolischen Interaktionismus.
   b) Ermitteln Sie unter Bezug auf die theoretischen Annahmen in **M30** A, B, unter welchen Bedingungen die Rollenerwartungen der Gesellschaft (hier die Lehrkräfte) und die Rollenentsprechungen der Rollenträger:innen (hier die Lehrkräfte, die Schülerinnen und Schüler) dem von den jeweiligen Theorien beschriebenen „Idealfall" des Rollenverhaltens entsprechen.
4. a) Beurteilen Sie vor dem Hintergrund der in den Kapiteln 2.2 und 2.3 erworbenen Kenntnisse über das Rollenlernen im Sozialisationsprozess, wie frei der Mensch bei der Gestaltung der Rollen, die er in verschiedenen Bereichen der Gesellschaft spielt, ist. Beachten Sie insbesondere die Begriffe aus dem Werkzeugkasten Soziologie 10 und 11 auf S. 69 zur Rollenidentifikation und zur Rollendistanz und die Rollentheorien des Strukturfunktionalismus und des „symbolischen Interaktionismus" (**M30**).
   b) Vergleichen Sie Ihre Urteile im Kurs.

Karikaturbearbeitung I

1 Aufgaben

1. **Beschreiben Sie die Karikatur zur Rolle eines Jugendlichen als Schüler bzw. Schülerin.**
2. Analysieren Sie die Aussage der Karikaturistin im Hinblick auf die Rollenerwartungen der abgebildeten Personen an den Jugendlichen.
3. Erörtern Sie die Sicht der Karikaturistin aus der Sicht des Strukturfunktionalismus und des Symbolischen Interaktionismus.

Karikatur: Marie Marcks, 1997

2 Tipps zur Bearbeitung von Aufgabe 1

1. Lesen Sie zunächst in den „allgemeinen Hinweisen zur Karikaturbearbeitung" auf S. 406 den Abschnitt „III.1".
2. Lesen Sie noch einmal die Texte **M30** A und **M30** B zur strukturfunktionalistischen Rollentheorie und zum symbolischen Interaktionismus. Das hilft Ihnen bei der Beschreibung der Karikatur, die Darstellung besser zu verstehen.
3. Achten Sie darauf, dass Sie auf der beschreibenden Ebene bleiben und noch keine Hinweise zur Aussageabsicht der Karikaturistin geben.

3 Anleitung zur Beschreibung der Karikatur (AFB I)

1. Beschreiben Sie zunächst den in der Karikatur dargestellten Mechanismus, durch den das Verhalten des Jugendlichen gesteuert wird.
2. Beschreiben Sie dann den Jugendlichen, vor allem seine Haltung und den Gegenstand in seiner Hand.
3. Beschreiben Sie anschließend die Personen links und rechts vom Schüler. Die Personen lassen sich zwei Gruppen zuordnen. Beschreiben Sie diese Personen detailliert und leiten Sie aus der Beschreibung ab, um welche Personen es sich handeln könnte. Stellen sie dar, was alle Personen machen.

Bearbeiterin

2.5 *Vertiefung:* Wie wehre ich mich gegen negative Gruppeneinflüsse? Gefahren und Risiken von Gleichaltrigengruppen

Zum Thema: In Kapitel 1 haben Sie erfahren, dass Gleichaltrigengruppen eine bedeutende Rolle im Sozialisationsprozess spielen und Jugendlichen Chancen bieten, Handlungskompetenzen zu entwickeln, die ihnen die Familie nicht bieten kann (→ Kap.1, S. 22, M8)). Neben den Chancen gibt es aber auch Risiken und Gefahren, denen Jugendliche in Gleichaltrigengruppen ausgesetzt sind. In diesem Kapitel lernen Sie u. a. Strategien kennen, mit denen man sich gegen Gruppendruck wehren kann.

M32 Gruppenzwang als Forschungsthema – das Experiment von Solomon Asch

Welche Linien sind gleich lang?

In einem psychologischen Experiment geben sechs Studenten in einer Gruppe immer wieder bewusst die gleichen falschen Antworten. Was macht der Siebte? Im Gegensatz zu den sechs anderen ist dieser die eigentliche Testperson. [...] Beim Experiment müssen die Versuchspersonen zunächst alleine entscheiden, welche Linie der Vergleichskarte (rechts) genauso lang wie die Linie auf der Standardkarte (links) ist. Ergebnis: Nahezu alle Probanden lösen die Aufgabe erfolgreich, die Versuchspersonen antworten im nebenstehenden Beispiel also „C". Im eigentlichen Experiment sitzt die unwissende Testperson mit sechs anderen – über den eigentlichen Zweck des Experiments eingeweihten – Personen zusammen in einem Raum. Nacheinander sollen die Personen nun angeben, welche der Linien die gleiche Länge wie die Ausgangslinie aufweist. In den ersten vier Durchgängen geben alle Eingeweihten und auch die eigentliche Versuchsperson die richtige Antwort. Der interessante Teil des Experiments beginnt, als die Gruppe der sechs anderen im fünften Durchgang geschlossen behauptet, dass in unserem Beispiel „B" dem Strich auf der „Standardkarte" entspricht, also von der Gruppe geschlossen eine falsche Antwort gegeben wird. Der Versuch wird auf diese Weise mehrmals wiederholt.

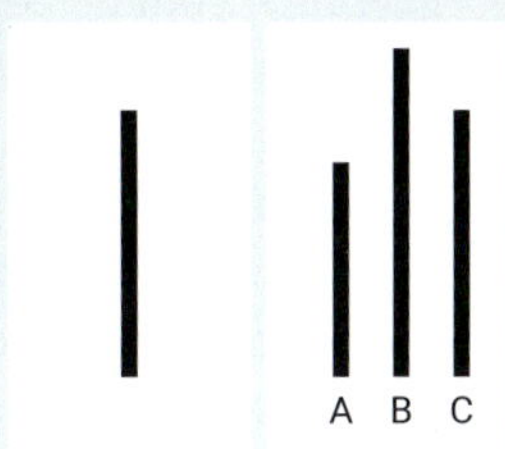

© Bundeszentrale für politische Bildung: KlassenCheckUp: „Ich weiß, doch was ich sehe ..." In: www.bpb.de, 30.06.2010

Wiederholung des Experiments

1951 hatte sich jeder Dritte von der Gruppe in seiner Meinung beeinflussen lassen, 32 Prozent aller Fehlurteile ergaben sich unter Einfluss von Gruppenzwang. 2007 wurden diese Zahlen bestätigt, wie es auch schon bei Wiederholungen in den 1970er- und 80er-Jahren der Fall gewesen war. Über die Jahrzehnte und Nationen hinweg hat sich also in puncto „Gruppenzwangresistenz" nichts verändert.

© Bundeszentrale für politische Bildung: KlassenCheckUp: „Ich weiß, doch was ich sehe ..." In: www.bpb.de, 30.06.2010

Einstiegsaufgaben

72043-216

1. Erklären Sie das Experiment, das der Psychologe Asch entwickelt hat (**M32**).
2. Beschreiben Sie die Ergebnisse des Experiments 1951 und in den Folgejahren.
3. Entwickeln Sie Hypothesen, mit welcher Begründung Forschende dieses Experiment in verschiedenen Jahren mit verschiedenen Generationen durchgeführt haben.

M33 Der Mensch ist stets Mitglied von Gruppen

Von der Wiege bis zum Grabe hat der Mensch mit Gruppen zu tun. Vom Augenblick der Geburt an ist er Mitglied irgendeiner Gruppe, und er kann den Einflüssen seiner Gruppenzugehörigkeit niemals entrinnen. In der frühen Kindheit ist die Beziehung zu anderen wegen der Hilflosigkeit und Schwäche des kleinen Menschleins eine Grundbedingung des Lebens. Später wird dann durch den sich ständig erweiternden Aktionsradius des Individuums und infolge der Gesellschaftsstruktur der Kontakt mit anderen fast unvermeidlich. Auch der einsamste Mensch, etwa ein Einsiedler, unterliegt den Einwirkungen irgendeines Gruppenzwanges, sei es auch nur durch seine Zugehörigkeit zu einer Familiengruppe. Selbst wenn er sich anderen zu entziehen sucht, reagiert er in gewissem Sinne auf sie.

Hartley, Eugene L. Hartley/ Hartley, Ruth E. In: Die Grundlagen der Sozialpsychologie. 2. Auflage. Berlin 1969, S. 265

M34 Welche Risiken gehen von Gleichaltrigengruppen aus?

A Bedeutung der Gleichaltrigengruppe

Die Bedeutung der Gleichaltrigengruppen wächst in dem Maße, wie Familien und Schulen an Einfluss auf den Sozialisationsprozess verlieren. So sehr die Gruppen horizontale, gleichberechtigte Beziehungen zwischen ihren Mitgliedern trainieren und dadurch wichtige Kompetenzen vermitteln, so entsteht durch ihre Intensität auch eine starke negative Dynamik. Schlechter Einfluss, gegenseitiges Hänseln und die Bildung von konkurrierenden Gruppen sind durchaus üblich [...].

B Interaktion mit Gleichaltrigen

Die zunehmende Interaktion mit Gleichaltrigen führt also nicht automatisch zu besseren sozialen Fähigkeiten bei den jugendlichen Mitgliedern. Der intensiven Dynamik der Gleichaltrigengruppen sind nicht alle Jugendlichen gewachsen. Wenn man als junger Mann oder junge Frau in eine untergeordnete Rolle in der Gruppe hineingerät, kann man schnell Opfer von Stigmatisierung werden, die bis zu schweren Formen dauerhafter Aggression, übler Nachrede und Beleidigung (Mobbing) führen. Die Erfahrung einer Demütigung treibt viele Jugendliche in die soziale Isolation und kann weitreichende Folgen für die weitere Persönlichkeitsentwicklung haben, von Depressionen, Essproblemen bis hin zur Suizidgefährdung, Schulverweigerung oder zur Hinwendung zu einer kriminellen Bande [...]

C Sozialisation in der Freundes- und Gleichaltrigengruppe

Durch die früh einsetzende und sich immer länger ausdehnende Jugendphase wird die Sozialisation in der Freundes- und Gleichaltrigengruppe ständig bedeutsamer. Junge Frauen und junge Männer suchen heute über einen langen Zeitraum hinweg emotionale Unterstützung bei ihren gleichaltrigen Freunden. Damit nehmen allerdings nicht nur solidarische Zuwendungen zu, sondern es steigt auch das Potenzial für Beziehungskonflikte und emotional aufgeladene, aggressive Auseinandersetzungen [...]. Diese Entwicklung wird durch die Erweiterung der Freundeskreise über elektronische Netzwerke beschleunigt. Die Community des Netzwerkes hat viele positive Seiten, weil sie eine freie Gestaltung von Beziehungen und Kontakten unterschiedlichster Form und Dichte ermöglicht. Durch die weltweite Interaktion Heranwachsender über elektronische Medien werden traditionelle soziale Beschränkungen zunehmend aufgelöst. Facebook und andere Portale eröffnen Kommunikationsmöglichkeiten, mit denen räumliche Entfernungen, soziale Herkunft, biologisches Alter und verschiedene Sprachen überwunden werden können.

Hurrelmann, Klaus / Quenzel, Gudrun: Negative Einflüsse der Gleichaltrigengruppe. In: Lebensphase Jugend – eine Einführung in sozialwissenschaftliche Jugendforschung. 13. Auflage. Weinheim und Basel 2016, S. 177 f.

M35 Wenn die Gruppe Druck macht …

Das Ergebnis des Asch-Experimentes zeigt, dass der Einfluss der Gruppe auf das Individuum nicht zu unterschätzen ist. Das Asch-Experiment offenbart, dass eine Anpassung erfolgt, selbst wenn keine Bedrohung oder Schlechterstellung droht. Auch wenn nicht bewusst und willentlich Druck ausgeübt und Einfluss genommen wird, kann das Verhalten einer Mehrheit das Verhalten und Entscheiden einer Einzelperson beeinflussen. Macht die Mehrheit drei Personen aus, passen sich mehr Einzelpersonen an als bei einer Mehrheit von zwei Personen.

Der so genannte Konformitätsdruck oder auch Gruppenzwang wirkt meist unbewusst, d. h. die beeinflusste Person und auch die beeinflussende Gruppe ist sich der Wirkung der Mehrheit auf den Einzelnen oft gar nicht bewusst und bemerkt dies gar nicht.

Als Mitglied einer Gruppe hat man oft das Gefühl,

- dass die Gruppe etwas von Einem erwartet,
- dass ein bestimmtes Verhalten zulässig oder unzulässig ist,
- dass von der Gruppe Druck auf das eigene Verhalten ausgeübt wird.

Diese wahrgenommenen Erwartungen von der Gruppe an ihre Mitglieder sind oft unausgesprochen und können als ein teils bewusstes und teils unbewusstes Regelwerk bezeichnet werden. Jede Gruppe hat solche Spielregeln. Diese sind zu einem gewissen Maße notwendig und selbstverständlich, damit das Zusammenarbeiten und -leben in der Gruppe überhaupt funktioniert. Ein Beispiel hierfür sind Kommunikationsregeln: Man beleidigt den Anderen nicht und lässt ihn ausreden. Sich gewissen Regeln einer Gruppe anzupassen, kann also auch sinnvoll sein, um bspw. eine Aufgabe effizient zu lösen. Problematisch kann es dann werden, wenn eine Person sich der Meinung und den Verhaltenserwartungen einer Gruppe anpasst, obwohl sie eigentlich anders handeln möchte. In der wissenschaftlichen Forschung hat man unterschiedliche Gründe ermittelt, warum Menschen sich dem Urteil einer Gruppe anpassen:

A Ich vertraue dem Urteil der Gruppe, weil ich es selbst nicht besser weiß.

Wenn eine Person unsicher ist und z. B. nicht über das nötige Hintergrundwissen, die relevanten Informationen zu einem Thema verfügt, passt sie sich dem Urteil der Gruppe an. Sie vertraut dem Urteil der Gruppe mehr als dem eigenen und möchte keinen Fehler machen. Dieser Einfluss der Gruppe auf das Urteilen einer Einzelperson wird daher informativer Einfluss genannt.

B Ich möchte, dass die anderen mich anerkennen und sympathisch finden.

Menschen haben das Bedürfnis, Anerkennung von ihren Mitmenschen zur erlangen. Sie möchten schlicht und einfach gemocht und sympathisch gefunden werden. Das Äußern einer abweichenden Meinung in einer Gruppe birgt die Gefahr, dass Gruppenmitglieder darauf mit Zurückweisung und Kritik reagieren. Die Person erwartet eine negative Sanktion. Das Äußern einer konformen Meinung hingegen führt zu einer positiven Bewertung durch die Mitglieder. Ziel der Einzelperson ist die Vermeidung von Ablehnung und die Aufrechterhaltung der Mitgliedschaft. Denkbar sind zudem positive Sanktionen von der Gruppe wie bspw. Lob, Anerkennung, ein beschleunigter sozialer oder beruflicher Aufstieg. Dieser Einfluss der Gruppe auf das Urteilen der Einzelperson wird normativer Einfluss genannt.

Was also tun, wenn man sich nicht traut, in gewissen Gruppen seine Meinung zu äußern? Forscher haben herausgefunden, dass die Anwesenheit von Verbündeten hilft, dem Einfluss der Gruppe zu widerstehen. War beim Asch-Experiment eine zweite Person im Raum, die ebenfalls die korrekte Antwort gab, war die Anzahl derjenigen, die sich konform verhielten, sehr viel geringer. Wenn man also erwartet, in einer Situation von einer Gruppe Druck gemacht zu bekommen, sollte man sich, wenn möglich, einen Verbündeten zur Seite stellen. Oft ist es zudem so, dass selbst, wenn man eine kritische Meinung äußert, dies nicht automatisch bedeuten muss, von der Gruppe zurückgewiesen zu werden. Oft sind die erwarteten Konsequenzen und Befürchtungen im Kopf sehr viel drastischer als die tatsächlichen Folgen.

© Bundeszentrale für politische Bildung: Klassen-CheckUp: Wenn die Gruppe Druck macht In: www.bpb.de, 30.06.2010

M36 PISA-Studie: Mobbing und seine Folgen – Anzahl der Opfer, Zusammenhang mit Cybermobbing und mögliche Hilfen

A Wie viele Jugendliche werden gemobbt?

Nach neuen Untersuchungen der PISA-Studie wird in Deutschland jeder sechste Schüler gemobbt. Jeder zehnte ist Opfer von Lästereien, die sich oft im Netz fortsetzen. [...] Was die OECD-Forscher in der erweiterten PISA-Befragung von 2015 herausgefunden haben, sorgt dennoch für Aufsehen: Jeder sechste 15-Jährige (15,7 Prozent) wird mehrmals im Monat Opfer von Mobbing, jeder zehnte erleidet Häme und Spott sowie wird ausgegrenzt. Über jeden Zwölften (7,7 Prozent) verbreiten Mitschüler falsche Gerüchte und Tuscheleien.

„Mobbing müssen wir in Deutschland viel stärker thematisieren, weil es hier oft noch an den Rand gedrängt wird", sagte OECD-Direktor Andreas Schleicher [...].

B Mobbing und Cybermobbing hängen oft zusammen.

Hänseleien, falsche Gerüchte und Beleidigungen treten laut dem Bericht auch als Cybermobbing zunehmend auf und sind besonders bei Schülern der Sekundarstufe weit verbreitet. Oft werden über soziale Netzwerke, Videoportale oder per Messenger beispielsweise peinliches Bildmaterial und Gerüchte verbreitet oder Fake-Profile angelegt. Beiträge werden beleidigend kommentiert, über private Kommunikationswege erhalten Opfer Beleidigungen und Bedrohungen. Auch das bewusste Ausschließen etwa aus WhatsApp-Gruppen einer Schulklasse kann unter Cybermobbing verstanden werden. [...]

C Gemeinsame Haltung von Eltern und Schule hilft

Die PISA-Untersuchungen zeigen auch, wie sich die Unterstützung der Eltern auf die Kinder auswirkt. Kindern zuhören, sie loben, ihnen Vertrauen und Respekt entgegenbringen, sei für Mobbing-Opfer besonders wichtig und verringere den Stress sowie den Schmerz, den Kinder durch andere erleiden. [...] Das Problem sei, so die OECD, dass viele Eltern vom Mobbing ihrer Kinder nichts wissen. Die Kinder trauen sich auch oft nicht, mit ihren Eltern oder anderen darüber zu sprechen. Notwendig seien deshalb Vorsorgemaßnahmen zwischen Eltern und der Schule. „Eine offene Kommunikation mit Lehrern kann Eltern helfen, mit dem Problem bewusster umzugehen und zu handeln", schreiben die Experten.

D Was Eltern tun können?

In Bezug auf Cybermobbing ist es wichtig, dass Eltern sich darüber informieren, aufmerksam sind und Verhaltensregeln im Netz mit ihrem Kind besprechen. Es geht darum deutlich zu machen, welche Folgen Cybermobbing haben können und dass Kinder und Jugendliche sensibilisiert werden, sich für andere einzusetzen. Eine gemeinsame Haltung gegen Mobbing hilft.

Ist ihr Kind von Cybermobbing betroffen, ist es wichtig, dass Eltern ihr Anliegen ernst nehmen und nachhaken, um die Gruppendynamiken zu verstehen. Doch ist ein pauschales Handy- und Internetverbot nicht sinnvoll. Hilfreich ist eher, den Vorfall mit den Eltern der Beteiligten zu besprechen, sofern diese bekannt sind, oder in der Schule des Kindes zu thematisieren. Falls Eltern konkrete Schritte unternehmen wollen, besprechen sie diese mit dem Kind und beziehen es in ihre Lösungsversuche ein. Ist ihr Kind selbst am Cybermobbing beteiligt, sollten Eltern versuchen, die Gründe zu ermitteln. Ursachen können Unzufriedenheit oder die Suche nach Anerkennung sein.

Wichtig ist, dabei die rechtliche Lage sowie die Situation des Opfers zu verdeutlichen und aufzuzeigen, wie unangenehm diese Rolle ist sowie alternative Konfliktlösungen zu nennen. Stellt das Kind auch nach Aufforderung der Eltern das Mobbing nicht ein, können Eltern Sanktionen aussprechen, wie etwa eine Surf- oder Chatpause.

Tipps gegen Cybermobbing

72043-228

Hurrelmann, Klaus / Quenzel, Gudrun: Negative Einflüsse der Gleichaltrigengruppe. In: Lebensphase Jugend eine Einführung in sozialwissenschaftliche Jugendforschung. 13. Auflage. Weinheim und Basel 2016, S. 177 f.

Aufgaben

72043-217

1. a) Nennen Sie zunächst alleine mit Hilfe des 12. Begriffs „Soziale Gruppe" im Werkzeugkasten Soziologie auf S. 69 Beispiele für soziale Gruppen, zu denen Sie oder Ihre Eltern gehören.
   b) Erklären Sie sich zu zweit Ihre Beispiele.
   c) Vergleichen Sie Ihre Ergebnisse im Kurs.
2. Erklären Sie in Kleingruppen (3-4 Personen), wie der Autor von **M34** begründet, dass der Mensch immer Mitglied von Gruppen ist (**M34**).
3. Beurteilen Sie, in welchen Gruppen Menschen sich nicht entziehen können.
4. Erläutern Sie die Ergebnisse wissenschaftlicher Forschung zur Wirkung von Gruppendruck (**M35**) und notieren Sie zentrale Aspekte auf einer Wandzeitung (→ Methodenglossar).
5. Diskutieren Sie in Kleingruppen (3-4 Personen) die in **M36** vorgeschlagenen Maßnahmen zum Umgang mit Gruppendruck und nennen Sie Beispiele aus Ihrem persönlichen Umfeld, wie Sie selbst oder andere Personen sich erfolgreich gegen Gruppendruck gewehrt haben.
6. Beschreiben Sie die Ergebnisse der Pisa-Studie 2015 zum Thema Mobbing (**M36** A - C).
7. Diskutieren Sie abschließend die vorgeschlagenen Anti-Mobbing Maßnahmen ggf. vor dem Hintergrund von Maßnahmen, die an Ihrer Schule üblich sind (QR-Code zu **M36** D).

Sozial
Der Begriff „Sozial" hat zwei Bedeutungen. Er bezeichnet
a) eine moralisch-ethische Haltung gegenüber Menschen in Not und
b) jedes zwischenmenschliche Handeln und Verhalten von Menschen.

Gesellschaft
Gesellschaft bezeichnet ein Gefüge von Einzelpersonen, die dauerhaft zusammenleben. Der Mensch kann ohne Gesellschaft nicht existieren.

Übung
72043-218

Soziologie
Die Soziologie als Wissenschaft erforscht sowohl das menschliche Handeln und die Beziehungen zwischen den Menschen als auch die Entwicklungsprozesse und Veränderungen der Gesellschaft.

Normen
Normen sind Erwartungen der Gesellschaft an das Verhalten und Handeln der Menschen. Je nachdem, ob die Menschen den Erwartungen entsprechen oder nicht, müssen sie mit positiven oder negativen Sanktionen, d. h. Belohnungen oder Strafen rechnen.

Werte
Werte bezeichnen Leitbilder oder Vorstellungen, die von der Gesellschaft für richtig oder erstrebenswert gehalten werden.

Übung
72043-219

Sozialisation
Als Sozialisation bezeichnet man die Vermittlung sozialer Normen, Werte, Sitten und Bräuche durch die Gesellschaft an das nur mit rudimentären Instinkten ausgestattete Individuum. Sozialisation findet lebenslang statt.

Sozialisationsprozess
Der Sozialisationsprozess wird in vier Phasen unterschieden, die jeder Mensch durchläuft.
1. In der primären Sozialisation (frühe Kindheit) prägen vor allem die Eltern das Kind.
2. Die sekundäre Sozialisation baut auf der primären Sozialisation auf. Als Sozialisationsinstanzen kommen nun Kindergarten, Schule, Freundeskreis, u. a. hinzu.
3. Mit dem Berufseintritt beginnt die tertiäre Sozialisation, in der Berufsleben, Eheschließung, Familie, Freunde, Vereine die sozialen Beziehungen prägen.
4. Die quartäre Sozialisation bezeichnet den letzten Lebensabschnitt nach dem Berufsaustritt und nachlassender Gesundheit.

Übung
72043-220

Leistungsprinzip
Das Leistungsprinzip beschreibt Kriterien, nach denen in einer modernen Gesellschaft materielle und soziale Chancen verteilt werden, wobei allein die Qualität der Leistung entscheidend für die Bewertung der Leistung ist.
Das Leistungsprinzip ist ein Gestaltungsprinzip, nach dem sich die Ausstattung der Menschen in einer Gesellschaft mit Einkommen, Vermögen, Macht und Ansehen richtet.
Das Leistungsprinzip hat gegenüber früheren Zuteilungsprinzipien wie Herkunft und Stand in modernen Gesellschaften eine zentrale Bedeutung.

Übung
72043-221

Rolle

Der Begriff Rolle bezeichnet Verhaltenserwartungen der Gesellschaft an die Mitglieder der Gesellschaft, die mit verschiedenen Aufgaben verbunden sind. Erfüllt der Träger einer sozialen Rolle die Verhaltenserwartungen nicht, muss es mit negativen Sanktionen rechnen. Rollen werden im Sozialisationsprozess gelernt.

Rollenkonflikte

Häufig sind die Erwartungen unterschiedlicher gesellschaftlicher Gruppen an die Rollenträger widersprüchlich, so z. B. die Erwartungen der Eltern und der Freunde an die Freizeitgestaltung eines Jugendlichen, der dann in einen Konflikt geraten kann, welchen Erwartungen er entsprechen soll. In diesem Fall handelt es sich um einen **Intra-Rollenkonflikt**. Gerät eine Person als Träger verschiedener Rollen, z. B. als Mutter oder Arbeitnehmerin, in einen Konflikt, welcher Rolle sie den Vorrang geben soll, spricht man von einem **Inter-Rollenkonflikt**.

Übung
72043-222

Rollenidentifikation

Rollenidentifikation bezeichnet die Übereinstimmung einer Person mit einer Rolle, d. h. einer Rolle die bejaht und positiv bewertet wird, als Bestandteil der eigenen Persönlichkeit angesehen wird.

Rollendistanz

Von Rollendistanz spricht man, wenn ein Rollenträger ein kritisches, distanziertes Verhältnis zu seiner Rolle hat.

Übung
72043-223

Homo sociologicus

Der Begriff „Homo sociologicus" wurde von dem Soziologen Ralf Dahrendorf geprägt. Der Begriff beschreibt, dass zu jeder Position, die eine Person einnimmt, jeweils eine soziale Rolle gehört. Der „Homo sociologicus" ist als Inhaber von sozialen Positionen und sozialen Rollen mit den Ansprüchen der Gesellschaft an ein bestimmtes Rollenverhalten konfrontiert.

Übung
72043-224

(Soziale) Position

Der Begriff „(soziale) Position" beschreibt einen Platz in der Gesellschaft, an dem sich eine Person oder Personengruppen im Verhältnis zu anderen befinden. Es wird zwischen zugeschriebenen Positionen, die wir ohne unser Zutun erwerben (z. B. Geschlecht, Alter) und erworbenen Positionen (z. B. Lehrerin, Vater) unterschieden.

KOMPETENZEN PRÜFEN

I. Selbstdiagnose

Ich kann ...	sehr gut	nicht gut	Übung durch z. B.
Bedingungsfaktoren für eine gelungene Entwicklung in den einzelnen Sozialisationsphasen darstellen (AFB I) und erläutern (AFB II).			M4-M6
zentrale Begriffe aus der Sozialisationstheorie mit Hilfe des Werkzeugkastens erklären (AFB II).			Werkzeugkasten Soziologie, S. 65-69
kontroverse Positionen zur Rolle der Mutter in der primären Sozialisationsphase darstellen (AFB I) und beurteilen (AFB II).			M8-M10
die Funktionen der Schule als Sozialisationsinstanz beschreiben (AFB I) und die besondere Rolle des Leistungsprinzips für die Platzierung in einer Wettbewerbsgesellschaft erläutern (AFB II).			M12-M18
zentrale Begriffe der Rollentheorie mit Hilfe des Werkzeugkastens erläutern (AFB II).			Werkzeugkasten Soziologie, S. 65-69
das Gesellschaftsbild des Homo sociologicus darstellen (AFB I).			M20 A, B
die Bedeutung des Sozialisationsprozesses für erfolgreiches Rollenhandeln am Beispiel der Berufsrolle der Lehrkraft erläutern (AFB II).			M26, M27, M28 B, M29
unterschiedlichen Formen von Rollenkonflikten mit Hilfe von Grundbegriffen aus der Rollentheorie analysieren (AFB II).			M24-M30
die strukturfunktionalistische und die interaktionistische Rollentheorie erklären (AFB II) und die Menschen- und Gesellschaftsbilder beider Theorien an dem Fallbeispiel eines Konflikts auf einer Studienfahrt erörtern (AFB III).			M30, M31
die Wirkungsweise von Gruppendruck erläutern (AFB II) und Gegenmaßnahmen beurteilen (AFB III).			M32-M36

Ins Heft

II. Kompetenzen anwenden – am Beispiel

Fallbeispiel: der Prozess der Sozialisation als Vortrag vor einem Sowi-Kurs

Angenommen Sie sind ein Soziologe bzw. Soziologin und forschen vor allem über die Sozialisation bei Kindern und Jugendlichen. Sie bekommen eine Einladung eines Sowi-Kurses einer Schule in NRW, vor dem Kurs und der ganzen Schule einen Vortrag über den Prozess der Sozialisation zu halten. Die Schülerinnen und Schüler interessiert insbesondere folgende Aspekte:

- der Mensch als soziales Wesen,
- die Voraussetzungen für eine gelungene Sozialisation in den ersten Lebensjahren,
- die Phasen der Sozialisation.

Aufgabe 72043-225

Arbeiten Sie zu zweit die wichtigsten Punkte für die im Fallbeispiel genannten Aspekte heraus und gestalten Sie zusammen den Vortrag (→ Methodenglossar) über den Prozess der Sozialisation für Ihren Sowi Kurs.

III. Klausurtraining

Die Schulpflicht gehört abgeschafft!

War die Schulpflicht früher noch verständlich, als sie einem Verbot von Zwangsarbeit gleichkam und Kindern das Recht einräumte, lernen zu dürfen anstatt arbeiten zu müssen, so stellt sich heute längst die Frage, warum die freie Entfaltung der kindlichen Persönlichkeit im Rahmen pädagogischer Zwangsmaßnahmen stattfindet. Denn Schulpflicht heißt in Deutschland inzwischen Schulzwang. [...]

Der Schulpflicht liegt eine Geste der Bevormundung, ja, eine übergriffige, rechthaberische Sorge des Staates zugrunde, die weltanschaulich alles andere als neutral ist. Die Schulpflicht unterstellt Eltern Erziehungsunfähigkeit und Kindern Bildungsunwilligkeit, während Lehrer als Staatsdiener Fortschritte der heranwachsenden Untertanen in Sachen Anpassungsfähigkeit herbeiführen sollen. [...]

Bildung lässt sich nicht verhängen wie eine Strafe, nicht verschreiben wie ein Medikament, nicht bestellen wie ein Buch. Nein, Bildung setzt ein Ich voraus, das ein anderer werden will; sie setzt einen freien Menschen voraus, der sich ändern, sich entwickeln, wachsen – schließlich: erwachsen werden will.

Würden freie Schulen und Hochschulen das Ich, das sich bilden will, und nicht das Subjekt, das beschult werden soll, ansprechen, so bekämen diese alten Institutionen eine ganz neue Ausrichtung. Sie würden Schüler und Studierende nicht länger für das Berufsleben zurechtstutzen, sondern sie selbst würden sich andauernd verwandeln lassen von den jungen Menschen, als deren Anwalt sie auftreten und denen sie dabei helfen, mit ihren neuen Fragen und Aufgaben die künftige Arbeits- und Lebenswelt zu prägen.

Eines der Hauptargumente, das für die bestehende Schulpflicht immer wieder angeführt wird, ist ihre Integrationsfunktion. Dank der Schulpflicht sei die Schule noch ein Ort, der die auseinanderdriftende individualistische Gesellschaft zusammenhalte, heißt es.

Doch erzwungener Zusammenhalt erzeugt bestenfalls Solidarität unter Leidensgenossen. Integration ist das nicht. Integration beginnt im Zeitalter des Individualismus dort, wo ich selbstbestimmt auftreten und aus freien Stücken die Gemeinschaft mit anderen aufsuchen kann. Ich bin in jede Gesellschaft integrierbar, die sich aus Freiheit heraus bildet und der ich deshalb nicht zwangsläufig angehören muss.

Kurzum: Wenn der Schule in einer freien Gesellschaft eine Integrationsfunktion zukommen soll, müssen wir die Schulpflicht endlich abschaffen.

Kovce, Philip: Bildungssystem – Die Schulpflicht gehört abgeschafft! In: www.deutschlandfunkkultur.de, 01.08.2017

Philip Kovce (*1986) forscht am Basler Philosophicum sowie an der Seniorprofessur für Wirtschaft und Philosophie der Universität Witten/Herdecke. Er gehört dem Think Tank 30 des Club of Rome sowie dem Forschungsnetzwerk Neopolis an.

Aufgaben 72043-226

1. Stellen Sie zentrale Funktionen der Schule dar.
2. Analysieren Sie die Position des Autors zur Schulpflicht in Deutschland im Hinblick auf seine kritische Sicht der Funktionen der Schule.
3. Erörtern Sie die Position des Autors zu den Funktionen der Schule im Hinblick auf die Vorbereitung auf das Berufsleben und die Integration der Schülerinnen und Schüler in die Gesellschaft.

Erwartungshorizonte zu den Aufgaben

72043-227

A **Vertrauen der Deutschen in politische Institutionen Anfang 2023 in %**

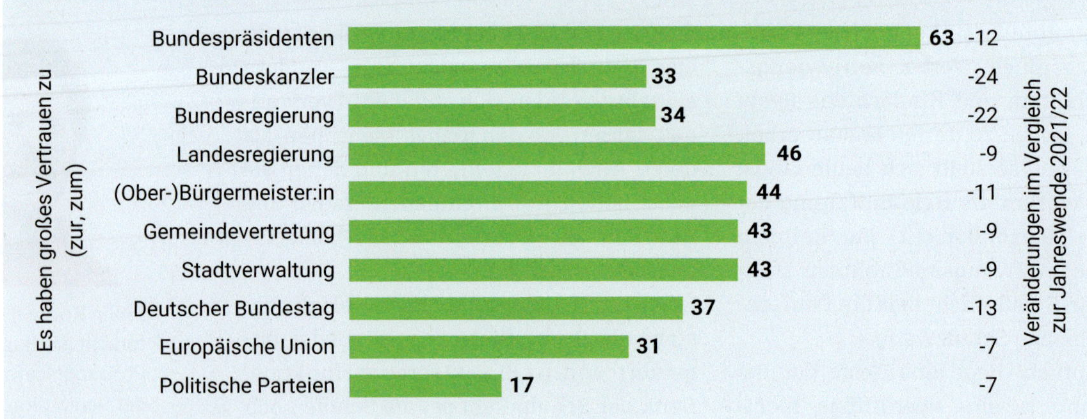

Nach: forsa-Institutionen-Vertrauensranking zur Jahreswende 2022/23 (4.003 Befragte) I Angaben in Prozent 2022/2023

B **Wortwolke „Demokratie"**

©C.C.Buchner Verlag, erstellt mit www.wortwolken.com, 2023

Warum wird die Demokratie in Deutschland als unverzichtbar betrachtet? Die demokratische Ordnung des Grundgesetzes

3

Der Begriff „Demokratie" kommt ursprünglich aus dem Griechischen und bedeutet wörtlich übersetzt „Herrschaft des Volkes". Die Verfassung, d. h. die grundlegenden Bestimmungen in Deutschland über die Demokratie des Grundgesetzes von 1949, galt zunächst nur für Westdeutschland oder für die alten Bundesländer. Nach dem Beitritt der neuen Bundesländer zur Bundesrepublik Deutschland 1990 gilt die Verfassung, das Grundgesetz, für ganz Deutschland.
Dieses Kapitel beschäftigt sich vornehmlich mit den Bestimmungen des Grundgesetzes für die Demokratie, also mit den „Normen" des Grundgesetzes.

Kompetenzen

Am Ende des Kapitels sollten Sie Folgendes können:

- Grund-, Menschen- und Bürgerrechte fallbezogen analysieren;
- kriteriengeleitet auf der Basis der Analyse von zwei Verfassungsartikeln eine Entscheidung eines Gerichtes zur Religionsfreiheit beurteilen;
- die besondere Bedeutung des Artikel 1 (Menschenwürde) erklären;
- die Verfassungsprinzipien des Grundgesetzes erläutern;
- eine begründete Stellungnahme zu dem Demokratiekonzept des Grundgesetzes in Abgrenzung von Staaten, in denen die Demokratie im Sinne des Grundgesetzes nicht verwirklicht ist, entwickeln;
- die Aufgabenverteilung zwischen Bund und Ländern und das Konzept des Bundesstaates an einem Beispiel bewerten;
- die ideengeschichtlichen Wurzeln der Demokratie erläutern und beurteilen;
- Gründe für den Vertrauensverlust in die Demokratie erklären und Maßnahmen zur Stärkung der Demokratie bewerten.

Aufgaben

72043-300

1. Gestalten Sie in Kleingruppenarbeit (3-4 Personen) einen Post für einen Social-Media-Kanal, in dem Sie Gründe dafür nennen, dass nur die Hälfte der befragten Personen laut der Grafik A auf der linken Seite im Jahr 2022 Vertrauen z. B. in den Deutschen Bundestag hatte.
2. Beurteilen Sie, ob Sie selbst Vertrauen in die in der Grafik A (→ linke Seite) genannten politischen Institutionen bzw. Politik haben.
3. a) Werten Sie in Kleingruppen (3-4 Personen) mindestens fünf Begriffe zur Demokratie aus der Wortwolke auf der linken Seite aus und notieren Sie z. B. auf einer Wandzeitung, welche Inhalte Sie mit den Begriffen verbinden.
   b) Präsentieren Sie Ihre Ergebnisse im Kurs.

3.1 Die Entstehung des Grundgesetzes und die Grundrechte

Zum Thema: Das Grundgesetz für die Bundesrepublik Deutschland entstand im Jahre 1948, nur drei Jahre nach dem Ende des Zweiten Weltkriegs. Es enthält Bestimmungen über Grund- und Menschenrechte, die den Bürgerinnen und Bürgern weitreichende unveränderliche Freiheitsrechte garantieren. Freiheitsrechte einzelner Menschen können aber in Konflikt geraten mit den Freiheitsrechten anderer Menschen. Was das im Konkreten bedeuten kann, ist Gegenstand dieses Unterkapitels.

M1 Historisch! Der „Parlamentarische Rat" verabschiedet das Grundgesetz

Am 1. September 1948 traten in Bonn 65 Frauen und Männer zum „Parlamentarischen Rat" zusammen. Die Väter und Mütter des Grundgesetzes mussten die richtigen Lehren aus der Vergangenheit in der Zeit der Weimarer Republik und Herrschaft des Nationalsozialismus ziehen, damit Deutschland dauerhaft in Frieden mit seinen Nachbarn leben konnte und von deutschem Boden kein Krieg mehr ausging. Unsere Verfassung, das Grundgesetz der Bundesrepublik Deutschland, umfasst 146 Artikel. Ein wesentlicher Teil ist aber bereits in den Artikeln 1 (Menschenrechte/Grundrechte) und 20 (demokratische Ordnung) enthalten. Diese beiden Grundgesetzartikel dürfen nach Artikel 79 III nicht verändert werden. Beide stehen gleichrangig nebeneinander. Der Parlamentarische Rat hat sich auf dem Hintergrund der deutschen Geschichte dafür entschieden, die Unantastbarkeit der Menschenwürde an den Beginn des Grundgesetzes zu stellen. Es war zunächst nur für „Westdeutschland" (amerikanische, britische und französische Besatzungszone) und nicht für „Ostdeutschland" (sowjetische [russische] Besatzungszone) konzipiert. Die Präambel endete mit dem Satz: „Das gesamte Deutsche Volk bleibt aufgefordert, in freier Selbstbestimmung Einheit und Freiheit Deutschlands zu vollenden".

Der Parlamentarische Rat bei der Verabschiedung des Grundgesetzes

Bearbeiterin

Einstiegsaufgaben

72043-301

1. Erläutern Sie die Entstehungsgeschichte des Grundgesetzes (**M1**).
2. Diskutieren Sie, warum insbesondere in Artikel 1 GG (**M5**) die Unantastbarkeit der Menschenwürde eine zentrale Bedeutung hat.
3. Gestalten Sie einen Beitrag für einen Podcast, in dem Sie sich zu zweit interviewen, was für Sie persönlich Menschenwürde bedeutet.

M2 Grundrechte im Alltag: Verstößt die Schwimmunterrichtspflicht für Muslima gegen das Grundgesetz?

Immer wieder gab es in der Vergangenheit Unsicherheit, wenn muslimische Schülerinnen ihre Befreiung vom Schwimmunterricht beantragt haben. Klärung hat das OVG Münster nunmehr in zwei Entscheidungen von grundsätzlicher Bedeutung gebracht. Es hat bestätigt, dass auch strenggläubigen muslimischen Schülerinnen das Tragen einer den islamischen Bekleidungsvorschriften entsprechenden Schwimmkleidung in aller Regel zumutbar ist.

Seit einigen Jahren gibt es als taugliche Bade- und Schwimmbekleidung für muslimische Mädchen und Frauen etwa einen Badeanzug mit hoch geschlossenem Kragen und festsitzender Kopfbedeckung (sog. Burkini).

Das OVG sieht im Tragen derartiger Schwimmbekleidung eine diskriminierungsfreie Ausweichmöglichkeit, die geeignet ist, einen im Einzelfall auftretenden Glaubenskonflikt ohne Trennung der Geschlechter und ohne Befreiung von der Unterrichtsteilnahme zu bewältigen.

© 2023 Bildungsland NRW: Teilnahme von muslimischen Schülerinnen am Schwimmunterricht. In: www.schulministerium.nrw, Abruf am 23.03.2023

Zwei Schülerinnen im Burkini (rechts) beim Schwimmunterricht

M3 Zwei Verfassungsrechte prallen aufeinander: Artikel 4 und 7 GG

Kern der Problematik ist nach Auffassung verschiedener Gerichte, dass hier zwei Verfassungsrechte aufeinanderprallen: Der staatliche Bildungs- und Erziehungsauftrag (Art. 7 (1) des Grundgesetzes) und die Glaubensfreiheit (Art. 4). Diese beinhaltet auch das Recht, sein gesamtes Verhalten an den Lehren seines Glaubens auszurichten. Dies betrifft auch die von tiefgläubigen Moslems als Vorschrift des Korans angesehene Regel, die körperliche Blöße müsse komplett verhüllt werden. [...] Da auf keinen Fall ein Verfassungsgut hinter ein anderes zurücktreten dürfe, betrachtet

OVG Münster
Das Oberverwaltungsgericht (OVG) Münster ist das oberste Verwaltungsgericht des Landes NRW. (→ Organe der Rechtsprechung, S. 115, **M21**)

Burkini-Urteil des Bundesverwaltungsgerichts
Die Entscheidung des OVG Münster wurde vom Bundesverwaltungsgericht inhaltlich im September 2013 für einen ähnlich gelagerten Fall aus Hessen bestätigt.

Art. 4 GG
(1) Die Freiheit des Glaubens, des Gewissens und die Freiheit des religiösen und weltanschaulichen Bekenntnisses sind unverletzlich.
(2) Die ungestörte Religionsausübung wird gewährleistet.

Art. 7 GG
(1) Das gesamte Schulwesen steht unter der Aufsicht des Staates.

das Schulministerium den „Burkini" als einen „schonenden Ausgleich" zwischen Verfassungsgütern. Mithilfe des „Burkinis" trage eine Schülerin im Schwimmunterricht eine den Bekleidungsvorschriften des Islam entsprechende Kleidung. Deshalb hätten Gerichte in mehreren Fällen Anträge von Eltern auf Befreiung vom gemeinsamen Schwimmunterricht von Jungen und Mädchen abgelehnt. [...] Die Eltern begründeten ihre Anträge auch damit, dass „die Betroffene dem Anblick leicht bekleideter Mitschüler ausgesetzt" sei. Zudem sei eine den religiösen Vorschriften gemäße Körperbedeckung nicht möglich. Diese Argumente wiesen die Verwaltungsrichter mit dem Verweis auf den Burkini zurück [...]. Mit diesen jüngeren Urteilen hat sich die Rechtsprechung in Deutschland durchaus verändert – und die Durchsetzung der Pflicht zum Schwimmunterricht eher ermöglicht. 1996 hatte dagegen das Bundesverwaltungsgericht sehr weitreichend zugunsten der Glaubensfreiheit entschieden: [...] Bei einem gemeinsamen Unterricht von Jungen und Mädchen seien strenggläubige Muslima vom Schwimm- und Sportunterricht zu befreien, meinten die hohen Richter vor 15 Jahren. Deshalb sieht das Schulministerium den „Burkini" sogar als Chance für mehr Verständnis: „Im gemeinsamen Schwimmunterricht, an dem die Mädchen in ihrer islamkonformen Kleidung teilnehmen, kann Toleranz veranschaulicht und praktisch eingeübt werden."

Szymaniak, Peter: Schulministerium NRW sieht Burkini als Chance für Toleranz, www.derwesten.de, 01.07.2011, Abruf am 12.02.2018

M4 Was ist der Unterschied zwischen Grund-, Menschen- und Bürgerechten?

Viele betrachten die Grundrechte als etwas Selbstverständliches, das ihre persönliche Sphäre kaum berührt. Wie die geschichtliche Erfahrung zeigt, sind sie keineswegs selbstverständlich gewährleistet, und sie beeinflussen den Alltag des Einzelnen und das Zusammenleben aller in Staat und Gesellschaft. Grundrechte schützen den Freiheitsraum des Einzelnen vor Übergriffen der öffentlichen Gewalt, es sind Abwehrrechte des Bürgers gegen den Staat. Zugleich sind sie Grundlage der Wertordnung der Bundesrepublik Deutschland. [...] Zu unterscheiden ist zwischen allgemeinen Menschenrechten, die jedem zustehen, und Bürgerrechten, die nur für Staatsangehörige gelten. Menschenrechte sind überstaatliche Rechte, sie gehören zur Natur des Menschen, es sind natürliche, angeborene Rechte. Dazu gehören die meisten Freiheitsrechte oder Grundfreiheiten, wie Freiheit der Person, Meinungsfreiheit, Glaubensfreiheit. Bürgerrechte sind beispielsweise das Recht der Vereinigungs- und Koalitionsfreiheit und der Freizügigkeit. Im Grundgesetz beginnen die Menschenrechte mit den Worten: „Jeder hat das Recht [...]", bei den Bürgerrechten heißt es: „Alle Deutschen haben das Recht [...]."

© Bundeszentrale für politische Bildung: Deutsche Demokratie – Grundrechte. In: www.bpb.de, Abruf am 23.03.2023

Garantie der Grundrechte im Grundgesetz
Art. 1 (3): Die nachfolgenden Grundrechte binden Gesetzgebung, vollziehende Gewalt und Rechtsprechung als unmittelbar geltendes Recht.
Art. 19 (2): In keinem Falle darf ein Grundrecht in seinem Wesensgehalt angetastet werden.
Art. 79 GG (3): Eine Änderung dieses Grundgesetzes, durch welche die Gliederung des Bundes in Länder, die grundsätzliche Mitwirkung der Länder bei der Gesetzgebung oder die in den Artikeln 1 und 20 niedergelegten Grundsätze berührt werden, ist unzulässig. (Ewigkeitsklausel)

M5 Überblick: Grundrechte-Artikel im Grundgesetz (gekürzt)

§

Artikel 1

(1) Die Würde des Menschen ist unantastbar. Sie zu achten und zu schützen ist Verpflichtung aller staatlichen Gewalt.

(2) Das Deutsche Volk bekennt sich darum zu unverletzlichen und unveräußerlichen Menschenrechten als Grundlage jeder menschlichen Gemeinschaft, des Friedens und der Gerechtigkeit in der Welt. [...]

Artikel 2

(1) Jeder hat das Recht auf die freie Entfaltung seiner Persönlichkeit, soweit er nicht die Rechte anderer verletzt und nicht gegen die verfassungsmäßige Ordnung oder das Sittengesetz verstößt.

(2) Jeder hat das Recht auf Leben und körperliche Unversehrtheit. Die Freiheit der Person ist unverletzlich. In diese Rechte darf nur auf Grund eines Gesetzes eingegriffen werden.

Artikel 3

(1) Alle Menschen sind vor dem Gesetz gleich.

(2) Männer und Frauen sind gleichberechtigt. Der Staat fördert die tatsächliche Durchsetzung der Gleichberechtigung von Frauen und Männern und wirkt auf die Beseitigung bestehender Nachteile hin.

(3) Niemand darf wegen seines Geschlechtes, seiner Abstammung, seiner Rasse, seiner Sprache, seiner Heimat und Herkunft, seines Glaubens, seiner religiösen oder politischen Anschauungen benachteiligt oder bevorzugt werden. Niemand darf wegen seiner Behinderung benachteiligt werden.

Artikel 4

(1) Die Freiheit des Glaubens, des Gewissens und die Freiheit des religiösen und weltanschaulichen Bekenntnisses sind unverletzlich.

(2) Die ungestörte Religionsausübung wird gewährleistet. [...]

Artikel 5

(1) Jeder hat das Recht, seine Meinung in Wort, Schrift und Bild frei zu äußern und zu verbreiten und sich aus allgemein zugänglichen Quellen ungehindert zu unterrichten. Die Pressefreiheit und die Freiheit der Berichterstattung durch Rundfunk und Film werden gewährleistet. Eine Zensur findet nicht statt. [...]

Artikel 8

(1) Alle Deutschen haben das Recht, sich ohne Anmeldung oder Erlaubnis friedlich und ohne Waffen zu versammeln. [...]

Artikel 9

(1) Alle Deutschen haben das Recht, Vereine und Gesellschaften zu bilden.

(2) Vereinigungen, deren Zwecke oder deren Tätigkeit den Strafgesetzen zuwiderlaufen oder die sich gegen die verfassungsmäßige Ordnung oder gegen den Gedanken der Völkerverständigung richten, sind verboten. [...]

Artikel 10

(1) Das Briefgeheimnis sowie das Post- und Fernmeldegeheimnis sind unverletzlich.

(2) Beschränkungen dürfen nur auf Grund eines Gesetzes angeordnet werden. [...]

Artikel 13

(1) Die Wohnung ist unverletzlich.

(2) Durchsuchungen dürfen nur durch den Richter, bei Gefahr im Verzuge auch durch die in den Gesetzen vorgesehenen anderen Organe angeordnet und nur in der dort vorgeschriebenen Form durchgeführt werden. [...]

M6 Wo begegnen uns Grundrechte im Alltag? Fallbeispiele

In den folgenden Fallbeispielen, die sich teilweise an realen Fällen orientieren, handelt es sich vor allem um Beeinträchtigungen der Grundrechte des Bürgers durch den Staat. Im Auftrag des Staates handelt z. B. die Polizei, Lehrkräfte einer Schule, eine Stadtverwaltung u. a. Ob auch einzelne Bürgerinnen und Bürger die Grundrechte anderer Bürgerinnen und Bürger beeinträchtigen können, wird mit dem Begriff „Drittwirkung" der Grundrechte beschrieben. In einigen der unten aufgeführten Fälle handelt es sich nicht um Beeinträchtigungen der Grundrechte durch staatliche Institutionen, sondern um eine „Drittwirkung„.

1 Eine Schülerin beklagt sich auf WhatsApp über ihren Lehrer, der sie immer wieder schlecht benote, weil er sie nicht leiden könne. Sie fragt ihre „Freunde", ob sie sich bei der Schulleiterin beschweren solle. Als der Lehrer von der inzwischen breiten virtuellen Diskussion erfährt, stellt er die Schülerin zur Rede. Die Situation eskaliert und die Schülerin droht mit einer Beschwerde. Der Lehrer verliert die Nerven und gibt der Schülerin eine Ohrfeige.

2 Die Polizei durchsucht die Redaktionsräume einer großen Wochenzeitung, beschlagnahmt Aktenordner und Computer und verlangt die Preisgabe von Informationsquellen.

3 In der Firma „Holzwurm" erhalten Frauen grundsätzlich einen geringeren Stundenlohn als die Männer. Der Chef argumentiert, die Männer seien in der Regel Haupternährer der Familie.

4 Ein Unternehmen stellt keine Gewerkschaftsmitglieder ein, weil die Geschäftsleitung negative Auswirkungen bei Streikmaßnahmen befürchtet.

5 Die Ordnungsbehörde der Stadt Weilheim untersagt der rechtsradikalen Partei, eine Versammlung zu den deutschen Opfern des Zweiten Weltkriegs abzuhalten.

6 Vor der Diskothek „Starlight" verweigern Türsteher Menschen mit dunkler Hautfarbe den Eintritt.

7 Der Schulleiter einer Schule, die von vielen Schülerinnen und Schülern mit Migrationshintergrund besucht wird, verbietet die russische Sprache auf dem Schulhof.

Bearbeiterin

Aufgaben

72043-302

1. Erklären Sie mit Hilfe der Grundgesetzartikel 4 und 7 (→ Randspalte, S. 98) die in **M2** und **M3** dargestellte Problematik des Aufeinanderprallens von zwei Grundrechten.
   a) Diskutieren Sie im Kurs die Entscheidung des Gerichts (**M2, M3**).
   b) Arbeiten Sie die Gründe heraus, die für und gegen die Kompromisslösung des Gerichts sprechen.
   c) Entwickeln Sie am Ende Ihrer Diskussion ein Urteil über die Auffassung des Schulministeriums, der „Burkini" könne auch ein Beitrag zu mehr Toleranz sein (**M3**).
2. Erläutern Sie, worauf sich die Verfassungsrechte in der Randspalte zu **M3** beziehen.
3. Ermitteln Sie, in welchen Fällen ein Verstoß gegen Menschenrechte und in welchen Fällen ein Verstoß gegen Bürgerrechte vorliegt (**M4**).
4. Untersuchen Sie, gegen welche der in **M5** dargestellten Grundrechte in den genannten Beispielen in **M6** verstoßen wird. Begründen Sie im Einzelnen, warum es sich um einen Verstoß gegen eine Bestimmung des jeweiligen Grundgesetzartikels handeln könnte.
5. Kennzeichnen Sie die Fälle, in denen es sich um Grundrechtsverstöße staatlicher Institutionen handelt, und die Fälle, in denen es sich um Grundrechtsverstöße von Mitbürgerinnen und Mitbürgern handelt (**M6**).

M7 Warum das Grundgesetz die Menschenwürde garantiert

Die Würde des Menschen ist unantastbar. Sie zu achten und zu schützen ist Verpflichtung aller staatlichen Gewalt." [...] Von dieser Menschenwürdegarantie ist derzeit oft die Rede. Denken wir an das Verfassungsgerichtsurteil zum Luftsicherheitsgesetz (mit seinen bemerkenswert mutigen Sätzen), an Charakter und Reichweite des Folterverbots [...]. Ist die Achtung der Menschenwürde hier im Aufwind, wird sie vielleicht überdehnt oder zuweilen auch preisgegeben?

Was bedeutet diese Garantie und warum ist sie ins Grundgesetz gekommen? Für den Parlamentarischen Rat war sie eine bewusste Antwort auf die systematische Menschenverachtung und tausendfache Verletzung der Menschenwürde durch das NS-Regime. Die Menschenwürde sollte künftig unantastbar, ihre Achtung und ihr Schutz das Fundament der neu zu errichtenden Ordnung sein. Und dies nicht nur als allgemeine Proklamation, sondern als verbindliche, normativ verpflichtende Grundentscheidung für alles staatliche Handeln und das Zusammenleben in der Gesellschaft. [...] Was ist der Inhalt dieser Menschenwürdegarantie? Über ihren Kerngehalt waren sich die Väter und Mütter des Grundgesetzes [...] einig [...] Dieser Kerngehalt umfasst die Anerkennung und Achtung jedes Menschen als eigenständiges Subjekt, als Träger grundlegender Rechte und der Freiheit zur eigenen Entfaltung und verantwortlichem Handeln, den Ausschluss von Entwürdigung und Instrumentalisierung nach Art einer Sache, über die beliebig verfügt werden kann. Die so verstandene Garantie ist ein zentraler Gründungsakt, auf dem unsere Verfassungsordnung ruht. Ihr verdanken wir die insgesamt menschenfreundliche Gestalt unserer Rechtsordnung.

Böckenförde, Ernst-Wolfgang: Die Garantie der Menschenwürde, in: BLICKPUNKT BUNDESTAG Debatte Ausgabe 04/2006, www.webarchiv.bundestag.de, Abruf am 23.03.2023

M8 „Die Menschenwürde ist unantastbar." (Art. 1 GG) Zwei Fallbeispiele ...

A Folter zur Rettung von Menschenleben verletzt Menschenwürde des Täters

Der Entführer ist ein Bekannter der Familie: Der Jurastudent Magnus Gäfgen lockt am 27. September 2002 den elfjährigen Bankierssohn Jakob von Metzler in seine Wohnung in Frankfurt am Main – und erstickt ihn. Anschließend erpresst der 27-Jährige eine Million Euro Lösegeld von den Eltern. Als die Polizei ihn bei der Übergabe am 30. September fasst, behauptet Gäfgen, der Junge lebe noch. Dessen Aufenthaltsort verschweigt er aber. Nach stundenlanger Befragung sind die Beamten keinen Schritt weiter. Sie gehen davon aus, dass das Kind noch am Leben ist. „Die Gefahr für Jakob wurde größer und das Zeitfenster für uns wurde immer kleiner", sagt der Polizeibeamte Ortwin Ennigkeit später. Er erhält am 1. Oktober von Frankfurts Polizei-Vizepräsident Wolfgang Daschner die Anweisung, Gäfgen mit Gewalt zu drohen. „Ich hab ihm ganz klipp und klar gesagt, was Herr Daschner vorhat", erinnert sich Ennigkeit. „Wenn er jetzt nicht sagt, wo der Junge ist, dass jemand kommen wird, der ihm Schmerzen zufügen wird." Gäfgen knickt ein und nennt den Fundort der Leiche. Sie wird nordöstlich von Frankfurt an einem See gefunden. Daschner schreibt noch am selben Tag einen internen Vermerk über seine Anweisung: „Zur Rettung des Lebens des entführten Kindes habe ich angeordnet, dass Gäfgen nach vorheriger Androhung unter ärztlicher Aufsicht durch Zufügung von Schmerzen erneut zu befragen ist." [...]. Gäfgen wird am 28. Juli 2003 wegen Mordes aus Habgier zu lebenslanger Haft mit anschließender Sicherheitsverwahrung verurteilt. Die Polizisten Daschner und Ennigkeit müssen sich ebenfalls vor Gericht verantworten. Staatsanwalt Wilhelm Möllers ist „der Ansicht, dass die Grenze zwischen erlaubten polizeilichen Vernehmungsmethoden und verbotenen Handlungsweisen überschritten worden ist."

Jede Androhung von Gewalt – auch durch Polizisten –

verstößt gegen das Grundgesetz und internationale Konventionen. Der Vorsitzende des Deutschen Richterbundes, Geert Mackenroth, meint jedoch angesichts der Konfliktsituation der Beamten: „Die Frage ist eben, ob es von diesem Grundsatz Ausnahmen gibt." Dawid Danilo Bartelt von der Menschenrechtsorganisation Amnesty International sieht das anders: Die Menschenwürde sei ein Rechtsgut, „das nicht abgewogen werden kann – weder gegen die Menschenwürde eines anderen Menschen noch gegen das Leben eines anderen Menschen." Diese Ansicht vertritt auch das Frankfurter Landgericht und spricht Daschner am 20. Dezember 2004 der Verleitung zu schwerer Nötigung schuldig. Die Stresssituation und Daschners Vermerk werten die Richter als strafmildernd. Er wird lediglich zu einer Geldstrafe auf Bewährung verurteilt.

Reinle, Dominik: Stichtag: 20 Dezember 2004 – Urteil im Fall Daschner, www.1wdr.de, Abruf am 23.03.2023

B Das Luftsicherheitsgesetz

Im Januar 2005 trat das Luftsicherheitsgesetz (LuftSiG) in Kraft. Das Gesetz ist vor dem Hintergrund der terroristischen Anschläge vom 11. September 2001 und dem Luftzwischenfall vom 5. Januar 2003, als ein verwirrter Motorsegler über Frankfurt kreiste, entstanden.

Durch dieses Gesetz sollte neuen Bedrohungslagen begegnet werden. So sollte die Bundeswehr ermächtigt werden, Waffengewalt gegen Luftfahrzeuge einzusetzen, die das Leben von Menschen bedrohen (§§ 13, 14 LuftSiG). Die abgestuften Bestimmungen des Gesetzes erlaubten es, ein verdächtiges Flugzeug abzudrängen, zur Landung zu zwingen, ihm Waffengewalt anzudrohen, Warnschüsse abzugeben und zuletzt sogar abzuschießen.

1 Klage gegen Abschuss-Gesetz vor dem Bundesverfassungsgericht (29.01.2005)

Die FDP-Politiker Burkhard Hirsch und Gerhart Baum haben [...] Verfassungsbeschwerde gegen das Luftsicherheitsgesetz eingelegt. Das jüngst verabschiedete Bundesgesetz erlaubt dem Verteidigungsminister, entführte Passagierflugzeuge im Fall eines Terroranschlags abschießen zu lassen. Es verstoße gegen die Grundlagen der Verfassung, „wenn der Staat sich das Recht nehmen will, mit den Tätern einer Straftat auch deren Opfer zu töten", argumentierte der Jurist und frühere NRW-Innenminister Hirsch. Das Leben der Passagiere könne nicht ins Ermessen des Verteidigungsministers gestellt werden.

Dpa, Klage gegen Abschuss-Gesetz, www.taz.de, 29.01.2005, Abruf am 23.03.2023

2 Bundesverfassungsgericht hat entschieden: kein Abschuss von entführten Flugzeugen (15.02.2006)

Ein von Selbstmordattentätern entführtes Passagierflugzeug darf auch im äußersten Notfall nicht abgeschossen werden. [...]. Das gilt auch, wenn das Flugzeug als Waffe eingesetzt werden soll. [...] Das Luftsicherheitsgesetz verstoße gegen den Schutz der Menschenwürde, stellte das Bundesverfassungsgericht in seinem Urteil fest. Der Schutz der Menschenwürde ist im Artikel eins des Grundgesetzes als zentrale Richtlinie der deutschen Verfassung festgelegt. Der Paragraph 14, Absatz drei, des Luftsicherheitsgesetzes, in dem ein Abschuss geregelt wird, sei auch nicht mit dem Artikel zwei des Grundgesetzes vereinbar, erklärte der Vorsitzende Richter [...]. In diesem Grundgesetz-Artikel wird das Recht auf Leben und die körperliche Unversehrtheit garantiert. Wenn der Staat den Abschuss eines entführten Luftfahrzeuges billige, behandele er die darin sitzenden unschuldigen Passagiere und Besatzungsmitglieder als Objekte [...]. Sie würden damit „verdinglicht und zugleich entrechtlicht".

© ARD-aktuell / tagesschau.de, Bundesverfassungsgericht hat entschieden – Kein Abschuss von entführten Flugzeugen, www.tagesschau.de, 25.08.2007, Abruf am 13.02.2018

Dilemma-Diskussion: Auswirkungen des Luftsicherheitsgesetzes

I. Worum geht es?

Ein moralisches Dilemma beschreibt eine Situation, in der Werte in Konflikt geraten, indem sie den Handelnden zwei völlig entgegengesetzte Handlungen vorschreiben. Ein Dilemma könnte entstehen, wenn z. B. ein Bundeswehrpilot unter Missachtung des Luftsicherheitsgesetzes ein von Terroristen entführtes und mit 100 Menschen besetztes Flugzeug abschießt, um 50.000 Menschen in einem Stadion zu retten. Bei der Dilemma-Diskussion geht es ganz vorrangig um die moralische Bewertung des Dilemmas und nicht um eine juristische Bewertung und Urteilsfindung, wie sie in Strafprozessen vorgenommen wird.

II. Gehen Sie dabei wie folgt vor:

1 Problemklärung des Dilemmas

1. Auf der Grundlage von **M8** B ergibt sich die folgende Problemfrage: Darf ein von Terroristen entführtes und mit 100 Passagieren besetztes Flugzeug abgeschossen werden, um das Leben von 50.000 Menschen zu retten?

▼

2 Individuelles Spontanurteil

1. In Einzelarbeit notieren alle erste Überlegungen auf ein Blatt Papier (ca. 5 Minuten).
2. Diese Überlegungen werden von jedem Kursmitglied vorgetragen und an einer Wandtafel, u. a. befestigt.
3. Zum Schluss wird eine Abstimmung zu der Frage durchgeführt, ob das Flugzeug in dem beschriebenen Fall abgeschossen werden darf oder nicht. Das Ergebnis wird festgehalten.

▼

3 Meinungsaustausch in Gruppen

1. Nun werden Pro-und Kontra-Gruppen von 6-8 Schülerinnen und Schülern gebildet, die Gründe für ihre Meinungen austauschen und am Ende der Debatte die jeweils zentralen Argumente in Thesenform auf getrennten Blättern festhalten.

▼

4 Pro- und Kontra-Diskussion im Kurs und abschließendes Urteil

1. Nach der Debatte in den Gruppen werden nun die Argumente nach Pro- und Kontra-Argumenten sortiert an der Wand festgehalten.
2. Daran schließt sich eine Diskussion im Plenum an (Pro-Kontra-Debatte, Fish-Bowl, u. a.) über das Dilemma.
3. Am Ende wird noch einmal abgestimmt und die Ergebnisse werden mit der ersten spontanen Abstimmung verglichen.

Bearbeiterin

M9 Darf ein Kampfpilot der Bundeswehr ein von einem Terroristen entführtes Flugzeug abschießen? Das Theater- und Fernsehpublikum stimmt ab ...

Der Schriftsteller und Jurist Ferdinand von Schirach hat zu dem viel diskutierten Urteil des Bundesverfassungsgerichts zum Luftsicherheitsgesetz ein Theaterstück geschrieben, das die Zuschauer zu Geschworenen macht. Der folgende Text berichtet von den ersten Aufführungen in Berlin und Frankfurt. Seitdem steht es auf dem Programm vieler Theater. Im Herbst 2016 strahlte die ARD zeitgleich in Deutschland, Österreich und der Schweiz in einem interaktiven Fernsehereignis die Verfilmung des Theaterstücks von Ferdinand von Schirach aus.

A „Terror“: ein Theaterstück zu einem (fiktiven) Abschuss eines entführten Flugzeugs

Unschuldig oder schuldig, wie geht die Sache aus? In Berlin: 255 gegen 207. In Frankfurt: 240 gegen 230. Man wird im Theater künftig öfter über solche Zahlen sprechen, und man wird sie mit den Summen vergleichen, die in anderen Städten herauskamen. Das Stück, von dem hier die Rede ist, wird für Furore sorgen, unter anderem deshalb, weil es sein Publikum spaltet; es schafft Mehrheiten und Minderheiten. Ein Patt ist nicht vorgesehen. Knapp wird die Sache immer ausgehen. Es ist ein Kampf um Nuancen, aber auch ein Kampf ums Leben. Wir sehen, wie auf der Bühne ein Angeklagter verhört wird. Dann müssen wir, die Zuschauer, das Urteil ermitteln. Der Angeklagte heißt Lars Koch und ist Major der Luftwaffe. Koch schoss mit seinem Kampfjet ein Zivilflugzeug der Lufthansa ab, welches von einem mutmaßlich islamistischen Terroristen entführt worden war. Der Terrorist hatte gedroht, das Flugzeug in der ausverkauften Münchner Allianz Arena zum Absturz zu bringen. Der Pilot verhinderte das Attentat auf 70.000 Menschen, indem er 164 Menschen tötete (die allerdings, der Logik dieser Konstellation folgend, sowieso gestorben wären). Er wird zum Mann ohne Ausweg, zum Opfer, einer Aporie. Macht ihn seine Tat zum Verbrecher oder zum Helden?

Der Angeklagte Lars Koch, links im Bild (gespielt von Pauline Knof) und die Vorsitzende Richterin Julia Stemberger in den Kammerspielen Wien am 23.11.2017

Kümmel, Peter: 255 gegen 207, www.zeit.de, 10.10.2015, Abruf am 23.03.2023

B Von Schirachs „Terror“: das interaktive und internationale Fernsehereignis

„Terror“ wird am 17. Oktober [2016] zeitgleich im ORF und im Schweizer Fernsehen ausgestrahlt; Das Besondere: Die Zuschauer stimmen über den Ausgang des Films ab. [...] Heldentat oder Verbrechen? Der mehrfach ausgezeichnete Schriftsteller und Jurist Ferdinand von Schirach entwirft in „Terror“ ein Gedankenexperiment als erschreckend aktuelles Gerichtsdrama. Am 17. Oktober kommt die Verfilmung des gleichnamigen Theaterstücks [...] um 20:15 Uhr ins Erste.

Im Anschluss an die Schlussplädoyers der Staatsanwältin und des Verteidigers ist allerdings nicht das Gericht, sondern der Zuschauer aufgefordert, in einer multimedialen Abstimmung zu urteilen.

Volker Herres, Programmdirektor Erstes

Deutsches Fernsehen: „Der Zuschauer entscheidet! Das ist das ganz Besondere an diesem Abend. Der Zuschauer entscheidet nicht nur über den Ausgang eines Fernsehfilms, sondern über das Schicksal eines Menschen: schuldig oder nicht schuldig. Der Film involviert ihn, spricht ihn an, macht ihn zur letzten richterlichen Instanz und nimmt ihn in die Verantwortung. Wir wollen damit die Idee von Fernsehen als gesellschaftliches Diskursmedium weiter voranbringen: Der Fernsehfilm, das Publikumsurteil und die Expertendiskussion bei ‚hart aber fair' sind so eng miteinander verknüpft, dass sich daraus eine ganz neue interaktive TV-Form ergibt, auf die ich schon jetzt eher gespannt bin."

Das Besondere daran: „Terror" wird am 17. Oktober zeitgleich im ORF und im Schweizer Fernsehen ausgestrahlt; die Abstimmungsergebnisse der Länder können direkt miteinander verglichen werden.

© BR / DasErste.de: Von Schirachs „Terror": Das interaktive und internationale Fernsehereignis am 17. Oktober 2016 im Ersten. In: www.daserste.de, Abruf am 23.03.2023

C Ist Lars Koch schuldig oder nicht schuldig? Die Entscheidungen in den Ländern Deutschland, Österreich und Schweiz

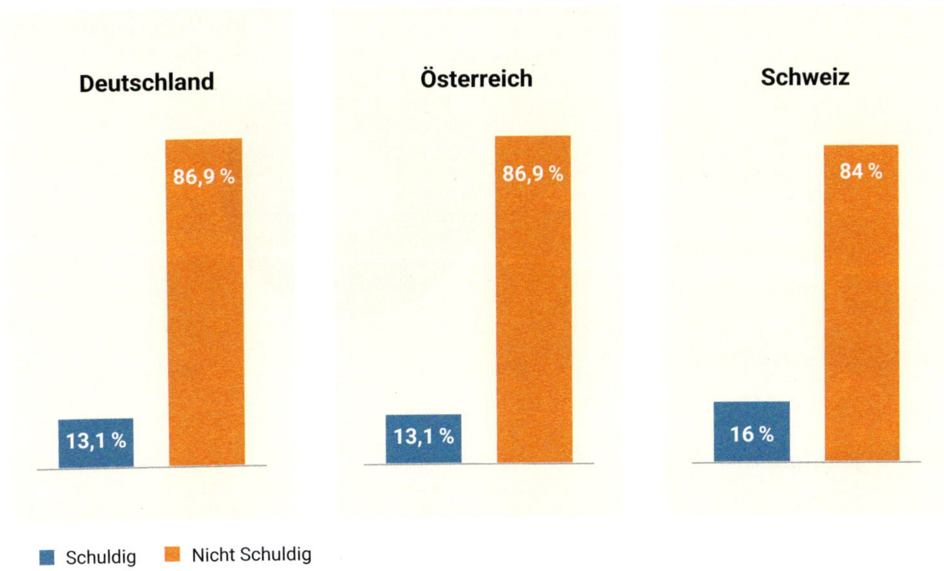

© C.C. Buchner Verlag, Daten nach: BR / daserste.de: So haben Sie entschieden. In: www.daserste.de, Abruf am 13.02.2018

Aufgaben

72043-303

1. Erläutern Sie, warum das Grundgesetz die Menschenwürde garantiert (**M7**). Analysieren Sie die Fallbeispiele zur Verletzung der Menschenwürde (**M8**). Diskutieren Sie die Entscheidungen der Gerichte in **M8** und entwickeln Sie ein eigenes Urteil.
2. Beschreiben Sie das im Theaterstück und im Film dargestellte Dilemma, in dem sich Lars Koch in dem konstruierten Fall befindet (**M9 A**).
3. Setzen Sie sich mit der im Text gestellten Frage auseinander: „Macht ihn seine Tat zum Verbrecher oder zum Helden?" (**M9 B**)
4. Begründen Sie Ihr Urteil unter Berücksichtigung der Entscheidung des Bundesverfassungsgerichts zum Luftsicherheitsgesetz (**M8 B**).

3.2 Demokratie in Deutschland: die Verfassungsprinzipien im Grundgesetz

Zum Thema: In diesem Unterkapitel lernen Sie die zentralen Verfassungsprinzipien des Grundgesetzes kennen. Dazu gehören die Volkssouveränität, die vor allem in Wahlen ausgeübt wird, sowie die Gewaltenteilung zwischen Regierung, Parlament und Gerichtsbarkeit. Die Bundesländer haben im Rahmen des Föderalismus zentrale Entscheidungsbefugnisse in vielen Bereichen, z. B. in der Bildung. Das Sozialstaatsprinzip sorgt sowohl für die soziale Absicherung der Bürgerinnen und Bürger als auch für soziale Gerechtigkeit.

M10 Umfrage: Wie zufrieden sind die Deutschen mit dem Funktionieren der Demokratie?

Demokratie im Erklärfilm (3:47 Min.)

72060-08

Sind Sie mit der Art und Weise, wie Demokratie in Deutschland funktioniert, zufrieden oder nicht zufrieden? (Stand: 2022)

73000-118

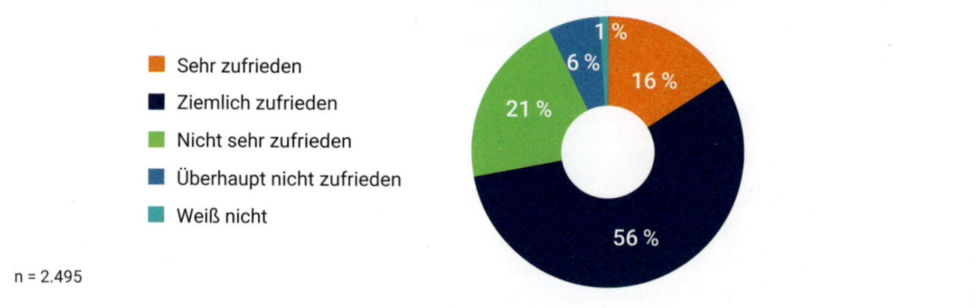

© C.C. Buchner Verlag, aktuelle Daten nach: Eurobarometer 95 (Datenerhebung: 2021; Grafikerstellung: 2022)

Einstiegsaufgaben

72043-304

1. Stimmen Sie im Kurs in Anlehnung an die Frage in der Grafik in **M10** ab, inwiefern Sie mit der Art und Weise, wie die Demokratie in Deutschland funktioniert, zufrieden sind.
2. Diskutieren Sie, welche Faktoren in einer Gesellschaft zu einer möglichst hohen Zufriedenheit der Bevölkerung mit der Demokratie führen könnten.

F zu Aufgabe 1
Vergleichen Sie die Ergebnisse mit den Ergebnissen in **M10**.

M11 Welche Verfassungsprinzipien nennt das Grundgesetz?

§

Artikel 20 GG

(1) Die Bundesrepublik Deutschland ist ein demokratischer und sozialer Bundesstaat.

(2) Alle Staatsgewalt geht vom Volke aus. Sie wird vom Volke in Wahlen und Abstimmungen und durch besondere Organe der Gesetzgebung, der vollziehenden Gewalt und der Rechtsprechung ausgeübt.

(3) Die Gesetzgebung ist an die verfassungsmäßige Ordnung, die vollziehende Gewalt und die Rechtsprechung sind an Gesetz und Recht gebunden.

M12 Die Verfassungsprinzipien des Grundgesetzes im Überblick

Nach: Bundeszentrale für politische Bildung: Strukturprinzipien des Grundgesetzes. In: www.bpb.de, 02.11.2009, Lizenz: cc by-nc-nd/3.0/de/

Verfassungsprinzipien
Verfassungsprinzipien sind Normen, die u. a. die Staatsform, Regierungsform, Herrschaftsform, Staatsorganisation, Rechtsformen durch die Verfassung festlegen.

M13 Was sind die Merkmale der Demokratie des Grundgesetzes?

A Volkssouveränität, Repräsentantensystem, Mehrheitsprinzip

Volkssouveränität
Jede staatliche Machtausübung muss durch das Volk legitimiert sein. Die staatlichen Organe müssen entweder, wie die Parlamente, aus Volkswahlen hervorgehen oder, wie die Regierung und die von ihr berufene Verwaltung, von den gewählten Repräsentanten eingesetzt werden. Die Amtsinhaber sind dem Volk bzw. seinen Repräsentanten verantwortlich und können aus ihrem Amt entfernt werden.

Repräsentantensystem
Die Verfassungsgeber haben sich für ein (auf Bundesebene) reines Repräsentativsystem entschieden. Das Volk übt die Staatsgewalt nicht direkt aus, sondern überträgt sie durch Wahlen Repräsentanten, den Abgeordneten, die in seinem Auftrag die Entscheidungen im Staat treffen. Die in Art. 20 Abs. 2 genannten Abstimmungen sind nur für den Fall einer Neugliederung der Länder vorgesehen. Einer solchen Neugliederung muss die betroffene Bevölkerung durch Volksentscheid zustimmen. Dagegen enthalten fast alle Landesverfassungen Bestimmungen über Volksbegehren und Volksentscheide. Die Entscheidung gegen die Aufnahme von Elementen direkter Demokratie in das Grundgesetz wurde durch die negativen Erfahrungen in der Zeit der Weimarer Republik beeinflusst. In den letzten Jahrzehnten wurden immer wieder Forderungen nach einer direkten Beteiligung der Bürger an den politischen Entscheidungen laut. [...]

[Hinweis: Bisher sind auf Bundesebene keine Volksabstimmungen vorgesehen, aber es gibt Bestrebungen, auch auf Bundesebene Volksabstimmungen zu ermöglichen. (→ Kapitel 6)

Mehrheitsprinzip
In einer Demokratie gilt der Grundsatz, dass bei Wahlen und Abstimmungen die Mehrheit entscheidet und dass die Minderheit die Mehrheitsentscheidung anerkennt. Sie hat dafür die Chance, bei künftigen Wahlen und Abstimmungen ihrerseits die Mehrheit zu erringen, und kann erwarten, dass dann ihre Entscheidungen respektiert werden. Das Mehrheitsprinzip ist eine Kompromisslösung. Die Entscheidung der Mehrheit muss nicht „richtig" sein. Das Mehrheitsprinzip gewährleistet aber, dass Konflikte friedlich ausgetragen werden

© Bundeszentrale für politische Bildung: Dossier Deutsche Demokratie. Bonn 2018. S. 15 f. In: www.bpb.de, Abruf am 23.03.2023

B Gewaltenteilung

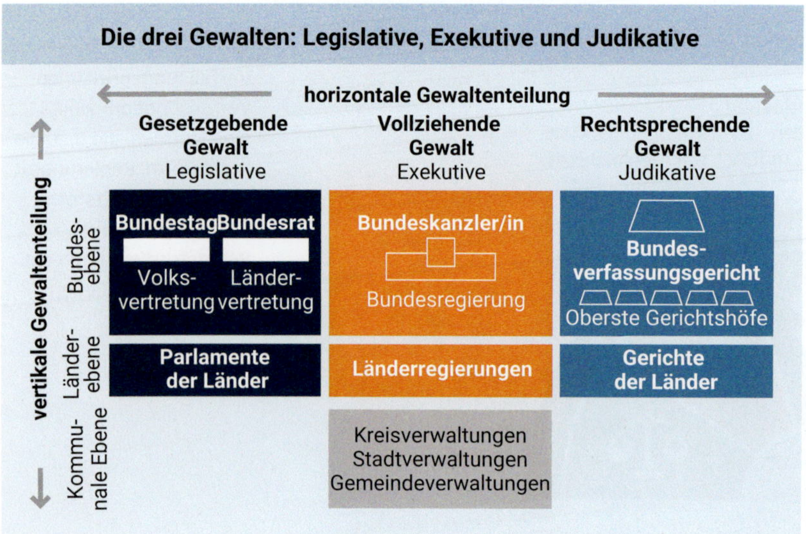

Bearbeiterin

Durch die Gewaltenteilung werden die Konzentration und der Missbrauch politischer Macht verhindert und die Ausübung politischer Herrschaft begrenzt. Die Teilung der Staatsgewalt soll die Freiheit der Staatsbürger:innen sichern und sie vor einem übermächtigen Staat schützen. Die Staatsgewalt wird geteilt zwischen der gesetzgebenden Gewalt (Legislative), der ausführenden Gewalt (Exekutive) und der rechtsprechenden Gewalt (Judikative). Diese Funktionen werden unabhängigen Staatsorganen (Parlamenten, Regierung, Gerichten) zugewiesen. Für die Demokratie in der Bundesrepublik Deutschland trifft die in der Grafik dargestellte strenge Trennung zwischen Legislative und Exekutive nicht zu. Die Bundesregierung stützt sich auf die Mehrheit des Parlaments („Regierungskoalition"), das den Bundeskanzler bzw. die Bundeskanzlerin gewählt hat. Teile der Bundesregierung sind häufig zugleich Mitglieder des Bundestages. Der Bundesrat besteht schließlich aus Vertreterinnen und Vertretern der Länderregierungen. Man spricht also von „Gewaltenverschränkung". Die Rechtsprechung bleibt jedoch streng getrennt.

Bearbeiterin

C Die freiheitliche demokratische Grundordnung (FDGO) in der Definition des Bundesverfassungsgerichtes (1952)

So lässt sich die freiheitlich demokratische Grundordnung als eine Ordnung bestimmen, die unter Ausschluss jeglicher Gewalt- und Willkürherrschaft eine rechtsstaatliche Herrschaftsordnung auf der Grundlage der Selbstbestimmung des Volkes nach dem Willen der jeweiligen Mehrheit und der Freiheit und Gleichheit darstellt. Zu den grundlegenden Prinzipien dieser Ordnung sind mindestens zu rechnen:

- die Achtung vor den im Grundgesetz konkretisierten Menschenrechten, vor allem vor dem Recht der Persönlichkeit auf Leben und freie Entfaltung,
- die Volkssouveränität,
- die Gewaltenteilung,
- die Verantwortlichkeit der Regierung,
- die Gesetzmäßigkeit der Verwaltung,
- die Unabhängigkeit der Gerichte,
- das Mehrparteiensystem und die Chancengleichheit für alle politischen Parteien mit dem Recht auf verfassungsmäßige Bildung und Ausübung einer Opposition.

Bundesverfassungsgericht, Entscheidungen des Bundesverfassungsgerichts, in: BVerfG 2, 12f., Urteil des Bundesverfassungsgerichtes, 23.10.1952

H zu Aufgabe 1
Verwenden Sie die Erläuterungen zu den Tortenstücken.

Aufgaben

72043-305

1. Erklären Sie die im Text des Artikels 20 (**M11**) genannten Verfassungsprinzipien, die im Schaubild in **M12** in den Tortenstücken dargestellt werden.
2. Beschreiben Sie die Merkmale der Demokratie des Grundgesetzes (**M13 A-C**).

M14 Studie: Mehrheit der Deutschen ist unzufrieden mit der Demokratie!

Laut einer aktuellen Studie der SPD-nahen Friedrich-Ebert-Stiftung ist die Mehrheit der Deutschen demokratieverdrossen. [...] Im Interview erklärt Hans Vorländer, Direktor des Zentrums für Verfassungs- und Demokratieforschung in Dresden, wer von der Unzufriedenheit profitiert und warum es auch in Westdeutschland „Demokratieverdrossenheit" gibt.

Herr Vorländer, diese Diagnose stößt bitter auf: Die Mehrheit der Deutschen ist [laut Ihrer Studie] demokratieverdrossen. Woher kommt Ihrer Meinung nach dieser Unmut?

Hans Vorländer: Unmut ist vielleicht nicht das richtige Wort. Es geht darum, dass die Mehrheit der Deutschen zurzeit mit dem konkreten Funktionieren der Demokratie nicht zufrieden ist - dabei aber die Idee der Demokratie nach wie vor mehrheitlich für alternativlos hält. Einher geht dies mit einer allgemeinen Unzufriedenheit gegenüber den etablierten Parteien und Mandatsträgern. [...] Die Menschen im Osten sind zudem skeptischer, zurückhaltender und in den letzten 30 Jahren von starken Veränderungen betroffen. [...]

Die „Mehrheit der Deutschen" sei unzufrieden mit dem konkreten Funktionieren der Demokratie, sagten Sie. Das heißt auch in Westdeutschland?

Es sind solche Gebiete, wo es große soziale, strukturelle und ökonomische Probleme gibt oder wo es seit 2015 starke Zuwanderung aus Nicht-EU-Staaten gegeben hat. Diese Herausforderungen tragen zu Protest, Verunsicherung und Unzufriedenheit bei und helfen der AfD bei der politischen Mobilisierung. Neben Ostdeutschland sind solche Gebiete zum Beispiel in Teilen Ost-Bayerns oder des Ruhrgebiets zu finden.

Inwieweit spielt die persönliche Situation eine Rolle?

Menschen in Ostdeutschland haben in den letzten Jahrzehnten starke Veränderungserfahrungen in ihrem sozialen Nahbereich gemacht. In den genannten Regionen ist die Abwanderung sehr hoch. Viele sind in Rente gegangen. Es gibt Überalterung. Die großen persönlichen Veränderungen gehen einher mit der Verunsicherung und Verbitterung gegenüber Entwicklungen, die mit Globalisierung, Digitalisierung und Migration zu tun haben. Die großen internationalen Trends werden unmittelbar vor der Haustür sicht- und spürbar. Diejenigen, die der Verunsicherung mit einfachen Antworten begegnen, haben leichtes Spiel: Sie geben sich als Kümmerer aus und als Schutzpatrone von Nation, Heimat und Identität.

Vor 30 Jahren fiel die Mauer. Trotzdem stehen Ostdeutsche der Demokratie skeptischer gegenüber als Westdeutsche. Warum überzeugt so viele im Osten Deutschlands die „Macht des Volkes" nicht? [...]

Viele hatten aber viel zu hohe Erwartungen an die Demokratie, zum Teil auch zu einfache Vorstellungen davon, wie kompliziert und schwerfällig Demokratien funktionieren. „Das Volk" gibt es nicht. Es gibt nur eine Vielheit von Bürgern und Bürgerinnen mit sehr unterschiedlichen Interessen und Vorstellungen. Und das versuchen Demokratien zu respektieren und zum Ausgleich zu bringen.

Was spielt außerdem eine Rolle?

Bei Menschen, die in einer Diktatur groß geworden sind, spielt der Staat eine große Rolle. Er hat immer alle Fäden in der Hand gehalten. Das aber ist in einer Demokratie anders. Deshalb ist es für viele Menschen schwierig, die Dinge selbst in die Hand zu nehmen, etwa zu protestieren oder sich selbst konstruktiv an Entscheidungen zu beteiligen.

Vorländer, Hans im Interview mit Schönbach, Miriam: Jeder zweite Deutsche ist unzufrieden mit der Demokratie - Das kann eine Chance sein. In: www.web.de, 23.08,2019

Hans Vorländer, Lehrstuhlinhaber für Politische Theorie und Ideengeschichte und Direktor des Zentrums für Verfassungs- und Demokratieforschung an der TU Dresden im Jahr 2022

M15 Wie viele Demokratien gibt es weltweit?

Anzahl demokratischer Länder weltweit – seit 1973
Stand: 2023

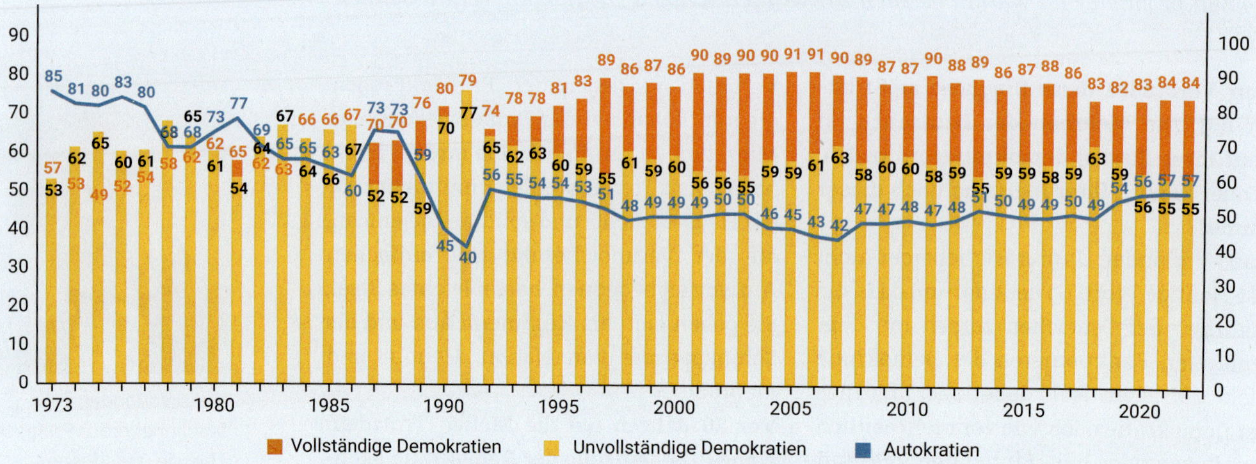

Hinweis: Der Demokratieindex wird von der Zeitschrift "The Economist" seit 1973 veröffentlicht. Er ist eine kontinuierliche Messung des Demokratiegrades in derzeit 195 Ländern. (Jahre mit mehr als 195 Ländern resultieren aus Rundungsfehlern).Die Methodik des Demokratieindex setzt sich aus Unterscheidungskriterien der Regierungsformen, einem Fragenkatalog und den folgenden Faktoren zusammen: • Wahlprozess und Pluralismus; • Funktionsweise der Regierung; • politische Teilhabe; • politische Kultur; • Bürgerrechte

©C.C. Buchner Verlag, aktuelle Daten nach: Freedom House (Datenerhebung: 2022; Grafikerstellung: 2023)

M16 Nur noch 45,7 Prozent der Weltbevölkerung leben in einer vollständigen Demokratie: Ergebnisse der „Economist"-Studie

Die Demokratie ist einer aktuellen Studie zufolge weltweit auf dem Rückzug. Wie die britische „Economist"-Gruppe in ihrem jährlichen „Demokratieindex" ermittelte, lebten 2021 nur noch 45,7 Prozent der Weltbevölkerung in einer [vollständigen] Demokratie. Im Vergleich zum Vorjahr bedeutet das einen deutlichen Rückgang. 2020 waren es noch 49,4 Prozent gewesen. Der neue Index „wirft ein Licht auf die anhaltenden Herausforderungen für die Demokratie weltweit, unter dem Druck der Coronavirus-Pandemie und der zunehmenden Unterstützung für autoritäre Alternativen", teilten die Autoren mit. [...]

Mehr autoritäre Staaten

Weit mehr als ein Drittel der Menschen leben in einer Diktatur – 37,1 Prozent bedeuteten ein leichtes Plus zu 2020. Der Anteil der autoritär regierten Staaten ist in den vergangenen Jahren stetig gestiegen. Die letzten drei Länder der Liste sind Nordkorea, Myanmar und Afghanistan.

Kritisch sieht die Forschungseinheit der „Economist"-Gruppe auch die Rolle Chinas. „China ist nicht demokratischer geworden, während es reicher geworden ist. Im Gegenteil, das Land ist unfreier geworden", hieß es zur Begründung im Bericht „The China Challenge". Menschenrechtler klagen über zunehmende Überwachung sowie Repressionen gegen Regierungskritiker, Andersdenkende und Minderheiten wie die muslimischen Uiguren.

Kaufmann, Nicolas / dpa: The Economist" Studie: Nur noch weniger als die Hälfte der Weltbevölkerung lebt in einer Demokratie. In: www.stern.de, 10.02.2022

M17 „Unsere Demokratie ist stark!“ Auszüge aus der Rede des Bundespräsidenten vor der Bundesversammlung

„Verehrte Delegierte, unsere Gemeinschaft ist die Gemeinschaft liberaler Demokratien, die die Stärke des Rechts über das Recht des Stärkeren stellt. Ich weiß wohl: In den Augen von autoritären Herrschern gelten demokratische Institutionen als schwach. Dort, wo alle Macht in einer Hand konzentriert ist, verachtet man eine Versammlung wie diese als belangloses Ritual. Dort gelten demokratische Entscheidungsprozesse als Schwäche, das Recht als Bremsklotz, das Bemühen um Freiheit und Glück der Bürgerinnen und Bürger als naiv. [...] Unsere Demokratie ist stark, weil sie getragen wird von ihren Bürgerinnen und Bürgern. Weil sie ihre Kraft nicht mit Unterdrückung, nicht mit Drohung nach außen und Angst im Inneren erkauft. Weil sie den Menschen mehr zu bieten hat als Ideen von nationaler Größe und Herrschaft über andere. [...]

Verehrte Delegierte, unterschätzen wir nicht die Stärke der Demokratie. Aber unterschätzen wir auch nicht die Herausforderungen, vor denen sie steht! Gegner der Demokratie, von außen und von innen, säen in der Pandemie Zweifel an unserer Handlungsfähigkeit, an unseren Institutionen, an der freien Wissenschaft und den freien Medien. [...] Vertrauen in Demokratie ist doch am Ende nichts Anderes als Vertrauen in uns selbst. In unserem Grundgesetz steht schließlich nicht: „Alles Gute kommt von oben“, sondern da steht: „Alle Staatsgewalt geht vom Volke aus.“ Das ist das Versprechen unserer Verfassung an uns Bürger. Aber darin liegt auch ein Versprechen zwischen den Bürgerinnen und Bürgern: „Zieh Dich nicht zurück, sondern übernimm Verantwortung.“ Das ist die doppelte Natur der Demokratie: Sie ist Versprechen und Erwartung zugleich. Demokratie ist eine Zumutung.“

Frank-Walter Steinmeier (SPD) spricht am 18.02.2022 anlässlich seiner Wiederwahl zum Bundespräsidenten der Bundesrepublik Deutschland zur Bundesversammlung.

Steinmeier, Frank-Walter: Wiederwahl zum Bundespräsidenten durch die 17. Bundesversammlung. In: www.bundespräsident.de, 18.02.2022

Aufgaben

72043-306

1. Analysieren Sie die Positionen des Politikwissenschaftlers Hans Vorländer im Hinblick auf die folgenden Fragen (**M14**):
   a) Inwieweit bedeutet „demokratieverdrossen“ eine grundsätzliche Ablehnung von Demokratie?
   b) Welche Gründe für die Unterschiede zwischen Ost und West führt er an?
   c) Welche Gebiete sind auch in Westdeutschland besonders von einer Unzufriedenheit der Bevölkerung mit dem Funktionieren der Demokratie betroffen?
   d) Wer versucht besonders, von der Unzufriedenheit zu profitieren?
2. Analysieren Sie die Grafik in **M15** im Hinblick auf die Anzahl der demokratischen Länder weltweit und entwickeln Sie Hypothesen über die dargestellte Entwicklung.
3. a) Fassen Sie die zentralen Ergebnisse der Economist-Studie zusammen (**M16**).
   b) Diskutieren Sie, welche Ergebnisse in **M15** und **M16** aus Ihrer Sicht besonders problematisch sind.
4. Erklären Sie, wie Bundespräsident Steinmeier die Stärke der Demokratie begründet und die künftigen Herausforderungen beschreibt (**M17**).
5. Arbeiten Sie heraus, wie er den Verfassungsgrundsatz „Alle Staatsgewalt geht vom Volke aus“ interpretiert.
6. Diskutieren Sie, inwieweit Sie selbst dazu beitragen können, diesen Verfassungsgrundsatz umzusetzen.

M18 Was bedeutet der Föderalismus für Deutschland?

Der Föderalismus als Staatsprinzip ermöglicht den Bundesländern, in vielen Bereichen eigene Gesetze und Verordnungen zu erlassen, u.a. in den Bereichen Bildung, Kultur und Polizei. Dies erzeugt eine gewisse Vielfalt und Flexibilität, die nachfolgend karikiert wird …

Föderalismus im Erklärfilm (2:20 Min.)

72043-308

A Föderalismus in der Bildungspolitik – karikiert

Karikatur: Thomas Plaßmann, Baaske Cartoons, Müllheim 2008

B Föderalismus in der Corona-Politik – karikiert

Karikatur: Klaus Stuttmann, 2020

M19 Wie sind die Aufgaben zwischen Bund und Ländern verteilt?

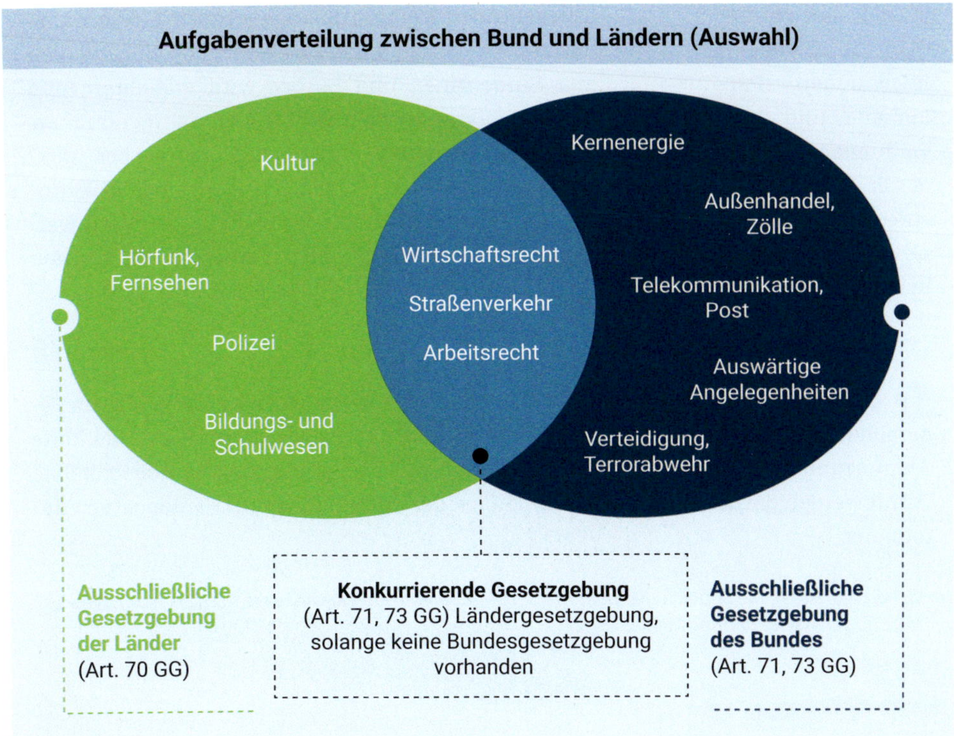

©C.C. Buchner Verlag

M20 Pro und Kontra: Was spricht für und gegen den Bundesrat?

1 Der Bundesstaat beschränkt die Machtkonzentration im Zentralstaat. Die klassische horizontale Gewaltenteilung zwischen Parlament und Regierung ist im heutigen Parteienstaat weitgehendunwirksam geworden, die staatliche Macht liegt in der Hand der Regierung und der sie stützenden Parlamentsmehrheit. Im föderalen System sind die staatlichen Aufgaben zwischen Bund und Ländern aufgeteilt. Sie müssen zusammenwirken und kontrollieren sich damit gegenseitig (vertikale Gewaltenteilung). Das geschieht vor allem durch die Mitwirkung des Bundesrates an der Gesetzgebung des Bundes.

2 Der Bundesstaat ermöglicht mehr politische Beteiligung. Die Wählerinnen und Wähler können von ihrem Stimmrecht doppelt Gebrauch machen, nicht nur alle vier Jahre bei der Wahl zum Bundesparlament, sondern auch bei der Wahl zum Landesparlament.

3 Die Verfechter eines Zentralstaates führen gegen die föderale Ordnung Folgendes ins Feld: Der Bundesrat ist zu kompliziert. Der Entscheidungsprozess ist schwerfällig. Bund und Länder müssen langwierige Verhandlungen führen, bis es endlich zu Entscheidungen kommt, die oft nur mühsame Kompromisse darstellen.

4 Der Bundesstaat kostet zu viel Geld. 16 (Landes-) Regierungen, Parlamente und Verwaltungen sind teurer als die entsprechenden Organe in einem Einheitsstaat.

→

5 Die föderale Ordnung in Deutschland mit ihrer Gliederung in kleinere überschaubarere Einheiten sichert mehr Bürgernähe. Das politische Engagement der Bürgerinnen und Bürger wird erleichtert, und ihre Interessen werden wirksamer wahrgenommen, wenn nicht alles von einer fernen Zentrale bestimmt wird, sondern wenn Entscheidungen von Politikerinnen und Politikern sowie Verwaltung getroffen werden, die mit den regionalen Verhältnissen vertraut und für die Menschen leichter erreichbar sind.

↓

6 Der Bundesstaat ist unübersichtlich. Das Zusammenwirken im kooperativen Föderalismus mit den vielen formellen und informellen Gremien verwischt die klare Abgrenzung der Kompetenzen und macht Entscheidungsprozesse undurchschaubar. Damit werden die demokratischen Prinzipien der Öffentlichkeit und Transparenz unterlaufen.

Nach: Pötzsch, Horst: Die Deutsche Demokratie. 5. überarbeitete und aktualisierte Auflage, Bonn: Bundeszentrale für politische Bildung 2009, S. 22-27.

Aufgaben

72043-309

1. Beschreiben Sie die Karikatur zum Bildungsföderalismus (**M18** A) und erläutern Sie die Aussage des Karikaturisten vor dem Hintergrund Ihrer Kenntnisse über die Unterschiede zwischen den Bundesländern im Bildungsbereich.
2. Entwickeln Sie (ggf. mit Hilfe einer „Streitlinie") ein vorläufiges Urteil zu der Frage, ob die Meinung des Karikaturisten aus Ihrer Sicht überzeugend ist.
3. Stimmen Sie in einer Umfrage im Kurs ab, ob Sie den Bildungsföderalismus vorteilhaft finden.
4. a) Beschreiben Sie die Karikatur in **M18** B.
   b) Erklären Sie, welche Kritik der Karikaturist in der Karikatur in **M18** B an der Corona-Politik von Bund und Ländern äußert.
   c) Diskutieren Sie anschließend, inwiefern Sie die Kritik überzeugt.
5. Erläutern Sie das Schaubild in **M19** über die Aufgabenverteilung von Bund und Ländern.
6. a) Arbeiten Sie aus **M20** stichpunktartig in Form von Pro- und Kontra-Argumenten die Vor- und Nachteile eines Bundesstaates heraus und stellen Sie diese in einem Schaubild zusammen.
   b) Überprüfen Sie in Kleingruppen, inwiefern sich einzelne Pro- und Kontra-Argumente auf die Schulpolitik (**M18** A) oder die Corona-Maßnahmen (**M18** B) anwenden lassen.
7. Diskutieren Sie abschließend im Kurs, ob Sie die ausschließliche Zuständigkeit der Länder für die Bildungspolitik für sinnvoll halten oder nicht. Stimmen Sie am Ende der Diskussion (ggf. mit Hilfe einer Positionslinie) ab.
8. Prüfen Sie, inwiefern sich die zuletzt ermittelten Ergebnisse mit den Ergebnissen aus der Beurteilung der Aussage des Karikaturisten (**M18** A) vergleichen lassen.

F zu Aufgabe 2
Gestalten Sie einen Vortrag, in dem Sie über die Unterschiede der Bildungssysteme in den einzelnen Bundesländern berichten.

F zu Aufgabe 6a
Sammeln Sie eigene Argumente.

F zu Aufgabe 6b
Notieren Sie Ihre Ergebnisse z. B. auf einer Wandzeitung und vergleichen Sie diese im Kurs (**M20**).

M21 Was bedeutet der „Rechtsstaat“ in Deutschland?

Der Rechtsstaat [...] ist im Grundgesetz [...] ausgestaltet und seitdem fortentwickelt worden. [...] Der Rechtsstaat dient vor allem dem Ziel, die Freiheit zur Entfaltung der Persönlichkeit und die Rechtsgleichheit des Einzelnen zu verwirklichen. Dafür umfasst die Rechtsstaatlichkeit eine Reihe von Bestandteilen:

- Garantie von Grundrechten,
- Gewaltenteilung,
- Rechtsbindung aller Staatsorgane, insbesondere Gesetzmäßigkeit der Verwaltung,
- Rechtssicherheit,
- umfassenden und effektiven gerichtlichen Schutz gegen Rechtsverletzungen durch die öffentliche Gewalt.

Die **Grundrechte**, die durch das Grundgesetz garantiert und an die die Legislative, die Exekutive und die Rechtsprechung gebunden sind, [...] dienen unmittelbar dem Schutz der Freiheit zur Persönlichkeitsentfaltung und der Rechtsgleichheit.

Die **Gewaltenteilung** [...] ist ein wichtiges Gestaltungsprinzip des Staatsaufbaus: Dieses Prinzip fordert die Unterscheidung der Staatsfunktionen – Legislative, Exekutive und Rechtsprechung – und ihre Verteilung auf unterschiedliche Staatsorgane zur gegenseitigen Kontrolle und zur Mäßigung der Ausübung von Staatsgewalt. Dies kann durch gegenseitige Abhängigkeiten und Einflussmöglichkeiten erreicht werden, nicht durch absolute Trennung der Gewalten voneinander. Die Aufteilung von Staatsfunktionen auf Bund, Länder und Kommunen wirkt ebenfalls im Sinne einer Gewaltenteilung.

Die **Rechtsbindung aller Staatsorgane** bei der Ausübung von Staatsgewalt bedeutet, dass die Staatsorgane weder willkürlich, noch wenn es ihnen nützlich oder notwendig erscheint, in die Rechte des einzelnen eingreifen dürfen, sondern nur dann, wenn dafür eine Rechtsgrundlage – grundsätzlich ein vom Parlament be-

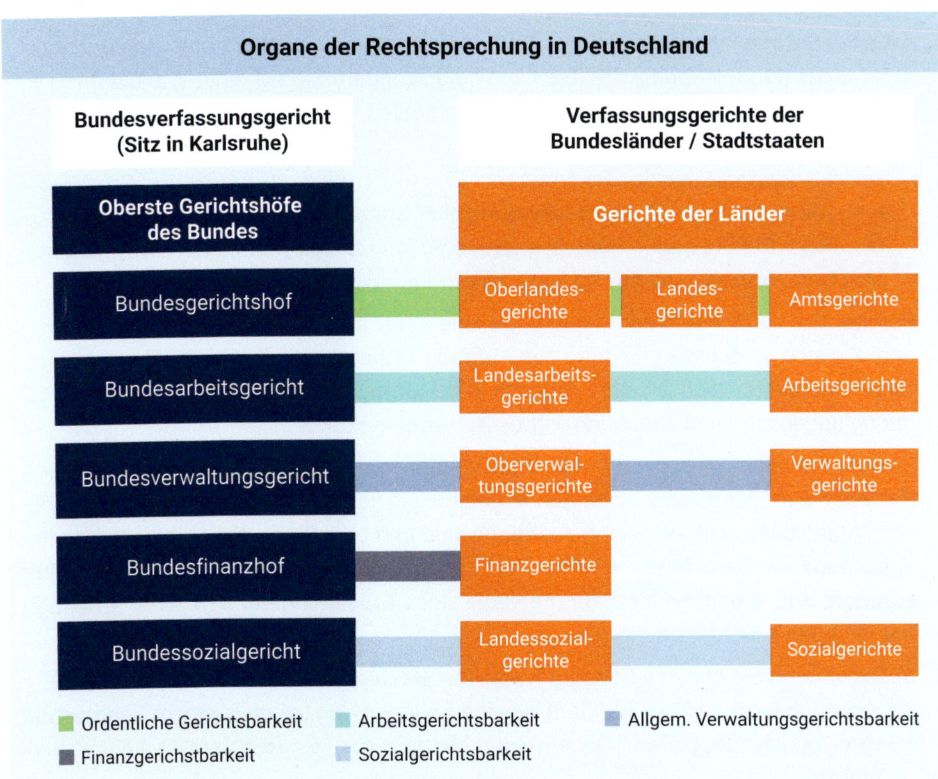

schlossenes Gesetz – besteht, die den Eingriff erlaubt. Auch dadurch sollen Freiheit und Gleichheit des Einzelnen so weit wie möglich geschützt werden.

Die **Rechtsbindung der Legislative** bedeutet die Bindung an die verfassungsmäßige Ordnung, d. h. an das Grundgesetz, insbesondere an die Grundrechte sowie an die geltenden Gesetze [...] Die **Rechtsbindung der Exekutive** ist vor allem im Grundsatz der Gesetzmäßigkeit der Verwaltung ausgeprägt. Dieser Grundsatz umfasst [...]:

Den **Vorbehalt des Gesetzes**. Alle grundsätzlichen, den Bürger unmittelbar betreffenden Entscheidungen, insbesondere über Eingriffe in Freiheit und Eigentum, dürfen nur durch ein vom Parlament erlassenes Gesetz oder auf Grund eines solchen Gesetzes ergehen. Dadurch wird die Zuständigkeit der Legislative zur Entscheidung über alle für das Gemeinwesen wesentliche Fragen begründet. [...]. Die **Rechtssicherheit** ist ein weiterer wesentlicher Bestandteil der Rechtsstaatlichkeit. Zu ihr gehören die Bestimmtheit, Klarheit und Voraussehbarkeit staatlichen Handelns und auch der Schutz berechtigten Vertrauens auf eine bestehende Rechtslage durch Begrenzung der Rückwirkung von Gesetzen. Der Grundsatz der Verhältnismäßigkeit soll Schutz vor ungeeigneten, nicht erforderlichen und übermäßig belastenden Eingriffen in die Rechte des einzelnen gewähren.

Die Verfassung verbürgt jedermann umfassenden und effektiven **Rechtsschutz** vor den Gerichten gegen Rechtsverletzungen durch die öffentliche Gewalt [...] Bei Grundrechtsverletzungen ist außerdem die Verfassungsbeschwerde an das Bundesverfassungsgericht möglich.

Arndt, Klaus Friedrich / Heyde, Wolfgang / Ziller, Gebhard: Legislative, Exekutive, Rechtsprechung – Bund, Länder, Kommunen. Bonn 1993. S. 6 f.

Aufgaben

72043-310

1. Arbeiten Sie in Kleingruppen die zentralen Informationen von **M21** über den Rechtsstaat in der Bundesrepublik Deutschland heraus, indem Sie auf einer Wandzeitung (→ Methodenglossar) die folgenden Aspekte darstellen:
   - zentrales Ziel des Rechtsstaats;
   - zentrale Bestandteile des Rechtsstaats (Die fünf Punkte: „Garantie von Grundrechten", „Gewaltenteilung", „Rechtsbindung aller Staatsorgane", „Rechtssicherheit", „gerichtlicher Schutz gegen Rechtsverletzungen durch die öffentliche Gewalt" könnten als Überschriften in einem Schema, einer Mindmap verwendet werden.).
2. Bereiten Sie zunächst in der Kleingruppe einen Vortrag (→ Methodenglossar) vor, in dem Sie sich an der Wandzeitung aus Aufgabe 1 orientieren, aber möglichst frei vortragen. Geben Sie sich jeweils Feedback in der Gruppe, welche Aspekte des Vortrags gut gelungen sind und was noch verbessert werden könnte.
3. Eine zweite Arbeitsgruppe könnte zeitgleich oder außerhalb des Unterrichts in einer Recherche ermitteln, für welche Rechtsgebiete die in dem Schema in **M21** dargestellten Organe der Rechtsprechung zuständig sind und eine Präsentation anfertigen, die ausgehend von dem Schema beispielhaft (nicht vollständig) einzelne Zuständigkeiten erläutert, z. B. Arbeitsgerichte für die Klage eines Arbeitnehmers bzw. einer Arbeitnehmerin gegen eine Kündigung u. a.
4. a) Diskutieren Sie abschließend im Kurs unter Bezugnahme auf Ihr Wissen über die Verhältnisse in anderen Ländern, welche Chancen das Leben in einem Rechtsstaat im Vergleich zum Leben in einem Staat bietet, in dem ein Rechtsstaat nicht verwirklicht ist.
   b) Halten Sie Ihre Ergebnisse fest, indem z. B. einen Podcast daürber gestalten.

M22 Wer finanziert den Sozialstaat in Deutschland?

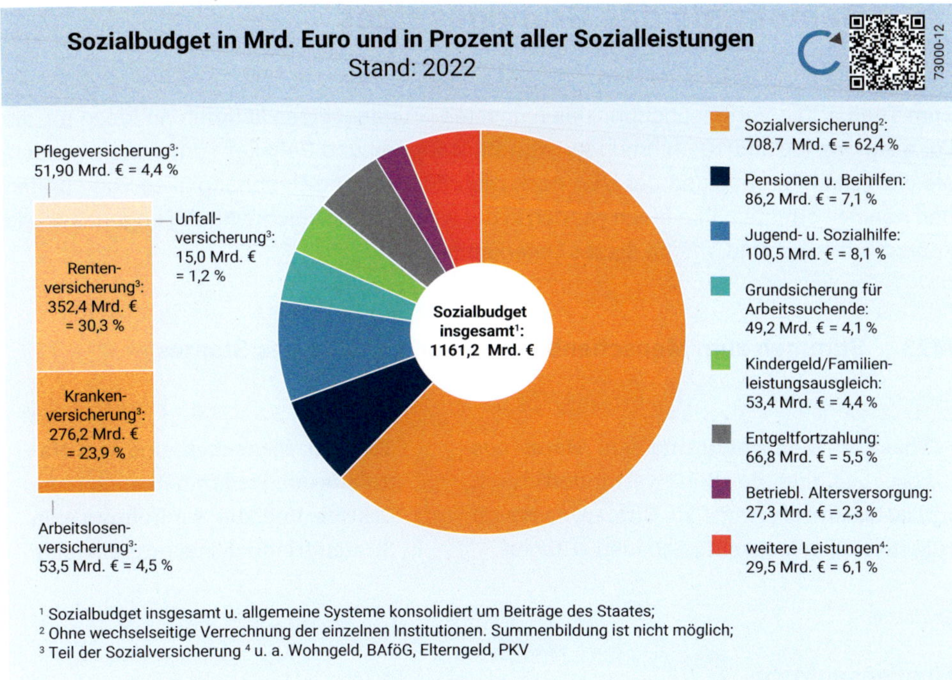

©C.C. Buchner Verlag, aktuelle Daten nach: Bundesministerium für Arbeit und Soziales (Datenerhebung: 2021; Grafikerstellung: 2022)

[Der Begriff „Sozialstaat" drückt aus], dass sich die Gesetzgebung in unserem Staat auch um soziale Gerechtigkeit und die soziale Sicherheit der Bürger zu kümmern hat, also – kurz gesagt – auch Sozialpolitik zu betreiben hat. Soziale Gesetzgebung hat in Deutschland eine lange Tradition. Ihr historisch ältester Zweig ist die Sozialversicherung. Als erstes Land der Welt führte Deutschland 1883 eine gesetzliche Krankenversicherung für Arbeiter ein. Sie besteht heute für alle abhängig Beschäftigten als Pflichtversicherung (bis zu einer bestimmten Einkommenshöhe). Weitere gesetzliche Versicherungen sind hinzugekommen, die bei Arbeitslosigkeit, Unfall, Arbeitsunfähigkeit, Pflegebedürftigkeit einspringen und im Alter eine Rente zahlen. [...] Zusätzlich finanziert der Staat aus seiner Kasse soziale Leistungen, z. B. Kindergeld, Erziehungsgeld, Wohngeld, Hartz IV. [...] Eine soziale Arbeitsgesetzgebung sorgt u.a. dafür, dass Arbeitnehmer am Arbeitsplatz nicht über Gebühr gefährdet oder belastet und werdende Mütter besonders geschützt werden, dass niemand von heute auf morgen entlassen werden kann, jeder bei Krankheit eine Zeit lang seinen Lohn weiter bezieht.

Thurich, Eckart: Pocket politik - Demokratie in Deutschland. 4. Aufl. Bonn 2011. S. 105 f.

Sozialstaat
Der Sozialstaat wird ausführlich in der Qualifikationsphase behandelt. **M22** will eine Grundinformation liefern.

Aufgaben

72043-311

1. Erläutern Sie zu zweit, was den „Sozialstaat" in der Bundesrepublik ausmacht (**M22**).
2. Erklären Sie die in dem Schaubild dargestellte Struktur der Sozialleistungen. Berücksichtigen Sie dabei, dass einzelne Sozialleistungen, wie die Rente, die Krankenversicherung, die Arbeitslosenversicherung zum großen Teil durch Beiträge von Arbeitnehmenden und Arbeitgebenden finanziert werden.

3.3 Die ideengeschichtlichen Grundlagen der Demokratie des Grundgesetzes

Zum Thema: Die Verfassungsprinzipien unseres Grundgesetzes knüpfen an Ideen an, die vor allem im 17. und 18. Jahrhundert von Philosophen und Politikern entwickelt wurden, als die Völker Europas und der USA nach mehr Freiheit und Unabhängigkeit von Fürsten und Königen strebten. Ihre Ideen wurden in der weiteren Geschichte häufig angepasst und konkretisiert und sind Thema dieses Unterkapitels.

M23 Stimmen zum Menschenbild und zur Aufgabe des Staates

These A: Menschen sind von Natur aus böse. Lediglich der Staat verhindert durch Gesetze und die Angst vor Strafen, dass sich Menschen gegenseitig Schaden zufügen.

These B: Menschen sind von Natur aus gut. Sie können auch ohne Gesetze und die Androhung von Strafen friedlich zusammenleben.

Bearbeiterin

Einstiegsaufgabe

72043-312

Welcher These in **M23** stimmen Sie eher zu? Analysieren und diskutieren Sie die Folgen Ihrer Entscheidung für das Zusammenleben von Menschen in einem Staat.

M24 John Locke: gegen das „Gottesgnadentum"

Zweite Abhandlung über die Regierung (1690): § 87 Der Mensch wird, wie nachgewiesen worden ist, mit einem Rechtsanspruch auf vollkommene Freiheit und uneingeschränkten Genuss aller Rechte und Privilegien des natürlichen Gesetzes in Gleichheit mit jedem anderen Menschen oder jeder Anzahl von Menschen auf dieser Welt geboren. Daher hat er von Natur aus nicht nur die Macht, sein Eigentum, das heißt sein Leben, seine Freiheit und seinen Besitz, gegen die Schädigungen und Angriffe anderer Menschen zu schützen, sondern auch jede Verletzung des Gesetzes seitens anderer zu verurteilen und sie so zu bestrafen, wie es nach seiner Überzeugung das Vergehen verdient. [...] § 134 Das große Ziel, das Menschen, die in eine Gesellschaft eintreten, vor Augen haben, liegt im friedlichen und sicheren Genuss ihres Eigentums, und das große Werkzeug und Mittel dazu sind die Gesetze, die in dieser Gesellschaft erlassen worden sind. So ist das erste und grundlegende positive Gesetz aller Staaten die Begründung der legislativen Gewalt, so wie das erste und grundlegende natürliche Gesetz, das sogar über der legislativen Gewalt gelten muss, die Erhaltung der Gesellschaft und (soweit es mit dem öffentlichen Wohl vereinbar ist) jeder einzelnen Person in ihr ist. Diese Legislative ist nicht nur die höchste Gewalt des Staates, sondern sie liegt auch geheiligt und unabänderlich in den Händen, in welche die Gemeinschaft sie einmal gelegt hat. Keine Vorschrift irgendeines anderen Menschen, in welcher Form sie auch verfasst, von welcher Macht sie auch gestützt sein mag, kann die verpflichtende Kraft eines Gesetzes haben, wenn sie nicht ihre Sanktion von derjenigen Legislative erhält, die das Volk gewählt und ernannt hat. Denn ohne sie könnte das Gesetz nicht haben, was absolut notwendig ist, um es zu einem Gesetz zu machen, nämlich die Zustimmung der Gesellschaft.

Locke, John: Zwei Abhandlungen über die Regierung. Herausgegeben und eingeleitet von Euchner, Walter. Übersetzt von Hoffmann, Hans Jörn. 4. Auflage. Frankfurt/M. 1989, S. 216 ff.

John Locke (1632-1704), einer der bedeutendsten Philosophen der englischen Aufklärung, wendet sich in seinem politischen Hauptwerk („Two Treatises of Government" von 1690), gegen die damals gängigen Herrschaftstheorien des Gottesgnadentums. Vielmehr sei die Grundlage der staatlichen Ordnung ein Vertragsverhältnis – der sogenannte „Gesellschaftsvertrag" zwischen der Regierung und den Bürgerinnen und Bürgern.

M25 Montesquieu: Warum braucht es die Gewaltenteilung?

Vom Geist der Gesetze (1748): Die politische Freiheit des Bürgers ist jene Ruhe des Gemüts, die aus dem Vertrauen erwächst, das ein jeder zu seiner Sicherheit hat. Damit man diese Freiheit hat, muss die Regierung so eingerichtet sein, dass ein Bürger den anderen nicht zu fürchten braucht. Wenn in derselben Person oder der gleichen obrigkeitlichen Körperschaft die gesetzgebende Gewalt mit der vollziehenden vereinigt ist, gibt es keine Freiheit; denn es steht zu befürchten, dass derselbe Monarch oder derselbe Senat tyrannische Gesetze macht, um sie tyrannisch zu vollziehen. Es gibt ferner keine Freiheit, wenn die richterliche Gewalt nicht von der gesetzgebenden und vollziehenden getrennt ist. Ist sie mit der gesetzgebenden Gewalt verbunden, so wäre die Macht über Leben und Freiheit der Bürger willkürlich, weil der Richter Gesetzgeber wäre. Wäre sie mit der vollziehenden Gewalt verknüpft, so würde der Richter die Macht eines Unterdrückers haben. Alles wäre verloren, wenn derselbe Mensch oder die gleiche Körperschaft der Großen, des Adels oder des Volkes diese drei Gewalten ausüben würde: die Macht, Gesetze zu geben, die öffentlichen Beschlüsse zu vollstrecken und die Verbrechen oder die Streitsachen der einzelnen zu richten. [...] Da in einem freien Staate jeder, dem man einen freien Willen zuerkennt, durch sich selbst regiert sein sollte, so müsste das Volk als Ganzes die gesetzgebende Gewalt haben. Das aber ist in den großen Staaten unmöglich, in den kleinen mit vielen Misshelligkeiten verbunden. Deshalb ist es nötig, dass das Volk durch seine Repräsentanten das tun lässt, was es nicht selbst tun kann.

de Montesquieu, Charles: Vom Geist der Gesetze. In: Forsthoff, Ernst (Hg.). 2. Aufl. Tübingen 1992. S. 214 ff. (XI. Buch. 6. Kapitel).

Charles-Louis de Secondat, Baron de la Brède et de Montesquieu (1689-1755) gilt als Begründer der modernen Lehre von den drei staatlichen Gewalten und ihrem Verhältnis zueinander.

M26 James Madison, Federal Papers: Interessenausgleich durch Pluralismus!

Unter „Federalists“ werden die drei Politiker der amerikanischen Gründungsgeschichte verstanden, die zwischen 1787 und 1788 gemeinsam den Entwurf der Verfassung der Vereinigten Staaten von 1787 verteidigten und deren Ratifizierung forderten: John Jay (1745-1829), Alexander Hamilton (1755-1804) und James Madison (1751-1836). Im nachfolgendem Federalist Paper umreißt Madison die grundsätzliche Rolle des Pluralismus für die politische Willensbildung in einem modernen Flächenstaat, um Demokratie und Freiheit miteinander zu versöhnen.

Federalist-Artikel Nr. 10 (1788): Unter den zahlreichen Vorteilen, die eine gut aufgebaute Union verspricht, verdient keiner genauer dargelegt zu werden, als die mögliche Fähigkeit, die Gewalttätigkeit von Faktionen zu beenden und auf Dauer zu kontrollieren. [...]
Unter einer Faktion verstehe ich eine Gruppe von Bürgern - das kann eine Mehrheit oder eine Minderheit der Gesamtheit sein -, die durch den gemeinsamen Impuls einer Leidenschaft oder eines Interesses vereint und zum Handeln motiviert ist, welcher im Widerspruch zu den Rechten anderer Bürger oder dem permanenten und gemeinsamen Interesse der Gemeinschaft steht. [...]
Der Eifer, unterschiedliche Meinungen in Glaubensdingen, in Fragen des politischen Systems und zu vielen anderen Fragen, theoretisch wie auch praktisch zu vertreten; die Bindung an bestimmte politische Führer, die ehrgeizig um Vorrang und Macht konkurrieren; oder die Bindung an andere Personen, deren Schicksal für die Menschen emotional interessant ist, haben die Menschen in Parteien gespalten, die sich feindselig gegenüberstehen und eher dazu tendieren, die anderen zu schikanieren und zu unterdrücken, als für das Gemeinwohl zusammenzuarbeiten. [...]
Diese vielfältigen und widersprüchlichen Interessen zu regulieren, ist die vordringliche Aufgabe moderner Gesetzgebung, die auch Parteigeist und Interessengegensätze in die nötigen und normalen Funktionen eines Regierungssystems einbeziehen muss. [...]
Eine Republik, womit ich ein Regierungssystem meine, in dem das Konzept der Repräsentation verwirklicht ist, [...] bietet das Heilmittel, nach dem wir suchen. [...]
Je weniger Parteien und Sonderinteressen bestehen, desto häufiger kann sich eine Mehrheit aus derselben Partei bilden. Je weniger Personen eine Mehrheit bilden können und je enger sie beieinander leben, desto leichter fällt es ihnen, ihre Pläne zur Unterdrückung anderer zu koordinieren und ins Werk zu setzen. Vergrößert man das Gebiet, so umfasst es eine größere Vielfalt von Parteien und Interessen, damit aber wird es weniger wahrscheinlich, dass eine Mehrheit des Ganzen ein gemeinsames Motiv hat und die Rechte der anderen Bürger verletzt.

Hamilton, Madison, Jay: Die Federalist-Artikel. Politische Theorie und Verfassungskommentar der amerikanischen Gründungsväter. Herausgegeben, übersetzt, eingeleitet und kommentiert von Angela Adams und Willi Paul Adams, Paderborn u. a. 1994, S. 50 ff.

James Madison (1751-1836) war der vierte Präsident der Vereinigten Staaten von Amerika (USA) und damit nach George Washington, Thomas Jefferson und Alexander Hamilton einer der Gründerväter der USA. Madison war Anhänger der Aufklärungsideen und gilt als Autor vieler Elemente der Verfassung der Vereinigten Staaten. Madison regierte von 1812-1815 als Präsident und führte in dieser Zeit u.a. Krieg gegen Britannien.

Textbearbeitung II

1 Aufgaben

1. Stellen Sie die Autoren der Federal Papers (**M26**) vor und legen Sie dar, welche Aufgabe sie sich gestellt haben.
2. **Analysieren Sie die Vorstellungen der „Federalists" über eine gute Verfassung.**
3. Begründen Sie, welche Ideen der „Federalists" Sie besonders überzeugen und welche weniger.

2 Tipps zur Bearbeitung von Aufgabe 2

1. Lesen Sie zunächst in den „allgemeinen Hinweisen zur Bearbeitung von Texten" den Abschnitt „III.2" und machen Sie sich mit den „Schritten der Textanalyse „auf S. 402 vertraut.
2. Auch in einer Analyse werden einzelne Aussagen eines Textes dargestellt und an einzelnen Stellen durch Textverweise (Z. xy) belegt.
3. Eine Analyse geht aber deutlich über eine Textdarstellung hinaus. Beachten Sie die im Abschnitt „III. 2" genannten Aspekte und wählen Sie aus, welche Aspekte in Ihrer Analyse einen zentralen Stellenwert haben sollen.

Allgemeine Hinweise zur Bearbeitung von Texten
→ S. 402 f.

Hilfen für Schritt 2
Bei Schritt 2 können Sie die Begriffe: „Konflikte", „Interessen" und „Gemeinwohl" verwenden und den Begriff „Gemeinwohl" mit eigenen Worten erläutern.

3 Anleitung für die Analyse von M26

1. Gehen Sie bei der Bearbeitung von Aufgabe 2 zunächst in einem Einleitungssatz global auf den Artikel Nr. 10 und seine Bedeutung für „eine gut aufgebaute Union" (Z. 3) ein.
2. Im Anschluss an den Einleitungssatz sollten Sie die Position und bestimmte Vorstellungen der Autoren über die Interessen und das Verhalten von Menschen, die ab Zeile 24 beschrieben werden, herausarbeiten. Sie sollten in diesem Zusammenhang auch den Begriff „Faktionen" erläutern und die Bedeutung von „Faktionen" für die Durchsetzung von Interessen ermitteln. Dabei ist es wichtig, dass Sie die positiven Aspekte des Zusammenschlusses von Menschen in „Faktionen" für den Einzelnen den negativen Aspekten der Aktivitäten gegnerischer „Faktionen" für dieselbe Person gegenüberstellen und diesen Gegensatz in Ihrer Darstellung akzentuieren.
3. Im dritten Teil Ihrer Analyse sollten Sie den Argumentationsgang analysieren, indem Sie u. a. klarstellen, dass die „Federalists" die Lösung des zuvor von Ihnen beschriebenen Problems der Gefährdung des Gemeinwohls für die „vordringlichste Aufgabe moderner Gesetzgebung" (Z. 47 f.) halten. Dann erläutern Sie die von den „Federalists" vorgeschlagene Lösung, d.h. eine von den Autoren näher definierte Form der Republik (gemeint ist der Staat) (ab Z. 52 ff.) und erklären, wie eine Republik mit den Interessengegensätzen der Menschen umgeht. Berücksichtigen Sie in Ihrer Analyse zudem die unterschiedlichen Auswirkungen der Anzahl von Interessengruppen und der Größe der Republik.
4. Im vierten Teil der Analyse sollten Sie die Argumentationsweise der Autoren analysieren. Gehen Sie hierbei auf den Sprachstil, die Art des Textes und die Gestaltung der Darstellung ein.
5. Am Ende Ihrer Analyse sollten Sie die Intention der Autoren ermitteln. Fassen Sie dabei Ihre Ergebnisse zusammen und berücksichtigen Sie den Titel des Textes „Interessenausgleich durch Pluralismus".

Bearbeiterin

M27 Jean-Jacques Rousseau: Herrschaft des Gemeinwillens

Jean-Jacques Rousseau (1712-1778) gilt als ein Aufklärer und Vorbereiter der Französischen Revolution. In seiner Schrift „Vom Gesellschaftsvertrag“ (1762) knüpfte er an die Theorien von Locke und Montesquieu an, vertrat aber eine ganz andere Theorie von Demokratie als die beiden genannten Autoren. Er bezieht sich ursprünglich auf kleine politische Einheiten. Er ist tendenziell ein Vertreter der direkten Demokratie (→ Kapitel 7).

Es muss eine Gesellschaftsform gefunden werden, die mit der gesamten gemeinsamen Kraft aller Mitglieder die Person und die Habe eines jeden Mitglieds verteidigt und beschützt; in der jeder Einzelne, mit allen verbündet, nur sich selbst gehorcht und so frei bleibt wie zuvor. [...]

[Aus diesem Antrieb entwickelt er die Theorie von „Gesellschaftsvertrag“ (contrat social):] Jeder von uns unterstellt gemeinschaftlich seine Person und seine ganze Kraft der höchsten Leitung des Gemeinwillens (volonté générale) und wir empfangen als Körper jedes Glied als unzertrennlichen Teil des Ganzen. [...]

[Rousseau lehnt deshalb die Gewaltenteilung und eine repräsentative Demokratie ab. Regierung, gewählte Abgeordneten und die Regierten, das Volk müssen identisch sein:]

Ich behaupte also, dass die Staatshoheit, die nichts anderes als die Ausübung des Gemeinwillens ist, nie veräußert werden kann und sich das Staatsoberhaupt als ein kollektives Wesen nur so durch sich selbst darstellen lässt. Die Macht kann wohl übertragen werden, aber nicht der Wille. Derselbe Grund, aus dem die Staatshoheit unveräußerlich ist, spricht auch für ihre Unteilbarkeit, denn der Wille ist allgemein, oder er ist es nicht; er ist der Ausfluss der Gesamtheit des Volkes oder nur eines seiner Teile. [...]

Die Staatshoheit kann aus dem gleichen Grund, der ihre Veräußerung verbietet, auch nicht vertreten werden. Denn die Staatshoheit besteht wesentlich im Gemeinwillen, und dieser lässt sich nicht vertreten; er bleibt derselbe oder er ist ein anderer, ein mittelbares gibt es nicht. Die Abgeordneten des Volkes sind also nicht seine Vertreter und können es gar nicht sein; sie sind nur seine Bevollmächtigten und dürfen nichts beschließen.

Jedes Gesetz, das das Volk nicht persönlich bestätigt hat, ist null und nichtig; es ist kein Gesetz. Das englische Volk meint frei zu sein; es täuscht sich außerordentlich; nur während der Wahlen der Parlamentsmitglieder ist es frei, danach lebt es wieder in Knechtschaft, ist es nichts.

Rousseau, Jean-Jacques: Auszüge aus dem Contrat Social. Zitiert nach J.-J. Rousseau, Politische Schriften, Band 1. Verlag Ferdinand Schöningh. Paderborn 1977. S. 73 ff.

Aufgaben

72043-313

1. Bearbeiten Sie **M26** mit Hilfe der Methodenkarte „Textbearbeitung II“ auf S. 121. Vergleichen Sie Ihre Ergebnisse mit Ihrer Sitznachbarin bzw. mit Ihrem Sitznachbarn.
2. Bearbeiten Sie die Texte in **M24-M27** in einem Gruppenpuzzle (→ Methodenglossar). Bilden Sie drei Gruppen (A, B, C), in denen Sie arbeitsteilig jeweils die zentralen Vorstellungen der Philosophen und Politiker (erste Gruppe **M24** und **M25**, zweite Gruppe **M26**, dritte Gruppe **M27**) erarbeiten und thesenhaft auf einer Wandzeitung (→ Methodenglossar) festhalten.
3. Präsentieren Sie Ihre Ergebnisse im Kurs.
4. Bilden Sie nun neue Gruppen, in denen jeweils ein Mitglied der Gruppen A, B, C vertreten ist. Untersuchen Sie, an welche Vorstellungen der Philosophen und Politiker das Grundgesetz anknüpft. Greifen Sie dabei auf die Materialen in dem Unterkapitel 3.2 zurück.

3.4 *Vertiefung:* Ist die wachsende soziale Ungleichheit eine Ursache für den Vertrauensverlust in die Demokratie?

Zum Thema: In M28 und M29 werden Ergebnisse von zwei Studien zu den Ursachen des Vertrauensverlusts in die Demokratie vorgestellt, die als eine zentrale Ursache die sozialen Unterschiede zwischen einzelnen Bevölkerungsgruppen ermittelt haben. Inwiefern sich dies in den nächsten Jahren durch weitreichende Ereignisse wie den Klimawandel, Migrationsbewegungen und Kriege ändert, bleibt Gegenstand regelmäßiger wissenschaftlicher Untersuchungen.

M28 Studie der Friedrich-Ebert-Stiftung zur Zufriedenheit der Menschen in Deutschland mit der Demokratie (2023)

Folgende Studie besteht aus einer wissenschaftlichen Einordnung der Diskussion zum Thema Vertrauen und Demokratiezufriedenheit und einer repräsentativen Befragung.

A **Demokratiezufriedenheit nach Schichtzugehörigkeit** (Stand: 2023, Angaben in %)

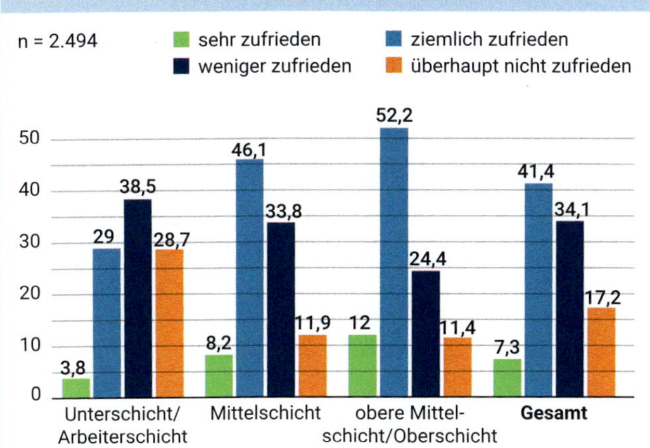

B **Gründe für den fehlenden Zusammenhalt** (Stand: 2023, Angaben in %)

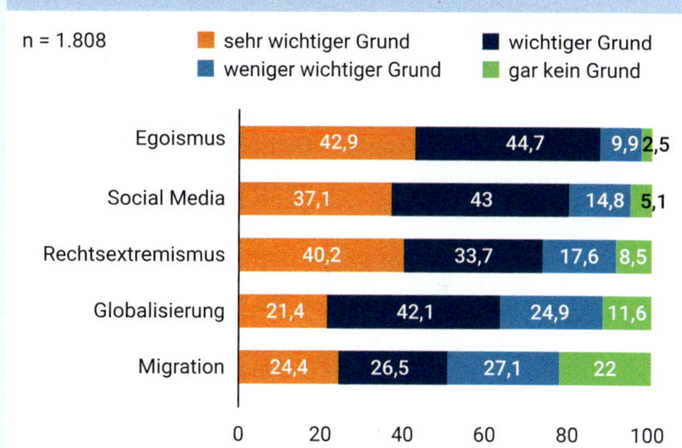

Nach: Best, Volker / Decker, Frank / Fischer, Sandra / Küppers, Anne: Demokratievertrauen in Krisenzeiten. Wie blicken die Menschen in Deutschland auf Politik, Institutionen und Gesellschaft? Friedrich Ebert Stiftung e. V. Bonn 2023, S. 17 ff. und S. 42 (www.fes.de/bibliothek)

Einstiegsaufgaben

72043-314

1. Erläutern Sie die in den beiden Tabellen dargestellten Ergebnisse der FES-Studie (**M28** A - B) im Hinblick auf a) die Bedeutung der Schichtzugehörigkeit für das Vertrauen in die Demokratie und b) die Gründe für den fehlenden Zusammenhalt. Fassen Sie jeweils bei der Erläuterung der Ergebnisse die grün/hellblauen und die dunkelblau/orangenen Ergebnisse zusammen.
2. Entwickeln Sie mit Hilfe von **M28** B Hypothesen über die Frage, inwiefern die Schichtzugehörigkeit eine Rolle spielen könnte für das Vertrauen in die Demokratie.

H zu Aufgabe 1
Fassen Sie jeweils bei der Erläuterung der Ergebnisse die grün/hellblauen und die dunkelblau/orangenen Ergebnisse zusammen.

M29 Studie der Universität Cambridge: Welche Gefahren für die Demokratie existieren ...

Datengrundlage des Berichts
Die Autoren des Berichts haben die Daten nicht selbst erhoben, sondern werten Ergebnisse bisheriger Studien über 154 Ländern aus mehreren Jahrzehnten aus. [...] Zwar hat sich die Studie nicht direkt mit den Ursachen für diese Entwicklungen befasst, doch heißt es, dass kurzfristige Krisen einen „sofort wahrnehmbaren Einfluss auf das durchschnittliche Niveau ziviler Unzufriedenheit" haben. Beispielhaft dafür stehen Wirtschaftsschocks, Korruptionsskandale oder politische Krisen. Konkret benennt die Studie die Finanzkrise von 2008 oder den starken Anstieg von Flucht- und Migrationsbewegungen 2015 als solche Faktoren, die unter dem Stichwort „Misere" erfasst werden.

Knight, Ben: Die Entzauberung der Demokratie. In: www.dw.com, 01.02.2020

In Sachen Vertrauen in die Demokratie gibt es eine „wachsende Kluft zwischen Nord- und Südeuropa" sowie weltweit eine gestiegene Unzufriedenheit mit Demokratie. Dies sind Ergebnisse einer Metastudie des neu gegründeten Zentrums für die Zukunft der Demokratie der Universität Cambridge. Die Studie aus Cambridge stellt weltweit gesehen die höchste Unzufriedenheit mit Demokratie seit 1995 fest. Allgemein gesagt sind Menschen in entwickelten Demokratien seit den 1990er Jahren bedeutend unzufriedener geworden. In den Neunzigern waren noch zwei Drittel der Bürger in Europa, Nordamerika, Nordostasien und Australien mit dem Zustand der Demokratie in ihren Ländern zufrieden, jetzt ist es weniger als die Hälfte. [...] Die Ergebnisse zeigen auch: Europa ist nicht das erste Mal mit so einer Situation konfrontiert. Tatsächlich ist es schon das dritte Mal in den vergangenen 50 Jahren. Die Studienautoren erkennen ähnliche Spitzen der relativen Demokratie-Unzufriedenheit in den 1970er Jahren und nach der Rezession der 1990er Jahre. Die aktuelle Phase begann nach der Finanzkrise 2009. In allen drei Zeiträumen stieg die Unzufriedenheit auf über 50 Prozent.

Dennoch erkennt die Studie an, dass sich die aktuelle Periode „schlimmer anfühlt" als frühere Tiefs. In den Neunzigern dauerte die Phase der Unzufriedenheit nur drei Jahre, von 1992 bis 1994, und sie lag zwischen optimistischen Episoden. Außerdem gebe es jetzt eine ernsthafte und weiterwachsende Kluft in Europa zwischen einer „Zone der Verzweiflung" von Frankreich über das südliche Europa und einer „Zone der Selbstzufriedenheit" in Deutschland, Skandinavien und den Niederlanden. Als Beleg verweist die Studie auf die Ergebnisse der Wahlen zum Europäischen Parlament 2019, bei der „systemfeindliche Parteien in Frankreich, Italien, Spanien und Griechenland Sitze abräumten", aber im nördlichen Europa weniger erfolgreich waren. Im Großen und Ganzen ist die Studie im Einklang mit einem Bericht, den die FES im vergangenen August veröffentlichte. Demzufolge waren nur 46,6 Prozent der Befragten damit zufrieden, wie Demokratie in Deutschland funktioniert. [...]

Für Schmidt, Projektleiter des FES-Berichts, ist der wichtigste Faktor [...] länger anhaltende, wesentliche Ungleichheiten. „Für uns ist der Zusammenhang zwischen sozialer Ungleichheit und dem Verlust des Vertrauens ganz klar", sagte er der Deutschen Welle.

Dies sei in Deutschland „schon immer so" gewesen. „Das Vertrauen in Demokratie und die Institutionen kam eigentlich erst in den 1950er und 60er Jahren mit dem wirtschaftlichen Aufstieg, als viele Menschen teilhaben konnten."

Also folgert Schmidt: „Wenn die Unzufriedenheit mit dem sozialen Sicherungssystem zunimmt, dann nimmt auch die Unzufriedenheit mit der Demokratie insgesamt zu." Deutschland ist seiner Meinung nach ein Sonderfall.

Die Erwartungen an den Sozialstaat seien hier viel höher als in anderen Ländern. „Man erwartet größeres Eingreifen in manchen Dingen." Im Ranking von Cambridge schafft es Deutschland nur in die zweite Kategorie von vier, die der „Sorgenfälle". Mehr als ein Viertel, aber weniger als die Hälfte der Bevölkerung ist hier unzufrieden mit der Demokratie im Land. Auch viele der „neuen Demokratien" in Mittel- und Osteuropa werden hier eingruppiert.

Die einzigen Länder, in denen mindestens drei von vier Bürgern mit der Demokratie zufrieden sind, sind die Schweiz, Dänemark, Luxemburg, Norwegen, Irland, die Niederlande und Österreich.

Knight, Ben: Die Entzauberung der Demokratie. In: www.dw.com, 01.02.2020

M30 Welche Ursachen zum Vertrauensverlust in die Demokratie und welche Vorschläge zu ihrer Stärkung werden diskutiert?

A Deutscher Gewerkschaftsbund: gesellschaftlichen Zusammenhalt stärken und soziale Spaltung verhindern

Gemeinsame Werte, ein friedlicher und respektvoller Umgang miteinander und ein solides Vertrauen in die Institutionen des Staates und in die Mitbürgerinnen und Mitbürger: Das ist die Basis, um unsere vielfältige Gesellschaft zusammenzuhalten.

Doch der gesellschaftliche Kitt scheint in jüngerer Vergangenheit zunehmend brüchig zu werden. Polarisierungen und gesellschaftliche Konflikte nehmen zu. Immer häufiger wird davor gewarnt, dass die Gesellschaft in einzelne, sich sprachlos oder sogar feindselig gegenüberstehende Gruppen zerfällt.

Soziale Spaltungen

Das Einkommen und der Reichtum in Deutschland ist so ungleich verteilt wie nie zuvor. Die soziale Ungleichheit nimmt stetig zu. Allein das reichste Prozent der Bevölkerung vereint 35% des Vermögens auf sich. Die oberen 10% kommen gemeinsam auf zwei Drittel des Nettovermögens. Gleichzeitig kommt der Aufstieg durch Bildung ins Stocken und die soziale Herkunft bestimmt immer stärker auch das zukünftige Leben. Wer um seine Existenz fürchten muss, dem bleibt die Grundlage für gesellschaftliche Teilhabe und die Entfaltung der Bürgerrechte vorenthalten. Die soziale Ungleichheit wirkt sich unmittelbar auf die demokratische Integration aus: Die benachteiligten Bevölkerungsgruppen zeichnen sich im Vergleich zu Besserverdienenden und Hochgebildeten durch eine deutlich geringere Wahlbeteiligung aus. Studien zeigen die Folgen: Ihre Interessen haben bei Entscheidungen des Bundestags eine geringere Relevanz. Sozial schwache Schichten werden so zunehmend ausdemokratischen Prozessen ausgeschlossen.

Vertrauen in das politische System

Damit wächst ihre Entfremdung vom politischen System. Das Gefühl, sich im Zweifelsfall auf den Schutz durch den Staat verlassen zu können, nimmt ab. Vielfältige Unsicherheiten nehmen dagegen zu: Die Herausforderungen der Klimakrise, die industrielle Transformation, Globalisierung und Migration verunsichern viele Menschen. Der Sparkurs der letzten Jahrzehnte im öffentlichen Dienst, bei der Infrastruktur und in anderen Bereichen, zeichnet das Bild eines Staates, der nicht mehr in der Lage und willens ist, seinen Aufgaben nachzukommen. So wachsen Zweifel an der Problemlösungskompetenz des Staates und der Politik. Von diesen Spannungen profitieren Rechtspopulisten, die mit simplen Botschaften, Hass und Hetze die vorhandenen Spaltungen vertiefen und das Vertrauen in unsere Demokratie vorsätzlich untergraben.

Yasmin Fahimi, DGB-Vorsitzende, spricht während einer 1. Mai-Kundgebung im Jahr 2023. Die Veranstaltungen des Deutschen Gewerkschaftsbundes zum Tag der Arbeit standen in diesem Jahr unter dem Motto „Ungebrochen solidarisch".

Zusammenhalt verbessert sich

Doch es besteht Hoffnung. In der Corona-Krise zeigt sich ein nach wie vor hohes Maß an Zusammenhalt. Das Vertrauen in den Staat ist im Zuge der politischen Maßnahmen gegen die Pandemie stark gestiegen. Darauf lässt sich aufbauen. Doch es braucht einen Staat, der auch nach der Pandemie zeigt, dass er für die Menschen da ist.

Deutscher Gewerkschaftsbund (DGB): Gesellschaftlichen Zusammenhalt stärken. In: www.dgb.de, Abruf am 31.03.2023

B Das Gemeinsame Wort „Vertrauen in die Demokratie stärken“ der Deutschen Bischofskonferenz und des Rates der Evangelischen Kirche (Auszüge)

Wirtschaftliche (Un-)Gleichheit und demokratische Gleichheit

Die „vorrangige Option für die Armen“ ist für die Kirchen ein sozialethisches Prinzip. Die Schere zwischen „Arm“ und „Reich“ ist nach wie vor groß und die Zugewinne an Wohlstandsind ungleich verteilt. Zwischen wirtschaftlichem Auskommen und politischer Beteiligung besteht ein enger Zusammenhang. Die Demokratie als das System politischer Gleichheit ist auf ein komplementäres System des sozio-ökonomischen Ausgleichs angewiesen, wie es auch der Idee der Sozialen Marktwirtschaft entspricht. Es geht um die gerechte Teilhabe von mündigen Bürgerinnen und Bürgern im sozio-ökonomischen wie auch im politischen bzw. kulturellen Sinne und unter den Bedingungen von Globalisierung und Digitalisierung. Zur Sicherung von Vertrauen stehen wir in der Pflicht, den sozialen Ausgleich und die umfassende gesellschaftliche Teilhabe aller nachhaltig zu sichern.

Migration und Integration

Die Legitimität und Notwendigkeit der Differenzierung zwischen Flüchtlingsschutz und Einwanderung erkennen die Kirchen an. Dazu gehört, auf Grundlage einer entsprechenden demokratischen Willensbildung festzulegen, unter welchen Voraussetzungen es möglich ist, dass Menschen sich dauerhaft in Deutschland niederlassen können. Dabei muss klar sein, Integration ist eine wechselseitige Herausforderung, denn der freiheitliche, demokratische Staat ist auf eine entsprechende Haltung aller Menschen angewiesen. Unabdingbar sind: gleicher Respekt vor jedem Menschen, unabhängig von Geschlecht und sexueller Orientierung, Toleranz gegenüber Andersdenkenden, Wertschätzung politischer Auseinandersetzung als Mittel der Problemlösung und vieles mehr.

Die Kirchen bekennen sich zu den universalen Menschenrechten und stellen sich gegen jede Form von Diskriminierung, Ausgrenzung und Gewalt. Vor dem Hintergrund der deutschen Geschichte und ihrer eigenen Kirchengeschichte gilt das in ganz besonderer Weise für jede Form des Antisemitismus und des Antijudaismus sowie für alle anderen Formen der religiösen Diskriminierung und des Rassismus.

Digitaler Wandel

Demokratische Beteiligung ist heute kaum noch ohne die Nutzung digitaler Medien zu denken. Aufgabe des Staates ist es zunächst, die Rahmenbedingungen für den Aufbau einer Infrastruktur bereitzustellen, die Möglichkeiten für digitale Teilhabe zu schaffen sowie Regeln an die Erfordernisse einer zunehmend digitalen Kommunikation anzupassen. Die Demokratie ist im digitalen Zeitalter auf Medienethik und Medienbildung angewiesen. Im digitalen Bereich sind für den demokratischen Diskurs besonders bedeutsam: die Sorgfaltspflicht im Umgang mit vorgetäuschten Fakten, die kritische Reflexion von starken Wertungen und Emotionalisierungen in der politischen Auseinandersetzung sowie Aufmerksamkeit für das höchst ambivalente Mobilisierungspotential der sozialen Netzwerke.

Evangelische Kirche Deutschlands (EKD): Zusammenfassung des gemeinsamen Wortes „Vertrauen in die Demokratie stärken“. In: www.dbk. de, 11.04.2019

C Demokratie braucht mehr Zivilkultur

Das Fachgespräch „Demokratie und Zusammenhalt stärken durch Beteiligung“ im Berliner Hauptstadtbüro der Körber-Stiftung […] brachte ausgewählte Vertreterinnen und Vertreter aus Verwaltung, Zivilgesellschaft und Wissenschaft zusammen. Diskutiert wurden Herausforderungen der Demokratie im 21. Jahrhundert.

Demokratie braucht mehr Zivilkultur

Der Philosoph und ehemalige Staatsminister für Kultur Julian Nida-Rümelin plädierte in seinem Vortrag für eine Stärkung der Zivilkultur als Voraussetzung der Demokratie. Dafür bräuchte es mehr Deliberation und Möglichkeiten zu „public reasoning" – denn Demokratie erschöpfe sich nicht in Abstimmungsverhältnissen. Zuspitzend führte Nida-Rümelin aus: „Mehrheit legitimiert erstmal gar nichts!".

In einer Demokratie sei nicht allein die Mehrheit entscheidend, sondern der Konsens der Bürgerinnen und Bürger. Damit dieser Konsens hergestellt werden kann, brauche die Gesellschaft eine gute Zivilkultur. Durch deliberative und kooperative Beteiligungsformate könne das Vertrauen der Menschen in demokratische Prozesse gestärkt werden. Menschen wären dann auch dazu eher bereit, eigene Interessen zum Wohle der Vielen zurückzustellen.

Großer Wunsch: Trotz Unterschiede zusammenzufinden

Die [...] Geschäftsführerin von More in Common Deutschland, Laura-Kristine Krause, bezog sich in ihrem Beitrag auf die Ergebnisse der More in Common-Studie „Die andere deutsche Teilung: Zustand und Zukunftsfähigkeit unserer Gesellschaft". Einer der zentralen Befunde: „70 % der Menschen wünschen sich, dass wir trotz unserer Unterschiede zusammenfinden". Für den Zusammenhalt in Deutschland sei es entscheidend, sich mit der gesellschaftlichen Großgruppe des „unsichtbaren Drittels" auseinanderzusetzen. Diese Menschen fühlten sich besonders wenig mit dem Gemeinwesen verbunden.

Um sie zu erreichen, sei es wichtig, sie in ihren Wohnquartieren aufzusuchen und sie an lokalen Entscheidungsprozessen, die sie unmittelbar betreffen, zu beteiligen.

Bürgerbeteiligung vor Ort stärkt Demokratie

Abschließend präsentierte Sven Tetzlaff, Leiter des Bereichs Demokratie, Engagement, Zusammenhalt der Körber-Stiftung, praktische Erfahrungen eines deliberativen Formats.

Das Bürgerbeteiligungsprojekt Hamburg besser machen, sei ein Format, dass auch in anderen deutschen Städten und Regionen (Ruhrgebiet besser machen) umgesetzt wird. Es habe gezeigt, dass eine dialogorientierte und aufsuchende Bürgerbeteiligung vor Ort zur Stärkung von Zusammenhalt und Demokratie beitragen kann.

Körber-Stiftung: Demokratie in der Krise. In: www.koerber-stiftung.de, Abruf am 30.03.2023

Aufgaben

72043-315

1. Erläutern Sie in Kleingruppen (3-5 Personen) mit Hilfe von **M29** die Methodik einer Metastudie.
2. Stellen Sie dar, welche Ursachen für die Unzufriedenheit mit der Demokratie die Studie ermittelt hat und welchen Platz Deutschland im Ranking insgesamt einnimmt.
3. Erläutern Sie die in **M29** dargestellten Informationen zu den besonderen Gründen für die Unzufriedenheit mit der Demokratie in Deutschland.
4. Vergleichen Sie die in **M29** dargestellten Ergebnisse der FES-Studie und der Cambridge-Studie im Hinblick auf die Ergebnisse zur Zufriedenheit mit der Demokratie (**M28** A).
5. Analysieren Sie in arbeitsteiliger Gruppenarbeit die Texte in **M30** A - C im Hinblick
   a) auf die Ursachen des Vertrauensverlusts in die Demokratie und
   b) auf die Vorschläge zur Stärkung der Demokratie.
   c) Stellen Sie Ihre Ergebnisse mit Hilfe der nachfolgenden Operatorenkarte dar.
6. Diskutieren Sie im Kurs, inwiefern Sie die Vorschläge aus **M30** A - C für umsetzbar und wünschenswert halten.

F zu Aufgabe 2

Gestalten Sie (ggf. arbeitsteilig) ein Referat (ggf. einen Podcast), in dem Sie über die in **M29** dargestellten Krisen informieren und Hypothesen über die Unzufriedenheit und den Vertrauensverlust in die Demokratie insbesondere im Hinblick auf die Schichtzugehörigkeit (**M28** B) informieren.

OPERATOREN-TRAINING

Beschreiben / darstellen

I. Was gehört dazu?

1. Sie geben wesentliche Aspekte eines Sachverhalts (z.B. einer Regelung, eines Systems, einer Problemsituation, eines Ergebnisses) im logischen Zusammenhang wieder.

▼

2. Sie formulieren eigenständig und verwenden dabei die passenden Fachbegriffe und die Fachsprache.

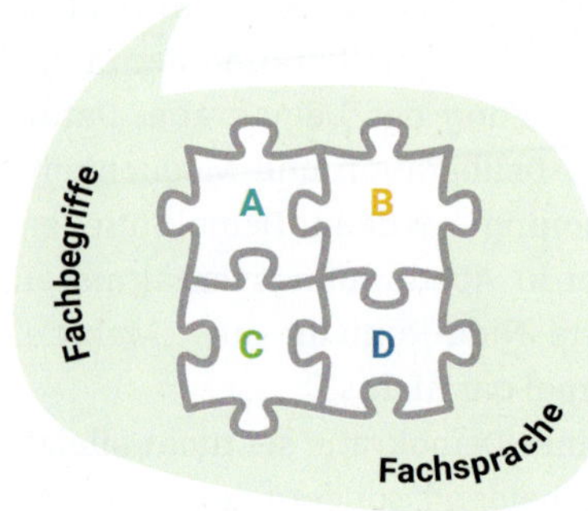

II. Hilfen zur Strukturierung und Formulierung

Den Sachverhalt benennen
Bei der Regelung/ Problemsituation/dem Sachverhalt/dem Ergebnis ... geht es um ...
Der Sachverhalt/ die Problemsituation/das Arbeitsergebnis ... bezieht sich auf ...
Ausgangspunkt ist ...

Wesentliche Aspekte im logischen Zusammenhang wiedergeben
Kennzeichnend für ... ist ...
Ein besonderes Merkmal ist/ Zentrale Aspekte sind ...
... ist folgendermaßen aufgebaut/ hat die folgenden Elemente ...
Der Sachverhalt steht in Zusammenhang mit/ ist Teil von ...
Durch ... ergibt sich eine Verbindung zu ...
Daraus lässt sich ableiten, dass ...
Die Auswirkungen von ... zeigen, dass ...
... führt dazu, dass ...
... liegt darin begründet ...

Zusammenfassung
Insgesamt lässt sich festhalten/feststellen ...
Die wesentliche Aspekte lassen sich wie folgt zusammenfassen: ...

Labusch, Alexandra: Beschreiben / darstellen. In: Operatorentraining für Wirtschaft-Poliltik / Sozialwissenschaften. Bamberg 2023

Grundgesetz
Grundgesetz ist die Bezeichnung für die Verfassung der Bundesrepublik Deutschland. Es wurde am 23. Mai 1949 verkündet und galt zunächst nur für Westdeutschland und ab 1990 für ganz Deutschland. Die Bezeichnung „Grundgesetz“ wurde vom Parlamentarischen Rat gewählt, weil es ursprünglich nicht für ganz Deutschland galt. In dem Grundgesetz sind die Grundzüge der Staatsordnung festgelegt.

Übung
72043-316

Grundrechte
Als Grundrechte werden die Menschenrechte und Bürgerrechte bezeichnet, die allen Bürgerinnen und Bürgern der Bundesrepublik Deutschland zugesichert sind. Menschenrechte sind die Rechte, die jedem Menschen in der Bundesrepublik zustehen, gleichgültig, ob sie oder er deutsche bzw. deutscher Staatsangehörige bzw. Staatsangehöriger ist oder nicht.
Bürgerrechte sind die Rechte, die nur Deutschen zustehen.
Die Grundrechte schützen jeden einzelnen Menschen gegen Ansprüche und Übergriffe der Staatsgewalt.

Übung
72043-317

Würde des Menschen
Die Vorstellung einer unantastbaren Würde des Menschen geht geistesgeschichtlich auf die christliche Lehre vom Menschen als Ebenbild Gottes sowie die „Naturrechtslehre“ der Aufklärung zurück.
Ausnahmslos jeder Mensch hat demnach ein Recht auf Leben, körperliche Unversehrtheit und Gleichbehandlung vor dem Gesetz; als eigenverantwortliches Wesen soll er außerdem seine Persönlichkeit frei entfalten können, solange er nicht die Rechte anderer verletzt und nicht gegen die verfassungsmäßige Ordnung oder das Sittengesetz verstößt.
Im Unterschied zur Weimarer Reichsverfassung stellten die Väter und Mütter des Grundgesetzes den Schutz der Menschenwürde bewusst an den Anfang des Verfassungstextes (Art. 1 GG). Sie steht damit in der Wertordnung der Bundesrepublik Deutschland an oberster Stelle. Alle anderen Grundrechte leiten sich letztlich von dieser Fundamentalnorm ab.

Übung
72043-318

Verfassungsprinzipien
Die Verfassungsprinzipien Deutschlands sind in Artikel 20 des Grundgesetzes festgelegt. Die wichtigsten Prinzipien sind: Republik, Demokratie, Rechts-, Sozial- und Bundesstaat.

KOMPETENZEN PRÜFEN

I. Selbstdiagnose

Ich kann ...	sehr gut	nicht gut	Übung durch z. B.
die Begriffe Grund-, Menschen- und Bürgerrechte erklären und an Fallbeispielen herausarbeiten, ob Verstöße gegen diese Rechte vorliegen (AFB II).			M2, M3, M5-M8
die Bedeutung des Art. 1 GG vor dem Hintergrund der deutschen Geschichte erläutern (AFB II) und ein Urteil zu den dargestellten Fallbeispielen entwickeln (AFB III).			M7-M9
die Verfassungsprinzipien des GG benennen (AFB I) und erläutern (AFB II).			M11-M13
die Vorteile der Demokratie in Abgrenzung von nichtdemokratischen Staaten charakterisieren (AFB II).			M14-M17
die Aufgabenverteilung zwischen Bund und Ländern darstellen (AFB I) und anhand eines Beispiels beurteilen (AFB III).			M18-M20
die ideengeschichtlichen Grundlagen der Demokratie des GG erklären (AFB II).			M24-M27
Daten zum Ausmaß des Vertrauensverlusts in die Demokratie erläutern (AFB II), Ursachen dafür erklären (AFB II) und Vorschläge zur Stärkung des Vertrauens in die Demokratie bewerten (AFB III).			M28-M30 A - C

Ins Heft

II. Kompetenzen anwenden – am Beispiel:

Erstellung eines Vortrags mit anschließender Diskussion

Aufgaben 72043-319

Bereiten Sie in Gruppen oder in Einzelarbeit die folgende Aufgabe vor:

1. Erklären Sie die Grundprinzipien unseres Grundgesetzes. Bereiten Sie einen kleinen Vortrag (→ Methodenglossar) mit einer Präsentation vor, in der die folgenden Aspekte berücksichtigt werden sollen:

   Grundrechte; die Verfassungsprinzipien des Grundgesetzes; Bundesstaat; Rechtsstaat; Sozialstaat.

2. Formulieren Sie abschließend eine eigene Stellungnahme zu der Frage, ob die Demokratie des Grundgesetzes unverzichtbar ist.

III. Klausurtraining

Eckard Jesse: Kritik an der Identitätstheorie:

Die von Rousseau geprägte Homogenitätstheorie orientiert sich an einem einheitlichen (homogen) Volkswillen und einem vorgegebenen Gemeinwohl („identitäre" Demokratietheorie). Sie leugnet die Legitimität von Interessenkonflikten. In diesem Verständnis bedeutet Demokratie Identität von Regierenden und Regierten. Das Repräsentationsprinzip wird grundsätzlich missbilligt: Der „Volkswille" könne nicht vertreten werden. Der demokratische Anspruch des Modells, das den politisch aktiven Bürger voraussetzt, sei nicht bestritten – die Gefahren, die ihm innewohnen, liegen jedoch offen zutage. Der Versuch nämlich, die Einheit des Staatsvolkes herzustellen, sie aufrechtzuerhalten und die unterschiedlichen Interessen zu unterdrücken, schlägt im Extremfall in totale Herrschaft um. Daher ist hierfür auch der Begriff „totalitäre* Demokratie" geprägt worden. Der „Führer" oder „die Partei" setzt den einmal als richtig erkannten Gemeinwillen in die Tat um. Abweichungen und oppositionelle Strömungen gelten als Ketzerei. Die Menschen sollen zu ihrem Glück gezwungen werden.

Jesse, Eckart: Was ist Demokratie? In: Informationen zur politischen Bildung Nr. 227. Parlamentarische Demokratie 1. Bonn 1993, S. 2

„Identitäre" Demokratietheorie
Die „identitäre Demokratie" ist eine Demokratietheorie, die von der Möglichkeit einer völligen Identität zwischen Herrschenden und Beherrschten ausgeht und diese anstrebt.

„Totalitäre" Demokratie
Die „totale Demokratie" ist eine Herrschaftsform, die das gesamte politische und gesellschaftliche Leben unterwerfen will.

Ernst Fraenkel: die Pluralismustheorie

Eine jede totalitäre Diktatur geht von der Hypothese eines eindeutig bestimmbaren, [a priori] vorgegebenen Gemeinwohls aus. [...] Eine jede pluralistische Demokratie [...] beruht vielmehr auf der Hypothese, in einer differenzierten Gesellschaft könne im Bereich der Politik das Gemeinwohl lediglich a posteriori als das Ergebnis eines delikaten Prozesses der divergierenden Ideen und Interessen der Gruppen und Parteien erreicht werden [...]. Die pluralistische Theorie des Gemeinwohls bestreitet keineswegs, dass es weite Gebiete des staatlichen und gesellschaftlichen Lebens gibt, über deren Ordnung ein consensus omnium vorliegt; ja sie betont mit Nachdruck, dass auf die Dauer ein Staat nicht lebensfähig ist, in dem weder über ein Minimum fundamentaler noch über zahlreiche detaillierte Fragen der Wirtschaft, Gesellschaft und Politik eine weitgehende Übereinstimmung besteht. Sie nimmt jedoch den Umstand, dass es weite Gebiete des staatlichen und gesellschaftlichen Lebens gibt, über deren Regelung Meinungsverschiedenheiten zwischen verschiedenen Gruppen existieren, nicht nur mit Gleichmut hin, sondern erachtet dies als unvermeidlich, ja geradezu als ein Indiz eines in Freiheit pulsierenden öffentlichen Lebens.

Fraenkel, Ernst: Deutschland und die westlichen Demokratien. Erweiterte Ausgabe. Suhrkamp Verlag. Frankfurt 1991. S. 300 f.; Festvortrag zum 45. Dt. Juristentag in Karlsruhe 1964

A priori
(lateinisch) unabhängig, von vornherein

A posteriori
(lateinisch) aus Erfahrung gewonnen

Consensus omnium
(lateinisch) Übereinstimmung aller Menschen in bestimmten Anschauungen

Aufgaben

72043-320

1. Stellen Sie die Verfassungsprinzipien des Artikels 20 des Grundgesetzes dar.
2. Analysieren Sie die demokratietheoretischen Vorstellungen von Jesse und Fraenkel.
3. Entwickeln Sie eine Stellungnahme zu den Vorstellungen von Jesse und Fraenkel.

Erwartungshorizonte zu den Aufgaben

72043-321

6

a) Seit dem Jahr 1994 dient Schloss Bellevue als Amtssitz des Bundespräsidenten oder der Bundespräsidentin.
b) Der Amtssitz des Bundesverfassungsgerichts ist nicht in Berlin, sondern in Karlsruhe.
c) Seit 1999 tagt der Deutsche Bundestag im Reichstagsgebäude in Berlin.
d) Das Bundeskanzleramt ist der Sitz der Bundesbehörde, welche die Bundeskanzlerin oder den Bundeskanzler unterstützt.
e) Das Preußische Herrenhaus ist seit dem Jahr 2000 der Sitz des Bundesrates.

Demokratie praktisch: Deutschlands Staatsorganisation – wie arbeiten die Verfassungsorgane zusammen?

4

Deutscher Bundestag, Bundesrat, Bundesregierung usw. sind Organe der Staatsorganisation in Deutschland. Weil sie im Grundgesetz, der Verfassung der Bundesrepublik Deutschland, verankert sind, werden sie auch Verfassungsorgane genannt.
Sie erfahren anhand unterschiedlicher Fallbeispiele (Heizkostenzuschussgesetz, Erbschaftssteuergesetz), wie die Verfassungsorgane zusammengesetzt sind, welche Aufgaben sie im Einzelnen haben und wie sie bei der Verabschiedung von Gesetzen zusammenarbeiten. Darüber hinaus haben Sie die Möglichkeit, sich mit der Problematik der Fraktionsdisziplin für Abgeordnete zu befassen und der Frage nachzugehen, wie frei die einzelnen Abgeordneten sind, Entscheidungen im Deutschen Bundestag nur nach ihrem Gewissen zu treffen. Ebenso setzen Sie sich mit der Frage auseinander, inwieweit die Aufhebung der Fraktionsdisziplin bei sozialethischen Entscheidungen wie im Fall der allgemeinen Impfplicht begrüßenswert ist oder nicht.
Abschließend lernen Sie das im Jahr 2023 neu verabschiedete Gesetz zur Wahlrechtsreform kennen und haben Gelegenheit, Chancen und Probleme dieses Gesetzes einzuordnen.

Kompetenzen

Am Ende des Kapitels sollten Sie Folgendes können:

- die im Grundgesetz verankerten Aufgaben der Verfassungsorgane beschreiben;
- auf der Grundlage von Fallbeispielen die Arbeitsweisen der Verfassungsorgane im Gesetzgebungsprozess erläutern;
- das Fallbeispiel „Heizkostenzuschussgesetz" mit Hilfe des Politikzyklus analysieren und die Gestaltungsmöglichkeiten und den Einfluss aller beteiligten Akteure beurteilen;
- Möglichkeiten und Grenzen des Bundesverfassungsgerichts im Hinblick auf das Gesetzgebungsverfahren erläutern und zu dem Urteil zum Erbschaftssteuergesetz Stellung nehmen;
- die Entscheidungskompetenzen der Bundestagsabgeordneten im Spannungsfeld zwischen Gewissensfreiheit und Fraktionsdisziplin erörtern und eine begründete Stellungnahme entwickeln.
- das Gesetz zur Wahlrechtsreform zur Verkleinerung des Deutschen Bundestages analysieren.

Aufgaben 72043-100

1. Ordnen Sie die auf der linken Seite stehenden Bildunterschriften (6) den entsprechenden Bildern (1 – 5) zu.
2. Legen Sie dar, was Sie über die Aufgaben der einzelnen Verfassungsorgane wissen.
3. Entwickeln Sie abschließend einen Fragenkatalog zu den Aspekten, die Sie im Rahmen der Behandlung von Kapitel 4 klären möchten.

4.1 Der Gang der Gesetzgebung am Beispiel des Heizkostenzuschussgesetzes

Zum Thema: Im März 2022 verabschiedete der Deutsche Bundestag das Heizkostenzuschussgesetz, im April stimmte der Bundesrat dem Gesetz zu. Anschließend wurde es vom Bundespräsidenten unterzeichnet. Das Heizkostenzuschussgesetz soll die Bürgerinnen und Bürger angesichts steigender Energiekosten entlasten. Am Beispiel dieses Gesetzes erfahren Sie in diesem Unterkapitel, wie ein Gesetz entsteht, welche Verfassungsorgane an der Gesetzgebung und der konkreten Ausgestaltung eines Gesetzes beteiligt sind.

M1 Der Energiemarkt vor dem russischen Angriffskrieg gegen die Ukraine im November 2021:

Nordstream 2 Projekt

72043-103

Grundversorger im Energiemarkt
Grundversorger meint hier solche Unternehmen (z. B. Stadtwerke, Energieversorgerunternehmen), die in einer Gemeinde oder Stadt die meisten Haushalte mit Gas und Strom beliefern.

Der durchschnittliche Gaspreis liegt [...] im November auf einem Rekordhoch. Ein Musterhaushalt (20.000 kWh) zahle aktuell im Schnitt 1424 Euro im Jahr für Gas. Das entspreche einem Preis von 7,1 Cent pro Kilowattstunde. Im Vorjahresmonat waren es noch 1174 Euro und damit fast 18 Prozent weniger.

Wie sehr sich Gas zuletzt verteuert hat, zeigt auch ein Blick auf den Großhandelspreis. Auch dieser kostet mit 94,05 Euro pro Megawattstunde (MWh) so viel wie noch nie. Im November 2020 kostete eine MWh nur 14,18 Euro – eine Steigerung von 563 Prozent.

Gründe für die Explosion am Gasmarkt gibt es viele. Neben den im Vergleich zu den Vorjahren deutlich leereren Gasspeichern in Europa zog auch die Nachfrage mit dem Ende vieler Corona-Maßnahmen und der damit verbundenen wirtschaftlichen Erholung an. Dazu kam eine Windflaute in der Nordsee, wodurch die Windkraftanlagen dort weniger Strom produzierten und mehr Gas als üblich für die Stromerzeugung verwendet werden musste. Der Rückschlag für das Nord-Stream-2-Projekt könnte die Sorgen noch vergrößern. [...]

Im Durchschnitt betrage die Steigerung rund 24,6 Prozent. Für einen Musterhaushalt mit einem Verbrauch von 20.000 Kilowattstunden (kWh) bedeute das zusätzliche Kosten von durchschnittlich 369 Euro pro Jahr, so Check24. Einzelne Unternehmen würden ihre Preise gar verdoppeln. [...]

Derweil haben 192 Grundversorger auch ihre Strompreise bereits erhöht oder Erhöhungen angekündigt, hieß es weiter von Check24. Im Durchschnitt würde die Anhebung bei neun Prozent liegen und rund 1,6 Millionen Haushalte betreffen. Für einen Musterhaushalt mit einem Verbrauch von 5000 kWh hieße das: zusätzliche Kosten von durchschnittlich 146 Euro pro Jahr.

© tagesschau.de: Gas ab 2022 erheblich teurer. In: www.tagesschau.de, 19.11.2021

Einstiegsaufgaben

72043-101

1. Beschreiben Sie die Situation auf dem Energiemarkt Ende 2021 in **M1**.
2. Ermitteln Sie in Kleingruppen die aktuellen Preise für Gas und Strom in Ihrer Gemeinde für einen Musterhaushalt und vergleichen sie diese mit den Preisen von 2021 (**M1**).

M2 Geringe Liefermengen treffen auf erschreckend leere Gasspeicher

Die deutschen Gasspeicher waren insgesamt Mitte Januar noch zu etwa 40 Prozent gefüllt. Die maximalen Füllstände der Speicher, die üblicherweise im Sommer aufgefüllt werden, lagen in der Vergangenheit im Spätherbst normalerweise bei 90 bis 100 Prozent. Im Jahr 2021 fiel der maximale Füllstand aller Gasspeicher in Deutschland nun erstmals auf einen Wert von 73 Prozent (siehe Grafik). Das bedeutet, dass wahrscheinlich angesichts der hohen Gaspreise im Jahr 2021, die Betreiber die Gasspeicher nicht wieder ganz gefüllt haben. Die drei Speicher in Gazprom-Besitz, die ein Viertel der Kapazität ausmachen, sind nur noch zu 17 Prozent gefüllt. Im größten deutschen Speicher in Rehden, der Gazprom gehört, liegt der Füllstand in dieser Woche bei weniger als 6 Prozent (siehe Grafik). Allerdings ist diese Entwicklung nicht ganz neu, sondern schon seit Ende März 2021 ist der Füllstand in Rehden so niedrig wie nie zuvor.

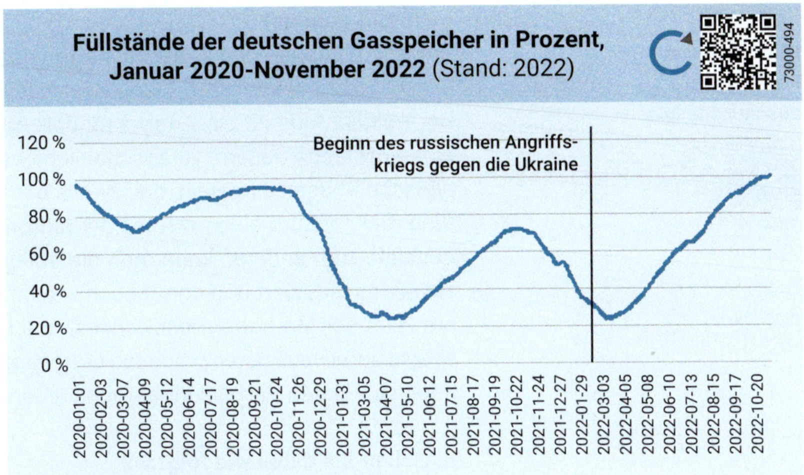

©C.C. Buchner Verlag, aktuelle Daten nach AGSI

Herold, Anke: Gas-Krise: Vorratspflicht für Erdgas gefordert. In: © Öko-Institut e.V.: Blog – Beiträge und Standpunkte aus dem Öko-Institut. In:: www.blog.oeko.de, 26.01.2022

M3 Preisentwicklung von Gas und Strom Anfang des Jahres 2022

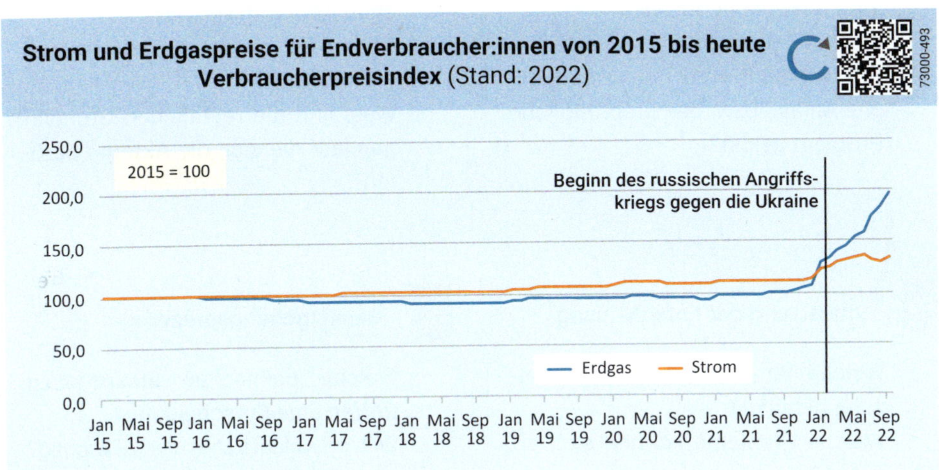

©C.C. Buchner Verlag, aktuelle Daten nach DESTATIS, 2022

Aufgaben 72043-102

1. Beschreiben Sie die Preisentwicklung für Gas und Strom seit Kriegsbeginn (**M2**).
2. Stellen Sie Ihre Ergebnisse auf einer Wandzeitung dar.
3. Ermitteln Sie in einer Recherche, warum es mit Kriegsbeginn zu solchen Preissprüngen kam.

METHODE

Der Politikzyklus – einen politischen Prozess analysieren

Hintergrund zum Heizkosten-zuschussgesetz

72043-104

I. Worum geht es?

Modelle dienen in den Wissenschaften dazu, die komplexe Wirklichkeit vereinfacht abzubilden und zu erschließen – so auch in der Politikwissenschaft.
Der Politikzyklus ist ein Analysemodell, mit dem politische Prozesse, die in einer Demokratie oft lange dauern, veranschaulicht werden. Dazu wird der Prozess in mehrere idealtypische Phasen eingeteilt, die jeweils besondere Aspekte in den Mittelpunkt der Betrachtung rücken. Zum einen wird so der (chronologische) Ablauf eines politischen Prozesses deutlich, zum anderen kann man die politischen Zusammenhänge besser erkennen, weil sie etwas reduziert und damit auch vereinfacht dargestellt werden.
Mit Hilfe der Methode „Politikzyklus" soll im Folgenden der Entstehungsprozess des Gesetzes zum Heizkostenzuschuss erarbeitet und die Aufgaben der einzelnen an der Entstehung beteiligten Verfassungsorgane untersucht werden.

II. Gehen Sie dabei wie folgt vor:

1 Anlass/Problem

- Was ist der Anlass?
- Was ist das Problem?

2 Auseinandersetzung/Debatte

- Welche Interessen werden von welchen Akteuren vertreten?
- Über welche Machtmittel verfügen die Akteure?
- Was sind die rechtlichen Grundlagen, auf die sich die Akteure berufen?

3 Gesetzgebungsprozess

- Welche politischen Institutionen treffen eine Entscheidung?
- Welche Abläufe sind hierbei wichtig?

4 Entscheidung/Beschlussfassung

- Welche Entscheidung wurde mit welcher Begründung getroffen?

5 Umsetzung der Entscheidung

- Welche Akteure sind an der Umsetzung beteiligt?
- Welche Probleme können sich ergeben?

6 Reaktionen/Bewertungen

- Welche Interessengruppen/Einzelpersonen reagieren wie?
- Welche Folgen sind zu erwarten?
- Wie wirksam wird der ursprüngliche Anlass bzw. das ursprüngliche Problem gelöst?

Bearbeiterin

M4 Der Gang der Gesetzgebung

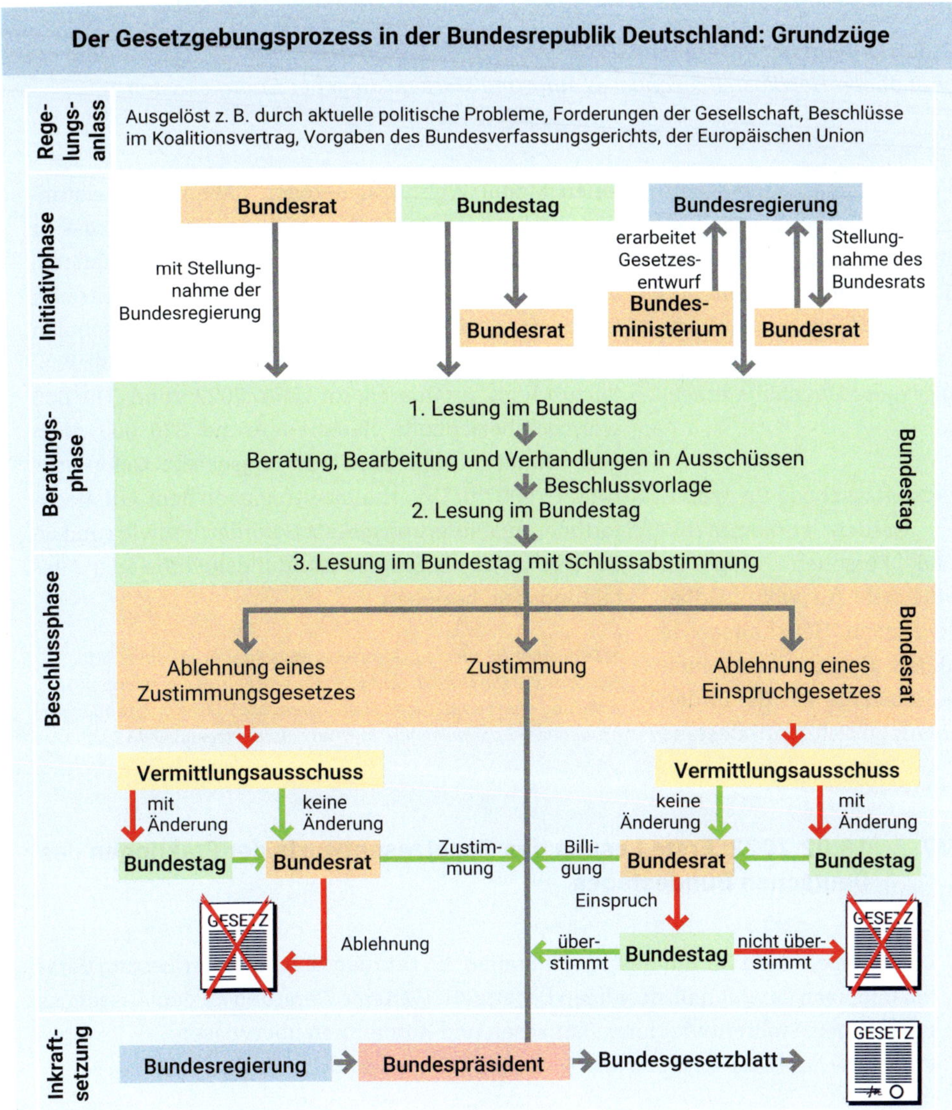

Bearbeiterin

Hinweise zu den einzelnen Schritten des Gesestzgebungsprozesses

72043-105

Gesetzgebungsverfahren im Erklärfilm
(3:32 Min.)

72060-11

Grafik zum Ausdrucken und Bearbeiten

72043-106

M5 10.01.2022: Ministerium schlägt 135 Euro Heizkostenzuschuss vor

Wegen der hohen Heizkosten sollen Bezieher von Wohngeld einen einmaligen Zuschuss von mindestens 135 Euro bekommen. Das geht aus einem Gesetzentwurf des neuen Wohnungsministeriums hervor, der an Länder und Verbände verschickt wurde und aus dem mehrere Nachrichtenagenturen zitieren. Wer allein wohnt, soll demnach 135 Euro erhalten, ein Zwei-Personen-Haushalt 175 Euro. Für jeden weiteren Mitbewohner sind weitere 35 Euro vorgesehen. Insgesamt sollen rund 710.00 Haushalte von dem einmaligen Zuschuss profitieren. Sie müssen dafür in der Heizphase zwischen Oktober 2021 und März 2022 mindestens einen Monat lang Wohngeld bezogen haben oder beziehen. Insgesamt soll die Hilfe den Bund rund 130 Millionen Euro kosten.

© Tagesschau: Pläne von Ministerin Geywitz. Mindestens 135 Euro Heizkostenzuschuss. In: www.tagesschau.de, 10.01.2022

M6 15.02.2022: Regierungsfraktionen legen Gesetzesentwurf zur Gewährung eines einmaligen Heizkostenzuschusses vor

Gesetzentwurf der Fraktionen SPD, BÜNDNIS 90/DIE GRÜNEN und FDP: Gewährung eines einmaligen Heizkostenzuschusses aufgrund stark gestiegener Energiekosten

§

A. Problem und Ziel

Durch das Wohngeld werden einkommensschwächere Haushalte bei den Wohnkosten entlastet. [...] Im Vergleich zu Haushalten mit mittleren und hohen Einkommen ist bei Haushalten mit niedrigeren Einkommen der Anteil der Wohnkosten am verfügbaren Einkommen zum Teil deutlich höher. Preisentwicklungen bei den Heizkosten belasten daher diese Haushalte erheblich stärker.

B. Lösung

Mit einem einmaligen Heizkostenzuschuss für wohngeldbeziehende Haushalte.... werden einkommensschwächere Haushalte und Personen zielgenau unterstützt. Der Gesetzentwurf sieht für wohngeldbeziehende Haushalte gestaffelt nach Haushaltsgröße die Leistung eines einmaligen Heizkostenzuschusses an wohngeldbeziehende Haushalte vor, die in den Monaten Oktober 2021 bis März 2022 für mindestens einen Monat Wohngeld bezogen haben. Mit Leistungen nach dem Bundesausbildungsförderungsgesetz oder mit einem Unterhaltsbeitrag nach dem Aufstiegsfortbildungsförderungsgesetz in demselben Zeitraum Geförderte... erhalten einen einmaligen pauschalen Heizkostenzuschuss. ...Von dem einmaligen Heizkostenzuschuss profitieren im Jahr 2022 rund 710 000 wohngeldbeziehende Haushalte, rund 370 000 nach dem Bundesausbildungsförderungsgesetz Geförderte, rund 75 000 mit Unterhaltsbeitrag nach dem Aufstiegsfortbildungsförderungsgesetz Geförderte sowie rund 65 000 Personen, die Berufsausbildungsbeihilfe oder Ausbildungsgeld beziehen.

© Deutscher Bundestag: Gesetzesentwurf der Fraktionen SPD, Bündnis 90/ Die Grünen und FDP: Entwurf eines Gesetzes zur Gewährung eines einmaligen Heizkostenzuschusses aufgrund stark gestiegener Energiekosten. In: www.bundestag.de, 15.02.2022

M7 18.02.2022: Erste Lesung des Gesetzesentwurfs der Fraktionen des Deutschen Bundestages

Die Vorlage wurde im Bundestag am Freitag, 18. Februar 2022 in erster Lesung beraten und nach der gut halbstündigen Debatte zur weiteren Beratung an den Ausschuss für Wohnen, Stadtentwicklung, Bauwesen und Kommunen überwiesen.

© Deutscher Bundestag: Bundestag berät einmaligen Heizkostenzuschuss. In: www.bundestag.de, Abruf am 07.07.2022

M8 14.03.2022 Anhörung im Ausschuss für Wohnen, Stadtentwicklung, Bauwesen und Kommunen

Der von den Fraktionen der SPD, Bündnis 90/Die Grünen und FDP vorgelegte Entwurf eines Gesetzes zur Gewährung eines einmaligen Heizkostenzuschusses sowie ein Antrag der Linksfraktion mit dem Titel „Warme Wohnung statt sozialer Kälte" sind...auf viel Einigkeit gestoßen. Einzelne Sachverständige, darunter der Vertreter des Paritätischen Wohlfahrtverbandes sowie der Vertreter des Bundesverbandes deutscher Wohnungs- und Immobilienunternehmer, betonten am Montag die Notwendigkeit, die Höhe der Förderungen an die massiv gestiegenen Preise für Strom, Gas und Heizöl anzupassen. [...]. Axel

Gedaschko, Präsident des Bundesverbandes deutscher Wohnungs- und Immobilienunternehmer (GdW), warnte in drastischen Worten vor den immer weiter steigenden Energiepreisen. Vor allem in Ost-Deutschland würde das zu immer größeren Belastungen führen. Der Durchschnittslohn der dortigen Mieter betrage 1700 Euro netto, große Teile des Wohnungsbestandes würden über Fernwärme beheizt, dort sei es seit Januar 2022 zu massiven Preissteigerungen gekommen. Gedaschko sprach sich für Beihilfen in der Größenordnung um 500 Euro pro Monat aus.

Dr. Ralph Henger, Finanz- und Immobilienexperte beim Institut der deutschen Wirtschaft, gab zu bedenken, dass die Berechnungen für das Gesetz vom November 2021 stammen, deshalb sollte es eine Anpassung an aktuelle Zahlen geben. Die hohen Großhandelspreise für Erdgas und der Ukraine-Krieg ließen weitere Steigerungen erwarten. Auch die Preisentwicklungen seit Januar 2022 seien stärker, als sie die angesetzte Trendfortschreibung für die Festsetzung der Heizkostenpauschale angezeigt habe [...] Sebastian Klöppel, Referent beim Deutschen Städtetag und Vertreter des Deutschen Städte- und Gemeindebunds, begrüßte das Ziel des Gesetzentwurfs zur Gewährung eines einmaligen Heizkostenzuschusses aufgrund stark gestiegener Energiekosten ausdrücklich. Eine Aktualisierung der zugrundeliegenden Daten mindestens bis Januar 2022 einschließlich aufgrund der Preisentwicklung hält er für „notwendig und angemessen".

© Deutscher Bundestag: Bundestag berät einmaligen Heizkostenzuschuss. In: www.bundestag.de, Abruf am 07.07.2022

M9 Antrag der Linksfraktion

Die Abgeordneten verlangen von der Bundesregierung, einen Gesetzentwurf für einen „Keiner soll frieren"-Plan vorzulegen. Dieser solle unter anderem eine Einmalzahlung von 200 Euro für von Armut bedrohte Menschen vorsehen, um diese von gestiegenen Energie- und Lebenshaltungskosten zu entlasten. Außerdem plädiert die Fraktion dafür, bis zu einer „armutsfesten Neuausrichtung der sozialen Sicherungssysteme" die Heizkosten von Empfängern von Hartz IV, Sozialhilfe und Altersgrundsicherung „in Höhe der tatsächlich angefallenen Kosten" zu übernehmen. Die Einmalzahlung dürfe nicht auf Leistungen angerechnet werden, heißt es dazu im Antrag. Darüber hinaus solle die Bundesregierung das Wohngeld auf Basis der Bruttowarmmiete zahlen und „um eine Komponente für Stromkosten" erweitern, verlangen die Abgeordneten. Die Fraktion dringt außerdem auf ein gesetzliches Verbot von Strom- und Gassperren durch Energieversorger für Privathaushalte aufgrund von Zahlungsunfähigkeit [...].

© Deutscher Bundestag: Bundestag berät einmaligen Heizkostenzuschuss. In: www.bundestag.de, Abruf am 07.07.2022

M10 Pressemitteilungen der Oppositionsparteien und des Bundesverbandes der Verbraucherzentralen vor der Abstimmung im Bundestag

Wenige Tage vor der Abstimmung im Deutschen Bundestag teilten die Oppositionsparteien und der Bundesverband der Verbraucherzentralen in Pressemitteilungen der Öffentlichkeit ihre Forderungen zur Entlastung der Bürgerinnen und Bürger mit.

A Pressemitteilung der CDU/CSU Fraktion im Deutschen Bundestag: Einmaliger Heizkostenzuschuss ist nur Tropfen auf dem heißen Stein

„Die Energiepreise galoppieren nicht nur an der Tankstelle davon, sondern auch das Heizen wird immer teurer. Als Union begrüßen wir daher, dass die Ampel auch auf unseren Druck hin die Heizkostenzuschüsse angehoben hat. Das reicht aber nicht aus. Ein pauschaler Zuschuss bildet nicht hinreichend die höchst unterschiedlichen Belastungen beim Heizen ab. Wir wollen neben pauschalen Zuschüssen daher eine individuelle Härtefallregelung, mit der auf Antrag weitere Unterstützungsleistungen beantragt werden können. Eine warme Wohnung darf nicht zur Schuldenfalle werden.
Aus Sicht der Union braucht es zudem strukturelle Änderungen im Wohngeldgesetz, nämlich eine Koppelung des Wohngeldes an die Energiekosten. Nur das gibt Wohngeldempfängern Sicherheit auch in den kommenden Jahren und verhindert, dass eine warme Wohnung zur Schuldenfalle wird. Die galoppierenden Energiepreise treffen alle Haushalte, nicht nur die Bezieher von Wohngeld oder BAföG. Auch Menschen mit mittleren Einkommen und Familien dürfen wir nicht allein lassen, auch sie wollen wir als Union entlasten. Dazu wäre die Absenkung der Mehrwertsteuer auf Energie ein schneller und unbürokratischer Weg. Statt Verwirrspielen um Rabatte an der Tankstelle muss die Ampel hier Farbe bekennen."

Luczak, Dr. Jan-Marco: Pressemitteilung: Einmaliger Heizkostenzuschuss ist nur Tropfen auf den heißen Stein. In: www.cducsu.de, 17.03.2022

B Einmalig ausgezahlter Heizkostenzuschuss reicht langfristig nicht aus

„Nahezu alle Stellungnahmen in der öffentlichen Anhörung zum geplanten Heizkostenzuschuss durch die Bundesregierung kommen zu dem Schluss, dass ein einmalig ausgezahlter Heizkostenzuschuss zwar kurzfristig begrüßenswert, langfristig jedoch nicht ausreichend ist, um den stetig steigenden Energiekosten gerecht zu werden", erklärt Susanne Hennig-Wellsow, Mitglied im Ausschuss für Wohnen, Stadtentwicklung, Bauwesen und Kommunen und Vorsitzende der Partei DIE LINKE, zur heutigen Anhörung zum geplanten Heizkostenzuschuss der Bundesregierung. Hennig-Wellsow weiter: „Wenn einkommensschwache Haushalte wirksam entlastet werden sollen, ist es notwendig, eine dauerhafte Heizkostenkomponente in das Wohngeld zu integrieren und darüber hinaus Stromkostenzuschüsse zu integrieren. Maßstab muss hierfür die Warmmiete sein [...] DIE LINKE fordert daher beim Wohngeld einen Umstieg auf ein Warmmietensystem, welches alle tatsächlich anfallenden Kosten für Heizung, Warmwasser und Strom berücksichtigt und jährlich angepasst wird, um einkommensschwache Haushalte zu unterstützen. Darüber hinaus ist es ein Gebot der sozialen Gerechtigkeit, Strom- und Gassperren zu verbieten. Auch müssen die Regelbedarfe endlich armutsfest werden und an die tatsächlichen Bedarfe sowie an die Inflationsrate angepasst werden.«

Hennig-Wellsow, Susanne: Einmalig ausgezahlter Heizkostenzuschuss reicht langfristig nicht aus. In: www.linksfraktion.de, 14.03.2022

C Stellungnahme der AfD: BAföG-Empfänger beim Heizkostenzuschuss der Ampelkoalition vernachlässigt

Berlin, 16. März 2022. Den explodierenden Energie- und Heizkosten will die Regierungskoalition mit dem „Gesetz zur Gewährung eines einmaligen Heizkostenzuschusses aufgrund stark gestiegener Heizkosten" mit willkürlichen und unzureichenden Einmalzahlungen für bestimmte Gruppen begegnen.
Hierzu äußert sich der forschungspolitische Sprecher der AfD-Bundestagsfraktion, Michael Kaufmann, wie folgt: „Von den steigenden Energiekosten profitiert der Staat durch steigende Steuerein-

nahmen. Statt eine umfassende Entlastung aller Bürger durch zügige Steuersenkungen voranzutreiben, verteilt die Koalition Almosen in sozialistischer Umverteilungsmanier. Dabei werden BAföG-Empfänger von SPD, Grünen und FDP besonders stiefmütterlich behandelt. Warum BAföG-Empfänger mit 230 Euro einen um 40 Euro geringeren Zuschuss erhalten sollen als alleinstehende Wohngeldempfänger und dafür auch noch einen gesonderten Antrag stellen müssen, ist nicht nachvollziehbar.

Kaufmann, Michael: BAföG-Empfänger beim Heizkostenzuschuss der Ampelkoalition vernachlässigt. In: www.afdbundestag.de, 16.03.2022

D Stellungnahme des Bundesverbandes der Verbraucherzentralen von vzbv-Vorständin Jutta Gurkmann zum Entlastungspaket für Verbraucherinnen und Verbraucher

Die stark ansteigenden Verbraucherpreise betreffen uns alle. Vor allem Menschen mit wenig Einkommen brauchen sofort Unterstützung. Ein Heizkostenzuschuss von 270 Euro pro Ein-Personen-Haushalt für Wohngeldempfänger ist angesichts der aktuellen Erdgas- und Heizölpreise viel zu wenig. Der vzbv fordert mindestens 1.000 Euro Zuschuss für Haushalte mit geringem Einkommen, damit die Heizkostenrechnung auch bezahlt werden kann. Die Krise trifft aber längst auch Haushalte mit mittleren Einkommen. Ein Weg, diese zu entlasten, ist ein zusätzlicher Familienbonus von 1.000 Euro pro Familie. Das sind erste Maßnahmen, die sich schnell und unbürokratisch umsetzen lassen.

Gurkmann, Jutta: Heizkostenzuschuss viel zu gering – vzbv fordert 1.000 Euro fürs Heizen und einen Familienbonus. In: www.vzbv.de, 16.03.2022

M11 17.03.2022: Zweite Lesung – Deutscher Bundestag beschließt Heizkostenzuschuss

Der Bundestag hat am Donnerstag, 17. März 2022, das von den Koalitionsfraktionen SPD, Bündnis 90/Die Grünen und FDP vorgelegte Heizkostenzuschussgesetz verabschiedet. Die Vorlage wurde in geänderter Fassung mit den Stimmen der Fraktionen SPD, Bündnis 90/Die Grünen, FDP und Die Linke gegen die Stimmen der Fraktion der CDU/CSU, bei Stimmenthaltung der Fraktion der AfD angenommen. Der Entscheidung lag eine Beschlussempfehlung des Ausschusses für Wohnen, Stadtentwicklung, Bauwesen und Kommunen [...] zugrunde. Ein von der CDU/CSU zu dem Gesetzentwurf vorgelegter Entschließungsantrag wurde abgelehnt. Dadurch sollte die Umsatzsteuer auf Strom-, Gas- und Fernwärmelieferungen für die Jahre 2022 und 2023 auf den ermäßigten Umsatzsteuersatz von sieben Prozent abgesenkt werden. Auch ein von der Fraktion Die Linke vorgelegter Entschließungsantrag, der für die Reform des Wohngeldes einen Umstieg auf ein Warmmietensystem vorsieht und bis zum Ende der Heizperiode 2022/2023 die vollständige Übernahme der tatsächlichen Kosten für Strom, Heizung und Warmwasser ermöglicht, wurde zurückgewiesen. Ebenfalls abgelehnt wurde ein Antrag der Fraktion Die Linke mit dem Titel „Warme Wohnung statt sozialer Kälte". Die Vorlage fand keine Mehrheit gegen das breite Votum der übrigen Fraktionen bei Zustimmung durch die Antragsteller. Auch diesem Antrag lag eine Beschlussempfehlung des Ausschusses für Wohnen, Stadtentwicklung, Bauwesen und Kommunen zugrunde [...].

Änderungsantrag des Ausschusses angenommen

In einem von den Koalitionsfraktionen im Ausschuss für Wohnen, Stadtentwicklung, Bauwesen und Kommunen eingebrachten und angenommenen Änderungsantrag wurde gegenüber dem ursprünglichen Entwurf eine Verdoppelung des einmaligen Heizkostenzuschusses für

Wohngeldempfänger beschlossen. Statt der bisher geplanten 135 Euro für einen Ein-Personen-Haushalt solle es 270 Euro geben. Für einen Zwei-Personen-Haushalt sollen 350 Euro und 70 Euro für jedes weitere Familienmitglied fließen. Studierende und Auszubildende, die staatliche Hilfen erhalten, sollen demnach einmalig 230 Euro erhalten. Zudem sollen alle Berechtigten den Zuschuss ohne Antragstellung erhalten. Der Bund stelle für den Zuschuss rund 370 Millionen Euro zur Verfügung. Mehr als zwei Millionen Menschen sollen laut Entwurf vom Zuschuss profitieren. Das Gesetz soll am 1. Juni 2022 in Kraft treten und bis zum 31. Mai 2032 gültig bleiben.

© Deutscher Bundestag: Bundestag berät einmaligen Heizkostenzuschuss. In: www.bundestag.de, Abruf am 07.07.2022

M12 08.04.2022: Bundesrat billigt Heizkostenzuschuss ohne Anrufung des Vermittlungsausschusses

Der Bundesrat billigte am Freitag einen entsprechenden Gesetzesbeschluss des Bundestages. [...] In einer begleitenden Entschließung fordert der Bundesrat die Bundesregierung auf, für Haushalte mit geringem Einkommen umgehend eine Lösung zu finden, um die steigenden Energiekosten dauerhaft und nachhaltig abzufedern. Die Länder verlangen von der Bundesregierung ferner, die im Koalitionsvertrag angekündigte Klimakomponente umzusetzen und insbesondere die steigenden Wohnkostenbelastungen nach energetischen Sanierungen im Wohngeld abzubilden.

Beck-Aktuell: Bundesrat billigt Heizkostenzuschuss und neue Vorgaben für Gasspeicher. In: www.rsw.beck.de, 08.04.2022

M13 05.05.2022: Ausfertigung des Gesetzes durch den Bundespräsidenten

Das Heizkostenzuschussgesetz wird nach der Zustimmung des Bundesrates vom Bundespräsidenten ausgefertigt und im Bundesgesetzblatt veröffentlicht.

Bearbeiterin

Aufgaben

72043-107

1. Erläutern Sie zu zweit das Schaubild in **M4**. Vergleichen Sie im Anschluss daran Ihre Ergebnisse im Kurs.
2. Werten Sie **M5-M12** im Hinblick auf die Verfassungsorgane aus, die an der Verabschiedung des Heizkostenzuschussgesetzes beteiligt waren. Orientieren Sie sich dabei auch an dem Schaubild in **M4**.
3. Werten Sie die im Deutschen Bundestag, dem Bundestagsausschuss für Arbeit und Soziales, dem Bundesrat, dem zuständigen Bundestagsausschuss, den Oppositionsparteien und dem Bundesverband der Verbraucherzentralen vorgetragenen Argumente aus und halten Sie diese sortiert (Pro/Kontra) auf einer Wandzeitung fest.
4. Analysieren Sie abschließend das Fallbeispiel mit Hilfe des Politikzyklus (→ S. 136).
5. Führen Sie mit Hilfe der nachfolgenden Methodenkarte eine Podiumsdiskussion durch, in der die Vertreterinnen bzw. Vertreter der Regierungsparteien, der Opposition, der Verbände (z. B. Gewerkschaften) und der Verbraucherzentralen, u. a. miteinander diskutieren.

METHODE

Podiumsdiskussion zum Heizkostenzuschussgesetz
Welchen Gestaltungsspielraum hatten die einzelnen Verfassungsorgane und Verbände bei der Ausgestaltung des Gesetzes?

1 Vorbereitung der Diskussion

1. Eine Grundvoraussetzung für eine gelungene Podiumsdiskussion ist, dass auch die Zuschauenden ausreichend über den Gegenstand der Diskussion informiert sind. Deshalb sollten Sie die zentralen Inhalte des Gesetzesentwurfs in der Entwurfsfassung und die Änderungen am Ende des Gesetzgebungsprozesses auf einer Wandzeitung oder einem Informationsblatt darstellen.
2. Sie sollten ebenfalls entscheiden, wer auf dem Podium vertreten ist. Das sollten zumindest die Vertreterinnen und Vertreter der Koalitions- und Oppositionsparteien, der Koalitionsparteien des Bundesrates und ausgewählter Verbände wie z. B. die Verbraucherzentralen, Studierendenverbände u. a. sein.
3. Die Podiumsteilnehmenden sollten ihre Positionen gut vorbereiten und wichtige Argumente jeweils stichpunktartig notieren. Beachten Sie bitte, dass Sie auf dem Podium eine Rolle spielen und diese auch stringent durchhalten.
4. Einige Kursteilnehmende übernehmen die Aufgabe, den Ablauf der Podiumsdiskussion im Hinblick auf das Verhalten der Teilnehmenden (Schlüssigkeit der Argumente, Fairness, Argumentationsverhalten, u. a.) zu beobachten und Kriterien für einen Beobachtungsbogen zu entwickeln.
5. Die Diskussionsleitung kann die Lehrkraft übernehmen oder ein Kursmitglied, das mit der Leitung von Podiumsdiskussionen Erfahrung hat.

2 Durchführung der Podiumsdiskussion

1. Zunächst führt die Diskussionsleitung in das Thema ein, stellt das Podium vor und nennt die Spielregeln wie z. B. Zeitbegrenzung der Beiträge, Gesamtdauer der Diskussion auf dem Podium, Zeit für Fragen und Beiträge des Publikums, u. a.
2. Anschließend stellen die einzelnen Personen auf dem Podium in einem kurzen Statement jeweils ihre Position zum Integrationsgesetz vor. Danach ist die Diskussion eröffnet.
3. Die Diskussionsleitung achtet darauf, dass die Diskussion sachlich bleibt, steuert den Verlauf, wenn die Diskussion auf Abwege gerät, greift strukturierend ein und fasst Ergebnisse zusammen.
4. Im zweiten Teil der Podiumsdiskussion darf das Publikum das Wort ergreifen. Es kann Fragen stellen, aber auch eine Meinung zu einzelnen Wortbeiträgen äußern. Auch hier ist die Diskussionsleitung bei der Steuerung der Diskussion gefragt.
5. Nach Beendigung der Diskussion verlassen die Personen auf dem Podium ihre Rollen und beschreiben, wie sie mit ihrer Rolle zurechtgekommen sind. Danach geben die Beobachterinnen und Beobachter ihre Rückmeldungen. Sie achten dabei auf Fairness gegenüber den Personen auf dem Podium.

3 Diskussion im Kurs über die Gestaltungsmöglichkeiten von Verfassungsorganen und Verbänden bei der Entstehung eines Gesetzes

1. Auf der Grundlage der Ihnen nun zur Verfügung stehenden Informationen sollen Sie beurteilen, wie Sie die Möglichkeiten der einzelnen Verfassungsorgane (d. h. Deutscher Bundestag, Bundesrat, Regierung, Bundespräsident) und der Verbände einschätzen, Einfluss auf die Verabschiedung des Heizkostenzuschussgesetzes zu nehmen.
2. Sie sollten dabei beachten, dass das Bundesverfassungsgericht bisher keine Rolle spielte, da bisher keine Klage zur verfassungsrechtlichen Überprüfung des Gesetzes vorliegt.

Bearbeiterin

4.2 Das Zusammenspiel der Verfassungsorgane am Fallbeispiel Erbschaftssteuer

Zum Thema: Im zweiten Unterkapitel können Sie mit Hilfe des Erbschaftssteuergesetzes die Verfassungsorgane und ihre im Grundgesetz festgeschriebenen Aufgaben, ihre Zusammensetzung und ihre Legitimation kennenlernen. Mit Hilfe eines Werkzeugkastens haben Sie die Gelegenheit, Ihr konkretes Wissen über die Verfassungsorgane zu überprüfen.

M14 Erbschaftssteuer karikiert: eine Steuer wie alle anderen Steuern?

Karikatur: Frank Speth, 2019

Einstiegsaufgaben

72043-108

1. Beschreiben Sie stichpunktartig die Karikatur in **M14**.
2. Füllen Sie in Bezug auf die Karikatur eine weitere Sprechblase aus, in der Sie Vermutungen zur Problematik der Erbschaftssteuer äußern.

M15 Bundesverfassungsgericht: Erbschaftsteuer weitgehend verfassungswidrig

Bislang können Firmenerben von der Erbschaftsteuer befreit werden. Verstößt diese Regelung gegen das Gebot einer gerechten Besteuerung? Diese Frage musste nun das Bundesverfassungsgericht beantworten

Die Erbschaftsteuer ist in zentralen Punkten verfassungswidrig. Das hat das Bundesverfassungsgericht entschieden. „Der Senat betont in seiner Entscheidung, dass der Schutz von Familienunternehmen und Arbeitsplätzen grundsätzlich einen legitimen Sachgrund darstellen, Betriebe teilweise oder vollständig von der Steuer zu befreien", sagte Gerichtspräsident Ferdinand Kirchhof in Karlsruhe. Die Art und Weise sowie das Ausmaß der Steuerbefreiung seien aber nicht mit dem Grundrecht der steuerlichen Belastungsgleichheit zu vereinbaren. Das Gericht gibt dem Gesetzgeber bis 30. Juni 2016 Zeit für eine Neuregelung. Bis dahin gelten die bisherigen Regeln fort.

Geprüft wurden seit 2009 geltende Regelungen. Sie knüpfen steuerliche Privilegien an den Erhalt von Arbeitsplätzen. Danach können Firmenerben beim Übergang des Unternehmens von den Erbschaftsteuern teilweise oder sogar ganz befreit werden. Das gilt für den Fall, dass sie den Betrieb mehrere Jahre fortführen, Arbeitsplätze erhalten und ein Großteil des Betriebsvermögens in die Produktion eingebunden ist. Ins Rollen brachte das Verfahren ein Kläger, der 2009 von seinem Onkel mehr als 50.000 Euro geerbt hatte. Das Finanzamt kassierte dann 9360 Euro Erbschaftssteuer. Der Mann sah sich gegenüber Unternehmenserben benachteiligt und zog vor Gericht.

Der Erste Senat hatte im Juli über die Vorlage des Bundesfinanzhofes verhandelt. Die obersten Finanzrichter hielten die Vorteile ebenfalls für verfassungswidrig, weil sie unter anderem zu viele Schlupflöcher zur Steuervermeidung ließen.

cr/as (dpa, afp): Erbschaftsteuer weitgehend verfassungswidrig. In: www.dw.de, 17.12.2014

M16 Der Deutsche Bundestag hat die Reform der Erbschaftssteuer beschlossen

Der Bundestag hat nach mehr als einjährigen Beratungen der Koalition die Reform der Erbschaftsteuer verabschiedet. [...] Die Grünen, auf deren Stimmen Union und SPD bei der noch ausstehenden Abstimmung im Bundesrat angewiesen sind, wie auch die Linken kritisierten das Gesetz scharf. Das Bundesverfassungsgericht hatte Ende 2014 die Privilegien für Betriebserben als zu weitgehend gekippt.

Zwar kann ihnen auch künftig die Steuer binnen sieben Jahren vollständig erlassen werden, wenn sie Firma und Arbeitsplätze erhalten. Allerdings werden die Hürden dafür angehoben. Künftig wird insbesondere geprüft, ob Erben großer Betriebe ab einer Erbschaft von 26 Millionen Euro nicht wenigstens einen Teil der Steuer aus ihrem Privatvermögen bezahlen können. Alternativ können sie sich mit einer geringeren Steuerverschonung begnügen.

Weil das Verfassungsgericht für die Reform eine Frist bis zum Ende dieses Monats gesetzt hatte, war eine rasche Verabschiedung im Parlament notwendig. Der Bundesrat soll nach Möglichkeit am 8. Juli abstimmen. Alle Einnahmen aus der Erbschaftsteuer stehen den Bundesländern zu: jährlich rund 5,5 Milliarden Euro.

In zehn von 16 Bundesländern regieren die Grünen mit. Mehrere Länder haben schon eine Ablehnung angekündigt. Die stellvertretende Fraktionsvorsitzende Kerstin Andreae berichtet: „Es mehren sich die Stimmen aus den Ländern, die erhebliche Kritik an diesem Gesetz formulieren." Und das nicht nur von Grünen, unter anderem kämen solche Äußerungen auch von Hannelore Kraft (SPD) aus Nordrhein-Westfalen. [...]

Es wird spekuliert, dass das Gesetz zur Wiedervorlage in den Vermittlungsausschuss wandert. Oder es tritt ein, was Unionsfraktionschef Volker Kauder unkt: „Dann bin ich mal gespannt, ob vor dem Hintergrund, dass da ja Geld für die Länder reinkommt, die Bereitschaft groß ist, das Ding noch ewig hin- und herzuziehen." Nach dem Motto: pecunia non olet – Geld stinkt nicht.

© tagesschau.de: Bundestag beschließt Reform der Erbschaftssteuer. In: www.tagesschau.de, 24.06.2016

Erbschaftssteuer
Regelung seit 2009: Wer als Erbin bzw. Erbe den Betrieb fünf Jahre lang weiterführt, muss 15 Prozent des Wertes versteuern. Wer das Unternehmen sieben Jahre lang hält, wird gar nicht zur Erbschaftsteuer herangezogen. Begründet wird das mit der Erhaltung von Arbeitsplätzen. Das Problem: Praktisch ist das Weiterbestehen von Arbeitsplätzen in 95 Prozent der Fälle gar keine Voraussetzung für die Schonung. Denn nur Betriebe mit mehr als 20 Beschäftigten müssen über die Lohnsumme belegen, dass die Arbeitsplätze weitgehend erhalten wurden. In Deutschland sind das rund fünf Prozent der Betriebe. 95 Prozent haben weniger als 20 Beschäftigte. Eine Kontrolle des Arbeitsplatzerhalts findet dort nicht statt.

M17 Bundesrat stoppt Erbschaftsteuer-Reform vorerst

Der Bundesrat hat die bereits vom Bundestag verabschiedete Reform der Erbschaftsteuer vorläufig gestoppt. Dafür sprach sich eine Mehrheit in der Länderkammer aus, wie Bundesratspräsident Stanislaw Tillich mitteilte. Die Länderkammer verwies den Gesetzentwurf zu Nachverhandlungen an den Vermittlungsausschuss von Bundestag und Bundesrat. Damit dürften sich die vom Bundesverfassungsgericht geforderten Neuregelungen für Unternehmenserben mindestens bis zum Herbst verzögern. SPD, Grüne und Linke in der Länderkammer halten die geplanten Verschonungsregeln für Firmenerben für überzogen und teils verfassungswidrig.

© tagesschau.de: Bundesrat stoppt Erbschaftssteuer-Reform vorerst. In: www.tagesschau.de, 08.07.2016

M18 Nach Ablauf der in Sachen „Erbschaftsteuer" gesetzten Frist zur Neuregelung soll das Normenkontrollverfahren erneut auf die Tagesordnung

Mit Urteil vom 17. Dezember 2014 hat der Erste Senat des Bundesverfassungsgerichts §§ 13a und 13b und § 19 Abs. 1 des Erbschaftsteuer- und Schenkungssteuergesetzes für verfassungswidrig erklärt. Dem Gesetzgeber wurde aufgegeben, bis zum 30. Juni 2016 eine Neuregelung zu treffen.

Zwar gelten die für verfassungswidrig erklärten Vorschriften des Erbschaftsteuer- und Schenkungssteuergesetzes fort. Da eine entsprechende Gesetzesänderung bis heute nicht vorliegt, hat der Vorsitzende des Ersten Senats des Bundesverfassungsgerichts, Prof. Dr. Ferdinand Kirchhof, nunmehr mit Schreiben an die Bundesregierung, den Bundestag und den Bundesrat vom 12. Juli 2016 mitgeteilt, dass der Erste Senat sich nach der Sommerpause Ende September mit dem weiteren Vorgehen im Normenkontrollverfahren um das Erbschaftsteuer- und Schenkungssteuergesetz befassen wird.

© 2023 Bundesverfassungsgericht: Pressemitteilung: Nach Ablauf der in Sachen „Erbschaftsteuer" gesetzten Frist zur Neuregelung soll das Normenkontrollverfahren erneut auf die Tagesordnung. In: www.bundesverfassungsgericht.de, 14.07.2016

M19 29.09.2016: Deutscher Bundestag beschließt vom Vermittlungsausschuss vorgeschlagenes Erbschaftssteuergesetz

Nachdem das Bundesverfassungsgericht die Verabschiedung eines verfassungskonformen Erbschaftssteuergesetzes angemahnt und eigene Regelungen für ein Gesetz angedroht hatte, beschloss der Bundestag am 29.09.2016, dem eine Woche zuvor vorgeschlagenen Kompromiss des Vermittlungsausschusses, dass Firmenerben die Steuerschuld nicht zehn, sondern nur sieben Jahre lang gestundet werden sollte, zuzustimmen. Allerdings sollten bestimmte Voraussetzungen zum Erhalt der Arbeitsplätze eingehalten werden. Missbrauchsmöglichkeiten wie z. B. die steuerliche Vergünstigung von Luxusgütern wie z. B. Jachten, Oldtimer, Kunstwerke u. a. sollten nicht steuerlich begünstigt werden.

Bearbeiterin

M20 Kommentar zur Erbschaftssteuer: Superreiche auf Abwegen!

Wenn es um Gefahr für unsere Verfassung geht, denken wir in der Regel an die politischen Ränder unserer Gesellschaft – etwa an Reichsbürger, Verschwörungsgläubige, Rechtsextreme. Doch auch einige sehr reiche deutsche Unternehmer setzen seit Jahren Unsummen von Geld ein, um verfassungswidrige Ausnahmen durchzusetzen.

Das klingt erstaunlich, ist aber wahr. Doch der Reihe nach: Menschen, die große Summen erben oder per Schenkung übertragen bekommen, sind Gewinnerinnen und Gewinner in der Geburtenlotterie. Die Erbschaft- und Schenkungsteuer ist vor diesem Hintergrund dazu gedacht, die Chancen von Menschen in diesem Land etwas anzugleichen. Der Grundgedanke dabei ist auch, dass besonders gesegnete Erben anteilig etwas mehr abgeben können als Menschen, die weniger vermacht bekommen.

In der Realität ergibt sich jedoch ein völlig anderes Bild. Im Jahr 2019 zahlten Erben und Beschenkte bei einem Volumen von über 20 Millionen Euro im Schnitt einen deutlich niedrigeren Steuersatz als Menschen, die geringere Vermögen erhielten. Die 127 größten Schenkungen mit einem Volumen von insgesamt 12 Milliarden Euro wurden mit weniger als einem Prozent besteuert, während bei vielen kleineren Erbschaften ein Satz von 30 Prozent anfiel. [...]

2017 urteilte [...] der Bundesfinanzhof. Er griff eine Entscheidung der Finanzämter auf, den Besitz von Wohnimmobilien ab einem Bestand von 300 Wohnungen pauschal als Betriebsvermögen zu klassifizieren. Diese Regelung führte aber unter anderem zu der Situation, dass auf das Erbe von einem Mietshaus mit fünf Wohnungen Steuern gezahlt werden müssen. Erbt jemand aber 3.000 Wohnungen, dann gilt das als „Wohnungsunternehmen" und es werden keine Steuern fällig. So etwas kann nicht grundgesetzkonform sein.

Doch das Bundesfinanzministerium unter unserem möglicherweise kommenden Kanzler Olaf Scholz reagierte anders als erhofft. Dieses verfügte einen sogenannten Nichtanwendungserlass, der die Finanzämter anwies, die Rechtsprechung zu ignorieren.

Schick, Gerhard: Erbschaftssteuer: Superreiche auf Abwegen. In: www.zeit.de, 15.11.2021

Aufgaben

72043-109

1. Gestalten Sie einen Vortrag (→ Methodenglossar), in dem Sie über das Urteil des Bundesverfassungsgerichtes zu dem Erbschaftssteuergesetz berichten (**M16-M19**). Orientieren Sie sich dabei an den folgenden Aspekten: Argumente des Bundesverfassungsgerichts, das Gesetz für verfassungswidrig zu erklären und mögliche Sanktionsmöglichkeiten auf Nichtbeachtung der Auflagen, Entscheidungen des Deutschen Bundestags und Bundesrates, dargestellt im Zeitablauf, die Änderungen zum verfassungswidrig erklärten Gesetz.
2. Entwickeln Sie eine persönliche Stellungnahme bezüglich des Eingreifens des Bundesverfassungsgerichts in das Erbschaftssteuergesetz (**M16-M19**).
3. Diskutieren Sie im Kurs das Urteil des Bundesverfassungsgerichts (**M16**). Berücksichtigen Sie dabei die Argumente des Autors in **M20**.
4. a) Recherchieren Sie im Internet den Entstehungsprozess des Bürgergeldes analog zum Erbschaftssteuergesetz.
   b) Vergleichen Sie Ihre Ergebnisse mit Ihrer Nachbarin bzw. Ihrem Nachbarn. Gestalten Sie darauf aufbauend ein gemeinsames Plakat über den Entstehungsprozess.

METHODE

Werkzeugkasten Verfassungsorgane (WkV) Deutschlands

I. Worum geht es?
Um die Themen dieses Schulbuches im Besonderen und die Themen der Gesellschaft im Allgemeinen besser verstehen und einordnen zu können, ist die Kenntnis über den Aufbau, das Zustandekommen und die Struktur der einzelnen Verfassungsorgane der Bundesrepublik Deutschland unabdingbar. Der „Werkzeugkasten Verfassungsorgane (WkV)" liefert Ihnen alle wichtigen Informationen zu den deutschen Verfassungsorganen.

Gehen Sie dabei wie folgt vor:

1 Was weiß ich, was kann ich?

1. Ordnen Sie nach Ihrem Wissensstand die ständigen und nichtständigen Verfassungsorgane im Heft bzw. mit Hilfe eines digitalen Endgeräts in das nebenstehende Schaubild ein.
2. Analysieren Sie das Schaubild im Hinblick auf Zusammensetzung und Besetzung der Verfassungsorgane.
2. Welche Verfassungsorgane können Sie einwandfrei bestimmen und erklären, welche noch nicht?
3. Mit Hilfe des nachfolgenden Werkzeugkastens können Sie die fehlenden Informationen überblicksartig zusammentragen.

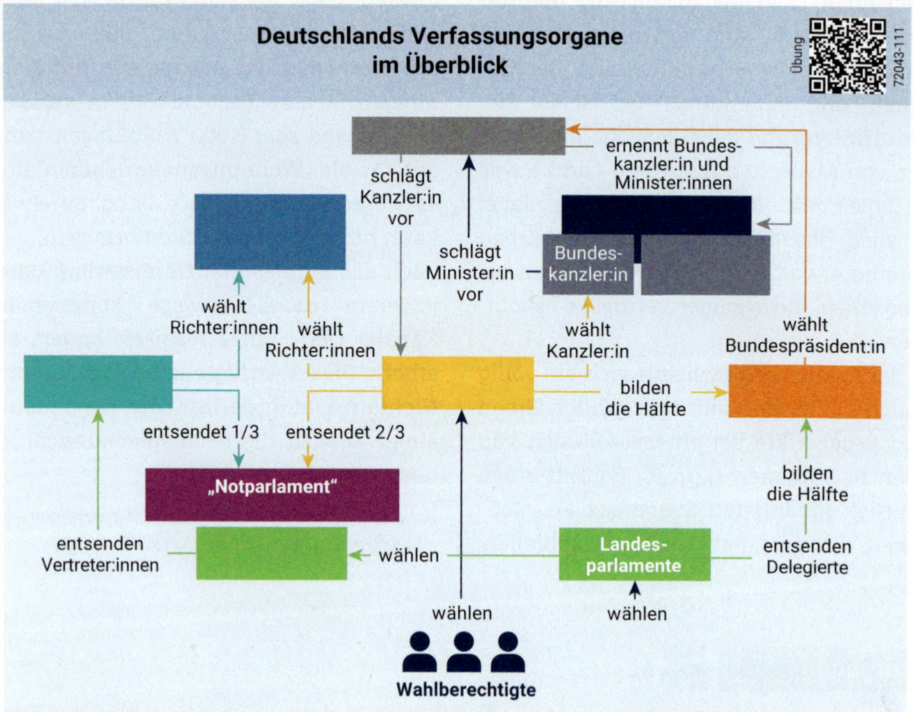

©C.C. Buchner Verlag

2 Anwendung: Wie können Sie mit dem Werkzeugkasten „Verfassungsorgane" arbeiten?

Sie können auf zweierlei Weise mit dem Werkzeugkasten arbeiten. Entweder Sie arbeiten die Begriffe des Werkzeugkastens sofort ganz durch oder Sie werten die einzelnen Verfassungsorgane aus, wenn diese in den einzelnen Unterkapiteln dieses Buches vorkommen.
In den jeweiligen digitalen Aufgabenkästen werden Ihnen die Verfassungsorgane regelmäßig angezeigt.

Bearbeiterin

Werkzeugkasten Verfassungsorgane (WkV)

WkV1 Der Deutsche Bundestag: Organisation und Aufgaben

Der Bundestag ist das einzige oberste Bundesorgan, das direkt vom Volk gewählt wird, und zwar in allgemeiner, unmittelbarer, freier, gleicher und geheimer Wahl. So will es Artikel 38 des Grundgesetzes. [...]

Eine der wichtigsten Aufgaben des Bundestags ist das Beschließen oder Ändern von Gesetzen. Soll ein neues Bundesgesetz entstehen, muss die Initiative von der Regierung selbst kommen, vom Bundesrat – also der Ländervertretung – oder „aus der Mitte des Bundestags". In diesem Fall müssen mindestens eine Bundestagsfraktion oder fünf Prozent der Abgeordneten die Gesetzesinitiative unterstützen.

Bei der Vorbereitung eines Gesetzesentwurfs kommen wieder die Ausschüsse ins Spiel: Sie leisten die inhaltliche Vorarbeit, um einen Entwurf abstimmungsreif zu machen. Der Bundestag berät dann im Plenum in der Regel in drei Lesungen darüber, danach geht der Gesetzesentwurf zunächst an den Bundesrat. Bei manchen Gesetzen wird die erste Aussprache auch in die Fachausschüsse verlagert. [....]

Zustimmungsgesetze, die Belange der Länder betreffen, benötigen die Zustimmung des Bundesrats. Bei Einspruchsgesetzen hat die Länderkammer die Möglichkeit, Einspruch zu erheben. Dieser Einspruch kann vom Bundestag dann wieder überstimmt werden. Werden sich Bundestag und Bundesrat bei einem Gesetz nicht einig, wird der Vermittlungsausschuss angerufen, der versucht, einen Kompromiss zu erreichen.

Stellung der Abgeordneten im Grundgesetz

Ist ein neuer Bundestag gewählt, wählen die Abgeordneten wiederum in geheimer Wahl und ohne vorherige Debatte den Kanzler oder die Kanzlerin. Dies ist in der Regel der Kandidat der stärksten Partei. Abwählen kann der Bundestag den Regierungschef nicht wieder, möglich ist aber ein sogenanntes konstruktives Misstrauensvotum. Dabei spricht die Mehrheit der Abgeordneten dem Kanzler das Misstrauen aus und wählt gleichzeitig einen Nachfolger.

Dies ist bisher einmal geschehen, als 1982 Kanzler Helmut Schmidt durch seinen Nachfolger Helmut Kohl abgelöst wurde. Der Kanzler selbst hat auch die Möglichkeit, von sich aus die Vertrauensfrage zu stellen – dies passiert wesentlich öfter.

Stellung der Abgeordneten im Grundgesetz

Art. 38 Grundgesetz

(1) Die Abgeordneten des Deutschen Bundestages werden in allgemeiner, unmittelbarer, freier, gleicher und geheimer Wahl gewählt. Sie sind Vertreter des ganzen Volkes, an Aufträge und Weisungen nicht gebunden und nur ihrem Gewissen unterworfen.

Steht die Wahl des Bundespräsidenten an, trifft sich die Bundesversammlung, die zur einen Hälfte aus Bundestagsabgeordneten besteht und zur anderen Hälfte aus Personen, die von den Landtagen entsandt werden.

© WDR 2022: Planet Wissen: Deutscher Bundestag. In: www.planet-wissen.de, Abruf am 18.11.2022

Der aktuelle Deutsche Bundestag in Zahlen (Anzahl und Altersdurchschnitt der Abgeordneten, Frauen- und Migrationsanteil nach Parteizugehörigkeit)

73000-120

Das Wahlsystem zum Deutschen Bundestag im Erklärfilm (3:43 Min.)

72060-14

WkV2 Der Bundesrat: Zusammensetzung und Aufgaben

[Durch das Verfassungsorgan Bundesrat wirken] die Länder bei der Gesetzgebung und Verwaltung des Bundes und in Angelegenheiten der Europäischen Union« mitwirken (Art. 50 GG).
Ihm gehören 69 Mitglieder an, die nicht vom Volk gewählt, sondern als Vertreter der Landesregierungen (i. d. R. im Ministerrang) an deren Weisung gebunden sind. Die Anzahl der entsandten Mitglieder des Bundesrates variiert entsprechend dem Bevölkerungsanteil der Bundesländer zwischen drei und sechs Vertretern. [...]
Die Stimmen jedes Landes können nur geschlossen abgegeben werden. Den Vorsitz im Bundesrat führt jeweils für ein Jahr ein vom Bundesrat gewählter Ministerpräsident, der gleichzeitig Stellvertreter des Bundespräsidenten ist. Zu den wichtigsten Aufgaben des Bundesrates zählt es, die Gesetzesvorlagen der Bundesregierung zu prüfen, ggf. zu ergänzen und schließlich an den Bundestag weiterzuleiten.

Schubert, Klaus/Martina Klein: Der Bundesrat. In: Bundeszentrale für politische Bildung: Das Politiklexikon. 6., aktual. u. erw. Aufl. Bonn: Dietz 2018, S. 63 f.

Zustimmungsgesetze

Zustimmungsgesetze sind Gesetze des Bundes, die der Zustimmung des Bundesrates bedürfen (z. B., weil sie die verfassungsrechtlichen Zuständigkeiten der Bundesländer berühren, verfassungsändernden Charakter haben oder völkerrechtliche Verträge darstellen). Wird dem Gesetz vom Bundesrat die Zustimmung verweigert, ist es abgelehnt.

Bundeszentrale für politische Bildung: Zustimmungsgesetz. In: www.bpb.de, Abruf am 18.11.2022

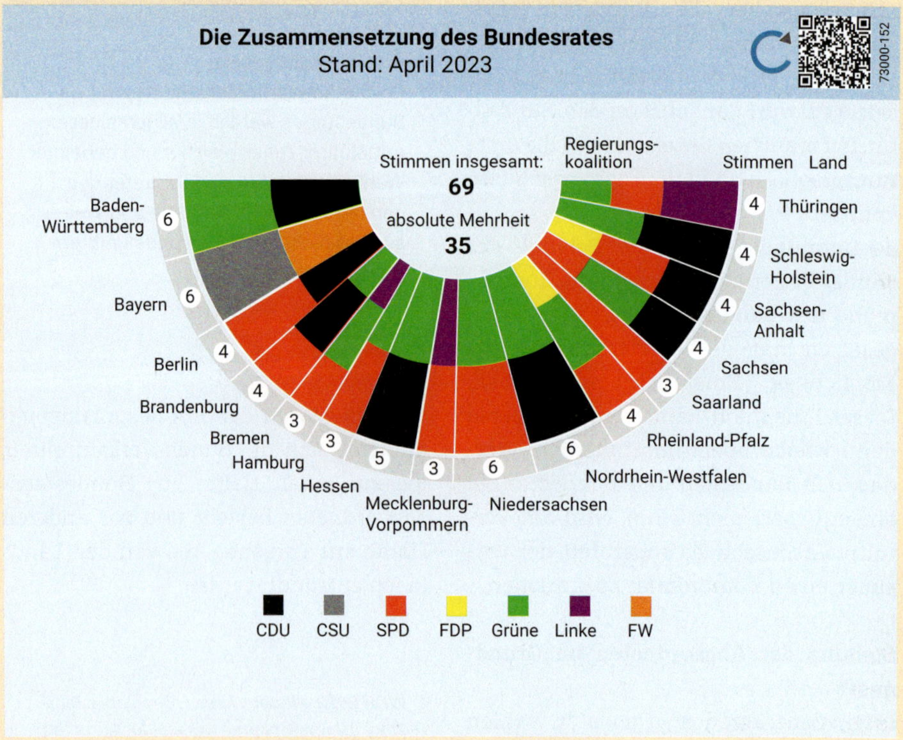

©C.C. Buchner Verlag, aktuelle Daten nach: Bundesrat (Datenerhebung: 2023; Grafikerstellung: 2023)

WkV3 Die Bundesregierung: die Spitze der Exekutive

Die Regierung der Bundesrepublik Deutschland [...] besteht aus dem Bundeskanzler (oder der Bundeskanzlerin), der (oder die) die Richtlinien der Politik bestimmt, und den Bundesministerinnen und Bundesministern, die sich an diese Richtlinien halten müssen, aber im Übrigen ihre Bundesministerien selbstständig führen. [...]..

Was die Mehrheit im Bundestag, die Legislative, will, setzt sie als Spitze der Exekutive in praktische politische Maßnahmen um. Zugleich hat sie als die politische Führung Deutschlands die Aufgabe, selbstständig Initiativen zu ergreifen, politische Ziele zu setzen, die Gesamtentwicklung unseres Landes zu steuern und langfristig zu planen.

Im Grundgesetz steht, dass der Bundeskanzler vom Bundestag gewählt wird [Art. 63 GG]. Das wird auch selbstverständlich so gehandhabt, aber die Entscheidung, wer Kanzler werden soll, haben praktisch schon vorher die Bürgerinnen und Bürger bei der Bundestagswahl getroffen. Aus Bundestagswahlen sind Kanzlerwahlen geworden, in denen die Parteien den Bürgerinnen und Bürgern ihre Kanzlerkandidaten anpreisen und zur Auswahl stellen.

Der Bundeskanzler ist Chef der Bundesregierung. Er trägt damit auch die Gesamtverantwortung gegenüber dem Parlament. Die Bundesminister werden auf seinen Vorschlag vom Bundespräsidenten ernannt und entlassen. Sie müssen sich an die politischen Richtlinien des Kanzlers halten und können ihn nicht überstimmen. Der Bundestag kann einen einmal gewählten Bundeskanzler nicht ohne weiteres aus dem Amt entfernen. Nur wenn sich eine Mehrheit für die Wahl eines Nachfolgers findet, kann er gestürzt werden (Konstruktives Misstrauensvotum) – dies ist seit 1949 bisher nur einmal der Fall gewesen (Helmut Schmidt 1982). Verlangt der Bundeskanzler von der Regierungskoalition, dass sie ihm in einer Abstimmung ausdrücklich ihr Vertrauen ausspricht, und sie tut das nicht, dann kann der Bundespräsident auf Vorschlag des Bundeskanzlers den Bundestag auflösen und Neuwahlen anordnen. [Art. 68 GG]. Einzelne Bundesminister kann der Bundestag nicht abwählen. Nur wenn der

Aufgaben der Bundeskanzlerin / des Bundeskanzlers

Das Grundgesetz der Bundesrepublik Deutschland sieht für das Amt des Bundeskanzlers eine starke Position vor. [Im Grundgesetz ist nur die männliche Form genannt, natürlich ist damit immer auch eine Bundeskanzlerin gemeint.] So hat der Kanzler nach Artikel 64 Grundgesetz das Recht, das Bundeskabinett zu bilden.

Der Kanzler schlägt dem Bundespräsidenten die Kandidatinnen und Kandidaten für die Ministerämter vor, und damit die Mitglieder des Bundeskabinetts. Auf gleiche Weise ist die Entlassung der Bundesminister und -ministerinnen möglich. Außerdem leitet der Bundeskanzler die Kabinettssitzungen.

Rahmen für das Regierungshandeln

Nach Artikel 65 Grundgesetz bestimmt der Bundeskanzler die Richtlinien der Regierungspolitik und trägt dafür die Verantwortung. Diese Richtlinienkompetenz gibt dem Regierungshandeln einen Rahmen vor, den die einzelnen Ministerien mit Inhalten ausfüllen.

Innerhalb der vom Bundeskanzler bestimmten Richtlinien leitet jeder Bundesminister/jede Bundesministerin seinen beziehungsweise ihren Geschäftsbereich selbstständig und unter eigener Verantwortung. Diese Arbeitsweise heißt Ressortprinzip.

Bundesregierung: Aufgaben der Bundeskanzlerin/des Bundeskanzlers. In: www.bundesregierung.de, Abruf am 19.11.2022

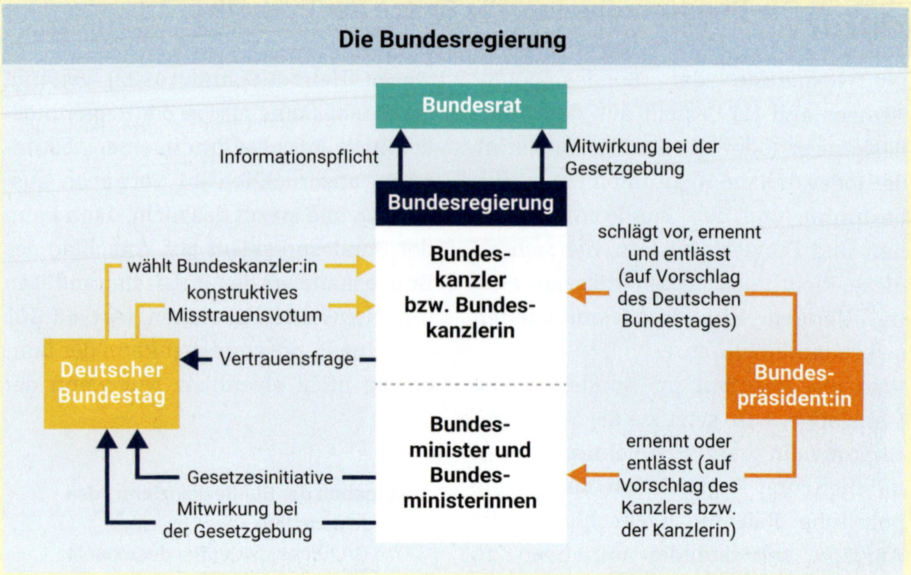

©C.C. Buchner Verlag

Kanzler gestürzt wird, müssen auch die Bundesminister gehen, und zwar alle. Alle bisherigen Bundesregierungen sind Koalitionsregierungen gewesen. Das heißt, mehrere Fraktionen schlossen ein Bündnis (Koalition) und legten in einem Koalitionsvertrag fest, welche Regierungspolitik sie in Zukunft verfolgen wollten. Wie viele Ministerinnen und Minister sie dann in die Bundesregierung entsandten, hing von ihrer Stärke im Parlament ab.

Bundeszentrale für politische Bildung: Bundesregierung. In: www.bpb.de, Abruf am 19.11.2022

WkV4 Das Bundesverfassungsgericht als Hüter des Grundgesetzes

Das Bundesverfassungsgericht (BVerfG) ist Gericht und Verfassungsorgan zugleich. Es besteht aus zwei Senaten, denen jeweils acht Richterinnen und Richter angehören. Vorsitzende der Senate sind der Präsident bzw. die Vizepräsidentin. Jeder Senat hat eigene, genau definierte Zuständigkeiten, entscheidet aber immer als „das Bundesverfassungsgericht". Welcher Senat zuständig ist, ergibt sich aus dem Bundesverfassungsgerichtsgesetz und einem vom Plenum – also von allen 16 Richterinnen und Richtern gemeinsam – gefassten Beschluss. In seltenen Fällen entscheidet das Plenum selbst; dies ist geboten, wenn ein Senat von der Rechtsauffassung des anderen Senats abweichen will.

Bundesverfassungsgericht: Gericht und Verfassungsorgan. In: www.bundesverfassungsgericht.de, Abruf am 19.11.2022

Nach: Bergmoser + Höller Verlag AG 129015

WkV5 Die Bundespräsidentin bzw. der Bundespräsident

Die Bundespräsidentin bzw. der Bundespräsident ist das Staatsoberhaupt der Bundesrepublik Deutschland. [Es] wird von der Bundesversammlung für fünf Jahre gewählt. [...] Der Bundespräsident bzw. die Bundespräsidentin hat die üblichen Funktionen eines Staatsoberhauptes. Dazu gehören:

Aufgaben der Bundespräsidentin bzw. des Bundespräsidenten

Repräsentation	die Repräsentation der Bundesrepublik Deutschland nach innen und außen: nach innen durch ihr bzw. sein öffentliches Auftreten bei staatlichen, gesellschaftlichen und kulturellen Veranstaltungen, durch Reden bei besonderen Anlässen, durch Besuche in den Bundesländern und Gemeinden; nach außen durch Staatsbesuche und den Empfang ausländischer Staatsgäste;
Völkerrechtliche Vertretung	die völkerrechtliche Vertretung der Bundesrepublik Deutschland: durch Unterzeichnung der Verträge mit anderen Staaten, durch förmliche Bestellung (Beglaubigung) der deutschen diplomatischen Vertreterinnen und Vertreter und die Entgegennahme der Beglaubigungsschreiben der ausländischen Diplomaten. Bei der Wahrnehmung weiterer Rechte kann die Bundespräsidentin bzw. der Bundespräsident nicht selbstständig, sondern nur im Zusammenwirken mit anderen Verfassungsorganen handeln. Ihre bzw. seine Anordnungen und Verfügungen „bedürfen zu ihrer Gültigkeit der Gegenzeichnung durch den Bundeskanzler oder durch den zuständigen Bundesminister" (Art. 58 GG). Damit übernehmen diese die politisch-parlamentarische Verantwortung.
Unterzeichnung von Gesetzen	Das gilt für die Unterzeichnung (Ausfertigung) von Gesetzen (Art. 82 GG): Gesetze werden von der Bundespräsidentin bzw. vom Bundespräsidenten ausgefertigt und verkündet, das heißt unterzeichnet und im Bundesgesetzblatt veröffentlicht. [...]
Begnadigungsrecht	Die Bundespräsidentin bzw. der Bundespräsident übt nach Art. 60 Abs. 2 GG für den Bund das Begnadigungsrecht aus. [...]
Auflösung des Dt. Bundestages	Findet die Bundeskanzlerin bzw. der Bundeskanzler bei einer Vertrauensabstimmung keine Mehrheit, kann die Bundespräsidentin bzw. der Bundespräsident auf Antrag der Bundeskanzlerin bzw. des Bundeskanzlers den Bundestag auflösen (Art. 68 GG). [...]

Die Bedeutung des Bundespräsidentenamtes reicht weit über [seine] formalen Kompetenzen hinaus. Als eine unabhängige, über dem parteipolitischen Streit stehende Persönlichkeit repräsentiert das Staatsoberhaupt das Gemeinsame. Es soll Vertrauen vermitteln, moralische Maßstäbe setzen, Ratschläge erteilen, in Kontroversen ausgleichend wirken, nicht zuletzt Würde ausstrahlen.

Nach: Horst Pötzsch, Die Deutsche Demokratie. 5. Auflage, Bonn 2009, S. 97-103

WKV6 Gewaltenteilung in der Bundesrepublik Deutschland

72043-112

4.3 Freie Gewissensentscheidung oder Koalitionszwang – ist die Impfpflicht am fehlenden Koalitionszwang gescheitert?

Zum Thema: In diesem Unterkapitel lernen Sie auf der Grundlage eines Konfliktes aus der Zeit der Corona-Krise um die Impfpflicht die Problematik der Fraktionsdisziplin bei Abstimmungen im Deutschen Bundestag kennen. Die Abgeordneten können bei Abstimmungen frei nach ihrem Gewissen entscheiden (→ Art. 38 GG) und sind daher nicht an Weisungen gebunden. Dennoch halten die Abgeordneten bei Abstimmungen oftmals die sogenannte Fraktionsdisziplin ein. Ob dies auch bei der Impfpflicht der Fall sein sollte, war hoch umstritten.

M21 Fallbeispiel Corona-Impflicht: Fraktionen uneins über Impfpflicht-Abstimmungsverfahren im Bundestag

Impfpflicht-Gesetz ohne Regierungsvorschlag
Wegen Meinungsverschiedenheiten innerhalb der Regierungskoalition (SPD, Grüne, FDP) hat die Regierung darauf verzichtet, einen Regierungsentwurf zur Abstimmung zu stellen. Anstatt dessen wurden fraktionsübergreifend mehrere Gesetzesvorlagen erarbeitet und zur Abstimmung gebracht.

In der Debatte über eine allgemeine Impfpflicht streiten die Fraktionen im Bundestag weiter über das Verfahren. FDP-Parlamentsgeschäftsführer Johannes Vogel warf der Unionsfraktion vor, das Gesetzgebungsverfahren zu verzögern, indem sie die Mitarbeit an fraktionsübergreifenden Gesetzesvorschlägen verweigere. Damit werde sie ihrer staatspolitischen Verantwortung nicht gerecht, sagte er. Die Union sei offenbar noch in einer „Suchphase für die Oppositionsrolle" [...]

Seit Tagen kritisieren Spitzenpolitiker von CDU und CSU die Haltung der Regierung, die im Bundestag unabhängig von Fraktionen über Thema abstimmen lassen will. Hintergrund sind wohl auch offen sichtbare unterschiedliche Positionen in den Ampel-Reihen. Vor allem aus der FDP wurden Vorbehalte laut.

[Der ehemalige] Unionsfraktionschef Ralph Brinkhaus forderte die Bundesregierung nun abermals auf, einen eigenen Gesetzentwurf vorzulegen. Bei der Ausgestaltung der Impfpflicht sei „jetzt erstmal die Regierung in der Vorlage", sagte er. [...]

Der Fraktionschef der FDP, Christian Dürr, verteidigte hingegen das geplante Verfahren. Die Impfpflicht sei „eine medizinethische Frage, keine parteipolitische", sagte er. Die Grünen-Fraktionsvorsitzende Katharina Dröge lud die CDU/CSU-Bundestagsfraktion ausdrücklich ein, an den Gruppenanträgen mitzuwirken. „Wir möchten eine möglichst breite parlamentarische Mehrheit haben", sagte sie.

© tagesschau.de: Fraktionen uneins über Impfpflicht-Verfahren. In: www.tagesschau.de, 11.01.2022

Einstiegsaufgaben

72043-113

1. Nehmen Sie Stellung zu der Frage: „Soll über die Impfpflicht im Deutschen Bundestag frei oder nach Parteizugehörigkeit (Fraktionen) abgestimmt werden?" (**M21**)
2. Begründen Sie Ihr Ergebnis stichpunktartig. Was spricht für bzw. gegen Ihre Entscheidung, wie im Deutschen Bundestag abgestimmt werden soll?
3. Positionieren Sie sich im Kurs abschließend auf einer Positionslinie mit den Polen „freie Abstimmung" und „Fraktionsabstimmung".

Hinweis zu Aufgabe 3
Halten Sie Ihr Ergebnis fotografisch oder schriftlich fest.

M22 Fraktionen im Deutschen Bundestag: Wer arbeitet wie zusammen?

Im Parlament schließen sich die Abgeordneten einer Partei zu Fraktionen zusammen, oder, im Fall von CDU und CSU, zu einer Fraktionsgemeinschaft. Dazu muss eine Partei allerdings mindestens fünf Prozent der Sitze im Bundestag haben.

Die Fraktionen dienen einerseits der inhaltlichen Arbeit – die Abgeordneten einer Partei können sich die Arbeit zu bestimmten Themen teilen, die Grundhaltung der Fraktion wird festgelegt. Das bedeutet jedoch nicht, dass alle immer einer Meinung sind. Einen Fraktionszwang gibt es nicht, die Abgeordneten dürfen bei Abstimmungen also von ihrer Fraktion nicht zu einer bestimmten Stimmabgabe gezwungen werden.

Wichtig sind die Fraktionen auch für die Arbeit außerhalb des Plenums: Die Stärke einer Fraktion bestimmt darüber, welche Partei wie viele Mitglieder in Ausschüsse entsenden darf, wer den Vorsitz führt und wie der Ältestenrat des Bundestags zusammengesetzt ist.

Wer zu welcher Partei und damit Fraktion gehört, lässt sich auch an der Sitzordnung im Plenarsaal des Bundestages erkennen: Die Abgeordneten einer Fraktion sitzen immer beisammen, der halbrunde Sitzungssaal ist wie eine Torte aufgeteilt.

Frietsch, Martina: Politische Ordnung im Bundestag: die Fraktionen. In: www.planet-wissen.de, Abruf am 11.01.2023

M23 Was ist der Unterschied zwischen einem freien Mandat und der Fraktionsdisziplin?

[M]eist [ist] vorhersehbar, wie die Abgeordneten abstimmen werden. Zwar sind sie „an Aufträge und Weisungen" (ihrer Wähler und Partei) nicht gebunden und nur ihrem Gewissen unterworfen (Art.38 Abs. 1). Das freie Mandat wird in der Praxis aber meist überlagert von der Fraktionsdisziplin, da sich nur im Mannschaftsspiel politische Erfolge erzielen lassen. Deshalb halten sich die Abgeordneten freiwillig an die Mehrheitsbeschlüsse ihrer jeweiligen Fraktion.

Nur ausnahmsweise, bei besonders sensiblen Themen, die den Abgeordneten eine Gewissensentscheidung abverlangen, wird die Fraktionsdisziplin aufgehoben. Kanzlerin Angela Merkel hatte zum Beispiel 2017 die Abstimmung über die „Ehe für alle" – die Gleichstellung der Ehe homosexueller Paare mit der Ehe von Mann und Frau – zur Gewissensentscheidung für die Abgeordneten von CDU und CSU erklärt.

Zwischen der Parlamentsmehrheit und der von ihr getragenen Regierung besteht eine enge Verbindung. So gehören die Minister und andere Regierungsmitglieder in der Regel dem Bundestag an. Statt des klassischen Dualismus von Regierung und Parlament, wie er zum Beispiel für präsidentielle Regierungssysteme wie das der Vereinigten Staaten typisch ist, herrscht in der Parlamentspraxis Deutschlands traditionell ein Dualismus von Regierungsmehrheit und Opposition. Der Bundestag insgesamt ist zunehmend gefordert, sich in seiner Rolle als zentrale politische Gestaltungs-, Kontroll- und Kommunikationszentrale zu behaupten. Dies hat verschiedene Gründe.

Zum einen ist der Einfluss der Regierung vor allem in den Jahren einer Großen Koalition gewachsen. So werden die weitaus meisten Bundesgesetze von der Bundesregierung angestoßen und vorbereitet. Gemeinsam verfügen Kanzleramt und Bundesministerien, die an den Gesetzesvorbereitungen maßgeblich beteiligt sind, über einen großen, fachlich spezialisierten Verwaltungsapparat. Manchmal haben die Bundestagsabgeordneten nur wenige Tage Zeit, um sich mit Gesetzentwürfen zu befassen, die komplexe Fragen behandeln und mehrere hundert Seiten lang sind. Immer wieder wird deshalb beklagt, der Bundestag werde zum „Abnickparlament" degradiert. Besonders hörbar war die Kritik zum Beispiel während der Finanzkrise, als über die finanziellen Rettungsmaßnahmen für Griechenland zu entscheiden war.

© Deutscher Bundestag: Freies Mandat und Fraktionsdisziplin. In: www.bundestag.de, Abruf am 11.01.2023

M24 Impfpflicht im Gesetzgebungsprozess im Deutschen Bundestag: von der Idee bis zur Abstimmung

Olaf Scholz im Deutschen Bundestag

A 12.01.2022: Bundeskanzler Scholz über die Impfpflicht „Ich halte sie für notwendig"

Bei seinem ersten Auftritt in der Fragestunde des Bundestags hat Bundeskanzler Olaf Scholz die rasche Einführung einer allgemeinen Impfpflicht gegen das Coronavirus gefordert. Die Entscheidung zur Impfung sei „keine Entscheidung, die man nur für sich alleine trifft, und deshalb ist die Impfpflicht auch richtig", sagte Scholz. Die Impfung trage dazu bei, weitere Ansteckungen mit dem gefährlichen Virus zu begrenzen - und somit „80 Millionen Mitbürgerinnen und Mitbürger" zu schützen.

Sich nicht impfen zu lassen sei keine persönliche Entscheidung, sondern habe Konsequenzen für das ganze Land. Zuletzt hätten Krankenhäuser Operationen absagen müssen, um Platz für die vielen Corona-Patienten zu machen.

„Ich hoffe, dass es eine zügige, gute Beratung geben wird mit einem entsprechenden Ergebnis", sagte Scholz mit Blick auf die Impfpflicht-Debatte. „Ich jedenfalls halte sie für notwendig und werde mich aktiv dafür einsetzen." Dabei gehe es ausdrücklich nur um eine Impfpflicht für Erwachsene.

Mit seiner Festlegung ging der Kanzler auf Distanz zu Vorschlägen, eine allgemeine Impfpflicht nur für Ältere oder für Menschen mit Vorerkrankungen einzuführen. Dies sieht einer der Gesetzentwürfe vor, die gerade von Abgeordneten erarbeitet werden. Ein weiterer Antrag sieht die Ablehnung einer Impfpflicht vor.

© tagesschau.de: Scholz zu Impfpflicht: „Ich halte sie für notwendig". In: www.tagesschau.de, 12.01.2022

B 31.02.2022: Erste Orientierungsdebatte zur möglichen allgemeinen Impfpflicht

Ob die allgemeine Impfpflicht kommt und wenn, in welcher Form, ist noch unklar, nach der Orientierungsdebatte vergangene Woche liegen nun aber Konzeptskizzen auf dem Tisch. In der dreistündigen Debatte sprachen sich verschiedene Redner dafür aus, die Impfpflicht auf Erwachsene zu begrenzen. Andere Vorschläge sehen eine verpflichtende Aufklärung und eine Impfpflicht für über 50-Jährige vor. In der Aussprache meldeten sich auch Abgeordnete zu Wort, die aus unterschiedlichen Gründen eine Impfpflicht ablehnen. Die AfD-Fraktion legte bereits einen Antrag gegen die Impfpflicht vor.

Die rechtliche Begründung für eine Impfpflicht könnte ein zentraler Punkt werden. Zu klären wäre auch die praktische Umsetzung, etwa Kontrollen, Sanktionen, ein mögliches Impfregister und die Frage, unter welchen Voraussetzungen jemand als geimpft gilt und wie lange die Wirkung der

Vakzine anhält. So forderten Redner mehr Daten und Fakten.
Die Abgeordneten sollen in der sensiblen Frage der Impfpflicht ohne Fraktionszwang entscheiden dürfen. Die Ampel-Regierung aus SPD, Grünen und FDP hat keinen eigenen Gesetzesvorschlag vorgelegt, dafür werden konkurrierende Gruppenanträge mit unterschiedlicher Zielsetzung erwartet. Die Unionsfraktion kündigte einen eigenständigen Antrag an. Eine Entscheidung könnte im März fallen.

© 2021 Deutscher Bundestag: Viele schwierige Fragen. In: www.das-parlament.de, Abruf am 11.01.2023

C 07.04.2022: Initiativen zur Corona-Impfpflicht fallen im Deutschen Bundestag durch

Verschiedene Initiativen zum Thema Corona-Impfpflicht sind am Donnerstag, 07. April 2022, im Deutschen Bundestag durchgefallen. Die Parlamentarier haben in namentlicher Abstimmung alle Vorlagen abgelehnt. Den Abstimmungen lag eine Beschlussempfehlung des Gesundheitsausschusses zugrunde. In dieser Beschlussempfehlung wurden zuvor die Gesetzentwürfe und zusammengeführt, die eine Impfpflicht ab 60 Jahren zum 15. Oktober 2022 vorsah. 296 Abgeordnete des Bundestages stimmten in namentlicher Abstimmung für den zusammengeführten Gesetzentwurf, dagegen stimmten 378 Parlamentarier. Neun Abgeordnete haben sich enthalten. Damit wurde der Kompromissentwurf abgelehnt.
In einer weiteren namentlichen Abstimmung haben die Abgeordneten einen von der Unionsfraktion vorgelegten Antrag für ein Impfvorsorgegesetz abgelehnt. Die Vorlage fand keine Mehrheit bei 172 Ja-Stimmen, 496 Nein-Stimmen und neun Enthaltungen. Ebenfalls keine Mehrheit fand ein Antrag um den FDP-Abgeordneten Wolfgang Kubicki gegen die allgemeine Impfpflicht. Für den Antrag haben 85 Abgeordnete gestimmt und 590 Parlamentarier haben dagegen votiert. Insgesamt zwölf Abgeordnete enthielten sich der Stimme. Schließlich fand auch keine Mehrheit ein von der AfD-Fraktion vorgelegter Antrag gegen eine gesetzliche Impfpflicht. Gestützt wurde der Antrag von 79 Parlamentariern, abgelehnt wurde die Vorlage von 606 Abgeordneten.

© Deutscher Bundestag: Initiativen zur Corona-Impfpflicht fallen im Bundestag durch. In: www.bundestag.de, 07.04.2022

M25 Abstimmung von Parteipolitik geprägt?

Das war eine Niederlage mit Ansage – insbesondere für Bundeskanzler Olaf Scholz und Bundesgesundheitsminister Karl Lauterbach. Sie haben es nicht geschafft, eine Mehrheit für eine Impfpflicht zu organisieren – weder aus eigener Kraft mit den Stimmen der Ampel-Koalition noch mit der Unterstützung der Opposition. Das ist bitter für Millionen von Risikopatienten, Familien, Kindern und Jugendlichen – alle, die in den vergangenen zwei Jahren besonders unter den Corona-Einschränkungen gelitten haben und zum Teil bis heute leiden.

Wichtige Abstimmung von Parteipolitik geprägt

Die Union scheint die Abstimmung im Bundestag genutzt zu haben, um die Ampel-Koalition vorzuführen, bei diesem wichtigen Thema keine eigene Mehrheit zustande zu bekommen. Aus den Reden der Abgeordneten war viel Parteipolitik und taktisches Vorgehen herauszuhören – und das nicht nur bei den Unions-Abgeordneten.
Doch CDU und CSU hätten die Möglich-

keit gehabt, über ihren parteipolitischen Schatten zu springen. Zumal sich in der Vergangenheit viele Unions-Politikerinnen und Unions-Politiker für eine Impfpflicht ausgesprochen hatten – nicht zu vergessen die Ministerpräsidenten in den Ländern, die seit Monaten für eine Impfpflicht werben.

Echter Kompromiss war offenbar nicht gewollt

Statt fraktionsübergreifend zusammenzuarbeiten, einen echten Kompromiss zu finden, das Land auf eine neue mögliche Corona-Welle im Herbst und Winter vorzubereiten, haben die Fraktionen im Parlament über Klein-Klein gestritten, wann wer wem ein Gesprächsangebot gemacht hat und über welchen Antrag in welcher Reihenfolge abgestimmt wird. Von dem Schulterschluss der Parteien – wie am Anfang der Pandemie – ist nichts übriggeblieben. Und dabei geht es nicht nur um eine Impfpflicht. Hätte die Politik einen anderen Plan, die Impflücken zu schließen – dann umso besser [...] Der Bundestag hat eine große Chance vertan, Vorsorge zu treffen. Denn Corona ist nicht vorbei. Regierung und Opposition stehen jetzt mit leeren Händen da.

Zimmermann, Jan: Kommentar: Mit Impfpflicht-Ablehnung wurde große Chance vertan. In: www.ndr.de, 07.04.2022

Aufgaben

72043-114

1. Erläutern Sie die Aufgaben der Fraktionen im Deutschen Bundestag (**M22**).
2. Werten Sie **M23** hinsichtlich der Frage aus, in welchem Maße die Fraktionen Einfluss auf das Abstimmungsverhalten von Bundestagsabgeordneten nehmen können.
3. Positionieren Sie sich erneut auf einer Positionslinie mit den Polen „freie Abstimmung" und „Fraktionsabstimmung". Vergleichen Sie Ihre neuen Ergebnisse mit denen von Aufgabe 3 auf S. 154.
4. a) Entwickeln Sie in Kleingruppen ein Szenario für ein Streitgespräch zum Thema „Ich halte es für richtig/falsch, dass die Bundesregierung auf eine Gesetzesinitiative zur allgemeinen Impfplicht verzichtet hat." (**M21, Randspalte**). Berücksichtigen Sie dabei die folgenden Aspekte:
   - Position des Kanzlers trotz Befürwortung der Impfpflicht, auf Gesetzesinitiative durch Regierung zu verzichten;
   - die Begründung, die Impfpflicht sei eine medizinethische Frage, bei der – ähnlich wie z. B. bei der Sterbehilfe – auf die Fraktionsdisziplin verzichtet werden sollte;
   - die Forderung der Opposition nach mehr Führung durch die Regierung.

   b) Präsentieren Sie Ihr Streitgespräch zunächst in der Kleingruppe und ggf. auch im Kurs.
5. Entwerfen Sie eine Tabelle, in der Sie die Positionen des Kanzlers (**M24** A), der Ampelparteien (soweit diese im Text beschrieben werden) und der Opposition gegenüberstellen.
6. Werten Sie **M24** B im Hinblick auf den Entscheidungsprozess zur allgemeinen Impfpflicht aus.
7. Diskutieren Sie abschließend mit Hilfe von **M25** die Frage,
   a) ob die Einführung der allgemeinen Impfpflicht am fehlenden Koalitionszwang gescheitert ist;
   c) ob Regierung und Opposition erfolgreich zusammengearbeitet haben und ihre von der Verfassung aufgetragenen Rolle gerecht geworden sind.

F zu Aufgabe 4
Setzen Sie sich in einer offenen Diskussion im Kurs mit der Frage auseinander, wie es möglich sein konnte, dass die Regierung keinen eigenen Gesetzesvorschlag in den Deutschen Bundestag eingebrachte.

Karikaturbearbeitung II – Analyse

1 Aufgaben

1. Beschreiben Sie die Karikatur.
2. **Analysieren Sie die Aussage des Karikaturisten zum Fraktionszwang.**
3. Beurteilen Sie die Karikatur und die Aussage des Karikaturisten.

2 Tipps zur Bearbeitung von Aufgabe 2

- Lesen Sie zunächst in den „allgemeinen Hinweisen zur Karikaturbearbeitung" auf S. 406 den Abschnitt „III.2".
- Beachten Sie, dass eine Karikatur die Absicht hat, durch Übertreibung zum Nachdenken anzuregen.
- Da der Informationsgehalt einer Karikatur nur bruchstückhaft ist und eine Analyse konkretes Wissen voraussetzt, müssen Sie bei der Analyse überprüfen, ob Sie über ausreichende Informationen zur rechtlichen Stellung der Abgeordneten verfügen oder ob Sie nochmals die Texte in **M22**, **M23** oder im **WkV1** wiederholen müssen.

Karikatur: Gerhard Mester

3 Anleitung zur Analyse der Karikatur (AFB II)

1. Nachdem Sie in Aufgabe 1 die Karikatur detailliert beschrieben haben, sollten Sie nun in einem Einleitungssatz erläutern, welche Problematik der Karikaturist in seiner Zeichnung ansprechen möchte.
2. Beachten Sie bei Ihrer Analyse die unterschiedliche Größe der Abgeordneten und des Arms. Überlegen Sie, was der Druck des Daumens auf den Kopf der Abgeordneten bedeuten soll. Schauen Sie genau hin, wie das Bein der Abgeordneten dargestellt wird und was daraus zu schließen ist. Interpretieren Sie auch die Haltung der Hände am Rednerpult.
3. Interpretieren Sie die Sprechblase und arbeiten Sie heraus, warum die Abgeordnete den Satz nicht beenden kann. Beachten Sie auch die unterschiedliche Schwärze der Wörter.
4. Erklären Sie zum Abschluss, welche Aussage der Karikaturist zur Stellung des Abgeordneten in seiner Fraktion machen will. Berücksichtigen Sie bei Ihrer Erläuterung die folgenden Aspekte:
   - den Bezug zu Artikel 38 GG und die Sicht des Karikaturisten;
   - die Einbindung der Abgeordneten in Fraktionen und das Urteil des Karikaturisten über den Einfluss der Fraktionen;
   - eine mögliche Begründung, warum der Karikaturist das Thema anspricht.

Bearbeiterin

4.4 *Vertiefung*: Deutscher Bundestag reformiert das Wahlrecht – hat die Reform Bestand vor dem Bundesverfassungsgericht?

Zum Thema: Im Juni 2023 unterzeichnete der Bundespräsident das Gesetz zur Wahlrechtsreform, nachdem es nach heftigen Kontroversen des Deutschen Bundestages und Bundesrates beschlossen wurde.

M26 Hitzige Debatte im Bundestag über die Wahlrechtsreform

Die Aussprache im Bundestag zur Wahlrechtsreform zur Verkleinerung des Bundestages verlief äußerst hitzig. Die Opposition attackierte die Regierung.

Alexander Dobrindt (CSU): „Sie wollen die Linke aus dem Parlament drängen – und mit einer offensichtlichen Freude das Existenzrecht der CSU infrage stellen."

Fraktionschefin der Grünen, Britta Haßelmann: „In 15 Bundesländern tritt diese CSU nicht an. Es kann nicht sein, dass die CSU als Regionalpartei dem Deutschen Bundestag diktiert, wie das Wahlrecht aussieht."

Leni Breymaier (SPD): „Also ich wünsche mir von der Linken ein bisschen mehr Selbstbewusstsein. Arsch hoch, dann kommt ihr auch über die fünf Prozent".

Jan Korte (Die Linke): „Bigotte Arroganz – Wir sehen uns in Karlsruhe"

Zitate in: Fünffinger, Anita: Schimpfen, Schreien, Finger zeigen. In: www.tagesschau.de 17.03.2023

Einstiegsaufgaben

72043-128

1. Stimmen Sie im Kurs über folgende Aussage ab: „Es bedarf einer Wahlrechtsreform, um den Bundestag zu verkleinern – auch auf Kosten kleinerer Parteien!"
2. Entwickeln Sie Ideen für eine Lösung des Problems kleinerer Parteien, bei der Umsetzung der Reform evtl. gar nicht mehr im Bundestag vertreten zu sein.

M27 Wie war das Wahlverfahren zum Deutschen Bundestag vor der Reform?

A Direktkandidaten und Abgeordnete von der Landesliste

Das deutsche Wahlsystem ist eine Kombination aus Verhältniswahl und Mehrheitswahl. Bei den Wahlen zum Deutschen Bundestag wählt man mit seiner ersten Stimme den Direktkandidaten oder die Direktkandidatin. Wer die Mehrheit aller Erststimmen in einem Wahlkreis erhält, ist auf jeden Fall [zur bzw.] zum Abgeordneten gewählt (Mehrheitswahl). Mit der zweiten Stimme wählt man eine Partei. Nach einem bestimmten System wird dann errechnet, wie viele Kandidaten eine Partei entsprechend den Zweitstimmen in das Parlament schicken kann (Verhältniswahl). Ein Teil der Abgeordneten im Parlament wird also mit der Erststimme gewählt, der andere Teil wird entsprechend der Zahl der Zweitstimmen von einer von der Partei vorher festgelegten Landesliste genommen. Es kann vorkommen, dass für eine Partei mehr Direktkandidaten ins Parlament gewählt werden, als dieser Partei nach den Zweitstimmen Sitze im Parlament zustehen. Dies sind die sogenannten Überhangmandate.

Schneider, Gerd / Toyka-Seid, Christiane: Überhangmandat. Das junge Politik-Lexikon. In: www.hanisauland.de, Abruf am 23.05.2023

B Wahlrechtsreform zur Verkleinerung des Bundestages beschlossen

Mit der Neuregelung wollen die Koalitionsfraktionen die Zahl der Bundestagsmandate künftig verlässlich auf 630 begrenzen. Dazu sehen sie einen Verzicht auf die bisherige Zuteilung sogenannter Überhang- und Ausgleichsmandate vor. Dies könnte dazu führen, dass künftig nicht alle Direktkandidaten, die in ihrem Wahlkreis die meisten Erststimmen erhalten, in das Parlament einziehen. [...] Dem Gesetzesbeschluss zufolge soll es wie bisher 299 Wahlkreise und zwei Stimmen geben. Dabei wird mit der Zweitstimme, mit der die Wähler für eine Parteiliste votieren können, über die proportionale Verteilung der Mandate an die Parteien entschieden. Mit der Erststimme können wie bisher in den Wahlkreisen Direktkandidaten gewählt werden. Ihnen wird ein Mandat jedoch nur zugeteilt, wenn dies durch das Zweitstimmenergebnis gedeckt ist. Stellt eine Partei in einem Bundesland mehr Wahlkreissieger als ihrem Zweitstimmenergebnis entspricht, sollen – in der Reihenfolge ihrer Ergebnisse bei den Wahlkreisstimmen – entsprechend weniger von ihnen bei der Mandatszuteilung berücksichtigt werden. [...] Eine weitere Änderung [ist der] Wegfall der sogenannten Grundmandatsklausel. Sie sieht vor, dass eine Partei auch dann entsprechend ihrem Zweitstimmenergebnis im Bundestag vertreten ist, wenn sie weniger als fünf Prozent der Zweitstimmen errungen hat, aber mindestens drei Direktmandate gewinnen konnte.
Zuletzt profitierte davon Die Linke, die bei der Bundestagswahl 2021 auf einen Zweitstimmenanteil von 4,9 Prozent kam, aber mit drei Direktmandaten in Fraktionsstärke in das Parlament einziehen konnte.

Nach: Deutscher Bundestag: Wahlrechtsreform zur Verkleinerung des Bundestages beschlossen. In: www.bundestag.de, 17.03.2023

Gesetz zur Wahlrechtsreform wird mit der Unterschrift des Bundespräsidenten rechtskräftig
Bundespräsident Frank-Walter Steinmeier hat das umstrittene Gesetz zur Wahlrechtsreform zur Verkleinerung des Deutschen Bundestages am 08.06.2023 unterzeichnet. Mit Veröffentlichung im Bundesgesetzblatt wird das Gesetz damit rechtskräftig.

Ein Beispiel für Überhangmandate

72043-130

M28 Kritik von Union und Linken

Die Union und die Linkspartei sehen sich durch die Reform benachteiligt. Sie kündigten jeweils eine Klage vor dem Bundesverfassungsgericht an. Dort will Unionsfraktionschef Friedrich Merz (CDU) die Wahlrechtsreform per Normenkontrollklage zu Fall bringen. [...] [D]er per Direktmandat in den Bundestag gewählte CSU-Abgeordnete Wolfgang Stefinger ist der Meinung, dass seine Partei durch die Reform benachteiligt wird. Es könne passieren, „dass die CSU vielleicht, wenn man das Vertrauen der Wählerinnen und Wähler bekommt, zwar eigentlich die Wahlkreise in Bayern gewinnt, direkt, aber trotzdem kein einziger Abgeordneter im Deutschen Bundestag ist" [...].

©WDR 2023: Bundestag beschließt seine Verkleinerung – was hinter der Wahlrechtsreform steckt. In: www1.wdr.de, 17.03.2023

Normenkontrollklage
Bei einer Normenkontrolle prüft das Bundesverfassungsgericht die Vereinbarkeit der neuen gesetzlichen Regelung mit dem Grundgesetz.

Aufgaben

72043-129

1. Erklären Sie das deutsche Wahlsystem, indem Sie einzelne Aspekte des Wahlverfahrens zum Deutschen Bundestag auf einer Wandzeitung notieren (**M27** A).
2. Analysieren Sie **M27** B im Hinblick auf das von der Ampelregierung 2023 in den Deutschen Bundestag eingebrachte Gesetzesvorhaben zur Verkleinerung des Bundestages und die Probleme, die sich aus einer Verkleinerung ergeben könnten.
3. Beschreiben Sie, mit welcher Begründung die Oppositionsparteien eine Klage gegen das Wahlrechtsformgesetz beim Bundesverfassungsgericht einreichen wollen (**M28**).
4. Ermitteln Sie den aktuellen Stand des Verfahrens in einer Recherche.

H zu Aufgabe 1
Grafik: Das Wahlsystem zur Bundestagswahl

72043-127

WISSEN KOMPAKT

Gesetzgebungsprozess

Die Gesetzgebung ist ein langwieriger Prozess, an dem Bundesregierung, Bundestag und Bundesrat mitwirken. Aber auch einzelne Interessengruppen versuchen, über ihre Interessenorganisationen oder die öffentliche Meinung Einfluss zu nehmen.

Das Initiativrecht, ein Gesetz in den Deutschen Bundestag zur Abstimmung zu bringen, haben Bundesregierung, Bundesrat und Bundestag (mindestens fünf Prozent der Abgeordneten). Die meisten Initiativen kommen von der Bundesregierung. Die Entwürfe werden von den Fachministerien ausgearbeitet, vom Kabinett abgesegnet und in den Deutschen Bundestag eingebracht.

Nach den Beratungen im Plenum (1. Lesung) wird der Entwurf an die Ausschüsse verwiesen. Dort findet eine intensive Beratung statt. Experten können befragt, strittige Themen ausdiskutiert und Kompromisse gefunden werden. Unter anderem versuchen hier Interessenverbände, Gesetze in ihrem Sinne zu beeinflussen.

Der überarbeitete Entwurf kommt zur 2. und 3. Lesung und zur Beschlussfassung ins Plenum zurück. Anschließend wird (bei zustimmungspflichtigen Gesetzen) im Bundesrat beraten und abgestimmt und am Ende muss der Bundespräsident bzw. die Bundespräsidentin das Gesetz unterzeichnen, damit es in Kraft treten kann. Ein Gesetz gilt als in Kraft getreten, wenn es im „Bundesgesetzblatt" veröffentlicht wurde.

Übung 72043-115

Vermittlungsausschuss

Der Vermittlungsausschuss ist ein gemeinsames Gremium des Deutschen Bundestages und Bundesrates. Er hat die Aufgabe, zwischen den beiden, dem Deutschen Bundestag und dem Bundesrat, zu vermitteln. Der gemeinsame Ausschuss besteht aus je 16 Mitgliedern.

Übung 72043-116

Bundestagsausschüsse

Die Ausschüsse des Deutschen Bundestages werden vom Deutschen Bundestag gewählt. Sie erledigen Vorarbeiten für Gesetzesentwürfe, erarbeiten Gesetzesvorlagen oder vereinbaren Kompromisse zwischen den Parteien.

Übung 72043-117

Verfassungsorgane

Die Verfassungsorgane sind die obersten Staatsorgane der Bundesrepublik Deutschland. Dazu gehören der Deutsche Bundestag, der Bundesrat, die Bundesversammlung, die Bundespräsidentin bzw. der Bundespräsident, die Bundesregierung und das Bundesverfassungsgericht.

Übung 72043-118

Deutscher Bundestag

Der Deutsche Bundestag ist das Parlament der Bundesrepublik Deutschland. Die Mitglieder werden für vier Jahre vom Volk als Abgeordnete gewählt.

Parteien

Die Parteien, die im Deutschen Bundestag nicht zu den Regierungsparteien gehören, bilden die Opposition.

Bundesrat

Durch den Bundesrat sind die 16 Bundesländer an der Gesetzgebung und Verwaltung des Bundes beteiligt und wirken in Angelegenheiten der EU mit. Im Bundesrat sind 69 Vertreterinnen und Vertreter der Landesregierungen versammelt. Jedes Land hat mindestens drei Stimmen. Je nach Anzahl der Einwohnerinnen und Einwohner können dazu noch einmal drei Stimmen hinzukommen. Bei Abstimmungen sind die Landesvertreterinnen und -vertreter gezwungen, ihr Votum geschlossen, also einheitlich abzugeben.

Übung 72043-119

Bundesregierung und Regierungskoalition

Die Bundesregierung leitet die Staatsgeschäfte. Sie besteht aus dem Bundeskanzler bzw. der Bundeskanzlerin und den Ministerinnen und Ministern, die zusammen das Kabinett bilden.

Der Kanzler bzw. die Kanzlerin bestimmt die Richtlinien der Politik (Richtlinienkompetenz), trägt also die Verantwortung dafür und hat die letzte Entscheidung, z. B., wenn Ministerinnen oder Minister des Kabinetts sich nicht einigen können.

Eine Regierungskoalition ist ein Bündnis von Parteien, die sich für eine bestimmte Zeit zusammenschließen, um eine Regierung zu bilden, die über eine Mehrheit im Parlament verfügt.

Übung 72043-120

Bundesverfassungsgericht

Das Bundesverfassungsgericht (BVerfG) ist der oberste Hüter der Verfassung. Es ist den anderen vier Verfassungsorganen gegenüber selbstständig, unabhängig und gleichgestellt. Die Entscheidungen des BVerfG sind unanfechtbar und müssen von den anderen Organen eingehalten werden.

Übung 72043-121

Bundespräsidentin bzw. Bundespräsident

Der Bundespräsident bzw. die Bundespräsidentin ist das Staatsoberhaupt der Bundesrepublik Deutschland. Es wird von der Bundesversammlung für fünf Jahre gewählt. Eine einmalige Wiederwahl ist möglich. Das Staatsoberhaupt ist zuständig für die völkerrechtliche Vertretung der Bundesrepublik Deutschland, die Verkündung und Ausfertigung der Gesetze. Es hat das Vorschlagsrecht für die Wahl der Bundeskanzlerin bzw. des Bundeskanzlers, ernennt diese bzw. diesen und entlässt sie oder ihn auf Wunsch des Deutschen Bundestages. Das Staatsoberhaupt ernennt und entlässt die Ministerinnen und Minister auf Vorschlag der Bundeskanzlerin bzw. des Bundeskanzlers.

Übung 72043-122

Freies Mandat und Fraktionsdisziplin

- Die Parteien im Deutschen Bundestag schließen sich zu Fraktionen zusammen. Obwohl die Abgeordneten nur an ihr Gewissen gebunden sind, wünschen Fraktionen häufig, dass „ihre" Abgeordneten bei Abstimmungen einheitlich abstimmen.
- Nach Artikel 38 Grundgesetz sind die Abgeordneten des Deutschen Bundestages Vertreterinnen und Vertreter des ganzen Volkes. Sie sind an Aufträge und Weisungen nicht gebunden und nur ihrem Gewissen unterworfen.

Übung 72043-123

KOMPETENZEN PRÜFEN

I. Selbstdiagnose

Ich kann ...	sehr gut	nicht gut	Übung durch z. B.
die Verfassungsorgane benennen und ihre im Grundgesetz verankerten Aufgaben beschreiben (AFB I).			M15-M19 Werkzeugkasten Verfassungsorgane (→ S. 149 ff.)
den Gesetzgebungsprozess und die daran beteiligten Verfassungsorgane erläutern (AFB II).			M4, M5-M13
zentrale Bestimmungen des im Jahre 2022 verabschiedeten Heizkostenzuschussgesetzes darstellen (AFB I) und unterschiedliche Positionen von Regierung und Opposition erläutern (AFB II und beurteilen (AFB III).	Ins Heft		M5-M13
die Bestimmungen des Grundgesetzes zur Gewissensfreiheit der Abgeordneten darstellen (AFB I), die Bedeutung der Fraktionsdisziplin bei Abstimmungen im Bundestag erklären (AFB II) und im Spannungsfeld zwischen Gewissensfreiheit und Fraktionsdisziplin erörtern (AFB III).			M22-M25

II. Kompetenzen anwenden – am Beispiel: Kommt die Impfpflicht?

Karikatur: Klaus Stuttmann, 2022

Aufgaben 72043-124

1. Beschreiben Sie die Karikatur hinsichtlich der Darstellung des Gesetzes zur Impfpflicht.
2. Analysieren Sie die Aussage des Karikaturisten.
3. Nehmen Sie Stellung zu seiner Einschätzung der Diskussion um die Impfpflicht.

III. Klausurtraining

Soll die Bundespräsidentin bzw. der Bundespräsident direkt vom Volk gewählt werden?

Pro von Josef Winkler

Die sogenannte Wahl durch die Bundesversammlung ist eine Farce. Auch wenn es manchmal knapp war – der jeweils gewählte Bewerber stand zu Beginn der Versammlung bereits fest. Die Rolle der Bundesversammlung beschränkt sich darauf, den präsidialen Start ins Amt mehr oder weniger holprig zu gestalten [...]. Wir bräuchten endlich einen offenen Wettbewerb um das Amt des Bundespräsidenten. Wir sind seit langem mit einer steigenden Politikverdrossenheit konfrontiert. Den Wunsch vieler Bürgerinnen und Bürger, sich mehr einzumischen, mehr mitzuentscheiden über politische Belange, sollte man als Angebot, nicht als Drohung wahrnehmen. Politische Beteiligung ist nicht statisch für alle Zeiten festgelegt, sondern eben auch den Veränderungen in politischen Willens- und in meinungsbildenden Prozessen unterworfen. Diesem Anliegen sollte Rechnung getragen werden. Deshalb plädiere ich seit einem Jahrzehnt dafür, den Bundespräsidenten direkt zu wählen. Die Vorteile liegen klar auf der Hand: In einem offenen Wettbewerb kämen im Gegensatz zur bisherigen Kür, die vornehmlich in Hinterzimmern erfolgt, Menschen zum Zuge, die echte Diskussionsangebote an das Volk machen. Erst so käme eine tatsächliche (Aus-)Wahl zustande. Ein direkt gewählter Bundespräsident hätte zwar zum einen eine stärkere Legitimation, zum anderen aber auch eine stärkere Verpflichtung dem Volke gegenüber. [...] Mehr Kompetenzen braucht der Präsident nicht – aber ein anderes Auswahlverfahren.

Josef Winkler (Grüne) war von 2002 bis 2013 Abgeordneter des Deutschen Bundestages.

Kontra von Gerd Langguth

Gäbe es eine Direktwahl des Bundespräsidenten, entstünde eine monatelange, polarisierende Wahlkampfsituation, die die Menschen spalten würde. Könnte ein Präsident, der sich in einem intensiven Wahlkampf durchgesetzt hat, die Herzen der Bevölkerung erobern? Die Verfassungsväter und mütter des Grundgesetzes wollten, dass der Bundespräsident möglichst in der gesamten Bevölkerung akzeptiert wird, weshalb auch vorgeschrieben ist, dass in der Bundesversammlung der Präsident ohne Aussprache gewählt wird. [...] Ein Bundespräsident sollte kein eigener Machtfaktor sein. Seine wesentliche Aufgabe ist die der Integration des Volkes, die Macht des Wortes. Er ist „Staatsnotar". Er hat auch „Reservefunktionen", etwa bei Schwierigkeiten während der Regierungsbildung oder bei vorgezogenen Wahlen. Ein direkt gewählter Bundespräsident würde hingegen versucht sein, seine dann von ihm in Anspruch genommene „höhere Legitimation" gegenüber dem Kanzler auszuspielen, der ja nur indirekt, durch den Bundestag, gewählt wird. Die Direktwahl des Bundespräsidenten würde also die Machtarithmetik auf Bundesebene verändern. Der Bundespräsident als Oberkanzler – das war von den Schöpfern des Grundgesetzes zu Recht nicht gewollt. Dem Bundespräsidenten sollte so etwas wie die Rolle eines Ersatzmonarchen zukommen.

Gerd Langguth ist Professor für Politikwissenschaft an der Universität Bonn. Er ist Autor zahlreicher Bücher.

Langguth, Gerd/Winkler, Josef: Volkswahl des Bundespräsidenten? In: www.politik-kommunikation.de, 01.02.2012, Abruf am 16.01.2023

Aufgaben 72043-125

1. Stellen Sie dar, wie die Bundespräsidentin bzw. der Bundespräsident gewählt wird und welche Aufgaben sie bzw. er als Staatsoberhaupt Deutschlands wahrnimmt.
2. Analysieren Sie vergleichend die Positionen von Josef Winkler und Gerd Langguth zur „Volkswahl des Bundespräsidenten".
3. Erörtern Sie kriteriengeleitet vor dem Hintergrund Ihrer Kenntnisse über die Besetzung der Verfassungsorgane Vor- und Nachteile einer „Volkswahl" des Bundespräsidenten bzw. der Bundespräsidentin. (Mögliche Kriterien: Durchsetzbarkeit und Wünschbarkeit)

Erwartungshorizonte zu den Aufgaben

72043-126

Karikatur: Gerhard Mester, Baaske Cartoons, Müllheim, 2017

Karikatur: Gerhard Mester, Baaske Cartoons, Müllheim, 2009

Politische Willensbildung: Sollten Parteien politische Entscheidungen stärker beeinflussen?

5

„Die Parteien wirken bei der politischen Willensbildung des Volkes mit.", heißt es im Artikel 21 des Grundgesetzes. Wenn die Rolle der Parteien ausdrücklich im Grundgesetz verankert wurde, dann deutet das daraufhin, dass die Parteien eine wichtige Rolle in der Demokratie in Deutschland spielen sollen.
Dieses Kapitel beschäftigt sich mit den Parteien in Deutschland, den Einstellungen der Bevölkerung zu den Parteien, der rechtlichen Stellung der Parteien und den Unterschieden zwischen den Parteien, wobei nur die Parteien beschrieben werden, die ab 2021 vertreten sind. Ein Schwerpunkt ist dabei die Klimapolitik.
Auch die Funktion der Medien im demokratischen Prozess ist Gegenstand dieses Kapitels. In der Vertiefung geht es um die „Konfliktlinien", die ein soziologisches Modell zur Erklärung des Wandels der Parteienstruktur sind.

Kompetenzen

Am Ende des Kapitels sollten Sie Folgendes können:

- die Kennzeichen, Grundorientierungen, Aufgaben und Funktionen von Parteien beschreiben und erläutern;
- die Parteien in ein Farbschema einordnen, das durch ein Links-Rechts-Schema gekennzeichnet ist;
- verschiedene Formen von Koalitionen zwischen Parteien als Ergebnis von Wahlen beschreiben;
- die Entwicklung der Mitgliederstruktur der Parteien erläutern und Gründe für die sinkende Bedeutung der Volksparteien darlegen;
- Grundorientierungen der Parteien mit Hilfe von Grundsatzprogrammen ermitteln;
- Ursachen für und Auswirkungen von Politikerinnen- und Politiker- sowie Parteienverdrossenheit erläutern;
- fallbezogen die Funktion von Medien in der Demokratie erläutern und beurteilen;
- die Konfliktlinien im deutschen Parteiensystem darstellen und Ursachen für Veränderungen mit Hilfe soziologischer Erklärungsansätze erklären.

Aufgaben

72043-500

1. Geben Sie die Ihnen bekannten (bundespolitischen) Parteien wieder. Was wissen Sie schon darüber?
2. Analysieren Sie die Probleme zwischen den Bürgerinnen und Bürgern und den Parteien, auf die die Karikaturen 1 und 2 auf der linken Seite hinweisen wollen.
3. a) Beurteilen Sie vor dem Hintergrund Ihrer Kenntnisse über die Parteien in Deutschland, inwieweit die Karikaturen 1 und 2 auf der linken Seite die Probleme richtig darstellen.
   b) Vergleichen Sie Ihre Ergebnisse im Kurs.

5.1 Konservativ, sozialistisch, liberal: Inwieweit prägen diese weltanschaulichen Leitideen die politischen Parteien in Deutschland?

Zum Thema: In diesem Unterkapitel erhalten Sie alle wichtigen Informationen über die Parteien in der Bundesrepublik Deutschland. Sie erfahren, welche Bestimmungen das Grundgesetz über die Funktionen und Rechte der Parteien enthält. Ebenso lernen Sie die weltanschaulichen Leitideen der im Bundestag vertretenen Parteien kennen und können dadurch die einzelnen Parteien voneinander unterscheiden. Im zweiten Teil dieses Unterkapitels geht es um die Sitzverteilung im Deutschen Bundestag und die Möglichkeiten der Parteien, Koalitionen zu bilden.

M1 Stimmen über Parteien in Deutschland: Inwiefern gibt es programmatische Unterschiede?

1 **Vincent Gehrmann, 46 Jahre, Politologe**
Parteien konkurrieren miteinander um Stimmen der Wählerinnen und Wähler. Um ihre Wählerbasis zu erweitern, versuchen sie oft, sich den Meinungen und Bedürfnissen eines größeren Publikums anzupassen. Dies führt dazu, dass sie sich in ähnliche Richtungen bewegen und ähnliche politische Positionen einnehmen.

2 **Eva Maria Schmitt-Sievers, 39 Jahre, Parteienforscherin**
Parteien haben unterschiedliche politische Programme und Prioritäten. Während einige Parteien sich für eine umfassende Sozialpolitik und eine stärkere Regulierung der Wirtschaft einsetzen, setzen andere Parteien eher auf eine marktwirtschaftliche Ausrichtung und weniger Regulierung.

3 **Selma Özden, 62 Jahre, PR-Managerin**
Medien beeinflussen immer stärker die öffentliche Meinung und haben somit einen starken Einfluss auf die politische Landschaft. Politikerinnen, Politiker und Parteien versuchen, in den Medien positiv dargestellt zu werden und werden deshalb dazu neigen, ähnliche Standpunkte zu vertreten, um bei den Wählerinnen und Wählern beliebter zu sein.

4 **Marco Sanchez, 29 Jahre, Ökonom**
Parteien werden oft von verschiedenen Interessengruppen unterstützt, was sich in ihren politischen Entscheidungen und Prioritäten widerspiegeln kann. So können einige Parteien sich stärker für die Interessen von Arbeitnehmenden einsetzen, während andere Parteien sich eher auf die Interessen von Unternehmen und Investorinnen und Investoren konzentrieren.

Bearbeiterin, die Personen sind fiktiv.

Einstiegsaufgaben

72043-501

1. Analysieren Sie die Stimmen in **M1** hinsichtlich der Unterscheidbarkeit der Parteien.
2. Diskutieren Sie vor dem Hintergrund Ihrer Kenntnisse über programmatische Aussagen der Parteien (z. B. Tempolimit, Steuern, Klima, Migration, etc.), ob die Aussagen in **M1** zutreffend sind. Begründen Sie Ihre Position.

M2 Was genau ist eine Partei?

[Eine] Partei bezeichnet eine auf Dauer angelegte Organisation politisch gleichgesinnter Menschen. Parteien verfolgen bestimmte wirtschaftliche, gesellschaftliche etc. Vorstellungen, die (i. d. R.) in Partei-Programmen festgeschrieben sind, sowie das Ziel, Regierungsverantwortung zu übernehmen. [...] Die rechtliche Stellung von Parteien und ihre Anerkennung als tragendes Element der demokratischen Verfassung basieren auf den Regelungen des Art. 21 GG (Grundgesetz).

Schubert, Klaus/Klein, Martina: Das Politiklexikon. 7. aktual. u. erw. Aufl. Bonn: Dietz 2020. Lizenzausgabe Bonn: Bundeszentrale für politische Bildung

M3 Was sind die Aufgaben der Parteien?

§

Artikel 21 GG

(1) Die Parteien wirken bei der politischen Willensbildung des Volkes mit. Ihre Gründung ist frei. Ihre innere Ordnung muss demokratischen Grundsätzen entsprechen. Sie müssen über die Herkunft und Verwendung ihrer Mittel sowie über ihr Vermögen öffentlich Rechenschaft geben.

M4 Welche Funktionen erfüllen die Parteien?

Jedes demokratische politische System muss vier wesentliche Aufgaben erfüllen: Politische Entscheidungen müssen diskutiert und getroffen werden (Politikformulierung), getroffene Entscheidungen müssen durchgeführt werden (Politikimplementation), der politische Prozess muss kontrolliert werden (Politikkontrolle) und die Personen, die in den Organen des Regierungssystems tätig sind, müssen rekrutiert werden (Personalrekrutierung). [...]

A Diskussion politischer Entscheidungen (Politikformulierung)

Im Rahmen des politischen Diskussionsprozesses bringen die Parteien die politischen Positionen, Wünsche und Bedürfnisse ihrer Mitglieder und/oder Wähler zum Ausdruck [...] In vielen Parteien, gerade auch in den großen Volksparteien, bilden sich [...] die unterschiedlichen Positionen in verschiedenen Flügeln, Vereinigungen, Arbeitsgemeinschaften oder Strömungen ab. [...]

In der Interessenaggregation (Bündelung und Gewichtung von Interessen) unterscheiden sich die Parteien von Verbänden, die in der Regel einheitlichere Interessen bestimmter gesellschaftlicher Gruppen artikulieren. Zudem sind die Parteien durch ihre Verankerung im Regierungssystem dazu in der Lage, Interessen nicht nur gegenüber den politischen Entscheidungsträgern zu äußern, sondern direkt in die politischen Entscheidungsprozesse einzubringen. [...]

B Politikkontrolle

Die Kontrolle des politischen Prozesses erfolgt auf verschiedene Weisen: zum einen in Form der rechtlichen Kontrolle vor allem durch das Bundesverfassungsgericht, [...] (z)um anderen nehmen die Parteien auch eine direkte, politische Kontrollfunktion wahr. Da in der parlamentarischen Demokratie die Regierung und die Parlamentsmehrheit eine politische Handlungseinheit bilden, geschieht dies zwischen der Regierung und den sie tragenden Parlamentsfraktionen meist über interne Kanäle, während die Oppositionsfraktionen ihre Kontrollfunktion vor allem über die Herstellung von Öffentlichkeit wahrnehmen.

C Durchführung politischer Entscheidungen (Politikimplementation)

Die Vermittlungsaufgaben der Parteien im Rahmen des politischen Diskussionsprozesses beschränken sich nicht nur auf eine Richtung, verlaufen also nicht nur von der politischen Bürgerschaft hin zu den politischen Entscheidungsträgern. Die Parteien sind auch dazu da, den Bürgern die im Rahmen des Regierungssystems getroffenen politischen Entscheidungen direkt oder mit Hilfe der Medien zu vermitteln. [...] Die Parteien erbringen jedoch nicht nur Vermittlungsleistungen zwischen der politischen Bürgerschaft und den Akteuren des Regierungssystems. Durch ihre Verankerung im Regierungssystem sind sie es, die unmittelbar politische Entscheidungen treffen, also politische Herrschaft ausüben.

D Personalrekrutierung

Die Parteien besitzen faktisch ein Rekrutierungsmonopol für öffentliche Ämter und Mandate auf der regionalen, nationalen und europäischen Ebene [...]. Dies gilt z. B. auf der nationalen Ebene für alle Verfassungsorgane: Nach 1949 wurde kein einziger parteiunabhängiger Bewerber mehr in den Bundestag gewählt, die Regierungsämter werden von den Parteien besetzt, der Bundesrat besteht aus Vertretern der Landesregierungen und der Bundespräsident wird von der Bundesversammlung gewählt, die alle Mitglieder des Bundestages sowie eine gleiche Zahl an von den Landtagen gewählten, also von den Parteien ausgesuchten, Vertretern der Bundesländer umfasst. Die Richter des Bundesverfassungsgerichts werden je zur Hälfte vom zwölfköpfigen Wahlausschuss des Bundestags und vom Bundesrat gewählt. Einmal im Amt, sichert jedoch ihre zwölfjährige Amtszeit und die Tatsache, dass sie nicht wiedergewählt werden können, in der Regel ihre parteipolitische Unabhängigkeit.

Niedermayer, Oskar: Die Rolle und Funktionen von Parteien in der deutschen Demokratie. In: www.bpb.de, 09.06.2022

M5 Parteien im Deutschen Bundestag: Entstehungsgeschichten und politische Grundideen

CDU

Christlich-Demokratische Union Deutschlands

Die **CDU** wurde 1950 als Sammlungspartei des christlich-bürgerlichen Lagers gegründet. Seitdem hat sie außen- und innenpolitische Schlüsselentscheidungen der Bundesrepublik Deutschland als Regierungspartei [jahrzehntelang] maßgeblich geprägt. Ihr Programm ist von konservativen, liberalen und christlich-sozialen Standpunkten geprägt.

SPD Soziale Politik für Dich.

Sozialdemokratische Partei Deutschlands

Trotz ihrer über 150-jährigen Geschichte [gegründet 1863 in Leipzig] konnte die **SPD** erstmals in den 1970er-Jahren bundesweit die stärkste Partei werden. In der Bundesrepublik Deutschland war sie schon in unterschiedlichen Regierungskoalitionen vertreten und stellte [bis heute über] 20 Jahre lang den Bundeskanzler. [Die Sozialdemokratische Partei Deutschlands] hält [...] an ihren Grundwerten Freiheit, Gerechtigkeit und Solidarität [bis heute] fest.

DIE LINKE hat sich ab 2005 als parlamentarische Kraft im deutschen Parteiensystem fest etabliert. Entstanden ist sie aus der WASG und der PDS. Damit hat sie ihre Wurzeln sowohl im gewerkschaftsnahen Umfeld und dem Protest gegen die Sozialpolitik der 2000er-Jahre als auch in einer ostdeutschen Regionalpartei, die sich 1990 als Nachfolgerin der DDR-Staatspartei SED gebildet hatte.

DIE LINKE.

DIE GRÜNEN sind aus dem Protest gegen Umweltzerstörung, die Nutzung der Kernenergie und die atomare Hochrüstung entstanden. 1983 gelang der Partei erstmals der Einzug in den Bundestag. Zwischen 1998 und 2005 waren die Grünen Teil einer Bundesregierung mit der SPD. Entgegen ihrer pazifistischen Tradition stimmen die Grünen auch den Auslandseinsätzen der Bundeswehr zu.

BÜNDNIS 90 DIE GRÜNEN

Die **CSU** tritt bei Wahlen nur in Bayern an und regierte dort von 1966 bis 2008 und erneut seit 2013 ohne Koalitionspartner. Im Bundestag bildet sie mit der CDU eine gemeinsame Fraktion. Die CSU versteht sich als bürgerlich-konservative Sammlungspartei, beruft sich auf überkonfessionelle christliche Standpunkte und setzt sie sich für mehr Eigenstaatlichkeit Bayerns ein.

CSU

Christlich Soziale Union

Nach ihrer Gründung 2013 gelang der **AfD** ein rascher Aufstieg. [...] Die Folgen der Eurokrise als zentraler Gründungsimpuls nehmen im Programm breiten Raum ein. Seit Mitte 2015 gewannen national-konservative Positionen gegenüber liberal-konservativen an Gewicht. Bei der Bundestagswahl 2017 zog die AfD zum ersten Mal in den Bundestag ein.

AfD

Von 1949 bis 2013 war die **FDP** ununterbrochen im Bundestag vertreten und an vielen Regierungen beteiligt. Schon vor ihrem Ausscheiden aus dem Bundestag (2013) musste sie seit 2011 auch bei vielen Landtagswahlen Verluste hinnehmen. Als liberale Partei orientiert sich ihr Programm an der individuellen Freiheit des Einzelnen, die vom Staat ermöglicht und geschützt werden muss. Bei der Bundestagswahl 2017 zog sie wieder in den Bundestag ein.

Freie Demokraten FDP

Decker, Frank / Oppelland, Torsten: Dossier: Parteien in Deutschland. In: www.bpb.de, Abruf am 31.03.2023

Aufgaben

72043-502

1. Stellen Sie mit eigenen Worten dar, was genau eine Partei ist (**M2**). Präsentieren Sie Ihr Ergebnis Ihrer Nachbarin bzw. Ihrem Nachbarn.
2. Erklären Sie mit Hilfe von **M2** und **M3**, durch welche Merkmale eine Partei gekennzeichnet ist.
3. Analysieren Sie **M3** und **M4** im Hinblick auf die Aufgaben und Funktionen der Parteien.
4. Charakterisieren Sie in einem kurzen Portrait die in **M5** dargestellten Parteien im Deutschen Bundestag. Sie können arbeitsteilig vorgehen.
5. Entwickeln Sie eine Plakatwand, auf der zentrale Unterschiede zwischen den Parteien deutlich werden.

Ausführliche Entstehungsgeschichten und Grundideen der Parteien

72043-534

M6 Die Bezeichnungen der Parteien: Warum gibt es „Rechts und Links“, „Schwarz, Rot, Grün, Gelb und Blau“?

A Rechts und Links

Was meinen [Personen], wenn sie über andere sagen: „Die ist links“ oder „der steht rechts“? Sie bezeichnen die politische Einstellung einer Person. Ob einer „rechts“ oder „links“ war, kam vor über 200 Jahren tatsächlich darauf an, wo er saß. Ausschlaggebend war die Blickrichtung des Vorsitzenden in der Französischen Nationalversammlung von 1789. [...] Daraus wurden die Begriffe rechts und links für die politische Haltung. Links vom Podium saßen die Radikalen, die den Staat verändern wollten, auf der rechten Seite die Konservativen, die eigentlich wollten, dass alles beim Alten bleibt. So wie uns die Erdkunde [...] sagt, welcher Erdteil wo ist, konnte man die politische Einstellung eines Menschen daran ablesen, wo er sich in der Nationalversammlung niedergelassen hatte [...] Auch heute noch gibt es rechts und links im Parlament. [...] So kann man die Abgeordneten zwar eindeutig ihren Parteien zuordnen, aber nicht der genauen politischen Position. Es gibt „Linke“, also eher fortschrittliche Mitglieder, in der CDU und „Rechte“, Gegner gesellschaftlicher Veränderungen, in der SPD. Man spricht von verschiedenen Flügeln einer Partei. Die Übergänge in politischen Überzeugungen sind fließend – wie in der Gesellschaft.

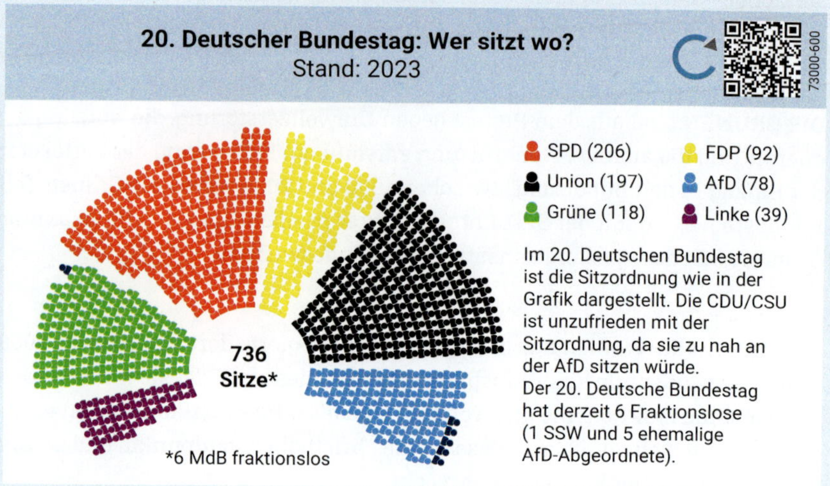

© C.C. Buchner Verlag, aktuelle Daten nach: Deutscher Bundestag (Datenerhebung: 2023; Grafikerstellung: 2023)

Schulz-Reiss, Christine: Nachgefragt: Politik – Basiswissen zum Mitreden. 5. aktualisierte Auflage. Bindlach (Loewe Verlag) 2012, S. 73

B Schwarz, Rot, Grün, Gelb, Blau: Wieso benutzt zum Beispiel die SPD rote, CDU/CSU schwarze und die FDP (blau-)gelbe Plakate und Symbole?

In der Französischen Revolution trugen die Jakobiner, die radikalste Gruppe der Aufständischen, rote Mützen, wie sie früher die Galeerensklaven auf dem Kopf hatten. Rot wurde zur Farbe der Revolution, später zur Farbe der Sozialisten und Kommunisten, also derer, die sich für die „kleinen Leute“ einsetzten. Deshalb ist Rot heute noch die Farbe der Parteien mit „linker“ Ausrichtung wie der Sozialdemokratie oder der Linkspartei. Die Farbe von CDU und CSU hat was mit dem „C“ in ihrem Namen zu tun: Das steht für christlich [...] Schwarz ist ein uraltes Symbol für die Leiden Christi und für die Bußfertigkeit. Grün ist die Farbe der Natur – und deren Schutz ist Hauptanliegen der Grünen-Partei. Nur die FDP kam zufällig zu ihrem blau-gelben Gewand: Diese Farben wurden erstmals 1972 für den Wahlkampf in Baden-Württemberg eingesetzt. Besondere Werte symbolisieren sie nicht, es war nur eine Idee der Werbeagentur. Und weil die Farben ganz gut ankamen, blieb die Partei dabei.

Farben der CDU, CSU, FDP und AfD
Die Farbe „Schwarz“ wurde nicht von der CDU/CSU selbst gebraucht, sondern wurde von den Medien diesen Parteien zugewiesen. Das Logo der CDU hat die Farbe „Rot“ und das Logo der CSU die Farbe „Blau“. Die FDP gebraucht seit 2015 neben den Farben gelb und blau auch die Farbe pink (magenta). Die Farbe „Blau“ war ursprünglich die Farbe der CSU. Heute wird in den Medien die Farbe „Blau“ der „Alternative für Deutschland“ (AfD), die zum ersten Mal 2017 in den Bundestag eingezogen ist, zugeordnet. Diese Zuordnung ist entstanden, weil die Farbe „Blau“ die dominierende Farbe in dem Logo der AfD ist.

Schulz-Reiss, Christine: Nachgefragt: Politik – Basiswissen zum Mitreden. 5. aktualisierte Auflage. Bindlach (Loewe Verlag) 2012, S. 73

M7 Was bedeuten die zentralen politischen Weltanschauungen: Sozialismus, Liberalismus, Konservativismus

A Sozialismus

Der Sozialismus ist eine politische Lehre, die Gleichheit und Solidarität aller Menschen betont. Einige seiner Grundideen wurden schon im 18. Jahrhundert, in der Zeit der Aufklärung, beschrieben.

Aber erst im 19. Jahrhundert, als es mit der Industrialisierung immer mehr Armut und Elend unter den Arbeitern gab, entwickelte sich der Sozialismus zu einer Massenbewegung. Verschiedene Ideen wurden nun zu einer politischen Lehre zusammengefasst, die sich bald in zwei Strömungen teilte.

Demokratischer Sozialismus

Am Ende des 19. Jahrhunderts vertraten die Arbeiterschaft und die Gewerkschaften den demokratischen Sozialismus. Durch schrittweise Veränderungen sollten die wirtschaftlichen und sozialen Verhältnisse und damit die Lebensbedingungen der Menschen verbessert werden. Keiner sollte mehr über andere Menschen Macht ausüben, wenn er nicht demokratisch gewählt war. Aus dieser Bewegung ist die Sozialdemokratische Partei Deutschlands, die SPD, hervorgegangen.

Revolutionärer Sozialismus

Der revolutionäre Sozialismus strebte dagegen einen gewaltsamen Umsturz und einen radikalen Neuanfang in Wirtschaft und Gesellschaft an. Er verstand sich als Übergangsstadium zum Kommunismus. Nach der russischen Oktoberrevolution im Jahre 1917 entstand so in der Sowjetunion der „real existierende Sozialismus".

Auch in anderen Staaten wurde das sozialistische System eingeführt. Fast überall führte der Sozialismus zu einer Gewaltherrschaft, in der viele Menschen unterdrückt wurden. Um 1990 kam es zum Zusammenbruch vieler sozialistischer Gesellschaftsordnungen.

Schneider, Gerd / ToykaSeid, Christiane: Das junge PolitikLexikon. In: www.hanisauland.de. Bonn: Bundeszentrale für politische Bildung 2023

Sozialistische Parteien heute

In den demokratischen Staaten Westeuropas gibt es nach wie vor sozialistische und sozialdemokratische Parteien. Sie wollen Vorstellungen des Sozialismus auf der Grundlage der Demokratie verwirklichen.

B Liberalismus

Die charakteristischen Ideen des Liberalismus lassen sich in aller Kürze wie folgt zusammenfassen: Der Liberalismus geht von der Selbstbestimmungsfähigkeit der Individuen aus, weswegen der Staat auch nur die untergeordnete Rolle eines „Nachtwächters" zu spielen hat, d. h., er soll nur dort eingreifen, wo es nötig ist. Insofern betont er die Bürger- und Menschenrechte des Individuums gegenüber dem Staat und die Bändigung der politischen Herrschaft durch eine Verfassung. Die Liberalen sind der Auffassung, dass die Ökonomie so weit wie möglich frei von staatlichen Regulierungen sein sollte.

Sie vertrauen ganz auf die freien Kräfte des Marktes und des Wettbewerbes, die im Zusammenspiel alles optimal regeln, solange sie nur frei sind. Einschränkend muss man hier gerechterweise hinzufügen, dass die Sozialliberalen durchaus gewisse Beschränkungen des freien Marktes befürworten, um beispielsweise ungleiche Ausgangsvoraussetzungen auszugleichen.

Bevc, Tobias: Politische Theorie, 2. überarbeitete Auflage. Konstanz und München 2012, S. 196

C Konservatismus

Dieser Begriff kommt von dem lateinischen Wort „conservare" und heißt „bewahren". Konservatismus bezieht sich auf Denkweisen und Bewegungen in Politik, Religion oder Gesellschaft. Gemeint ist damit, dass man an überlieferten Werten und Vorstellungen festhält, sie verteidigt und neue Entwicklungen eher kritisch betrachtet. [...] Entstanden ist der Konservatismus im 18. Jahrhundert als Gegenbewegung zu den Umwälzungen der Französischen Revolution.

Schneider, Gerd / ToykaSeid, Christiane: Konservatismus. In: Das junge Politiklexikon. Bonn 2020

Kennzeichen konservativen Denkens

- Die göttliche Absicht lenkt die Gesellschaft und das menschliche Gewissen, der einzelne Mensch wie auch die Politik haben sich vor ihr zu verantworten;
- Achtung der Natur als Gottes Schöpfung; daraus resultiert die Pflicht, sie zu bewahren und zu schützen – nicht, sie ausschließlich auszubeuten;
- Die feste Überzeugung, dass Eigentum und Freiheit untrennbar miteinander verbunden sind [...];
- die Rolle der Familie als die Keimzelle der Gesellschaft;
- das Vertrauen in die überlieferten Werte und Ansichten [...];
- Skepsis gegenüber dem Zeitgeist und die Überzeugung, dass Reformen zwar wendig sein können, diese jedoch immer mit Augenmaß und langsam erfolgen müssen.

Bevc, Tobias: Politische Theorie, 2. überarbeitete Auflage. Konstanz und München 2012, S. 147

Aufgaben

72043-504

1. Erklären Sie Ihrer Nachbarin bzw. Ihrem Nachbarn die Geschichte der Begriffe „links" und „rechts" (**M6** A).
2. Überprüfen Sie, ob die Sitzordnung im Deutschen Bundestag noch der Sitzordnung der Französischen Nationalversammlung entspricht (**M6** A).
3. Erläutern Sie die Bedeutung der Farben, die den im Deutschen Bundestag vertretenen Parteien zugewiesen werden (**M6** B).
4. a) Notieren Sie in Kleingruppen spontan zentrale Kennzeichen, aber auch Unterschiede zwischen Sozialismus, Liberalismus und Konservatismus.
   b) Diskutieren Sie in Ihren Kleingruppen, welche Partei eher einer der jeweiligen Strömung zuzuordnen ist.
5. a) Analysieren Sie die Unterschiede der politischen Weltanschauungen mit Hilfe der Tabelle hinter dem QR-Code in der Randspalte auf dieser Seite.
   b) Diskutieren Sie im Kurs, inwieweit die von Ihnen in der Tabelle dargestellten Aspekte zu den politischen Weltanschauungen im Bereich von Wirtschaft, Umwelt, Politik bei aktuellen politischen Entscheidungen eine Rolle spielen könnten.
6. Entwickeln Sie in Kleingruppen ein Konzept für einen Podcast (ggf. auch einen Vortrag), in dem Sie an bis zu drei ausgewählten Streitthemen aktueller Politik verdeutlichen, in welchen Punkten die Vorstellungen der Parteien sich jeweils an ihren politischen Weltanschauungen orientieren (z. B. Staatsschulden für Investitionen, Gesetze im Bereich Umweltschutz, Gebäudesanierung, Tempolimit, etc. Präsentieren Sie anschließend jeweils Ihre Ergebnisse im Kurs.

H zu Aufgabe 4b
Greifen Sie dabei auch auf die Ergebnisse Ihrer Bearbeitung von Aufgabe 5 auf S. 161 zurück.

Analyse der politischen Grundideen der Parteien: eine Tabelle zum Ausfüllen

72043-503

M8 Ergebnisse der Bundestagswahlen

A Die Bundestagswahl 2021: Ergebnisse

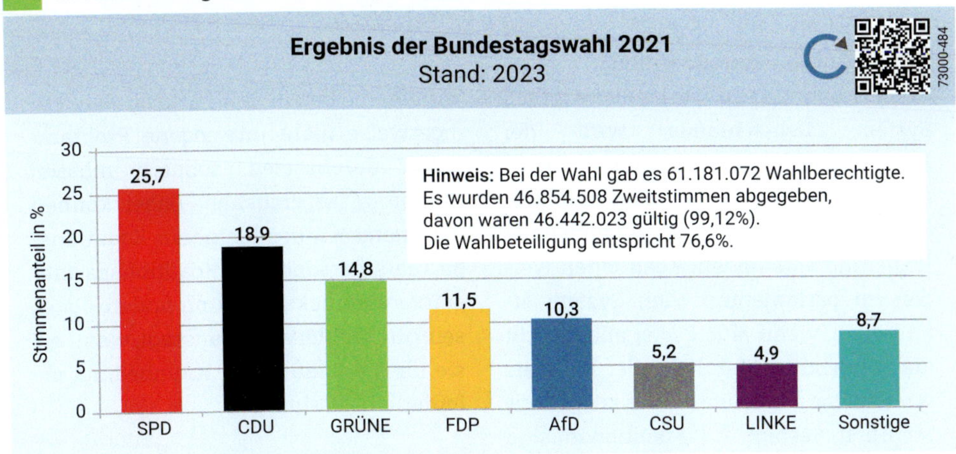

© C.C. Buchner Verlag, aktuelle Daten nach: Bundeswahlleiter (Datenerhebung: 2021; Grafikerstellung: 2023)

B Die Bundestagswahlen seit 1949: Ergebnisse

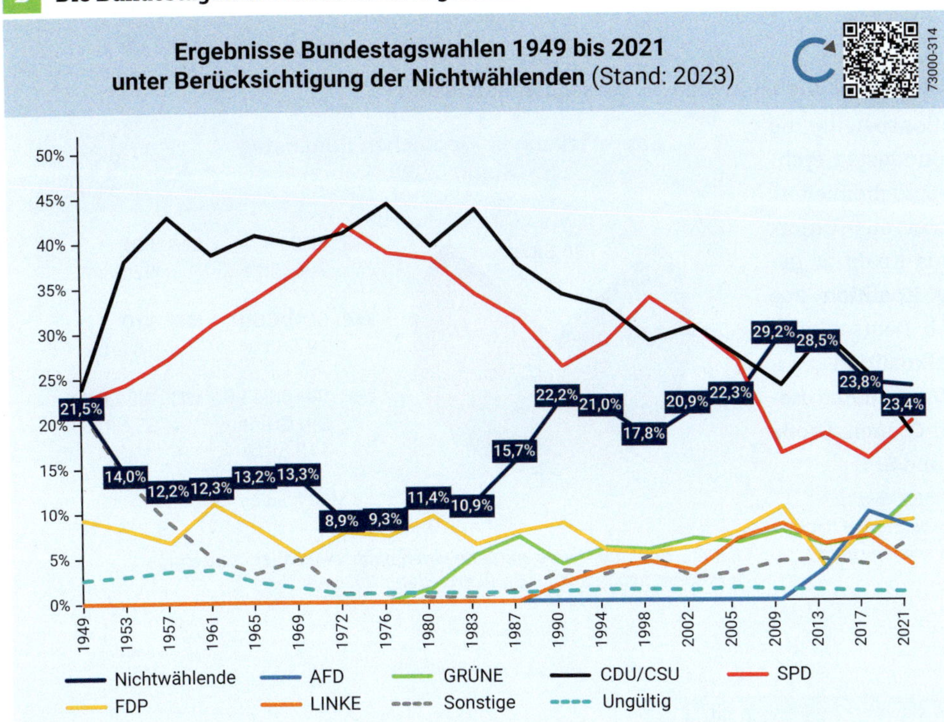

©C.C. Buchner Verlag, aktuelle Daten nach: Bundeswahlleiterin (Datenerhebung: 2021; Grafikerstellung: 2023)

Aufgaben 72043-505

1. Analysieren Sie die Wahlergebnisse der Wahlen zum 20. Bundestag (**M8 A**).
2. Diskutieren Sie, wie Sie die Ergebnisse bewerten.
3. Vergleichen Sie die Ergebnisse mit den Wahlergebnissen seit 1949. Entwickeln Sie Hypothesen zu den Gründen der Veränderungen (**M8 B**).

M9 Welche Parteien, Bündnisse und Koalitionen könn(t)en sich im 20. Deutschen Bundestag zusammenschließen?

A Definition von „Koalition“

Unter Koalition im parlamentarischen System Deutschlands wird der Zusammenschluss zweier oder mehrerer Parteien bzw. ihrer Fraktionen zum Zwecke der Bildung und Unterstützung einer Regierung verstanden. Koalitionen werden im parlamentarischen System erforderlich, wenn eine Partei allein nicht die notwendige Mehrheit aller Mandate erreicht hat, bzw. über eine zu geringe Mehrheit verfügt. [...] Koalitionen sind zeitlich befristete Bündnisse, die in der Regel für eine Legislaturperiode geschlossen werden. In einer Koalition können die beteiligten Parteien notwendigerweise nicht ihre eigene Programmatik durchsetzen, sondern müssen Kompromisse eingehen. Dabei können die Interessen des kleineren Koalitionspartners/der kleineren Koalitionspartner stärkere Berücksichtigung finden, als es sein/ihr Wählervotum aussagt, wenn er/sie für die Bildung der K. unbedingt erforderlich ist/sind.

Woyke, Wichard: Koalitionen. In: Andersen, Uwe/Wichard Woyke (Hg.): Handwörterbuch des politischen Systems. In: www.bpb.de, Abruf am 31.05.2023

B Sitzverteilung und Koalitionsmöglichkeiten im 20. Deutschen Bundestag

Jenseits einer AfD-Koalitionsbeteiligung gibt es im 20. Deutschen Bundestag rechnerisch fünf Koalitionsmöglichkeiten: **Schwarz-rot-grüne Koalition** aus Union, SPD und Grünen (auch Kenia-Koalition genannt), **Schwarz-rot-gelbe Koalition** aus Union, SPD und FDP (auch Deutschland-Koalition genannt), **Ampelkoalition** zwischen Grünen, SPD und FDP, **Jamaika-Koalition** aus Union, FDP und Grünen, **Große Koalition** zwischen Union und SPD.

Nach: © Bundestagswahl 2021. Große Koalition, Ampel oder Jamaika? Mögliche Koalitionen nach der Bundestagswahl 2021. In: www.bundestags-wahl-2021.de, 28.09.2021

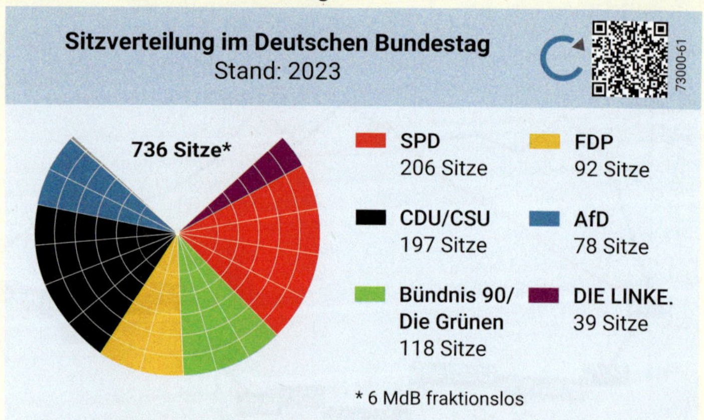

©C.C. Buchner Verlag, aktuelle Daten nach: Deutscher Bundestag (Datenerhebung: 2023; Grafikerstellung: 2023)

Aufgaben

72043-506

1. Erklären Sie Ihrer Sitznachbarin bzw. Ihrem Sitznachbarn mit eigenen Worten den Begriff „Koalition“ (**M9** A).
2. Analysieren Sie das Schaubild in der Randspalte zu **M9** A im Hinblick auf die Frage, welche Parteien besonders häufig an Regierungskoalitionen beteiligt sind; in welchen Bundesländern Parteien hohe Ergebnisse erzielen konnten; inwiefern es einen Unterschied zwischen Ost- und Westdeutschland gibt.
3. Erläutern Sie die Sitzverteilung im 20. Deutschen Bundestag (**M9** B) und diskutieren Sie die möglichen Koalitionen.

Statistikbearbeitung I

1 Aufgaben

1. **Stellen Sie die Kernaussagen der nachfolgenden Statistik dar.**
2. Analysieren Sie die Daten im Hinblick auf die Parteien, die die Regierung und Opposition bildeten.
3. Erörtern Sie Chancen und Risiken zahlenmäßig großer Regierungskoalitionen und kleiner Oppositionen.

Deutscher Bundestag: Mehrheitsverhältnisse seit 1949
Stand: 2023

73000-599

	Regierungskoalitionen	Sitze Regierungskoalitionen in %	Sitze im Bundestag[1]	Sitze Opposition in %	Opposition
1949	CDU, CSU, FDP, DP[2] (Deutsche Partei)	51,99	402	48,01	SPD, BP[6], WAV[7], Zentrum, DRP[8], SSW[9], Parteilos
1953	CDU, CSU, FDP, DP[3], GB[4]/BHE[3]	68,38	487	31,62	SPD, Zentrum
1957	CDU, CSU, DP	57,75	497	42,25	SPD, FDP
1961	CDU, CSU, FDP	61,92	499	38,08	SPD
1965	CDU, CSU, FDP	59,27	496	40,73	SPD
1966	CDU, CSU, SPD	90,12	496	9,88	FDP
1969	SPD, FDP	51,21	496	48,79	CDU, CSU
1972	SPD, FDP	54,64	496	45,36	CDU, CSU
1976	SPD, FDP	51,01	496	48,99	CDU, CSU
1980	SPD, FDP	54,53	497	45,47	SPD, Fraktionslose
1982	CDU, CSU, FDP	56,14	497	43,86	SPD, Grüne
1983	CDU, CSU, FDP	55,82	498	44,18	SPD, Güne
1987	CDU, CSU, FDP	54,12	497	45,88	SPD, B90/Die Grünen[10], PDS[11]
1990	CDU, CSU, FDP	60,12	662	39,88	SPD, B90/Die Grünen, PDS[7]
1994	CDU, CSU, FDP	50,74	667	49,26	CDU, CSU, FDP, PDS
1998	SPD, B90/Die Grünen	51,57	669	48,43	CDU, CSU, FDP, PDS
2002	SPD, Bündnis 90/Die Grünen	50,75	603	49,25	FDP, Die Linken, B90/Die Grünen
2005	CDU, CSU, SPD	72,96	614	27,04	SPD, B90/Die Grünen, Die Linken
2009	CDU, CSU, FDP	53,38	622	46,62	B90/Die Grünen, Die Linken
2013	CDU, CSU, SPD	79,87	631	20,13	B90/Die Grünen, Die Linken
2017	CDU, CSU, SPD	55,99	709	44,01	CDU, CSU, Die Linken, AfD, Parteilose
2021	SPD, Bündnis 90/Die Grünen/FDP	56,52	736	43,48	SPD, Bündnis 90/Die Grünen

* Zu Beginn der Legislaturperiode; vor 1990: ohne Berliner Abgeordnete; [2]Dp: Deutsche Partei; [3]GB: Gesamtdeutscher Block; [4]BHE: Bund der Heimatvertriebenen und Entrechteten; [5]BP: Bayernpartei; [6]WAV: Wirtschaftliche Aufbau-Vereinigung; [7]DRP: Deutsche Reichspartei (ab 1960 verboten); [9]SSW: Südschleswigscher Wählerverbund; [10]B90/Die Grünen: Bündnis90/Die Grünen; [11]PDS: Partei des Demokratischen Sozialismus (2007 in Partei "Die Linke" aufgegangen)

2 Tipps

1. Lesen Sie zunächst in den Hinweisen zur Bearbeitung von Statistiken auf S. 407 den ersten Abschnitt „**1. Wiedergabe von Statistiken: Die Statistikinhalte zur Kenntnis nehmen (AFB I)**".
2. Die folgende Handlungsanleitung gibt Ihnen einen roten Faden, mit dessen Hilfe Sie die Wiedergabe einer Statistik üben können.

3 Anleitung für die Wiedergabe der Kernaussagen der Statistik (AFB I)

1. Lesen Sie in den „Allgemeinen Hinweisen zur Statistikbearbeitung" auf S. 407 den Punkt III.1.
2. Nennen Sie das Thema und die Quelle der Statistik.
3. Beschreiben Sie die Darstellungsform der Statistik.
4. Stellen Sie dar, was in den Spalten links und rechts der Balken dargestellt wird. Benennen Sie die Bedeutung der einzelnen Jahreszahlen in der Spalte ganz links.
5. Beschreiben Sie die Bedeutung der blauen und orangen Balken und der Zahlen in den Balken.
6. Stellen Sie zentrale Ergebnisse bezüglich der Parteien dar, die in den genannten Zeiträumen die Regierung und die Opposition gebildet haben.

Bearbeiterin

5.2 Analyse von Wahlprogrammen zum Thema „Klimaschutz“: Welche Vorstellungen haben die Parteien zur Bekämpfung des Klimawandels?

Zum Thema: Die Vorstellungen der Parteien zur Bekämpfung des Klimawandels unterscheiden sich deutlich voneinander. In Kapitel 5.2 lernen Sie auf der Grundlage von Wahlprogrammen der im Bundestag vertretenen Parteien die unterschiedlichen Vorstellungen kennen. Mit Hilfe einer Analyse von Auszügen aus den Wahlprogrammen können Sie sich ein eigenes Urteil über den Ihrer Meinung nach „richtigen“ Weg zur Klimaneutralität bilden.

M10 Bundesverfassungsgericht: Klimaschutzgesetz ist in Teilen verfassungswidrig!

Das deutsche Klimaschutzgesetz aus dem Jahr 2019 ist in Teilen nicht mit den Grundrechten vereinbar. Es fehlten ausreichende Vorgaben für die Minderung der Emissionen ab dem Jahr 2031, teilte das Bundesverfassungsgericht mit. Verfassungsbeschwerden mehrerer Klimaschützerinnen und Klimaschützer waren damit zum Teil erfolgreich. Der Gesetzgeber muss nun nachbessern. Da in dem Gesetz lediglich bis zum Jahr 2030 Maßnahmen für eine Emissionsverringerung vorgesehen sind, würden die Gefahren des Klimawandels auf Zeiträume danach und damit zulasten der jüngeren Generation verschoben, so die Richter. Einen Anstieg der globalen Durchschnittstemperatur wie geplant auf deutlich unter zwei Grad und möglichst auf 1,5 Grad zu begrenzen, sei dann nur mit immer dringenderen und kurzfristigeren Maßnahmen machbar. Damit würden die zum Teil sehr jungen Beschwerdeführenden in ihren Freiheitsrechten verletzt.

© Tagesschau: Klimaschutzgesetz in Teilen verfassungswidrig. In: www.tagesschau.de, 29.04.2021

Einstiegsaufgabe

72043-507

Analysieren Sie das Urteil des Bundesverfassungsgerichts zum Klimaschutzgesetz aus dem Jahre 2019 im Hinblick auf die zentralen Begründungen (**M10**).

M11 Bundestag und Bundesrat verabschieden Klimaschutzgesetz

Deutschlands Weg zur Klimaneutralität ist im Klimaschutzgesetz vorgezeichnet. Nach dem Beschluss des Bundesverfassungsgerichts vom 29. April und mit Blick auf das neue europäische Klimaziel 2030 hat die Bundesregierung am 12. Mai das geänderte Klimaschutzgesetz 2021 vorgelegt. Der Bundestag hat die Klimaschutznovelle am 24. Juni beschlossen. Sie hat am 25. Juni auch den Bundesrat passiert. Der Beschluss des Gerichts verpflichtet den Staat, aktiv vorzubeugen, so dass es in Zukunft nicht zu unverhältnismäßigen Einschränkungen der Freiheitsgrundrechte der heute jüngeren Menschen kommt. Mit dem neuen Klimaschutzgesetz begeg-

Klimaschutzgesetz: Deutschland soll früher klimaneutral werden

- Treibhausgasemissionen
  → **Bis 2030:** **65 % weniger CO_2 (bislang 55 %)**
  → **Bis 2040:** **88 % weniger CO_2**
  → **ab 2045:** **Klimaneutralität (bislang 2050)**
- Zuverlässige jährliche **CO_2-Emissionsmengen** für einzelne Sektoren wie Energiewirtschaft, Industrie, Verkehr oder Gebäudebereich **werden abgesenkt**.

net die Bundesregierung den besonderen Herausforderungen, die mit dem Klimawandel verbunden sind. [...] Die Klimaziele werden kontinuierlich per Monitoring überprüft. Der Expertenrat für Klimafragen wird erstmals ab 2022 alle zwei Jahre ein Gutachten über die bisher erreichten Ziele, Maßnahmen und Trends vorlegen. Werden die Budgets nicht eingehalten, steuert die Bundesregierung umgehend nach.

Nach: © 2023 Presse- und Informationsamt der Bundesregierung: Klimaschutzgesetz 2021. Generationenvertrag für das Klima. In: www.bundesregierung.de, Abruf am 24.06.2022

M12 Hintergrund: Erneuerbare-Energien-Gesetz (EEG) und CO_2 Preis

1 **EEG-Gesetz**: Das Erneuerbare-Energien-Gesetz (abgekürzt: EEG) regelt den Ausbau erneuerbarer Energien. Es soll dafür sorgen, dass erneuerbare Energien wie Windkraft, Sonnenenergie, Wasserkraft oder Biomasse bei der Energieversorgung in Deutschland bevorzugt werden gegenüber den fossilen Energien wie Kohle oder Erdöl und Erdgas. So soll eine nachhaltige Energieversorgung sichergestellt und die Vorräte an fossilen Energien sollen geschont werden.

Die Kosten regelt die EEG-Umlage: Das EEG regelt den Ausbau erneuerbarer Energien. Nach dem Atomunglück in Japan 2011 beschloss die Bundesrepublik Deutschland, so schnell wie möglich die Energieversorgung durch Atomkraft zu beenden.

Ein wichtiger Bestandteil des Gesetzes besteht darin, dass die Unternehmen, die das Land mit Energie versorgen, Strom vor allem aus erneuerbaren Energien erzeugen. Die dabei entstehenden zusätzlichen Kosten müssen von den Endverbrauchern, also von der Industrie sowie von den Privathaushalten, übernommen werden. Diese Kostenregelung ist in der sogenannten EEG-Umlage festgelegt.

Schneider, Gerd / Toyka-Seid, Christiane: Erneuerbare-Energien-Gesetz. In: Das Junge Politiklexikon. In: www.bpb.de, Abruf am 18.07.2022)

2 **Emissionshandel**: Seit Januar 2021 wird erstmals eine CO_2-Bepreisung in den Bereichen Wärme und Verkehr in Deutschland eingeführt. Heizöl, Erdgas, Benzin und Diesel werden mit 25 Euro pro Tonne CO_2 bepreist und Unternehmen, die diese Energieträger verkaufen, müssen hierfür sogenannte Emissionszertifikate erwerben.

Der Europäische Emissionshandel gilt bereits seit über 15 Jahren (Beginn 2005) für die Energiewirtschaft und energieintensive Industrie.

Bearbeiterin

Aufgaben

72043-508

1. Erläutern Sie in Kleingruppenarbeit (3-5 Personen) auf der Grundlage von **M11** die Änderung des Gesetzes im Jahre 2021.
2. Gestalten Sie mit Hilfe einer kleinen Präsentation einen Vortrag, in dem Sie die Veränderungen des Gesetzes (**M11**, **M12**) darstellen. Sie sollten dabei Begriffe wie EEG-Umlage und Emissionszertifikate erläutern.
3. Diskutieren Sie, ob das Gesetz Ihrer Meinung nach den Anforderungen des Bundesverfassungsgerichts entsprechen könnte.

M13 Wie die Parteien das Klima schützen wollen: eine Zusammenstellung aus den Wahlprogrammen

Original-text 72043-536

Die CDU/CSU bekennt sich zur Klimaneutralität bis 2045 und wollen die Treibhausgasemissionen bis 2030 um 65 % und bis 2040 um 88 % im Vergleich zu 1990 reduzieren. Sie plant, den Emissionshandel zu stärken und Mehrbelastungen in den Bereichen Wohnen und Mobilität durch Entlastungen zu kompensieren, die durch eine Senkung des Strompreises finanziert werden sollen. Die EEG-Umlage soll sofort abgeschafft werden. Die Union will den Ausbau der erneuerbaren Energien forcieren, darunter Solar- und Windenergie, Biomasse, Wasserkraft, Geothermie (Erdwärme) und Wasserstoff. Deutschland soll zum führenden Wasserstoff-Land werden.
Die Union will auch den Schienenverkehr ausbauen und die Luftfahrt als wettbewerbsfähigen Verkehrsträger fördern. Der Automobilstandort Deutschland soll durch Elektromobilität und synthetische Kraftstoffe gesichert werden. Ein generelles Tempolimit auf Autobahnen und ein Dieselfahrverbot lehnen CDU und CSU ab.

Die SPD setzt sich dafür ein, dass Deutschland bis spätestens 2045 klimaneutral wird. Der Strom soll bis 2040 vollständig aus erneuerbaren Energien gewonnen werden. Um dieses Ziel zu erreichen, will die Partei massiv in erneuerbare Energien investieren. Die SPD plant, alle geeigneten Dächer mit Solaranlagen auszustatten. Bis 2030 soll Deutschland Leitmarkt für Wasserstofftechnologien werden. Um den Klimaschutz voranzutreiben und ihn sozialverträglich zu gestalten, sieht die Partei auch die Schaffung von Arbeitsplätzen vor. Um den CO_2-Preis sozial gerecht zu gestalten, sollen Menschen mit niedrigem Einkommen verschont werden. Die SPD will bis 2025 die EEG-Umlage abschaffen. Im Bereich Verkehr will die Partei den öffentlichen Nahverkehr ausbauen und die Elektromobilität vorantreiben. Bis 2030 sollen 15 Millionen Elektroautos auf Deutschlands Straßen fahren. Außerdem spricht sich die SPD für ein Tempolimit von 130 km/h auf Autobahnen aus.

Die Grünen haben ein Klimaschutz-Sofortprogramm vorgelegt, das schnelle und wirksame Maßnahmen in allen Bereichen vorsieht, um Hindernisse beim Ausbau erneuerbarer Energien zu beseitigen. Sie planen, ein Klimaschutzministerium zu schaffen, das Gesetzespläne blockieren kann, die nicht mit dem Pariser Klimaabkommen vereinbar sind. Die Partei will das Klimaschutzgesetz nachschärfen, die Emissionen bis 2030 um 70 Prozent senken und bis 2035 vollständig auf erneuerbare Energien umsteigen. Die Grünen halten Klimaneutralität in 20 Jahren für möglich und fordern ein Vorziehen des Kohleausstiegs auf 2030. Im Verkehrssektor wollen sie auf emissionsfreie Autos setzen und den öffentlichen Nahverkehr und die Bahn ausbauen. Bis 2030 sollen 15 Millionen E-Autos auf den Straßen fahren und Kurzstreckenflüge überflüssig machen. Die Grünen wollen ressourcenschonendes Verhalten steuerlich belohnen und öffentliche Aufträge an eine Klimaverträglichkeitsprüfung knüpfen. Der CO_2-Preis soll sozial gerecht eingesetzt werden, indem die Einnahmen als Energiegeld an die Menschen zurückgegeben werden.

Die FDP setzt auf neue Technologien und den freien Markt, um das Ziel der Klimaneutralität bis spätestens 2050 in Deutschland und Europa zu erreichen. Sie will den EU-Emissionshandel auf alle Sektoren ausweiten und CO_2-sparende Technologien fördern. Um die steigenden CO_2-Kosten sozial auszugleichen, soll eine Klimadividende eingeführt werden. Die EEG-Umlage und die Stromsteuer sollen gestrichen werden. Die FDP unterstützt den Ausbau erneuerbarer Energiequellen, insbesondere der Wasserstofftechnologie. Sie lehnt Fahrverbote und Tempolimits ab und setzt auf alternative Kraftstoffe wie E-Fuels und den Ausbau des ÖPNV. Die FDP will den Bahnverkehr privatisieren, um mehr Wettbewerb auf der Schiene und günstigere Preise zu erreichen.

Freie Demokraten FDP

Die AfD stellt den menschengemachten Klimawandel in Frage und betrachtet die globale Erwärmung als natürliche Klimaschwankungen. Das Ziel der Klimaneutralität und den damit verbundenen Umbau der Gesellschaft lehnt die Partei ab. Sie fordert den Ausstieg aus dem Pariser Klimaschutzabkommen und die Abschaffung der CO_2-Besteuerung.
Bei der Energiegewinnung setzt die AfD auf einen breiten Energiemix, inklusive Kohle und Kernenergie. In der Verkehrspolitik setzt die Partei auf den motorisierten Individualverkehr und lehnt ein generelles Tempolimit auf Autobahnen sowie Dieselfahrverbote ab. Die AfD fordert eine Ausweitung des öffentlichen Nah- und Fernverkehrsnetzes sowie den Ausbau des Flugverkehrs und der Automobilindustrie.

AfD

Die Linkspartei setzt sich für schnelleren Klimaschutz ein und fordert Klimaneutralität bis 2035. Bis 2030 sollen die Emission im Vergleich zu 1990 um mindestens 80 Prozent reduziert werden. Die Linkspartei steht ferner für den Kohleausstieg bis spätestens 2030 und die Vergesellschaftung großer Energiekonzerne. Der Verbrennung von fossilem Erdgas soll ebenfalls ein Ende gesetzt werden. Ein Klima-Transformationsfonds von 20 Milliarden Euro pro Jahr soll die Industrie umbauen und neue Arbeitsplätze schaffen. Die Partei strebt einen sozial gerechten Klimaschutz an und plant eine Investitionsoffensive. Im Verkehrsbereich sollen Bus- und Bahnangebote ausgebaut und preiswerter gemacht werden, und der Nahverkehr soll schrittweise kostenlos werden. Die Linke unterstützt das Verbot von Kurzstreckenflügen und von Verbrennungsmotoren bis spätestens 2030.

DIE LINKE.

Bearbeiterin, basierend auf: © Tagesschau: Wahlprogramme im Vergleich. Wie die Parteien das Klima schützen wollen. In: www.tagesschau.de, 12.08.2021 (Aus Platzgründen wurden die Texte mit Hilfe einer KI zusammengefasst.)

Aufgabe 72043-509

Analysieren Sie in arbeitsteiliger Gruppenarbeit die Programme der Parteien zum Klimawandel in **M13**, indem Sie u. a. folgende Aspekte berücksichtigen:
a) Zeitplan für Klimaneutralität, b) Stellenwert des Emissionshandels, c) Höhe des CO_2-Preises, d) Umgang mit der EEG-Umlage, e) Deckung des zusätzlichen Energiebedarfs, f) Änderungen im Bereich der Mobilität, g) Änderungen im Bereich der Wohngebäude, h) Sonstiges. Präsentieren Sie Ihre Ergebnisse abschließend im Kurs.

Link zu den einzelnen Wahlprogrammen

72043-510

METHODE

Analyse von Wahlprogrammen

I. Worum geht es?

Im Folgenden finden Sie Hinweise, wie Sie die Wahlprogramme der Parteien anlässlich der letzten und künftiger Bundestagswahlen analysieren können. Eine Schwierigkeit besteht darin, dass bei einer Reihe von Themen Kenntnisse vorausgesetzt werden, die Sie erst in der Qualifikationsphase erwerben können.
Deshalb bietet es sich an, dass Sie mit Hilfe Ihrer Lehrkraft Themen auswählen, für die Sie schon auf Grund des bisherigen Unterrichts über Grundkenntnisse verfügen. Alternativ können Sie auch aktuelle Themen wählen, für die Sie dann im Vorfeld eine ausführlichere Recherche einplanen sollten.

II. Gehen Sie dabei wie folgt vor:

1 Beschaffung der einzelnen Wahlprogramme

Zusammenstellung einiger Wahlprogramme

72043-511

Link zum Wahl-O-Mat

72043-512

1. Auf den Homepages der Parteien finden Sie die vollständigen Wahlprogramme, die aber teilweise sehr umfangreich sind. Einige Parteien bieten auch eine Kurzfassung an.
2. Eine weitere für Sie interessante Möglichkeit bietet der Wahl-O-Mat der Bundeszentrale für politische Bildung. Es gibt ihn seit 2002 und er wurde schon viele Millionen Mal genutzt.
   Der Wahl-O-Mat ist ein Frage-und-Antwort-Tool, das zeigt, welche zu einer Wahl zugelassene Partei der eigenen politischen Position am nächsten steht. So können die Nutzerinnen und Nutzer die eigenen Antworten mit denen der Parteien abgleichen, der Grad der Übereinstimmung mit den ausgewählten Parteien wird errechnet.
3. Exemplarisch sind hier die Internetseiten der Fernsehsender sowie der Tages- und Wochenzeitungen. Alle bieten Informationen zum Programmvergleich an.
4. Alternativ können Sie im Vorfeld Ihrer Analyse auch die einzelnen Parteien anschreiben und bitten, Ihnen die entsprechenden Informationen zur Verfügung zu stellen.

2 Analyse der Wahlprogramme nach festgelegten Kriterien und Fragestellungen

Mögliche Fragestellungen für die Analyse könnten sein:
1. Wie werden die Wertorientierungen und die Ziele aus den Grundsatzprogrammen in den Wahlprogrammen umgesetzt?
2. Auf welche Weise werden aus den Werten und Grundorientierungen konkrete Zielvorstellungen und Handlungsanleitungen abgeleitet?
3. Welche politischen Leitwörter werden von den Parteien verwendet?
4. Welche Bereiche des Regierungshandelns stehen im Vordergrund? Wird deutlich, was für die Parteien besonders wichtig ist?
5. Welche Wählergruppen sollen besonders angesprochen werden?
6. Welche Gemeinsamkeiten und Unterschiede gibt es zwischen den Vorstellungen der verschiedenen Parteien?

Bearbeiterin

5.3 Dramatische Verluste für CDU und SPD: Haben die Volksparteien ausgedient?

Zum Thema: Zentraler Inhalt dieses Unterkapitels ist die Frage, ob es in Deutschland noch „Volksparteien“ gibt. Zunächst aber erfahren Sie, was eine Volkspartei überhaupt ausmacht. Damit Sie diese Frage begründet beantworten können, bieten wie Ihnen das notwendige Datenmaterial zur Mitgliederentwicklung der Parteien an. Die Frage, ob die Volksparteien an Bedeutung verlieren, wird kontrovers diskutiert. Wichtige Positionen zu dieser Kontroverse finden Sie im zweiten Teil des Unterkapitels.

M14 Wird eine Parteimitgliedschaft immer seltener?

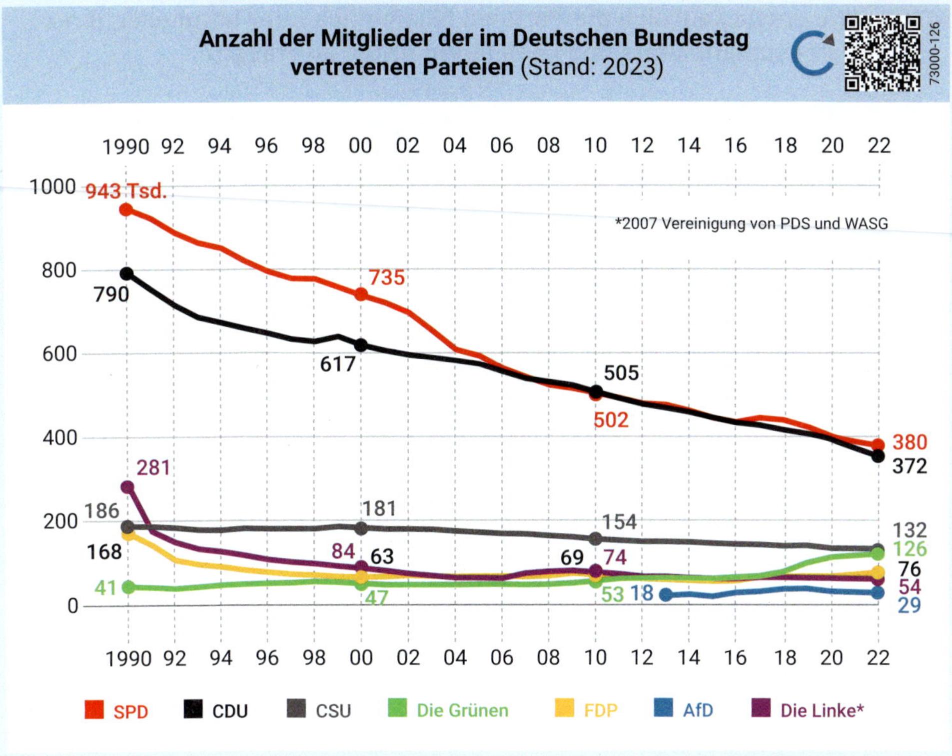

©C.C. Buchner Verlag, aktuelle Daten nach: Niedermayer, Oskar: Parteimitglieder in Deutschland: Version 2020. Arbeitshefte aus dem Otto-Stammer-Zentrum, Nr. 31, FU Berlin 2020, Daten ab 2020: eigene Recherche (Datenerhebung: 2022; Grafikerstellung: 2023)

Einstiegsaufgaben

72043-513

1. Analysieren Sie die Entwicklung der Parteimitglieder (**M14**) in Gruppenarbeit.
2. Entwickeln Sie Hypothesen, warum es zum Mitgliederschwund bei den großen Parteien SPD und CDU gekommen ist bzw. warum kleinere Parteien wie Bündnis90/Die Grünen oder AfD ein Mitgliederwachstum verzeichnen konnten.
3. Diskutieren Sie im Kurs: Können SPD und CDU noch „Volksparteien“ genannt werden?

M15 Ab wann sind Parteien Volksparteien? Drei Charakteristika ...

Conditio sine qua non
Hier: unabdingbare Voraussetzung

Warum selbsternannte „Protestparteien" keine Volksparteien sein können
Eine durch Protest entstandene und zusammengehaltene Partei kann allein schon wegen der Bedeutung des Wortes „Protest" über keine Integrationskraft verfügen.

Bearbeiterin, basierend auf: Jesse, Eckhard: Krise (und Ende?) der Volksparteien. In: www.bpb.de, 25.06.2021

Im Folgenden soll von Volksparteien nur dann gesprochen werden, wenn drei Charakteristika erfüllt sind: *Erstens* muss eine Wählerschaft vorhanden sein, die einen beträchtlichen Anteil des Volkes ausmacht. Mindestens ein Viertel der Wähler sollte für die Partei votieren, und das bei mehreren Wahlen hintereinander. „Volksparteien ohne Volk" sind ein Widerspruch in sich. *Zweitens* sollte diese Wählerschaft verschiedene soziale Schichten umfassen. Eine breit gefächerte Programmatik, die größeren Teilen des Volkes ein Repräsentationsangebot macht, ist dafür eine Voraussetzung und ermöglicht ihre gesellschaftliche Verankerung. *Drittens* ist die Akzeptanz des demokratischen Verfassungsstaates eine Conditio sine qua non für eine Volkspartei. Denn eine Kraft, die sich nicht als Teil des Volkes versteht, sondern als das Volk schlechthin, führt den Parteibegriff ad absurdum.

Jesse, Eckhard: Krise (und Ende?) der Volksparteien. In: www.bpb.de, 25.06.2021

M16 Wie entwickeln sich die Parteien hinsichtlich ihrer Mitglieder, ihres Durchschnittsalters und nach ihrem Anteil an Frauen?

Parteien in Deutschland: Mitgliederentwicklung, Durchschnittsalter und Frauenanteil (Stand: 2023)

73000-597

Mitgliederentwicklung seit 1995				Frauenanteil in % in den Parteien			Frauenanteil in % im Bundestag
2020	2010	1995		2013	2015	2018	2023
404.305	502.062	817.650	SPD	31,6	32,0	32,6	41,7
399110	505.314	657.643	CDU	25,7	25,9	26,3	24,3
137.010	153.890	179.657	CSU	19,9	20,1	20,7	20,0
106.000	52.991	46.410	Die Grünen	38,2	38,6	40,5	59,3
66000	68.541	80.431	FDP	23,0	22,8	23,7	25
60.350	73.65	114.9	Die Linke*	37,3	37,2	36,4	53,8
32.000	-	-	AfD	15,4	16,0	17,1	10,3

Durchschnittsalter Parteimitglieder 2018

SPD	CDU	CSU	Die Grünen	FDP	Die Linke	AfD
60	60	60	52	49	55	Keine Angaben

©C.C. Buchner Verlag, aktuelle Daten nach: Niedermayer, Oskar: Parteimitglieder in Deutschland: Version 2020. Arbeitshefte aus dem Otto-Stammer-Zentrum, Nr. 31, FU Berlin 2020, Parteimitgliederdaten ab 2020: eigene Recherche (Datenerhebung: 2022; Grafikerstellung: 2023)

Aufgaben

72043-514

1. Erklären Sie zu zweit die drei Charakteristika von Volksparteien (**M15**) und stellen Sie Ihre Ergebnisse im Kurs vor.
2. Analysieren Sie zu zweit die Daten in **M16** und entwickeln Sie darauf aufbauend Hypothesen zu Ihren Befunden.

M17 Kommentar: Krise oder Ende der Volksparteien?

Gewiss, mit dem Wort von der Krise wird viel Schindluder betrieben. Nicht jeder Wandel muss eine Krise sein. Aber in diesem Fall ist es angesichts der massiven Einbrüche bei Mitgliedern und Wählern eine solche von handfester Natur, jedenfalls für die Volksparteien selbst. Die Gründe für den augenscheinlichen Niedergang sind struktur- wie situationsbedingt, exogener wie endogener Art. Zu den strukturellen Ursachen: Die Erosion des gewerkschaftlichen wie des konfessionellen Milieus trifft die Parteien gleich in doppelter Hinsicht. Zum einen gilt dies für die quantitative Ebene (die Zahl der Gewerkschaftsangehörigen sinkt ebenso wie die der kirchlich organisierten Christen), zum anderen für die qualitative Ebene: Die Bindung der Verbliebenen an ihr Milieu ist weniger intensiv als früher. Das Sinken der Parteiidentifikation resultiert wesentlich aus der Zunahme gesellschaftlicher Individualisierung, die traditionelle lebensweltliche Bindungen zurückdrängt. Zu den situativen Ursachen: Der prinzipiell nicht kritikwürdige „Drang der Volksparteien zur Mitte" hat sich als wenig hilfreich erwiesen. „Er ließ ein Vakuum an den rechten und linken Rändern des Parteiensystems entstehen, in das kleinere Parteien erfolgreich hineinstoßen konnten. [...]

Wiederkehr der Volksparteien?

Der Parteienforscher Oskar Niedermayer hat 2010 in einem programmatischen Beitrag von einer „Erosion der Volksparteien" gesprochen. Aber ist der Niedergang unvermeidlich? Situative Faktoren lassen sich verändern, strukturelle kaum. Gerät eine Partei auf Bundesebene in die Opposition, kann eine Revitalisierung eintreten, weil Regierungskompromisse wegfallen. Angesichts der starken Wählerfluktuation sind Ausschläge nach oben möglich, sei es durch die Wahl eines geeigneten – charismatischen – Spitzenkandidaten, sei es durch parteiinterne Reformen. Eine Verallgemeinerung verbietet sich ohnehin. Die Union (die CSU mehr als die CDU) steht deutlich besser da als die SPD, die es mit der Konkurrenz von zwei linken Parteien zu tun hat. Bündnis 90/Die Grünen setzt die Sozialdemokratie in soziokultureller Hinsicht unter Druck, Die Linke in sozioökonomischer. Ein Fehler der SPD: Sie hört zu sehr auf ihre „Basis" und zu wenig auf ihre Anhänger- und potenzielle Wählerschaft. Zwei Punkte verdienen dabei besondere Aufmerksamkeit:

Sollte die SPD die Charakteristika einer Volkspartei mehr und mehr verlieren, mag sich dies auch für die andere Volkspartei, die Union, negativ auswirken. Das muss nicht so sein, kann es aber. Denn erstens gelten die Faktoren, die zur fehlenden Bindekraft der einen Volkspartei beigetragen haben, ebenso für die andere; und zweitens bezieht die eine Partei ihre Legitimation vielfach aus der Existenz der anderen. Insofern ist aus Sicht der Union Freude über die dramatische Schwäche der SPD unangebracht. Sollten die Grünen sich elektoral stabilisieren, könnten sie die SPD als Volkspartei ablösen. Doch dafür müssten sie ihre Programmatik öffnen, vermehrt Mitglieder gewinnen, das Image einer Ein-Themen-Partei stärker abstreifen, ihre gesellschaftlichen Netzwerke ausbauen sowie vor allem Wählerschichten gewinnen, die bislang nicht zu ihrer Klientel gehören, etwa Wähler vom „flachen Land" und aus der Arbeiterschaft. [...]

Fazit und Ausblick

Die Volksparteien verlieren wegen ihrer stark nachlassenden Integrationskraft kontinuierlich an Mitgliedern und an Stimmen. Das hat negative Konsequenzen für sie wie für das politische System. [...] In

Eckhard Jesse, Parteien- und Wahlforscher, war Inhaber der Professur Politische Systeme/ Politische Institutionen an der TU Chemnitz. Er ist Co-Herausgeber des Jahrbuches „Extremismus & Demokratie", das als Klassiker in der Politikwissenschaft gilt.

Blick ins Ausland

Bei der Wahl im März 2021 in den Niederlanden warteten die christdemokratische (CDA: 9,5 Prozent) und die sozialdemokratische Partei (PvdA: 5,7 Prozent) mit einstelligen Stimmergebnissen auf. In Italien zerfiel die Democrazia Cristiana, die über Jahrzehnte das politische Leben maßgeblich gestaltete, Anfang der 1990er Jahre in eine Vielzahl kleiner Gruppierungen, bis sie vom politischen Erdboden verschwand.

Jesse, Eckhard: Krise (und Ende?) der Volksparteien. In: Aus Politik und Zeitgeschichte (APuZ). In: www.bpb.de, 25.06.2021

Frankreich und Österreich ist es charismatischen Politikern im Jahr 2017 gelungen, an die Macht zu gelangen. Hatte Emmanuel Macron nach Verlassen seiner Partei eine neue Bewegung („En Marche") gegründet und die Präsidentschaft gewonnen, funktionierte Sebastian Kurz „seine" Österreichische Volkspartei erfolgreich zu einer „Liste Kurz" um. Regierte er zunächst mit der FPÖ, ist er seit Beginn des Jahres 2020 Kanzler einer Koalition mit den Grünen. In beiden Fällen spielte die Persönlichkeit eine dominierende Rolle. Der mediendemokratische Einfluss kann den parteiendemokratischen überlagern. Macron und Kurz mögen Vorreiter einer Entwicklung sein, wie sie sich in weiteren Demokratien anbahnt. Die Gretchenfrage lautet: Haben Macron und Kurz die Volksparteien „aufgehoben"? Vielleicht trifft eine dialektisch-salomonische Antwort im dreifachen Sinne zu: Solche Politiker bewahren Volkparteien, bringen sie durch mehr Partizipation auf eine höhere Ebene und beseitigen sie im herkömmlichen Verständnis.

Jesse, Eckhard: Krise (und Ende?) der Volksparteien. In: Aus Politik und Zeitgeschichte (APuZ). In: www.bpb.de, 25.06.2021

M18 Die Bundestagswahl 2021 ist für den Chef der Bundeszentrale für politische Bildung eine Zäsur in der Nachkriegsgeschichte

Thomas Krüger, früherer DDR-Bürgerrechtler, SPD, war Anfang der 90er Jahre Familien- und Jugendsenator in Berlin. Von 1994 bis 1998 saß er im Bundestag. Seit 1995 ist er Präsident des Deutschen Kinderhilfswerks. Im Jahr 2000 wurde er zudem Präsident der Bundeszentrale für politische Bildung.

Die Ära der Volksparteien ist aus Sicht des Präsidenten der Bundeszentrale für politische Bildung, Thomas Krüger, absehbar beendet. „Die Bundestagswahl ist eine Zäsur in der Nachkriegsgeschichte", sagte er dem Redaktionsnetzwerk Deutschland. „Denn das Ende der Volksparteien ist besiegelt."

Bei der Wahl vor einer Woche hatte die SPD zwar gewonnen, aber nur mit 25,7 Prozent. Die Union war auf 24,1 Prozent gefallen. Bis 2005 hatten beide Volksparteien stets an die 30 Prozent oder auch weitaus mehr erreicht. Danach war schon die SPD bis an die 20-Grad-Marke gesunken, nun ist auch die Union eingebrochen. „Und die Personalisierung ist unaufhaltsam", sagte Krüger weiter. „Das bedeutet: Parteien dürfen nicht ideologisch agieren, sondern müssen nach Vernunftkriterien und auf Zeit vorgehen." Aus seiner Sicht kann es auch „ein Gewinn sein, wenn sich ein breiteres Parteiensystem herausbildet", wie er erklärte. Seit dem Bundestagseinzug der AfD 2017 umfasst das Parlament sieben Parteien. Mit dem Einzug des Südschleswigschen Wählerverbandes (SSW) mit einem Abgeordneten sind nun gar acht Parteien im Bundestag vertreten.

Die Partei der dänischen Minderheit und der nationalen Friesen ist als Partei der nationalen Minderheit von der Fünf-Prozent-Hürde ausgeschlossen. Bis zum Einzug der Grünen 1983 hatte es – bis auf die Anfangsjahre – dort nur CDU/CSU, SPD und FDP gegeben.

© NTV: BPB-Präsident sieht Zäsur. „Ende der Volksparteien ist besiegelt". In: www.n-tv.de, 04.10.2021

Aufgaben

72043-515

1. Analysieren Sie die Position des Autors zur Frage der Krise oder des Endes der Volksparteien in **M17**. Notieren Sie Ihre Argumente.
2. Vergleichen Sie die Position des Politikwissenschaftlers Eckhard Jesse in **M17** mit der Position des Chefs der Bundeszentrale für politische Bildung Thomas Krüger in **M18**.
3. Diskutieren Sie, inwieweit Sie den jeweiligen Positionen der Autoren in **M17** und **M18** folgen können.

M19 Sind Volksparteien noch wichtig für die Demokratie?

Original-text 72043-535

A Pro: Volksparteien sind von gestern

Die gesellschaftliche Polarisierung zwischen verschiedenen Wählergruppen wie Wissens- und Industriearbeitende, Land- und Stadtbevölkerung, Einheimischen und Zugewanderten sowie erfolgreichen Frauen und statusängstlichen Männern wird in Zukunft zunehmen. Ideologische Großorganisationen wie Gewerkschaften, Kirchen und Parteien verlieren zunehmend an Bedeutung in einer immer säkulareren, individuelleren und moderneren Gesellschaft.

Das alte Politikmodell, bei dem Politiker für ihre Versprechen gewählt und nach der Wahl geliefert wurde, funktioniert nicht mehr. Der neue Politikertyp, der als „Partei in Bewegung" bezeichnet wird, verfolgt eine positive Vision von der Zukunft und betreibt eine Politik der Lösungen anstelle von Konflikten. Dieses Modell wird von Politikern wie Justin Trudeau, Emmanuel Macron und Sebastian Kurz verkörpert.

Die Zukunftspolitik wird dreidimensional sein und sich nicht mehr auf einfache Gegensätze wie Freiheit oder Sicherheit, Staat oder Markt oder Weltoffenheit oder Geschlossenheit beschränken. Stattdessen müssen gesellschaftliche Herausforderungen und Probleme über Lösungen definiert werden.

Die Volksparteien altern schneller und sind homogener als der Rest der Bevölkerung. In einer zunehmend heterogenen und vielfältigen Gesellschaft müssen Zusammenhalt und Integration anders hergestellt werden als durch zwei große Parteien. Die Bewegungspartei, die Politik nicht nur mit ihren Mitgliedern, sondern mit möglichst vielen Bürgerinnen und Bürgern betreibt, ist die Zukunft. Das Motto der Zukunft lautet nicht „Einheit in Vielfalt", sondern „Einheit durch Vielfalt".

B Kontra: Volksparteien sind wichtig

Nur mit Bewegungs- und Netzwerkparteien wird es keine mehrheitsfähige politische Willensbildung geben. Volksparteien sind wichtig, um politische Konflikte zu kanalisieren und eine sachliche Fachdebatte zu ermöglichen.

Sie vertreten die Interessen und Bedürfnisse verschiedener Bevölkerungsgruppen und schaffen es, unterschiedliche Menschen zusammenzubringen. Volksparteien sind thematisch breit aufgestellt und haben fachliche Expertise.

Sie tragen wesentlich dazu bei, dass auf lokaler, regionaler und nationaler Ebene eine konstruktive Debattenkultur herrschen kann.

Die Volksparteien müssen sich reformieren, um einen größeren Teil der Bevölkerung tatsächlich politisch zu repräsentieren.

Die großen Parteien müssen von kleineren, neueren Parteien lernen und über Deutschlands Grenzen hinausschauen, um wieder einflussreicher zu werden. In anderen europäischen Ländern ringen die Volksparteien um ihre Existenz, wenn Reformen ausbleiben.

Die Volksparteien können sich immer wieder neu erfinden, wie in der SPD durch „SPD++" oder das Debattencamp und in der CDU mit einer neuen Vorsitzenden und einem 33-jährigen Generalsekretär.

Wenn diese Reformversuche ernst genommen und durchgesetzt werden, haben die Volksparteien einen wichtigen Beitrag für die Zukunft der Demokratie geleistet, sonst werden sie weiter an Macht und Legitimität verlieren.

Bearbeiterin, basierend auf: „Dettling, Daniel/ Pornschlegel, Sophie: Sind Volksparteien noch zeitgemäß? In: www.fluter.de, 04.01.2019 (Die Texte sind aus Platzgründen mit Hilfe einer KI zusammengefasst worden.)

Aufgaben

72043-516

1. Analysieren Sie zu zweit die Texte von Daniel Dettling (**M19** A) und Sophie Pornschlegel (**M19** B) für oder gegen den Bedeutungsverlust der Volksparteien.
2. Diskutieren Sie im Kurs, welchen Argumenten Sie (nicht) zustimmen können.
3. Entwickeln Sie in einem Vortrag eine eigene Position zur Bedeutung von Volksparteien.

H zu Aufgabe 1
Erstellen Sie eine Tabelle, um die Argumente sichtbarer zu machen. Fügen Sie ggf. eigene Argumente hinzu.

METHODE

Textbearbeitung III

1 Aufgaben

1. Stellen Sie die Gründe für die sinkende Bindewirkung der Volksparteien dar.
2. Analysieren Sie, welche Gründe Daniel Dettling (**M19** A) für den Bedeutungsverlust der Volksparteien anführt.
3. **Erörtern Sie die Bedeutung der Volksparteien unter Bezugnahme auf die Position von Dettling** (M19 A).

2 Tipps zur Bearbeitung von Aufgabe 3

1. Lesen Sie in den „allgemeinen Hinweisen zur Textbearbeitung“ auf S. 405 den Abschnitt „III.3“.
2. Es wird vorausgesetzt, dass Sie über die folgenden Kenntnisse verfügen:
   - Merkmale einer Volkspartei
   - Mitgliederentwicklung der Volksparteien
   - Gründe für die sinkende Bindewirkung der Volksparteien seit den 70er Jahren
   - Veränderungen der Traditionsmilieus
   - Wandel des Parteiensystems zu einem „fluiden Sechsparteiensystem“
3. Es wird erwartet, dass Sie in Aufgabe 1 die Gründe für die sinkende Bindewirkung der Volksparteien dargestellt haben.
4. Es wird erwartet, dass Sie den Begründungsgang der Argumente, der Argumentationsweise und der Intentionen von Daniel Dettling (**M19** A) analysiert haben. Sie sollten herausgearbeitet haben, dass der Autor auf Grund der gesellschaftlichen Polarisierung der Wählergruppen vom Verschwinden der Volksparteien spricht.

3 Anleitung zur kriteriengeleiteten Erörterung und Beurteilung

1. Stellen Sie in wenigen Sätzen die zentralen Argumente von Dettling dar. Beschränken Sie sich aber auf wenige Sätze, denn in Aufgabe 3 sollen Sie nicht noch einmal die Ergebnisse der Textanalyse ausführlich wiederholen, sondern die schon in Aufgabe 2 dargestellten Argumente erörtern und kriteriengeleitet beurteilen. Deshalb können Sie auch an der ein oder anderen Stelle auf Ihre Ausführungen in Aufgabe 2 verweisen.
2. Bei der Erörterung der Bedeutung der Volksparteien sollten Sie an die in Aufgabe 2 dargestellten Argumente anknüpfen und begründen, warum Sie den Argumenten von Dettling zustimmen oder nicht.
   Sie können auch Argumenten nur teilweise zustimmen, sollten aber genau erklären, warum das so ist. Sie können sich in Ihrer Argumentation auch auf Argumente anderer Autorinnen und Autoren (z. B. auf die Argumente von Sophie Pornschlegel, **M19** B) beziehen. Dies sollten Sie dann aber auch kenntlich machen.
3. Zur Vorbereitung des Aufbaus Ihres Argumentationsgangs könnten Sie einzelne Argumente des Autors, auf die Sie näher eingehen wollen, auf einen Zettel notieren und Stichpunkte zur Erörterung und Beurteilung festhalten.
4. Da Sie nicht auf alle Argumente eingehen können, sollten Sie entscheiden, welche Argumente in Bezug auf das Kriterium „Bedeutung der Volksparteien“ am wichtigsten sind. Ausgehend von den ausgewählten Aspekten sollten Sie die Erörterung gestalten und zum Schluss Ihre eigene Position darstellen.

▼

4 Beispielsätze für eine gelungene Erörterung und Beurteilung

- Ich habe bei meiner Analyse des bearbeiteten Textes von Daniel Dettling festgestellt, dass der Autor zu dem Ergebnis kommt, dass die Polarisierung zwischen „Wissens- und Industriearbeitenden, Land- und Stadtbevölkerung, Einheimischen und Zugewanderten ..." in Zukunft zunehmen wird.
- Daniel Dettling vertritt laut bearbeiteten Text die Auffassung, dass Politiker:innen nicht mehr wie früher für Versprechen gewählt werden, sondern dass „ein neuer Typ Politiker" wie Trudeau oder Macron die Wählerinnen und Wähler durch Lösungen überzeugen. Ich halte dieses Argument für wenig überzeugend, weil Politikerinnen und Politiker in Deutschland von Parteien aufgestellt werden und ohne enge Bindung an große Parteien keine Chance haben, in einer Regierung mitzuwirken.
- Daniel Dettling weist mit Recht darauf hin, dass Parteien beweglich sein müssen, um nicht nur Parteimitglieder zu überzeugen, sondern „mit möglichst vielen Bürgern Politik zu unternehmen". Er begründet dies mit der „zunehmend heterogenen und vielfältigen Gesellschaft", deren Ansprüche nicht mehr nur durch zwei Parteien erfüllt werden können. Allerdings bedeutet das nicht zwingend, dass große Parteien in einem Mehrparteiensystem von 5 oder 6 Parteien keinen bedeutenden Einfluss mehr haben können. In diese Richtung argumentiert auch Sophie Pornschlegel.
- Zusammenfassend komme ich nach der Erörterung der Argumente von Daniel Dettling zu dem Ergebnis, dass ich mich seiner Einschätzung anschließen/nicht anschließen kann, weil ...

Bearbeiterin

5.4 Politik- und Parteienverdrossenheit in Deutschland: Betrifft sie insbesondere die Jugend?

Zum Thema: In Kapitel 5.4 erfahren Sie, was Politik- und Parteienverdrossenheit bedeutet und welche Einstellungen Jugendliche zur Politik haben. Auf der Grundlage von Jugendstudien können Sie die Gründe für den Vertrauensverlust in die Parteien untersuchen. Im Anschluss daran enthält dieses Unterkapitel u. a. zahlreiche Vorschläge, auf welche Weise Jugendliche sich politisch engagieren können.

M20 Wem vertrauen die Deutschen am meisten?

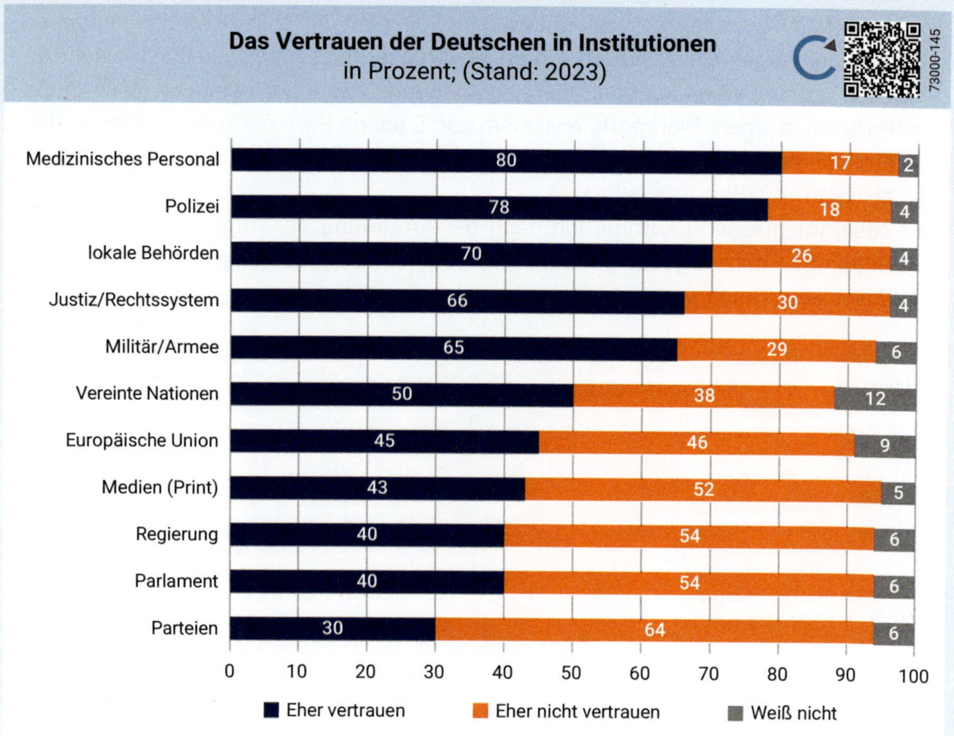

© C.C. Buchner Verlag, aktuelle Daten nach: Eurobarometer 98 (Datenerhebung: 2002/2023; Grafikerstellung: 2023)

Einstiegsaufgaben

72043-517

1. Analysieren Sie in Kleingruppen (3-4 Personen) die Grafik zum Vertrauen der Deutschen in die Institutionen (**M20**).
2. Entwickeln Sie in Ihren Kleingruppen Hypothesen über die Gründe für
   a) das große Vertrauen in Gesundheitspersonal und Polizei und
   b) das geringe Vertrauen in politische Parteien.

M21 Was ist der Unterschied zwischen Politikverdrossenheit und Parteienverdrossenheit?

»Politikverdrossenheit« avancierte 1992 zum »Wort des Jahres«. An diesem zweifelhaften Ruhm haben auch sprachliche Wendungen wie [...] »Parteienverdrossenheit« teil [...]. Als Ausdrucksform einer parteifernen bis parteifeindlichen Gefühlslage tritt Verdruss über Parteien auch in anderen europäischen Ländern auf: (Parteienverdrossenheit ist) [...] »eine Kurzformel für sich verschlechternde Bewertungen und abnehmendes Vertrauen gegenüber sowie zurückgehende affektive Bindungen an diese etablierten »Parteien der Bundesrepublik« [...] Für den Parteienstaat ist es ein Warnsignal, wenn sich ein wachsender Teil der Bevölkerung von ihm abwendet. [...] Offenbar beschreibt Parteienverdruss ein chronisches Krankheitsbild der deutschen politischen Kultur. Vertrauen in Politiker und Politik ist das Gegenteil von Politik- und Parteienverdrossenheit. Vertrauen ist zugleich eine Schlüsselgröße der politischen Kultur jeder Demokratie. Unter politischer Kultur verstehen wir, vereinfacht ausgedrückt, die subjektive Sicht der Bürgerinnen und Bürger auf die Politik in allen ihren institutionellen, personellen und inhaltlichen Erscheinungsformen. [...] Die Vertrauensbasis der Politik ist hierzulande porös geworden. Wie Umfragedaten übereinstimmend zeigen, hat sich sowohl die affektiv-wertbezogene als auch die rational-leistungsbezogene Beurteilung des Parteienstaates seitens der Bevölkerung über die Jahre hinweg stetig verschlechtert. Immer schon nahmen, seitdem das Vertrauen der Bürger in öffentliche Institutionen abgefragt wird, die Parteien den letzten Platz in der Rangskala ein.

Holtmann, Eberhard: Der Parteienstaat in Deutschland – Erklärungen, Entwicklungen, Erscheinungsbilder. 2. überarbeitete und erweiterte Auflage. Bonn (Bundeszentrale für politische Bildung) 2017, S. 173 ff.

M22 Was sind die möglichen Ursachen der Politikverdrossenheit und Parteienverdrossenheit?

A Die Ursachen für den Vertrauensverlust der Parteien

Die Ursachen für den Vertrauensverlust (der Parteien) sind vielfältig.
Zu den Ursachen zählen:

- Unsicherheiten und Ängste vor der Zukunft, die fehlende Vision einer lebenswerten Zukunft und soziale Ungerechtigkeiten.
- Komplexe politische Zusammenhänge oder Sachverhalte, die nur schwer durchschaubar sind oder von den Wähler:innen nicht verstanden werden.
- Das Gefühl, die klassischen Parteien unterscheiden sich nicht in ihren Inhalten.
- Fehlende Transparenz bei politischen Entscheidungsprozessen.
- Wiederholte ‚Vertrauensbrüche', etwa durch Wahlversprechen, die nicht eingehalten werden.
- Der Eindruck, dass Klientelpolitik (Politik im Sinne der Bessergestellten) betrieben oder vordringlich eigene Interessen verfolgt werden.
- Persönliche Verfehlungen von Politiker:innen (wie z. B. plagiierte Doktorarbeiten).
- Geringe Partizipations- und Mitgestaltungsmöglichkeiten der Bürger:innen bzw. mangelnde Information darüber, wie Bürger:innen sich einbringen können.
- Die mediale Berichterstattung, die sich zunehmend auf Personen, Machtkonstellationen und Skandale und weniger auf Inhalte, Positionen und Sachfragen konzentriert.

© Friedrich-Ebert-Stiftung: Akademie Management und Politik, Politik und Glaubwürdigkeit – So können Parteien und politische Akteure das Vertrauen der Bürger_innen zurückgewinnen! Bonn (Friedrich-Ebert-Stiftung) 2016, S. 5

Elite
Elite ist hier eine Gruppe von Menschen in einer Gesellschaft, die wegen bestimmter Bedingungen (z. B. Macht, Geld, Ausbildung, Herkunft, ...) Spitzenstellungen einnimmt und damit mehr Einfluss auf Entscheidungen ausüben kann als andere nicht elitäre Gruppen dies können.

Sozialmoralische Grundwerte
Sozialmoralische Grundwerte sind Grundwerte, die von einer Moral getragen werden, wie Gerechtigkeit, Gleichheit, Fairness.

B „Parteienverdrossenheit ist ein Bauchgefühl"

Die in den letzten Jahren wieder stärker gewordene Parteienverdrossenheit hat wesentliche Ursachen und Motive in der Gegenwart. [...] Verdichtet sich [...] in der Öffentlichkeit der Verdacht, Volksferne und Fehlverhalten von Parteipolitikern seien nicht die Ausnahme, sondern die Regel, dann erhält eine misstrauische Grundstimmung Nahrung [...] Während regierende Eliten das politische Geschäft unter sich ausmachen, zieht sich die Mehrheit der Bürgerinnen und Bürger in »eine passive, schweigende, ja sogar apathische Rolle« zurück.

Im Gefolge der deutschen Einigung hat sich die Distanz zwischen Eliten und Bevölkerung bei der Wahrnehmung von Politik in der Tat vertieft. Dies beschreibt jedoch nur einen, wenngleich wichtigen Aspekt aktueller Parteiverdrossenheit. [...] Da langfristig stabile affektive Parteibindungen stetig schwächer werden, bemisst sich, ob Parteien Gunst gewährt oder versagt wird, umso mehr am Maß des individuellen Vorteils. Dabei geht gerade im Osten Deutschlands ein egoistisches Nutzenkalkül mit der Hochschätzung sozialmoralischer Grundwerte eine besondere Verbindung ein. Das Gefühl, es gehe hierzulande »nicht gerecht zu«, ist in Ostdeutschland stärker als im Westen der Bundesrepublik verbreitet. Entsprechend höher fällt dort auch der Schwund an Vertrauen in die Politik aus. Gegenwärtige Parteienverdrossenheit ist folglich eine Mischung von Affekt, Vorurteil, unerfülltem moralischen Anspruch und enttäuschter nutzenorientierter Vorteilserwartung. Man sieht: Trotz aller Versachlichung ist Parteienverdrossenheit eben auch ein Bauchgefühl.

Holtmann, Eberhard: Der Parteienstaat in Deutschland – Erklärungen, Entwicklungen, Erscheinungsbilder. 2. überarbeitete und erweiterte Auflage. Bonn (Bundeszentrale für politische Bildung) 2017, S. 191 f.

M23 „Jugendliche fühlen sich von der Politik nicht gehört!" Ergebnisse der Sinus-Jugendstudie 2020

Die SINUS-Jugendstudie 2020 „Wie ticken Jugendliche?" untersucht alle vier Jahre die Lebenswelten 14- bis 17-jähriger Teenager in Deutschland. [...]

Viele Teenager fühlen sich von der Politik weder gehört noch ernst genommen. Sie beklagen die fehlende Teilhabe der jungen Generation an politischen Entscheidungsprozessen und die mangelnde Repräsentation im politischen Raum. Aus Jugendsicht wird Politik in erster Linie von „alten weißen Männern" dominiert und geprägt. Pauschales Politikerbashing ist dennoch selten. Politische Akteure und Institutionen werden differenziert beurteilt. Viele Jugendliche zeigen Verständnis und Empathie für Politiker und Politikerinnen, die einen „harten, stressigen Job" machen.

Ein Gefühl von Macht- und Einflusslosigkeit, wenig Wissen und geringe Zeitbudgets sind Barrieren für globales Engagement Jugendlicher. Die große Beteiligung der Teenager an den Fridays-for-Future-Demonstrationen macht jedoch Hoffnung, dass junge Menschen sich stärker für globales Engagement öffnen. [...] Der jugendliche Zeitgeist ist grün und bewahrend (das heißt konservativ im ursprünglichen Sinne). Die Klimakrise wird aus jugendlicher Perspektive von den Verantwortlichen (Politik, Wirtschaft, ältere Generation) nicht ernst genommen; mögliche Problemlösungen werden verschleppt oder sogar hintertrieben.

© Sinus-Institut: SINUS-Jugendstudie 2020: Wie ticken Jugendliche? In: www.sinus-institut.de, 23.07.2020

M24 Jugend und Politik: Desinteresse oder Kritik am System?

Nicht selten müssen sich junge Menschen anhören, sie würden sich doch gar nicht für die Politik und das Weltgeschehen interessieren und „früher sei alles anders gewesen". Doch ein Blick in diverse Jugendstudien zeigt, dass diese Aussage so nicht stimmt. Laut einer Statistik von Statista aus dem Jahr 2020 ist seit 2002 das politische Interesse beinahe stetig gestiegen und erreichte 2015 einen Höchstwert. Damals gaben 43 Prozent der befragten Jugendlichen an, politisch interessiert zu sein. 2019, im Jahr der vielen Proteste und Demonstrationen, waren es 41 Prozent.

Bildungsforscher Klaus Hurrelmann, der zahlreiche Jugendstudien mitverfasste, erklärt sich diesen Trend mit einem aufkommenden Verantwortungsgefühl bei der jungen Generation - sie fühlen sich für die Gemeinschaft und das Gemeinwesen verantwortlich. [...]

Der Anteil der politisch aktiven Jugendlichen ist laut Hurrelmann allerdings deutlich geringer als der Anteil derer, die Interesse zeigen. Die junge Generation möchte mitgestalten, sich jedoch nur sehr selten zu einer Parteimitgliedschaft verpflichten.

Trotzdem gibt es auch immer wieder junge Menschen, die sich für den Eintritt in einen Regionalverband einer Partei entscheiden. Die Motivation, Dinge selbst verändern zu können, vor allem auch im eigenen Umfeld, treibt sie an. Sie schätzen den politischen Austausch mit anderen und sind überzeugt, dass ihre Stimme als Mitglied einer Partei eher gehört werde als allein.

Nicht alle Parteien profitieren vom gestiegenen Politikinteresse der Jugend. Mehrere große Jugendstudien wie die bekannten Shell-Studien zeigen, dass Jugendliche den etablierten Parteien, wie beispielsweise der SPD oder der Union, häufig nur wenig Vertrauen entgegenbringen. Viele nehmen lieber an Aktionen außerhalb einer Partei teil, beispielsweise an Online-Protesten oder Unterschriftensammlungen. Ein prominentes Beispiel hierfür sind die „Fridays for Future"-Demonstrationen, bei denen vor zwei Jahren jeden Freitag Tausende junge Menschen in ganz Deutschland für das Klima auf die Straßen gingen. Doch es gibt auch Kritik an dieser Form des politischen Aktivismus der jungen Generation. Denn immer wieder wollen einige Gruppen ihre Ziele ohne Rücksicht auf andere durchsetzen. In einer funktionierenden Demokratie braucht es jedoch auch die Akzeptanz von verschiedenen Interessen und eine Bereitschaft, Andersdenkenden zuzuhören und sich auf einen Kompromiss einzulassen.

An dieser Stelle wird also deutlich, dass auch junge Menschen, die eine kritische Einstellung zur traditionellen Politik pflegen, an entscheidenden Punkten nicht ganz ohne die Unterstützung von Berufspolitikern auskommen. Um etwa eine Forderung einer Demonstration zu einem Gesetz werden zu lassen, braucht es schließlich den Bundestag.

Manche jungen Aktivisten nehmen die Sache auch einfach selbst in die Hand. So engagiert sich etwa Luisa Neubauer, eine der Hauptorganisatorinnen der „Fridays For Future"-Bewegung, bei den Grünen, ihr Mitstreiter Jakob Blasel kandidiert sogar für den Bundestag.

Das Deutsche Jugendinstitut warnt jedoch: Weniger privilegierten jungen Menschen mit geringerer sozialer Stabilität fehlt häufig ausreichend politische Bildung. Bei ihnen besteht ein Risiko, dass sie aufgrund ihres geringeren politischen Wissens weniger Möglichkeiten haben, sich politisch zu engagieren und ihre Interessen zu äußern. [...]

Das Interesse junger Menschen an Politik hat in den vergangenen Jahren also durchaus zugenommen, wie Statistiken zeigen. Verstärkt wird solch ein zunehmendes Interesse durch besondere Ereignisse wie beispielsweise dem Beginn der „Fridays For-Future" -Demonstrationen.

Rinke, Janine: So steht es um die Jugend und die Politik. In: www.fnp.de, 26.02.2021

Vorschläge zur Überwindung der Politik- und Parteiverdrossenheit

72043-537

M25 Politikverdrossenheit karikiert

Karikatur: Klaus Stuttmann, 2019

Aufgaben

72043-518

1. a) Analysieren Sie in Kleingruppen die Ursachen für den Vertrauensverlust in die Parteien in **M22** A, B, indem Sie zentrale Aspekte notieren.
   b) Überprüfen Sie, ob Sie die genannten Aspekte ergänzen möchten, die aus Ihrer Sicht fehlen.
2. Analysieren Sie in Kleingruppen die Ursachen für den Vertrauensverlust in die Parteien. Diskutieren Sie, inwiefern Sie der Einschätzung des Politikwissenschaftlers Eberhard Holtmann folgen können (**M22** B).
3. Analysieren Sie **M23** und **M24** im Hinblick auf die Ergebnisse von Jugendstudien zum Thema „Politikverdrossenheit".
4. Diskutieren Sie, welche Erwartungen Sie an politische Entscheidungsträger haben, damit Jugendliche sich mit ihren Anliegen ernst genommen fühlen.
5. Analysieren Sie die Karikatur in **M25** im Hinblick auf die Position der dargestellten Personen zur Politikverdrossenheit.
6. Beurteilen Sie die Meinungen der Personen in der Karikatur: Entsprechen sie auch den Einstellungen der Jugendlichen in Deutschland (**M22-M25**)?

F zu Aufgaben 5-6
Analysieren Sie die Vorschläge zur Überwindung der Politik- und Parteienverdrossenheit im QR-Code zu **M25**. Nennen Sie jeweils die Ihnen wichtigsten Vorschläge und fügen Sie Ihrer Liste ggf. eigene hinzu.

5.5 Die Rolle traditioneller und digitaler Medien als Mittler zwischen Politik und Bürger:innen: Inwieweit werden die Medien ihrer Aufgabe gerecht?

Zum Thema: Die Medien erfüllen wichtige Aufgaben in einer Demokratie. In diesem Unterkapitel erhalten Sie Informationen über die Aufgaben der öffentlich-rechtlichen Medien, die Nutzung öffentlicher und privater Sender (Fernsehen und Radio) und die Nutzung digitaler Medien durch Erwachsene und Jugendliche. Im zweiten Teil geht es um die Aufgabe der Medien im Wahlkampf und die Möglichkeit von Manipulation und Fake News durch digitale Medien.

M26 Fallbeispiele: Wo treffen Medien und Politik aufeinander?

Eine Fernsehkamera im Plenarsaal des Deutschen Bundestages

Bundespräsident Frank-Walter Steinmeier mit Bürgerinnen und Bürgern

Christian Lindner (FDP), Annalena Baerbock (Bündnis 90/Die Grünen), Markus Söder (CSU), Claudia Kemfert (Deutsches Institut für Wirtschaftsforschung – DIW Berlin) bei Anne Will (Mitte) in einer Talkshow

Einstiegsaufgaben

72043-519

1. Beschreiben Sie in den Bildern 1 - 3 den Zusammenhang zwischen Medien und Politik.
2. Erweitern Sie **M26**, indem Sie ein oder zwei weitere Bilder oder Hinweise nennen, die Ihnen in Bezug auf das Thema „Wo treffen Medien und Politik aufeinander?“ fehlen.
3. Nennen Sie die drei von Ihnen bevorzugten Medien, die Sie zur Information über politische Inhalte nutzen.

M27 Welche Aufgaben und Funktionen übernehmen die Medien in der Demokratie?

Nach: Selg, Olaf: Funktionen von Medien in einer Demokratie. In: www.bpb.de, 2014

Medien informieren, kontrollieren und kritisieren nicht nur politische Vorgänge, sondern setzen auch eigene Themen und beeinflussen die öffentliche Meinung. Wenn es um die Teilnahme an Wahlen und die politische Meinungsbildung geht, ist es wichtig, dass man über ein Mindestmaß an Informationen zu politischen Vorgängen verfügt. Die Pressefreiheit (Art. 5 GG) schützt die Medien vor einem Eingriff der staatlichen Gewalt und sorgt für Straffreiheit von Meinungsäußerungen. Auf diese Weise können Medien als Mittler zwischen Politik und Bürger:innen dienen bzw. bei der Willensbildung eine wichtige Rolle als „Transmissionsriemen" einnehmen.

Bearbeiterin

M28 Die Macht der Redaktionen: Was genau bedeutet „Agenda Setting"?

Mini-Fragebogen zu Framing

71911-212

JournalistInnen wählen bestimmte Themen oder Ereignisse, über die sie berichten, nicht nur aus. Sie betonen diese Themen in ihrer Berichterstattung auch unterschiedlich stark, beispielsweise durch die Häufigkeit der Veröffentlichung oder durch die Platzierung und die Aufmachung eines Beitrags. Die Agenda-Setting-Forschung konnte zeigen, dass die Medien auf diese Weise beeinflussen, welche Bedeutung bestimmten Themen in der Gesellschaft beigemessen wird. In der Forschungspraxis wird die Bedeutungszuschreibung oft in Meinungsumfragen mit einer Frage nach dem wichtigsten Problem gemessen. Eine sehr einfache Methode, die Betonung von Themen in den Medien zu messen, ist das Zählen von Beiträgen.
Werden die beiden Werte (Bedeutungszuschreibung eines Themas in der Bevölkerung und Präsenz des Themas in den Medien) über einen längeren Zeitraum gegenübergestellt, kann man Aussagen darüber treffen, welche Einflussrichtung zwischen diesen beiden Werten vorherrscht.

Freie Universität Berlin: Online-Studienfachwahl Assistent: Publizistik- und Kommunikationswissenschaft (B. A). In: www.osa.fu-berlin.de, Abruf am 13.10.2022

Aufgaben

72043-520

1. Gestalten Sie mit Hilfe folgender Aspekte einen Vortrag über die Medien (**M27**):
   a) die rechtliche Stellung der Medien in Deutschland (Grundgesetz), b) die Rolle der Medien als Mittler zwischen Politik und Bürger:innen, c) die besondere Bedeutung der öffentlich-rechtlichen Sendeanstalten und ihre Finanzierung durch Beiträge (**M29** B), d) die Inhalte des Schaubildes.
2. a) Erklären Sie mit eigenen Worten die Begriffe „Agenda-Setting" und „Framing" (**M28**).
   b) Folgen Sie dem QR-Code neben **M28** und beantworten Sie die Fragen des Mini-Fragebogens.

M29 Welches Verhältnis haben Jugendliche zu Medien?

A Wer schaut in welchem Alter wo welche Nachrichten?

Hauptnachrichtenquelle 2023 (nach Alter, in Prozent)

Sie haben angegeben, dass Sie diese Nachrichtenquellen letzte Woche genutzt haben.
Welche davon würden Sie als Ihre HAUPT-Nachrichtenquelle bezeichnen? (Basis n = 1.823)

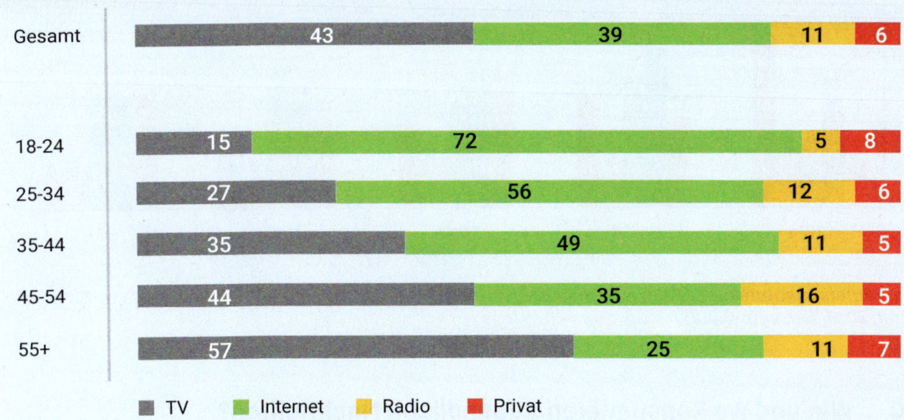

Nach: Hein David: REUTERS INSTITUTE DIGITAL NEWS REPORT. Für immer mehr junge Menschen sind soziale Medien die Hauptnachrichtenquelle. In: www.horizont.net, 05.07.2023

B Fernsehen: Öffentlich- rechtliche vs. private Sender – wo liegt der Unterschied?

Das duale Rundfunksystem der öffentlich-rechtlichen und privaten Sender

	Öffentlich-rechtliche Sender	Private Sender
Gründung	1945	1984 (SAT.1 und RTL)
Sender	z. B. ARD/Das Erste, ZDF, 3sat, ARTE, BR Alpha, Phoenix, KI.KA	z. B. RTL, RTL2, SAT.1, PRO7, Kabel1
Organisationsform	Nonprofit-Organisation	Kommerzielle Unternehmen
Auftrag	Gesetzlicher Auftrag: • Grundversorgung an Information, Bildung, Kultur und Unterhaltung • Beitrag zur Meinungsbildung und Aufklärung • Programmvielfalt • Unabhängigkeit	Gewinn- und nachfrageorientiert: Angebotsausrichtung an den Präferenzen der Zielgruppen und Werbung
Finanzierung	Rundfunkbeitrag	Werbefinanzierung
Kontrolle	Rundfunkrat (ARD) und Fernsehrat (ZDF) sind mit Vertreter:innen versch. Gruppierungen besetzt (z. B. Kirchen, Gewerkschaften, polit. Parteien, Vereine, ...)	Wettbewerbsmechanismen, Landesmediengesetze regeln die Zulassung und Aufsicht über private Rundfunkveranstalter.

Bearbeiterin

C Welche Medien werden für Nachrichten genutzt?

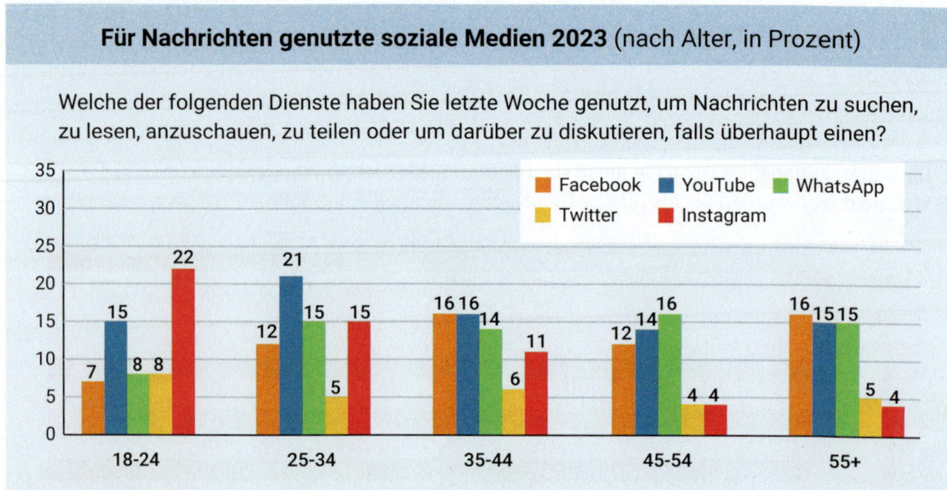

Nach: Reuters Institute Digital News Report 2023 / Leibniz-Institut für Medienforschung / Hans-Bredow-Institut, 2023 (Befragte: 2.012)

M30 Wie und wo konsumieren Jugendliche Nachrichten?

1 „#UseTheNews"-Studie: Wie nutzen Jugendliche Nachrichten?

Mit #UseTheNews widmet sich erstmals eine wissenschaftliche Studie derart detailliert und präzise der Nachrichtennutzung Jugendlicher und junger Erwachsener. Prof. Dr. Uwe Hasebrink, Dr. Sascha Hölig und Leonie Wunderlich haben sie für das Leibniz-Institut für Medienforschung im Auftrag der Deutschen Presse Agentur (dpa) und der Hamburger Behörde für Kultur und Medien durchgeführt.

Journalistische Angebote sind nur noch eine von vielen genutzten Informationsquellen

Mit 46 Prozent widmet sich insgesamt knapp die Hälfte der befragten Jugendlichen im Alter zwischen 14 und 17 Jahren mehrmals pro Woche journalistischen Angeboten, aber 58 Prozent schauen auch auf nicht-journalistische Akteure. Alle Jugendlichen, die in sozialen Medien Nachrichtenangebote abonniert haben, nutzen auch außerhalb dieser Plattformen regelmäßig journalistische Nachrichten.

Oft fehlt bei Journalistischen Nachrichten der Bezug zum eigenen Leben

Die Hälfte der Jugendlichen hält es nicht für wichtig, sich über Neuigkeiten und aktuelle Ereignisse zu informieren. Bei journalistischen Nachrichten fehlt ihnen oft der Bezug zu ihrem persönlichen Alltag. Der wichtigste Grund, sich auf dem Laufenden zu halten, ist es, an Gesprächen und Diskussionen im Freundes- und Familienkreis teilnehmen zu können. Junge Menschen integrieren sich auf diese Weise in ihrem sozialen Umfeld. Auffällig ist zudem, dass die Jugendlichen, die das Gefühl haben, politisch etwas bewirken zu können, deutlich mehr Interesse an Informationen über das aktuelle Geschehen äußern.

Es gibt nicht die Jugendlichen oder die jungen Erwachsenen

Auch innerhalb ein und derselben Alters- und Bildungsgruppen zeigen sich sehr verschiedene Typen der Nachrichtenorientierung mit spezifischen Ausprägungen von Interesse, Nutzung, zugeschriebener Meinungsbildungsrelevanz und Informiertheit:

- **Journalistisch Informationsorientierte**: hohes Nachrichteninteresse, umfangreiche Nutzung und große Relevanz journalistischer Quellen bei geringer Relevanz nicht-journalistischer Angebote; gut informiert;

- **Gering Informationsorientierte**: geringes Nachrichteninteresse, keine Nutzung und Relevanz journalistischer Quellen bei ebenfalls geringer Nutzung und Relevanz nicht-journalistischer Angebote; nicht gut informiert;
- **Umfassend Informationsorientierte**: hohes Nachrichteninteresse, umfangreiche Nutzung und große Relevanz journalistischer und nicht-journalistischer Angebote; gut informiert;
- **Nicht-Journalistisch Informationsorientierte**: mittleres Nachrichteninteresse, keine Nutzung und Relevanz journalistischer Quellen bei hoher Relevanz nicht-journalistischer Angebote; nicht gut informiert.

Hasebrink, Uwe / Hölig, Sascha / Wunderlich, Leonie: #UseTheNews. Studie zur Nachrichtenkompetenz Jugendlicher und junger Erwachsener in der digitalen Medienwelt. Hamburg: Verlag Hans-Bredow-Institut, April 2021

2 Politische Sozialisation durch YouTube?

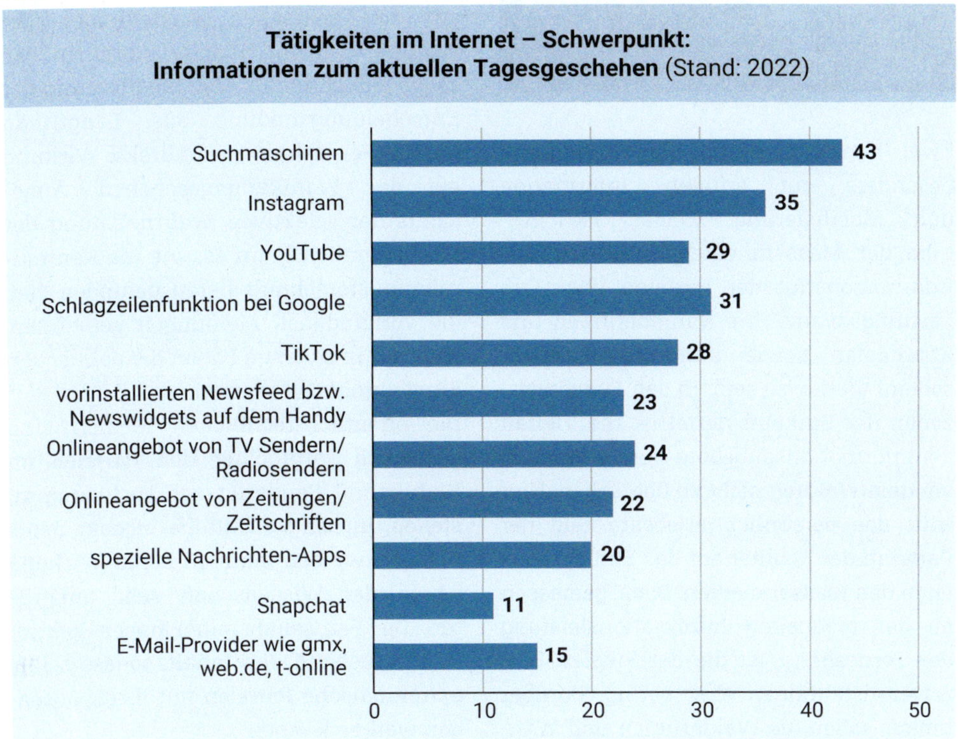

Nach: JIM 2022. Medienpädagogischer Forschungsverbund Südwest, Angaben Nutzung täglich / mehrmals pro Woche in Prozent. n=1.197 (12 bis 19 Jahre), abgebildet Nutzerinnen und Nutzer im Alter von 16-17 Jahren

JIM-Studie
Seit 1998 wird mit der JIM-Studie (Jugend, Information, (Multi-) Media) im jährlichen Turnus eine Studie zum Medienumgang der 12- bis 19-Jährigen durchgeführt.

Newsfeed
abonnierbare elektronische Nachrichten im Internet

Aufgaben

72043-521

1. Werten Sie die zentralen Aussagen aus **M29** A und C aus und erklären Sie die Unterschiede zwischen den unterschiedlichen Medien. Ziehen Sie für Ihre Antwort ggf. auch die Tabelle in **M29** B heran.
2. Analysieren Sie zu zweit die Ergebnisse der „#UsetheNews-Studie“ aus dem Jahre 2021 zur Mediennutzung Jugendlicher (**M30** 1) auch mit Hilfe von **M30** 2 unter folgenden Aspekten: a) Hauptnachrichtenquellen, b) für Nachrichten genutzte Quellen, c) Themeninteressen nach Typ und Alter, d) Kernergebnisse der Studie. Präsentieren Sie abschließend Ihre Ergebnisse im Kurs.

M31 Medien und Politik im Wahlkampf: Wer bedingt wen?

Reporter:innen und Fotograf:innen vor einer Bundespressekonferenz in Berlin

Zwei Funktionen soll der Wahlkampf besonders gut erfüllen: Information und Mobilisierung. Beides ist mithilfe der Massenmedien erreichbar. Die Informationsflut der Parteien über ihre Leistungsbilanz, ihre Kandidatinnen und Kandidaten sowie ihre Programmatik scheint uferlos zu sein. In den Fußgängerzonen der Einkaufsviertel ist die Vielfalt der Informationsangebote wenige Wochen vor dem Wahltag nicht zu übersehen. Hier trifft das persönlich erlebbare Bild der Partei in der Realität auf das Bild der Partei in den Massenmedien. Doch, gemessen an der möglichen Informationsleistung des Fernsehens, ist die der lokalen Einzelveranstaltungen eher gering. Darüber hinaus sollen die Wählerinnen und Wähler mobilisiert werden, vorzugsweise in den eigenen Hochburgen. Den Mitgliedern der Parteien und deren Sympathisanten sollen durch die verstärkte Außendarstellung der Parteien weitere Identifikationsmöglichkeiten geboten werden. Auch dabei kann das Medium Fernsehen eine Leitfunktion ausüben. Massenmedien nehmen deshalb in der modernen Wahlkampfplanung einen zentralen Platz ein.

Die große Mehrheit der Bevölkerung sieht täglich fern, liest Zeitung und hört Radio. Politische Botschaften erreichen die Menschen daher vor allem über diese Medien in der genannten Reihenfolge. Dass sich die Medienberichterstattung infolgedessen auch auf die Wahlentscheidung auswirkt, ist unbestritten [...]

Zu den wichtigsten Hilfen für die Wahlentscheidung zählen jedoch nicht vorrangig die speziellen Informationsbeiträge zur Wahl (beispielsweise Fernsehwerbespots der Parteien) oder zum Wahlkampf. Wichtiger sind die langfristigen Wirkungen, die von den Massenmedien auf die politischen Einstellungen der Wählerinnen und Wähler ausgehen. Sie sagen jedoch nichts über die Richtung der Entscheidungsfindung aus. Langfristig hat das Fernsehen eine indirekte Wirkung auf das Wahlkampfgeschehen. Angesichts der selektiven Wahrnehmung der Zuschauenden kann es, wie die Kommunikationsforschung herausgefunden hat, die vorhandenen Meinungen verstärken, aber nur in seltenen Fällen die politischen Einstellungen verändern.

Die öffentlich-rechtlichen Medien sind gesetzlich verpflichtet, den Parteien im Wahlkampf Sendezeit zur Verfügung zu stellen, in der sie mithilfe eigener Spots für sich werben können. Deren Wirkung ist in der Wissenschaft sehr umstritten. Die Fernsehanstalten haben keinerlei Einfluss auf den Inhalt, sodass selbst extremistische Parteien mit ihren Aussagen werben können.

Solche Spots sind nur in den letzten Wochen vor der Wahl erlaubt. Für die Parteien ist das Fernsehen ein günstiges Vermittlungsmedium: Es hat eine konkurrenzlose Reichweite; image- und zielgruppengerecht lässt es Selbstdarstellungen mittels szenischen Bildmaterials zu; es erreicht auch die Gruppen, die sich den traditionellen politischen Wahlkampfstrategien entziehen.

Korte, Karl-Rudolf: Massenmedien und Wahlkampf. In: www.bpb.de, 01.07.2021

M32 Wie verändern digitale Medien den Wahlkampf?

Wahlkampf – das bedeutet längst nicht mehr nur Plakate, Infostand und Talkshows, sondern auch Facebook, Twitter und Instagram. Wie sind die Parteien in den sozialen Netzwerken aufgestellt?

Im Wahlkampf wollen die Parteien „dahin, wo die Menschen sind“. Mit Infoständen und Haustürgesprächen ist es deshalb nicht mehr getan - denn Wählerinnen und Wähler verbringen immer mehr Zeit im Internet: 326 Minuten waren die Deutschen im Jahr 2020 im Schnitt täglich online, so geht es aus dem „Digital 2021 Global Overview Report“ hervor. Mehr als fünfeinhalb Stunden also, in denen Parteien die Chance haben, auf sich aufmerksam zu machen.

Einen Anhaltspunkt für den Stellenwert, den soziale Medien für die Parteien haben, geben deren Online-Budgets für den Bundestagswahlkampf. Auf Anfrage von *tagesschau.de* gaben nur Grüne und Linke Auskunft. Die Grünen setzen etwa 2,5 Millionen Euro ein, das sind 20 Prozent des Wahlkampfbudgets. Der Linken stehen laut einer Sprecherin 500.000 Euro zur Verfügung. Die FDP spricht lediglich von einem „erheblichen Anteil“, der in „digitale Formate“ fließt.

Möglichkeiten, dieses Geld auszugeben, gibt es genug: Die wichtigsten Plattformen für die Wahlkämpfer sind Facebook, Twitter, Instagram und YouTube – alle Parteien sind dort vertreten, meist mit mehreren Accounts.

Zunehmende Professionalisierung

Die Notwendigkeit, Wahlkämpfe auch digital zu führen, haben alle großen Parteien seit Mitte der 2000er-Jahre erkannt und bauen ihre Online-Präsenz kontinuierlich aus – die Corona-Pandemie hat diesen Trend nur fortgesetzt. Politikberater Martin Fuchs spricht von einem „enormen Professionalisierungsschub in den letzten Jahren“. Ein Maßstab für Erfolg in den sozialen Medien ist die Followerzahl. Betrachtet man die Hauptaccounts der Parteien zeigt sich: Auf Facebook und YouTube liegt die AfD an der Spitze. Gegenüber *tagesschau.de* legt sie sich auch als einzige auf ihren Online-Schwerpunkt fest: Facebook sei die wichtigste Plattform.

Fuchs erklärt das mit der Entstehung der Partei: „Die AfD hat sich komplett auf der Infrastruktur von Facebook aufgebaut. Jeder, der sich über die Partei informieren wollte, aber auch, wer etwas werden wollte in der AfD, der musste zu Facebook gehen und sich dort in den AfD-Gruppen organisieren.“ Zudem verstehe es die Partei, Emotionen einzusetzen, agiere populistisch und überschreite damit Grenzen – „etwas, wozu die anderen Parteien nicht bereit sind“, so Fuchs.

Poli-TikTok

Auf Twitter und Instagram haben die Grünen die meisten Follower. Während Twitter von Medienschaffenden dominiert ist, wird Instagram viel von jüngeren Menschen genutzt. Sie neigen tendenziell eher grünen Standpunkten zu, interessieren sich etwa für Klimaschutz, Antirassismus oder Feminismus. Junge Politikerinnen wie Aminata Touré verbinden grüne Botschaften auf Instagram mit Persönlichem und Blicken hinter die Kulissen des Politikbetriebs. Damit erreichen sie Menschen, die nicht unbedingt dem Hauptaccount der Grünen folgen würden.

Auch TikTok als die jüngste Plattform eignet sich nur bedingt für Parteikommunikation von oben. Auf der Video-App sind Persönlichkeiten erfolgreich, deswegen sind dort partei- und altersübergreifend eher einzelne Mitglieder zu finden, die politische Inhalte produzieren – möglichst authentisch und selbstironisch.

Kleinere Parteien sind online im Vorteil

Die jetzigen Regierungsparteien CDU und SPD liegen bei den Followerzahlen auf keiner Plattform vorn. Ihre Mitgliederstruktur ist älter - und der Online-Organisierungsgrad entsprechend geringer. Ihre vergleichsweise breite Wählerschicht ist

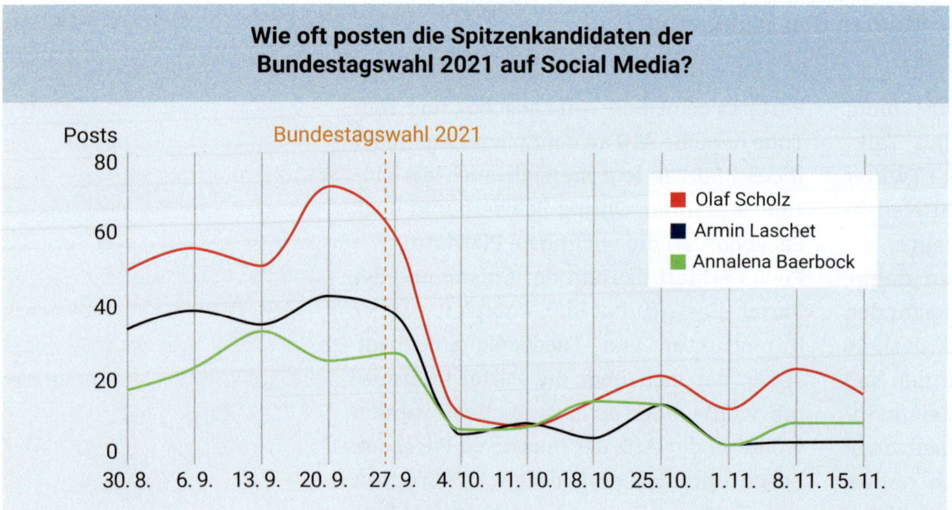

Nach: Tagesspiegel, 2021

im Netz außerdem nicht ganz leicht zu bedienen. Politikberater Fuchs sieht dort andere im Vorteil: „Kleinere Parteien haben es im digitalen Wahlkampf leichter, weil sie anders kommunizieren können. Die FDP etwa kann Themen stärker zuspitzen, weil sie eine viel kleinere Basis an Menschen hat, die sie überhaupt mobilisieren kann."

Auch die Linkspartei sei hier gut aufgestellt und habe besonders auf Facebook über Jahre hinweg eine Community aufgebaut. „Sie begreift ihre Facebook-Seite nicht nur als Absendestation von Themen, sondern versucht, die Menschen einzubinden in ihre Kommunikation", so Fuchs.

Geschlossene digitale Räume werden wichtiger

Wählerinnen und Wähler direkt einzubinden versuchen die Parteien auch, indem sie digitale Räume erobern, die noch vor Kurzem der privaten Kommunikation vorbehalten waren: Messengerdienste. Fast alle Parteien nutzen inzwischen Telegram.

Besonders die AfD hat das Potenzial des Dienstes erkannt: Sie ist dort mit diversen Kanälen vertreten, die alle paar Stunden Statements und Videos verbreiten – stets so aufbereitet, dass sie leicht zu teilen sind. Die AfD werde auf Telegram zudem anschlussfähig für andere Szenen, etwa Corona-Skeptiker, sagt Politikberater Fuchs. Mit ihnen könne sich die Partei verbinden und so neue Wählergruppen erschließen.

Die SPD setzt auf einen eigenen Telegram-Bot, der Interessierte mit Partei-Inhalten versorgt. Seit neuestem gibt es auch eine Wahlkampf-Gruppe, die virtuelle „Sozenbande". Dort bekommen Motivierte exklusiven Content zu sehen und können in gemeinsamen Netzaktionen dezentral vom Sofa aus Wahlkampf für die SPD machen – so sinkt die Hemmschwelle für politische Betätigung. Gerade Jüngere könnten sich im geschützten Raum des Messengerdienstes politisch ausprobieren, sagt Fuchs.

Klimpel, Lena: Digitaler Wahlkampf. Wenn Parteien ins Netz gehen. In: www.tagesschau.de, 06.09.2021

M33 Social Bots im Wahlkampf: interaktiv, aber nicht intelligent ...

Mike Preuss und Christian Grimme forschen an der Universität Münster zu dem Thema. Grimme leitet seit Mitte 2016 das vom Bund geförderte Verbundprojekt „PropStop", welches sich mit der Identifikation und dem Nachweis von verdeckter Propaganda durch Social Bots beschäftigt. Die Wissenschaftler definieren Bots als voll- bis semi-automatische Programme, die in Online-Medien sozial (inter-)agieren – und zwar menschenähnlich. Der Einsatz könne auf der einen Seite nützlichen als auf der anderen Seite auch destruktiven Zwecken dienen.

Unbedenkliche und oft nützliche Anwendungen seien Service-Bots, die zur Beratung und Information dienen, erklärten die Wissenschaftler bei einem Vor-

trag auf dem „Frankfurter Tag des Online-Journalismus“. Ein bekanntes Beispiel für diese Art von Bots ist Siri im iPhone. Die ARD bietet mit Novi ebenfalls einen Chatbot, der hilft, Nachrichten und Informationen zu finden. Andere Bots helfen, private oder geschäftliche Nutzerprofile zu pflegen. Dazu kommen Gaming-Bots.
Als problematisch bis gefährlich erachten die Forscher hingegen Spam- und Propaganda-Bots, die in sozialen Medien gezielt eingesetzt würden, um Gerüchte oder Verschwörungstheorien massenhaft und schnell zu verbreiten. Dadurch bestehe die Gefahr, dass bestimmte Meinungsbilder und Trends verstärkt werden. In Krisenzeiten können Social Bots so äußerst destruktiv wirken, indem sie falsche Informationen, oder Gerüchte teilen. Und sie können dazu beitragen, Verunsicherung bis auf die private Ebene zu schüren.
Social Bots, die entsprechend programmiert werden, könnten sogar eine gesellschaftliche Diskussion simulieren. So reagierten beispielsweise Twitter-Bots auf bestimmte Begriffe oder Hashtags automatisch mit einem eigenen Tweet. Darauf antworten wiederum andere Bots mit vorgegebenen Phrasen. Die Roboter interagieren, eine Kommunikation zwischen realen Personen wird vorgetäuscht. Für Außenstehende wirkt es so, als tauschten sich hier Menschen über ein bestimmtes Thema aus. So können sogar Trends bei Twitter gesetzt werden.
Vor diesem Hintergrund seien vor allem Journalisten gefragt, Trends im Netz nicht als repräsentativ zu verstehen. Wenn Medien ihre Themen nach der Stimmung in den sozialen Netzwerken suchen oder gewichten, könnten Journalisten zum Werkzeug der Manipulation werden. Die Realität werde verzerrt. Theoretisch sei das Gefahrenpotenzial beachtlich, sagen die Forscher. Zudem seien Twitter-Bots sehr einfach zu programmieren. Allerdings gebe es auch Grenzen. So könnten Bots nur das leisten, was ihnen vorgegeben wird. [...]
Die Wissenschaftler betonen aber, es sei wichtig, die Debatte über Social Bots differenziert zu führen und die Öffentlichkeit über die unterschiedlichen Bots zu informieren. So könnten Bots zwar interagieren, seien aber nicht intelligent. Ihr Einsatz habe also Grenzen. Die Forscher betonen daher, Aufklärung sei wichtig, denn Unwissenheit könne sonst Angst erzeugen.

Gensing, Patrick: Social Bots im Wahlkampf. Interaktiv, aber nicht intelligent. In: www.tagesschau.de, 22.04.2020

Aufgaben

72043-522

1. Entwerfen Sie in arbeitsteiliger Gruppenarbeit einen Bericht über die Nutzung digitaler Medien im Wahlkampf der Parteien, indem Sie in den Gruppen die folgenden Aufgaben bearbeiten:
   Gruppe A (M31): Analysieren Sie, auf welche Weise die Parteien die öffentlich-rechtlichen Sender nutzen und welche Wirkung von ihnen ausgeht.
   Gruppe B (M32): Analysieren Sie, auf welche Weise Parteien digitale Medien für den Wahlkampf nutzen und welche Parteien diese Möglichkeiten besonders nutzen.
   Gruppe C (M33): Analysieren Sie die Chancen und Gefahren von Social Bots im Wahlkampf.
2. Erörtern Sie mit Hilfe der nachfolgenden Operatorenkarte die Chancen und Probleme der Gestaltung des Wahlkampfs auf der Grundlage traditioneller und digitaler Medien insbesondere im Hinblick auf die Aufgaben der Medien als Mittler zwischen Parteien und Bürgerinnen und Bürgern.
3. Beurteilen Sie abschließend, ob die Medien ihrer Aufgabe gerecht werden.

OPERATOREN-TRAINING

Erörtern

I. Was gehört dazu?

1. Sie stellen zu einer Problemstellung Pro- und Kontra-Argumente aus verschiedenen Perspektiven (z.B. Parteivertretung, Betroffene, Interessengruppen...) gegenüber.
2. Sie prüfen die Argumente auf Schlüssigkeit mit Hilfe geeigneter Wissenselemente (Fakten, Daten) und auf „Lücken" (Was wird nicht berücksichtigt oder bewusst ausgeklammert?).
3. Sie reflektieren, welche Urteilskriterien für die verarbeiteten Argumente und für die eigene Position maßgeblich sind.
4. Sie wägen die Pro- und Kontra-Argumente mit Hilfe der Urteilskriterien innerhalb eines schlüssigen Begründungsganges gegeneinander ab.
5. Sie formulieren eine begründete abschließende Bewertung.

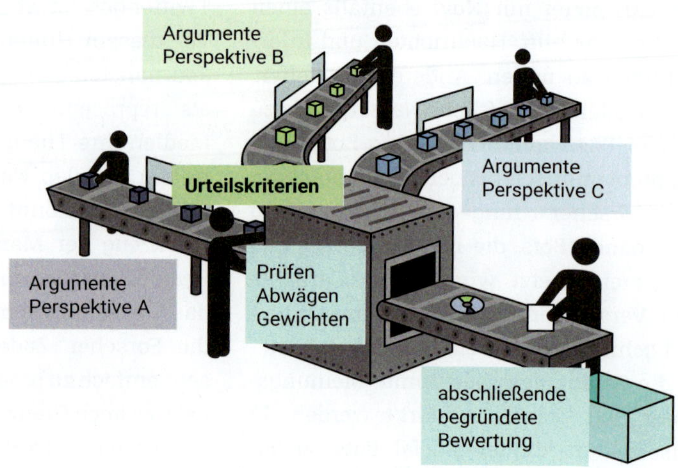

II. Hilfen zur Strukturierung und Formulierung

Auf die Fragestellung fokussieren und das geplante Vorgehen benennen
Zur Problemstellung ... gibt es aktuell eine kontroverse Auseinandersetzung, weil ...
Um das Thema genauer zu untersuchen, werde ich ...

Argumente (aus verschiedenen Perspektiven) gegenüberstellen
Aus der Perspektive von ... ist entscheidend, dass ...
Eine Gegenposition zeigt sich in ...
Während die Position von xy vor allem das Kriterium z betont, argumentiert xv ...

Argumente mit Faktenwissen prüfen
Gegen die Aussage ... lässt sich einwenden, dass ...
Zunächst leuchtet das Argument ... ein. Folgende Fakten (Daten) sprechen jedoch dagegen ...
Bei dem Argument ... wird ausgeblendet ...

Mit Urteilskriterien abwägen
In der Auseinandersetzung werden die folgenden Kriterien besonders berücksichtigt ...
Im Hinblick auf das Ziel ... sind die wichtigsten Urteilskriterien ...
Ein besonders starkes Argument bezieht sich auf das Kriterium ..., weil ...
Wenn ich Pro- und Kontra-Argumente mit Bezug auf das Kriterium ... gewichte, komme ich zu dem Schluss ...

Zusammenfassende Bewertung formulieren
Aus meiner Sicht sollte die Forderung ... (nicht) umgesetzt werden, weil ...
Eine entscheidende Perspektive/ Kriterium ist ..., deshalb sollte ...

Labusch, Alexandra: Darstellen. In: Operatorentraining für Wirtschaft-Politik / Sozialwissenschaften. Bamberg 2023

5.6 *Vertiefung:* Wie sind die Unterschiede zwischen den Parteien zu erklären? Die Theorie der Konfliktlinien

Zum Thema: Mit Hilfe der Theorie der Konfliktlinien erklärt die Politikwissenschaft, welche Bedeutung das soziale Umfeld hat bzw. wie familiäre, berufliche oder religiöse Bindungen prägend sind für die Entscheidung der Deutschen, eine bestimmte Partei zu wählen oder sich in ihr sogar zu engagieren.

M34 Alles nur Klischee? Stimmen zur Wahlabsicht bei Bundestagswahlen ...

A Meine Stimme ist für die Freiheit! Mir ist wichtig, dass Leistung anerkannt wird. Jede und jeder soll die gleichen Chancen haben.

B Mit meiner Stimme möchte ich dafür Sorge tragen, dass die Umwelt auch noch morgen intakt ist. Außerdem ist es mir wichtig, dass Minderheiten und Mehrheiten in Frieden zusammenleben können.

C Deutschland braucht endlich wieder eine starke Hand, die aufräumt! Außerdem brauchen wir keine weiteren Flüchtlinge. Wir müssen uns um uns kümmern, damit unser Volk stark bleibt.

Emre Hansen-Deniz, 42 Jahre, IT-Unternehmer

Stefan Westerkamp, 51 Jahre, Maurer

Maria Dschamila, 73 Jahre, Rentnerin

Alexander Leistner, 59 Jahre, Spediteur

Miriam Teufel, 29 Jahre, Versicherungskauffrau

Anna Müller, 23 Jahre, Studentin

D Wir können uns nicht mehr leisten, dass nur eine Minderheit vom Kuchen etwas abbekommt. Ich möchte von meiner Hände Arbeit leben – und das geht nur mit anständigen Löhnen. Ich wähle für die soziale Gerechtigkeit.

E Wenn wir es nicht mehr schaffen, unsere christlich geprägten Werte und Traditionen aufrechtzuerhalten, dann gute Nacht Deutschland. Wir können stolz auf unsere soziale Marktwirtschaft sein!

F Mir ist Frieden in der Welt wichtig. Waffen schaffen keinen Frieden. Mit meiner Stimme wähle ich auch für das Soziale in der Gesellschaft. Es ist für alle genug da.

Einstiegsaufgaben

72043-523

1. Entwickeln Sie Hypothesen, welche Parteien die einzelnen Personen in **M34** bei Bundestagswahlen wählen würden. Begründen Sie Ihre Ergebnisse.
2. Leiten Sie aus Ihren Hypothesen (→ Aufgabe 1) mögliche Konfliktlinien in Deutschland ab.

M35 Wie wählen die Deutschen?

Wie wählen die Deutschen? [...] Warum geben sie ihre Stimme für eine bestimmte Partei ab? Mit solchen Fragen beschäftigt sich [...] Wahlforschung. [...] Der soziologische Erklärungsansatz konzentriert sich in seiner Analyse der individuellen Stimmabgabe in erster Linie auf diejenigen Einflüsse, die dem sozialen Umfeld der Wählerinnen und Wähler zugeschrieben werden können. Darunter fallen etwa familiäre, berufliche oder auch gesellschaftliche Loyalitäten. [...] Diese [...] soziologische Perspektive und Erweiterung hebt ab auf längerfristig stabile Allianzen zwischen bestimmten Bevölkerungsgruppen und politischen Parteien, wie sie in Westeuropa seit dem 19. Jahrhundert zu beobachten sind. [...] Seymour M. Lipset und Stein Rokkan entwickelten in ihrer über ein Dutzend Länder berücksichtigenden Untersuchung in den Sechzigerjahren ein [...] Modell, mit dessen Hilfe sich die Ausprägungen und auch Veränderungen von Parteiensystemen in ihren Grundzügen erklären lassen. [...] Diese zunächst loseren Verbindungen entwickelten sich zu stabilen Parteiorganisationen und verankerten so die genannten Konfliktlinien (cleavages) dauerhaft in den nationalen westeuropäischen Parteiensystemen. Liberale, christdemokratische und auch sozialistische Parteien gehen in ihren Wurzeln auf diese tief greifenden Auseinandersetzungen zurück.

Korte, Karl-Rudolf: Wahlen in Deutschland – Grundsätze, Verfahren und Analysen, Bonn (Bundeszentrale für politische Bildung 2017. S. 101, 107 f.

M36 Konfliktlinien im deutschen Parteiensystem: 1950er, 1960er Jahre und seit den 1990er Jahren

In jeder Gesellschaft gibt es unterschiedliche Berufe mit jeweils verschiedenem Einkommen und Ansehen, mehrere Glaubensbekenntnisse, mehrere ethnische Gruppen (ethnos = griech. Volksstamm) und verschiedene Weltanschauungen. [...] Es liegt nahe, dass sich Menschen mit gleichem Beruf und damit gleicher sozialer Lage, mit gleichem Glaubensbekenntnis oder gleicher Weltanschauung zu einer politischen Partei zusammenschließen, um ihre Auffassungen und Interessen im politischen Raum zu vertreten und durchzusetzen. Historisch sind auch die deutschen Parteien auf der Basis der gesellschaftlichen Konfliktlinien entstanden:

- die SPD als Partei der gewerkschaftlich organisierten Arbeitnehmer und als Ausdruck des Klassenkonflikts Kapital gegen Arbeit;
- die CDU und CSU als Partei der kirchlich gebundenen, vornehmlich katholischen Wählerschaft;
- die F.D.P. als Partei des nicht kirchlich gebundenen mittelständischen Bürgertums.

Diese Konfliktlinien [...] prägten das Parteiensystem der Bundesrepublik Deutschland in den fünfziger und sechziger Jahre: [...]

Kapital/Arbeit bzw. Marktfreiheit/soziale Gerechtigkeit und religiös/säkular bzw. Kirchenbindung/ohne Kirchenbindung. [...]

Die Vereinigung der beiden deutschen Staaten (1990) hat jedoch nicht nur zwei nach völlig anderen Prinzipien organisierte und arbeitende Volkswirtschaften, sondern auch zwei Wahlgebiete mit unterschiedlichem politischen Denken und dementsprechend anderem Wahlverhalten zusammengefügt. So treten im vereinten Deutschland [...] frühere Konfliktlinien wie „religiös/nicht-religiös" [...] zurück. Die traditionelle Konfliktlinie „Arbeit/Kapital" bzw. „Soziale Gerechtigkeit/Marktfreiheit"

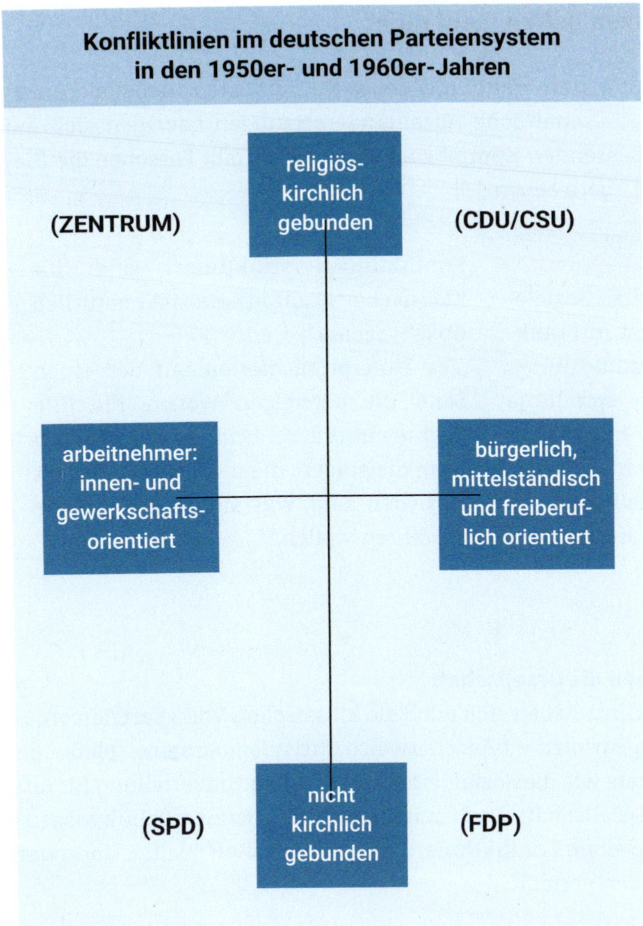

©C.C. Buchner Verlag

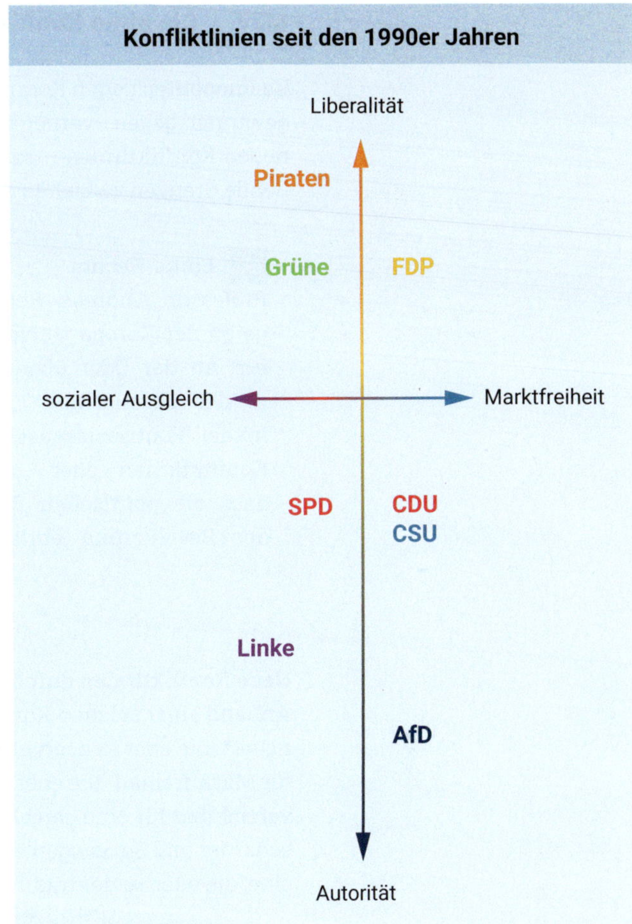

©C.C. Buchner Verlag

besteht zwar weiter, wird jedoch durch den Gegensatz „Libertarismus/Autoritarismus ergänzt bzw. überlagert. Was verbirgt sich hinter den Bezeichnungen libertär bzw. autoritär? [...]

Libertär [...] umgangssprachlich meist: liberal] bezeichnet eine politische Grundeinstellung, die so wenig wie irgend möglich vom Staat und seinen Instanzen regeln oder durchführen lassen möchte. Sie setzt nicht nur auf die Mündigkeit und Selbstbestimmung jedes Einzelnen, sie vertraut auch auf die dem Menschen eigene Sozialnatur und sein soziales Verantwortungsbewusstsein. Diese würden seinen Egoismus bremsen und verhindern, dass Menschen, die anderen etwas voraushaben, diese Überlegenheit zur Machtausübung und Unterdrückung anderer Menschen ausnutzen.

Autoritär als Gegenbegriff zu libertär charakterisiert demgegenüber eine politische Grundorientierung, die dem Staat und seinen Instanzen viele, ggf. auch die Freiheit einzelner Individuen einschränkende gesellschaftliche Regelungsbefugnisse übertragen möchte. Sie hält die Menschen für von Natur aus für wenig sozialorientiert und egoistisch. Deshalb wird befürchtet, dass eine Gesellschaft ohne staatliche Schranken und Verpflichtungen nur zur freien Entfaltung einer kleinen Minderheit führen würde und die Mehrheit der Menschen durch diese Minderheit unterdrückt würde.

Adam, Hermann: Bausteine der Politik – eine Einführung, Wiesbaden (Verlag für Sozialwissenschaften) 2007. S. 113 ff. Die Grafiken stammen aus: Korte, Karl-Rudolf: Wahlen in Deutschland – Grundsätze, Verfahren und Analysen. Bonn. Bundeszentrale für politische Bildung 2017. S. 107

M37 Die alten Konfliktlinien gelten nicht mehr

Kosmopoliten gegen Kommunitaristen, Weltbürger gegen Nationalisten, Globalisierungsgewinner gegen -verlierer: Gesellschaftliche Auseinandersetzungen bewegen sich auf neuen Konfliktlinien – samt passenden Kampfbegriffen. Doch es gibt Forscher, die fließende Grenzen zwischen den Lagern sehen. [...]

A Links-Rechts

Professor Andreas Reckwitz, Soziologe an der Europa-Universität in Frankfurt an der Oder über Spaltungslinien in der Gesellschaft: [„Man spricht ja in der Politikwissenschaft häufig von Konfliktlinien oder „cleavages", also, dass die politischen Einstellungen in der Bevölkerung entlang bestimmter Konfliktlinien strukturiert sind. Die klassische Konfliktlinie ist natürlich links – rechts."]
„Die Unterprivilegierten auf der einen Seite, die aufsteigen wollen, die ihre Rechte einfordern. Und auf der anderen Seite diejenigen, die eigentlich mit dem zufrieden sind, was sie haben, was sie bewahren wollen."

Neue Konfliktlinien durchziehen die Gesellschaft

Anhand einer solchen Konfliktlinie haben sich auch die klassischen Volksparteien organisiert. Die eher konservativen Parteien – typischerweise Christdemokraten – plädieren für Marktfreiheit. Die eher linken, wie die Sozialdemokraten halten Umverteilung für unverzichtbar für eine gerechte Gesellschaft. Doch zunehmend verzeichnen Politikwissenschaftler und Soziologen eine weitere Konfliktlinie, die die Gesellschaft spaltet. Und zwar eine, die quer zu der traditionellen verläuft:

B Globalisierungsgewinner / Globalisierungsverlierer

„Das ist die Konfliktlinie zwischen den Globalisierungsgewinnern und den Globalisierungsverlierern." führt der emeritierte Politikwissenschaftler Thomas Meyer aus. Und konkretisiert: „Es ist eine vielleicht noch tiefer gehende Konfliktlinie wie die zwischen Kapital und Arbeit. Da spielen ökonomische Gründe eine Rolle, denn wer Gewinner oder Verlierer ist, das hängt von der Ausbildung ab, das hängt vom Beruf ab, von der Position im Arbeitsprozess. Aber Globalisierungsgewinner oder -verlierer kann man auch dadurch sein, welches kulturelle Kapital jemand hat, also Weltoffenheit, Sprachen, Weltkenntnis, die Fähigkeit sich in internationalen Zusammenhängen zu bewegen und auch von der eigenen lokalen Identität einen gewissen Abstand zu nehmen, all diese Dinge." [...]

C Kommunitaristen / Kosmopoliten

In Deutschland aber sind die Rechtspopulisten erst mit der Flüchtlingskrise von 2015 erstarkt. Bis dahin gab es aufgrund der deutschen Geschichte eine Art „Nachkriegstabu", offen fremdenfeindlich aufzutreten, so der Politikwissenschaftler Wolfgang Merkel von der Humboldt-Uni in Berlin: „Wenn wir zurückblicken, dann sehen wir zu Beginn 2015 eine Partei, die AfD, die im Grunde von mittelmäßigen Ökonomieprofessoren liberalkonservativen Zuschnitts geführt wird, mit wenig Unterstützung, sichtbar unter der 5-Prozent-Grenze. Und dann kommt die Öffnung der Grenzen. Das Faktum, dass dann die Politik gesagt hat, Asyl kennt keine Obergrenze und wir können das gar nicht stoppen, das hat etwas gezeigt, was fatal war, nämlich, dass der Staat sich für handlungsunfähig erklärt hat. Und das hat dann tatsächlich zu einer Aktualisierung der Fremdenfeindlichkeit geführt, die es in unserer Gesellschaft gibt." Seither, so Merkel, gibt es auch in Deutschland eine Konfliktlinie zwischen „Kommunitaristen" und „Kosmopoliten". Im Zentrum der Auseinandersetzung zwischen beiden Gruppen steht die Frage, wie stark die nationalen Grenzen geöffnet oder geschlossen werden sollen. [...]

„Die Kosmopoliten haben als Glaubenssatz, dass sie nicht nur Bürger in einem Nationalstaat sind, sondern dass die Menschen Weltbürger sind. Und als Weltbürger haben sie ganz bestimmte und viele Rechte. Auf der anderen Seite sind die Kommunitaristen. Kommunitaristen deshalb, weil sie an eine Gemeinschaft sich eng gebunden fühlen und sie wollen die Grenzen möglichst stark kontrolliert haben."

[Der Soziologe Holger Lengfeld stellt fest:]

„Die natürliche Repräsentanz, die Partei, die Menschen mit kosmopolitischer Überzeugung am ehesten vertritt, das sind in Deutschland die Grünen.

Das sind Menschen mit höherem, mittlerem Einkommen. Es sind gut gebildete Personen, die bei den Grünen genau ihre Position wiederfinden." Und die Kommunitaristen?

Der Soziologe an der Uni Leipzig betreute mehrere Studien über AfD-Wähler: „Also Kommunitarismus und Rechtspopulismus stehen in einem relativ engen Zusammenhang. Was wir da wissen, ist, dass Menschen, die sich gegen Zuwanderung aussprechen, die Multikulturalismus nicht als ein gesellschaftliches Ideal ansehen, die glauben, dass Zuwanderung vor allem Konflikte auf dem Arbeitsmarkt mit sich führt oder dass weniger Sozialleistungen gezahlt werden, dass die Menschen auch tatsächlich dazu neigen, rechtspopulistische Parteien zu unterstützen."

Breuer, Ingeborg: Ungleichheit in Deutschland. Die alten Konfliktlinien gelten nicht mehr. In: www.deutschlandfunk.de, 28.03.2019

Aufgaben

72043-524

1. Stellen Sie dar, welche Zielsetzungen die Untersuchungen von Lipset und Rokkan in Bezug auf das Wahlverhalten der Wählerinnen und Wähler in über einem Dutzend Ländern verfolgten (**M35**).
2. Erläutern Sie stichpunktartig in Kleingruppen den Begriff „Konfliktlinien" im deutschen Parteiensystem (**M36**).
3. Analysieren Sie zu zweit **M35** im Hinblick auf die Konfliktlinien in den genannten Jahrzehnten.
4. Stellen Sie dar, welche Konfliktlinien in letzter Zeit neu entstanden sind (**M37** A - C).
5. Entwickeln Sie Hypothesen zur Frage, warum die Form und die Anzahl der Konfliktlinien sich in den letzten Jahrzehnten verändert haben (**M35-M37**).

Parteien
Parteien sind auf Dauer angelegte Organisationen, die bestimmte Ziele verfolgen, die in Parteiprogrammen festgeschrieben sind. Parteien wollen in Wahlen politische Macht in Parlamenten und Regierungen gewinnen, um ihre Ziele durchzusetzen. Volksparteien im Besonderen möchten mit einem breiten politischen Themenspektrum eine möglichst große Wählerschaft gewinnen.

Aufgaben und Funktionen von Parteien
Die Parteien wirken nach Art. 21 GG an der politischen Willensbildung des Volkes mit. Sie haben die folgenden Funktionen:

- Rekrutierung und Auswahl des politischen Personals,
- Vertretung der Interessen der Bürgerinnen und Bürger in Parlamenten und Regierungen,
- Ausgleich von innerparteilichen und außerparteilichen Interessen und Vermittlung zwischen den Interessen zur Erzielung eines Kompromisses,
- Begründung (Legitimierung) des politischen Systems der Bundesrepublik durch die zuvor genannten Vermittlungs- und Interessenausgleichsfunktionen.

Übung 72043-525

Parteiprogramme
Die im Bundestag vertretenen Parteien haben in einem parteiinternen Diskussionsprozess Grundsatz- und Wahlprogramme verabschiedet. Grundsatzprogramme werden in unregelmäßigen Abständen überarbeitet. Wahlprogramme werden jeweils vor Wahlen neu erstellt.
Grundsatzprogramme enthalten grundlegende Forderungen, Ziele und Werte einer Partei, die länger gelten sollen. Wahlprogramme hingegen enthalten Ziele für einen kürzeren Zeitraum, die z.B. innerhalb einer Wahlperiode umgesetzt werden sollen.

Koalitionen
Eine Koalition ist ein Zusammenschluss zweier oder mehrerer Parteien zu einem Parteienbündnis zur Bildung einer Regierung, die über eine Mehrheit in einem parlamentarischen System verfügt. Koalitionen sind zeitlich begrenzte Bündnisse, in denen die einzelnen Parteien ihre Programmatik nicht vollständig umsetzen können, weil sie Kompromisse eingehen müssen.

Übung 72043-526

Wahlen zum Deutschen Bundestag
Wahlen sind direkte Prozesse zur Beteiligung von Bürgerinnen und Bürgern an der Politik. Die Bürgerinnen und Bürger wählen in einer Demokratie Personen und Parteien, von denen sie für eine bestimmte Zeit im Parlament vertreten werden.
In Deutschland heißt das Parlament Deutscher Bundestag. Im Grundgesetz in Art. 38 steht, dass die Wahlen unmittelbar, frei, gleich und geheim sind. Freie Wahlen sind ein Grundelement demokratischer Herrschaft.

Übung 72043-527

Konservatismus: Der Begriff kommt vom lateinischen Wort „conservare". Das heißt „bewahren". Konservative halten an überlieferten Vorstellungen und Werten fest und betrachten neuere Entwicklungen eher kritisch. Konservative orientieren sich am christlichen Menschenbild. Sie betonen die Bedeutung der Familie als Keimzelle der Gesellschaft. Sie vertreten die Auffassung, dass Eigentum und Freiheit untrennbar miteinander verbunden sind.

Liberalismus: Der Liberalismus geht von der Selbstbestimmungsfähigkeit der Menschen aus. Der Staat soll nur dann eingreifen, wenn es nötig ist, er soll die Rolle eines „Nachtwächters" spielen. Die Liberalen möchten, dass die Wirtschaft sich möglichst frei von staatlichen Regulierungen entwickeln soll. Der Staat soll nur dann eingreifen, wenn der Wettbewerb bedroht ist.

Sozialismus: Es gibt zwei Grundströmungen des Sozialismus: den revolutionären und den demokratischen Sozialismus. Der Sozialismus betont die Gleichheit, die Brüderlichkeit und die Solidarität. Seine ideengeschichtlichen Wurzeln liegen in der Französischen Revolution. Der demokratische Sozialismus, aus dem sich die SPD entwickelte, will durch schrittweise Veränderungen die wirtschaftlichen und sozialen Verhältnisse und die Lebensbedingungen der Menschen verändern. Der revolutionäre Sozialismus strebt dagegen den gewaltsamen Umsturz der Gesellschaft und Wirtschaft an, so wie es während der Russischen Revolution 1917 geschehen ist. In der früheren UdSSR oder DDR waren z. B. die Unternehmen „Volkseigentum".

Übung
72043-528

Politikverdrossenheit

Politikverdrossenheit oder Parteienverdrossenheit bezeichnen eine negative Bewertung und schwindendes Vertrauen der Bevölkerung gegenüber den Politikerinnen und Politikern. Es wird unterstellt, dass die Parteien sich nicht mehr voneinander unterscheiden, dass Politikerinnen und Politiker eigene Interessen verfolgen, dass politische Entscheidungen nicht transparent sind, dass man Politikerinnen und Politikern letztlich nicht vertrauen könne.

Konfliktlinien

Konfliktlinien im Parteiensystem bezeichnen Linien, mit denen in der Politikwissenschaft Interessengegensätze zwischen Menschen unterschiedlicher sozialer Milieus, Berufsgruppen, Einkommensgruppen, Glaubensbekenntnissen, ethnischer Volksgruppen, Wertvorstellungen u. a. beschrieben werden. Konfliktlinien sind Modelle, mit denen in der Politikwissenschaft politische und soziale Erscheinungen erklärt werden sollen. Bis in die sechziger Jahre prägten recht stabile Konfliktlinien zwischen der SPD als Partei der gewerkschaftlich organisierten Arbeitnehmenden, der CDU/CSU als Partei der kirchlich gebundenen vorwiegend katholischen Wählerschaft und der FDP als Partei des nicht kirchlich gebundenen mittelständischen Bürgertums das Parteiensystem. Seit den siebziger Jahren kommen weitere Konfliktlinien zwischen libertär und autoritär sowie kosmopolitisch und kommunitaristisch hinzu. Diese Veränderungen hängen im Wesentlichen mit den Veränderungen der Traditionsmilieus in einer sich wandelnden Gesellschaft zusammen, die mit den Stichworten „Dienstleistungsgesellschaft", „Säkularisierung", „Globalisierung" und „soziale Mobilität" beschrieben werden kann.

Übung
72043-529

Aufgaben der Medien in der Demokratie

In Demokratien haben die Medien die Aufgabe, die Bürgerinnen und Bürger unvoreingenommen über politische Ereignisse und politische Vorstellungen der Parteien zu informieren. Artikel 5 GG garantiert die Pressefreiheit und die Freiheit der Berichterstattung. Die Medien dienen als Mittler zwischen Politik und Bürgerinnen bzw. Bürgern, als Transmissionsriemen der politischen Willensbildung. Heute gewinnen auch digitale Medien auch als Nachrichtenquelle zunehmend an Bedeutung. Zeitungen bieten Apps und E-Paper an, Parteien werben auch in sozialen Netzwerken und nutzen Daten für ihren Wahlkampf. Eine Gefahr besteht darin, dass soziale Netzwerke ohne redaktionelle Prüfung leichter falsche Nachrichten (fake news) verbreiten können.

Übung
72043-530

KOMPETENZEN PRÜFEN

I. Selbstdiagnose

Ich kann ...	sehr gut	nicht gut	Übung durch z. B.
die Kennzeichen, Grundorientierungen, Aufgaben und Funktionen der politischen Parteien beschreiben (AFB I/II).			M2-M5
die Parteien in ein (Links-Rechts-) Farbschema einordnen.			M6-M8
verschiedene Formen von Koalitionen zwischen Parteien als Ergebnis von Wahlen beschreiben (AFB I).			M8, M9, Methodenkarte Statistikbearbeitung I
die Entwicklung der Mitgliederstruktur der Parteien erläutern und Gründe für die sinkende Bedeutung der Volksparteien darlegen (AFB I/II).			M14-M19
beurteilen, inwieweit der Niedergang der Volksparteien eine Gefahr für die Demokratie bedeutet (AFB III).			M14-M19
traditionelle, liberale, sozialistische, anarchistische und konservative Grundorientierungen der Parteien ermitteln (AFB II).			M11-M13
Ursachen für und Auswirkungen von Politikerinnen- und Politiker- sowie Parteienverdrossenheit erläutern und Maßnahmen zur Überwindung derselben beurteilen (AFB II).			M19-M25
die Funktion von Medien in der Demokratie erläutern und beurteilen, inwieweit die Medien ihre Funktion als Mittler zwischen Politik und Bürgerinnen und Bürgern erfolgreich wahrnehmen (AFB II/III).			M27-M33
die Konfliktlinien im deutschen Parteiensystem darstellen und Ursachen für Veränderungen mit Hilfe soziologischer Erklärungsansätze erläutern (AFB II).			M35-M37

Ins Heft

II. Kompetenzen anwenden – am Beispiel

Aufgabe 72043-531

Entwickeln Sie einen Vortrag, in dem Sie jeweils ein Kurzprofil der im Deutschen Bundestag vertretenen Parteien präsentieren. Berücksichtigen Sie dabei insbesondere die in den Grundsatzprogrammen enthaltenen Grundorientierungen der Parteien.

III. Klausurtraining

Was bedeutet der Bedeutungsverlust der Volksparteien für die Demokratie?

Die zweite Hälfte des 20. Jahrhunderts war die Blütezeit der Volksparteien [...] Bei der Bundestagswahl [2021] kamen die beiden Volksparteien nur noch auf [49,8 %] Prozent der Wählerstimmen. In ihrer Hochzeit 1972 waren es 91,2 Prozent [...]. Die Volksparteien sind also im Niedergang. Stimmt das? Und wenn ja, wie kam es dazu? Wird der Niedergang anhalten, und was wird er für die Demokratie bedeuten? [...] Volkspartei ist ein sehr deutscher Begriff. [...] Er impliziert den politischen Anspruch, sich an das ganze Volk zu wenden und nicht nur an bestimmte Klassen, Konfessionen [...].
Beide großen Parteien bewegten sich seit den sechziger Jahren schrittweise auf die Mitte des Parteiensystems zu. Bei der CDU kann das als schleichende „Sozialdemokratisierung", bei der SPD als zunehmende „Verbürgerlichung" beschrieben werden [...]. Welches aber sind die Symptome, die die These des Niedergangs der Volksparteien rechtfertigen? Es sind im Wesentlichen vier: kontinuierlicher und nennenswerter Verlust an Wählerzuspruch; Schrumpfung durch Tod der Mitglieder ohne nennenswerte Neurekrutierung; hohes Durchschnittsalter und anhaltender Vertrauensverlust der (Volks-)Parteien bei den Bürgern [...]. Mit dem Wählerverlust der Volksparteien korrespondierte der Mitgliederschwund [...].
Fragt man nach den Ursachen des Wähler-, Mitglieder- und Vertrauensverlusts der Volksparteien, dann muss man zwischen langfristigen und kurzfristigen, selbst verschuldeten und solchen Ursachen unterscheiden, die sich dem Zugriff der Volksparteien und ihren Führungen entziehen. Seit Mitte der siebziger Jahre des vergangenen Jahrhunderts beginnen sich mit den sozialstrukturellen Verschiebungen die Erfolgsbedingungen der Volksparteien zu verändern [...]. Der Niedergang der Volksparteien hat negative wie positive Auswirkungen auf die Demokratie. [D]ie Stimmenanteile der Volksparteien [reichen] nur noch in Ausnahmefällen für Zweiparteienkoalitionen. Generell werden Regierungskoalitionen heterogener, vielschichtiger und instabiler oder münden in klein gewordene Große Koalitionen, die den Niedergang der Volksparteien nur weiter beschleunigen [...] Die Integrationskraft der politischen Parteien hat nachgelassen [...] Andererseits erlaubt die Schwächung der Volksparteien eine Pluralisierung des Parteiensystems und ein größeres und spezifischeres Angebot für die Wähler, die nicht mehr das diffusere Gesamtpaket „Volksparteien" nachfragen müssen [...]. Ohne starke Parteien funktionieren repräsentative Demokratien nicht. Parteien haben trotz unzweifelhaften Akzeptanzverlusts aufgrund der allgemeinen und freien Wahl einen Legitimitätsvorsprung gegenüber anderen politischen Akteuren oder Entscheidungsverfahren.

Merkel, Wolfgang: Parteiensystem: Niedergang der Volksparteien. In: www.faz.net, 10.11.2017

Aufgaben

72043-532

1. Stellen Sie dar, warum die Veränderungen der klassischen sozialen Milieus zu einer nachlassenden Bindung der Wählerinnen und Wähler an die großen Volksparteien geführt hat.
2. Analysieren Sie die Position des Autors zur Zukunft der Volksparteien.
3. Erörtern Sie ausgehend von der Position des Autors, ob der Niedergang der Volksparteien eine Gefahr für die Demokratie bedeutet.

Erwartungshorizonte zu den Aufgaben

72043-533

Lisa, 16 Jahre
„Ich finde die direkte Demokratie in der Schweiz viel besser. Da kann ich als Bürgerin wenigstens selber direkt mitentscheiden."

Murat, 17 Jahre
„In Deutschland treffen andere Menschen für mich die Entscheidung, das ist nicht so cool ..."

Direkte Demokratie in Deutschland? Sind Sie dafür oder dagegen?

Jonas, 16 Jahre
„Ich kenne mich mit vielen Themen gar nicht aus und bin froh, dass Politikerinnen und Politiker die Entscheidung treffen, da die sich mit dem Thema ausführlich auseinandergesetzt haben."

Alex, 18 Jahre
„Ich hab doch keine Ahnung von Steuerpolitik usw., da sollen die Leute darüber abstimmen, die sich damit auskennen. Allerdings würde ich mich bei Themen, die mich interessieren, gerne mehr einbringen."

Mehr direkte Bürgerbeteiligung wagen: eine bessere Demokratie durch neue Formen der politischen Partizipation?

6

Neben der repräsentativen bzw. indirekten Demokratie gibt es noch andere Erscheinungsformen der Demokratie: die direkte Demokratie mit Volksbegehren und Volksabstimmungen. In diesem Kapitel lernen Sie den Unterschied dieser beiden Demokratieformen kennen. Sie erfahren, welche Möglichkeiten politischen Engagements in der heutigen Zeit bei Jugendlichen eine große Rolle spielen.
Ferner lernen Sie die verschiedenen Möglichkeiten der Bürgerbeteiligung in Deutschland kennen und können darüber urteilen, inwieweit weitere direktdemokratische Elemente wünschenswert wären.
In der Vertiefung haben Sie die Gelegenheit, Chancen und Risiken der immer zentraler werdenden Bürgerräte zu beurteilen.

Kompetenzen

Am Ende des Kapitels sollten Sie Folgendes können:

- Formen des sozialen und politischen Engagements Jugendlicher beschreiben und unter den Perspektiven des engen und weiten Politikbegriffs einordnen;
- unterschiedliche Formen sozialen und politischen Engagements im Hinblick auf Wirksamkeit beurteilen;
- die Veränderung politischer Partizipationsmöglichkeiten durch die Ausbreitung digitaler Medien darstellen und erörtern;
- Chancen und Risiken der Entwicklung von E-Demokratie benennen und beurteilen;
- demokratische Möglichkeiten der Vertretung verschiedener Interessen erörtern;
- Verfahren repräsentativer und direkter Demokratie erklären;
- Chancen und Grenzen repräsentativer und direkter Demokratie bewerten;
- Bürgerräte und ihre Vorteile, sowie Chancen und Nutzen bewerten.

Aufgaben 72043-605

1. Legen Sie zu zweit dar, was Sie über die direkte Demokratie in der Schweiz und die indirekte (repräsentative) Demokratie in Deutschland wissen. Vergleichen Sie im Anschluss daran Ihre Ergebnisse im Kurs.
2. Erläutern Sie die verschiedenen Aussagen der Schülerinnen und Schüler auf der linken Seite.
3. Entwickeln Sie ein vorläufiges Urteil, ob neben der repräsentativen Demokratie, in der das Parlament (Deutscher Bundestag) die politischen Entscheidungen trifft, auch Volksabstimmungen auf Bundesebene möglich sein sollten. Stimmen Sie im Kurs ab und halten Sie Ihr Ergebnis schriftlich fest.

6.1 Neue Formen politischen Engagements junger Menschen: mehr Stärken oder mehr Schwächen?

Zum Thema: „Jugendliche sind politikverdrossen!“ Diesen Satz hört man immer wieder; stimmt das überhaupt? Viele Jugendliche gehen doch jeden Freitag für den Klimaschutz demonstrieren. Welche weiteren Möglichkeiten junge Menschen haben, sich politisch zu engagieren und aus welchen Gründen die Parteien an Nachwuchsproblemen leiden, erfahren Sie in diesem Unterkapitel.

M1 Fallbeispiel für steigendes politisches Interesse bei Jugendlichen?

Hunderttausende Menschen brachte die Bewegung Fridays for Future 2019 auf die Straße. Sie forderten von der Politik mehr Anstrengungen beim Klimaschutz. [...]; und als sich am globalen Klimastreik im September 2019 mehr als 1,4 Millionen Menschen bundesweit beteiligten, war das ohne Beispiel. In Köln sagte eine Demonstrantin: „Ich bin hier, weil wir sind jung und wir müssen die Welt jetzt noch verändern und deswegen müssen wir ein Zeichen setzen. Deswegen sind hier so unfassbar viele Menschen! Und deswegen schreien wir laut und haben Plakate gebastelt, um den Politikern zu zeigen: Ihr müsst jetzt was tun, es ist einfach schon viel zu spät!“.

Fridays for Futur Demonstration

Rottscheid, Ina: Klimaschutz in Kriegszeiten Was aus Fridays for Future geworden ist. In: www.deutschlandfunk.de, 15.07.2022

Einstiegsaufgaben

72043-606

1. Stellen Sie in eigenen Worten dar, warum die Demonstrantin in **M1** an der Demonstration teilgenommen hat.
2. Vervollständigen Sie in Stillarbeit folgenden Satz:
   a) „Ich kann mir (nicht) vorstellen, mich politisch zu engagieren, indem ich/weil ...“ oder
   b) „Ich engagiere mich bereits politisch, weil ...“
3. Vergleichen Sie Ihre Meinungen, indem Sie diese zunächst sortiert an der Wand/Tafel festhalten.
4. Diskutieren Sie abschließend die Einstellungen der Kursmitglieder zum politischen Engagement.

M2 Welches Interesse haben Jugendliche an Politik?

Aktuelle Shell-Jugendstudie: Wie entwickelt sich das Interesse an Politik?

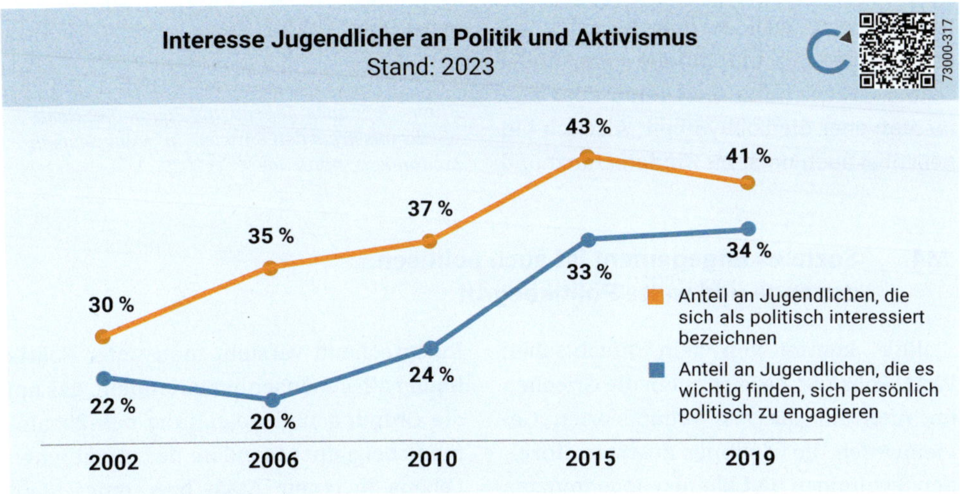

©C.C. Buchner Verlag, aktuelle Daten nach: 18. Shell Jugendstudie (Datenerhebung: 2019; Grafikerstellung: 2023)

M3 Soziales und politisches Engagement: ja, Partei: nein! Über die Nachwuchsprobleme von Parteien

Innerhalb der letzten drei Jahrzehnte hat sich sowohl bei der SPD wie auch der CDU die Mitgliederzahl halbiert. Derzeit bewegen sich beide Parteien nahe der Marke von 400.000 Mitgliedern. Wie aber lassen sich junge Menschen heute noch für Politik und Parteien begeistern?

„Also man erreicht sie nicht für die Parteien, indem man ihnen einen halbstündigen Vortrag hält, wie wichtig Parteien für die parlamentarische Demokratie sind. Da sind schon alle eingeschlafen dabei", sagt Kevin Kühnert, früher Chef der Jusos [...] „Parteien müssen mit denen, die schon da sind, zeigen, dass sie durchlässige, innovationsfreudige Organisationen sind. Das sind sie heute nämlich häufig nicht! Und das kriegen junge Menschen sehr wohl mit. Und dann finden sie andere Orte für politisches Engagement: NGOs, Bürgerinitiativen oder Ähnliches." [...]

Mathias Albert ist Professor für Politikwissenschaft an der Universität Bielefeld. Er sagt: Der Mitgliederschwund sei bei den großen Volksparteien womöglich etwas gebremst. „Aber er ist weiterhin da." Ein Patentrezept zur Sicherung des politischen Nachwuchses gebe es nicht. Albert skizziert stattdessen kleinere Schritte, die aus seiner Sicht den Parteien helfen könnten: jüngeres Führungspersonal.

Oder die Absenkung des Wahlalters auf 16 Jahre. Auch thematisch rät der Bielefelder Politikwissenschaftler zur Nachsteuerung: „Das ist auf der einen Seite natürlich die Frage Klimawandel. Das ist und bleibt ein ‚Top on the list' der Zukunftsängste. Aber da ist es ja jetzt auch eher so, dass wir keinen Mangel haben an Parteien, die versuchen, sich darüber zu profilieren." [...] „Was nicht zu erwarten steht, ist, dass sich an dieser grundsätzlichen Parteienverdrossenheit etwas ändert. Die den Parteien zugeschriebenen Problemlösungskompetenzen sind einfach gering. Und was die sogenannte Politikerverdrossenheit angeht, da wird man sehen", sagt der Politologe.

Das hat auch Emma Louisa Döhler gelernt, die seit fast vier Jahren Mitglied im Jun-

Kevin Kühnert
Kevin Kühnert ist seit Oktober 2021 direktgewähltes Mitglied im Deutschen Bundestag und seit Dezember 2021 Generalsekretär der SPD.

gen Rat der Stadt Kiel ist. „Politik gehört zu meinem Leben", sagt die 19-Jährige. Trotzdem steuert sie keine Parteikarriere an. Nicht zuletzt, weil es dort häufiger um Machtfragen als um Inhalte geht, findet Emma. „Tatsächlich reizt mich aber momentan eher die Lobbyarbeit. Also ich bin nebenbei auch noch im Kinderschutzbund aktiv und finde das eine schönere Arbeit. Weil es einfach, finde ich, ein bisschen vielfältiger ist und offener den Parteien gegenüber", erklärt sie.

Klums, Johannes: Jugend und Politik. Der Nachwuchs misstraut den Parteien. In: www.deutschlandfunk.de, Abruf am 03.03.2023

M4 Soziales Engagement ist auch politisch: der enge und weite Politikbegriff

„Politik" kommt von dem griechischen Wort „Polis". So bezeichneten die Griechen im Altertum die fest organisierten Gemeinwesen, die von ihnen zuerst in einzelnen Siedlungen und kleinen abgegrenzten Gebieten zur Ordnung ihres Zusammenlebens entwickelt wurden. „Polis" kann deshalb mit „Stadt, Staat" übersetzt werden. Entsprechend versteht man unter Politik häufig alles menschliche Handeln, das auf die Ordnung und Gestaltung des Zusammenlebens, insbesondere des öffentlichen Lebens in einem Staat bzw. einer Stadt oder Gemeinde, gerichtet ist oder durch das Verhältnis verschiedener Staaten zueinander geregelt wird.

A Politik im engeren Sinne

Um Politik in diesem Sinne handelt es sich z. B., wenn verschiedene Parteien um den größten Einfluss in einem Staat kämpfen oder verfeindete Länder versuchen, Streitigkeiten auf friedlichem Wege zu regeln.

↓

B Politik im weiteren Sinne

Aber nicht nur im öffentlichen Leben eines Staates oder zwischen verschiedenen Staaten kann es unterschiedliche Interessen geben, können Konflikte auftreten, müssen Regeln des Zusammenlebens gefunden werden. So etwas gibt es auch überall, wo Menschen miteinander zu tun haben, d. h. in den verschiedenen Bereichen und Einrichtungen der Gesellschaft, wie z. B. der Familie, einer Jugendgruppe oder der Schule. Deshalb kann der Begriff Politik auch weiter gefasst werden und nicht nur auf den Staat und das öffentliche Leben, sondern auch auf die Regelung menschlichen Zusammenlebens in den verschiedenen Bereichen und Einrichtungen der Gesellschaft bezogen werden

Wenn man in diesem Sinne Fragen des Zusammenlebens in einer Schulklasse, einer Jugendgruppe oder einem Betrieb als politische Fragen begreift, muss jedoch berücksichtigt werden, dass solche Gruppen und Institutionen in starkem Maße durch ihren jeweiligen sachlichen Zweck bestimmt werden, zu dem sie entstanden sind oder gebildet werden: bei der Schulklasse Unterricht und Erziehung, bei der Jugendgruppe vielleicht gemeinsames Spiel, beim Betrieb die Produktion von Gütern und Dienstleistungen.

Bearbeiterin

M5 Politisches Engagement der jungen Generation mit Hilfe der E-Demokratie?

a) E-Demokratie und E-Partizipation: eine Begriffserklärung

E-Demokratie: Eine Demokratie lebt vom aktiven Mitgestalten von Bürgerinnen und Bürgern. Instrumente demokratischer Partizipation waren lange Zeit klassische Medien wie Printmedien und Rundfunk. Politik findet aber heutzutage zunehmend digital statt. Politikerinnen und Politiker twittern ihre Meinungen und Bürgerinnen und Bürger recherchieren im Internet, um sich eine eigene politische Meinung zu bilden. E-Partizipation: Heute wird immer mehr Gebrauch von E-Partizipation gemacht. Beispiele hierfür sind: Online-Petitionen, E-Mails an Politiker:innen, Teilnahme an Online-Umfragen, Online-Parteitage, ...

Insgesamt werden also mehr demokratisch Prozesse in die digitale Welt verlagert.

Bearbeiterin

b) Verschiedene Wege der Kommunikation

1 Regierung → Bürgerinnen/Bürger

Betrachtet man den Kommunikationsweg Regierung → Bürgerinnen/Bürger so denkt man z. B. an Informationsangebote seitens der staatlichen Organe. Über den Regierungsalltag kann man sich z. B. auf Twitter (*www.twitter.com*) (@RegSprecher) oder auf der Seite der Bundeskanzlerin (*www.bundeskanzlerin.de*) informieren. Meistens handelt es sich um eine recht einlinige Form der Kommunikation, da der Leser/die Leserin lediglich die Informationen rezipiert.

2 Bürgerinnen/Bürger → Regierung

Verläuft der Kommunikationsweg in die andere Richtung, so liegt der Fokus darauf, Anliegen seitens der Bürgerinnen und Bürger an die Politikerinnen und Politiker heranzutragen. Hierfür kann man sich z. B. an den Petitionsausschuss des Deutschen Bundestages (*https://epetitionen.bundestag.de*) wenden. Diese Petitionen (Synonym: Bittschriften, Gesuche) können dann von den Nutzerinnen und Nutzern unterzeichnet und diskutiert werden. Möchte man sich gezielt an einzelne Abgeordnete wenden, so kann man dies auf der Seite *www.abgeordnetenwatch.de* tun. Der Besucher/die Besucherin der Seite kann das Abstimmungsverhalten des jeweiligen Politikers/der jeweiligen Politikerin nachvollziehen und auch aktiv Fragen an ebendiese/ebendiesen formulieren. Die Politikerinnen und Politiker geben sich alle Mühe eine schnelle und kompetente Antwort zu formulieren.

3 Bürgerinnen/Bürger → Bürgerinnen/Bürger

Der dritte Kommunikationsweg betrifft die Bürgerinnen und Bürger untereinander und reicht von der Bürgerinitiative auf lokaler Ebene bis hin zu internationalen Protestbewegungen. Campact: Demokratie in Aktion (*www.campact.de*), und Greenaction (*www.greenaction.de*) sind Plattformen, auf denen Themen publik gemacht werden. Über den Mitmach-Button kann man als registrierter Nutzer/registrierte Nutzerin eine Petition unterschreiben. Natürlich können solche Aktionen dann wieder auf dem eigenen Profil in einem sozialen Netzwerk verlinkt werden, so dass auf diese Weise ein noch größerer Personenkreis erreicht werden kann.

Bundeszentrale für politische Bildung: E-Partizipation. In: www.bpb.de, 20.06.2013

c) Fallbeispiel Klimaschutzplan 2050: eine virtuelle Bürgerschaftsversammlung

Im Jahr 2015 beteiligte die Bundesregierung die Bundeländer, Kommunen, Verbände und Bürgerinnen und Bürger am „Klimaschutzplan 2050“. In fünf Städten fanden Vor-Ort-Dialoge statt, bei denen 77 Maßnahmen von 500 Bürgern erarbeitet wurden. Danach gab es eine landesweite Online-Diskussion für interessierte Bürgerinnen und Bürger – eine virtuelle Bürgerschaftsversammlung. Die Ergebnisse flossen in das Maßnahmenpaket ein, das abschließend von 500 zufällig ausgewählten Bürgern online abgestimmt wurde.

Bearbeiterin

Fallbeispiel Campact
Mit wenigen Klicks zum Massenprotest

72043-600

M6 Wie stark beteiligen sich 18- bis 24-Jährige an Bundestagswahlen?

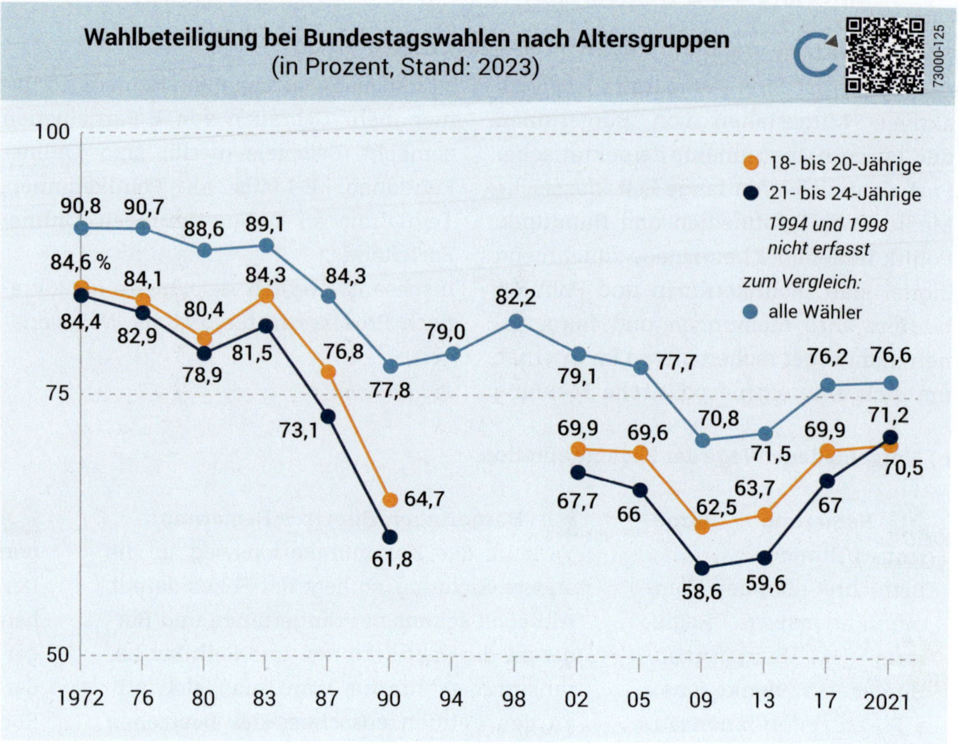

©C.C. Buchner Verlag, aktuelle Daten nach: Bundeswahlleiterin (Datenerhebung: 2021; Grafikerstellung: 2023)

Aufgaben

72043-607

1. Analysieren Sie **M2-M3** zum politischen Engagement von Jugendlichen und erklären Sie das Phänomen Parteienverdrossenheit.
2. Erklären Sie die Begriffe „enger" und „weiter Politikbegriff" (**M4**).
3. a) Definieren Sie mit Hilfe von **M5a-b** „E-Demokratie" und „E-Partizipation".
   b) Nennen Sie Ihnen bekannte Beispiele zur E-Demokratie und E-Partizipation.
4. Erläutern Sie die Formen der E-Demokratie und E-Partizipation (**M5b**).
5. a) Vergleichen Sie die zwei Beispiele der E-Partizipation (**M5c, QR-Code**).
   b) Ordnen Sie die zwei Beispiele einer Form von E-Demokratie zu (**M5b**).
6. Diskutieren Sie mit Hilfe der bisherigen Arbeitsergebnisse Stärken und ggf. auch Schwächen der Mobilisierung über das Internet (**M1-M5**).
7. Werten Sie die Statistik in **M6** zum Wahlverhalten der Altersgruppen in Deutschland bei den Bundestagswahlen in Bezug auf das Kapitelthema aus.
8. Diskutieren Sie mit Hilfe Ihrer neuen Kenntnisse, ob das politische Engagement junger Menschen mehr Stärken oder mehr Schwächen aufweist (**M1-M6**).
9. Im März 2019 sagte Christian Lindner (FDP) über die Teilnahme vieler junger Menschen bei den Fridays for Future Demonstrationen: „Von Kindern und Jugendlichen kann man nicht erwarten, dass sie bereits alle globalen Zusammenhänge, das technisch Sinnvolle und das ökonomisch Machbare sehen. Das ist eine Sache für Profis". Nehmen Sie Stellung zu dieser Aussage (**M1-M6**).

F zu Aufgabe 1
Diskutieren Sie Prognosen zur weiteren politischen Entwicklung von Jugendlichen. Halten Sie Ihr Ergebnis in einem Kommentar fest.

F zu Aufgabe 7
Analysieren Sie das Wahlverhalten junger Menschen mit Hilfe der nachfolgenden Methodenkarte im Hinblick auf das Wahlverhalten bei der Bundestagswahl 2021.

Statistikbearbeitung II

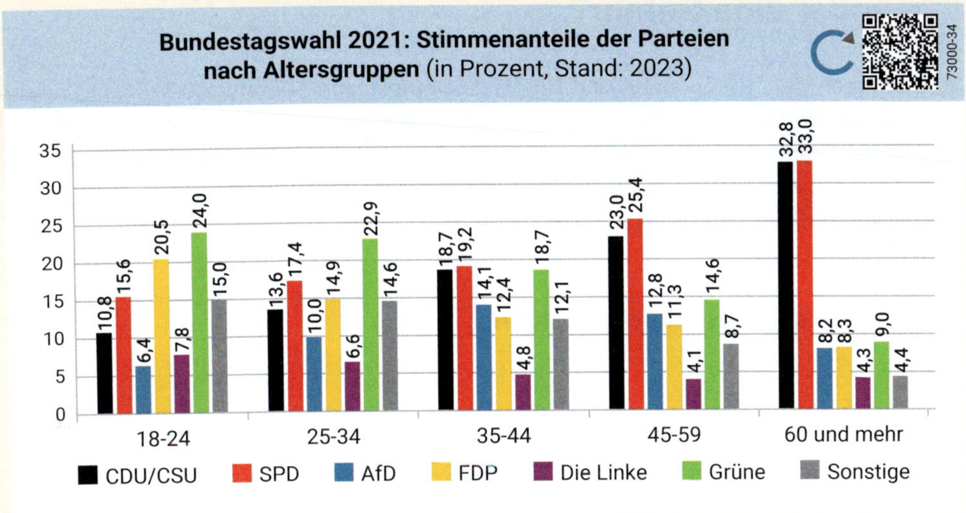

©C.C. Buchner Verlag, aktuelle Daten nach: Bundeswahlleiterin (Datenerhebung: 2021; Grafikerstellung: 2023)

1 Aufgaben

1. Stellen Sie das Thema und den Aufbau der Statistik dar.
2. **Analysieren Sie das oben stehende Schaubild zum Wahlverhalten der Bundestagswahl 2021.**
3. Beurteilen Sie die im Schaubild dargestellten Ergebnisse im Hinblick auf die Parteipräferenz bestimmter Altersgruppen.

2 Tipps zur Bearbeitung von Aufgabe 2

Lesen Sie in den „allgemeinen Hinweisen zur Statistikbearbeitung" den Abschnitt III. 2 auf S. 407.

3 Anleitung zur Analyse des Schaubilds (AFB II)

1. Bei der Analyse des Schaubildes sollten Sie zunächst in einem einleitenden Satz herausstellen, dass die Mehrheit der älteren Generation Volksparteien gewählt hat und die Mehrheit der jüngeren Wählenden kleineren Parteien ihre Stimmen gab.
2. Arbeiten Sie anschließend weitere Auffälligkeiten heraus: Heben Sie dabei hervor, dass vor allem die Partei „Die Grünen" und „FDP" die junge Wählerschaft (18-34 Jahre) für sich gewinnen konnte. Des Weiteren fällt auf, dass die Parteien „CDU" und „SPD" eine ältere Wählerschaft aufweisen. Die Partei „AfD" hat ihren größten Anteil der Wählerinnen und Wähler in der Altersgruppe von 35-44 Jahren.
3. Ferner können Sie darauf aufmerksam machen, dass die Grafik ausschließlich über das Wahlverhalten nach Alter über die Parteien, welche im Bundestag vertreten sind, informiert.
4. Fassen Sie am Ende Ihrer Analyse die Ergebnisse aus beiden Teilen des Schaubildes zusammen und ziehen Sie eine entsprechende Schlussfolgerung:
   - Die Parteien „Die Grünen" und „FDP" sprechen mit ihrem Wahlprogramm die Interessen und Probleme der jüngeren Generation mehr an, als die „SPD" und „CDU". Sie streben Veränderungen an.
   - Die ältere Generation scheut eher politische und wirtschaftliche Veränderungen und bleibt dem Gewohnten treu.

Bearbeiterin

6.2 Direkte Demokratie: eine Chance, ein Risiko, oder eine Gefahr?

Zum Thema: Viele Bürgerinnen und Bürger in Deutschland äußern den Wunsch, mehr Einfluss auf die Gesetzgebung zu haben. Andere sind wiederum froh, sich nicht mit so komplexen Themen auseinandersetzen zu müssen. In diesem Unterkapitel lernen Sie die Unterschiede zwischen der repräsentativen und direkten Demokratie kennen und können anschließend deren Vor- und Nachteile erläutern.

M7 Karikatur: der mündige Bürger!

Karikatur: Heiko Sakurai, 2002

Einstiegsaufgaben

72043-608

1. Analysieren Sie die Karikatur in M7.
2. Formulieren Sie zu zweit eine neue Überschrift für die Karikatur.
3. Diskutieren Sie im Kurs, inwiefern Sie die Meinung des Karikaturisten teilen.

M8 Was sind die Unterschiede zwischen repräsentativer und direkter Demokratie?

A Repräsentative Demokratie

Die repräsentative Demokratie bezeichnet eine demokratische Herrschaftsform, bei der die politischen Entscheidungen und die Kontrolle der Exekutive (Regierung) nicht unmittelbar vom Volk, sondern von einer Volksvertretung (Parlament) ausgeübt werden. Die Ausübung der demokratischen Rechte der Bevölkerung ist in der repräsentativen Demokratie daher auf die Beteiligung an Wahlen und die Mitwirkung in Parteien, Verbänden und Initiativen beschränkt; über unmittelbare Entscheidungsbefugnisse verfügen nur die Volksvertretungen.

Schubert, Klaus/Martina Klein: Das Politiklexikon. 7., aktual. u. erw. Aufl. Bonn: Dietz 2020. Lizenzausgabe Bonn: Bundeszentrale für politische Bildung

B **Direkte Demokratie**

Die direkte (oder plebiszitäre) Demokratie ist eine demokratische Herrschaftsform, bei der politische Entscheidungen unmittelbar vom Volk getroffen werden. Sie ist das Gegenteil der repräsentativen Demokratie, die politische Entscheidungen gewählten Vertretern überlässt. Bei der direkten Demokratie soll der Volkswille möglichst unverfälscht in politische Entscheidungen übersetzt werden. Lediglich für die Ausführung ist eine staatliche Behörde zuständig. Deutschland ist eine repräsentative Demokratie. In verschiedenen Bundesländern und Gemeinden sind aber direktdemokratische Verfahren wie Volksbegehren, Volksentscheide oder Bürgerentscheide möglich.

© Deutscher Bundestag: Direkte Demokratie. In: www.bundestag.de, Abruf am 06.03.2023

Artikel 20(2) GG
(2) Alle Staatsgewalt geht vom Volke aus. Sie wird vom Volke in Wahlen und Abstimmungen und durch besondere Organe der Gesetzgebung, der vollziehenden Gewalt und der Rechtsprechung ausgeübt.

M9 Pro direkte Demokratie: Sind wir auf dem Weg in die plebiszitäre Willkür?

Dass die Qualität und Rationalität einer Sachentscheidung bei Volksabstimmungen leide, und dass solche Abstimmungen schon unter dem Druck der Ja-Nein-Alternative die Vielschichtigkeit der Probleme in modernen Gesellschaften verfehlen müssten, dürfte ein Vorurteil sein. Dem Einwand liegt der Irrtum zu Grunde, die einzelnen Stimmberechtigten müssten bei der Abstimmung nach Art von Sachverständigen ein sachtechnisches Urteil abgeben z. B. über die Zweckmäßigkeit einer neuen Panzerwaffe oder über die Risiken der Gentechnologie. Das ist aber selbst bei Parlamentsbeschlüssen für die Mehrheit der Abgeordneten nicht mehr der Fall. In der realen Arbeitswelt des Bundestages werden Beschlussvorlagen von Expertengruppen ausgearbeitet und von „Gegenexperten" kritisch diskutiert; die Mehrheit der Abgeordneten bleibt den Abstimmungen im Bundestagsplenum häufig einfach fern oder stimmt nach Plausibilität, Loyalität, Vertrauen in den „Expertenverstand" oder unter Fraktionszwang ab – und zwar mit „Ja" oder „Nein". Die Art und Rationalität dieses Verfahrens unterscheidet sich nicht wesentlich von Volksbegehren und Volksentscheiden – mit einer Einschränkung. Auch bei Volksinitiativen arbeiten Expertengruppen (z. B. in Bürgerinitiativen) abstimmungsreife Gesetzentwürfe aus, die schon im Stadium der Entstehung der Kritik von „Gegenexperten" ausgesetzt sind und im Hinblick auf notwendige Konsens- und Mehrheitsfähigkeit kompromisshaft ausformuliert werden. Gegenstand der Volksabstimmung ist dann nicht mehr ein unbegriffener Sachverhalt, sondern das Urteil von Experten über den Sachverhalt in Gestalt der Abstimmungsvorlage(n). Anders als im Bundestag erfolgt die Entscheidung über die Expertenentscheidung – oder die Wahl zwischen alternativen Expertenentscheidungen – im Akt der Volksabstimmung aber nicht nur nach Plausibilität etc., sondern auch nach Gesichtspunkten eigener Betroffenheit. Wer aber könnte das Interesse der Mehrheit der Betroffenen „sachverständiger" definieren als diese selbst?

Otto, Karlheinz A.: Auf dem Weg in die plebiszitäre Willkür? In: Blätter für deutsche und internationale Politik, H. 21, 1990, S. 206.

M10 Gründe gegen Volksabstimmungen auf Bundesebene

Erstens können Volksabstimmungen polarisierend wirken und die gesellschaftliche Spaltung vertiefen. Wenn ein Thema zur Abstimmung steht, das stark polarisiert und von unterschiedlichen Gruppen unterstützt wird, kann es zu einer weiteren Aufspaltung der Gesellschaft führen. Zweitens können Volksabstimmungen von Lobbygruppen und Interessengruppen manipuliert werden. Große Unternehmen und Interessenverbände können die Debatte dominieren und das Abstimmungsergebnis beeinflussen. Drittens können Volksabstimmungen zu einer Schwächung des Parlamentarismus führen. Wenn Entscheidungen direkt durch das Volk getroffen werden, wird das Parlament als repräsentative Institution geschwächt. Dies kann dazu führen, dass politische Entscheidungen weniger komplex und informiert getroffen werden. Viertens können Volksabstimmungen teuer und zeitaufwändig sein. Die Durchführung von Abstimmungen erfordert oft erhebliche Ressourcen und kann von anderen wichtigen Aufgaben ablenken. Insgesamt gibt es also gute Gründe, Volksabstimmungen auf Bundesebene kritisch zu betrachten.

Bearbeiterin, basierend auf: © Konrad-Adenauer-Stiftung e.V. 2023: Argumente gegen die direkte Demokratie. In: www.kas.de, Abruf am 10.03.2023

M11 Direkte Demokratie in der Karikatur

Karikatur: Christiane Pfohlmann, 2010

Aufgaben

72043-609

1. Erläutern Sie mit Hilfe des Artikels 20 (2) GG im Hinblick auf die Frage, inwieweit das Grundgesetz neben den Wahlen auch Abstimmungen zulässt (**M8** A, B).
2. Erklären Sie auf der Grundlage von **M8** A, B die Merkmale der repräsentativen und der direkten Demokratie.
3. Analysieren Sie den Text von K.A. Otto im Hinblick auf seine Position gegenüber Volksabstimmungen (**M9**).
4. Erläutern Sie die Gründe gegen Volksabstimmungen auf Bundesebene (**M10**).
5. Analysieren Sie die Karikatur in **M11** im Hinblick auf die Einstellung der Bürgerinnen und Bürger zu mehr direkter Demokratie.
6. Diskutieren Sie abschließend im Kurs, welche Chancen und Risiken die direkte Demokratie mit sich bringt.

6.3 Direkte Demokratie in Deutschland auf den verschiedenen Ebenen: eine Belebung der repräsentativen Demokratie?

Zum Thema: In diesem Unterkapitel lernen Sie die verschiedenen Möglichkeiten direkter Demokratie auf der Ebene der Kommunen und Bundesländer in Deutschland kennen. Auf Bundesebene wird die Bürgerbeteiligung am Beispiel der Schweiz vorgestellt. Als Abschluss können Sie aufgrund Ihres gesammelten Wissens ein begründetes Urteil darüber fällen, inwiefern es in Deutschland Volksentscheide auf Bundesebene geben sollte.

M12 Fallbeispiel: die Bürgerinitiative „Klimawende Köln"

Hintergrund

Im Jahr 2019 wurde die Bürgerinitiative „Klimawende Köln" ins Leben gerufen, um sich für eine nachhaltigere Energieversorgung in der Stadt einzusetzen. Im September 2020 startete die Initiative eine Unterschriftensammlung für ein Bürgerbegehren, welches das Ziel verfolgte, dass die RheinEnergie AG und deren Tochterunternehmen ab spätestens 2030 ausschließlich Strom aus erneuerbaren Energien liefern, der von eigenen Anlagen produziert wird. Die notwendige Anzahl an Unterschriften konnte schnell erreicht werden. Es kam daraufhin zu intensiven Mediationsgesprächen zwischen der RheinEnergie, der Stadtverwaltung und der Bürgerinitiative. Nach einem sorgfältigen Abwägungsprozess hat man sich darauf geeinigt, das Bürgerbegehren nicht durchzuführen. Die RheinEnergie hat stattdessen zugesagt, die im Eckpunktepapier festgelegten Ziele einzuhalten und Maßnahmen zur Umsetzung zu ergreifen. Die Bürgerinitiative wird die Umsetzung der Zusagen kritisch und konstruktiv begleiten und regelmäßig überprüfen. Die bereits eingereichten Unterschriften behalten ihre Gültigkeit.

Bearbeiterin, basierend auf: 2023 Klimawende Köln: Wir über uns. In: www.klimawende.koeln.de, Abruf am 10.03.2023

Sara: „Ich bin bei der Klimawende Köln, weil ich möchte, dass meine Kinder keine Angst vor der Zukunft haben müssen."

Nach: 2023 Klimawende Köln: Wir über uns. In: www.klimawende.koeln.de, Abruf am 10.03.2023

Alex: Früher hat die Stadtmauer Schutz geboten. Heute können wir uns schützen, indem wir möglichst schnell klimaneutral werden. Deshalb bin ich bei der Klimawende Köln.

Nach: 2023 Klimawende Köln: Wir über uns. In: www.klimawende.koeln.de, Abruf am 10.03.2023

Thomas: Ich mache mit bei Klimawende Köln, weil direkte Demokratie ein Mittel ist, mit dem wir die Klimawende schneller voranbringen können, als das die Politik sich das von sich aus traut."

2023 Klimawende Köln: Wir über uns. In: www.klimawende.koeln.de, Abruf am 10.03.2023

Einstiegsaufgaben 72043-610

1. Erläutern Sie kurz die Beweggründe und das Ziel der „Klimawende Köln".
2. Diskutieren Sie im Kurs, inwieweit diese Form der Bürgerbeteiligung politische Partizipation in Deutschland ermöglicht.

M13 Direkte Demokratie in Nordrhein-Westfalen: Begriffsglossar

A Auf Landesebene

	Ziele	Erläuterung
Volks-initiative	Befassung des Landtags mit einem politischen Thema oder Gesetzesentwurf	• Einstufiges und unverbindliches Bürgerbeteiligungsverfahren auf Landesebene; • führt zur Behandlung des Anliegens im Landtag; • „von unten", also von den Bürgerinnen und Bürgern initiiert; • Unterschriftenquorum von 0,5 Prozent der Stimmberechtigten.
Volks-begehren	Volksentscheid	• Auf den Erlass eines Gesetzes gerichtet; • Grundlage eines Volksbegehrens ist ein Gesetzentwurf, den 8 Prozent der Wahlberechtigten unterstützen müssen, damit es zu einem Volksbegehren kommen kann; • Der Landtag muss sich mit einem erfolgreichen Volksbegehren beschäftigen; • entspricht der Landtag dem Volksbegehren nicht, kommt es binnen 10 Wochen zum Volksentscheid.
Volks-entscheid	Gesetzes-beschluss	• Wenn das Volksbegehren im Landtag abgelehnt wird, kommt es zum Volksentscheid. Dies ist die Abstimmung der Bürgerinnen und Bürger über den Vorschlag des Volksbegehrens; • Ja/Nein Abstimmung; • Zustimmungsquorum liegt bei 15 Prozent der Stimmberechtigten.

B Auf kommunaler Ebene

	Ziele	Erläuterung
Bürger-begehren	Bürgerentscheid	• Erste Verfahrensstufe direkter Demokratie auf kommunaler Ebene; • Sammlung von Unterschriften.
Bürger-entscheid	Kommunale Entscheidung	• Abstimmung der Bürger:innen über eine Sachfrage aufgrund eines Bürgerbegehrens; • Je nach Gemeindegröße ein Zustimmungsquorum von 10, 15 oder 20 Prozent der Stimmberechtigten; • Ja/Nein ist vorgeschrieben.

Bearbeiterin

M14 Fallbeispiel der kommunalen Ebene: Bürgerentscheid in Duisburg: „Ja zu Duisburg – kein Designer Outlet Center"

A Gegenstand des Bürgerentscheids

Der Rat der Stadt Duisburg hat am 1. Februar 2017 den Grundsatzbeschluss zur Realisierung eines Designer Outlet Center (DOC) auf der Fläche der Duisburger Freiheit gefasst. Gegen den Bau richtet sich der in diesem Material vorgestellte Bürgerentscheid. Dem ging ein Bürgerbegehren voraus, welcher am 20. März 2017 bei der Stadt angemeldet wurde. Die Unterschriftensammlung hatte am 10. April 2017 begonnen. Am 23. Mai 2017 hatten die Initiatoren rund 22.500 Unterschriften hierfür bei der Stadt eingereicht. Der Stadtrat hatte das Bürgerbegehren am 3. Juli 2017 abgelehnt.

Das Gebiet der Duisburger Freiheit

B Positionsbestimmungen der im Rat vertretenen Parteien

Die Entscheidung wurde damit begründet, dass durch den Bau eines DOC zusätzliche Kaufkraft in Duisburg gebunden werde. Zudem sollten neue Arbeitsplätze entstehen. Die Auswirkungen auf den innerstädtischen Einzelhandel wurden von der Ratsmehrheit als gering und die Auswirkungen auf benachbarte Zentren als vertretbar angesehen. Das in 2,5 km Entfernung von der Stadtmitte gelegene Gelände sei gut an die Innenstadt angebunden.

C Positionsbestimmungen des Bürgerbegehrens „Ja zu Duisburg – kein Designer-Outlet-Center"

Die Initiatoren des Bürgerbegehrens meinten, dass das geplante DOC massive Auswirkungen auf die Duisburger Innenstadt habe und zu massiven Umsatzeinbußen des Einzelhandels führen werde. Auch in benachbarte Zentren würde es zu erheblichen negativen Einflüssen kommen. Schon heute habe die langjährige Planungsunsicherheit zu Leerständen, Rückgang der Ladenmieten und zu einem Wertverlust der Immobilien geführt. Zudem liegt der Mittelpunkt des DOC nicht mehr in fußläufiger Entfernung zur Haupteinkaufsstraße der Duisburger Innenstadt.

Mehr Demokratie e. V. NRW: Bürgerbegehren gegen Designer Outlet-Center. In: www.nrw.mehr-demokratie.de, Abruf am 10.03.2023

D Wahlergebnis Bürgerentscheid

Gesamtergebnis Bürgerentscheid 24.09.2017

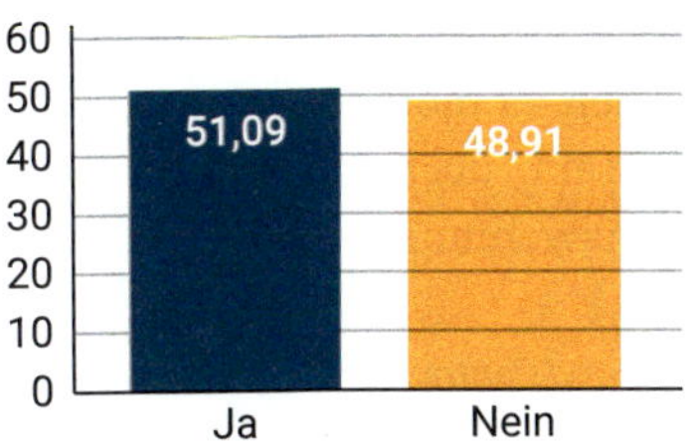

	Anzahl	Prozent
Ja	110.343	51,09 %
Nein	105.644	48,91 %

Die Abstimmungsbeteiligung liegt bei:

59,93 %

380 von 380 Schnellmeldungen

Nach: Bürgerentscheid Stadt Duisburg: Amtliches Endergebnis. In: www.wahlergebnis.duisburg.de 24.09.2017

M15 Fallbeispiel der Landesebene (Berlin): „Deutsche Wohnen & Co. enteignen"

In der Geschichte des Landes NRW gab es seit 1949 bisher keinen Volksentscheid. Es hat nur vier zugelassene Volksbegehren gegeben, von denen nur drei durchgeführt wurden. Daher ein aktuelles Beispiel aus Berlin: „Deutsche Wohnen & Co enteignen"

Hinweis zu Volksbegehren in Berlin
Die Bestimmungen für ein Volksbegehren unterscheiden sich in den verschiedenen Bundesländern. In Berlin liegt das Zustimmungsquorum für einen Volksentscheid bei 25 % der Wahlberechtigten.

A Gegenstand des Bürgerentscheids

„Deutsche Wohnen & Co enteignen" ist eine Volksinitiative in Berlin. Sie fordert, dass Unternehmen mit mehr als 3.000 Wohnungen in Berlin enteignet werden. Die Wohnungen sollen nach Artikel 15 GG vergesellschaftet werden und in eine Anstalt öffentlichen Rechts überführt werden. Es wären zehn Unternehmen betroffen, womit „Deutsche Wohnen" mit 111.500 Wohnungen der größte Konzern ist. Eine solche Vergesellschaftung wurde in der Bundesrepublik Deutschland noch nie vollzogen und muss daher juristisch gründlich überprüft werden.

Plakat für die Annahme des Volksentscheids in Berlin im August 2021

B Positionsbestimmungen des Aktionsbündnisses „Deutsche Wohnen & Co. enteignen"

Immobilienkonzerne machen in Berlin fette Profite mit unseren steigenden Mieten. Das nehmen wir nicht länger hin: Wir wollen durch einen Volksentscheid über 240.000 Wohnungen von Deutsche Wohnen, Vonovia, Akelius & Co vergesellschaften. Die Möglichkeit dafür schafft Artikel 15 des Grundgesetzes. Mit der Vergesellschaftung wollen wir zwölf Prozent der Berliner Mietwohnungen der Spekulation entziehen und dauerhaft bezahlbare Mieten ermöglichen. Kein fette Dividende mehr für Aktionär:innen, die aus unseren Mieten bezahlt werden muss. Keine Verdrängung mehr von Leuten, die sich ihre Wohnung nicht mehr leisten können. Nur wenn wir Wohnraum wieder gemeinnützig verwalten, können wir die Wohnungskrise beenden. Unterstütze unser Volksbegehren und hilf uns dabei, Berlin zu retten. Denn unsere Stadt ist eine Stadt für alle!

Initiative Deutsche Wohnen & Co enteignen: Argumente. In: www.dwenteignen.de, Abruf am 10.03.2023

C Position von Anja Nehls (Journalistin):

Enteignungen sind für demokratisch denkende Menschen der Anfang vom Ende. Und Zweifel daran, ob eine Enteignung von großen privaten Wohnungsbauunternehmen auf dem Boden des Grundgesetzes Bestand hätte, habe ich auch. [...] Die den privaten Unternehmen zu zahlenden Entschädigungen für die Wohnungen die das Land Berlin ihnen übrigens vor Jahren zu einem Spottpreis überlassen hat wäre außerdem so hoch, dass unterm Strich kein Vorteil dabei herauskäme, weder für den Steuerzahler noch für die Mieter. Enteignen und Entschädigen schafft keine einzige Wohnung zusätzlich. Das Geld wäre im Neubau von Sozialwohnungen besser investiert.

Bezahlbare Wohnungen sind wichtig, enteignen ist der falsche Weg. Sollen es heute Unternehmen mit mindestens 3.000 Wohnungen sein warum eigentlich ausgerechnet 3.000? könnten es morgen welche mit zehn Wohnungen sein, übermorgen alle Besitzer von Eigentumswohnungen und dann die der Kleingärten [...].

Nehls, Anja: Pro und Contra: Sollte man „Deutsche Wohnen und Co." enteignen? In: www.deutschlandkultur.de, 21.09.2021

D **Wahlergebnis Volksentscheid**

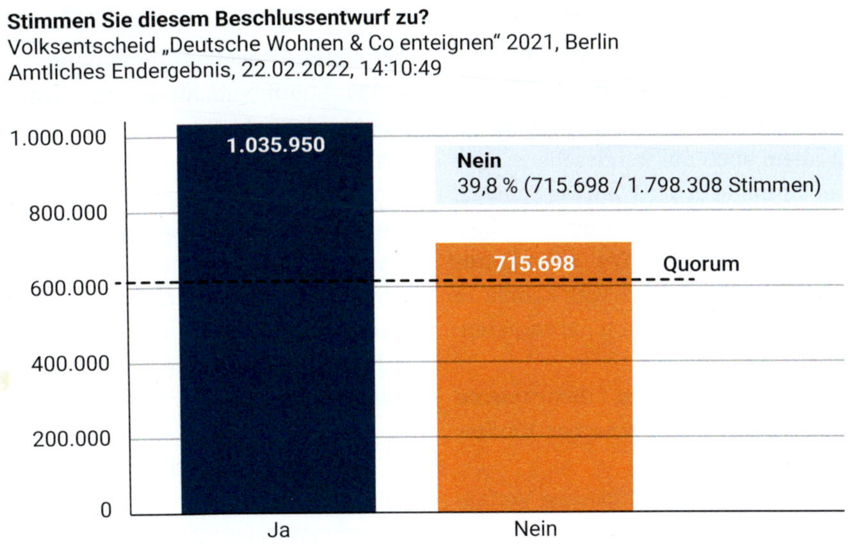

Nach: © Der Landeswahlleiter Berlin/Amt für Statistik Berlin-Brandenburg: Der Beschlussentwurf „Deutsche Wohnen & Co enteignen" 2021 wurde angenommen. In: www.wahlen-berlin.de, Abruf am 10.03.2023

Aufgaben

72043-611

1. Werten Sie **M13** im Hinblick auf die Bestimmungen zur direkten Demokratie in NRW auf kommunaler und auf Landesebene aus. Vergleichen Sie Ihre Ergebnisse im Kurs.
2. Analysieren Sie in Gruppenarbeit die Fallbeispiele in **M14** und **M15**, indem Sie die folgenden Aspekte berücksichtigen:

   Fallbeispiel M14
   a) den Gegenstand des Bürgerentscheids,
   b) die Voraussetzungen, die für die Durchführung eines Bürgerentscheides notwendig sind (**M13**) und das Verfahren,
   c) die unterschiedlichen Positionen der Bürgerinitiative „Ja zu Duisburg – kein Designer Outlet-Center" und die Positionen der im Rat vertretenen Parteien,
   d) das Wahlergebnis des Bürgerentscheids,
   e) Ihre persönliche Meinung zur Abstimmungsfrage des Bürgerentscheids.

   Fallbeispiel M15
   a) den Gegenstand des Volksentscheids,
   b) die unterschiedlichen Positionen der Volksinitiative „Deutsche Wohnen & Co enteignen",
   c) das Wahlergebnis des Volksentscheids,
   d) Ihre persönliche Meinung zur Abstimmungsfrage des Volksentscheids.

3. Diskutieren Sie die Ergebnisse der Gruppenarbeit im Kurs.

F **zu Aufgabe 2**
Recherchieren Sie, wie es nach dem erfolgreichen Volksentscheid in Berlin weiterging.

M16 Fallbeispiel der nationalen Ebene: die direkte Demokratie in der Schweiz

A Bestimmungen zur direkten Demokratie in der Schweiz

In der Schweiz kann das Volk auf allen drei politischen Ebenen umfassend direkt mitwirken: in den Gemeinden, den Kantonen und vor allem auch auf Bundesebene. Dies ist bisher einmalig in der Welt. Die Schweiz ist damit das funktionierende Beispiel einer halbdirekten Demokratie. Die Volksvertretungen bestehen weiter. Das Volk kann ihre Sachentscheidungen jedoch korrigieren. [...].

Die direktdemokratischen Instrumente auf Bundesebene: Obligatorisches Verfassungsreferendum

Jede vom Parlament beschlossene Verfassungsänderung wird dem Volk zur Abstimmung unterbreitet.

Eine Vorlage ist angenommen, wenn die einfache Mehrheit der Abstimmenden sich dafür ausspricht [...] Allerdings ist das „Ständemehr" notwendig. Dies bedeutet, dass auch in einer Mehrheit der Kantone das Volk zustimmen muss [...].

Fakultatives Gesetzesreferendum

50.000 Stimmberechtigte (das entspricht ca. 1 %) oder acht Kantone können verlangen, dass ein vom Parlament beschlossenes Bundesgesetz dem Volk zur Abstimmung vorgelegt wird. Zum Sammeln der Unterschriften stehen 100 Tage zur Verfügung. Solange tritt das Gesetz nicht in Kraft. Das Gesetz ist angenommen, wenn die einfache Mehrheit der Abstimmenden dafür ist.

Volksinitiative

Im Wege der Volksinitiative können 100.000 Stimmberechtigte (das entspricht 2 %) einen ausgearbeiteten Entwurf für eine Verfassungsänderung vorlegen. [...] Das Parlament spricht eine Empfehlung aus, ob die Initiative angenommen oder abgelehnt werden soll. Es darf auch der Initiative einen Gegenentwurf gegenüberstellen.

Hermann K. Heußner, Otmar Jung (Hrsg.), Mehr Demokratie wagen – Volksentscheide und Bürgerentscheide: Geschichte, Praxis, Vorschläge, 2. Auflage, München 2009, S. 115 ff

B Politisches System der direkten Demokratie in der Schweiz verantwortlich für späte Einführung des Frauenwahlrechts

1971 führte die Schweiz das Frauenwahlrecht auf Bundesebene ein – als vorletztes Land in Europa (in Liechtenstein wurde es 1984 eingeführt), und lange nach der Türkei, Afghanistan oder Haiti. 66 Prozent der stimmberechtigten Männer hatten sich am 7. Februar vor 40 Jahren in einer Volksabstimmung dafür ausgesprochen. [...] Dass ausgerechnet eine der ersten Demokratien so lange gebraucht hat, um ihren Bürgerinnen das Wahlrecht zu gewähren, liegt am politischen System der Schweiz: Fragen, die die Bundesverfassung betreffen, müssen vom Volk entschieden werden – im Fall des Frauenwahlrechts also von Männern. [...] 1959 wurde die Einführung des Frauenwahlrechts in einem ersten Referendum mit zwei Dritteln der Stimmen abgelehnt. Als die Schweiz in den sechziger Jahren die Menschenrechtskonvention des Europarats nur unter dem Vorbehalt unterschreiben wollte, dass die Gleichstellung der Geschlechter für sie nicht gelte, war der internationale Protest so groß, dass eine neue Abstimmung vorbereitet wurde. Diesmal hatte sie Erfolg. [...] Bis wirklich alle Schweizerinnen wählen durften, vergingen nach der Volksabstimmung übrigens noch einmal 19 Jahre. Im Kanton Appenzell Innerrhoden sind Frauen erst seit November 1990 wahlberechtigt. Diesmal entschied nicht das Volk, sondern das Schweizer Bundesgericht – gegen den Willen der Stimmbürger.

Volkert ,Lilith: Schweiz: 40 Jahre Frauenstimmrecht: „Vermännlicht" durch den Urnengang, www.sueddeutsche.de, 08.02.2011

C Schweiz stimmt für Neuregelung der Organspende

Organspender ist künftig, wer nicht explizit ablehnt – dafür haben die Schweizer bei einer Volksabstimmung gestimmt. In anderen europäischen Ländern gilt die Widerspruchslösung bereits.

Es gibt viele schwer kranke Patientinnen und Patienten, die ein Spenderorgan brauchen, doch Organe gibt es nur wenige: In der Schweiz soll sich das bald ändern. Künftig gilt jeder Mensch als potenzieller Organspender, der dies zu Lebenszeiten nicht explizit abgelehnt hat. Die Regierung will das Transplantationsgesetz entsprechend ändern und bekam dafür bei der Volksabstimmung am Sonntag 60,2 % Zustimmung. Bislang gilt in der Schweiz wie in Deutschland statt der Widerspruchs- die Zustimmungslösung: Organe dürfen nur Menschen entnommen werden, die sich dazu bereit erklärt haben, etwa mit einem Organspendeausweis oder einem Eintrag in einem Onlineregister.

In zahlreichen europäischen Ländern, darunter Frankreich, Irland, Italien, Österreich und Spanien, gilt die Widerspruchslösung bereits. Die Regierung in der Schweiz hofft nun, den Mangel an Spenderorganen zu beheben.

DER SPIEGEL: Widerspruchslösung Schweiz stimmt für Neuregelung der Organspende. In: www.spiegel.de, 15.05.2022

Link zu weiteren Abstimmungen vom 15.05.2022 in der Schweiz

72043-602

M17 Pro und Kontra Volksentscheide auf Bundesebene in Deutschland

Pro Volksabstimmungen auf Bundesebene sind Demokratie für Erwachsene, meint Daniel Schily, Mitglied im Vereinsvorstand

Die direkte Demokratie hat sich auf Bundesländer- und Gemeindeebene etabliert und ermöglicht es den Bürgerinnen und Bürger, ihre Staatsgewalt auszuüben. Dadurch wird die Legitimationsbasis der repräsentativen Demokratie gestärkt und die Tür zu unmittelbaren Entscheidungen bleibt immer offen. Innovative Instrumente der Bürgerbeteiligung werden ebenfalls genutzt, um eine sich entwickelnde Demokratie für Erwachsene zu schaffen, die einer infantilisierenden und polarisierenden Stimmungsdemokratie entgegenwirkt.

Eine Demokratie für Erwachsene erfordert die Mündigkeit und Mitwirkungsmöglichkeit aller Bürgerinnen und Bürger, um die Gräben zwischen Berufspolitik und Volk zu überbrücken.

Durch eine vielfältige und lernende Demokratie, die ihre repräsentativen, direkten und deliberativen Funktionselemente sinnvoll miteinander verbindet, können Zukunftsperspektiven für eine komplexe Gesellschaft eröffnet werden.

Ein wichtiger Schritt auf Bundesebene wäre die Einführung von Volksinitiativen, Volksbegehren und Volksentscheiden durch den Deutschen Bundestag. Dabei ist die Einbindung der direkten Demokratie in die rechtsstaatliche Ordnung eine Selbstverständlichkeit, um sicherzustellen, dass nur Vorschläge, die die Grund- und Menschenrechte beachten, zur Abstimmung kommen können.

Die Demokratiegeschichte Deutschlands, die von Verdrängungen der Eliten und ihrer Gefolgschaften geprägt ist, erschwert diesen Aufbruch in die erwachsene Demokratie.

Doch eine bloße Verteidigung des demokratiepolitischen und -rechtlichen Status quo bedeutet Rückschritt und gesellschaftliche Polarisierung.

Es ist an der Zeit, mehr Demokratie zu wagen, um die Erfolgsgeschichte der Demokratie in Deutschland und Europa fortzusetzen.

Nach: Schily, Daniel: Volksabstimmung auf Bundesebene – eine gute Idee? In: lautstark. Dein Mitgliedermagazin. GEW NRW. Essen 05/2021, S. 44 ff.

Volksentscheide im Erklärfilm (3:53 Min.)

72060-26

Kontra **Frank Decker, Professor für Politologie an der Universität Bonn, rät von einer Einführung von Volksabstimmungen auf Bundesebene ab.**

Volksabstimmungen sind nur dann sinnvoll, wenn sie einen demokratischen Mehrwert bieten, wie eine bessere Regierungsführung oder eine höhere Zufriedenheit der Bürgerinnen und Bürger mit dem politischen System.
Es gibt jedoch keine empirischen Belege dafür, dass dies der Fall ist. Das Schweizer Modell, das oft als Beispiel angeführt wird, ist aufgrund der unterschiedlichen politischen Traditionen und Systeme nicht direkt auf Deutschland übertragbar.
Direkte Demokratie auf der kommunalen und Länderebene besteht seit den 1990er Jahren und gibt den Bürgerinnen und Bürgern das Recht, Bürger- oder Volksentscheide herbeizuführen.
Dies ist jedoch auf Bundesebene nicht ratsam, da es die Funktionslogik des parlamentarischen Regierungssystems beeinträchtigen würde. Eine solche Einführung wäre allenfalls mit starken Einschränkungen möglich, was den Eindruck erwecken könnte, dass die Regierung das Versprechen der direkten Demokratie nicht ernst meint.
Direkte Demokratie eignet sich auf kommunaler und Länderebene vor allem für Themen von hoher Legitimationsrelevanz, wie Infrastrukturvorhaben oder Verfassungsreformen. Auf Bundesebene wären Bürgerräte eine bessere Alternative zu Volksabstimmungen. Deren Empfehlungen wären jedoch nicht bindend. Darüber hinaus sollte den Bürgerinnen und Bürgern das Recht eingeräumt werden, mittels einer „Agenda-Initiative" das Parlament dazu zu zwingen, sich mit einer bestimmten Angelegenheit zu beschäftigen.

Nach: Decker, Frank: Pro und Kontra: Volksabstimmung auf Bundesebene – eine gute Idee? In: lautstark. Dein Mitgliedermagazin. GEW NRW. Essen 05/2021, S. 44 ff.

Aufgaben

72043-612

1. Erläutern Sie die direktdemokratischen Instrumente auf Bundesebene in der Schweiz (**M16** A).
2. Entwickeln Sie in Gruppenarbeit auf der Grundlage der in **M16** B, C dargestellten Fallbeispiele sowie aus den Arbeitsergebnissen aus Kapitel 6.2. ein Urteil, ob Sie die Einführung direktdemokratischer Instrumente auch in Deutschland für sinnvoll halten, indem Sie folgendermaßen verfahren:
   a) Beschreiben Sie die Fallbeispiele in **M16** B, C.
   b) Entwerfen Sie eine Tabelle, in der Sie ausgehend von den einzelnen Fallbeispielen Vorteile und Nachteile von Volksabstimmungen gegenüberstellen.
   c) Formulieren Sie ein abschließendes Statement auf der Grundlage Ihrer Tabelle in Aufgabe 2b über die direkte Demokratie in der Schweiz. Begründen Sie Ihr Statement mit Hilfe der nebenstehenden Operatorenkarte.
   d) Stellen Sie die Ergebnisse Ihrer Gruppenarbeit im Kurs dar.
3. Nehmen Sie mit Hilfe Ihrer Arbeitsergebnisse aus der vorangegangenen Aufgabe 2, sowie den Argumenten in **M17** Stellung zu der Frage: Sollte es in Deutschland Volksentscheide auf Bundesebene geben?
4. Nehmen Sie eine Abstimmung im Kurs vor und vergleichen Sie die Ergebnisse mit der Abstimmung auf der Auftaktseite (→ S. 215).

OPERATOREN-TRAINING

Begründen

I. Was gehört dazu?

1. Sie entwickeln zu einem Sachverhalt (z. B. zu einer These, Interpretation einer Statistik oder Tabelle, der Erklärungskraft einer Theorie ...) einen schlüssigen gedanklichen Zusammenhang.

▼

2. Dabei argumentieren Sie, indem Sie Ursache-Wirkungszusammenhänge mit Hilfe Ihres Fachwissens darlegen.

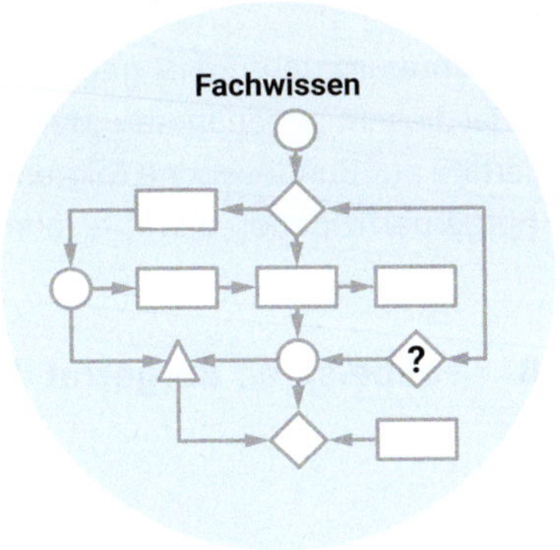

II. Hilfen zur Strukturierung und Formulierung

Den Sachverhalt benennen

Bei ... geht es um ...
Der Ausgangspunkt für ... ist ...

Komplexen Zusammenhang logisch und schlüssig entwickeln

Es besteht ein Zusammenhang zwischen ..., deshalb ...
Kennzeichnend für ... ist ..., weil ...
Ein besonderes/ zentrales Merkmal ist ..., folglich ...
Daraus ergibt sich/ folgt ...
... legt nahe, dass ... Die Fakten sprechen aber dagegen, weil ...
Anhand der Statistik/des Schaubilds/der Tabelle lässt sich erkennen, dass ...
Bei Untersuchungen zu ... konnte gezeigt werden, dass ...
Daraus lässt sich ableiten/schließen ...
Die Folgen von ... sollten nicht unterschätzt werden, weil ...
... führt dazu, dass ...
... liegt darin begründet ...
Wenn ..., dann ...

Zusammenfassung

Zusammenfassend lässt sich festhalten/feststellen/schließen ...
Insgesamt liegt die zentrale Ursache/ liegen wesentliche Gründe für ... in ..., wodurch in der Folge ...

Labusch, Alexandra: Begründen. In: Operatorentraining für Wirtschaft-Poliltik / Sozialwissenschaften. Bamberg 2023

6.4 *Vertiefung*: Bürgerräte – verstärken sie unsere Demokratie oder hebeln sie diese aus?

Zum Thema: Im Jahr 2019 gab es die erste losbasierte Bürgerversammlung in Deutschland. Bei diesem sogenannten „Bürgerrat" ging es um die Stärkung der Demokratie. Weitere Bürgerräte auf Bundesebene folgten. Wie ein Bürgerrat funktioniert und welche Chancen er der Bürgerpartizipation bietet, erfahren Sie in diesem Unterkapitel.

M18 Fallbeispiel: Bürgerrat Klima

Steckbrief Bürgerrat Klima

72043-603

Der erste bundesweite Bürgerrat zum Thema Klima

Der Bürgerrat Klima als Bürgerbeteiligungsprozess ist abgeschlossen. Er fand statt vom 26.04.2021 – 23.06.2021

160 Bürgerinnen und Bürger, zufällig ausgelost nach Alter, Geschlecht, Wohnort, Bildungsstand und Migrationshintergrund. Gemeinsam diskutierten sie über mögliche Maßnahmen zum Umgang mit der Klimakrise. Aufgrund der Pandemie fand der Bürgerrat Klima digital statt. Die finalen Ergebnisse wurden im Bürgergutachten veröffentlicht und, pünktlich zur Bundestagswahl, an die Spitzenpolitik überreicht. Es enthält konkrete Empfehlungen für die zukünftige Klimapolitik der Bundesrepublik Deutschland, genauer gesagt: Empfehlungen, wie Deutschland die Ziele des Pariser Klimaschutzabkommens noch erreichen kann – unter Berücksichtigung gesellschaftlicher, wirtschaftlicher und ökologischer Gesichtspunkte. Denn die Weichenstellungen in der Klimafrage müssen von allen mitgetragen werden.

BürgerBegehren Klimaschutz e.V.: Ein voller Erfolg: Der erste bundesweite Bürgerrat zum Thema Klima. In: www.buergerrat-klima.de, Abruf am 10.03.2023

Einstiegsaufgaben

72043-613

1. Führen Sie im Kurs ein Brainstorming zum Thema „Bürgerrat" mit Hilfe von **M18** durch.
2. Erstellen Sie mit Hilfe des QR-Codes einen kurzen Steckbrief, mit dessen Hilfe Sie den Bürgerrat Klima im Kurs vorstellen.
3. Stimmen Sie spontan im Kurs ab: Können Bürgerräte unsere Demokratie stärken oder hebeln sie sie aus?

M19 Bürgerräte: Was ist das überhaupt?

Das Besondere an Bürgerräten ist, dass die Teilnehmenden zufällig aus der Bevölkerung ausgelost werden. Akademiker sitzen dort neben Handwerkerinnen, Rentnerinnen neben Jugendlichen, hier geborene Menschen neben Zugewanderten. Ihre Aufgabe ist es, gemeinsam Lösungen für politische Probleme vorzuschlagen. Diese Empfehlungen werden dem jeweils zuständigen Parlament oder Gemeinderat zur Beratung vorgelegt. Welche Klimaschutzmaßnahmen soll Deutschland ergreifen? Wie soll die Pflege in Zukunft organisiert werden? Wie soll die Bildungspolitik des Landes aussehen? Diese und viele andere Themen können in einem Bürgerrat diskutiert werden. Die vielfältige Zusammensetzung der Bürgerräte ist dabei deren besondere Stärke. Untersuchungen zeigen, dass eine Gruppe ganz unterschiedlicher Bürgerinnen und Bürger zu besseren Lösungen kommt als eine Gruppe von einander ähnlichen Menschen. Unterschiedliche Lebens- und Ausbildungswege führen zu unterschiedlichen Perspektiven, die alle in einem Bürgerrat zusammengeführt werden. Themen werden so aus verschiedenen Blickwinkeln betrachtet.

[...] In einem Bürgerrat erlangen die Teilnehmenden durch Expertinnen und Experten das Wissen, das zur Formulierung von Handlungsempfehlungen notwendig ist. Die Ausgelosten hören Vorträge und Diskussionen und können dazu Fragen stellen. [...]

In professionell moderierten Tischgruppen mit bis zu acht Menschen finden Diskussionen über das Gehörte statt. [...] In den Tischdiskussionen werden auch Handlungsempfehlungen entwickelt, die am Ende des Bürgerrates von allen beraten und abgestimmt werden. Da Bürgerrat-Mitglieder nicht gewählt werden und somit kein Mandat aus der Bevölkerung haben, sind deren Empfehlungen formal unverbindlich. Nichtsdestotrotz werden die Empfehlungen solcher Losversammlungen nicht selten bei politischen Entscheidungen von Parlamenten und Gemeinderäten berücksichtigt.

Mehr Demokratie e.V.: Was ist ein Bürgerrat. In: www.buergerrat.de, Abruf am 10.03.2023

M20 Vor- und Nachteile der Bürgerräte

A Bürgerbeteiligung schafft mehr Transparenz

D Schaffung von Akzeptanz bei politischen Entscheidungen

E Hohe Zufriedenheit der Bürgerinnen und Bürger

???

D Die Kluft zwischen Politik und Bürgerinnen und Bürger wird verringert

A Legitimationskonkurrenz zwischen Bürgerräten und Parlamenten

B Überforderung der Bürgerinnen und Bürger durch komplexe Sachverhalte

F Interesse an den Themen von ausgewählten Bürgerinnen und Bürger muss vorhanden sein

C Verlangsamung des eh schon langen Entscheidungsprozesses

Bearbeiterin

M21 Kommentar: Geloste Bürgerräte können Krafträume der Demokratie sein. Deutschland braucht mehr Mut für Experimente!

Bei vielen Menschen sitzt der Frust über die Parteipolitik tief. Rente, Wohnen, Klimaschutz – von „gigantischem Politikversagen“ ist zuweilen die Rede. Oft sehen Bürger ihre Anliegen zu wenig berücksichtigt, ihr Missmut und das Misstrauen gegen „die da oben“ nähren auch Zweifel an der Demokratie selbst. Das ist gefährlich, weil es Populisten in die Hände spielt. Aber wie lässt sich gegensteuern? Eine Antwort: Bürger besser beteiligen. Das ist das Ziel des ersten nationalen Bürgerrats, der gerade in Leipzig tagt. 160 Deutsche, per Los ermittelt, erarbeiten dort Empfehlungen zur Stärkung der Demokratie. Sie debattieren über Lobbyismus, Volksentscheide, Formen der Politikberatung durch Bürger. Es ist höchste Zeit, die liberale Demokratie weiterzuentwickeln. [...]

[Es] ist bekannt, dass sich viele Bürger mehr Möglichkeiten wünschen, sich politisch zu beteiligen – auch jenseits der Parteiarbeit. Auf besonders viel Zuspruch stoßen dialogorientierte Formen wie Bürgerräte, gerade auf lokaler Ebene. [...] wie in Irland zu sehen ist. Dort haben Bürgerversammlungen die Referenden zur „Ehe für alle“ und zum Abtreibungsrecht vorbereitet. Emotionsgeladene Debatten wurden versachlicht und gesellschaftliche Konflikte entschärft. Voraussetzung dafür ist, dass sämtliche Teile der Bevölkerung repräsentiert sind. Deshalb wurden auch in Irland die Teilnehmer in einem mehrstufigen Verfahren ausgelost. Politische Losverfahren haben Tradition, Aristoteles pries sie als Inbegriff der Demokratie. In Bürgerräten erfahren sich Menschen ganz unmittelbar als wirksame Mitglieder der Gesellschaft – vorausgesetzt, politische Entscheidungsträger nehmen die erarbeiteten Ergebnisse ernst. Daher ist wichtig, dass es für Politiker eine Rechenschaftspflicht gibt. Einfordern lässt sich diese nur, wenn ein Bürgerrat eng an die Politik angebunden oder von ihr beauftragt ist. Das Leipziger Gremium ist aus der Zivilgesellschaft heraus entstanden, ein institutionalisiertes Fundament fehlt. Den Beteiligten bleibt nur die Hoffnung, ernst genommen zu werden. Bei vielen Bundespolitikern herrscht Skepsis: Schwächt ein nationaler Bürgerrat das Parlament? Ist direkte Demokratie das Ziel? Doch darum geht es nicht: Bürgerräte sollen die repräsentative Demokratie ergänzen und stärken, nicht ersetzen. Entscheidungen erhalten zusätzliche Legitimation. In Ostbelgien hat die Regierung jüngst einen Bürgerrat als eine Art zweite Kammer installiert. Parlament und Regierung müssen auf die Vorschläge reagieren und begründen, wenn sie nicht umgesetzt werden. Unabhängig davon, ob sich dieses Modell bewährt, kann Deutschland davon lernen: Es braucht Mut zu Experimenten, um die Demokratie weiterzuentwickeln. Für Zaudereien ist keine Zeit.

Lindner, Peter: Bürgerräte – Krafträume der Demokratie. In: www.sueddeutsche.de, 28.09.2019

F zu den Aufgaben 1-3
Recherchieren Sie die aktuelle Stellung der Bürgerräte in Deutschland.

Aufgaben

1. Erklären Sie mit eigenen Worten, wie Bürgerräte funktionieren (**M19**). Stellen Sie anschließend Ihre Ergebnisse Ihrer Nachbarin bzw. Ihrem Nachbarn vor.
2. a) Ergänzen Sie weitere Pro- und Kontra-Argumente (**M20**).
   b) Nehmen Sie Stellung (z. B. mit Hilfe einer Positionslinie) zu den verschiedenen Pro- und Kontra-Argumenten.
3. Erörtern Sie ausgehend vom Text in **M21** Chancen, Grenzen und Risiken eines nationalen Bürgerrats auf Bundesebene in Deutschland (**M19-M21**)

Enger und weiter Politikbegriff
Der enge Politikbegriff bezieht sich auf das menschliche Handeln, das auf die Ordnung und Gestaltung des Zusammenlebens, insbesondere des öffentlichen Lebens in einem Staat bzw. einer Stadt oder Gemeinde, gerichtet ist oder durch das Verhältnis verschiedener Staaten zueinander geregelt wird.
Der weite Politikbegriff bezieht sich auf die Regelung menschlichen Zusammenlebens in allen Bereichen und Einrichtungen der Gesellschaft, in denen es Einflussnahme und die Durchsetzung von Interessen gibt und in denen Konflikte auftreten und Regeln gefunden werden müssen.

Übung
72043-617

E-Demokratie und E-Partizipation
E-Demokratie: neue Formen der Bürgerbeteiligung über das Internet.
E-Partizipation: Formen politischer Teilhabe, bei denen sich Bürger(innen) elektronischer Informations- und Kommunikationstechnologien bedienen, um mit staatlichen Organen oder untereinander an allen möglichen Stellen politischer Prozesse in Kontakt zu treten.

Übung
72043-618

Bürgerräte
Bürgerräte sind losbasierte Bürgerversammlungen in denen Vorschläge diskutiert und erarbeitet werden und dem zuständigen Parlament als Empfehlung vorgelegt werden.

Übung
72043-619

Volksgesetzgebung
Ein Sammelbegriff von Volksinitiative/Volksbegehren und Volksentscheid

Volksentscheid und Volksabstimmung
Die Entscheidung von Gesetzgebungsfragen durch eine Volksabstimmung.

Repräsentative und direkte Demokratie
Repräsentative Demokratie bezeichnet eine demokratische Herrschaftsform, bei der die politischen Entscheidungen und die Kontrolle der Exekutive (Regierung) nicht unmittelbar vom Volk, sondern von einer Volksvertretung (Parlament) ausgeübt werden.
Direkte Demokratie bezeichnet eine demokratische Herrschaftsform, bei der die politischen Entscheidungen unmittelbar vom Volk (z. B. in Volksversammlungen und durch Volksabstimmung) getroffen werden.

Übung
72043-620

Volksbegehren und Volksinitiative
Das Volksbegehren/die Volksinitiative ist ein Instrument der direkten Demokratie. Der Name leitet sich vom sogenannten Initiativrecht, also dem Recht, Vorschläge und Gesetzesentwürfe in ein Parlament zur Beschlussfassung einzubringen, ab.

KOMPETENZEN PRÜFEN

I. Selbstdiagnose

Ich kann ...	sehr gut	nicht gut	Übung durch z. B.
Formen des sozialen und politischen Engagements Jugendlicher beschreiben (AFB I) und unter den Perspektiven des engen und weiten Politikbegriffs einordnen (AFB II).			M2-M6
unterschiedliche Formen sozialen und politischen Engagements im Hinblick auf Wirksamkeit beurteilen (AFB III).			M3, M4, M5
die Veränderung politischer Partizipationsmöglichkeiten durch die Ausbreitung digitaler Medien darstellen (AFB I) und erörtern (AFB III).			M3, M5
Chancen und Risiken der Entwicklung von E-Demokratie benennen (AFB I) und beurteilen (AFB III).			M5
demokratische Möglichkeiten der Vertretung sozialer und politischer Interessen erörtern (AFB III).			M8
Verfahren repräsentativer und direkter Demokratie erklären (AFB II).			M8, M13-M16
Chancen und Grenzen repräsentativer und direkter Demokratie auf der Grundlage von Fallbeispielen bewerten (AFB III).			M13-M16
Möglichkeiten von Bürgerräten erläutern (AFB II).			M19-M21

Ins Heft

II. Kompetenzen anwenden – am Beispiel

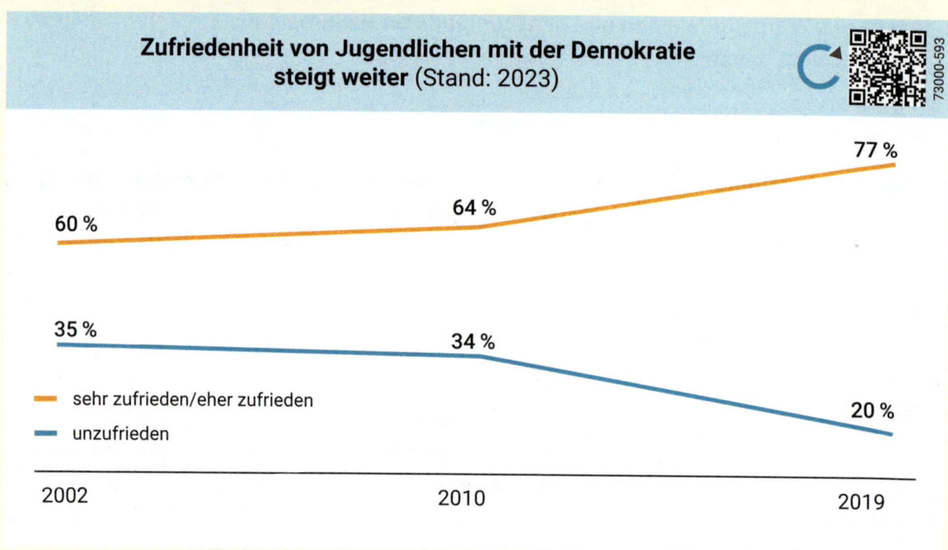

© C.C. Buchner Verlag, aktuelle Daten nach: 18. Shell Jugendstudie (Datenerhebung: 2019; Grafikerstellung: 2023)

Aufgaben 72043-615

1. Stellen Sie das Thema und den Aufbau der Grafik dar.
2. Analysieren Sie die Entwicklung der Zufriedenheit von Jugendlichen mit der Demokratie.
3. Erörtern Sie das von Ihnen ermittelte Maß der Zufriedenheit mit der Demokratie in Deutschland.

III. Klausurtraining

Pro: Man muss den Menschen im Land mehr zutrauen (Simon Plentinger)

„Wir sind doch nicht blöd" – Wer meint, wir Bürgerinnen und Bürger wären nicht kompetent genug, um über Inhalte zu entscheiden, liegt falsch. Längst haben wir uns in den Bundesländern gegen Zigarettenqualm und für den Umbau eines Bahnhofes entschieden und damit erfolgreich Schlussstriche unter lange Diskussionen gesetzt. Echte Demokratie eben. Mag sein, dass das Grundgesetz nicht eingeplant hat, dass wir das auch auf Bundesebene tun. Doch wie groß ist da der Unterschied wirklich? Das Grundgesetz stammt außerdem aus einer Zeit, in der wir viel weniger Möglichkeiten hatten, an Informationen zu kommen. Diese Zeiten sind vorbei. Und zwar nicht nur für die hochgebildete Elite, sondern für den Großteil der Bevölkerung. Tagtäglich lesen, hören, schauen und klicken wir uns durch Argumente – lernen über Pro, Contra und die Folgen. Und wir diskutieren. Nur entscheiden dürfen wir nicht. Wir müssen uns auf die Lotterie von Namen und Farben alle vier Jahre beschränken. Am Ende stehen jedes Mal Vertreter, die auch nicht immer auf allen Gebieten Experten sind und auch nicht immer das durchsetzen, was unsere Mehrheit will. Sinkende Wahlbeteiligung und Politikverdrossenheit entstehen so erst. Wer das beklagt, muss den Menschen im Land mehr zutrauen und sie bei wichtigen Fragen miteinbeziehen.

Unsere Demokratie ist erwachsen genug, um echte Mehrheitsentscheidungen zu verkraften. Sie braucht solche gemeinsamen Entscheidungen sogar. Denn Wahlversprechen und Beschlüsse der Vorgängerregierung gehen nach der Wahl schnell über Bord. Nach Volksentscheidung dürfte das schwerer fallen.

Kontra: Wir brauchen nicht mehr Volkentscheide, wir brauchen mehr Menschen, die sich für die Politik entscheiden (Steffen Jenter)

Es gibt tatsächlich zu wenig politische Beteiligung in Deutschland, aber die Einführung von bundesweiten Volksentscheiden wird da nicht helfen. Nach ihnen rufen meist zwei Gruppen: Politiker, die sich vor einer unangenehmen Entscheidung drücken wollen oder Populisten, die darauf hoffen, auf diese Weise platte Lösungen durchzudrücken. Mehr davon wäre im Zeitalter von Trump, Pegida und Facebook-Hetze fatal.

Nein, die Konsensmaschine Parlament ist gut für unser Land. Das mühsame, das zähe Ringen um den Kompromiss – es mag manchmal ermüdend sein, aber wir sind gut damit gefahren. Und die vielbeschworene Beteiligung, sie findet ja statt – über die Parteien, über Mitgliederentscheide, über Bürgerinitiativen, über Ausschüsse, über Expertenanhörungen. Es ist gut, dass unsere Gesellschaft diesen mühsamen Weg geht und wir nicht einfach Ja oder Nein ankreuzen. Wir brauchen nicht den täglichen Brexit. Demokratie ist nicht die Diktatur der Mehrheit, sondern auch der Schutz der Minderheiten. Wir haben noch immer viel zu wenige Bürger, die wählen gehen und erst recht viel zu wenige, die sich selbst politisch engagieren. Es fehlt an den Jungen, die sich in Parteien engagieren und es fehlt an den Erfahrenen, die bereit sind, ihren gut bezahlten Job in der Wirtschaft aufzugeben und sich für das Gemeinwesen zu engagieren. Nein, wir brauchen keine bundesweiten Volksentscheide, wir brauchen mehr Menschen, die sich für die Politik entscheiden.

Jenter, Steffen / Simon Plentinger: Pro und Contra Volksentscheide: Brauchen wir mehr direkte Demokratie?, www.br.de, 16.11.2016

Aufgaben

72043-616

1. Stellen Sie den Unterschied von repräsentativer Demokratie und direkter Demokratie dar.
2. Analysieren Sie die Pro- und Kontra-Positionen zur direkten Demokratie in den vorliegenden Texten.
3. Nehmen Sie unter Berücksichtigung der Position der Autoren Stellung zu der Ausgangsfrage „Brauchen wir mehr direkte Demokratie"?

Erwartungshorizonte zu den Aufgaben

72043-604

Teilnehmende eines rechten Aufmarsches der Partei „Der dritte Weg" gehen mit Banner und Fahnen eine Straße in Plauen (Sachsen) am 01.05.2019 entlang.

Bei einer angemeldeten Demo unter dem Motto „Nein zum Impfzwang!" demonstrierten am 22.01.2022 etwa 9.000 Gegnerinnen und Gegner einer Impfpflicht in Düsseldorf mit einem Spaziergang gegen die Corona-Maßnahmen der Bundesregierung und für eine individuelle Impfentscheidung, Grundrechte und „unversehrte" Kinder - darunter auch viele Pflegekräfte, die wegen der Impfpflicht im Gesundheitsbereich ihren Job zu verlieren drohten.

Am 01. Mai 2021 kam es in Berlin zu massiven Ausschreitungen und vielen Sachbeschädigungen gewaltbereiter Jugendlicher. Die Polizei nahm in der Nacht zum 02. Mai über 300 Personen fest.

Wie wehrhaft ist die Demokratie in Deutschland? Bedrohungen der Demokratie durch Extremismus und Populismus

7

Auch wenn die Mehrheit der Menschen in Deutschland Demokratie für unverzichtbar hält, lehnt ein Teil der Bevölkerung die Demokratie nach dem Grundgesetz ab. Kaum eine Woche vergeht, in der die Medien nicht über Aktivitäten rechts- und linksextremistischer sowie islamistischer Gruppen in Deutschland berichten.
Extremismus und Populismus werden immer mehr zum Problem in Deutschland, Europa und der Welt. Inwiefern eine wehrhafte Demokratie den beiden Phänomenen Stand halten kann, ist Thema dieses Kapitels.

Kompetenzen

Am Ende des Kapitels sollten Sie Folgendes können:

- darlegen, auf welche Weise extremistische Gruppen in Deutschland gegen die Verfassungsgrundlagen des Grundgesetzes verstoßen;
- den Begriff der „wehrhaften Demokratie" erläutern und erklären, auf welcher rechtlichen Grundlage die zuständigen staatlichen Institutionen die Demokratie schützen können;
- empirische Untersuchungen im Hinblick auf die Verbreitung extremistischer Vorstellungen in der Mitte der Gesellschaft auswerten und die zentralen Ergebnisse der Untersuchungen problematisieren;
- mögliche Ursachen der zunehmenden Radikalisierung eines Teils der Gesellschaft benennen und vor dem Hintergrund der Werte des Grundgesetzes Handlungsstrategien gegen die Desintegrationsprozesse in der Gesellschaft (fehlende Eingliederung in die Gesellschaft) beurteilen;
- den Begriff „Populismus" erläutern und beurteilen, ob Populismus eine Gefahr für die Demokratie sein kann.

Aufgabe

72043-700

Bilden Sie Vierergruppen und fertigen Sie aus einem DIN A-3-Papier oder einer Wandzeitung ein Placemat an (-> Methodenglossar) und

- schreiben Sie in die Mitte des Placemats als Überschrift „Bedrohungen der Demokratie durch Extremismus und Populismus";
- werten Sie dann in Einzelarbeit zunächst die Fotos auf der linken Seite aus und notieren Sie Ihre Überlegungen in Ihr Feld;
- vergleichen Sie Ihre Darstellungen in der Gruppe und entwickeln Sie anschließend eine gemeinsame Darstellung im mittleren Feld;
- präsentieren Sie Ihre Ergebnisse im Kurs.

7.1 Rechtsextremismus: eine Gefahr für die Demokratie?

Zum Thema: Rechtsextreme Gewalt ist eine große Gefahr für die freiheitlich-demokratische Grundordnung, die Rassismus und Antisemitismus mit den Mitteln des Rechtsstaates bekämpft. In diesem Unterkapitel sollen Sie auf der Grundlage von Fallbeispielen untersuchen, was rechtsextreme Gewalt bedeutet und wie Gewaltforschende das Ausmaß rechtsextremer Gewalttaten in Deutschland einschätzen.

M1 Fallbeispiel Rechtsextremismus: der Mord an Regierungspräsident Walter Lübcke im Jahr 2019

Vor zwei Jahren erschoss ein Rechtsradikaler den Kasseler Regierungspräsidenten Walter Lübcke [in seinem Wohnhaus in Wolfhagen]. Experten warnen, dass die Gefahr durch Rechtsextremisten seitdem nicht geringer geworden sei. [...]

Ein Rechtsradikaler erschoss den Kasseler Regierungspräsidenten Walter Lübcke nachts auf seiner Terrasse, nachdem sich dieser 2015 in einer Rede für Flüchtlinge eingesetzt hatte. Auf der Bürgerversammlung waren auch Neo-Nazis. „Verschwinde“ riefen sie Lübcke zu. In sozialen Medien baute sich eine Hasswelle gegen Lübcke auf.

Aus Worten wurde später eine Tat. „Das stimmige Bild eines Hassenden“, der nach langem Zögern zur Tat geschritten sei, so beschrieb das Gericht später den Täter. [...]

Der damalige Ministerpräsident von Hessen Volker Bouffier bei der Beerdigungszeremonie für Walter Lübcke am 13.06.2019

Schülerinnen und Schüler sowie Gäste lassen beim Festakt zur Umbenennung der „Wilhelm-Filchner-Schule“ in „Walter-Lübcke-Schule“ am 25.09.2020 Luftballons steigen.

Bedroht wurde in diesem Jahr [2021] auch eine Schule im Wohnort Walter Lübckes.

Schülerinnen und Schüler hatten sich in Wolfhagen im vergangenen Sommer erfolgreich dafür eingesetzt, dass ihre Gesamtschule „Walter Lübcke Schule“ heißt.

„Das Motto, welchem wir nachgehen sollten – ‚Streiten für Demokratie‘ – so wie es Walter Lübcke einst gesagt hat, ist extrem wichtig“, begründeten sie ihren Einsatz. Die Umbenennung sei ein Schritt „gegen Rechts und für Menschlichkeit“, schrieb die Schülervertretung im vergangenen Sommer auf Instagram.

Kisters, Sebastian: Zwei Jahre nach Lübcke-Mord: Wenn Worten Taten folgen. In: www.tagesschau.de, 02.06.2021

Einstiegsaufgaben

72043-701

1. **Erinnern Sie sich an den Mord an Walter Lübcke im Jahr 2019? Fassen Sie in Stichpunkten mit Hilfe von M1 die wichtigsten Ereignisse des Falles zusammen.**
2. Entwickeln Sie im Kurs Beispiele für weitere mögliche Reaktionen, um Rechtsextremismus in Deutschland zu ächten bzw. sichtbar zu machen.
3. Stimmen Sie im Kurs ab: Droht Deutschlands Demokratie eine Gefahr von rechts?

M2 Was ist der Unterschied zwischen Extremismus und Radikalismus?

A Was bedeutet Extremismus?

Im politischen Sinne bedeutet Extremismus die prinzipielle, unversöhnliche Gegnerschaft gegenüber Ordnungen, Regeln und Normen des demokratischen Verfassungsstaates sowie die fundamentale Ablehnung der mit ihm verbundenen gesellschaftlichen und ökonomischen Gegebenheiten. Extremistische Einstellungen basieren i. d. R. auf grundsätzlicher Ablehnung gesellschaftlicher Vielfalt, Toleranz und Offenheit und stellen häufig den Versuch dar, die aktuellen politischen, ökonomischen und sozialen Probleme auf eine einzige Ursache zurückzuführen.

Schubert, Klaus/Martina Klein: Das Politiklexikon. 7., aktual. u. erw. Aufl. Bonn: Dietz 2020. Lizenzausgabe Bonn: Bundeszentrale für politische Bildung

B Was bedeutet Radikalismus?

Radikalismus bedeutet im weitesten Sinne eine Einstellung, die die politischen, sozialen, etc. Probleme nicht an den Oberflächensymptomen* behandeln, sondern an deren Ursprung (radix = lat.: Wurzel) ansetzen will. Im engeren Sinne bezeichnet Radikalismus ein kompromissloses Beharren auf Grundpositionen, das sich gegenüber den Einstellungen und Werten anderer intolerant verhält und demokratische Grundwerte (insbesondere Gleichheit und Vielfalt) letztlich ablehnt, wie z. B. der Links- bzw. Rechtsradikalismus, der gewaltsame Handlungen befürwortet.

Schubert, Klaus/Martina Klein: Das Politiklexikon. 7., aktual. u. erw. Aufl. Bonn: Dietz 2020. Lizenzausgabe Bonn: Bundeszentrale für politische Bildung

**Oberflächensymptome: Symptome oder Kennzeichen, die nur die Oberfläche einer bestimmten Einstellung betreffen.*

Woher kommen die Begriffe „Rechts" und „Links" und welche Werte werden mit ihnen verbunden?

Politische Einstellungen werden häufig vergröbernd als rechts oder als links bezeichnet. Die Unterscheidung soll auf die Sitzordnung in der französischen Abgeordnetenkammer von 1814 zurückgehen. Dort saßen – vom Präsidenten aus gesehen – auf der rechten Seite diejenigen Parteien, die für den Erhalt der gegenwärtigen politischen und gesellschaftlichen Verhältnisse eintraten. Auf der linken Seite saßen diejenigen Parteien, die eine Änderung der politischen und sozialen Verhältnisse anstrebten. Die heutige Verwendung der Begriffe ist teilweise verwirrend. [...] Die Meinungsforscherin Noelle-Neumann hat beschrieben, was Menschen unter rechten und was sie unter linken Werten verstehen. Als linke Werte gelten danach: Gleichheit, Gerechtigkeit, Nähe, Wärme, Formlosigkeit, das „Du", Spontaneität, das Internationale und Kosmopolitische. Ihnen stehen als rechte Werte gegenüber: Betonung der Unterschiede, Autorität, Distanz, geregelte Umgangsformen, das „Sie", Disziplin, das Nationale.

Decker, Frank: Politische Parteien: Begriff und Typologie. In: www.bpb.de, 28.09.2022

M3 Rechtsextremismus: Was bedeuten einzelne Begriffe und Erscheinungsformen?

Rechtsextremisten unterstellen, dass die Zugehörigkeit zu einer Ethnie oder Nation über den tatsächlichen Wert eines Menschen entscheide. Dieses Werteverständnis konterkariert zentrale Werte der freiheitlichen demokratischen Grundordnung und steht damit in einem fundamentalen Widerspruch zum Grundgesetz. Nationalismus und gruppenbezogene Menschenfeindlichkeit wie Rassismus und Antisemitismus prägen die rechtsextremistische Agitation.

Viele Rechtsextremisten verharmlosen oder verherrlichen gar den historischen Nationalsozialismus. Letzteres gilt auf jeden Fall für Nationalsozialisten, die das „Dritte Reich" in politischer, wirtschaftlicher und gesellschaftlicher Hinsicht als Maßstab für ihre Zielvorstellungen heranziehen.

Antisemitismus ist in allen Teilbereichen des Rechtsextremismus feststellbar und äußert sich in unterschiedlicher Weise; zum Beispiel in der Idee einer weltumspannenden geheimen Verschwörung des Judentums oder indem Juden kollektiv für die Handlungen des Staates Israel verantwortlich gemacht werden.

Bei Rechtsextremisten kommt in der Regel ein autoritär geprägtes Staatsverständnis hinzu. Oft geht dies einher mit einer Ablehnung der in Demokratien üblichen

Glossar zum Themengebiet Rechtsextremismus

Antisemitismus: Judenfeindlichkeit

Ethnie: Volksgruppe

Nationalismus bezeichnet eine Ideologie, die die Merkmale der eigenen ethnischen Gemeinschaft (z. B. Sprache, Kultur, Geschichte) überhöht, als etwas Absolutes setzt und in dem übersteigerten (i. d. R. aggressiven) Verlangen nach Einheit von Volk und Raum mündet.

Rasse/Rassismus: Die (politische, soziale) Rasse unterstellt eine Homogenität biologischer Rassen aufgrund äußerlicher Unterschiede von Menschen (wie z. B. der Hautfarbe). Den so konstruierten Gruppen werden fälschlicherweise bestimmte Wesenszüge und Charaktereigenschaften zugeschrieben. Diese werden in Bezug auf die eigene Gruppe überhöht und in Bezug auf andere Personen oder Gruppen abgewertet. Der Rassismus fördert damit das eigene Überlegenheitsgefühl und erzeugt Vorurteile, Ablehnung und Feindseligkeit gegenüber anderen Menschen und führt zu sozialer Ausgrenzung.

Ideologie(element): Ideologie ist (im neutralen Sinne) die Lehre von den Ideen, d. h. der wissenschaftliche Versuch, die unterschiedlichen Vorstellungen über Sinn und Zweck des Lebens, die Bedingungen und Ziele des Zusammenlebens etc. zu ordnen. Aus diesen Bemühungen entstanden historisch unterschiedliche Denkschulen. Im politischen Sinne dienen Ideologien zur Begründung und Rechtfertigung politischen Handelns

Decker, Frank: Politische Parteien: Begriff und Typologie. In: www.bpb.de, 28.09.2022

Gewaltenteilung. Neonationalsozialisten fordern in Anlehnung an den historischen Nationalsozialismus einen „Führerstaat", in dem alle staatliche Macht auf die Entscheidungen einer Einzelperson zurückgeführt wird. Neben der unterschiedlichen Gewichtung einzelner Ideologieelemente unterscheiden sich die verschiedenen Strömungen im Rechtsextremismus ebenso in der Ausgestaltung ihrer Organisationsform. Rechtsextremistische Parteien haben es sich zum Ziel gesetzt, durch Wählerstimmen bei Kommunal-, Landtags-, Bundestags- und Europawahlen parlamentarischen Einfluss zu erringen.

In Deutschland sind die „Nationaldemokratische Partei Deutschlands" (NPD), „DIE RECHTE" und „Der III. Weg" bereits seit vielen Jahren entsprechend aktiv. Die Wahlergebnisse der letzten Jahre haben jedoch gezeigt, dass sich die Wählerzustimmung für rechtsextremistische Parteien auf einem niedrigen Niveau bewegt und Wahlerfolge allenfalls punktuell möglich sind. Insofern verfügen alle drei Parteien seit geraumer Zeit de facto nur mehr über szeneinterne Bedeutung. Wegen des Parteienprivilegs nutzt die Szene den Parteistatus auch als verbotsfestere Organisationsform.

Erst im Jahr 2021 wurden mit den „Freien Sachsen" und der „Neue Stärke Partei" zwei weitere rechtsextremistische Parteien gegründet. Während die NSP bislang noch zu keiner Wahl angetreten ist, stellen die „Freien Sachsen" mitunter auf kommunaler Ebene Kandidaten auf. Wahlerfolge sind auch hier allenfalls punktuell möglich.

Klaus Schubert, Martina Klein, in: Das Politiklexikon. 7. Auflage, Bonn 2018

Demonstration von Rechtsaktivisten in Köln im Jahr 2017

M4 Engagement begegnet Hass: Gewaltforscher zeichnen düsteres Bild

Viele Menschen, die sich politisch engagieren, wurden in den vergangenen Jahren beleidigt, bedroht und angegriffen. „Würden wir die gesamten Hass-Taten zusammenrechnen, kämen wir auf ein erschütterndes Ausmaß", sagt Andreas Zick, Leiter des Instituts für interdisziplinäre Konflikt- und Gewaltforschung an der Universität in Bielefeld. „Aus der Forschung wissen wir, dass die meisten menschenfeindlichen Taten kaum zur Anzeige kommen."
In radikalen Netzwerken würden Politikerinnen und Politiker zu Feindbildern erklärt, schließlich zu Zielen. Die Gefahr für sie sei enorm gestiegen. Oliver Decker, Direktor des Kompetenzzentrums für Rechtsextremismus- und Demokratieforschung der Universität Leipzig bestätigt: Innerhalb der letzten zehn bis 15 Jahren habe es eine starke Polarisierung der bundesdeutschen Gesellschaft gegeben. Während die demokratischen Milieus größer geworden seien und in ihnen die Akzeptanz des politischen Systems gewachsen sei, hätten sich die rechtsautoritären Milieus radikalisiert. „Gewalt wurde zunehmend zu einem akzeptierten Mittel zur Durchsetzung eigener Interessen, und es finden sich in der extremen Rechten auch mehr Menschen, die bereit sind, selbst Gewalt anzuwenden."

Schick, Gerhard: Erbschaftssteuer: Superreiche auf Abwegen. In: www.zeit.de, 15.11.2021

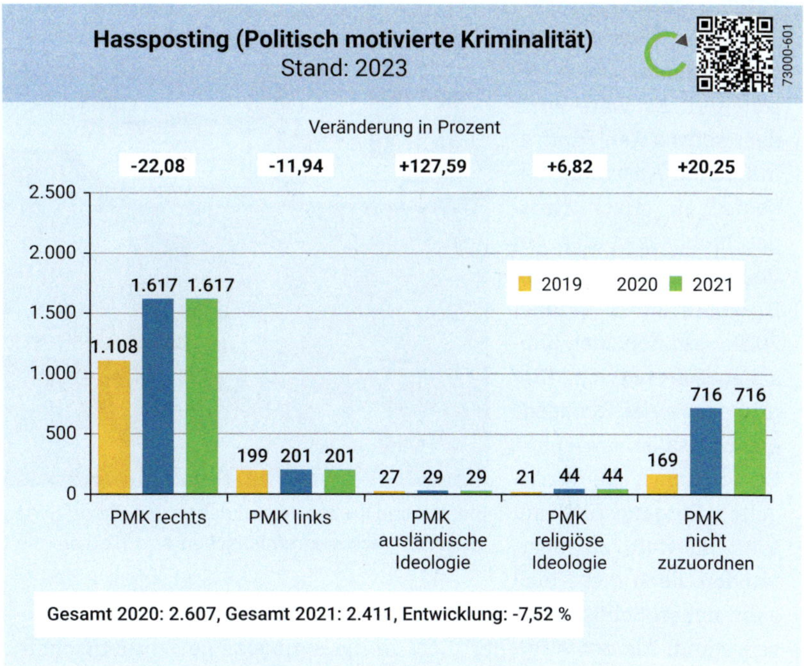

© C.C. Buchner Verlag, aktuelle Daten nach: Bundeskriminalamt (Datenerhebung: 2022; Grafikerstellung: 2023)

M5 Fallbeispiele für Rechtsextremismus in Deutschland

A Anschlag in Hanau

Am Abend des 19. Februar 2020 erschoss der 43-jährige Tobias R. an mehreren Tatorten in Hanau innerhalb von sechs Minuten neun Frauen und Männer: Gökhan Gültekin, Sedat Gürbüz, Said Nesar Hashemi, Mercedes Kierpacz, Hamza Kurtović, Vili Viorel Păun, Fatih Saraçoğlu, Ferhat Unvar und Kaloyan Velkov. Er handelte aus rassistischen Motiven. Sechs weitere Menschen wurden bei der auf den Zeitraum zwischen 21.55 Uhr und 22.01 Uhr datierten Tat verletzt – teils schwer. Anschließend kehrte Tobias R. in sein ebenfalls in der Stadt gelegenes Elternhaus zurück. Dort tötete er seine Mutter und sich selbst. Eine Stunde nach der Tat drang ein Spezialkommando der Polizei in das Gebäude ein und fand beide Leichen. Tobias R. hatte vor seiner Tat Pamphlete und Videos mit rassistischen Ansichten ins Netz gestellt. Er äußerte sich darin antisemitisch sowie verächtlich über muslimische Menschen. [...] Das Bundeskriminalamt (BKA) kam ebenso wie die Bundesanwaltschaft zu dem Ergebnis, dass der Deutsche einer rechtsextremen Ideologie anhing, seine Opfer nach rassistischen Kriterien ausgewählt hatte und sich an früheren rechtsextremen Anschlägen orientiert haben.

Bundeszentrale für politische Bildung: 19. Februar 2020: Anschlag in Hanau. In: www.bpb.de, 18.02.2022

B Der Anschlag in Halle (Sachsen-Anhalt) auf die jüdische Synagoge

Am 9. Oktober 2019 versuchte der Rechtsextremist Stephan B. in Halle an der Saale schwer bewaffnet in eine Synagoge einzudringen. Nachdem er an der Tür scheiterte, tötete er zwei Menschen und verletzte bei seiner Flucht zwei weitere. Seit Juli dieses Jahres steht Stephan B. vor Gericht.

Wäre der Täter mit seinem Attentat nicht gescheitert: Es wäre einer der schwersten antisemitischen Anschläge der deutschen Nachkriegsgeschichte geworden. Der Rechtsextremist Stephan B. wollte am 9. Oktober 2019 – am höchsten jüdischen Feiertag Jom Kippur – in einer Synagoge ein Massaker anrichten. Er versuchte, die verriegelte Eingangstür mit Waffengewalt zu überwinden, doch diese hielt zahlreichen Schüssen und selbstgebastelten Sprengsätzen stand. Als der Angreifer nicht in die Synagoge gelangte, erschoss er den Ermittlern zufolge eine 40-jährige Passantin sowie einen 20-jährigen Mann in einem nahegelegenen Dönerlokal. Zwei weitere Menschen wurden schwer verletzt.

Blumen und Kerzen stehen neben der Tür zur Synagoge, vier Tage nach dem rechtsextremistischen Anschlag auf die Gemeinde.

Live-Übertragung der Tat im Internet [...]

Stephan B. filmte die Tat mit einer Helmkamera und übertrug die Bilder live ins Internet. In dem Video äußert er sich massiv judenfeindlich. [...] In einem im Internet kursierenden Dokument soll der Attentäter als sein Ziel angegeben haben, „so viele Anti-Weiße zu töten wie möglich, vorzugsweise Juden“ [...] Insbesondere soziale Medien und Videoplattformen spielen eine zentrale Rolle für die Verbreitung von Propaganda und die Rekrutierung von Nachahmern. [...] Stephan B. gehörte zwar keiner rechtsextremen Gruppe an, er radikalisierte sich aber durch eine virtuelle Form der Gemeinschaft.

Bundeszentrale für politische Bildung: Der Anschlag von Halle. In: www.bpb.de, 05.10.2020

Aufgaben

72043-702

1. Analysieren Sie **M2** im Hinblick auf die Merkmale von Extremismus und Radikalismus.
2. a) Stellen Sie dar, welche Bedeutung das Rechts-Links-Schema ursprünglich hatte.
   b) Erklären Sie, wie die Meinungsforscherin Noelle-Neumann die Unterschiede zwischen links und rechts beschreibt (**M2**).
3. Erläutern Sie Begriff und Erscheinungsformen von Rechtsextremismus (**M3**).
4. Arbeiten Sie heraus, welche der in **M3** beschriebenen rechtsextremistischen Einstellungen auf das Fallbeispiel in **M1** angewendet werden können.
5. Entwickeln Sie mit Hilfe von **M2** und **M3** ein Schaubild, in dem Sie die Merkmale extremistischer Einstellungen darstellen.
6. Menschen werden regelmäßig Opfer von Hassposts im Internet. Analysieren Sie die Entwicklungen und Ergebnisse der Bielefelder Forscher sowie der Grafik in **M4**.
7. Diskutieren Sie ausgehend von **M1-M4** und der Fallbeispiele in **M5** A, B, inwiefern Deutschlands Demokratie eine Gefahr von rechts droht.

7.2 Linksextremismus: eine Gefahr für die Demokratie?

Zum Thema: Linksextremistinnen und Linksextremisten wollen die bestehende freiheitlich-demokratische Grundordnung beseitigen und sie durch eine kommunistische oder anarchistische Gesellschaft ersetzen. Unter ihnen gibt es viele gewaltbereite Aktivisten. Ihre Gewalttaten richten sich vor allem gegen die Ordnungskräfte des Staates. Sie bewerfen Polizistinnen und Polizisten immer wieder mit Steinen, Feuerwerkskörpern oder Brandsätzen. In diesem Unterkapitel erarbeiten Sie sich ein Urteil darüber, ob der Linksextremismus in der Lage ist, das politische System in seinem Sinne druch Gewalt zu verändern.

M6 Fallbeispiel Hambacher Forst: Unter friedliche Demonstranten mischen sich gewalttätige Linksextremistinnen und Linksextremisten

Die Gewalt von Linksextremisten aus der autonomen Szene im und am Hambacher Forst ist 2018 weiter gestiegen. Das geht aus dem am Mittwoch veröffentlichten Bericht des nordrhein-westfälischen Verfassungsschutzes für 2018 hervor, die Rede ist von einer „neuen Qualität" der von Linksextremisten unter den Waldbesetzern ausgeübten Gewalt. „Neben fortgesetzten Übergriffen gegen das Personal des Unternehmens RWE stiegen die Straftaten gegen Polizeikräfte in Anzahl und Ausmaß erheblich", wie es im Bericht heißt. „Wer unsere Beamten mit Kot überschüttet, ihnen Tritt- und Stolperfallen stellt, sie mit Steinen oder gar Brandsätzen bewirft, riskiert die Gesundheit und das Leben von Menschen. Wir reden hier nicht von Kleinigkeiten, sondern teilweise von schweren Gewalttaten", sagte NRW-Innenminister Herbert Reul (CDU) bei der Vorstellung des Berichts in Düsseldorf. Sowohl der Bewurf mit Steinen als auch von der Polizei festgestellte „Fallen lassen keinen Zweifel daran zu, dass seitens der linksextremistischen Besetzer schwerste Verletzungen der Einsatzkräfte beabsichtigt, zumindest aber bewusst in Kauf genommen wurden". In dieses Bild fügten sich „Bewürfe mit Brandsätzen auf Sicherheitskräfte", die „mehrfach und auch gezielt auf Personen stattgefunden haben", stellten die Verfassungsschützer fest.

Die Polizei hat bei ihrem Einsatz im Hambacher Forst nach eigenen Angaben erfolgreich mehrere Barrikaden abgebaut. Der Wald war 2018 zum Symbol des Kampfes zwischen Klimaschützerinnen, Klimaschützern und Kohlebranche geworden. In diesem Zusammenhang traf die Polizei auch auf gewaltbereite Linksextremistinnen und Linksextremisten.

Gego, Marlon: Verfassungsschutzbericht: „Entgrenzung und Enthemmung" im Hambacher Forst. In: www.aachener-zeitung.de, 03.07.2019

Einstiegsaufgaben

72043-718

1. Fassen Sie den Fall in **M6** mit eigenen Worten zusammen.
2. Stimmen Sie im Kus ab: Droht Deutschlands Demokratie eine Gefahr von links?

M7 Was bedeutet Linksextremismus?

Linksextremisten lehnen die existierende staatliche Ordnung ab und wollen eine andere Gesellschaftsform etablieren. Daher gehen vom Linksextremismus Gefahren für die öffentliche Sicherheit und Ordnung in Deutschland aus.

Linksextremisten wollen die bestehende freiheitliche demokratische Grundordnung beseitigen. An deren Stelle soll – je nach ideologischer Ausrichtung – eine sozialistische beziehungsweise kommunistische Gesellschaft oder eine „herrschaftsfreie", anarchistische Gesellschaft treten.

Die gravierendste Bedrohung für die öffentliche Sicherheit der Bundesrepublik Deutschland aus dem linksextremistischen Spektrum geht von gewaltorientierten Linksextremisten aus. Diese gehören ganz überwiegend der autonomen Szene an. Autonome lehnen jede Form von staatlichen und gesellschaftlichen Normen ab. Dabei wollen Autonome – wie alle Linksextremisten – im Kern das „herrschende System" überwinden. Die Anwendung von Gewalt – auch gegen Personen – ist für Autonome ein legitimes Mittel zur Durchsetzung ihrer Ziele. Sie rechtfertigen Gewalt als angeblich erforderlich gegen die „strukturelle Gewalt" eines „Systems von Zwang, Ausbeutung und Unterdrückung". Gemeint ist damit die staatliche Ordnung in Deutschland, die sie in ihren Augen unterdrückt.

© Bundesministerium des Innern und für Heimat, 2023: Linksextremismus. In: www.bmi.bund.de, Abruf am 10.04.2023

M8 Linksextremistische Akteure werfen Staat Polizeigewalt vor

[N]icht nur Polizei und Verfassungsschutz erheben Gewaltvorwürfe, auch Besetzer des Hambacher Forsts und ihre Sympathisanten warfen dem Staat vergangenes Jahr so oft wie nie zuvor Polizeigewalt vor. Die Aachener Staatsanwaltschaft hatte Ende vergangenen Jahres mitgeteilt, dass während der Baumhausräumung im Hambacher Forst im Herbst 2018 zehn Strafanzeigen gegen Polizisten und eine gegen Aachens Polizeipräsident Dirk Weinspach gestellt worden seien. [...]

Der Verfassungsschutzbericht stellt fest, dass [...] es zur Strategie linksextremistischer Akteure gehört habe, legale Proteste von bürgerlichen Demonstranten „gezielt zu beeinflussen". Genehmigte Demonstrationen seien „als Schutzraum für die eigenen Gesetzesverstöße" instrumentalisiert und Demonstranten radikalisiert worden, heißt es im Bericht weiter. In der Kooperation zwischen extremistischen und nichtextremistischen Gruppen habe das von der Interventionistischen Linken (IL) linksextremistisch beeinflusste Bündnis „Ende Gelände" eine „steuernde Rolle hinsichtlich Art, Umfang, Vorbereitung und Durchführung von Versammlungen und Aktionen" übernommen.

Gego, Marlon: Verfassungsschutzbericht: „Entgrenzung und Enthemmung" im Hambacher Forst. In: www.aachener-zeitung.de, 03.07.2019

Aufgaben

72043-709

1. Erläutern Sie Begriff und Erscheinungsformen von Linksextremismus (**M7**).
2. Arbeiten Sie heraus, welche der in **M7** beschriebenen linksextremistischen Einstellungen auf das Fallbeispiel in **M6** angewendet werden können.
3. Diskutieren Sie ausgehend von den Fallbeispielen in **M6** und weiterer aktueller Beispiele (z. B. die Aktivitäten von Linksextremisten anlässlich des G-20 Gipfels in Hamburg) die Gefahr von Linksextremismus für die Demokratie (**M6-M8**).

7.3 Islamistischer Extremismus: eine Gefahr für die Demokratie?

Zum Thema: In diesem Unterkapitel lernen Sie die unterschiedlichen Strömungen des Islamismus, sowie ihre ideologischen Überzeugungen und Strategien zur Bekämpfung der Werte einer freien Gesellschaft kennen. Sie erfahren, wie hoch die Expertinnen und Experten die Gefährdungslage in Deutschland einschätzen und welche Maßnahmen der Staat zur Abwehr islamistischen Terrorismus ergreift.

M9 Anschlag auf den Berliner Weihnachtsmarkt am 19. Dezember 2016: schon lange her, aber nicht vergessen ...

Am 19. Dezember 2016 fuhr der islamistische Attentäter Anis Amri mit einem LKW in den Berliner Weihnachtsmarkt am Breitscheidplatz. Er tötete 12 Menschen, fast 170 wurden verletzt, teils schwer. Ein weiteres Opfer starb im Oktober 2021 an den Langzeitfolgen seiner Verletzungen. Zuvor hatte Amri in Berlin einen polnischen Lastwagenfahrer erschossen. Mit dessen LKW fuhr er gegen 20 Uhr in den Weihnachtsmarkt an der Gedächtniskirche. Der Sattelschlepper erfasste zahlreiche Menschen, bis das Fahrzeug nach 60-80 Metern zum Stehen kam. Der Attentäter flüchtete vom Tatort und schließlich ins Ausland. Am 23. Dezember wurde Amri bei einer Polizeikontrolle in Norditalien erschossen. Bereits am Folgetag des Anschlags reklamierte die Terrormiliz „Islamischer Staat" (IS) diesen für sich. [I]n Deutschland ereigneten sich 2016 bereits vor dem Breitscheidplatz-Anschlag mutmaßlich islamistisch motivierte Terrorakte – so etwa in Hannover, Würzburg und Ansbach.

Mit diesem Lastwagen fuhr der islamistische Attentäter Anis Amri am 19.12.2016 in eine Menschenmenge am Berliner Breitscheidplatz.

[...] In Berlin wird jährlich am 19. Dezember der Opfer des Terroranschlags am Breitscheidplatz gedacht. An der Gedächtniskirche wurde ein Mahnmal errichtet: Auf der Vorderseite der Treppenstufen wurden die Namen der Todesopfer und ein goldener Riss im Boden eingelassen.

Bundeszentrale für politische Bildung: Vor fünf Jahren: Islamistischer Anschlag auf Berliner Weihnachtsmarkt. In: www.bpb.de, 14.12.2021

Einstiegsaufgaben

72043-719

1. Werten Sie **M9** im Hinblick auf die Auswahl des Ortes und der Veranstaltung des Attentates durch den Täter aus, soweit dies im Text deutlich wird.
2. Entwickeln Sie Hypothesen, warum bestimmte Orte von Attentätern ausgewählt werden.
3. Stimmen Sie im Kurs ab: Droht Deutschlands Demokratie eine Gefahr durch islamistischen Extremismus?

M10 Islamistisch motivierte Gewalt in Deutschland – seit 2015

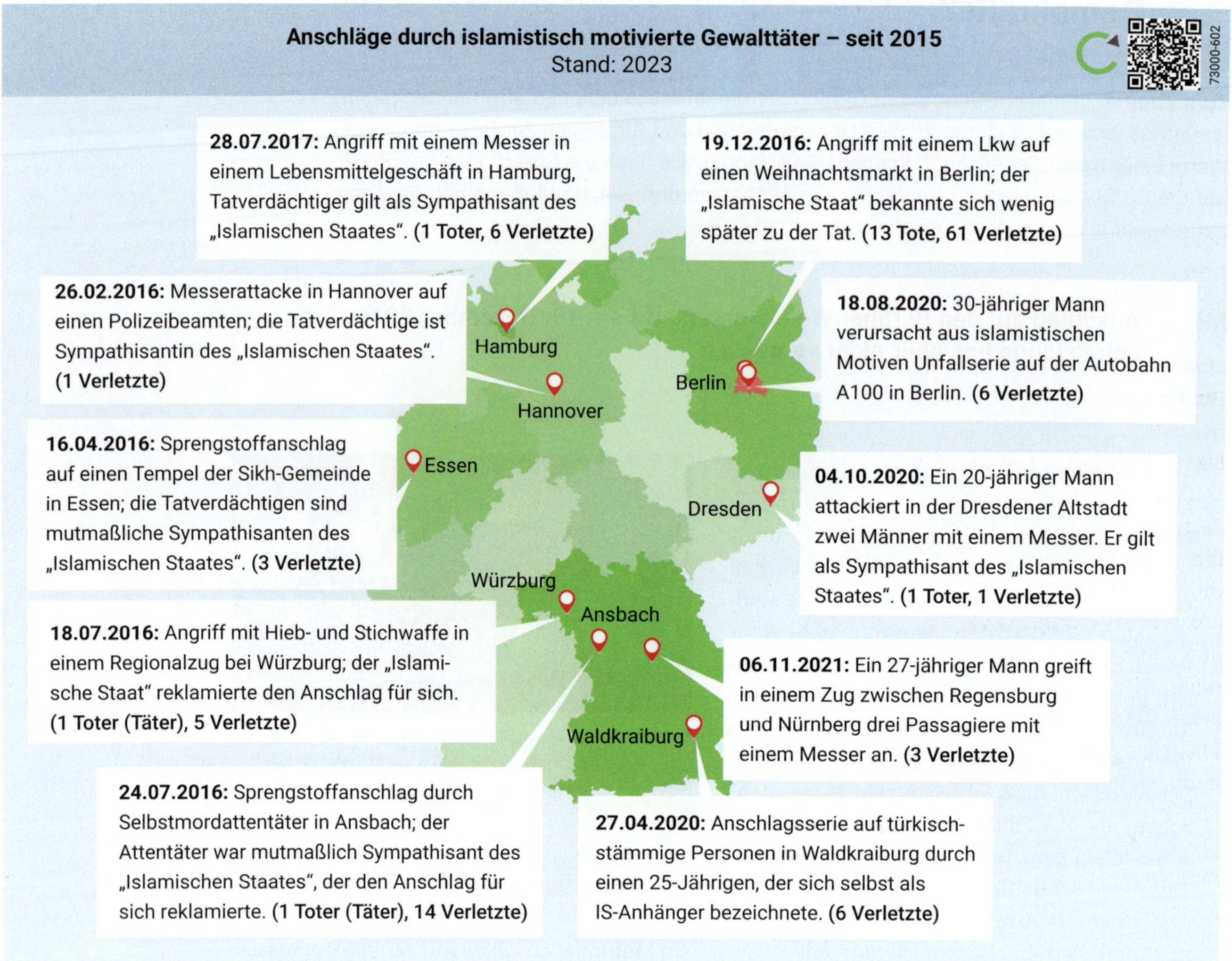

© C.C. Buchner Verlag, aktuelle Daten nach: Bundesamt für Bundesverfassungsschutz (Datenerhebung: 2022; Grafikerstellung: 2023)

M11 Wie hoch ist die Gefährdungslage von komplexen und multiplen Anschlägen islamistischer Terrorgruppen in Deutschland?

Deutschland sowie seine Interessen und Einrichtungen weltweit stehen unverändert im unmittelbaren Zielspektrum unterschiedlicher terroristischer Organisationen, jihadistischer Gruppierungen oder Einzeltäter – allen voran des „Islamischen Staates" (IS). Die Bedrohung in Deutschland und Europa geht weiter vorwiegend von jihadistisch inspirierten oder angeleiteten Einzeltätern sowie Kleinstgruppen mit einfachen und leicht zu beschaffenden Tatmitteln aus – darunter Hieb- und Stichwaffen. In den vergangenen Jahren waren sie der dominierende Anschlagstyp und sind nach wie vor ein fester Bestandteil der terroristischen Gewaltstrategie. Komplexe und multiple Anschläge, gesteuert durch terroristische Gruppen aus dem Ausland, haben in Deutschland bislang nicht stattgefunden, sind aber jederzeit denkbar.

© 2023 Bundesamt für Verfassungsschutz: Islamismus und islamistischer Terrorismus: Zahlen und Fakten. In: www.verfassungsschutz.de, Abruf am: 10.04.2023

M12 Was ist der Unterschied zwischen Islamismus und Salafismus?

Islamismus ist eine extremistische Bestrebung. Sie richtet sich gegen den demokratischen Verfassungsstaat und seine fundamentalen Werte, seine Normen und Regeln.

In Abgrenzung zur Religion „Islam" bezeichnet der Begriff „Islamismus" eine religiös verbrämte Form des politischen Extremismus. Unter Berufung auf den Islam zielt der Islamismus auf die teilweise oder vollständige Abschaffung der freiheitlichen demokratischen Grundordnung der Bundesrepublik Deutschland ab.

Der Islamismus basiert auf der Überzeugung, dass der Islam nicht nur eine persönliche, private „Angelegenheit" ist, sondern auch das gesellschaftliche Leben und die politische Ordnung bestimmt oder zumindest teilweise regelt. Der Islamismus postuliert die Existenz einer gottgewollten und daher „wahren" und absoluten Ordnung. Sie steht über den von Menschen gemachten Ordnungen.

Mit ihrer Auslegung des Islam stehen Islamisten im Widerspruch insbesondere zu den im Grundgesetz verankerten Grundsätzen der Volkssouveränität, der Trennung von Staat und Religion, der freien Meinungsäußerung und der allgemeinen Gleichberechtigung. Ein wesentliches ideologisches Element des Islamismus ist außerdem der Antisemitismus.

Islamistischer Terrorismus und dessen Bekämpfung

Für die Bürgerinnen und Bürger der Bundesrepublik Deutschland und der westlichen Staatengemeinschaft stellt der islamistisch motivierte internationale Terrorismus eine anhaltende Bedrohung dar.

Der islamistische Terrorismus ist eine der größten Herausforderungen für die Sicherheitsbehörden in Deutschland und Europa. Die Vielzahl der Terroranschläge in Europa in den vergangenen Jahren hat das auf tragische Weise belegt.

Deutschland und seine freiheitliche, demokratische Lebensweise werden von terroristischen Gruppierungen als Feind wahrgenommen. Deutschland ist erklärtes Zielspektrum von Organisationen wie zum Beispiel des „Islamischen Staates" (IS). Dessen Terror erreichte 2016 auch die Bundesrepublik. Der internationale Terrorismus zielt wie jeder Terrorismus darauf ab, Angst und Schrecken zu verbreiten. Er bedroht nicht nur die individuelle Freiheit und Sicherheit von offenen Gesellschaften, sondern stellt auch bewährte Strukturen der internationalen Ordnung infrage.

Bundesministerium des Innern und für Heimat: Islamismus und Salafismus. In: www.bmi.de, Abruf am 12.04.2023

Freiheitliche demokratische Grundordnung (FDGO)
→ S. 108, **M13** C

Unterschiedliche Strömungen im Islamismus

Unter dem Oberbegriff „Islamismus" werden verschiedene Strömungen zusammengefasst. Sie unterscheiden sich hinsichtlich ihrer ideologischen Prämissen, ihrer geografischen Verortung und ihrer Strategien und Mittel.

- **Legalistische Strömungen** wie die „Millî Görüş"-Bewegung oder die Muslimbruderschaft versuchen, über politische und gesellschaftliche Einflussnahme eine nach ihrer Interpretation islamkonforme Ordnung durchzusetzen.
- Die Anhänger islamistisch-terroristischer Gruppierungen wie **HAMAS** und **„Hizb Allah"** haben das Ziel den jüdischen Staat Israel zu vernichten. Sie sind auf ihre Herkunftsregionen fokussiert und wenden vor allem dort terroristische Gewalt an.
- **Jihadistische Gruppierungen**, wie zum Beispiel der sogenannte Islamische Staat (IS) und „al-Qaida", sehen in ihrem Kampf für einen „Gottesstaat" in terroristischer Gewalt ein unverzichtbares Mittel gegen „Ungläubige" und sogenannte korrupte Regime. Ihre terroristische Agenda ist global und bedroht auf internationaler Ebene alle Staaten.

Bundesministerium des Innern und für Heimat: Islamismus und Salafismus. In: www.bmi.de, Abruf am 12.04.2023

- **Salafismus:** Der Salafismus ist eine Ideologie, die für sich beansprucht, die religiösen Quellen des Islams dem Wortlaut nach zu verstehen. Die Anhängerinnen und Anhänger behaupten, als einzige den Glauben richtig auszuleben. Ihr Weltbild ist geprägt von einer dualistischen Einteilung der Menschen in Gläubige und Ungläubige, wobei nur die- oder derjenige als wahrhaft gläubig gilt, der sich strikt an die vorgegebenen Regeln hält. Salafisten und Salafistinnen lehnen demokratische Werte sowie die Gleichheit aller Menschen ab. Ein Teil von ihnen befürwortet auch Gewalt zur Durchsetzung ihrer Ziele.

klicksafe.de: Salafismus. In: www.bmfsfj.de, 10/2018, S. 4

M13 Welche Maßnahmen wurden gegen den islamistischen Terrorismus in Deutschland erhoben?

NRW-Innenminister Herbert Reul bei einer Pressekonferenz im Jahr 2022

Mit einer Razzia hat die Polizei das Verbot des als islamistisch eingestuften Moscheevereins „Islamischer Kulturverein Nural-Islam" in Dortmund durchgesetzt. „Was wir heute geschlossen haben, war ein Gewächshaus des Islamismus", sagte NRW-Innenminister Herbert Reul (CDU) am Donnerstag. Rund 150 Polizisten seien am frühen Morgen im Einsatz gewesen, um die Moscheeräume und die Wohnungen der Vereinsfunktionäre zu durchsuchen. Mobiltelefone, Laptops, Datenspeicher, ein Auto und Kontoguthaben in Höhe von 54 000 Euro seien beschlagnahmt worden. Zuvor hatte die „Bild" über den Einsatz berichtet.

Funktionäre des Moscheevereins seien Vertreter der radikal-salafistischen Ideologie und stünden ideologisch der Terrororganisation Islamischer Staat (IS) nahe, sagte Reul.

Dieses menschenfeindliche Gedankengut hätten sie an Mitglieder und Moscheebesucher, darunter auch Kinder, weitergegeben. In Predigten sei wiederholt gegen Andersgläubige gehetzt worden, so der Innenminister. [...] Das Verbot sei unabdingbar für die Sicherheit im Land, aber auch weltweit, betonte Reul. Damit werde das Risiko terroristischer Anschläge gesenkt. Trotz des Ukraine-Kriegs und des Rechts-Terrorismus sei die abstrakte Gefahr durch den Islamismus unverändert hoch.

Das NRW-Innenministerium hatte den Verein per Bekanntmachung im Bundesanzeiger verboten. Der Verein richte sich gegen die verfassungsmäßige Ordnung und den Gedanken der Völkerverständigung, heißt es darin. Laut der Bekanntmachung ist dem Verein fortan jede Tätigkeit untersagt. Es ist zudem verboten, Ersatzorganisationen zu bilden oder bestehende Organisationen als Ersatzorganisationen fortzuführen. Auch mehrere Internetauftritte werden demzufolge verboten.

In der Nähe einer Dortmunder Moschee standen am Donnerstag etliche Einsatzfahrzeuge der Polizei. Bei dem Gebäude handelt es sich um ein Haus mit mehreren Etagen.

RP Digital GmbH: Durchsuchungen in Dortmund: „Was wir geschlossen haben, war ein Gewächshaus des Islamismus". In: www.rp-online.de, 10.03.2022

Verbotsverfahren von Vereinen
Vereine können nach Art. 9 Abs. 2 GG verboten werden, wenn sie gegen die Verfassung oder Strafgesetze verstoßen. Die Verfassungsschutzbehörden schaffen die Grundlage für Verbotsmaßnahmen und beobachten auch nach einer Verfügung das Verhalten ehemaliger Mitglieder.

Aufgaben

72043-710

1. Analysieren Sie die Grafik in **M10** nach Anzahl, Täter(gruppen), Opfer und mögliche Hintergründe der Taten.
2. Entwickeln Sie Hypothesen, inwieweit sich terroristische Attentate von islamistischen Terroristen in Deutschland (**M10**) in der Art und Weise bzw. deren Orte unterscheiden. Berücksichtigen Sie bei Ihren Ergebnissen **M11**.
3. Erklären Sie mit Hilfe von **M12** in Gruppenarbeit die Bedeutung des Begriffs Islamismus und dessen Strömungen.
4. a) Werten Sie **M13** mit Hilfe der nachfolgenden Operatorenkarte im Hinblick auf die Razzia der Polizei in Dortmund aus. Gehen Sie dabei auch auf das Verbotsverfahren von Vereinen ein.
   b) Sammeln Sie auf der Grundlage einer Recherche Informationen über weitere Verbote von extremistischen Vereinen.
   c) Stellen Sie Ihre Ergebnisse in einem Referat im Kurs vor.
5. Diskutieren Sie, inwieweit der islamistische Terrorismus eine Gefahr für die Demokratie in Deutschland darstellt (**M10-M13**).

Auswerten

I. Was gehört dazu?

1. Sie untersuchen Daten oder Einzelergebnisse (z. B. Statistiken, Grafiken, Texte) zunächst einzeln und ermitteln ihre Aussage gemäß der Fragestellung.

2. Danach verknüpfen Sie die Aussagen miteinander und ziehen ein Fazit.

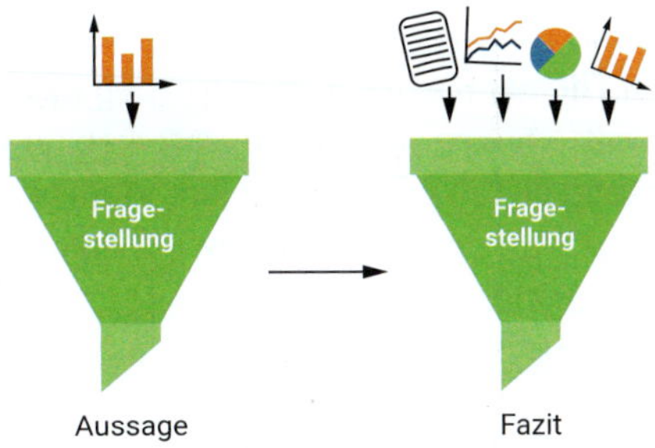

II. Hilfen zur Strukturierung und Formulierung

Fokus auf das Thema/ die Fragestellung
Das vorliegende Material/ die Grafik ... befasst sich mit ...
Das Ziel dieser Auswertung ist es, zu untersuchen ...

Untersuchung des Materials
Die Daten/ Der Text/ Die Grafik zeigen, dass ...
Die Ergebnisse deuten darauf hin, dass ...
Ein wichtiger Befund ist ...
Diese Ergebnisse können damit erklärt werden, dass ...
Es gibt mehrere Erklärungen für ...
Eine wichtige Aussage der Daten für die Fragestellung ist ...

Verknüpfung von Aussagen
Sowohl ... als auch ... zeigen, dass ...
Im Vergleich zu ..., fällt auf ...
Eine kombinierte Betrachtung der Daten zeigt, dass ...
Die Ergebnisse aus verschiedenen Materialauswertungen stimmen darin überein, dass ...
Die Ergebnisse aus ... lassen sich nicht eindeutig zusammenfassen, weil ...

Fazit
Insgesamt lässt sich sagen, dass ...
Die Ergebnisse legen nahe/ lassen die Aussage zu ...
Die Ergebnisse liefern eine Antwort auf die Fragestellung ...
Es gibt aber Einschränkungen, die berücksichtigt werden müssen: ...

Labusch, Alexandra: Auswerten. In: Operatorentraining für Wirtschaft-Poliltik / Sozialwissenschaften. Bamberg 2023

7.4 Das Grundgesetz und das Konzept der „wehrhaften Demokratie“: Sind NPD und AfD verfassungsfeindlich?

Zum Thema: Sie haben schon in den Kapiteln 7.1 – 7.3 Informationen über extremistische Gewalt erhalten. In diesem Unterkapitel erfahren Sie, welche Möglichkeiten unsere Verfassung bietet, Parteien auf ihre Verfassungskonformität zu überprüfen und verfassungswidrige Parteien zu verbieten. Sie erkennen ebenfalls, wie hoch die Hürden für Parteienverbote sind.

M14 Fallbeispiel NPD-Parteiverbotsverfahren – karikiert

Karikatur: Kostas Koufogiorgos, 2012

Einstiegsaufgaben

72043-720

1. Beschreiben Sie die Karikatur (**M14**).
2. Entwickeln Sie eine eigene Sprechblase zu der Karikatur, in der Sie eine Antwort auf die Frage formulieren.

M15 Was bedeutet die „wehrhafte" bzw. „streitbare Demokratie"?

1 Konzept und Verankerung im Grundgesetz

Die Machtergreifung der Nationalsozialisten [...] hat nicht nur in Deutschland, sondern in der ganzen Welt unendliches Leid ausgelöst. In Politik und Wissenschaft wurde deshalb nach dem Zweiten Weltkrieg verstärkt darüber diskutiert, ob, und wenn ja wie, sich vermeiden lässt, dass sich eine derartige Katastrophe wiederholt. [...]

Wenn man davon ausgeht, dass es in jeder Gesellschaft einen gewissen Prozentsatz von Menschen mit harter rechtsextremer politischer Gesinnung gibt, die auch durch noch so intensive politische Bildungsmaßnahmen nicht „umerzogen" werden können und sich in einer modernen Gesellschaft ökonomische und soziale Deprivation von Menschen als Folge schnellen sozialen Wandels nicht verhindern lassen, dann stellt sich die Frage, wie politisch negative Folgen [...] verhindert werden können. Das ist das Grundproblem, vor dem jede moderne Demokratie steht. [...] Inhaltlich lässt sich die „streitbare Demokratie" auf die Kurzformel bringen: „Keine Freiheit für die Feinde der Freiheit". Das bedeutet: Eine streitbare Demokratie wehrt sich aktiv gegen diejenigen politischen Kräfte, die die Demokratie abschaffen wollen. Während in der Weimarer Republik die Verfassung mit einer Zwei-Drittel-Mehrheit beliebig verändert werden durfte, ist dies nach Artikel 79 (3) des Grundgesetzes der Bundesrepublik Deutschland nicht mehr möglich. In diesem Artikel heißt es: „Eine Änderung des Grundgesetzes, durch welche die Gliederung des Bundes in Länder, die grundsätzliche Mitwirkung der Länder bei der Gesetzgebung oder die in den Artikeln 1 und 20 niedergelegten Grundsätze berührt werden, ist unzulässig."

Adam, Hermann: Bausteine der Politik – eine Einführung, Wiesbaden (Verlag für Sozialwissenschaften) 2007, S. 186-191

Streitbare bzw. wehrhafte Demokratie
Der Begriff der „streitbaren Demokratie" wurde vom Bundesverfassungsgericht geprägt. Er steht heute für den Grundsatz, sich gegenüber den Feinden der FDGO (freiheitlichen demokratischen Grundordnung) nicht neutral zu verhalten, sondern sich zur Wehr zu setzen (auch: „wehrhafte Demokratie"). Ein Beispiel hierfür ist die Möglichkeit, Parteien dann verbieten zu können, wenn sie nicht auf der Grundlage der FDGO fußen und die Demokratie abzuschaffen versuchen.
Bearbeiterin

Deprivation
Mangel, Verlust, Entzug von etwas Erwünschtem

2 Wie ist die „wehrhafte Demokratie" im Grundgesetz verankert?

Unaufhebbarer Kern der Verfassung: Art. 79 (3)	Zum Schutz der Verfassung einschränkbare Grundrechtsartikel
• Würde des Menschen ist unantastbar: Art. 1 GG • Staatsstrukturprinzipien: Demokratie, Bundesstaat, Sozialstaat, Rechtsstaat und Republik: Art. 20 GG	• Die Freiheit der Lehre wird an die Treue zur Verfassung gebunden: Art. 5 (3) GG. • Vereinigungen, deren Zwecke oder deren Tätigkeit den Strafgesetzen zuwiderlaufen oder die sich gegen die verfassungsmäßige Ordnung oder gegen den Gedanken der Völkerverständigung richten, sind nach Art. 9 (2) GG verboten. [...] • Parteien, die nach ihren Zielen oder nach dem Verhalten ihrer Anhänger darauf ausgehen, die freiheitliche demokratische Grundordnung zu beeinträchtigen oder zu beseitigen oder den Bestand der Bundesrepublik zu gefährden, sind nach Art. 21 (2) GG verfassungswidrig. Über die Verfassungswidrigkeit entscheidet das Bundesverfassungsgericht. • Auch viele Vereine wurden nach Art. 9(2) GG verboten [...]. Doch sowohl Parteien als auch Nicht-Parteien, d. h. Vereine, tauchen unter anderem Namen und von anderen Orten wieder neu auf.

Nach: Adam, Hermann: Bausteine der Politik – eine Einführung, Wiesbaden (Verlag für Sozialwissenschaften) 2007, S. 186-191

M16 Fallbeispiel: Das Verbotsverfahren gegen die NPD (2013-2017): Stationen des Verfahrens vor der Entscheidung des Bundesverfassungsgerichtes

Wahlplakat der NPD in Thüringen

Die NPD: Vorstellung einer rechtsextremen Partei – Entstehung und Hintergründe

72043-723

14. Dezember 2012: Der Bundesrat beschließt in seiner Sitzung am 14. Dezember 2012 nahezu einstimmig, einen neuen Anlauf für ein Verbot der NPD zu nehmen. Das Bundesverfassungsgericht in Karlsruhe soll erneut über die Frage der Verfassungswidrigkeit der NPD entscheiden. Seinen Beschluss begründete der Bundesrat mit der festen Überzeugung, dass es sich bei der NPD um eine verfassungswidrige Partei handelt. Sie sei nach ihren Zielen und dem Verhalten ihrer Anhänger darauf ausgerichtet, die freiheitlich demokratische Grundordnung zu beeinträchtigen und sogar zu beseitigen. Der politische Kurs sei bestimmt durch eine aktiv-kämpferische, aggressive Grundhaltung. Der Bundesrat bezeichnet die NPD als Partei, die eine antisemitische, rassistische und ausländerfeindliche Einstellung hat und mit dem Nationalsozialismus wesensverwandt ist. Dies lasse sich anhand der von den Innenministern von Bund und Ländern erstellten umfangreichen Materialsammlung belegen.

Februar 2013: Bundesratspräsident Winfried Kretschmann bestellt auf Vorschlag der Innenministerkonferenz die Professoren Dr. Christoph Möllers und Dr. Christian Waldhoff (Juristische Fakultät der Humboldt-Universität zu Berlin) als Prozessbevollmächtigte des Bundesrates für das NPD-Verbotsverfahren vor dem Bundesverfassungsgericht. Diese bereiten die Klageschrift vor.

3. Dezember 2013: Die Bevollmächtigten reichen die Klageschrift beim Verfassungsgericht in Karlsruhe ein.

7. Dezember 2015: Das Bundesverfassungsgericht beschließt, die Verhandlung über die Anträge des Bundesrates durchzuführen [...] Die Termine für die mündliche Verhandlung werden auf den 1., 2. und 3. März 2016 festgelegt.

3. November 2016: Das Bundesverfassungsgericht teilt mit, dass der Zweite Senat am Dienstag, 17. Januar 2017 um 10 Uhr sein Urteil verkünden wird.

2023 Bundesrat: NPD-Verbotsantrag in Karlsruhe eingereicht: Verfahrensschritte. In: www.bundesrat.de, Abruf am 10.03.2023

M17 Welche Voraussetzungen müssen für ein Parteienverbot gegeben sein?

Verfassungswidrige Parteien können vom Bundesverfassungsgericht verboten werden. Nach Art. 21 Abs. 2 Grundgesetz (GG) sind Parteien, die nach ihren Zielen oder nach dem Verhalten ihrer Anhänger darauf ausgehen, die freiheitliche demokratische Grundordnung zu beeinträchtigen oder zu beseitigen oder den Bestand der Bundesrepublik Deutschland zu gefährden, verfassungswidrig und können durch das Bundesverfassungsgericht verboten werden. Dies ist der Fall, wenn eine Partei nicht nur eine verfassungsfeindliche Haltung vertritt, sondern diese Haltung auch in aktiv-kämpferischer, aggressiver Weise umsetzen will. Es genügt für ein Parteiverbot also nicht, dass oberste Verfassungswerte in der politischen Meinungsäußerung in Zweifel gezogen, nicht anerkannt, abgelehnt oder ihnen andere entgegengesetzt werden. Die Partei muss vielmehr planvoll das Funktionieren der freiheitlichen demokratischen Grundordnung beseitigen wollen.

Bundesministerium des Innern: Parteienrecht. In: www.bmi.bund.de, Abruf am 20.04.2023

M18 Urteil des Bundesverfassungsgerichts zum Verbotsverfahren gegen die NPD (17.07.2017)

Die NPD ist eine verfassungsfeindliche Partei, bleibt aber dennoch erlaubt, weil sie zu klein und unbedeutend zur Durchsetzung ihrer Ziele ist. Das hat das Bundesverfassungsgericht in einem historischen Urteil entschieden. Danach kann eine Partei nur dann verboten werden, wenn „konkrete Anhaltspunkte von Gewicht“ dafür vorliegen, dass sie überhaupt die Möglichkeit zu einer Beeinträchtigung der freiheitlichen demokratischen Grundordnung hat.

Bei der NPD ist diese Schwelle nach Einschätzung des Zweiten Senats nicht erreicht: In den Landesparlamenten sei sie gar nicht mehr vertreten, auf kommunaler Ebene sei sie ebenfalls ohne nennenswerten Einfluss. Auch außerhalb der Parlamente konnte das Gericht, das im März drei Tage lang über den vom Bundesrat vorgelegten Antrag verhandelt hatte, keine auch nur regionale Dominanz der rechtsextremen Partei feststellen.

Die Anschläge auf Asylbewerberheime lassen sich dem Urteil zufolge nicht der NPD zuordnen – obwohl sie „durch ihre menschenverachtende Agitation an der Schaffung eines ausländerfeindlichen Klimas beteiligt ist“. [...] Gerichtspräsident Andreas Voßkuhle machte deutlich, dass gar nicht viel zu einem Verbot gefehlt hätte. Nach ihren Zielen strebe die NPD die Beseitigung der freiheitlichen demokratischen Grundordnung an. Ihr politisches Konzept missachte die Menschenwürde aller, die der von ihr ethnisch definierten „Volksgemeinschaft“ nicht angehörten.

Zudem sei die NPD mit dem Nationalsozialismus „wesensverwandt“. Weil die politisch wie gesellschaftlich marginalisierte NPD aber keine Chance auf eine Umsetzung ihrer Ziele habe, „bedarf es des präventiven Schutzes der Verfassung durch ein Parteiverbot als schärfste und überdies zweischneidige Waffe des demokratischen Rechtsstaats gegen seine organisierten Feinde nicht“, sagte Voßkuhle. „Das Parteiverbot ist kein Gesinnungs- oder Weltanschauungsverbot.“

Janisch, Wolfgang: Karlsruhe lehnt NPD-Verbot ab. In: Süddeutsche Zeitung, 18.01.2017, S. 1

Pro und Kontra-Kommentare zu dem Urteil des Bundesverfassungsgerichts

72043-724

Aufgaben

72043-711

1. Beschreiben Sie das Konzept der „wehrhaften Demokratie“ bzw. „streitbaren Demokratie“ (**M15** 1, 2).
2. Entwickeln Sie eine Wandzeitung, auf der Sie das Konzept der „wehrhaften Demokratie“, z. B. in einer Mindmap, erläutern.
3. Analysieren Sie in Partnerarbeit **M16** und den QR-Code in **M16** im Hinblick auf
   a) die Gründungsgeschichte der NPD,
   b) die Programmatik der NPD.
4. Erläutern Sie das Verfahren zur Überprüfung der Verfassungsmäßigkeit der NPD (**M17**).
5. Entwickeln Sie Hypothesen, warum es Bestrebungen zur Überprüfung der NPD auf ihre Verfassungswidrigkeit gab (**M16, M17**). Berücksichtigen Sie dabei die GG-Artikel 1-3.
6. Analysieren Sie **M17** im Hinblick auf die Voraussetzungen für ein Parteienverbot unter Berücksichtigung der Informationen zur freiheitlich-demokratischen Grundordnung (→ S. 108, **M13** C).
7. Arbeiten Sie in Gruppenarbeit heraus, mit welchen Argumenten das Bundesverfassungsgericht das Verbot der NPD ablehnt (**M18**) und stellen Sie die zentralen Begründungen für eine Befürwortung bzw. Ablehnung des Urteils dar (**QR-Code zu M18**).

F zu Aufgabe 2
Bewerten Sie das Konzept vor dem Hintergrund der deutschen Geschichte.

F zu den Aufgaben 7
Setzen Sie sich in einer Pro- und Kontra-Diskussion mit den Pro- und Kontra- Argumenten auseinander und entwickeln Sie ein eigenes Urteil zu der Entscheidung des Bundesverfassungsgerichts.

M19 Darf der Verfassungsschutz die AfD wegen des Verdachts auf verfassungsfeindliche Aktivitäten beobachten?

A 08.03.2022: Bundesamt für Verfassungsschutz obsiegt vor Verwaltungsgericht Köln gegen die AfD

Das Verwaltungsgericht Köln hat heute in den aufgeführten Klageanträgen der „Alternative für Deutschland" (AfD) und ihrer Jugendorganisation „Junge Alternative für Deutschland" (JA) gegen das Bundesamt für Verfassungsschutz (BfV) entschieden:

↓

1. Die Klage der AfD auf Unterlassung, sie als Verdachtsfall einzuordnen und zu beobachten sowie eine Einordnung oder Beobachtung öffentlich mitzuteilen, wurde abgewiesen. Es gebe ausreichende tatsächliche Anhaltspunkte für verfassungsfeindliche Bestrebungen innerhalb der Partei, führte das Gericht zur Begründung aus. [...]
Das Bundesamt für Verfassungsschutz darf die Einstufung als Verdachtsfall auch öffentlich mitteilen, um eine politische Auseinandersetzung zu ermöglichen.

↓

2. Die Klage der AfD und der JA auf Unterlassung, die JA als Verdachtsfall einzuordnen und zu beobachten sowie eine Einordnung oder Beobachtung öffentlich mitzuteilen, wurde abgewiesen. Die Einstufung der „Jungen Alternative für Deutschland" (JA) als Verdachtsfall ist nach dem Urteil des Gerichts nicht zu beanstanden. Es bestünden ausreichende tatsächliche Anhaltspunkte für verfassungsfeindliche Bestrebungen innerhalb der JA.

↓

3. Der Klage der AfD auf Unterlassung, den sogenannten Flügel als Verdachtsfall bzw. als gesichert extremistische Bestrebung einzuordnen und zu beobachten sowie eine Einordnung oder Beobachtung öffentlich mitzuteilen wurde teilweise stattgegeben. Das Gericht hat entschieden, dass das BfV den „Flügel" als Verdachtsfall einstufen durfte. Die Einstufung als gesichert extremistische Bestrebung sei heute – nach der formalen Auflösung des Flügels – nicht zulässig.

↓

4. Der Klage der AfD auf Unterlassung der Behauptung, der sogenannte Flügel habe bis zu seiner Auflösung etwa 7.000 Mitglieder gehabt, und seine Mitgliederzahl betrage auch weiterhin 7.000 (13 K 325/21), wurde stattgegeben.

Bundesamt für Verfassungsschutz: Bundesamt für Verfassungsschutz obsiegt vor Verwaltungsgericht Köln gegen die AfD. In: www.verfassungsschutz.de, Abruf am 12.04.2023

Was bedeutet „Verdachtsfall" beim Verfassungsschutz?
[Verdachtsfall] beschreibt den in § 9 Abs. 3 VerfSchutzG HE geregelten Fall, dass über solche Bestrebungen berichtet wird, bei denen hinreichend gewichtige tatsächliche Anhaltspunkte für einen entsprechenden Verdacht vorliegen. Der Begriff des Verdachtsfalls ist durch das Bundesverfassungsgericht im Beschluss vom 24. Mai 2005 (Az. 1 BvR 1072/01) geprägt.
Über einen Verdachtsfall wird berichtet, wenn die Erwähnung und die kritische Auseinandersetzung mit dem jeweiligen Beobachtungsobjekt im Verfassungsschutzbericht zur Erfüllung des in § 2 Abs. 2 und § 9 Abs. 3 VerfSchutzG HE umschriebenen Zwecks des Verfassungsschutzes, durch Aufklärung der Öffentlichkeit Bestrebungen gegen die freiheitliche demokratische Grundordnung des Bundes und der Länder abzuwehren, erforderlich ist.

Landesamt für Verfassungsschutz Hessen: Verdachtsfall. In: www.lfv.hessen.de, Abruf am 12.04.2023

Der Flügel der AfD
Der Flügel der AfD war der Name einer Gruppierung, in der sich völkisch-nationalistische und rechtsextreme Kräfte um den Thüringer AfD-Vorsitzenden Björn Höcke sammelten. Das Bundesamt für Verfassungsschutz stufte den Flügel im Jahre 2020 als „gesichert rechtsextremistische Bestrebung gegen die freiheitliche demokratische Grundordnung" ein. Seitdem wird er vom Verfassungsschutz beobachtet.

B AfD unterliegt vor Gericht: Beobachten erlaubt ...

Nach einer wahren Marathonverhandlung von 10 Uhr morgens bis in den Abend verkündete der Vorsitzende Richter um kurz vor zwanzig Uhr die Urteile. Das Ergebnis lautet im Kern: Das Bundesamt für Verfassungsschutz darf die AfD-Gesamtpartei als „Verdachtsfall" für extremistische Bestrebungen einstufen und als Geheimdienst beobachten.

Laut Gesetz muss der Verfassungsschutz für die Einstufung als Verdachtsfall „tatsächliche Anhaltspunkte" für extremistische Bestrebungen vorlegen. Also Fakten, keine bloßen Vermutungen. Die Gutachten und Materialsammlungen des Bundesamtes mit zahlreichen Äußerungen aus der Partei haben diese Hürde aus Sicht des Kölner Gerichts genommen.

Die mündliche Urteilsbegründung [...] bestand nur aus wenigen Sätzen. Aus der Pressemitteilung des Gerichts sind zumindest einige Argumente des Gerichts zu entnehmen. Ein „ethnisch verstandener Volksbegriff" sei ein zentrales Parteiziel der AfD. Danach müsse das deutsche Volk in seinem ethnischen Bestand erhalten und sollten „Fremde" möglichst ausgeschlossen werden. Dies weiche vom Volksbegriff des Grundgesetzes ab.

Außerdem sei eine „ausländerfeindliche Agitation" zu erkennen. Das Gericht zitiert hier den verwendeten Begriff „Messer-Migranten". Die Partei befinde sich in einem „Richtungsstreit", bei dem sich die verfassungsfeindlichen Bestrebungen durchsetzen könnten. Weitere Argumente werden in der schriftlichen Urteilsbegründung folgen. Zur Begründung stützt sich das Gericht auch auf Aktivitäten und Aussagen des besonders umstrittenen „Flügels". Diese Gruppierung innerhalb der AfD sei zwar inzwischen formal aufgelöst worden. Seine Protagonisten übten laute Gericht aber weiterhin maßgeblichen Einfluss innerhalb der Partei aus. Auch die die Jugendorganisation „Junge Alternative" darf laut Gericht als Verdachtsfall eingestuft werden. Die AfD hatte argumentiert, das Vorgehen des Verfassungsschutzes sei allein politisch motiviert und verletze das Recht auf Chancengleichheit der Parteien. Damit hatte sie im Kern keinen Erfolg. Allerdings bei einigen Teilaspekten. Den „Flügel" durfte das Bundesamt zum Beispiel nicht als „gesichert extremistische Bestrebung" einstufen. Nach der formalen Auflösung fehle es heute an der nötigen Gewissheit, ob insoweit überhaupt ein Beobachtungsobjekt existiere. Der Verfassungsschutz hätte die Mitgliederzahl des „Flügels" auch nicht öffentlich mit 7000 angeben dürfen, so das Gericht. Eine reine Schätzung habe hier nicht ausgereicht. [...] Das Verwaltungsgericht Köln ist die erste Instanz in diesem Verfahren. Es ist gut möglich, dass der Fall noch weiter durch die Instanzen zum Oberverwaltungsgericht in Münster und zum Bundesverwaltungsgericht in Leipzig geht. Und ab wann darf der Verfassungsschutz die AfD mit nachrichtendienstlichen Mitteln beobachten? Jedenfalls nicht erst dann, wenn das heutige Urteil einmal durch alle Instanzen gegangen und rechtskräftig geworden ist. Die Lage ist insoweit etwas kompliziert.

Bräutigam, Frank: AfD unterliegt vor Gericht: Beobachten erlaubt. In: www.tagesschau.de, 08.03.2022

Was darf der Verfassungsschutz nach dem Urteil unternehmen?
Wenn wie bei der Gesamtpartei AfD ein „Verdachtsfall" vorliegt, darf der Verfassungsschutz die Gruppierung mit geheimen nachrichtendienstlichen Mitteln „beobachten". Zum Beispiel darf er: V-Leute anwerben, also Informanten aus dem Umfeld der Partei sammeln. Personen observieren oder unter bestimmten weiteren Bedingungen sogar die Telekommunikation überwachen. Die Maßnahmen müssen dabei immer verhältnismäßig sein.

Bräutigam, Frank: AfD unterliegt vor Gericht: Beobachten erlaubt. In: www.tagesschau.de, 08.03.2022

C AfD geht im Streit um Verfassungsschutz-Urteil in Berufung

Das Bundesverfassungsgericht bei der Urteilsverkündung 2022

Im März [2022] hatte das Verwaltungsgericht Köln geurteilt, dass die AfD zu Recht vom Verfassungsschutz als Verdachtsfall eingestuft wurde. Zur Begründung erklärte das Gericht, es gebe ausreichende Anhaltspunkte für verfassungsfeindliche Bestrebungen innerhalb der Partei. Damit will sich die Partei nicht abfinden und geht in Berufung.

Die AfD geht im Rechtsstreit über eine Beobachtung der Gesamtpartei durch den Verfassungsschutz in die nächste Instanz. Parteichef Tino Chrupalla erklärte, der Bundesvorstand der Partei habe beschlossen, gegen das Urteil des Verwaltungsgerichts Köln aus dem März Berufung einzulegen. Das Gericht in Köln hatte am 8. März eine Klage der AfD abgewiesen und entschieden, dass das Bundesamt für Verfassungsschutz die Partei als sogenannten Verdachtsfall einstufen und beobachten darf. Zur Begründung erklärte das Gericht, es gebe ausreichende Anhaltspunkte für verfassungsfeindliche Bestrebungen innerhalb der Partei. [...]

AfD: Argumentation nicht nachvollziehbar

Ein Sprecher der AfD sagte der Zeitung „Die Welt", die Argumentation der Richter sei nicht nachvollziehbar. Das zeige sich auch daran, dass die Urteilsbegründung so lange gedauert habe. Die Einstufung als Verdachtsfall sei „in jeder Hinsicht ungerechtfertigt". Deshalb werde sich die AfD mit allen Mitteln dagegen wehren werde. Der Sprecher erklärte: „Wir gehen fest davon aus, dass uns die nächsthöhere Instanz in dieser Hinsicht recht geben wird." Zuständig ist dann das Oberverwaltungsgericht des Landes Nordrhein-Westfalen in Münster.

MDR Aktuell: Verdachtsfall: AfD geht im Streit um Verfassungsschutz-Urteil in Berufung. In: www.mdr.de, 25.05.2022

Aufgaben

72043-715

1. Entwerfen Sie in Gruppenarbeit einen Bericht zu dem Urteil des Kölner Verwaltungsgerichts zur Beobachtung der AfD durch den Verfassungsschutz (**M19** A - C).
2. Gestalten Sie eine Podiumsdiskussion (→ Methodenglossar), in der Sie über das Urteil des Kölner Verwaltungsgerichts streiten (**M19** A - C). Mögliche Teilnehmende können sein: Vertreterinnen und Vertreter des Verfassungsschutzes, des Gerichts, der Presse, der AfD, Bürgerinnen und Bürger, u. a.

7.5 Extremistische Tendenzen in der Mitte der Gesellschaft: Bedrohung für die Demokratie?

Zum Thema: Die Beobachtung extremistischer Aktivitäten ist Aufgabe staatlicher Institutionen, u. a. um die Demokratie zu schützen. Sie haben bereits erfahren, dass die Demokratie im Sinne des Grundgesetzes auch in Deutschland nicht selbstverständlich ist. Dieses Unterkapitel beschäftigt sich mit der Frage, wie weit extremistische Vorstellungen in unserer Gesellschaft verbreitet sind.

M20 Meldung: Deutsche sind zufriedener mit der Demokratie, werden aber immer unversöhnlicher

Die Zufriedenheit der Deutschen mit der Demokratie ist in den letzten zwei Jahren gestiegen, während rechtsextreme Einstellungen teilweise deutlich zurückgegangen sind. Gleichzeitig hat sich jedoch der Hass auf Migrantinnen und Migranten, Musliminnen und Muslime, Frauen und andere Gruppen in Deutschland verbreitet. Ferner zeigt sich infolge der Pandemie ein verstärkter Wunsch nach Autorität. Diese Ergebnisse stammen aus der repräsentativen „Leipziger Autoritarismus-Studie", erstellt von Prof. Dr. Oliver Decker und Prof. Dr. Elmar Brähler vom Kompetenzzentrum für Rechtsextremismus- und Demokratieforschung der Universität Leipzig. Laut der Studie haben nur noch 2 Prozent der Menschen in Ostdeutschland ein geschlossenes, rechtsextremes Weltbild, während es im Jahr 2020 noch etwa 10 Prozent waren. „Die Zustimmung zu rechtsextremen Aussagen nimmt nicht nur im gesamten Bundesgebiet ab, sondern besonders in Ostdeutschland. Das ist eine erfreuliche Nachricht, aber nur die halbe Wahrheit", sagt Oliver Decker. „Während Elemente einer Neo-NS-Ideologie seltener sind, haben die Ressentiments gegen jene, die als ‚anders' empfunden werden, sogar zugenommen", ergänzt der Elmar Brähler. Der Prozentsatz der Menschen, die laut Studie „manifest ausländerfeindlich eingestellt" sind, ist im Vergleich zu 2020 in Ostdeutschland gestiegen, während er in Westdeutschland gesunken ist. 40 Prozent der Ostdeutschen geben an, dass sie Deutschland aus ihrer Sicht als „durch die vielen Ausländer überfremdet" empfinden, während dieser Aussage auch 23 Prozent der Westdeutschen zustimmen.

Seit 2002 beobachten Wissenschaftlerinnen und Wissenschaftler der Universität Leipzig die Entwicklung autoritärer und rechtsextremer Einstellungen in Deutschland. Auf dem Bild stellen Elmar Brähler (l) und Oliver Decker die „Leipziger Autoritarismus-Studie 2022" vor. Sie analysieren u.a. rechtsextreme Einstellungen in Deutschland, die Wirkung des russischen Angriffskrieges gegen die Ukraine und der Pandemie sowie autoritäre Dynamiken in Deutschland.

Bearbeiterin, basierend auf: Leipziger Zeitung Medien GmbH: Leipziger Autoritarismus-Studie 2022: Deutsche sind zufriedener mit der Staatsform Demokratie, werden aber immer unversöhnlicher. In: www.l-iz.de, 10.11.2022

Einstiegsaufgaben

72043-721

1. Stellen Sie die zentralen Studienergebnisse in **M20** mit eigenen Worten kurz dar.
2. Diskutieren Sie im Kurs, warum die Studienleiter die schwindende Zustimmung zu einem „geschlossenen rechtsextremistischen Weltbild" als „aber nur das halbe Bild" beurteilen.

M21 Welche zentralen Ergebnisse zur Bedrohungslage liefert die Leipziger Autoritarismus-Studie?

A Wie hoch ist die Befürwortung einer rechtsautoritären Diktatur in Deutschland?

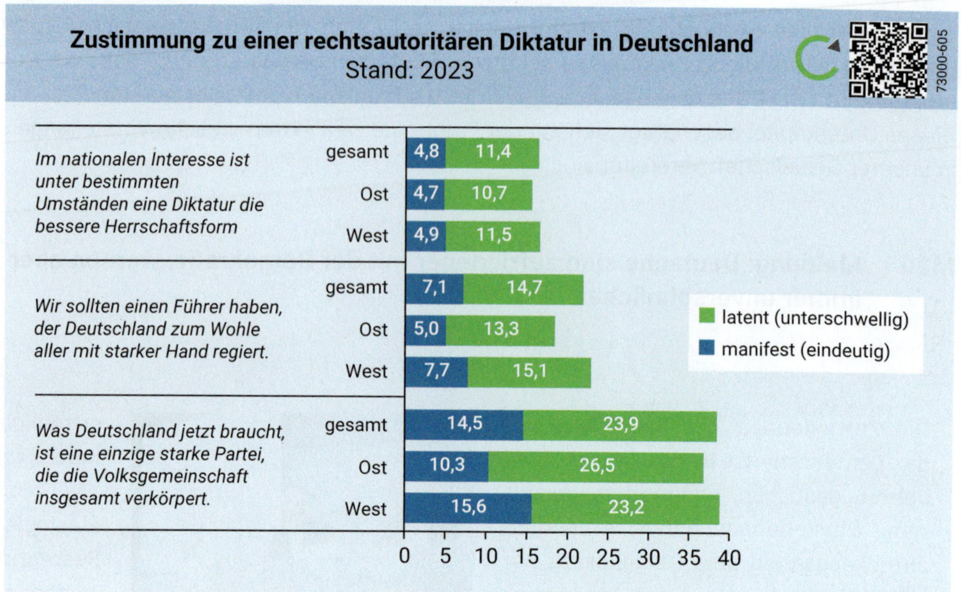

Nach: Decker, Oliver/ Kiess, Johannes / Heller, Ayline / Brähler, Elmar (Hg.): Manifeste und latente Zustimmung zu den Aussagen der Dimension "Befürwortung einer rechtsautoritären Diktatur" (Neo-NS-Ideologie; in %). In: Autoritäre Dynamiken in unsicheren Zeiten. Leipziger Autoritarismus 2022, S. 46

B Wie ausländerfeindlich sind die Deutschen?

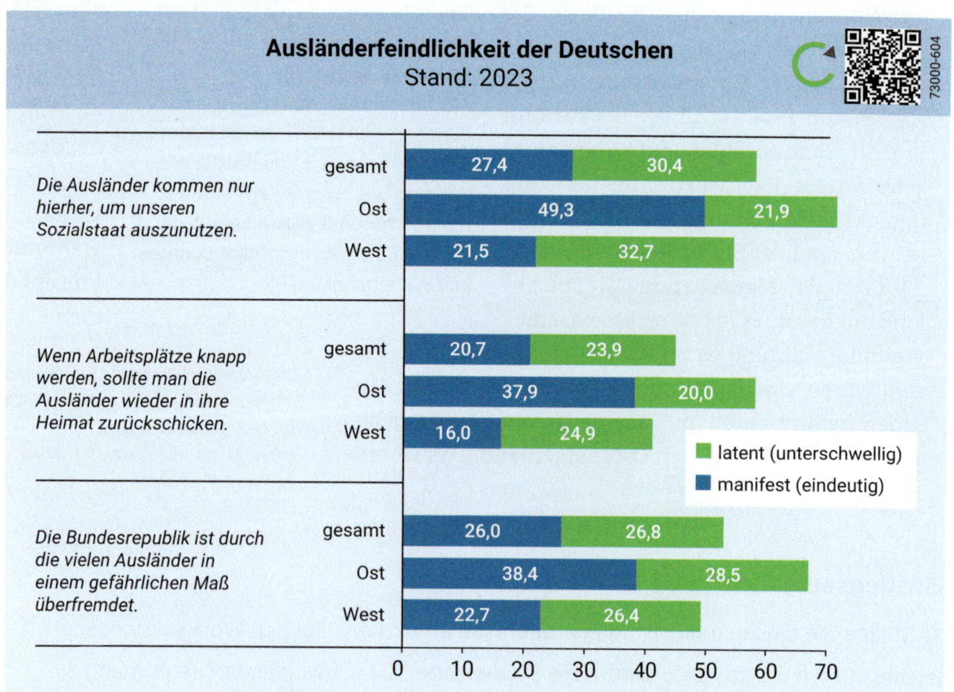

Nach: Decker, Oliver/ Kiess, Johannes / Heller, Ayline / Brähler, Elmar (Hg.): Manifeste und latente Zustimmung zu den Aussagen der Dimension "Befürwortung einer rechtsautoritären Diktatur" (Neo-NS-Ideologie; in %). In: Autoritäre Dynamiken in unsicheren Zeiten. Leipziger Autoritarismus Studie 2022, S. 46

M22 „Chauvinismus als Einstiegsdroge": Interview der Zeitschrift „der Freitag" mit Oliver Decker

Der Sozialpsychologe Oliver Decker gibt der Politik eine Mitschuld an der wachsenden Aufstandsbereitschaft gegen die Moderne.

der Freitag: Herr Decker, Sie und Ihr Team forschen zu antidemokratischen und rechtsextremen Einstellungen. Was hat sich in letzter Zeit verändert?

Oliver Decker: Ein Befund ist, dass sich die unterschiedliche Entwicklung von Ost- und Westdeutschland fortsetzt. Unterbrochen nur durch die Finanzkrise vor gut zehn Jahren gab es im Westen einen Rückgang rechtsextremer Einstellungen, im Osten dagegen nicht; wir haben dort ein unverändert höheres Niveau. Ein anderes Ergebnis ist der wachsende Glaube an Verschwörungstheorien: ein deutlich ausgeprägteres Grundmisstrauen, auch wenn es nur teilweise sichtbar wird. [...]

Es geht um die psychischen Ursachen autoritärer Einstellungen.

Wenn wir das Individuum betrachten, geht es vor allem um Aggression. Es entsteht Wut auf der Basis der Fantasie, dass sich Gruppen etwas herausnehmen, das man sich selbst nicht gestattet; Hass auf diejenigen, die sich angeblich nicht an die Regeln halten, denen man sich bedingungslos unterwirft. Die vom Ressentiment Betroffenen wechseln, mal sind es die Migranten, oder Sinti und Roma, mal Juden. Die Unterwerfung erfolgt nicht unter Zwang, die Beziehung zur Autorität wird von vielen sogar gesucht, Schutz bei Leuten, die sagen, wo es langgeht. Wladimir Putin war das bei den Pegida-Demos, in der Corona-Krise zeitweise Markus Söder, der die Hoffnung weckte, dass es jemand „regelt". Wenn das nicht funktioniert, wird der Wunsch nach Kontrolle in Verschwörungserzählungen gesucht. In der Wahnkonstruktion ist klar, wo der Gegner sitzt, das bietet ein Gefühl von Handlungsmacht.

Sie betonen den Anstieg des „Ethnozentrismus". Was verstehen Sie darunter?

Das ist ein alter Begriff vom Beginn des 20. Jahrhunderts. Die eigene Gruppe wird auf- und eine andere abgewertet. Ein Element ist der Chauvinismus, die Haltung „Die Deutschen sind anderen Nationen überlegen". Dem gegenüber stehen die „Fremden", durch deren aggressive Abwertung sich das Eigene stark machen lässt. Es handelt sich um eine Art Einstiegsdroge in den Rechtsextremismus, um ein Scharnier zwischen radikaler Rechter und der Mitte der Gesellschaft. [...]

Ein Thema der letzten Studie ist die Corona-Krise. Beunruhigen Sie „Hygiene-Demos" und der Glaube an „alternative Fakten"?

Es kursieren Verschwörungserzählungen [...]. Dahinter steckt der Wunsch, die Welt mit einfachen Erklärungen weniger komplex und damit weniger gefährlich zu machen. Ein Teil der Demonstrierenden kommt aus dem alternativen Milieu, Esoteriker oder Heilpraktikerinnen. Das ist eine Art von noch nicht politisierter Verschwörungsmentalität mit antiaufklärerischen Deutungen. Die Politik hat das mit verschuldet, durch eine Delegitimation der Mitsprache in den Parlamenten. Die Abgabe der Verantwortung an die Exekutive mag in Notlagen sinnvoll sein, aber diese Debatten gehören an den Ort, der dafür geschaffen wurde.

Bedrohen autoritäre Einstellungen die Demokratie?

Es gibt eine latente Aufstandsbereitschaft gegen die Moderne. Die Ideologien der Ungleichwertigkeit beschränken sich nicht auf die Abwertung anderer, sondern gehen einher mit völkischen, antidemokratischen Ideen, wie die Gesellschaft organisiert werden soll. Ständige Aushandlungsprozesse und Unsicherheiten nicht mehr auszuhalten und dann nach Autorität und Stärke zu rufen, ist antidemokratisch.

Decker, Oliver im Interview. Gesterkamp, Thomas: „Chauvinismus als Einstiegsdroge". In: www.freitag.de, 03.05.2021

Hintergrund zum Interviewten Oliver Decker
Oliver Decker, 53, ist Professor für Sozialpsychologie und Direktor des Kompetenzzentrums für Rechtsextremismus und Demokratieforschung an der Uni Leipzig. 2020 veröffentlichte er die Studie „Autoritäre Dynamiken: Alte Ressentiments – neue Radikalität".

Interview in voller Länge

72043-725

M23 „Mitte-Studie" der Friedrich-Ebert-Stiftung (2020/2021): feindselige Zustände – rechtsextreme und demokratiegefährdende Einstellungen

Die Mitte-Studie erscheint in regelmäßigen Abständen von zwei Jahren.

Die Ergebnisse der neuen „Mitte-Studie" geben sowohl Anlass zur Hoffnung als auch zur Sorge. Offen rechtsextreme Einstellungen sind demnach in der Mitte der Gesellschaft weniger verbreitet als noch vor zwei Jahren. Gleichzeitig lasse jedoch die klare Abgrenzung gegenüber demokratiegefährdenden Meinungen nach. So nehme die eindeutige Distanzierung von Antisemitismus ab. Auch in Bezug auf die Demokratie zeichnet sich laut der Studie ein Aufweichen eindeutig demokratischer Grundhaltungen ab.
Die Studie wurde von Forscherinnen und Forschern des Bielefelder Instituts für interdisziplinäre Konflikt- und Gewaltforschung im Auftrag der SPD-nahen Friedrich-Ebert-Stiftung durchgeführt. Der Rückgang rechtsextremer Einstellungen steht laut Studienautorin Beate Küpper nur scheinbar im Widerspruch zu dem Anstieg von offenen und gewalttätigen rechtsextremen Ausbrüchen. „Denn die Mitte ist aufgewacht." So geben rund 70 Prozent der Befragten an, dass der Rechtsextremismus die größte Bedrohung für die Gesellschaft sei, noch vor dem Klimawandel, sozialer Spaltung und der Coronapandemie.

Tagesschau.de: Mitte-Studie. In: www.tagesschau.de, 22.06.2021

M24 Mitte-Studie: Wie sind rechtsextreme Einstellungen in der Mitte der Gesellschaft verankert?

Rechtsextreme Einstellungen sind über die Gesamtgesellschaft betrachtet insgesamt weiter rückläufig [...]. Doch findet sich ein erklecklicher Anteil von Befragten, deren Zustimmungswerte in einem Graubereich zwischen klarer Ablehnung und eindeutiger Zustimmung liegen. So hat auch der Anteil an Befragten, die mit »teils/teils« antworten, im Vergleich zur Mitte-Studie 2018/19 noch einmal zugenommen. Diese Befragten sind also auch bei den hart formulierten Aussagen zur Erfassung rechtsextremer Einstellungen zumindest ambivalent. [...] Die Sorge vor einer Normalisierung des Rechtsextremismus scheint also nicht unbegründet [...]. Mit Blick auf die politische Selbstverortung der Befragten bestätigt sich erneut: Je weiter rechts sie sich im politischen Spektrum sehen, desto eher neigen sie zu rechtsextremen Einstellungen, doch auch ganz links sind rechtsextreme Ideologiefragmente tendenziell etwas weiter verbreitet, am geringsten bei jenen, die sich als »eher links« verorten. Die vielen Befragten, die sich politisch »genau in der Mitte« verorten, liegen dazwischen, das heißt, auch hier vertritt ein gewisser Teil rechtsextreme Einstellungen oder ist diesbezüglich zumindest nicht klar ablehnend eingestellt. [...]. Auch unter den Nichtwähler_innen fällt, wie schon in den vergangenen Mitte-Studien, eine vergleichsweise häufige Neigung zu rechtsextremen Einstellungen auf. Auffallend hoch ist der Anteil von Befragten, die eine Diktatur befürworten, also eine einzige Partei und einen einzigen Führer mit starker Hand wünschen [...].
Es finden sich [...] Hinweise auf eine Auseinanderentwicklung von Ost- und Westdeutschland. Dies zeigt sich auch bei Wahlen: Im Osten wählen gerade auch Jüngere und Mittelalte (Männer) die dort ganz klar ins Rechtsextreme abdriftende AfD [...].

Zick, Andreas / Küppers, Beate: Rechtsextreme Einstellungen in der Mitte 2020/21. In: Friedrich-Ebert-Stiftung (Hg.): Die geforderte Mitte. Rechtsextreme und demokratiegefährdende Einstellungen in Deutschland (2020/2021). Bonn 2021, S. 108 f.

Rechtsextreme Einstellungen in Deutschland
Stand: 2023 (Angaben in %)

73000-606

Aussage	lehne völlig ab	lehne überwiegend ab	teils/teils	stimme überwiegend zu	stimme voll und ganz zu
Befürwortung einer rechtsgerichteten Diktatur (n* = 1.651)					
Im nationalen Interesse ist unter bestimmten Umständen eine Diktatur die bessere [Herrschaftsform].	70,7	14,4	11	2,2	1,7
Was Deutschland jetzt braucht, ist eine einzige starke Partei, die die Volksgemeinschaft insgesamt verkörpert.	49,8	15,4	16,4	9,1	9,3
Wir sollten einen Führer haben, der Deutschland zum Wohle aller mit starker Hand regiert.	74,5	9,9	8,2	4,3	3,1
Chauvinismus (n*= 1.586)					
Wir sollten endlich wieder Mut zu einem starken Nationalgefühl haben.	26,7	14,7	27,3	17,3	14
Was unser Land jetzt braucht, ist ein hartes und energisches Durchsetzen deutscher Interessen gegenüber dem Ausland.	39,2	19,1	28,3	8,4	4,9
Das oberste Ziel der deutschen Politik sollte es sein, Deutschland die Macht und Geltung zu verschaffen, die ihm zusteht.	43,8	20,3	23,3	7,8	4,9
Verharmlosung des Nationalsozialismus (n* = 1.541)					
Ohne Judenvernichtung würde man Hitler heute als großen Staatsmann ansehen.	74,4	12,8	8,2	2,5	2
Die Verbrechen des Nationalsozialismus sind in der Geschichtsschreibung weit übertrieben worden.	68,9	14,6	10,8	3,6	2,1
Der Nationalsozialismus hatte auch seine guten Seiten.	65,9	14,9	13,8	3,4	2,1
Fremdenfeindlichkeit (n* = 1.650)					
Die Ausländer kommen nur hierher, um unseren Sozialstaat auszunutzen.	35,3	22	32,5	5,7	4,4
Wenn Arbeitsplätze knapp werden, sollte man die Ausländer wieder in ihre Heimat zurückschicken.	61,9	18,5	13,7	4,2	1,7
Die Bundesrepublik ist durch die vielen Ausländer in einem gefährlichen Maß überfremdet.	48,4	19	21,3	5,7	5,7
Antisemitismus (n* = 1.493)					
Auch heute noch ist der Einfluss der Juden groß.	59,2	21,5	15	2,4	1,9
Die Juden arbeiten mehr als andere Menschen mit üblen Tricks, um das zu erreichen, was sie wollen.	65,5	20,7	9,9	1,9	2
Die Juden haben einfach etwas Besonderes und Eigentümliches an sich und passen nicht so recht zu uns.	67,1	17,8	11,7	1,3	2,1
Sozialdarwinismus (n* = 1.679)					
Wie in der Natur sollte sich in der Gesellschaft immer der Stärkere durchsetzen.	62,4	18	13,2	3,2	3,2
Eigentlich sind die Deutschen anderen Völkern von Natur aus überlegen.	69,1	14,3	12,3	2	2,3
Es gibt wertvolles und unwertes Leben.	76,4	7	9,3	3,3	4

*n = Anzahl der Befragten

Nach: Zick, Andreas / Küppers, Beate: Rechtsextreme Einstellungen in der Mitte 2020/21. In: Friedrich-Ebert-Stiftung (Hg.): Die geforderte Mitte. Rechtsextreme und demokratiegefährdende Einstellungen in Deutschland (2020/2021). Bonn 2021, S. 108 f. (Datenerhebung: 2021; Grafikerstellung: 2023)

Aufgaben

72043-712

1. Stellen Sie in arbeitsteiliger Gruppenarbeit u. a. mit Hilfe der umseitigen Methodenkarte zentrale Ergebnisse der Studien (**M21-M24**) zum Thema Extremismus dar, indem Sie die folgenden Aspekte bearbeiten:
a) Autor:innen, Auftraggeber:innen, Untersuchungsgegenstand/Thema und Verfahren der Durchführung der Studien, b) Darstellung, worauf sich die jeweiligen Einstellungen der als extremistisch bezeichneten Befragten beziehen, c) Ausmaß der erhobenen extremistischen Einstellungen, d) Zusammenfassung zentraler Befunde in Stichpunkten, e) Bewertung der Ergebnisse durch die jeweilige Arbeitsgruppe, f) Entwicklung von Vorschlägen, wie auf die Befunde reagiert werden sollte.

2. a) Präsentieren Sie Ihre Ergebnisse im Kurs.
b) Entwickeln Sie Vorschläge zum Umgang mit extremistischen Tendenzen.
c) Diskutieren Sie die Vorschläge der Arbeitsgruppen zum Umgang mit extremistischen Tendenzen.

F zu Aufgabe 1
Recherchieren Sie ggf. weitere Informationen über die jeweiligen Studien im Internet. Notieren Sie Ihre Ergebnisse auf einer Wandzeitung, Folie, PowerPoint, u.a.

METHODE

Statistikbearbeitung III

1 Aufgaben

1. Stellen Sie das Thema und den Aufbau der Schaubildes in **M23** zu der Mitte-Studie der Universität Leipzig dar.
2. Analysieren Sie die in **M24** dargestellten Ergebnisse der Studie im Hinblick auf den Untersuchungsgegenstand der Studie (rechtsextreme und demokratiegefährdenden Einstellungen).
3. **Erörtern und beurteilen Sie die in der Statistik dargestellten Ergebnisse der Studie zur Verbreitung rechtsextremer Einstellungen in Deutschland.**

2 Tipps zur Bearbeitung von von Aufgaben 1-3

1. Es wird vorausgesetzt, dass Sie in Aufgabe 1 Thema und Aufbau der Statistik beschrieben haben.
2. Es wird weiterhin vorausgesetzt, dass Sie die in **M23** dargestellten Ergebnisse der Mitte-Studie zur Verbreitung von rechtsextremen und demokratiegefährdenden Einstellungen auf der Grundlage der Items (Untersuchungsaspekte) zusammenfassend analysiert haben. Dabei sollten Sie als Ergebnis ermittelt haben, dass nur ein sehr geringer Teil der Bevölkerung eine rechtsgerichtete Diktatur befürwortet, aber ein größerer Teil Nationalismus positiv bewertet und fremdenfeindlich eingestellt ist. Besorgniserregend ist auch, dass es latente antisemitische Einstellungen gibt und dass von einem nicht unwesentlichen Teil der Befragten der Nationalsozialismus verharmlost wird (Prozentzahl benennen).
3. Lesen Sie in den „allgemeinen Hinweisen zur Statistikbearbeitung“ auf S. 407 den Abschnitt III.3.

3 Anleitung zur Erörterung und Beurteilung der in den Schaubildern dargestellten Daten nach Aufgabe 3

H zu Schritt 3 (1-4)
Sie sollten sich ggf. noch einmal in den Texten des Kapitels über die Merkmale einer freiheitlich-demokratischen Gesellschaftsordnung (FDGO) und die Merkmale rechtsextremer Einstellungen informieren, um Ihre Kenntnisse gezielt in Ihre Erörterung einfließen zu lassen.

1. Stellen Sie in einem Einleitungssatz zunächst den Bezug zu den Ergebnissen Ihrer Analyse her.
2. Dann sollten Sie ausgehend von den in der Statistik dargestellten Befragungsergebnissen erörtern, wie Sie die Ergebnisse der Studie im Hinblick auf rechtsextreme Einstellungen in Deutschland beurteilen.
3. Entwickeln Sie im Rahmen Ihrer Stellungnahme Argumente, warum es deutliche Unterschiede bezüglich rechtsextremer Einstellungen (Items benennen) und Einstellungen, die eher im Graubereich extremer Einstellungen (Items benennen) liegen. Beziehen Sie sich dabei konkret auf Kenntnisse, die Sie durch die Bearbeitung der Texte in **M22** und **M23** erworben haben.
4. Beurteilen Sie abschließend, wie Sie die Verbreitung rechtsextremer Einstellungen in Deutschland bezüglich der Gefährdung der freiheitlich-demokratischen Ordnung einschätzen.

Bearbeiterin

7.6 *Vertiefung*: Populismus – unvereinbar mit der Demokratie?

Zum Thema: Populismus bezeichnet alltagssprachlich eine Politik, die Emotionen, Vorurteile und Ängste der Bevölkerung für eigene Zwecke nutzt und vermeintlich einfache und klare Lösungen für politische Probleme anbietet. In diesem Unterkapitel wird dargestellt, was das Wesen des Populismus ausmacht, was seine Ursachen sind und wie man ihn beurteilen kann.

M25 Fallbeispiel Populismus: Proteste gegen Corona-Politik – Verfassungsschutz warnt vor neuen Staatsfeinden

Der Präsident des Bundesamtes für Verfassungsschutz, Thomas Haldenwang, hat unter den Gegnern der Corona-Politik eine neue Szene von Staatsfeinden ausgemacht. Diese zeichneten sich dadurch aus, dass sie keine ideologische Klammer verbinde, sondern die Verachtung des demokratischen Rechtsstaates und seiner Repräsentanten, sagte Haldenwang der „Frankfurter Allgemeinen Sonntagszeitung" [...]. „Sie lehnen unser demokratisches Staatswesen grundlegend ab", sagte der Verfassungsschutzchef. Die Pandemie sei dabei „nur der Aufhänger". „Ob das jetzt Corona ist oder die Flüchtlingspolitik. Oder auch die Flutkatastrophe: Da hat man teilweise die gleichen Leute gesehen, die versuchten, den Eindruck zu vermitteln, der Staat versage und tue nichts für die Menschen." [...]

Ein Transparent auf einer „Querdenker-Demonstration" in Berlin im November 2020

Haldenwang beschrieb außerdem „immer stärkere Parallelen zwischen ‚Pegida' und den ‚Corona-Spaziergängen'. Teilweise würden auf den Demonstrationen die gleichen Parolen gerufen. Lange habe es so ausgesehen, als versuchten Rechtsextreme zwar das Demonstrationsgeschehen zu prägen, jedoch ohne Erfolg. „Das verschiebt sich aktuell", erläuterte der Verfassungsschutzchef: So sei es in Sachsen der rechtsextremen Kleinpartei „Freie Sachsen" gelungen, einen deutlichen Einfluss auf die vielschichtige Protestbewegung in der Region zu nehmen. Haldenwang äußerte die Befürchtung, die Extremisten dieser neuen Szene könnten sich nach dem Ende der Pandemie ein neues Thema suchen, um es für ihre Zwecke zu instrumentalisieren. Dies könnten beispielsweise staatliche Maßnahmen zum Klimaschutz sein: „Eine Intensivierung staatlicher Maßnahmen zur Eindämmung des Klimawandels könnte als unrechtmäßig empfunden und abgelehnt werden."

Tagesschau.de: Verfassungsschutz warnt vor neuen Staatsfeinden. In: www.tagesschau.de, 15.01.2022

Einstiegsaufgaben

72043-722

1. Erklären Sie mit eigenen Worten die mögliche Gefahr, die laut Verfassungsschutz von den „neuen Protesten" in **M25** ausgehen.
2. Beurteilen Sie im Kurs, ob Ihrer Meinung nach die neuen Phänomene um die Corona-Proteste eine Gefahr für die Demokratie sein könnten.

Antipluralismus
Pluralismus ist ein zentrales Leitbild moderner Demokratien, deren politische Ordnung und Legitimität ausdrücklich auf der Anerkennung und dem Respekt vor den vielfältigen individuellen Meinungen, Überzeugungen, Interessen, Zielen und Hoffnungen beruhen. Antipluralismus ist das Gegenteil.

M26 Was ist Populismus?

A [Populismus] ist keine umfangreiche Ideologie (im neutralen, rein deskriptiven Sinn) wie Sozialismus, Liberalismus oder auch Neoliberalismus und Konservatismus) [...]. Aber der Populismus hat eine spezifische und identifizierbare innere Logik: Populisten sind nicht nur antielitär, sondern grundsätzlich antipluralistisch. Ihr Anspruch lautet stets: Wir – und nur wir – vertreten das wahre Volk. Und ihre politischen Unterscheidungen laufen unweigerlich auf ein moralisches richtig oder falsch hinaus [...] Kein Populismus ohne moralisch aufgeladene Polarisierung.

↓

B Aus Kritik an den falschen Repräsentanten wird dann schnell Fundamentalkritik an demokratischen Institutionen schlechthin. Da Populisten die schweigende Mehrheit (eigentlich: alle) vertreten, kann mit den Institutionen etwas nicht in Ordnung sein, da die Populisten sonst ja längst an der Macht wären.

→

C Populisten spielen dieses [...] Volk systematisch gegen die bestehenden Institutionen aus. Ihre Vorstellung eines wahren, moralisch reinen Volkes ist empirisch nicht widerlegbar.

→

D Populisten sind keine reinen Protest- oder Verweigerungsparteien und damit keineswegs schon per definitionem [aufgrund der Definition des Begriffs] unfähig zu regieren. Sie regieren dann freilich gemäß der inneren Logik des Populismus: Sie und nur sie repräsentieren das wahre Volk; so etwas wie eine legitime Opposition kann es gar nicht geben.

↓

E Konkret heißt dies, dass Populisten den Staat vereinnahmen [...]: In einer Demokratie soll das Volk »seinen« Staat in Besitz nehmen; Wohltaten sollen an das einzig wahre Volk gehen und nicht an diejenigen, die gar nicht dazugehören; oppositionelle Stimmen in Medien und Zivilgesellschaft seien das Sprachrohr ausländischer Mächte.

Müller, Jan-Werner: Was ist Populismus? Berlin 2016. S. 129 ff.

M27 Experteninterview zum Begriff des Populismus

Populismus ist ein Begriff, der in der politischen und der politikwissenschaftlichen Diskussion nicht einheitlich gebraucht wird. Im Interview mit der „Zeit" erläutert Jan-Werner Müller diesen Begriff.

ZEIT Wissen: Woran erkennt man einen Populisten [...]?

Müller: Daran, dass jemand behauptet, er und nur er beziehungsweise nur er und seine Partei seien die einzig legitimen Vertreter des wahren Volkes. [...] Entscheidend ist eine antipluralistische Haltung. [...].

Wie kommt es zur Ablehnung von Pluralismus?

Zunächst einmal ist Pluralismus nur eine Kurzformel dafür, dass wir in einer modernen Demokratie damit zurechtkommen müssen, als freie und gleiche Bürger auf einigermaßen faire Weise mit Leuten zusammenzuleben, die zum Teil ganz anders sind als wir. Wir müssen akzeptieren, dass auch Menschen, deren Lebensstil uns nicht immer gefällt, Teil der Gesellschaft sind und mitbestimmen können. Hinzu kommt, dass Gesellschaften immer vielfältiger geworden sind und zum Beispiel Minderheiten und Frauenrechte anerkennen. Manche wollen das nicht. [...]

Wo verläuft die Grenze zwischen der politischen Überzeugung eines Demokraten und Populismus?

Natürlich geht auch in der Demokratie jeder davon aus, dass er recht hat, und darum möchte auch jeder seine Vorstellungen durchsetzen. Der Unterschied ist: Man akzeptiert, dass man vielleicht doch falschliegt, und man akzeptiert, dass Opposition prinzipiell legitim ist. [...] Wenn die Grundannahme lautet: „Wer gegen mich ist, gehört nicht dazu", bedeutet das: Man braucht auf die Gegner keine Rücksicht zu nehmen. Man kann mit ihnen machen, was man will. Man muss keine Minderheitenrechte mehr respektieren, ebenso wenig die Verfassungsgerichte, die ja im Zweifelsfalle dazu da sind, verwundbare Minderheiten zu schützen. Das ist der entscheidende Unterschied zu jemandem, der zwar auch eine möglichst große Mehrheit haben möchte, aber die anderen immer noch als legitime Minderheit anerkennt. [...]

Ist denn unser demokratisches Modell mit gewählten Repräsentanten das einzig wahre, oder wäre eine direktere Herrschaft des Volkes besser?

Repräsentative Demokratie ist nicht das einzig Wahre, aber im Moment ja auch nicht das Einzige, was wir haben. Wenn Sie demonstrieren gehen, Meinungsartikel veröffentlichen oder bloggen, sind das auch Beiträge zur Demokratie. Doch wir leben nun mal in relativ großen Gebilden. Wenn es darum geht, kollektiv bindende Entscheidungen zu treffen, müssen wir aus diesen ganzen komplizierten und nervigen demokratischen Prozessen irgendwie etwas herauskristallisieren, um es umzusetzen. Und das können nur Repräsentanten.

Aber abstimmen könnte das Volk schon öfter?

Ich bin nicht prinzipiell gegen Volksbefragungen. Aber es ist eine Illusion, zu meinen, mit Volksbefragungen könne man zumindest zeitweise völlig aus der Logik der repräsentativen Demokratie aussteigen. Denn wer stellt die Frage, über die abgestimmt wird? Wer organisiert die Kampagnen? Das sind doch im Zweifelsfalle wieder Repräsentanten. „Das Volk" als autonomen politischen Akteur – das gibt es gar nicht.

Müller, Jan-Werner im Interview mit Zeug, Karin / Boeing, Niels: „Der Spuk geht nicht so schnell vorbei". In: www.zeit.de, 04.09.2016

Jan-Werner Müller, Professor für Politikwissenschaft an der Universität Princeton (USA), Populismus-Experte, hat 2016 eine Definition vorgelegt, die häufig zitiert wird. In einem Interview mit der Wochenzeitung „Die Zeit" erläutert Müller seine Definition.

Ideologie
Ideologie ist (im neutralen Sinne) die Lehre von den Ideen. Der Begriff soll unterschiedliche Vorstellungen über Sinn und Zweck des (Zusammen-) Lebens (wissenschaftlich) ordnen. Historisch entstanden daraus unterschiedliche Denkschulen, die politisches Handelns begründen und rechtfertigen.

M28 Wie grenzen sich Extremismus und Populismus voneinander ab?

Der folgende Text bezieht sich auf Parteien, aber die Unterscheidung von Extremismus und Populismus ist auch für andere politische Bewegungen [...] gültig.

Parteienfamilien konstituieren sich wesentlich über ihre politische Ideologie. [...] Der populistische Typus ist [...] von extremistischen, offen anti-demokratischen und verfassungsfeindlichen Parteien abzugrenzen [...] Allerdings sind bei den Extremisten Strategien und Stilmittel vorfindbar, die auch für populistische Akteure typisch sind: Freund-Feind-Denken, rigide Abgrenzungen, eine Gewaltmetaphernsprache, Verschwörungstheorien oder die Beschwörung des „verratenen Volkes".
Doch gibt es zunächst [...] Differenzen in Grad und ideologischem Gehalt, die auch eine grundsätzliche [...] Differenzierung zwischen populistischen und extremistischen Akteuren sinnvoll machen. Die Ideologieform (national-)populistischer Parteien erscheint weniger geschlossen, flexibler und anpassungsfähiger bzw. mo-

Unterschied zwischen Extremismus und Populismus

	Extremismus	Populismus
Ideologieform	anti-pluralistisch, Ablehnung liberaler Demokratie	ideologische Flexibilität, anti-pluralistisch und anti-liberale Elemente
Grundsätzliche Position zum demokratischen politischen System	Anti-System-Haltung	„Anti-Establishment"-Haltung (systemimmanent)
Vorstellungen zur Umgestaltung des politischen Systems	Diktatur / autoritäre Herrschaft	Formen direkter Demokratie, Stärkung präsidentieller Elemente

Bearbeiterin, basierend auf: Rensmann, Lars: Populismus und Ideologie. In: Decker, Frank (Hg.): Populismus – Gefahr für die Demokratie oder nützliches Korrektiv? Wiesbaden 2006, S. 68 f.

derater als die rechtsextremer Parteien [...] Dies schlägt sich ideologisch sowohl im Hinblick auf die Position zum demokratischen politischen System (eher: Anti-Establishment als Anti-Systemorientierung, als auch in der politisch-strategischen Ausrichtung nieder. Populistische Parteien stehen zur [...] Demokratie in einem komplexen Verhältnis. Sie üben Kritik [...] an den Institutionen und Praktiken repräsentativer Demokratie, sind aber nicht grundsätzlich außerhalb des demokratischen politischen Spektrums zu verorten, wie dies bei den extremistischen Akteuren der Fall ist. Ihre institutionellen Forderungen zielen auf den Einsatz von Plebisziten [...], nicht aber auf eine Diktatur oder autoritäre Herrschaft.

Dennoch existiert eine innere Neigung populistischer Ideologie zum Extremismus, und zwar wegen der genannten anti-pluralistischen [...] Orientierungen sowie des Konzeptes einer autoritären Führungsfigur.

Rensmann, Lars: Populismus und Ideologie. In: Decker, Frank (Hg.): Populismus – Gefahr für die Demokratie oder nützliches Korrektiv? Wiesbaden 2006, S. 68 f.

Aufgaben

72043-713

1. Analysieren Sie in Einzelarbeit **M26**, **M27** im Hinblick auf die von Jan-Werner Müller genannten zentralen Aspekte zur Kennzeichnung des Populismus: antielitär, antipluralistisch, Vorstellungen über das wahre Volk, sein Verhältnis zum Staat und die Rolle der Opposition. Notieren Sie Ihre Ergebnisse in Ihr Heft.
2. a) Vergleichen Sie die Ergebnisse Ihrer Analyse aus Aufgabe 1 zu **M26**, **M27** in Kleingruppen: Entwickeln Sie auf der Grundlage Ihrer Analyse eine Tabelle, in der Sie die politischen Vorstellungen der Populisten den von Jan-Werner Müller in **M26** A - E genannten Kernelementen einer demokratischen Ordnung (→ Kap. 3, **M13** C) gegenüberstellen.
   b) Entwerfen Sie einen Stichwortzettel mit dessen Hilfe Sie Ihre Ergebnisse im Kurs in einem möglichst freien Vortrag präsentieren können.
3. Präsentieren Sie Ihre Ergebnisse im Kurs und diskutieren Sie, welche Gefahren populistische Bewegungen für die Demokratie in Deutschland bedeuten könnten.
4. Analysieren Sie mit Hilfe von **M28** Unterschiede und Gemeinsamkeiten zwischen Extremismus und Populismus.
5. Erläutern Sie die Unterschiede (aus Aufgabe 4) auch unter Bezug auf Ihre Ergebnisse zu **M26**, **M27**.

Extremismus und Radikalismus

Extremismus ist allgemein gekennzeichnet durch eine schroffe Ablehnung jeglicher Zugeständnisse an andere Meinungen. Im politischen Sinne bedeutet Extremismus die Gegnerschaft gegenüber den Ordnungen, Regeln, Normen des demokratischen Verfassungsstaats.

Radikal bedeutet ein Phänomen an der „Wurzel" (lat. Radix = Wurzel) zu packen im Sinne von gründlich, rücksichtslos. Politisch ist Radikalismus ein kompromissloses Beharren auf Grundpositionen, das sich gegenüber den Einstellungen und Werten anderer intolerant verhält und demokratische Grundwerte wie Vielfalt (Pluralismus) ablehnt.

Übung
72043-703

Rechtsextremismus

Verbindendes Kennzeichnen von Rechtsextremismus sind nationalistische, rassistische und antisemitische Einstellungsmuster. Damit verbunden ist die Auffassung, dass die Zugehörigkeit zu einem Volk, einer Nation oder Rasse über den Wert eines Menschen entscheidet.

Rechtsextreme haben ein autoritäres Staatsverständnis. Sie lehnen demokratische Entscheidungsverfahren ab und sehen das Heil der ethnisch homogenen Volksgemeinschaft in einer starken Führerpersönlichkeit. Rechtsextreme Einstellungen stehen im fundamentalen Widerspruch zum Grundgesetz, welches die Würde des Menschen unabhängig von seiner Herkunft in den Mittelpunkt stellt und demokratische Entscheidungsverfahren vorsieht.

Übung
72043-704

Linksextremismus

Verbindendes Kennzeichnen von Linksextremismus ist die starke Kritik am „Kapitalismus". Linksextremisten (Kommunisten, Anarchisten, Autonome) lehnen den demokratischen Staat ab und orientieren ihr politisches Handeln zwar an den liberalen Werten Gleichheit, Freiheit und Brüderlichkeit, wollen aber auch mit Mitteln der Gewalt eine sozialistische Gesellschaftsordnung errichten. Die Ablehnung des staatlichen Gewaltmonopols hat zur Folge, dass sie Gewalt als legitimes Mittel gegen Sachen wie Personen (insbesondere der Polizei) betrachten.

Übung
72043-705

Islamismus

Islamismus ist ein Sammelbegriff für verschiedene politische Ideologien, die davon ausgehen, dass man auf der Grundlage des Korans eine politische und gesellschaftliche Ordnung gestalten könne. Den unterschiedlichen Ausprägungen des Islamismus gemeinsam ist der Missbrauch der Religion des Islam für politische Ziele, d.h. die Errichtung einer islamischen Gesellschafts- und Rechtsordnung. Militante Islamisten glauben, ihre Ideen mit Gewalt durchsetzen zu dürfen, und interpretieren die im Koran enthaltene Aufforderung zum „heiligen Krieg" (Jihad) abweichend von anderen islamischen Rechtsauffassungen als Pflicht zum Kampf gegen die Ungläubigen.

Übung
72043-706

Wehrhafte Demokratie

Der Kerngedanke der „wehrhaften Demokratie" in Deutschland lautet: Keine Freiheit für die Feinde der Freiheit.

Ausgehend von den Erfahrungen des Nationalsozialismus enthält das Grundgesetz eine Reihe von Bestimmungen, die die Demokratie vor den Kräften schützt, die die freiheitlich-demokratische Grundordnung (FDGO) in Deutschland abschaffen wollen.

Übung
72043-707

Populismus

Populismus bezeichnet alltagssprachlich eine Politik, die Emotionen, Vorurteile und Ängste der Bevölkerung für eigene Zwecke nutzt und vermeintlich einfache und klare Lösungen für politische Probleme anbietet.

Populismus ist durch die Ablehnung von Pluralismus, von Meinungsvielfalt und Meinungsstreit gekennzeichnet. Typisch für Populisten ist ein Freund-Feind-Denken und die Diffamierung von Politikerinnen und Politikern als Teil eines Establishments, das die Interessen und Bedürfnisse des Volkes verrät.

Populistische Parteien üben Kritik an den Institutionen und Praktiken der repräsentativen Demokratie, sind aber nicht grundsätzlich außerhalb des demokratischen Spektrums zu verorten, wie es bei den Rechts- und Linksextremisten der Fall ist.

Übung
72043-708

KOMPETENZEN PRÜFEN

I. Selbstdiagnose

Ich kann …	sehr gut	nicht gut	Übung durch z. B.
die Begriffe „Extremismus“ und „Radikalismus“ erläutern (AFB II).			M2
Beispiele für Aktivitäten islamistischer, rechts- und linksextremistischer Gruppen darstellen (AFB I).			M1, M5 A - B, M6, M9, M10
rechts- und linksextremistische Ideologiefragmente und ihre Vorstellungen über Staat und Gesellschaft erläutern (AFB II).			M3, M7
das Konzept der wehrhaften Demokratie erklären (AFB II).			M15 1, 2
Voraussetzungen für ein Parteienverbot darstellen (AFB I) und die Entscheidung des BVerfG zum Verbot der NPD beurteilen (AFB III).			M16, M17, M18
Ergebnisse empirischer Studien zur Verbreitung extremistischer Vorstellungen in der Mitte der Gesellschaft darstellen und erläutern (AFB II).			M23, M24
den Begriff Populismus im Hinblick auf seine Kernelemente erklären (AFB II).			M26
den Unterschied zwischen Extremismus und Populismus herausarbeiten (AFB II).			M2 A, M26, M28
beurteilen, inwieweit Populismus eine Gefahr für die Demokratie sein kann (AFB III).			M25, M27

Ins Heft

II. Kompetenzen anwenden – am Beispiel

Aufgaben

72043-714

1. Beschreiben Sie das Foto im Hinblick auf die Positionen der Corona-Leugner:innen zur Corona-Politik in Deutschland.
2. Vergleichen Sie die Aussagen auf dem Transparent mit Ihnen bekannten Aussagen extremistischer Bewegungen.
3. Beurteilen Sie die Aussagen auf dem Transparent im Hinblick auf Motive und Ursachen des Populismus in Deutschland.

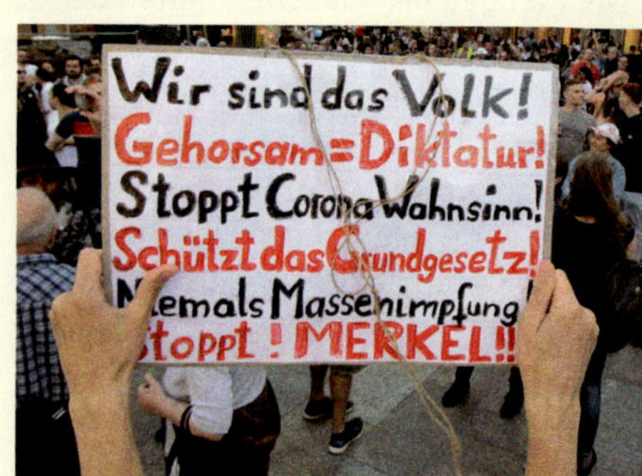

Plakat auf einer Demonstration sogenannter Querdenker im Mai 2020

III. Klausurtraining

Wehrhafte oder streitbare Demokratie: Wie ist sie gerechtfertigt?

Die Idee einer „streitbaren" oder auch „wehrhaften" Demokratie wird in der Politikwissenschaft [...] schon seit den 1930-iger Jahren diskutiert. Darauf weist der Politologe Hans-Gerd Jaschke hin. Unter dem Eindruck der geringen und erfolglosen Gegenwehr gegen den Aufstieg des Nationalsozialismus in der Endphase der Weimarer Republik stellte sich die Frage, wie eine Demokratie beschaffen sein müsse, die sich erfolgreich gegen die politischen Extreme von links und rechts zur Wehr setzen könne. Es sollten Vorkehrungen in der Verfassung und in Einzelgesetzen getroffen werden, um den politischen Extremismus bekämpfen und abwehren zu können. Das Problem, das bis heute besteht: Wie viel Freiheit verträgt eine Demokratie und wie viel Sicherheit braucht sie? Zu viel Freiheit, so Jaschke, eröffne auch extremistischen und antidemokratischen Kräften politischen Spielraum. Zu viel Sicherheit hingegen, zu viele Verbote etwa, erdrosseln die individuellen Freiheitsrechte und höhlen die Demokratie von innen aus. Über das Verhältnis beider Prinzipien wurde und wird in der Bundesrepublik heftig gestritten, weil in den Prinzipien der „wehrhaften Demokratie" auch die Einschränkung von Grundrechten, etwa das Recht auf freie Meinungsäußerung, angelegt ist.

Der Parlamentarische Rat, der 1948/49 das Grundgesetz der Bundesrepublik erarbeitete, nahm ausdrücklich Bezug auf die Erfahrungen der Weimarer Republik. Nicht noch einmal sollte es Verfassungsgegnern gelingen, das demokratische System derart zu demontieren. Die Idee der „wehrhaften Demokratie" ist daher im Grundgesetz der Bundesrepublik verankert und durch verschiedene Artikel festgeschrieben. [...] Es kommt immer wieder die Frage auf, ob Demokratie wehrhaft sein darf. Stehen Verfassungsschutz und Parteiverbot nicht im Widerspruch zur freiheitlich demokratischen Ordnung? Muss eine Demokratie Holocaustleugner, Verfassungsfeinde und religiöse Fundamentalisten tolerieren? Die Meinungen darüber sind geteilt. Ja, das muss eine Demokratie aushalten, lautet eine Ansicht. Denn wenn sie extreme Meinungen nicht aushält, was unterscheidet sie dann noch von autoritären Regimen? Außerdem sei gerade das Parteiverbot ein ungeeignetes Mittel, mit Extremismus umzugehen. Das Argument ist nicht von der Hand zu weisen, denn mit einem Verbot hört das Problem in der Regel nicht plötzlich auf. Im Gegenteil, die Erfahrung hat gezeigt, dass die Betroffenen nach anderen Wegen suchen und ihre Aktivitäten im Geheimen fortsetzen. Das macht es für die Öffentlichkeit schwieriger, sie wahrzunehmen. Andere hingegen halten Toleranz für begrenzt. Sie befürchten, dass sich die Geschichte der Weimarer Republik wiederholt, die sich im Rückblick von ihren Feinden regelrecht auffressen lassen hat. [...] Auf Parteiverbote kann die Demokratie vielleicht verzichten. Aber auf wehrhafte Bürger, die verfassungsfeindliche Meinungen nicht tolerieren, ist sie notwendigerweise angewiesen.

Zakrzewski, Tanja: Wehrhafte Demokratie. In: www.politische-bildung-brandenburg.de, Abruf am 12.03.2023

Hans-Gerd Jaschke, deutscher Politikwissenschaftler, forscht über Extremismus.

Aufgaben 72043-716

1. Stellen Sie das Konzept der „streitbaren" oder auch „wehrhaften" Demokratie dar.
2. Analysieren Sie den Text im Hinblick auf die Positionen zur „streitbaren" oder auch „wehrhaften" Demokratie.
3. Beurteilen Sie die Entscheidung des Bundesverfassungsgerichts zum NPD-Verbot unter Bezugnahme auf Ihre Analyse des Textes.

Erwartungshorizonte zu den Aufgaben

72043-717

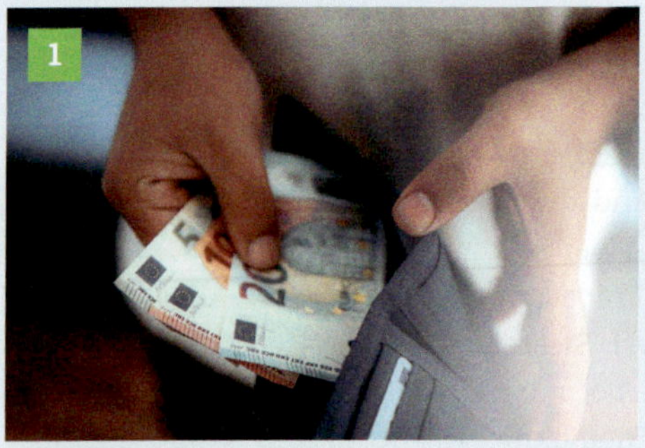

Fynns Geldbörse: noch 35€ ...

Näherinnen in Huaibei in China

Fynns CO_2 Fußabdruck geht schon durch den Flug nach Island in die Höhe ...

Fynn, 17 Jahre, sucht in einem Bekleidungsgeschäft in Münster nach neuer Kleidung – für seinen Trip nach Island. Ist er komplett frei in seiner Entscheidung, welches Kleidungsstück er kauft ...?

Ein Mann beim Gerben neuer Kleidung für Westeuropa in Bangladesch

Ein Blick in Fynns Kleiderschrank ...

Ein Influencer klärt auf, welche Kleidung Reisende nach Island auf jeden Fall mitnehmen sollten ...

Grundlagen wirtschaftlicher Tätigkeit: Sollten Konsumierende bei ihren Entscheidungen unterstützt werden?

8

Alles, was Menschen eingerichtet haben und tun, um ihren Bedarf an Gütern und Dienstleistungen zu befriedigen, wird zusammenfassend „wirtschaften" genannt.
Das erste Unterkapitel beschäftigt sich mit der Frage, wovon Bedürfnisse abhängig sind. Im zweiten Unterkapitel wird die Notwendigkeit des Wirtschaftens thematisiert und in diesem Kontext das wirtschaftswissenschaftliche Modell des Homo oeconomicus auf seine Verwendbarkeit zur Erklärung wirtschaftlicher Zusammenhänge untersucht.
Im dritten Unterkapitel geht es um die Beeinflussbarkeit von Kaufentscheidungen von Konsumierenden, bevor sich das vierte Unterkapitel dem Thema des nachhaltigen Konsums widmet. In der Vertiefung wird die Frage behandelt, welche Aufgabe der Verbraucherpolitik zukommt.

Kompetenzen

Am Ende des Kapitels sollten Sie Folgendes können:

- die volkswirtschaftlichen Grundbegriffe Bedürfnisse, Bedarf, Knappheit, Güter und ökonomisches Prinzip erklären;
- Maslows Bedürfnishierarchie erläutern;
- das Spannungsverhältnis zwischen der Knappheit von Ressourcen und wachsenden Bedürfnissen erklären und bewerten;
- die Bedeutung ökonomischer Modelle zur Beschreibung der Wirklichkeit sowie das Modell des Homo oeconomicus erklären;
- die volkswirtschaftliche Annahme von der Unendlichkeit der Bedürfnisse vor dem Hintergrund eigener Erfahrungen problematisieren;
- die Leitbilder der Konsumenten- und Produzentensouveränität beschreiben;
- Online-Bewertungen als Instrument der Beeinflussung von Konsumierenden bewerten;
- Möglichkeiten und Grenzen nachhaltigen Konsums auf der Grundlage empirischer Untersuchungen erläutern.

Aufgaben

72043-800

1. Stellen Sie mit Hilfe der Bilder auf der linken Seite dar, welcher Zusammenhang zwischen Fynns möglichem Einkauf und den dargestellten Situationen in den Bildern 1 - 6 bestehen könnte.
2. Recherchieren Sie nach weiteren passenden Bildern, die Situationen zeigen, welche Fynns Kaufentscheidung zusätzlich beeinflussen könnten.
3. Tauschen Sie sich im Kurs darüber aus, inwiefern Konsumierende bei Kaufentscheidungen unterstützt werden sollten.

8.1 Menschliche Bedürfnisse sind unersättlich!? Eine wirtschaftswissenschaftliche Grundannahme auf dem Prüfstand

Zum Thema: Kaum haben wir etwas gekauft, wollen wir das nächste Konsumgut haben – oft scheint es so, als ob wir unsere Wünsche nie stillen können. Dieses Unterkapitel beschäftigt sich mit den Grundannahmen der Ökonomie, der Herkunft von Bedürfnissen und der Frage, ob unsere Bedürfnisse tatsächlich unersättlich sind.

M1 Stimmenfang: Was wünschen Sie sich?

Ich wünsche mir,

... dass meine Rückenschmerzen endlich aufhören.
(Ron, 36 Jahre)

... dass ich eine Freundin fürs Leben finde.
(Carla, 27 Jahre)

... dass ich noch eine Karte für das Festival nächste Woche bekomme.
(Sina, 25 Jahre)

... dass niemand mehr vor dem Krieg fliehen muss.
(Paul, 32 Jahre)

... dass ich als Influencerin berühmt werde.
(Marie, 19 Jahre)

... dass ich immer genug zu essen habe.
(Alexander, 31 Jahre)

Einstiegsaufgaben

72043-801

1. Ordnen Sie die einzelnen Wünsche in M1 A - F nach für Sie passenden Kategorien.
2. Überlegen Sie zu zweit, wovon die Wünsche eines Menschen abhängig sind.
3. Tauschen Sie sich in einer Kleingruppe darüber aus, ob Sie zwischen den genannten Wünschen eine Hierarchie herstellen können.

M2 Was bedeuten die ökonomischen Grundbegriffe Bedürfnisse, Bedarf und Nachfrage?

A Wünsche können zu Bedürfnissen werden

Jeder Mensch hat vielfältige Wünsche. In Wünschen kommt das Gefühl eines Mangels zum Ausdruck. Mangelgefühle, die mit dem Bestreben verbunden sind, den empfundenen Mangel zu beseitigen, werden als Bedürfnisse bezeichnet. Bedürfnisse beziehen sich auf so unterschiedliche Lebensbereiche wie z. B.:

- Nahrung, Wohnung, Kleidung,
- Schlaf, Sexualität, Gesundheit,
- Sicherung von Arbeitsplatz und Einkommen,
- Freizeit, Geselligkeit, Unterhaltung, soziale Kontakte,
- Freundschaft, Liebe, Zuneigung,
- Anerkennung, Bestätigung, Selbstverwirklichung.

Lüpertz, Viktor: Problemorientierte Einführung in die Volkswirtschaftslehre. Lehr- und Aufgabenbuch. 9. Auflage, Braunschweig: Winklers 2018, S. 9

B Der Zusammenhang von Bedürfnis, Bedarf und Nachfrage

Bedürfnisse können sehr unterschiedlich sein, befriedigt werden sie in der Regel durch Güter und Dienstleistungen oder durch soziale Kontakte. Für die wirtschaftliche Betrachtung sind letztlich nur die Bedürfnisse von Bedeutung, die eine Leistungserbringung bzw. eine Bezahlung erforderlich machen. Zu diesen Bedürfnissen zählen neben den individuellen Bedürfnissen, wie Kleidung, Autos, Urlaub, auch die kollektiven Bedürfnisse nach Gesundheit, Bildung, Mobilität und nach einer sauberen Umwelt. Konkretisiert sich das Bedürfnis auf ein bestimmtes Produkt, wird dies als Bedarf bezeichnet. Der Bedarf ist die finanziell gesicherte Möglichkeit, ein Produkt zu kaufen, ohne dass dies tatsächlich erworben werden muss. Wenn der Bedarf auf einem Markt wirksam wird, spricht man von Nachfrage.

Weitz, Bernd O./Eckstein, Anja: VWL Grundwissen. 5. Auflage, o.O. Haufe 2019, S. 10 f.

Beispiel: Bedürfnisse, Bedarf und Nachfrage
Ein wirtschaftliches Bedürfnis ist der Wunsch nach einem Brot, das in einer Volkswirtschaft in der Regel bezahlt werden muss. Der Bedarf entsteht in dem Moment, wenn genug Geld da ist, um ein bestimmtes Brot zu kaufen, auch wenn es nicht gekauft wird. Erst wenn der Mensch zum Bäcker geht und das Brot tatsächlich verlangt, spricht man von der Nachfrage.

M3 Bedürfnisse in Deutschland nach 1945 im Wandel der Zeit

A „Wirtschaftswunder“ im Nachkriegsdeutschland erfüllt den Traum vom neuen Leben

Sich endlich einmal satt essen und eine Wohnung haben, so lauteten die Wünsche der Nachkriegszeit. Die Normalität sollte wieder beginnen – nach dem Krieg, nach der Zeit der wirtschaftlichen und politischen Ungewissheit. [...] Ein neues Jahrzehnt fängt an: Die 1950er gehen in die Geschichte der Bundesrepublik ein als das Jahrzehnt des Wirtschaftswunders. [...] In den Jahren 1950 bis 1963 nimmt die Industrieproduktion real um 185 Prozent zu. [...] Auch der Elektrobereich boomt: Waschmaschinen, Kühlschränke, Fernsehgeräte und Radioapparate sind Verkaufsschlager. [...] Ab Mitte der 1950er-Jahre steigt auch die private Kaufkraft an, während die Lebenshaltungskosten stagnieren. Also bleibt mehr Geld übrig für den Konsum. Die Deutschen geraten in einen wahren Kaufrausch: Möbel, Autos, Reisen, Elektrogeräte. [...] Die Massenfertigung von Konsumgütern verbilligt die Preise für ehemals unerschwingliche Dinge wie Radios, Fernseher oder Waschmaschinen. Die Bundesregierung unterstützt den Traum vom „Häuschen im Grünen“ mit zinsgünstigen Baukrediten. An dem wachsenden Wohlstand haben alle Anteil: auch die Arbeiter und – nach einer Rentenreform 1957 – die Alten. Soziale Sicherheit, Vollbeschäftigung – in den 1950er-Jahren bilden sich die Maßstäbe für eine Lebensqualität, die heute als selbstverständlich gilt. Zwei Ausprägungen der Lust am Konsum sind die „Fresswelle" und die neue Reiselust. Während es nach dem Krieg zunächst vor allem darum ging, satt zu werden, futtern sich in den 1950er-Jahren viele Deutsche „Wohlstandsbäuche" an. Gute Butter, echter Bohnenkaffee – üppiges Essen ist gefragt. Nach und nach ändern sich auch die Essgewohnheiten: das helle Weizenmehl, vormals den Kuchen vorbehalten, wird mehr und mehr für Brot verbacken – die Amerikaner haben es mit ihrem Toastbrot vorgemacht. Konserven und Tiefkühlkost lösen das frische Gemüse aus dem eigenen Garten ab. Reisen machen Lust auf exotische Kost. Überhaupt das Reisen: In den 1950er-Jahren scheint für viele Bundesbürger der Urlaub wieder in den Bereich des Möglichen zur rücken.

Kriwet, Hildegard: Deutsche Geschichte: Wirtschaftswunder. In: www.planet-wissen.de, 13.06.2019

B Wie waren die Haushalte im Vergleich zu heute ausgestattet?

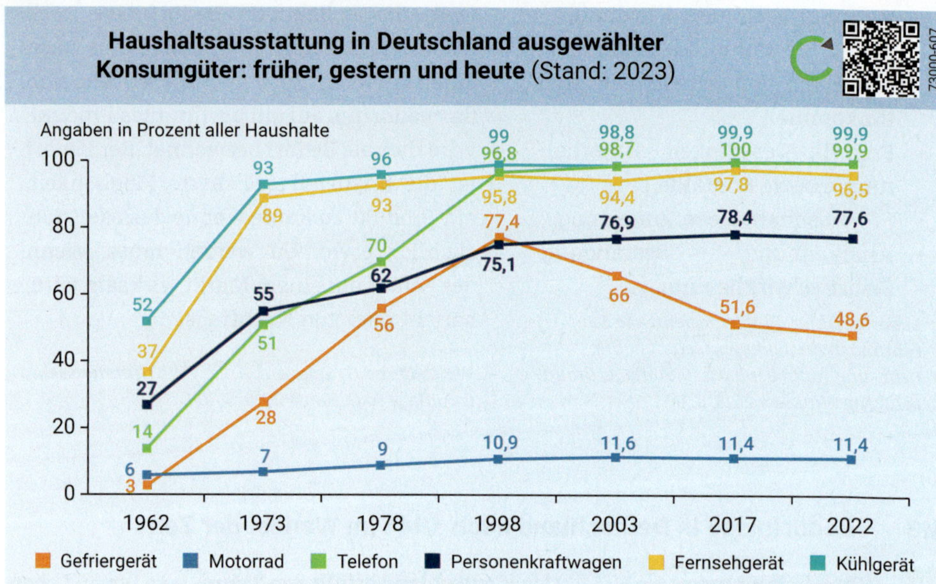

© C.C. Buchner Verlag, aktuelle Daten nach: Destatis (Datenerhebung: 2022; Grafikerstellung: 2023)

Aufgaben

72043-802

1. Erklären Sie sich zu zweit gegenseitig die ökonomischen Grundbegriffe „Bedürfnisse", „Bedarf" und „Nachfrage" (**M2** A, B).
2. Stellen Sie die Begriffe Bedürfnisse, Bedarf und Nachfrage in einem wirtschaftswissenschaftlichen Glossar dar, welches Sie im Verlauf der Unterrichtsreihe um neue Fachbegriffe ergänzen können (**M2** A, B).
3. Erläutern Sie zu zweit anhand des Wandels der Bedürfnisse in Deutschland nach 1945 (**M3** A), inwiefern Bedürfnisse abhängig sind von der Entwicklung der Industrieproduktion und der Einkommen sowie der sozialen Situation und dem Lebensstandard der Menschen.
4. Erschließen Sie sich mögliche Gründe für die Veränderung der Ausstattung der Haushalte zwischen 1962 und 2022 (**M3** B).

M4 Können Bedürfnisse gerankt werden? Die Hierarchie der Bedürfnisse nach Abraham Maslow

Eine der bekanntesten Bedürfnis-Theorien entwickelte der Klinische Psychologe Abraham Harold Maslow. Bekannt wurde vor allem sein Modell einer Bedürfnishierarchie [...]. Maslow geht von „Grundbedürfnissen" aus, die durch die menschliche Natur gegeben sind, also bei allen Menschen auftreten und für deren physiologische und psychische Entwicklung und Wachstum von zentraler Bedeutung sind. [...] Er betont dabei, dass das soziokulturelle Umfeld die Bedingungen für eine Befriedigung der Bedürfnisse bestimmt [...]. Maslow unterscheidet folgende fünf Grundbedürfnisse:

1. Die physiologischen Bedürfnisse [...]
2. Die Sicherheitsbedürfnisse [...]
3. Die Bedürfnisse nach Zugehörigkeit und Liebe [...]
4. Die Bedürfnisse nach Achtung [...]
5. Die Bedürfnisse nach Selbstverwirklichung [...].

Diese Bedürfnisse sind hierarchisch geordnet: Das jeweils niedrigere Bedürfnis muss „ausreichend" befriedigt sein, bevor das höhere wirksam werden kann. Ausreichend bedeutet, dass eine 100 %-ige Befriedigung nicht vorausgesetzt wird, eine Befriedigung muss aber im Regelfall umso stärker sein, je niedriger (und damit grundlegender) die Bedürfnisse sind. [...] Diese, durch den Charakter eines Bedürfnisses [...] vorgegebene Abfolge und Hierarchisierung schließt aber eine Wechselbeziehung zwischen niedrigen und höheren Bedürfnissen nicht aus. Während die physiologischen Bedürfnisse immer und in allen Entwicklungsstufen bzw. in jedem Lebensalter befriedigt werden müssen, werden die Bedürfnisse der höheren Ebenen 2 bis 5 von Maslow als „Wachstumsbedürfnisse" gekennzeichnet, für die es keine „oberen Grenzen", wie er dies nennt, bestehen. [...]

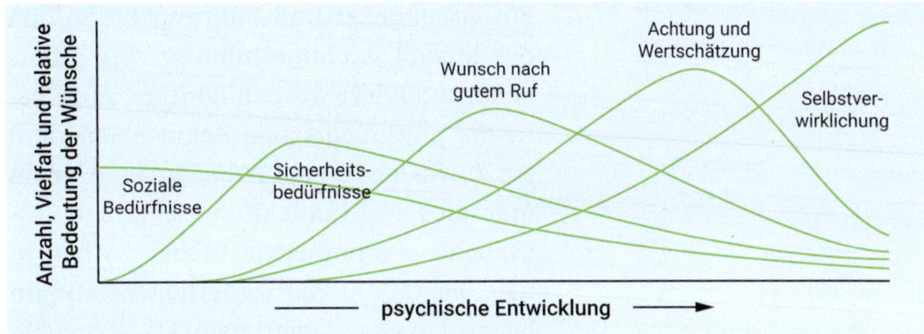

Nach: Methfessel, Barbara: Maslows Bedürfnistheorie und ihre Bedeutung für die Fachdidaktik. In: Haushalt in Bildung&Forschung 9 (2020). 1, S. 69-86

Bedürfnispyramide
Die Bedürfnishierarchie von Maslow wird in vielen Publikationen auch als Pyramide dargestellt, der sogenannten Maslowschen Bedürfnispyramide.

1 **Sicherheitsbedürfnisse** umfassen „Sicherheit; Stabilität, Geborgenheit, Schutz, Angstfreiheit, Bedürfnis nach Struktur, Ordnung, Gesetz, Grenzen, Schutzkraft, ... (Maslow 2018, S. 66 ff)

2 Sind die ersten beiden Bedürfnisse ausreichend befriedigt, gewinnen **soziale Bedürfnisse** nach Liebe, Zuneigung und Zugehörigkeit größere Bedeutung. [Dieses Gefühl wird im Allgemeinen im familiären Umfeld aufgebaut und dann in weiteren Gruppen bestätigt. [...]

3 + **4** **Achtung und Wertschätzung** durch andere ermöglichen den Aufbau von Selbstachtung und Selbstvertrauen. Maslow unterscheidet zwei Untergruppen: „Erstens gibt es das Bedürfnis nach Stärke, Leistung, Bewältigung und Kompetenz, Vertrauen angesichts der übrigen Welt und Unabhängigkeit und Freiheit. Zweitens gibt es, was man den Wunsch nach einem guten Ruf oder nach Prestige nennen könnte (Maslow, 2018, S. 72 f.) [...].

5 Aufgrund der Erfahrung mit Menschen, die scheinbar alles hatten, aber unzufrieden waren, postulierte Maslow die **Bedürfnisse nach Selbstverwirklichung** als höchster Stufe in seiner Hierarchie der Bedürfnisse. Vor dem Hintergrund, was ihnen die Natur mitgegeben habe, hätten solche Menschen noch nicht gefunden, was sie (sein) könnten. Dies kann nicht ausgelebte künstlerische Begabungen betreffen oder auch intellektuelle Fähigkeiten [...].

Methfessel, Barbara: Maslows Bedürfnistheorie und ihre Bedeutung für die Fachdidaktik. In: Haushalt in Bildung&Forschung 9 (2020). 1, S. 69-86

M5 Welche Bedeutung hat die Maslowsche Bedürfnishierarchie für die Arbeitswelt?

Für Arbeitgeber und Führungskräfte gibt das Modell wichtige Impulse, wie Mitarbeiter motiviert werden können. Auf Ebene der physiologischen Bedürfnisse kann zur Zufriedenheit ein Arbeitsplatz, an dem man sich wohlfühlt (Ruhe, gute Luft, Tageslicht, ergonomische Möbel, ...) beitragen. Das Gefühl von Sicherheit vermitteln beispielsweise unbefristete Arbeitsverträge, eine gute Altersvorsorge und das Angebot von Versicherungsschutz. Ein gutes Betriebsklima, Abteilungsausflüge oder die Arbeit im Team ermöglichen dem Mitarbeiter soziale Interaktion und fördern das Zugehörigkeitsgefühl. Der Selbstwert eines Mitarbeiters kann durch ein Bonussystem, öffentliches Lob oder durch Statussymbole wie einen Dienstwagen gefördert werden. Auch das Streben nach Selbstverwirklichung können Unternehmen unterstützen: durch Freiräume bei Entscheidungen und bei der Umsetzung von Ideen oder durch das Bewilligen von Weiterbildungen.

Geppert, Melanie: Maslowsche Bedürfnispyramide: Bedürfnisse und menschliches Handeln. In: www.herder.de, 17.09.2019

M6 Die Bedürfnisse auf dem Prüfstand: Sind sie wirklich „unersättlich"?

Jacob liebt die Straßenmusik und das Leben im Bauwagen

Jacob (25) wohnt zurzeit als Gast auf dem Wagenplatz am Mainzer Uni-Gelände. Etwa 20 Personen leben hier permanent in bunten Bauwägen und ausgebauten Bussen zwischen zusammengezimmerten Terrassen, Hängematten, Obstbäumen und Blumenkübeln. „Es ist einfach ein schönes Lebensgefühl. Hier sind Menschen durchgehend zusammen." Zwar hat jeder sein eigenes Zuhause, aber Küchen- und Badewagen werden gemeinsam genutzt. Daneben gibt es genügend Platz für Gemeinschaftsaktivitäten, Feste, Konzerte und auch einen Gemüsegarten. Jacob ist hier glücklich. Sein Geld verdient er mit Straßenmusik in der Mainzer Innenstadt. Aber Kohle ist Nebensache: „Jedes Mal, wenn ich loszieh' um Straßenmusik zu machen, zieht es mich hoch. Ich mach' mich damit glücklich." Also Augen und Ohren auf beim nächsten Besuch in Mainz.

Hansen, Alexander/Schaper, Sander: Jacob liebt die Straßenmusik und das Leben im Bauwagen. In: www.swr.de, 17.09.2018

Aufgaben

72043-803

1. a) Erläutern Sie die Bedürfnishierarchie von Maslow (**M4**) und ordnen Sie die Bedürfnisse, die den Wünschen aus **M1** A - F zu Grunde liegen, ein.
b) Vergleichen Sie die Ergebnisse mit Ihren Aussagen aus der 3. Einstiegsaufgabe.
c) Diskutieren Sie, welche Bedürfnisse mit wirtschaftlichen Gütern befriedigt werden können und welche nicht.

2. a) Erläutern Sie, inwiefern die Überlegungen Maslows für die Motivation von Arbeitnehmenden eingesetzt werden können (**M5**).
b) Entwickeln Sie anhand Ihrer Kenntnisse der Maslowschen Bedürfnishierarchie Maßnahmen zur Förderung der Motivation von Schülerinnen und Schülern (**M4**, **M5**).

3. Analysieren Sie das Fallbeispiel von Jacob in **M6** im Hinblick auf die Frage, ob es die Annahmen von Abraham Maslow bezüglich der Hierarchie der Bedürfnisse bestätigt.

4. Diskutieren Sie im Kurs, ob die Annahme der Wirtschaftswissenschaften, dass Bedürfnisse unersättlich sind, zutrifft (**M1-M6**).

H zu Aufgabe 2a
Berücksichtigen Sie dabei, welchen Nutzen und welches Risiko Unternehmen durch die Bereitstellung entsprechender Arbeitsumgebungen haben.

F zu Aufgabe 3
Weiteres Fallbeispiel: Trampen nach Südamerika

72043-826

8.2 Viele Bedürfnisse und knappe Güter: Wirtschaften wir immer rational?

Zum Thema: Im Supermarkt, der Shoppingmeile oder beim Online-Shopping – oft müssen wir wirtschaftliche Entscheidungen treffen. Dieses Kapitel beschäftigt sich mit der Frage, wie diese Entscheidungen getroffen werden und ob wir dabei immer rational handeln.

M7 Das Märchen vom Schlaraffenland

Hört zu, ich will euch von einem guten Lande sagen, dahin würde mancher auswandern, wüsste er, wo selbes läge und eine gute Schiffsgelegenheit. [...] Um jedes Haus steht ein Zaun, der ist von Bratwürsten geflochten. [...] Alle Brunnen sind voll Malvasier und andre süße Weine, auch Champagner, die rinnen einem nur so in das Maul hinein, wenn er es an die Röhren hält. [...] Die Fische schwimmen in dem Schlaraffenlande obendrauf auf dem Wasser, sind auch schon gebacken oder gesotten [...]. Das könnt ihr glauben, dass die Vögel dort gebraten in der Luft herum fliegen, Gänse und Truthähne, Tauben und Kapaunen, Lerchen und Krammetsvögel, und wenn es zu viel Mühe macht, die Hand danach auszustrecken, dem fliegen sie schnurstracks ins Maul hinein. Die Spanferkel geraten dort alle Jahre überaus trefflich; sie laufen gebraten umher und jedes trägt ein Tranchiermesser im Rücken, damit, wer da will, sich ein frisches saftiges Stück abschneiden kann.

Die Käse wachsen in dem Schlaraffenlande wie die Steine, groß und klein; die Steine selbst sind lauter Taubenkröpfe mit Gefülltem, oder auch kleine Fleischpastetchen. Im Winter, wenn es regnet, so regnet es lauter Honig in süßen Tropfen, da kann einer lecken und schlecken, dass es eine Lust ist, und wenn es schneit, so schneit es klaren Zucker, und wenn es hagelt, so hagelt es Würfelzucker, untermischt mit Feigen, Rosinen und Mandeln.

Bechstein, Ludwig: Deutsches Märchenbuch 1845 (Hinweis: Rechtschreibung wurde nicht angepasst)

Einstiegsaufgaben

72043-822

1. Beschreiben Sie, inwiefern sich unser Leben vom Leben im Schlaraffenland unterscheidet und sammeln Sie mögliche Ursachen für die Unterschiede.
2. Tauschen Sie sich im Kurs darüber aus, welche Konsequenzen sich aus den Unterschieden für unser (wirtschaftliches) Verhalten ergeben und ob unser wirtschaftliches Handeln immer sinnvoll ist.

M8 Was ist die Ursache des Wirtschaftens? Über die Güterknappheit ...

Bedürfnisse werden in der Regel durch Güter und Dienstleistungen befriedigt. Jedoch sind die meisten vorhandenen Güter knapp – so lautet ein grundlegendes Problem aus volkswirtschaftlicher Sicht. [...] Knappheit bedeutet, dass die vorhandene Menge an Gütern und Dienstleistungen nicht ausreicht, um alle Bedürfnisse aller Menschen zu jeder Zeit zu befriedigen – eine Zwickmühle also. Jedoch sind nicht alle vorhandenen Güter knapp. Einige Güter sind frei. Wichtig ist dabei nicht, ob ein Gut selten vorkommt, sondern vielmehr, ob es für den jeweiligen Zweck begrenzt zur Verfügung steht [...]. Aus dem Problem der Knappheit folgt, dass Wirtschaftssubjekte mit den vorhandenen Mitteln versuchen müssen, die vorhandenen Bedürfnisse zu befriedigen. Da nicht alle Bedürfnisse in gleichem Umfang befriedigt werden können, müssen die einzelnen Wirtschaftssubjekte mit den vorhandenen Mitteln wirtschaften. Als „Wirtschaften" wird ganz allgemein der rationale Umgang mit knappen Gütern, Ressourcen und finanziellen Mitteln bezeichnet.

Beispiele Knappheit anhand des öffentlichen Guts Sauerstoff
Der Sauerstoff, den wir zum Atmen brauchen, kann von uns ohne jede Bezahlung genutzt werden. Er ist ein freies Gut.
Ein knappes Gut ist dagegen der Sauerstoff, der abgefüllt in Sauerstoffflaschen für das Tauchen benötigt wird.

Weitz, Bernd O./Eckstein, Anja: VWL Grundwissen. 5. Auflage. Haufe 2019, S. 11 f.

M9 Fallbeispiel Wasser: vom freien zum knappen Gut ...

Wasser schien in Deutschland immer im Überfluss vorhanden zu sein. Aber gilt das immer noch? Das Magazin „Kommunal" hat in einem gemeinsamen Projekt mit dem ARD-Politikmagazin report München deutschlandweit Tausende Kommunen und deren Zweckverbände befragt: Erfahren sie bereits echte Wasserknappheit und mussten sie Maßnahmen ergreifen? 1480 Bürgermeisterinnen und Bürgermeister und Mitarbeiter von Zweckverbänden haben teils dramatische Antworten übermittelt.

"Einige Gemeinden müssen mit Wassertankfahrzeugen versorgt werden", schreibt etwa ein Mitarbeiter eines Zweckverbandes aus Thüringen. Aus einer Kleinstadt in Niedersachsen heißt es, die „Wasserpegelstände der Tiefbrunnen sind in den letzten zehn Jahren kontinuierlich um insgesamt drei bis vier Meter gefallen". Ein kommunaler Mitarbeiter aus einer Gemeinde in Brandenburg bringt es auf den Punkt: „Die Wasserknappheit stellt eine zunehmende Bedrohung dar". [...]

Wasserknappheit stellen insgesamt 57 Prozent der Kommunen fest; Maßnahmen dagegen – wie etwa Pools, Autowaschen oder Gartenbewässerung zu verbieten – haben 16 Prozent ergriffen. [...] Kommunen und deren Versorgungsunternehmen müssen sich wegen des Klimawandels langfristig auch auf höhere Kosten einstellen. Der Deutsche Verein des Gas- und Wasserfachs (DVGW) hat seine Mitglieder im vergangenen Sommer dazu befragt – bundesweit antworteten mehr als 100 Wasserförderer. Ergebnis: In den vergangenen zehn Jahren haben die Unternehmen 400 Millionen Euro für Klimaanpassungskosten ausgegeben. Für die nächsten zehn Jahre erwarten sie Kosten von 1,2 Milliarden Euro – dreimal so viel.

Von dem Geld wollen sie neue Trinkwasserquellen erschließen. Vor allem geht es aber darum, das Wasser besser zu verteilen, es braucht neue Leitungen und Hochbehälter zur Wasserspeicherung. „Das kostet alles Geld. Und letztendlich müssen die Verbraucherinnen und Verbraucher diese Mehraufwendungen zahlen", sagt Joachim Arnold, Vorstand der Oberhessischen Versorgungsbetriebe (OVAG).

Hagemann, Ulrich/Rademacher, Olivia: „Eine zunehmende Bedrohung". Wasserknappheit in Deutschland. In: www.tagesschau.de, 30.08.2022

Niedrigwasser im Rhein bei Köln

M10 Was bedeutet das „ökonomische Prinzip"?

Um rational handeln zu können, [...] müssen sich Wirtschaftssubjekte vergegenwärtigen, wie sie mit ihren Zielen und Mitteln umzugehen haben. Das Verhältnis zwischen den Zielen und Mitteln ist entscheidend. [...] Beim Handeln nach dem ökonomischen Prinzip gibt es zwei Ausprägungen: Maximumprinzip und Minimumprinzip. [...] Nach dem Maximumprinzip handelt derjenige, der mit vorgegebenen Mitteln versucht, den größtmöglichen Nutzen zu erreichen. Nach dem Minimumprinzip handelt derjenige, der ein vorgegebenes Ziel mit einem möglichst geringen Einsatz an Mitteln zu erreichen versucht.

Beispiel des ökonomischen Prinzips: Herstellung eines Produktes
Ein Unternehmen möchte ein bestimmtes Produkt auf den Markt bringen. Nach dem Maximumprinzip steht für die Entwicklung, Herstellung usw. des Produktes eine Summe von einer Million Euro zur Verfügung. Das Unternehmen wird nun versuchen, das Produkt so gut wie möglich im Rahmen der vorhandenen Gelder zu gestalten. Ist dagegen kein Geldrahmen für die Herausbringung des Produktes gegeben, sondern das Ziel, dass dieses Produkt zu einem bestimmten Zeitpunkt in einer bestimmten Menge am Markt zur Verfügung stehen muss, wird nach dem Minimumprinzip versucht, dieses Ziel mit möglichst wenig Aufwand an Zeit und Kosten, z. B. für Herstellung oder Transport des Produktes, zu erreichen.

Weitz, Bernd O. / Eckstein, Anja: VWL Grundwissen. 5. Auflage. Haufe 2019, S. 13 f.

M11 Wie fungieren Modelle als Landkarten der Volkswirtschaftslehre?

Modelle spielen in der Volkswirtschaftslehre, wie in allen Wissenschaften, eine wichtige Rolle. Vereinfacht gesprochen handelt es sich dabei um Landkarten, die es ermöglichen, sich in einer sehr komplexen ökonomischen Realität zurechtzufinden. Und ähnlich wie für Landkarten gilt auch für Modelle, dass keines für alle Bedürfnisse gleichermaßen geeignet ist. So ist es für eine Autoreise von Frankfurt nach Hamburg am besten, wenn man eine gute Autobahnkarte mit einem kleinen Maßstab hat [...]. Will man aber dieselbe Strecke mit dem Fahrrad bewältigen, ist man mit einer Wanderkarte mit großem Maßstab sehr viel besser bedient. Ob ein Modell gut oder schlecht ist, hängt also vor allem davon ab, ob es dem Anwender eine möglichst gute Einsicht in komplexe ökonomische Zusammenhänge vermitteln kann. Dazu ist es unumgänglich, dass Modelle immer nur ein vereinfachtes Abbild der Realität darstellen. [...] Vereinfachung ist dabei kein Nachteil, sondern gerade der Zweck eines Modells.

Bofinger, Peter: Grundzüge der Volkswirtschaftslehre: Eine Einführung in die Wissenschaft von Märkten. 5. Auflage. München: Pearson Deutschland 2019, S. 31

M12 Fallbeispiel: das ökonomische Modell des „Homo oeconomicus"

Der „Homo oeconomicus" ist ein gedankliches Modell aus der Wirtschaftstheorie. Es beschreibt einen **a) rein wirtschaftlich denkenden Menschen, b) mit uneingeschränkt rationalem Verhalten, c) der ausschließlich den eigenen Nutzen maximieren will**. Diese Vorstellung soll dabei helfen, einfache wirtschaftliche Vorgänge (Kauf, Verkauf, Produktion, Konsum usw.) zu erklären. Dabei wird ganz bewusst auf die Berücksichtigung vieler realer Einflüsse etwa auf das tatsächliche Kaufverhalten (z. B. Alter, Einkommen, Stimmung, Zweck des Kaufes, Dringlichkeit usw.) verzichtet, um allgemeine wirtschaftliche Gesetzmäßigkeiten und Zusammenhänge beschreiben zu können. [...] Der „Homo oeconomicus" beschreibt also nicht das Kaufverhalten einer einzelnen Person, sondern er erklärt nur, wie sich bei Betrachtung einer sehr großen Zahl von Fällen die Mehrheit der Käufer verhalten würde.

Wochenschau Verlag: 63. Jahrgang, September/Oktober 2012, 2. akt. Auflage 2016, S. 9

Der Homo oeconomicus und seine Schwächen
Immer mehr Wissenschaftlerinnen und Wissenschaftler der Ökonomie kritisieren das Modell des Homo oeconomicus. Das Modell erfasse das menschliche Verhalten sehr einseitig und unrealistisch.

M13 Der Homo oeconomicus in der Kontroverse

A Das Modell des Homo oeconomicus sollte ersetzt werden

Es ist an der Zeit, den Bezugsrahmen des Homo oeconomicus durch ein Modell zu ersetzen, in dem sich die Fähigkeit zu Altruismus und positivem Sozialverhalten widerspiegelt. [...] In den letzten Jahren haben neue Entwicklungen in der Evolutionsbiologie, Psychologie und Anthropologie [...] gezeigt, dass Menschen durch prosoziale Präferenzen, wie Gerechtigkeit und die Sorge um das Wohl und die Rechte anderer, motiviert werden können. Tatsächlich werden Menschen durch ihre Empathie und ihr Mitgefühl oft dazu angetrieben, Hilfsbedürftigen zu helfen, selbst völlig Fremden. [...] Zudem weisen experimentelle Daten darauf hin, dass die Präferenzen der Menschen, anders als es die herrschende Wirtschaftstheorie behauptet, veränderbar sind. Sich verändernde Umweltfaktoren prägen die menschliche Entscheidungsfindung, indem sie Motivationssysteme aktivieren, die mit Bedrohung, Erfolg und Machtmotivation sowie mit der Sorge um andere und sozialer Zugehörigkeit im Zusammenhang stehen.

Singer, Tania: Jenseits des homo oeconomicus. In: www.project-syndicate.org, 12.09.2013

B Der Homo oeconomicus ist ein gelungenes Analyseinstrument

Das „Eigeninteresse" des Homo oeconomicus ist [...] zunächst einmal rein formal, als eine (fast) leere (Beobachtungs-)Kategorie gegeben, welche lediglich ihr Gegenteil, nämlich: dass Menschen bewusst und systematisch gegen ihre eigenen Interessen handeln, ausschließt; im (Eigen-)Interesse kann daher auch das schlichte Wohlergehen des Nächsten liegen, also durchaus auch das, was man gewöhnlich unter Altruismus versteht, nur wird solches Verhalten i.d.R. eben nicht in jeder Situation zu beobachten sein, sondern nur dann, wenn sichergestellt ist, dass man sich dabei nicht dauerhaft bzw. systematisch selbst benachteiligt [...] Das bedeutet nicht, dass Handlungsgründe wie Werte oder Normen, der Wunsch nach Gerechtigkeit, Effekte der Sozialisation, gemeinsame Ziele oder Überzeugungen usw. nicht zu berücksichtigen wären – all diese Effekte können gewichtige Anreize für bestimmtes Verhalten darstellen [...]. Oftmals ist es nicht der fehlende „gute Wille" der Akteure, welcher die Verwirklichung eines gemeinsamen Zieles scheitern lässt, sondern (situative) Anreizprobleme, welche es zu analysieren gilt – und genau das geschieht mit Hilfe des Modells Homo oeconomicus.

Suchanek, Andreas/Kerscher, Klaus-Jürgen: Der Homo oeconomicus: Verfehltes Menschenbild oder leistungsfähiges Analyseinstrument? In: www.mikro.wiw.unidue.de, 19.09.2022

Aufgaben

72043-816

F zu den Aufgaben 1-2
Stellen Sie auch das ökonomische Prinzip in Ihrem wirtschaftswissenschaftlichen Glossar dar (**M10**).

1. Stellen Sie die Begriffe freie Güter, knappe Güter und Wirtschaften in Ihrem wirtschaftswissenschaftlichen Glossar dar (**M8**).
2. Erläutern Sie am Fallbeispiel Wasser (**M9**), wie ein freies Gut zu einem knappen Gut werden kann und welche möglichen Konsequenzen sich aus dieser Entwicklung ergeben.
3. Erklären Sie den Zusammenhang zwischen unbegrenzten Bedürfnissen, Güterknappheit und dem ökonomischen Prinzip in einem Schaubild (**M8-M10**).
4. Erläutern Sie, warum Wissenschaftlerinnen und Wissenschaftler mit Modellen arbeiten und was ein gutes Modell kennzeichnet (**M11**).
5. Stellen Sie das Modell des Homo oeconomicus (**M12**) dar. Arbeiten Sie heraus, wieso es sich um ein Modell handelt (**M11**).
6. Stellen Sie den Begriff Homo oeconomicus in Ihrem wirtschaftswissenschaftlichen Glossar dar (**M12**).
7. Analysieren Sie **M13** A im Hinblick auf die Kritik, die die Autorin am Modell des Homo oeconomicus äußert. Stellen Sie die Aussagen der Autoren in **M13** B gegenüber und kommen Sie zu einem begründeten Urteil zu der Frage, ob der Homo oeconomicus ein sinnvolles Instrument der Wirtschaftswissenschaften darstellt.

8.3 Konsumierende – souverän oder fremdbestimmt? Das Leitbild der Konsumentensouveränität

Zum Thema: Die meisten Menschen können sich nicht vorstellen, auf moderne Konsumgüter zu verzichten. Sie orientieren sich an der Werbung, Verbraucherinformationen und an Erfahrungen ihrer Freundinnen und Freunde, um ihre Kaufentscheidungen zu treffen. Die Produzierenden bieten Informationen an, versuchen Kundinnen und Kunden zum Kaufen ihrer Ware zu bewegen. Dieses Unterkapitel beschäftigt sich mit der Frage, inwiefern die Konsumierenden ihre Kaufentscheidungen souverän oder fremdbestimmt treffen.

M14 Wer oder was nimmt Einfluss auf Ihre Kaufentscheidung?

A Influencer Marketing

Eine Influencerin nimmt in einer Wohnung mit einer Kamera ein Beauty-Tutorial auf.

B Preisreduzierung

Sneakers NY09 UNISEX
4,7 ★★★★★ 431
ab 55,95 €
Ursprünglich: ~~79,95 €~~
bis zu -30 %

C Onlinebewertung

152 Bewertungen
4,2 ★★★★★ 152

Einstiegsaufgaben

72043-823

1. Formulieren Sie zu zweit stichpunktartig Vermutungen darüber, welchen Einfluss Influencer-Marketing, Preisreduzierungen und Online-Bewertungen auf eine Kaufentscheidung für Beauty-Artikel oder Sneakers nehmen können.
2. Tauschen Sie sich darüber aus, welchem Satz Sie eher zustimmen würden: „Das Angebot bestimmt die Nachfrage“ oder „Die Nachfrage bestimmt das Angebot“.

H zu Aufgabe 1
Beziehen Sie z. B. auch eigene Erfahrungen mit ein.

M15 Wie kommt es zu einer Kaufentscheidung?

Konsumenten treffen wöchentlich eine Vielzahl von Kaufentscheidungen bzw. nutzen täglich Ge- und Verbrauchsgüter, für deren Kauf sie sich irgendwann entschieden haben, um Bedürfnisse nach Nahrung, Wärme, Gesundheit, Sicherheit, Geborgenheit, Liebe, sozialer Anerkennung, Anregung und persönlicher Entfaltung zu befriedigen. Diese Bedürfnisse können mit immateriellen und materiellen Gütern befriedigt werden, die sich selbst herstellen lassen oder in vielfältigen Bezugsquellen zu unterschiedlichsten Preisen und Qualitäten zu haben sind. Nahrung lässt sich sammeln oder jagen, im eigenen Garten oder auf dem Balkon anbauen, im Discounter, Supermarkt, Wochenmarkt, Biomarkt, beim Bauern oder im Feinkostgeschäft kaufen. Sie kann als zubereitete Speise zuhause, in der Kantine, am Kiosk oder im Nobelrestaurant als Dienstleistung verzehrt werden. [...] Ob man sein Nahrungsbedürfnis mit Wasser und Brot, mit Sauerkraut und Kartoffelpüree oder mit Kaviar und Champagner befriedigt, ist nicht unabhängig von den persönlichen Voraussetzungen, aber ebenso wenig von den kulturellen Einflüssen. [...] Auch wenn auf den ersten Blick manche Bedürfnisse durch käufliche Güter nicht befriedigt werden können, ist das oft nur die halbe Wahrheit. So wird die Befriedigung von Bedürfnissen immer mehr zu einem Bedarf nach Konsum, der Geld erfordert und von außen durch die Bereitstellung eines entsprechenden Angebots beeinflusst wird. Wüssten die Konsumenten, welche Bedürfnisse sie mit welchen Mitteln am besten befriedigen könnten, wäre schon eine wichtige Vorbedingung für eine rationale Kaufentscheidung erfüllt, um die Mittel in ein vernünftiges Verhältnis zu den Zielen zu setzen. Aber selbst das ist schwierig genug. Die Güter unterscheiden sich erheblich in Kaufpreis und Qualität, die Kaufpreise divergieren nach Anbietern, Saison sowie nachgefragter Menge. [...] Geringere Preise können sich trotz qualitativer Gleichwertigkeit der Produkte dadurch ergeben, dass bei der Produktion die Umweltbelastung nicht mit ins Kalkül gezogen wurde oder die Produktionskosten durch problematische Arbeitsbedingungen, Niedriglöhne oder durch Kinderarbeit gering gehalten wurden.

Weber, Birgit: Konsum in der Sozialen Marktwirtschaft, www.bpb.de, 19.11.2010

M16 Was ist der Unterschied zwischen „Konsumenten-" und „Produzentensouveränität"?

A **Konsumentensouveränität:** Ob die Marktwirtschaft als effizienter Koordinationsmechanismus fungiert, ist letztlich von den Konsumenten abhängig. Diese sorgen mit ihren Entscheidungen dafür, dass die benötigten Güter zu günstigen Preisen und in guter Qualität produziert werden und so das Interesse an Gewinnmaximierung in die gewünschten Bahnen gelenkt wird. Konsumenten belohnen durch ihre Kaufentscheidungen die Produzenten der Güter, die ihren Bedürfnissen am ehesten entsprechen. Sie bestrafen diejenigen, deren Produkte sie wegen überhöhter Preise, nicht ansprechender Eigenschaften oder schlechter Qualität nicht kaufen. Ob die Konsumenten es wollen oder nicht, ob sie rational oder irrational handeln, ob sie über ihre Käufe nachdenken oder nicht, sie nehmen immer eine sanktionierende Funktion ein. So bestimmen sie die Produktionsergebnisse auf den Märkten mit. Das ist die Grundidee der Konsumentensouveränität. Deren idealtypische Vorstellungen sind mit einer komplexen und widersprüchlichen Realität konfrontiert.

Weber, Birgit: Konsum in der Sozialen Marktwirtschaft. In: www.bpb.de, 19.11.2010

B **Produzentensouveränität:** Der Verbraucherforscher Gerhard Scherhorn wies schon vor mehr als 30 Jahren auf die Einschränkungen dieser Konsumentensouveränität hin. Danach sind Konsumenten abhängig vom Angebot, und die Konkretisierung ihres Bedarfs nach bestimmten Gütern wird von den Anbietern beeinflusst. So träfen die Produzenten die Produktionsentscheidungen und versuchten aus Gewinnmaximierungs- und Selbsterhaltungsinteressen über Marketingstrategien die Aufmerksamkeit der Konsumenten auf ihre Produkte zu lenken. Bei dieser „Produzentensouveränität" haben die Konsumenten keine aktive, sondern eher eine reaktive Funktion: Sie können ihren Bedarf einschränken oder Produkte, Anbieter und Hersteller wechseln. Sie können aber auch ihren Widerspruch entweder direkt beim Anbieter oder über Medien und Verbraucherorganisationen deutlich machen. Abwanderung (Exit) oder Widerspruch (Voice) sind nach dem Soziologen und Volkswirt Albert O. Hirschman zwei grundlegende Reaktionsmöglichkeiten, deutlich zu machen, dass die angebotene Qualität nicht den Wünschen entspricht. Dazu muss die Mehrheit der Konsumenten fähig und bereit sein, Marktleistungen angemessen zu bewerten und entsprechend zu handeln. [...] Aber sind die Konsumenten mit diesen Entscheidungen nicht überfordert?

Ebd.

M17 Wie hoch ist der Einfluss von Social Media auf Kaufentscheidungen?

Der Einfluss von Influencern auf Kaufentscheidungen steigt auf ein neues Rekordhoch: Innerhalb von zwölf Monaten haben 24 Prozent der deutschen Onliner Produkte gekauft oder Dienstleistungen in Anspruch genommen, die von einem YouTuber beworben wurden. Das zeigt der Social-Media-Atlas 2022 der Hamburger Kommunikationsberatung Faktenkontor, für den der Marktforscher Toluna 3.500 Internet-Nutzer ab 16 Jahren repräsentativ befragt hat. In der Vorjahresausgabe der Studienreihe, die seit 2011 die Nutzung Sozialer Medien in Deutschland beleuchtet, lag die Quote noch bei 21 Prozent. YouTuber bleiben damit die Influencer mit der größten verkaufsfördernden Wirkung – aber auch Instagrammer, Blogger und andere Social-Media-Promis bauen ihren Einfluss auf die Konsumenten weiter aus. [...]

Tendenziell fällt der Einfluss der Influencer auf den Konsum umso stärker aus, je jünger ihr Publikum ist. 52 Prozent der Internet-Nutzer aus der Generation Z (16-25 Jahre) haben sich bereits von YouTubern zu Kaufentscheidungen verleiten lassen, 49 Prozent von Instagrammern, 38 Prozent von Bloggern und 47 Prozent von Influencern auf anderen Social-Media-Kanälen. Unter Millennials liegen die Quoten schon jeweils vier bis sechs Prozentpunkte niedriger – mit einer Ausnahme: 39 Prozent der Befragten im Alter von 26 bis 40 Jahren geben an, bereits Kaufempfehlungen von Bloggern gefolgt zu sein. Jenseits der 40 sinkt der Einfluss der Influencer hingegen auf nur mehr acht bis zwölf Prozent der Onliner.

© 2014-2023 Faktenkontor: Konsum: Einfluss der Influencer steigt. In: www.faktenkontor.de, 02.08.2022

Influencer zünden den Verkaufsturbo!!

Von jeweils 100 Internet-Nutzern haben innerhalb eines Jahres

- ✓ **24** etwas gekauft, weil es von einem Youtuber beworben wurde.
- ✓ **19** etwas gekauft, weil es von einem Instagrammer beworben wurde
- ✓ **18** etwas gekauft, weil es von einem Blogger beworben wurde
- ✓ **20** etwas gekauft, weil es von einem Influencer beworben wurde

© 2014-2023 Faktenkontor: Konsum: Einfluss der Influencer steigt. In: www.faktenkontor.de, 02.08.2022

M18 Erhöhen Online-Bewertungen die Konsumentensouveränität?

A Wie relevant sind Online-Bewertungen?

Deutsche shoppen mehr online, kaufen Produkte online, die sie vorher im Geschäft gekauft haben und nutzen neue Shopping-Kanäle wie soziale Medien. Mit dem wachsenden Online-Handel steigt auch die Wichtigkeit von Nutzer-generierten Bewertungen. [...]

Nutzerbewertungen sind eine riesige Macht im Netz und die vertrauensvollste Quelle vor einer Kaufentscheidung. Laut unserer Studie lesen lediglich 5 % der deutschen Konsumenten keine Kundenbewertungen vor einem Kauf. Unsere Umfrageteilnehmer geben an, Online-Reviews mehr als Empfehlungen von Freunden und Bekannten zu vertrauen.

[...] In Deutschland vertrauen 43 % stark bis sehr stark den Bewertungen. Damit befindet sich Deutschland im Europavergleich im Mittelfeld. In Spanien liegt das Vertrauen in Reviews mit 73 % am höchsten, in Italien mit 30 % am niedrigsten.

Die Wichtigkeit von Online-Reviews für die Kaufentscheidung variiert je nach Produkt, an dem der Kunde interessiert ist. [...] Mit der steigenden Wichtigkeit und Anzahl an Nutzerbewertungen kommt es auch vermehrt zu Fake-Reviews. Mehr als die Hälfte der Konsumenten glaubt, dass 50 % und mehr der Bewertungen gefälscht sind.

Bahr, Ines: Capterra-Umfrage zur Wichtigkeit von Online-Bewertungen in Deutschland. In: www.capterra.com.de. 04.11.2020

B Einfluss von Online-Bewertungen (Stand: 2020, in %, n=685)

Die Frage lautete: Wie stark beeinflussen Kundenbewertungen Ihre Kaufentscheidungen für die folgenden Arten von Produkten/Dienstleistungen?

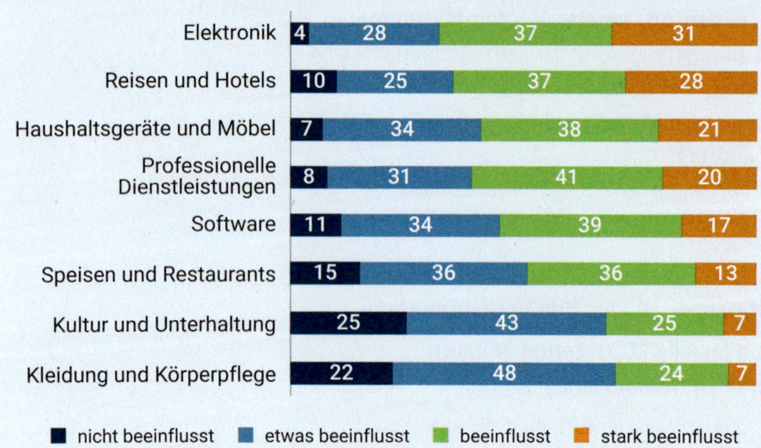

C Vertrauen von Konsumierenden beim Kauf eines Produkts (in %)

Die Frage lautete: Worauf vertrauen Sie am meisten beim Kauf eines neuen Produkts?

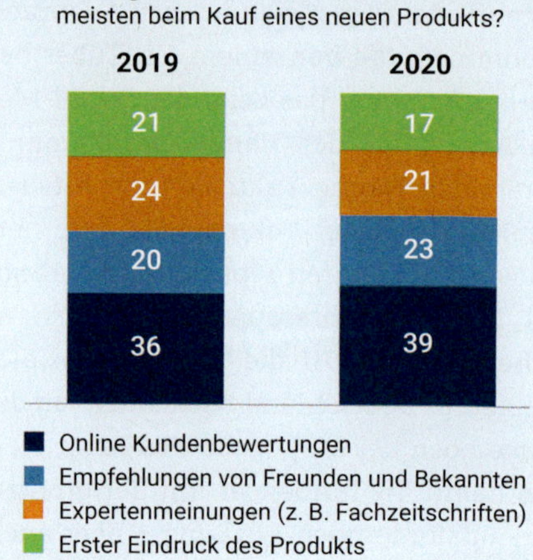

Nach: Bahr, Ines: Capterra-Umfrage zur Wichtigkeit von Online-Bewertungen in Deutschland. In: www.capterra.com.de. 04.11.2020 (Befragte: 3.600, davon in Deutschland: 685)

D Das Kartellamt warnt vor „Fake"-Bewertungen

Das Bundeskartellamt warnt vor Fake-Bewertungen für Produkte in Online-Shops. „Bewertungen im Internet stammen teilweise gar nicht von echten Nutzern oder werden inhaltlich manipuliert", heißt es in einem Bericht der Behörde. Auch Bewertungen für Ärzte oder Hotels seien manchmal gefälscht, ohne dass dies für Verbraucher erkennbar sei. [...] Fake-Bewertungen seien ein weit verbreitetes Phänomen. Der Bericht des Kartellamtes beschreibt, wie sie entstehen können. So gebe es spezialisierte Dienstleister, bei denen positive Bewertungen gekauft werden könnten. Dabei würden Nutzern häufig kostenlos Produkte überlassen oder andere Belohnungen für positive Bewertungen gewährt. Auch Software, sogenannte Bots, könnten eingesetzt werden, um Bewertungen künstlich zu erzeugen. Bei manchen Portalen sind laut Kartellamt vor allem die positiven Bewertungen sichtbar, wodurch ein verzerrtes Bild entstehe. Grund hierfür könne sein, dass zum Beispiel ein negativ bewertetes Restaurant beim Portalbetreiber einen Eintrag als kritisch gemeldet und die Löschung verlangt habe.

Das Bundeskartellamt forderte Online-Portale und Suchmaschinen dazu auf, beherzter gegen Fake-Bewertungen vorzugehen. Die meisten Portale verwendeten bislang lediglich Wortfilter oder verließen sich auf nachträgliche Meldungen von auffälligen Bewertungen, kritisieren die Wettbewerbshüter. Es gebe verschiedene Methoden, Manipulationen aufzuspüren – etwa mit Hilfe Künstlicher Intelligenz. Doch nur wenige Portale nutzten diese, so die Behörde. Es werde viel zu selten vorab überprüft, ob Bewertungen tatsächlich von Käufern des Produkts stammten. Mundt appellierte an die Verbraucher, Produktbewertungen kritisch zu betrachten. „Achten Sie auf mögliche Hinweise wie übertriebene Sprache und wiederkehrende Muster", sagte der Kartellamtspräsident.

Es sei sinnvoll, stets möglichst viele Bewertungen eines Produkts oder eines Unternehmens zu lesen. Einen Hinweis auf die Glaubwürdigkeit könnten andere Bewertungen desselben Nutzers sein. Zudem empfiehlt das Kartellamt, auffällige Bewertungen beim Betreiber des Portals zu melden.

tagesschau.de: Kartellamt warnt vor Fake-Bewertungen. In: www.tagesschau.de, 06.10.2020

Aufgaben

72043-817

1. Erläutern Sie in einem Kurzvortrag das Zustandekommen einer Kaufentscheidung. Gehen Sie dabei auch auf Ursachen für mögliche Probleme ein, rationale Kaufentscheidungen zu treffen (**M15**).
2. a) Erläutern Sie die Grundidee der Konsumentensouveränität (**M16** A).
   b) Erklären Sie, weshalb die idealtypischen Vorstellungen von Konsumentensouveränität nicht vollständig der Wirklichkeit entsprechen (**M16** A).
   c) Erläutern Sie den Begriff Produzentensouveränität und die Rolle der Konsumierenden im Hinblick auf das Angebot der Produzierenden (**M16** B).
3. Stellen Sie die Begriffe Konsumenten- und Produzentensouveränität in Ihrem wirtschaftswissenschaftlichen Glossar dar (**M16**).
4. Diskutieren Sie ggf. in Kleingruppen (3-5 Personen) die in **M16** gestellte Frage, inwiefern die Mehrheit der Konsumierenden zu einer angemessenen Bewertung der Marktleistung fähig ist.
5. Beschreiben Sie, welchen Einfluss Social Media auf die Konsumentensouveränität hat (**M17**).
6. a) Analysieren Sie zunächst **M18** A - C im Hinblick auf die Relevanz von Online-Bewertungen.
   b) Erläutern Sie dann die Warnungen des Bundeskartellamts und beschreiben Sie, wie Konsumierende sich schützen können (**M18** D).
7. Prüfen Sie Ihre Vermutungen aus der Einstiegsaufgabe 1 von S. 285 vor dem Hintergrund der neu erworbenen Kenntnisse (**M17, M18**).
8. Nehmen Sie Stellung zu der Frage, inwiefern Online-Bewertungsportale die Konsumentensouveränität beeinflussen.

H zu Aufgabe 4
Berücksichtigen Sie bei der Diskussion auch eigene Erfahrungen.

8.4 Die Kehrseite des Konsums: Welchen Einfluss können Verbrauchende durch nachhaltigen Konsum nehmen?

Zum Thema: Jeden Tag treffen wir zahlreiche Konsumentenentscheidungen. Dabei sind uns die Konsequenzen unserer Entscheidungen oft nicht bewusst. Bio-Karotte oder konventionell? Dies ist nicht nur eine Frage des Geldbeutels. Doch können wir wirklich etwas verändern? In diesem Kapitel geht es um die Wirkungskraft nachhaltigen Konsums.

M19 Projekt: mit BigPoints den eigenen Fußabdruck halbieren

Link zur Berechnung des eigenen Fußabdrucks

72043-827

Big Points sind Maßnahmen, die einen besonders großen Einfluss auf den ökologischen Fußabdruck einer Person haben. Ein Big Point kann Einsparungen von etwa einer halben Tonne CO_2 oder mehr pro Jahr ermöglichen. [...] Im Durchschnitt beträgt der CO_2-Fußabdruck einer Person in Deutschland 10,8 Tonnen und lässt sich mit diesen 7 [in der Grafik dargestellten] Maßnahmen halbieren:

Der CO_2-Fußabdruck – Reduktionsmöglichkeiten

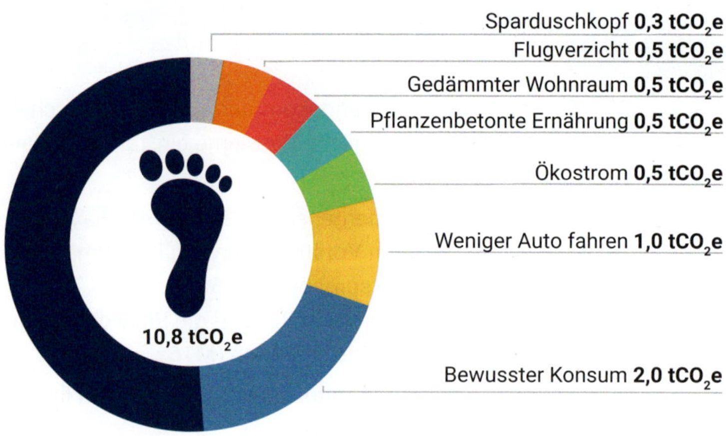

CO_2e: Die Effekte von unterschiedlichen Treibhausgasen (z. B. Methan) werden zu CO_2-Äquivalenten umgerechnet und in die Berechnung einbezogen.

Nach: Kompetenzzentrum Nachhaltiger Konsum, Quelle: Umweltbundesamt CO_2-Rechner (Stand: 2022), CC BY 4.0

Einstiegsaufgaben

72043-824

1. Analysieren Sie das Schaubild und tauschen Sie sich in einer Kleingruppe über mögliche Konsequenzen aus, die sich aus den abgebildeten Aspekten ergeben.
2. Tauschen Sie sich auch darüber aus, in welchem der angesprochenen Bereiche Sie persönlich bereit sind, CO_2 zu sparen. Halten Sie stichpunktartig Gründe für und gegen eine persönliche Konsumveränderung fest.

M20 Was genau ist nachhaltiger Konsum?

Nachhaltiger Konsum ist Teil einer nachhaltigen Lebensweise und ein Verbraucherverhalten, das unter anderem Umweltaspekte und soziale Aspekte bei Kauf und Nutzung von Produkten und Dienstleistungen berücksichtigt. Nachhaltiger Konsum betrifft dabei auch das Nutzungsverhalten und Entsorgungsverhalten von Ressourcen im Alltag. Folgt man dem Leitbild nachhaltiger Entwicklung ist Konsum dann nachhaltig, wenn er „den Bedürfnissen der heutigen Generation entspricht, ohne die Möglichkeiten künftiger Generationen zu gefährden, ihre eigenen Bedürfnisse zu befriedigen und ihren Lebensstil zu wählen". Dabei müssen wir beachten, dass sich der Konsum in Deutschland aufgrund globaler Produktionsprozesse und Lieferketten sowohl auf die Umwelt als auch auf die Menschen im Ausland auswirkt. [...] Nachhaltiger Konsum bedeutet vor allem: bewusster Konsum, genauer hinzuschauen und eine eigene „Gesamtbilanz" im Auge zu haben. [...] Nachhaltiger Konsum beeinflusst alle Phasen der Wertschöpfungskette und muss in den gesamten Produktlebenszyklus bedacht werden. Die Betrachtung der Wertschöpfungskette von der Konsumseite bedeutet, dass nachhaltige Konsumentenentscheidungen letztlich die nachhaltige Optimierung der gesamten Wertschöpfungskette bewirken.

BMUV: Nachhaltiger Konsum. In: www.bmuv.de, 25.02.2022

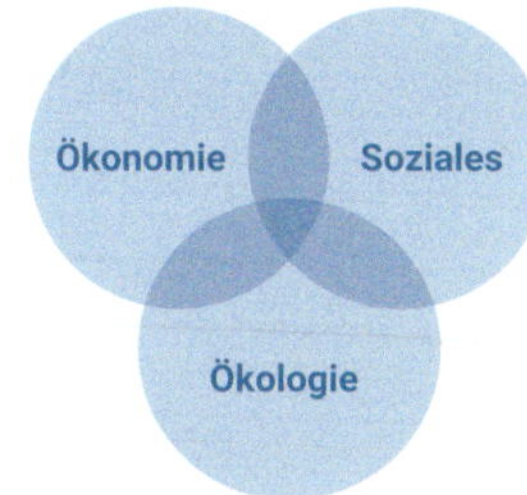

Ökonomie
Wirtschaftlicher Wohlstand

Soziales
Gerechte Verteilung

Ökologie
Schutz der Umwelt

Eine nachhaltige Entwicklung sollte alle drei Dimensionen berücksichtigen.

M21 Umfrage zum nachhaltigen Verhalten von Verbrauchenden

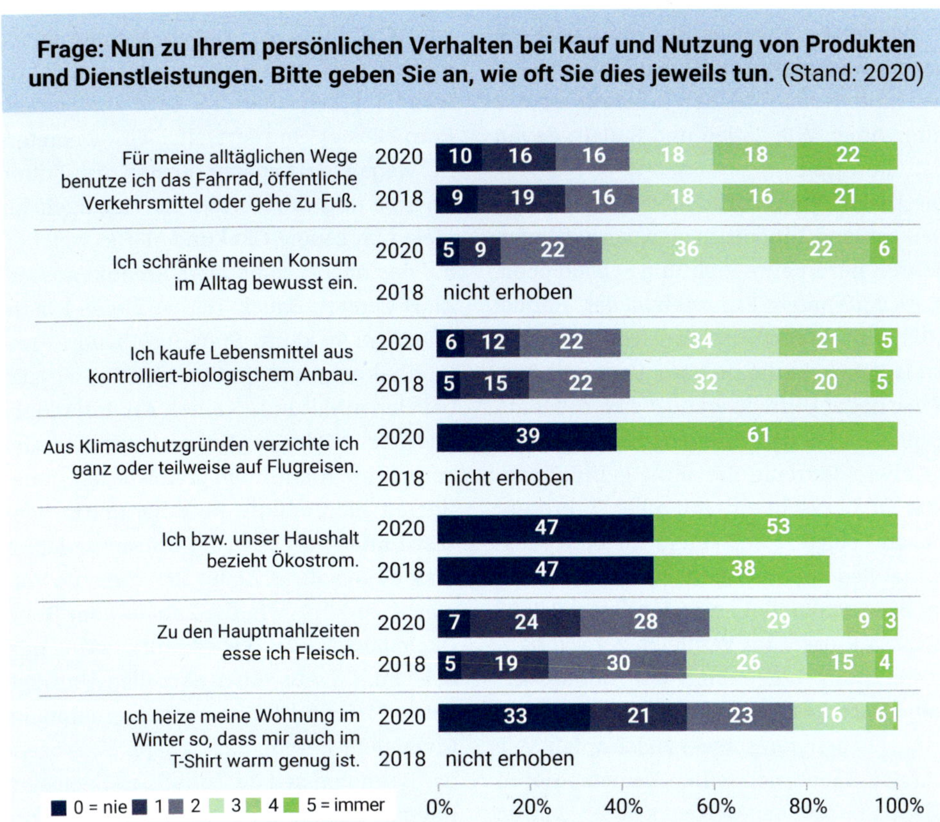

Nach: BMUV: Umweltbewusstsein in Deutschland 2020. Ergebnisse einer repräsentativen Bevölkerungsumfrage. In: www.bmuv.de, Januar 2022, S. 36 f. (Repräsentativerhebung bei etwa 2.000 Befragten pro Jahr; Stichprobe ab 14 Jahren)

M22 Nachhaltigkeit beim Lebensmitteleinkauf: Wie hoch ist der Einfluss der wirtschaftlichen Lage?

Gemüseabteilung in einem Biosupermarkt in Köln

In den letzten zwei Jahren der Pandemie gaben viele mehr Geld für teurere Bio-Lebensmittel aus. Mit der Inflation ist das nun vorbei. Wie Läden und Bauern davon betroffen sind.

Die Umsatzkurven für Biolebensmittel in Deutschland gingen in den vergangenen Jahren nur in eine Richtung – nach oben. 15,87 Milliarden Euro setzte der Handel 2021 laut Marktforschern vom Arbeitskreis Biomarkt um. Rekord. Doch seit dem Krieg in der Ukraine wendet sich das Blatt. Explosion bei den Energiepreisen, Knappheit beim Getreide, die aktuelle Inflationsrate in Deutschland mit über 7 Prozent haben Folgen – besonders im Biolebensmittel-Segment. So sanken die Umsätze im Bio-Fachhandel im ersten Quartal 2022 um 13,4 Prozent im Vergleich zum Vorjahreszeitraum, berechnete der Bundesverband Naturkost Naturwaren. [...]

Einige haben nun schwer zu kämpfen. Wie Carsten Bauck, der seinen Demeter-Hof in Klein Sülstett bei Uelzen seit 20 Jahren bewirtschaftet. 7.000 Legehennen, Rinder, Kartoffeln: „Es ist so, dass wir es ganz schwer haben, überhaupt noch Geld zu verdienen, und wir haben Monate dabei, wo wir Geld verlieren und das tut richtig weh." [...] Zwischen 70 Cent und einem Euro kostet mittlerweile ein Demeter-Ei, wegen gestiegener Kosten für Futter, Energie und Mitarbeiter. Zu viel, auch für viele überzeugte Ökokunden. Sie weichen auf das nächst günstigere Produkt aus, erklärt Carsten Bauck: „Es wird eine Klasse günstiger gekauft. Statt Bio-Ei nun Freilandhaltung, wer Freiland kaufte, ist jetzt bei Bodenhaltung – einer Art Inflationsausgleich." Oder der Kunde kauft die unter geringeren Richtlinien produzierten, günstigeren Bioprodukte im Supermarkt oder Discounter. Dort stieg der Umsatz sogar im ersten Halbjahr 2022 um 35 Prozent im Vergleich zu 2019, wie die Zahlen vom Bund Ökologischer Lebensmittelwirtschaft belegen. [...] Aus einer aktuellen Umfrage des Meinungsforschungsunternehmens Civey geht hervor, dass knapp 57 Prozent der Befragten seit der Inflations-Explosion billigere Lebensmittel als zuvor kaufen.

Brand, Antonia/Deuker, Oliver: Wenn Bio zu teuer wird. Branche leidet unter Inflation. In: www.zdf.de, 26.07.2022

M23 Kontroverse um die Reichweite der Einflussnahme der Verbrauchenden durch nachhaltigen Konsum

A Juliane Frissel: Ihr beruhigt doch nur euer Gewissen!

Im Bio-Supermarkt können wir die Welt retten – so lautet das Märchen vom ethischen Einkaufen. Es basiert auf einer simplen ökonomischen Tatsache: Die Nachfrage beeinflusst das Angebot. Darin besteht angeblich die Macht der Konsumenten, also die Macht von uns allen. [...]

Das Märchen vom ethischen Einkaufen klingt so schön, weil es suggeriert: Ich persönlich habe mit jeder Konsumentscheidung ganz konkret Einfluss darauf, dass die Welt ein besserer Ort wird. Im Umkehrschluss bedeutet das allerdings auch: Das Wohl der Näherinnen in Bangladesch und der Kaffeebauern in Guatemala ist von unseren Shopping-Entscheidungen abhängig. [...] Warum sollten wir überhaupt diese Auswahl treffen müssen? Ich persönlich kenne niemanden, der sich explizit eine Hose aus dem Sweatshop wünscht. [...] Trotzdem nehmen viele Menschen das still in Kauf, wenn sie Klamotten kaufen, weil ihnen andere Kriterien wichtiger sind. Deshalb sollte die Verantwortung darüber auch nicht der unsichtbaren Hand des Marktes überlassen und den Konsumenten zugeschoben werden. Welche Arbeitsbedingungen okay sind, ob und wie man Tiere hält, das sind politische Fragen. Deshalb gehören sie auch in der politischen Sphäre geklärt.

Arbeiter in Textilfabriken [...] würden viel schneller von unseren ethischen Überzeugungen profitieren, wenn wir, statt faire T-Shirts zu kaufen, politischen Druck aufbauen: demonstrieren gehen, in einer NGO mitarbeiten, Petitionen aufsetzen, verbreiten und unterzeichnen (ja, manchmal bringt das was). Öffentlicher Druck wirkt stärker als die unsichtbare Hand. Und: Das können auch Menschen, die sich keine Bio-Produkte leisten können. Regierungen könnten faire Minimalstandards für Importe von Kleidung, Elektronik und Lebensmittel festlegen. Ein Gesetz, dass das Schreddern männlicher Küken verbietet, ist effektiver, als darauf zu bauen, dass sich genügend Konsumenten für das Bruderhahn-Ei entscheiden. [...] Ethischer Konsum [...] ist außerdem keine Option für alle, sondern nur für diejenigen, die ihn sich leisten können. Man kann es falsch finden, unter welchen Bedingungen Fünf-Euro-T-Shirts hergestellt werden (und wohlgemerkt auch viele, die 50 Euro kosten) – aber einfach nicht genug Budget für die faire Alternative haben. Alleinerziehenden oder Hartz-IV-Empfängern zu predigen, sie müssten nur die eigenen Prioritäten als Konsument neu justieren, dann könnten auch sie die Welt retten, ist bizarr.

Ein Vater mit seiner Tochter beim Einkaufen von regionalen Obstsorten in Düsseldorf

Frisse, Juliane / Neal, Lisa: Ethischer Konsum: Macht oder Märchen? In: www.fluter.de, 29.11.2017

B Lisa Neal: Du hast ein bisschen Macht, also nutze sie!

Ethischer Konsument zu werden ist anstrengend. Denn es bedeutet: Genügsamkeit lernen. Klar ist ein neues Kleid schön, es macht Spaß, beim Abendbrot zwischen verschiedenen Brotaufstrichen wählen zu können und im Urlaub durch die halbe Welt zu jetten. Sich umgewöhnen ist unbequem. Aber es lohnt sich, denn die Macht als einzelner Konsument mag sich zwar klein anfühlen, aber verbündet mit anderen kann sie einiges bewirken. Jede Kaufentscheidung hat einen politischen Wert, und damit haben wir alle ziemlich viel Verantwortung im Alltag. Ich kann mit meinen Bio-Möhren zwar nicht sofort die Welt retten, aber ich kann dazu beitragen, dass sich längerfristig Druck auf Unternehmen und Politik aufbaut. Jeder Einkauf trägt ein kleines bisschen zu einer Nachfrage nach fairen Herstellungsbedingungen und verbindlichen Richtlinien für Produkte bei. [...]Der ethische Konsum ist raus aus der Nische. Aber damit ist die Arbeit noch nicht getan, denn oft reichen die Veränderungen nicht. [...] Um sich dadurch nicht entmutigen zu lassen, muss jetzt mal mit den drei nervigsten Irrtümern aufgeräumt werden:

Erstens: Du bist ein besserer Mensch, weil du alles biologisch, unverpackt, fair gewebt und CO_2-frei konsumierst. Bist du nicht! Denn das ist oft eine Frage des Geldbeutels, und damit diskriminiert es Studenten und Auszubildende, Großfamilien, Rentner. [...] Es kommt nicht darauf an, sich das alles leisten zu können. Sondern vielmehr darauf, einfach bewusst zu konsumieren. Zu überlegen, was man braucht, und sich darin zu üben, auf den einen oder anderen Wunsch zu verzichten – das kann jeder. [...]

Zweitens: [...] Ethisch zu konsumieren ist ein Prozess und kein starres Korsett, in das man sich, wenn man es versucht, sofort und ausnahmslos und für immer pressen muss. Ich muss dazu stehen, wenn ich Kleidung nur gebraucht kaufe, aber zu Weihnachten nach Italien fliege. [...] Wichtiger ist es, den Mut zu haben, sich auch kritisch mit den eigenen Entscheidungen auseinanderzusetzen. [...]

Drittens: [...] [E]thisches Konsumieren muss noch viel politischer und sozialer werden. Zum Beispiel kann der Druck von Konsumentenseite größer sein. [...] Wenn der Kunde König ist, ist der Konsument ein verdammt mächtiger Diktator.

Frisse, Juliane/ Neal, Lisa: Ethischer Konsum: Macht oder Märchen? In: www.fluter.de, 29.11.2017

Aufgaben

72043-818

1. Erklären Sie für jeden Schritt der Wertschöpfungskette die Bedeutung nachhaltigen Konsums. Nutzen Sie konkrete Beispiele, um Ihre Erklärungen zu veranschaulichen (**M20**).
2. Stellen Sie das Begriffspaar „nachhaltiger Konsum" in Ihrem wirtschaftswissenschaftlichen Glossar dar (**M20**).
3. Analysieren Sie die Ergebnisse der Studie in **M21** im Hinblick auf Veränderungen im nachhaltigen Konsumverhalten. Beziehen Sie sich dabei auch auf das Schaubild in der Einstiegsaufgabe **M19**.
4. Analysieren Sie das Material **M22** im Hinblick auf Motivation und Hindernisse beim Lebensmittelkauf. Vergleichen Sie die Aussagen mit Ihrem eigenen Konsumverhalten.
5. Analysieren Sie arbeitsteilig die Texte in **M23**, indem Sie
   a) die zentrale Position der Autorinnen in wenigen Sätzen benennen;
   b) zentrale Argumente herausarbeiten;
   c) Beispiele für die Argumentationsweise der Autorinnen erläutern.
6. Ordnen Sie die zentralen Argumente der Autorinnen in **M23** in Kategorien ein und stellen Sie sie gegenüber.
7. Diskutieren Sie kriterienorientiert die Frage, welchen Einfluss Verbrauchende durch nachhaltigen Konsum auf die einzelnen Teile der Wertschöpfungskette (**M23, M20**) ausüben können.

F zu den Aufgaben 5-7
Stellen Sie von Ihnen recherchierte aktuelle Daten zum nachhaltigen Konsum aus dem 3-monatig erscheinenden GfK Nachhaltigkeitsindex dar.

8.5 *Vertiefung*: Mit welchen Maßnahmen sollen Verbrauchende unterstützt werden? Eine Kontroverse zur Verbraucherpolitik

Zum Thema: Verbrauchenden wird häufig unterstellt, dass sie nach eigenen Kriterien frei entscheiden können. Doch es gibt Diskussionen darüber, dass sie dazu nicht immer in der Lage sind. Hier kommt die Verbraucherpolitik ins Spiel. Welche Aufgaben sie hat, welche Maßnahmen ihr zur Verfügung stehen und wieso sie auch kritisch gesehen wird, damit beschäftigt sich dieses Unterkapitel.

M24 Hilfe, ich bin ein verbrauchender Mensch!

Karikatur: Horst Haitzinger, 2009

Einstiegsaufgaben

72043-825

1. Analysieren Sie die Karikatur im Hinblick auf die Notwendigkeit für eine mögliche Unterstützung für Verbrauchende.
2. a) Stellen Sie Ihre eigenen Erfahrungen, die Sie mit der Karikatur verbinden, in Kleingruppen (3-5 Personen) dar.
   b) Ermitteln Sie mögliche Maßnahmen zur Unterstützung von Verbrauchenden aus diesen Erfahrungen.
   c) Präsentieren Sie Ihre Ergebnisse im Kurs in einem Kurzreferat (→ Methodenglossar).
3. Verfassen Sie ein Spontanurteil zur Kapitelfrage: Mit welchen Maßnahmen sollen Verbrauchende unterstützt werden?

M25 Instrumente und Akteure der Verbraucherpolitik

Verbraucherpolitik kann den Wettbewerb stärken, die Verbraucher mit Informationen und Schutzrechten versorgen und sie dazu befähigen, diese auch wahrzunehmen und durchzusetzen. Die verfügbaren Instrumente können dabei aber auch einander zuwiderlaufen.

A **Die Wettbewerbspolitik** soll die Sanktionsmöglichkeiten der Verbraucher stärken, indem sie ihnen erlaubt, zwischen Alternativen zu wählen und damit ein preis- und qualitätsgünstiges Angebot zu erhalten. Gefördert wird dies durch das Gesetz gegen Wettbewerbsbeschränkungen, durch die Minderung von Zöllen und durch den Abbau von Handelshemmnissen sowie durch die Gewerbe- und Konsumfreiheit. Der Wettbewerb muss aber nicht nur intensiviert, sondern auch gestaltet werden, um der Verschleierung von Preisen und Qualitäten entgegenzuwirken. Dies erfolgt beispielsweise durch das Preisauszeichnungsgesetz oder Kennzeichnungsverordnungen. Die Anbieter wiederum müssen ihre Absatzbemühungen verstärken und Maßnahmen zur Kostensenkung ergreifen. Dies kann allerdings dazu führen, dass Unternehmen ihre Produktionsstätten in Länder mit niedrigeren Arbeitskosten, schlechteren Arbeitsbedingungen oder mit niedrigeren Umweltstandards verlagern.

B Eine Verbraucherpolitik, die einseitig auf Wettbewerbspolitik setzt, verbessert aber noch nicht die Transparenz. Hierbei helfen **Verbraucherinformationen** über Marken, Preise, Händler und Qualitäten, zum Beispiel die Lebensmittel- und Textilkennzeichnung, die Einteilung in Handels- und Güteklassen, die Vergabe von Prüfsiegeln und Gütezeichen, die Pflicht, den Grundpreis zu kennzeichnen und die Preisangabenverordnung. Weitere Maßnahmen sind die Stärkung der Verbraucherinformation und -beratung über Warentests, Verbrauchersendungen in Radio und Fernsehen und Verbraucherzentralen. Damit diese Maßnahmen Wirkung erzielen, müssen sie auch genutzt und interpretiert werden. Gerade bei alltäglichen Gütern neigen Verbraucher aber eher dazu, gewohnheitsmäßig zu handeln, und nutzen Verbraucherinformationen nur begrenzt. Da qualitätsvergleichende Warentests vor allem große Marken testen und kleine regionale Anbieter unberücksichtigt lassen, können sie zu deren Lasten auch den Wettbewerb verzerren. So fördern Preisinformationen möglicherweise sogar die Monopolisierung, wenn sie wichtige Qualitätseigenschaften wie Beratung und Service nicht berücksichtigen.

C Der **Verbraucherschutz** verbessert die Rechtsstellung des Verbrauchers und soll ihn vor unfairen Anbieterpraktiken sowie vor Gesundheitsgefährdungen bewahren. Geeignete juristische Instrumente sind beispielsweise das Gesetz gegen unlauteren Wettbewerb, das vor Irreführung schützen soll, das Gesetz zur Regelung allgemeiner Geschäftsbedingungen, das vor nachteiligen Vertragsbedingungen bewahren soll, das Gesetz zum Widerruf von Haustürgeschäften, das auf den Schutz vor Kaufverleitung zielt, sowie der Schutz vor Betrug auf Grundlage des Bürgerlichen Gesetzbuchs. Vor Gefährdungen sollen das Produkthaftungsgesetz sowie das Lebensmittel- und Bedarfsgegenständegesetz schützen. Doch auch diese Schutzrechte haben ihre Grenzen. Damit sie ihre Wirkung entfalten, müssen sie in Anspruch genommen und geltend gemacht werden.

D Der Verbraucherschutz kann jedoch auch nachteilige Effekte hervorrufen: Müssen die Händler zusätzliche kostenintensive Schutzmaßnahmen ergreifen, damit Verbraucher das Produkt auf keinen Fall unsachgemäß nutzen, erhöhen sich die Preise auch für sorgfältige Konsumenten. Schutzrechte können zudem den internationalen Wettbewerb beschränken, indem sie sich als Handelshemmnisse gegenüber ausländischen Produkten auswirken und somit die Auswahlmöglichkeiten beschränken. Deshalb scheitern zum Beispiel bislang auch deutsche Initiativen zur besseren Auszeichnung von Mehrwegflaschen am Einspruch der EU, die Wettbewerbsnachteile für ausländische Anbieter befürchtet.

Damit die Verbraucher ihre Chancen nutzen können, bedarf es sowohl der **Verbraucherbildung** als auch der **Verbraucherorganisation**. Erstere zielt auf informierte und kritische Verbraucher, die ihre Konsumentenrolle verantwortlich und selbstbestimmt wahrnehmen. Verbraucherorganisationen ermöglichen erst die Durchsetzung allgemeiner Verbraucherinteressen.

Weber, Birgit: Konsum in der sozialen Marktwirtschaft. In: www.bpb.de 19.11.2010

M26 Verbraucherpolitik am Fallbeispiel: der Nutri-Score

A Was genau ist der Nutri-Score?

Der Nutri-Score ist ein Fallbeispiel für Verbraucherpolitik mit dem Ziel, die Qualität der Ernährung der Bevölkerung zu verbessern. In Deutschland wurde er 2019 auf freiwilliger Basis eingeführt.

Mit dem Nutri-Score können Verbraucherinnen und Verbraucher jetzt auf einen Blick auf der Vorderseite der Verpackung den Nährwert eines Lebensmittels erkennen und vergleichen. [...] Beim Nutri-Score zeigt eine fünfstufige, farbige Skala von A bis E, welchen Nährwert ein Produkt in der Gesamtschau hat. Dazu werden der Energiegehalt sowie die Gehalte ernährungsphysiologisch günstiger und ungünstiger Nährstoffe miteinander verrechnet und der Skala zugeordnet – von A (dunkelgrün) über C (gelb) bis E (rot). [...]

Der Nutri-Score bezieht sich jeweils auf 100 Gramm oder 100 Milliliter eines Lebensmittels. [...] Durch den Nutri-Score können Verbraucherinnen und Verbraucher verschiedene Produkte einer Produktgruppe miteinander hinsichtlich ihres Nährwerts vergleichen. Das heißt: Innerhalb einer Produktgruppe ist beispielsweise ein Lebensmittel mit grünem A die ernährungsphysiologisch günstigere Wahl im Vergleich zu einem Lebensmittel mit einem gelben C. Eine Fertigpizza mit einem Schokoriegel zu vergleichen ergibt also keinen Sinn, da es sich nicht um Alternativen handelt. Mit dem Nutri-Score lassen sich aber gut Produkte der gleichen Kategorie vergleichen, z. B. Schokoriegel A mit Schokoriegel B (gleiche Produkte unterschiedlicher Hersteller) bzw. ähnliche Produkte derselben Produktkategorie, z. B. Schokomüsli mit Früchtemüsli. [..] Anders als z. B. die Ernährungsempfehlungen der Deutschen Gesellschaft für Ernährung (Ernährungskreis und -pyramide) gibt der Nutri-Score grundsätzlich keine Orientierung über die Ausgewogenheit der gesamten Ernährung und macht keine Aussagen zum Gesundheitswert eines einzelnen Lebensmittels.

Im Vergleich zwischen den drei Produkten wäre das linke Produkt die gesündere Wahl. Sie enthält weniger Fett, weniger Salz und weniger Kalorien.

Bundesministerium für Ernährung und Landwirtschaft: Nutri-Score einfach erklärt: Informationen für den Einkauf. In: www.bmel.de, 09.10.2020

B Kontroverse: zwei Sichtweisen auf den Nutri-Score

1 Der Nutri-Score sorgt für mehr Transparenz

Wenn jetzt der Nutri-Score in Deutschland eingeführt wird, [...] kann man nur noch rufen: endlich! Endlich gelingt es auch hierzulande, die relevanten Informationen über die Nährstoffe eines Produkts in ein einfaches Logo zu packen, sodass es mit wenigen Buchstaben und Farben den Käufern signalisiert, ob es eher gesund ist oder

nicht. Nur Smileys wären da noch einfacher gewesen. Mit dem Nutri-Score hat die lächerliche Suche im Kleingedruckten nach Angaben über Zucker, Salz oder Fett ein Ende. [...]
Doch wie immer, wenn etwas besonders einfach daherkommt, stellt sich natürlich die Frage: Ist es vielleicht – zu einfach? Richtig ist, dass Käufer im Supermarkt den Code zwar gut sehen werden, mitunter aber nur eine vage Vorstellung davon haben dürften, welche Inhaltsstoffe sich da wie gegeneinander aufrechnen. Womöglich werden manche auch einen guten Score in der Eile des Einkaufs zu einem allumfassenden Top-Rating befördern und ihn damit auf Aspekte erweitern, die der Nutri-Score überhaupt nicht berücksichtigt: die Art der Herstellung etwa oder den Umgang mit Tieren bei Produkten mit Fleisch, Milch oder Eiern.
Das wird vorkommen, ja. Aber ist das entscheidend? Weit mehr als solche Einwände wiegt doch, dass der Nutri-Score über die eigentliche Funktion hinaus eine weitere wichtige Botschaft in sich trägt: Es ist sinnvoll, sich über die Ernährung Gedanken zu machen. [...] Tatsächlich bescheinigen Ärzte dem Nutri-Score denn auch das Potenzial, zumindest bei einer flächendeckenden Einführung die Zahl der Todesfälle durch ernährungsbedingte Krankheiten um einige Prozentpunkte zu reduzieren.
Allein – gelingt eine so umfassende Verbreitung, wenn es den Herstellern überlassen bleibt, ob sie mitmachen oder nicht? In Frankreich, wo der Nutri-Score vor einigen Jahren zuerst eingeführt wurde, findet sich die Ampel derzeit vor allem auf Eigenmarken der Supermärkte – sie haben sich früh zu einer Kennzeichnung verpflichtet. Ansonsten verzichten viele Hersteller noch auf das Logo. Doch die Verbraucher können sich wehren: Inoffiziell lässt sich der Score schon für zahlreiche, auch hiesige Produkte im Internet abfragen.

Von der Hagen, Hans: Pro: Lebensmittel-Ampel. Mehr Transparenz. In: www.sueddeutsche.de, 14.10.2019

2 Der Nutri-Score: zu schlicht

Einfachheit allein ist kein Siegel für Qualität. Und nicht alles, was Menschen schnell verstehen, muss gut für sie sein. Eine Ampel ist ein einfaches Instrument. [...] Diese Schlichtheit auf die Ernährung zu übertragen, ist gefährlich. Doch genau das passiert mit der Lebensmittel-Ampel, dem sogenannten Nutri-Score [...].
Die Farbskala kann jeder einfach ablesen. Und genau das macht die Sache so bedenklich. Denn Fischstäbchen bekommen ein ganz gutes Ergebnis – weil sie viel Eiweiß enthalten. Auch Hähnchen-Filetsteaks als Fertiggericht oder mit Süßstoff und Geschmacksverstärker angereicherter Joghurt und tiefgefrorene Fritten schneiden gut ab. Das Label gibt vor, mehr zu sein als es ist. Es erfasst zum Beispiel keine Geschmacksverstärker, Süßungsmittel und Aromen. Durch veränderte Rezepturen können Lebensmittelhersteller ihre Produkte mit einfachen Mitteln „gesünder" machen, als sie es tatsächlich sind. Das ist irreführend, und deshalb nutzt der Nutri-Score nicht den Kunden, sondern vor allem der Industrie. Denn es macht sich gut, Produkte anzubieten, die als gesund gelten. [...]
Wer ohne nachzuhaken diesem Ampelsystem vertraut, könnte sich am Ende ungesund ernähren. Etwa wenn er oder sie nur Fischstäbchen isst und ähnliche industriell gefertigte Nahrung, die gut bewertet wurde. Die Ampel hat aber noch weitere Lücken. Sie erfasst kein frisches Gemüse und Obst, und sie berücksichtigt keine Vitamine und Mineralstoffe. Außerdem ist sie freiwillig, die Produkte sind daher schwierig vergleichbar. Was also bringt der Nutri-Score? Die Antwort ist einfach: wenig bis nichts.

Haas, Sybille: Contra: Lebensmitte-Ampel. Zu schlicht. In: www.sueddeutsche.de, 14.10.2019

M27 Thesen zur Verbraucherpolitik

A „Der Verbrauchende ist nicht dumm, die Politik nicht seine Nanny!"

1 Verbrauchende sind nicht dumm: [Der verbrauchende Mensch] ist (aus Sicht der Politik) wohl ein ziemlicher Trottel: irrational, gefühlsgesteuert und kennt seine langfristigen Interessen nicht. Deshalb müsse er von der Politik immer umfassender erzogen, informiert oder gelenkt werden. Aber: Menschen sind nicht so dumm, wie [die Politik] behauptet. Die heutige Verbraucherpolitik stellt ganz grundsätzlich unsere Fähigkeit infrage, autonom und frei handeln zu können. Gegen diesen bevormundenden Geist gilt es Widerstand zu leisten. [...]

2 Politiker sind keine Erzieher: Gerade bei Verbraucherfragen spielen sich Politiker gerne als „Kümmerer" auf, die uns vor allen möglichen Gefahren schützen wollen. Am Ende kommen oft nicht mehr als Symbolpolitik, Aktionismus und mehr Regeln und Gesetze raus. [...]

3 Die Industrie ist nicht böse: Unsere Lebensmittel und Konsumartikel sind heute so sicher und hochwertig wie nie zuvor. Gleichzeitig ist aber auch das Misstrauen gegenüber der Industrie, die diese Produkte herstellt, so groß wie nie. Obwohl die Bevölkerung statistisch gesehen immer gesünder und älter wird und an vielen vermeintlichen Gefahren nichts dran ist, glauben immer mehr Menschen an das simplifizierende Märchen einer „bösen" Wirtschaft, die uns alle mit ihren Produkten übervorteilen oder vergiften wolle. Aber weder ist Konsum etwas Schlechtes noch sind es industriell hergestellte und für breite Massen erschwingliche Lebensmittel und Konsumgüter. [...]

4 Werbung ist Werbung: Werbung dient dazu, Produkte attraktiv darzustellen und zum Kauf zu animieren. [...] Es sollte allein dem Werbetreibenden überlassen bleiben, welche Botschaften, Weltbilder oder Meinungen er mit seiner Kampagne transportiert.

5 Konsum ist keine Krankheit: Es ist populär, die Konsumgesellschaft für allerlei Übel verantwortlich zu machen. Ein Übermaß an Konsummöglichkeiten mache uns unglücklich und krank. [...] Aber Konsum ist keine Krankheit und keine Sucht. Jeder entscheidet für sich selbst, ob ihn Verzicht glücklich macht oder Überfluss. Jeder sollte das Recht haben, unbelästigt konsumieren zu können, was ihm schmeckt.

Richardt, Johannes: 12 Thesen: Der Verbraucher ist nicht dumm, die Politik nicht seine Nanny, In: www.welt.de, 09.01.2017

B „Die Verbrauchenden sind längst nicht so mündig wie behauptet!"

1 Qualitätswettbewerb statt Preiswettbewerb: Steht ein billiger Joghurt neben einem teuren, so können wir die Preise schnell vergleichen. Doch woher kommt die Milch? Wie gut wurden die Kühe gehalten? Lohnt es, mehr Geld für das teurere Produkt auszugeben? Das sehen wir nicht.

Weil Transparenz Mangelware ist, tobt bei Lebensmitteln ein Preis-, aber kaum ein Qualitätswettbewerb. In einer Zeit, in der jedes Fleisch aus „artgerechter Haltung", jede Gurke aus „kontrolliertem Anbau" kommt und jedes Fertiggericht laut Siegel „nachhaltig" ist, muss Politik überprüfbare Informationen zur Qualität verbindlich vorschreiben.

2 **Verhältnis- statt Verhaltensprävention** Niemand soll uns sagen, was wir einkaufen, wie viel Schokolade wir essen dürfen. Verbraucherpolitik muss uns in die Lage versetzen, bewusste Entscheidungen zu treffen. [...] Echte Verbraucherpolitik muss nicht das Verhalten des Einzelnen ändern, wohl aber die Verhältnisse zum Besseren.

3 **„Mündige Verbrauchende" sind das Ziel, nicht die Realität:** Verbraucher sind nicht dumm. Aber abhängig von Informationen. Allzu oft werden Fakten verschleiert, in 1,2 Millimeter kleinen Lettern versteckt oder ganz vorenthalten. Woher unsere Lebensmittel kommen? In welchen Produkten Pferdefleisch statt Rind war? Wir erfahren es in der Regel nicht. Bevormundung findet statt durch Nichtinformation. Verbraucherpolitik muss Verbraucher mündig machen. [...]

4 **Es gibt rote Linien:** Die Freiheit des Marktes muss einige wenige Grenzen haben: Kinder sind besonders zu schützen. Durch ein Umfeld, das gesunde Ernährung fördert statt ungesunde: ausgewogene Essensangebote in Kitas und Schulen und: ja, auch ein Verbot von Werbung, die darauf abzielt, Kindern nur noch mehr Süßigkeiten anzudienen. Auch Lebensmittelsicherheit und die Zustände in der Tierhaltung dürfen nicht dem Wettbewerb unterliegen. Erzeuger müssen sichere Produkte liefern, Nutztiere tiergerecht halten. Beides hat seinen Preis – Verbraucher müssen ihn zahlen.

5 **Wir brauchen nicht mehr Gesetze:** Nicht mehr Gesetze sind erforderlich, sondern bessere. Nicht mehr Bürokratie, sondern weniger. Würden Behörden über die Ergebnisse von Lebensmittelkontrollen und Analysen informieren – das Bürokratiemonster Verbraucherinformationsgesetz wäre hinfällig.

Rücker, Martin: Der Verbraucher ist längst nicht so mündig wie behauptet. In:ww.welt.de, 17.01.2017

Aufgaben

72043-819

F **zu den Aufgaben 1, 2**
Stellen Sie das Thema Verbraucherpolitik in Ihrem wirtschaftswissenschaftlichen Glossar dar.

1. Bearbeiten Sie in Kleingruppen **M25** A - D . Präsentieren Sie Ihre Ergebnisse nachfolgender Teilaufgaben mit Hilfe eines (digitalen) Schaubildes Ihrem Kurs:
a) Arbeiten Sie zunächst heraus, welche grundsätzlichen Ziele die genannten Bereiche der Verbraucherpolitik verfolgen.
b) Erklären Sie die angeführten Beispiele der Verbraucherpolitik.
c) Nennen Sie weitere Ihnen bekannte Beispiele für die jeweiligen Bereiche der Verbraucherpolitik.
d) Ordnen Sie Ihre Beispiele aus Aufgabe 1c mit Hilfe der nachfolgenden Operatorenkarte den genannten Bereichen der Verbraucherpolitik zu.
e) Erläutern Sie vor- und nachteilige Wirkungen entsprechender Maßnahmen.
f) Beurteilen Sie die Wirkungen einzelner Bereiche der Verbraucherpolitik.

2. Beschreiben Sie die Aufgabe des Bereiches „Verbraucherbildung" in der Verbraucherpolitik (**M25** A - D).

3. Erklären Sie den Nutri-Score und ordnen Sie ihn u. a. mit Hilfe nachfolgender Operatorenkarte begründet einem Bereich der Verbraucherpolitik zu (**M26** A , **M25**).

4. Vergleichen Sie die zwei Sichtweisen auf den Nutri-Score kriterienorientiert und kommen Sie zu einem eigenen Urteil bezüglich der Wirksamkeit des Nutri-Scores (**M26** B).

5. Gestalten Sie mit Hilfe des Materials **M27** A - B eine Podiumsdiskussion zur Kapitelfrage (→ Methodenglossar). Besetzen Sie das Podium mit je drei Vertreter:innen einer Verbraucherorganisation und eines Interessenverbandes der Nahrungsmittelindustrie.

Einordnen

I. Was gehört dazu?

1. Sie ordnen eine Position (einer Autorin bzw. eines Autors, eines Textes, einer Rolle, von Karikaturistinnen und Karikaturisten oder Politikerinnen und Politiker, u. a.) beispielsweise einer Theorie, einem Modell oder einer Denkrichtung zu.

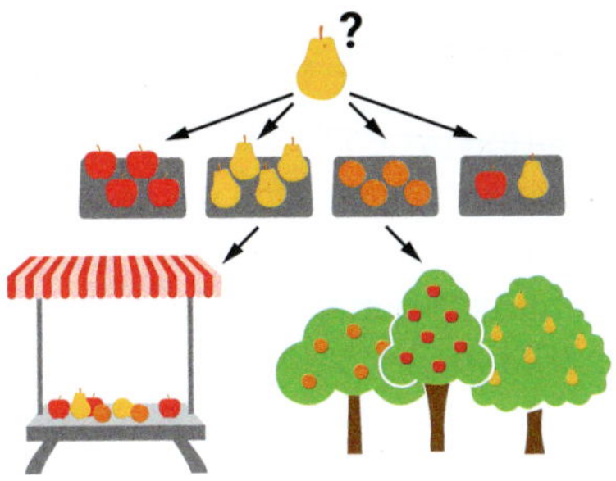

2. Und/oder Sie ordnen einen Sachverhalt (z. B. statistische Daten, ein Wahlergebnis, eine gesetzliche Regelung, ...) in einen größeren Sinnzusammenhang ein (z. B. eine Theorie, einen Problemzusammenhang, eine Situationsanalyse, ...).

II. Hilfen zur Strukturierung und Formulierung

Die Position oder den Sachverhalt benennen

Es geht um folgende Position/ folgenden Sachverhalt ...
Ausgangspunkt für die Einordnung ist ...

Die Position oder den Sachverhalt einordnen

Die Position von ... ist ein Beispiel für ..., weil ...
Aufgrund der Merkmale ..., lässt sie sich ... zuordnen ...
... lässt sich subsummieren unter ...
Die Zuordnung/ Einordnung in ... ergibt sich aus ...
Im Kontext von ..., bedeutet ...
Wenn ... im Zusammenhang von ... betrachtet wird, zeigt sich ...
... lässt sich sowohl ... als auch ... zuordnen, weil ...
Auf den ersten Blick scheint ... zuzuordnen zu sein; bei genauerem Hinsehen zeigt sich aber, dass ...

Zusammenfassen

Insgesamt entspricht ... am ehesten ..., weil ...
Die Einordnung von ... hat ergeben ..., dass ...

Labusch, Alexandra: Einordnen. In: Operatorentraining für Wirtschaft-Politik / Sozialwissenschaften. Bamberg 2023

Bedürfnis
In wirtschaftlicher Hinsicht ist Bedürfnis das Gefühl eines Mangels, dem abgeholfen werden muss. Jeder Mensch hat verschiedene Bedürfnisse nach Nahrung, Wohnung, Kleidung, Schlaf, Anerkennung etc.

Bedürfnispyramide
Die Bedürfnispyramide wurde von dem Psychologen Abraham Maslow entwickelt. Er unterteilt die menschlichen Bedürfnisse in fünf Stufen. In der ersten Stufe sieht er die Grundbedürfnisse nach Nahrung und Wärme etc., die die Existenz des Menschen sichern. Dann folgen die Bedürfnisse nach Sicherheit (2.Stufe), soziale Bedürfnisse (3. Stufe), Anerkennung (4. Stufe) und Selbstverwirklichung (5.Stufe). Für Maslow müssen zunächst die Grundbedürfnisse, die das Überleben sichern, befriedigt werden. Erst wenn diese erfüllt sind, treten die anderen Bedürfnisse in den Vordergrund.

Übung
72043-804

Knappheit von Gütern
Ein Teil der Güter wie z. B. Luft oder Gemüse aus dem eigenen Garten ist frei, während andere Güter mit Geld auf dem Markt gekauft werden müssen. Da Geld knapp ist, können Menschen nicht alle Güter, für die Bedarf besteht, kaufen.

Gut, Güter
In wirtschaftlicher Hinsicht ist ein Gut ein materielles oder immaterielles Mittel zur Befriedigung von menschlichen Bedürfnissen. Es gibt freie und wirtschaftliche Güter, die der Befriedigung von Bedürfnissen dienen. Freie Güter wie Luft und Licht sind unbeschränkt vorhanden, während wirtschaftliche Güter (Nahrung, Kleidung) knapp sind. Zu ihrer Befriedigung ist wirtschaftliches Handeln notwendig. Die Volkswirtschaftslehre unterscheidet zwischen Konsumgütern (Gemüse, Kühlschränke) und Investitionsgütern (Maschinen, Werkzeuge).

Übung
72043-806

Ökonomisches Prinzip
Das Spannungsverhältnis zwischen den als unbegrenzt angenommenen Bedürfnissen und den knappen Gütern zwingt die Menschen zum Wirtschaften. Es gilt, mit den gegebenen Mitteln möglichst viele Güter kaufen zu können (Maximalprinzip) sowie die gewünschten Güter mit möglichst wenigen Mitteln (Minimalprinzip) zu erwerben. Verbrauchende handeln nach dem ökonomischen Prinzip, wenn sie mit ihren Einkommen einen möglichst hohen Nutzen erzielen können.

Übung
72043-805

Homo oeconomicus
Der Homo oeconomicus ist ein gedankliches Modell, das unterstellt, dass der Mensch rein wirtschaftlich denkt, sich rational verhält und ausschließlich den eigenen Nutzen verfolgt, d. h. nach dem ökonomischen Prinzip handelt. Dabei betrachtet das Modell des Homo oeconomicus nicht das Kaufverhalten eines einzelnen Menschen, sondern das Verhalten der Mehrheit der Käuferinnen und Käufer. Das Modell wird häufig als unzureichend und einseitig kritisiert, weil Menschen häufig nicht nur nach ökonomischen Gesichtspunkten handeln, sondern beim Kauf einer Ware auch nach anderen Kriterien (z. B. nach persönlichen Vorlieben) entscheiden.

Ökonomisches Modell

Ein Modell ist ein vereinfachtes Abbild der Wirklichkeit. Die Ökonomie arbeitet wie andere Wissenschaften auch mit Modellen, die ökonomische Prozesse und Verhaltensweisen von Menschen erklären sollen. Die Darstellung ökonomischer Zusammenhänge beruht dabei auf der Auswahl einzelner Merkmale, die im Modell abgebildet werden sollen. Dabei ist es besonders wichtig, Merkmale auszuwählen, die Zusammenhänge und Verhaltensweisen schlüssig erklären können. Modelle sind nie ein getreues Abbild der Wirklichkeit, sondern blenden einzelne Merkmale aus, lassen Details weg. So stellt das Modell des Homo oeconomicus zwar das wahrscheinliche Verhalten eines Großteils der Käuferinnen und Käufer dar, blendet aber aus, dass es auch Menschen gibt, für die ökonomische Kriterien nachrangig sind.

Konsumentensouveränität und Produzentensouveränität

Konsumentensouveränität als Leitbild der Verbraucherpolitik versteht den Konsumierenden als vollständig informiertes und rational handelndes Wirtschaftssubjekt. Konsumierende belohnen durch ihre Kaufentscheidungen die Produzierenden, die zu günstigen Preisen eine gute Qualität bieten. Sie bestrafen aber auch diejenigen, die schlechte Waren zu überhöhten Preisen verkaufen. Dadurch beeinflussen die Konsumierenden die Produktionsergebnisse auf dem Markt. Allerdings wird die Souveränität der Konsumierenden eingeschränkt durch ein begrenztes Angebot und durch Marketingstrategien der Produzierenden.

Produzentensouveränität geht davon aus, dass Produzierende ihr Handeln durch ihre eigenen Entscheidungen bestimmen. Produzentensouveränität bedeutet also, dass in einer Marktwirtschaft die Produzierenden frei entscheiden können, welche Waren sie produzieren und anbieten. Die Produzierenden treffen in der Regel ihre Produktionsentscheidungen nach dem Prinzip der Gewinnmaximierung mit Hilfe von Marketingstrategien. Die Konsumierenden können „nur" reagieren.

Übung
72043-808

Marketingstrategien

Marketingstrategien sind Maßnahmen oder Verhaltenspläne der Produzierenden, Verkäuferinnen und Verkäufer, Konsumierende mit Hilfe von Werbung dahingehend zu beeinflussen, sich für eine bestimmte Ware zu entscheiden. Häufig wird kritisiert, dass durch Werbung erst künstliche Bedürfnisse geschaffen und Verbrauchende manipuliert werden.

(Staatliche) Verbraucherpolitik

(Staatliche) Verbraucherpolitik umfasst die Maßnahmen und Entscheidungen, die darauf abzielen, das Verbraucherinteresse gegenüber den Anbietenden zu stärken. Verbraucherpolitik hat das Ziel, die Konsumierenden bei ihrer Kaufentscheidung zu beraten, die Verbrauchenden mit Informationen zu versorgen und sie auf ihre Schutzrechte hinzuweisen. So geht es z. B. darum, Käuferinnen und Käufern auf der Grundlage unabhängiger Tests Informationen über Preise und Qualität einer Ware anzubieten oder durch Prüfsiegel und Gütezeichen Lebensmittel zu kennzeichnen. Verbraucherschutz soll die Rechte der Verbrauchenden stärken, sie vor unfairen Angeboten schützen und vor Gesundheitsgefahren bewahren.

KOMPETENZEN PRÜFEN

I. Selbstdiagnose

Ich kann …	sehr gut	nicht gut	Übung durch z. B.
die volkswirtschaftlichen Grundbegriffe Bedürfnisse und Bedarf, Knappheit, Güter, ökonomisches Prinzip erklären (AFB II).			M2, M3, M10
die in der Maslowschen Pyramide dargestellte Bedürfnishierarchie erläutern (AFB II) und die Möglichkeiten der Bedürfnisbefriedigung in Deutschland nach 1945 im Wandel der Zeit beschreiben (AFB I).			M4, M5
das Spannungsverhältnis zwischen der Knappheit von Ressourcen und wachsenden Bedürfnissen erklären (AFB II) und bewerten (AFB III).			M8. M9
die Bedeutung ökonomischer Modelle zur Beschreibung der Wirklichkeit sowie das Modell des Homo oeconomicus erklären (AFB II) und seine Tragfähigkeit im Hinblick auf die Beschreibung der ökonomischen Realität in Auseinandersetzung mit der kritischen Stellungnahmen zum Modell bewerten (AFB III).			M11, M12
die volkswirtschaftliche Annahme von der Unendlichkeit der Bedürfnisse problematisieren (AFB III) und eine Stellungnahme zu zwei Fallbeispielen zum bewussten Konsumverzicht entwickeln (AFB III).			M13
die Leitbilder der Konsumenten- und Produzentensouveränität beschreiben (AFB I) und vor dem Hintergrund eigener Erfahrungen erörtern (AFB III).			M16
verschiedene Formen von Marketingstrategien der Unternehmen darstellen (AFB I) und vor dem Hintergrund eigener Erfahrungen problematisieren (AFB III).			M14, M17, M18
Möglichkeiten von ethisch verantwortlichen und nachhaltigen Handeln von Konsumierenden und Produzierenden auf der Grundlage empirischer Untersuchungen und Fallbeispielen darstellen (AFB I) und diskutieren (AFB III) und eigenes verantwortliches und nachhaltiges Handeln erörtern (AFB III).			M20, M22, M23
unterschiedliche Positionen zu der staatlichen Verbraucherpolitik erläutern (AFB II) und bewerten (AFB III).			M27 A, B

Ins Heft

II. Kompetenzen anwenden – am Beispiel

Aufgabe 72043-820

Gestalten Sie einen Podcast zum Thema „Warum wir nicht im Schlaraffenland leben können". Nutzen Sie die Begriffe aus dem im Verlauf der Unterrichtsreihe erstellten Glossar. Ggf. können Sie Ihren Kurs aufteilen und jeweils Podcasts zu unterschiedlichen Themen erstellen.

III. Klausurtraining

Thema: Überforderte Konsumierende – welche Rolle sollte die Verbraucherpolitik auf dem Lebensmittelmarkt spielen?

Frische Erdbeeren aus Spanien, Spargel aus Griechenland oder Paprika aus Marokko. [...] In der globalisierten Welt des Handels muss darauf heute auch im Winter niemand mehr verzichten. Doch weit gereistes Obst oder Gemüse hat inzwischen ein echtes Imageproblem. So verursacht der lange Transport jede Menge schädliche Treibhausgase. [...] Immer mehr Konsumenten greifen deshalb lieber zu Produkten aus der Region. [...] Dafür sind sie auch bereit, etwas mehr auszugeben. Viele Käufer wollen so ganz bewusst kleine deutsche Erzeuger unterstützen, die im globalen Wettbewerb zunehmend unter Druck geraten, weil sich dort fast alles nur noch um den Preis und weniger um die Qualität dreht. Regional einkaufen ist das neue Bio – und ein lohnendes Geschäft für den Lebensmittelhandel. Was Verbraucher schätzen, ist schließlich auch für den Umsatz gut. An Angeboten mangelt es nicht. Die Marktführer wie Aldi, Lidl, Rewe und Edeka und andere sind groß eingestiegen. Regionalmarken in Supermärkten vermehren sich auf fast wundersame Weise, sie heißen „Von Hier“, „SoNaahe“ oder „Landmarkt“. Daneben finden Verbraucher jede Menge Siegel und Logos auf Verpackungen, mit denen die Hersteller eine regionale Herkunft versprechen. Ihre Zahl geht in die Hunderte. Konsumenten sind mit dieser Informationsflut völlig überfordert. Ihnen bleibt nur, darauf zu vertrauen, dass regional drin ist, wo regional draufsteht. Denn im Vergleich zu „bio“ ist der Begriff „regional“ nicht geschützt und auch nicht gesetzlich definiert. Was regional ist, dürfen Hersteller und Handel selbst bestimmen und davon machen sie reichlich Gebrauch. Doch was ist im Rahmen und wann ist die Grenze buchstäblich überschritten? Darf eine Karotte, die in Brandenburg geerntet wird, in Rheinland-Pfalz als regionales Produkt verkauft werden? Ist ein Radius von 50 Kilometern angemessen oder sind 400 Kilometer auch noch in Ordnung? Alles Definitionssache – und jeder darf sich seine eigenen Regeln basteln.

Richtig kompliziert wird es bei verarbeiteten Lebensmitteln, die mehrere Zutaten enthalten. Ist ein Produkt regional, wenn nur die Hauptzutat heimisch ist, müssen es mehrere sein oder gar alle? Auch das ist eine Frage der Auslegung. [...]

Vieles von dem, was Verbraucher als Tricksereien empfinden, ist aus juristischer Sicht erlaubt, zum Beispiel frei erfundene Qualitätssiegel, die sich bei genauer Begutachtung als reiner Werbegag herausstellen. [...] Klar definierte Regeln für Regionalprodukte sind deshalb ein Muss. Diese auszuhandeln ist Sache des Staates, gemeinsam mit der Lebensmittelbranche und Verbraucherschützern. Freiwillige Selbstverpflichtungen werden nicht ausreichen, wenn der Erfolg des Boomsegments von Dauer sein soll. Denn sollten sich Verbraucher bei regionalen Produkten getäuscht fühlen, dann werden sie diese auch nicht mehr kaufen. Ein Schutz des Begriffs liegt deshalb auch im wirtschaftlichen Interesse der regionalen Erzeuger und des Handels.

Liebrich, Silvia: Hilflos im Supermarkt. In: www.sueddeutsche.de, 06.04.2016

Silvia Liebrich, Wirtschaftsredakteurin der Süddeutschen Zeitung

Aufgaben 72043-821

1. Stellen Sie die Grundideen der Konsumenten- und Produzentensouveränität dar.
2. Analysieren Sie die Position der Autorin im Hinblick auf die Konsumentensouveränität.
3. Erörtern Sie die Forderung der Autorin nach staatlichen Vorschriften für die Kennzeichnung regionaler Produkte.

Erwartungshorizonte zu den Aufgaben

72043-828

1

Karikatur: Gerhard Mester, 2022

2

Karikatur: Gerhard Mester, 2023

Wirtschaftliche Effektivität, Klimaschutz und sozialer Ausgleich: Kann die Soziale Marktwirtschaft alle Ziele verwirklichen?

9

Entscheidend für eine marktwirtschaftliche Wirtschaftsordnung ist, dass der Markt ein wesentliches Gestaltungselement der Wirtschaftsordnung darstellt. In den Staaten, in denen die Wirtschaftsordnung marktwirtschaftlich geprägt ist, kann es verschiedene Ausprägungen einer Marktwirtschaft geben.
In Deutschland herrscht das Leitbild der „Sozialen Marktwirtschaft" vor. Gegenstand dieses Kapitels sind auch die sozial-ökologische Marktwirtschaft, dem neuen Leitbild der Wirtschaftspolitik in Deutschland seit dem Regierungswechsel im Jahre 2021 und die Frage, ob der Krieg in der Ukraine die Energiewende beschleunigt oder sie im Gegenteil verzögert.

Kompetenzen

Am Ende des Kapitels sollten Sie Folgendes können:

- Privateigentum, Vertragsfreiheit und Wettbewerb als wesentliche Ordnungselemente eines marktwirtschaftlichen Systems benennen und den Zusammenhang zwischen Marktpreis und Wert von Gütern und Arbeit beurteilen;
- das Marktmodell und die Herausbildung des Gleichgewichtspreises durch das Zusammenwirken von Angebot und Nachfrage beschreiben;
- Rationalitätsprinzip, Selbstregulation und den Mechanismus der „unsichtbaren Hand" als Grundannahmen liberaler marktwirtschaftlicher Konzeptionen vor dem Hintergrund historischer Bedingtheit erklären;
- die Preisbildung in unterschiedlichen Marktformen erläutern;
- Leistungsfähigkeit des Marktsystems beurteilen;
- den erweiterten Wirtschaftskreislauf erläutern;
- die normativen Annahmen der Sozialen Marktwirtschaft erklären;
- Merkmale der sozial-ökologischen Marktwirtschaft beschreiben und Unterschiede zur Sozialen Marktwirtschaft analysieren;
- die Folgen des des russischen Angriffskrieges gegen die Ukraine für die Energiewende analysieren und beurteilen.

Aufgaben 72043-900

1. Analysieren Sie in Kleingruppen (3-4 Personen) die links stehenden Karikaturen hinsichtlich ihrer Bezüge zur Wirtschaftsordnung der Bundesrepublik Deutschland. Beziehen Sie dabei Ihre Kenntnisse aus der Sekundarstufe I mit ein.
2. a) Beurteilen Sie mit Hilfe einer Positionslinie, ob Sie die Marktwirtschaft in der Bundesrepublik Deutschland für sozial halten.
   b) Halten Sie Ihr Ergebnis schriftlich fest.

9.1 Die „freie Marktwirtschaft“: Wohlstand für alle durch das „System der natürlichen Freiheit“?

Zum Thema: Die freie Marktwirtschaft entstand im 18. Jahrhundert im Zuge der Industrialisierung. Durch das freie Spiel der Kräfte entsteht nach der Lehre von Adam Smith Wohlstand für alle. Auf welche Weise dieser Mechanismus auf dem freien Markt funktioniert, ist Gegenstand dieses Unterkapitels. Sie erfahren auch, wodurch sich die freie Marktwirtschaft von anderen Wirtschaftsordnungen unterscheidet und was die idealtypische Form ist, die die freie Marktwirtschaft kennzeichnet.

M1 Neulich auf dem Wochenmarkt ...

Auf dem Aachener Wochenmarkt treffen jeden Samstag Angebot und Nachfrage aufeinander. Der Markthändler verkauft seine Äpfel für 2,50 € das Kilo, wie er auf seinen Preisschildern großflächig verkündet ...

Julian Hochwald, 29 Jahre, an seinem Marktstand

Einstiegsaufgaben 72043-901

1. Nennen Sie zu zweit mögliche Argumente, die der Marktverkäufer in **M1** sagen könnte, warum er nicht jeden Preis verlangen darf, wenn er etwas verkaufen will.
2. Vergleichen Sie Ihre Ergebnisse im Kurs.
3. Diskutieren Sie am Beispiel eines Wochenmarktes in Ihrer Stadt/Gemeinde, inwiefern die Käuferinnen und Käufer Einfluss auf die Preisgestaltung des Warenangebots an den einzelnen Ständen haben und für wie bedeutsam Sie die Höhe der Preise halten.

M2 Wie wird der Preis auf Märkten gebildet?

Ein Markt besteht aus Gruppen potenzieller Käufer und Verkäufer einer bestimmten Ware oder Dienstleistung. Die Gruppe der potenziellen Käufer bestimmt die Nachfrage nach dem Gut, die Gruppe der Verkäufer dessen Angebot. Das Marktmodell stellt [...] dar, wie Ressourcen alloziert (zugeteilt) werden. Es entstand aus einer im 19. Jahrhundert entwickelten Analyse und folgt dem Werk von Adam Smith und seiner unsichtbaren Hand (→ **M5**). Eines der grundlegenden Prinzipien des Marktmodells ist, dass unter den gelenden Annahmen die resultierende Allokation (Zuteilung) der Ressourcen „effizient" sein wird. Das bedeutet, dass der Preis, den die Käufer für die Güter auf dem Markt bezahlen, den Wert und den Nutzen widerspiegeln, die sie aus dem Erwerb der Güter erlangen, und dass der Preis, den die Produzenten erhalten, die Produktionskosten zuzüglich eines Gewinnanteils reflektiert, sodass sie die Produktion dauerhaft aufrechterhalten können.

Mankiw, N. Gregory / Taylor, Mark P.: Grundzüge der Volkswirtschaftslehre. 8. überarbeitete und erweitere Auflagen. Stuttgart (Schäffer-Poeschel) 2021, S. 63 f.

M3 Welche Prämissen gibt es für einen vollkommenen Markt?

Wenn der Wettbewerb auf einem Markt, z. B. für Obst, ausschließlich nach dem Preismechanismus (der Prozess der automatischen Preisbildung durch das Zusammenspiel von Angebot und Nachfrage) funktionieren soll, müssen bestimmte Voraussetzungen erfüllt sein:

- Homogenität: Das angebotene Obst muss vollkommen gleich sein (Qualität, Sorten, Präsentation. u. a.).
- Markttransparenz: Alle Käuferinnen und Käufer müssen einen vollen Überblick über alle Angebote haben.
- Keine räumlichen, zeitlichen oder persönlichen Präferenzen: Die Käuferinnen und Käufer dürfen nicht wegen geringerer Entfernung, Sympathie für eine Händlerin oder einen Händler oder die Ausstattung des Marktstandes u. a. Vorlieben entwickeln.
- Marktverhalten: Die Käuferinnen und Käufer müssen flexibel sein, d. h. erhöht eine Verkäuferin oder ein Verkäufer den Preis, muss die Käuferin oder der Käufer das Obst an einem anderen Stand kaufen.

Wenn eine Prämisse nicht erfüllt ist, haben wir es mit einem unvollkommenen Markt zu tun. Das ist in der Wirtschaft meistens der Fall.

Bearbeiterin

Prämissen
Hier: Voraussetzungen

Aufgaben

72043-915

1. Erklären Sie die Begriffe „Markt" und „Preis" im Marktmodell von Adam Smith (**M2**).
2. Erläutern Sie unter welchen Prämissen ein vollkommener Markt besteht (**M3**).
3. Begründen Sie zu zweit, warum in den folgenden Eiscafé-Beispielen kein vollkommener Markt vorliegt und gegen welche Prämissen verstoßen wird:
   - Im Eiscafé A wird bei der Eisherstellung nur Biomilch verwendet.
   - In einer Großstadt wie Düsseldorf oder Köln gibt es Hunderte von Eisanbietenden.
   - Eine Käuferin interessiert sich nicht für den Preis von Eis, da sie bei kleineren Einkäufen nicht auf den Preis achten muss.
4. Interpretieren Sie die Aussage in **M3**, dass wir es in der Wirtschaft meistens mit einem unvollkommenen Markt zu tun haben.

F zu Aufgabe 3
Entwickeln Sie weitere Beispiele und stellen Sie diese im Kurs vor.

M4 Wie entsteht der Marktpreis? Das Zusammenwirken von Angebot und Nachfrage

In den folgenden Tabellen und Schaubildern wird auf der Ebene des von Adam Smith entwickelten Marktmodells die Entstehung des Gleichgewichtspreises für Eiskugeln dargestellt. In dem Beispiel sind die Verkäufer exemplarisch Mario und Klaus und die Käuferinnen exemplarisch Katrin und Nicole.

A Die Nachfrage von Eiskugeln

1 Menge der Eiskugeln, die Katrin bei einem bestimmten Preis kaufen würde

Preis von Eiscreme (€ je Kugel)	Nachfragemenge von Eiscreme (Kugeln)
0,00	12
0,50	10
1,00	8
1,50	6
2,00	4
2,50	2

2 Darstellung der Nachfrage von Katrin in einer Nachfragekurve

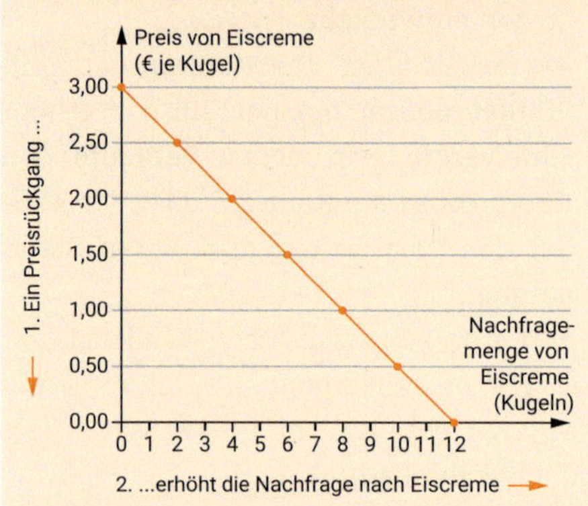

3 Nachfrage von Katrin und Nicole

Preis von Eiscreme (€ je Kugel)	Nachfragemenge (Kugeln)				
	Katrin		Nicole		Markt
0,00	12	+	7	=	19
0,50	10		6		16
1,00	8		5		13
1,50	6		4		10
2,00	4		3		7
2,50	2		2		4
3,00	0		1		1

B Das Angebot an Eiskugeln

1 Marios Angebot an Eiscremekugeln

Preis von Eiscreme (€ je Kugel)	Angebotsmenge von Eiscreme (Kugeln)
0,00	0
0,50	0
1,00	1
1,50	2
2,00	3
2,50	4
3,00	5

2 Darstellung des Angebots von Mario in einer Angebotskurve

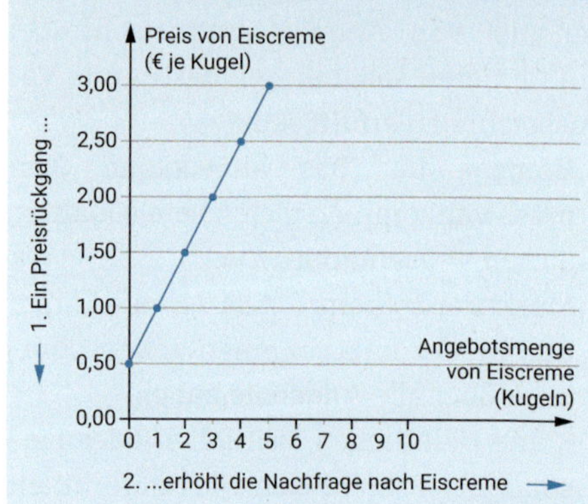

3 Angebot von Mario und Klaus

Preis von Eiscreme (€ je Kugel)	Angebot Mario (Kugeln)		Angebot Klaus (Kugeln)		Marktangebot (Kugeln)
0,00	0	+	0	=	0
0,50	0		0		0
1,00	1		0		1
1,50	2		2		4
2,00	3		4		7
2,50	4		6		10
3,00	5		8		13

Nach: Mankiw, N. Gregory Mankiw / Taylor, Mark P.: Grundzüge der Volkswirtschaftslehre. 8. überarbeitete und erweitere Auflage. Stuttgart 2021, S. 70

Hinweise zu den Grafiken
In dem Modell stehen Katrin und Nicole, Mario und Klaus stellvertretend für den gesamten Markt als Käuferinnen und Käufer bzw. Verkäuferinnen und Verkäufer. In Wirklichkeit gibt es natürlich sehr viel mehr Käuferinnen und Käufer sowie Verkäuferinnen und Verkäufer.

C Angebot und Nachfrage zusammen: der Gleichgewichtspreis

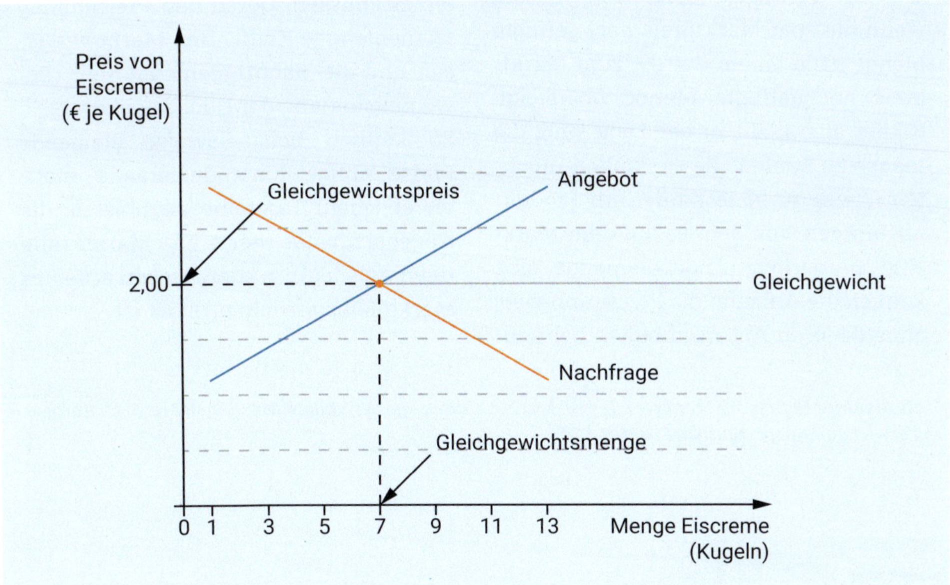

[Die Abbildung zum Gleichgewichtspreis] zeigt die Marktangebotskurve und die Marktnachfragekurve. Dabei gibt es einen Punkt, bei dem sich Angebotskurve und Nachfragekurve schneiden; dieser Punkt heißt Marktgleichgewicht [...] Der Preis, bei dem sich die beiden Kurven schneiden, heißt Gleichgewichtspreis, und die zugeordnete Menge heißt Gleichgewichtsmenge. (Im Beispiel des Schaubilds) [...] beträgt der Gleichgewichtspreis 2 Euro pro Kugel und die zugehörige Gleichgewichtsmenge beträgt 7 Stück Kugeln Eis.

1 Beim **Gleichgewichtspreis** ist die Menge, die Nachfrager kaufen wollen und können genau gleich der Menge, die Anbieter verkaufen wollen und können [...] Nachfrager haben ihre Kaufabsichten verwirklicht, Anbieter haben ihre Verkaufspläne erfüllt. [...]

2 Wenn ein **Angebotsüberschuss** eines Gutes, zum Beispiel Eiscreme, besteht, können die Anbieter zum herrschenden Preis nicht mehr alles verkaufen. Wenn die Eiscremebestände der Anbieter wachsen, werden sie auf den Angebotsüberschuss reagieren, indem sie die Preise senken. Wenn die Preise sinken, werden wiederum einige Konsumenten motiviert sein, mehr Eiskugeln zu kaufen, wodurch es zu einer Bewegung entlang der Nachfragekurve kommt. Gleichermaßen reagieren einige Anbieter auf dem Markt auf den fallenden Preis, indem sie die Menge reduzieren, die sie bereit sind, zu diesem Preis zu verkaufen (Bewegung entlang der Angebotskurve). Die Preise fallen weiter, bis der Markt ein erneutes Gleichgewicht erreicht. [...]

3 Ein **Nachfrageüberschuss** tritt auf, wenn die zum Marktpreis nachgefragte Menge nach einem Gut die zum Marktpreis nachgefragte Menge übersteigt. Käufer also nicht in der Lage sind, die Menge zu kaufen, die sie kaufen möchten. Wenn zu viele Käufer ein Produkt nachfragen, von dem es auf dem Markt eine zu geringe Angebotsmenge gibt, können die Anbieter die Preise anheben, ohne dadurch Absatzeinbußen befürchten zu müssen. Durch den Preisanstieg werden einige Käufer den Markt verlassen und die Nachfragemenge fällt (Bewegung entlang der Nachfragekurve). So können beispielsweise steigende Preise einige Eisproduzierende motivieren, mehr Eiscreme anzubieten; die Angebotsmenge steigt. Die Marktkräfte treten wieder in Aktion, bis ein erneutes Marktgleichgewicht erreicht ist.

Nach: Mankiw, N. Gregory Mankiw / Taylor, Mark P.: Grundzüge der Volkswirtschaftslehre. 8. überarbeitete und erweitere Auflage. Stuttgart 2021, S. 82 f.

Aufgaben

72043-916

1. Stellen Sie mit Hilfe des Textes in **M11** in Kapitel 8 auf S. 283 nochmals die Funktion von ökonomischen Modellen dar.
2. Analysieren Sie zu zweit die Entstehung des Marktpreises (**M4** A - C) am modellhaften Beispiel des Marktes für Eiskugeln bzw. Eiscreme, indem Sie folgendermaßen vorgehen:
   - Beschreiben Sie zunächst mit Hilfe der Tabelle (**M4** A) und der Nachfragekurve die Nachfrage von Katrin und erklären Sie den Verlauf der Nachfragekurve im Koordinatensystem. Erklären Sie das Verhältnis von Preis und nachgefragter Menge.
   - Entwickeln Sie anschließend ein Koordinatensystem nach dem oben dargestellten Muster, in das Sie die in der Tabelle dargestellte Nachfrage von Katrin und Nicole (die hier modellhaft für alle Nachfragenden stehen) und die Marktnachfrage festhalten.
   - Beschreiben Sie dann mit Hilfe der Tabelle und der Angebotskurve in **M4** B das Angebot von Mario und erklären Sie den Verlauf der Angebotskurve im Koordinatensystem. Erläutern Sie das Verhältnis von Preis und angebotener Menge.
   - Stellen Sie anschließend das Angebot von Mario und Klaus (die hier modellhaft für alle Anbietenden stehen) in einem Koordinatensystem nach dem oben dargestellten Muster dar und erläutern Sie sich die Kurve gegenseitig.
   - Erklären Sie das Schaubild (**M4** C) zur Entstehung des Gleichgewichtspreises und erläutern Sie die Begriffe „Gleichgewichtspreis" und „Gleichgewichtsmenge".
   - Übertragen Sie das Schaubild in Ihr Heft (kariertes Papier) und ermitteln Sie angebotene und nachgefragte Menge bei einem Preis von 1,50 € und 2,50€ für eine Kugel Eis. Zeichnen Sie den Nachfrageüberschuss und den Angebotsüberschuss jeweils in die Grafik ein. Erläutern Sie, warum das Verhalten von zahlreichen Nachfragenden und Anbietenden auf einem Markt automatisch zum Gleichgewichtspreis führt.
3. a) Beurteilen Sie abschließend, inwiefern Sie durch die Bearbeitung des Modells der Entstehung des Marktpreises durch das Zusammenwirken von Angebot und Nachfrage neue Erkenntnisse gewonnen haben.
   b) Vergleichen Sie Ihre Ergebnisse im Kurs.

M5 Woher kommen die Ideen der freien Marktwirtschaft?

In der zweiten Hälfte des 18. Jahrhunderts begannen sich die wirtschaftlichen und sozialen Verhältnisse im Zuge der Industrialisierung tiefgreifend zu verändern. Die Erfindung der Dampfmaschine ermöglichte einen rasanten Ausbau der Produktion und in der Textilindustrie setzte ein regelrechter „Erfindungsboom" ein. Die Epoche des Wirtschaftsliberalismus beginnt Ende des 18. Jahrhunderts, der Merkantilismus wird durch die Wirtschaftsordnung der freien Marktwirtschaft abgelöst. Das war eine revolutionäre Änderung des Wirtschaftssystems. Universelle Gleichheit aller Menschen, ewiger Frieden und Wohlstand aller Nationen wurde angestrebt. Im Vordergrund stand das Individuum und seine ungehinderte freie Entfaltung und Selbstbestimmung. Der Staat sollte diese Rechte schützen. Man war davon überzeugt, dass die Durchsetzung der Freiheit auf dem Gebiet der Wirtschaft einen ungeheuren Aufschwung der Wirtschaft und eine allgemeine Harmonie der Interessen herbeiführen würde.

Nach: Lernhelfer.de: Die industrielle Revolution. In: www.lernhelfer.de, Abruf am 27.04.2023

Merkantilismus
Merkantilismus bezeichnet eine Wirtschaftspolitik, die durch viele Staatseingriffe gekennzeichnet ist. Sie fand vor allem in der Zeit des Absolutismus (zwischen 16. und 18. Jhd.) statt und zielte auf eine Erhöhung der nationalen Wirtschaftskraft, der Staatseinkünfte (u. a. durch Schutzzölle) und die Förderung der frühindustriellen Produktion.

M6 Die ideologischen Grundlagen der freien Marktwirtschaft: das System der natürlichen Freiheit

Basis des Wirtschaftsliberalismus ist Adam Smiths Werk „Der Wohlstand der Nationen" aus dem Jahre 1776. Der Wirtschaftsliberalismus ist die Übertragung von Werten und Prinzipien der Aufklärung und des Liberalismus, auf die Ökonomie. Adam Smith (1723-1790) gilt als Begründer der modernen Volkswirtschaftslehre.

Der Einzelne ist stets darauf bedacht herauszufinden, wo er sein Kapital, über das er verfügen kann, so vorteilhaft wie nur irgend möglich einsetzen kann. Und tatsächlich hat er dabei den eigenen Vorteil im Auge und nicht etwa den der Volkswirtschaft. Aber gerade das Streben nach seinem eigenen Vorteil ist es, das ihn ganz von selbst oder vielmehr notwendigerweise dazu führt, sein Kapital dort einzusetzen, wo es auch dem ganzen Land den größten Nutzen bringt.

Erstens ist jeder bestrebt, viel von seinem Kapital möglichst in der nächsten Umgebung und folglich zur Unterstützung des einheimischen Gewerbes zu investieren. [...] Zweitens wird jeder, der sein Kapital zur Unterstützung der eigenen Volkswirtschaft investiert, notwendigerweise bestrebt sein, die wirtschaftliche Aktivität so zu lenken, dass ihr Ertrag den größtmöglichen Wert erzielen kann. [...] Nun ist aber das Volkseinkommen eines Landes immer genauso groß wie der Tauschwert des gesamten Jahresertrages oder besser, es ist genau dasselbe, nur anders ausgedrückt. Wenn daher jeder Einzelne so viel wie nur möglich danach trachtet, sein Kapital zur Unterstützung der einheimischen Erwerbstätigkeit einzusetzen und dadurch diese so lenkt, dass ihr Ertrag den höchsten Wertzuwachs erwarten lässt, dann bemüht sich auch jeder Einzelne ganz zwangsläufig, dass das Volkseinkommen im Jahr so groß wie möglich werden wird.

Was ist mit „Aufklärung" gemeint?
Aufklärung bezeichnet eine ideengeschichtliche Epoche in Europa [...] in der sich die Vernunft (Rationalität), ihr richtiger Gebrauch und vernunftbegründete Ordnungen als Maßstab menschlichen Strebens und wissenschaftlicher Forschung durchsetzten.

Was bedeutet der Begriff (Wirtschafts)Liberalismus?
Liberalismus ist eine politische Weltanschauung, die die Freiheiten des einzelnen Menschen in den Vordergrund stellt und jede Form des geistigen, sozialen, politischen oder staatlichen Zwangs ablehnt. [...] Der wirtschaftliche Liberalismus betrachtet [...] das Privateigentum (insbesondere an den Produktionsmitteln), den freien Wettbewerb und den Freihandel als grundlegende Voraussetzungen für die Schaffung gesellschaftlichen Wohlstands.

Schubert, Klaus/Martina Klein: Das Politiklexikon. 6., aktual. u. erw. Aufl. Bonn (Dietz) 2016. Lizenzausgabe Bonn: Bundeszentrale für politische Bildung, S. 31 und S. 189 f.

Adam Smith (1723-1790) legte mit seinem Werk „Der Wohlstand der Nationen" aus dem Jahr 1776 die Basis des Wirtschaftsliberalismus. Adam Smith gilt als Begründer der modernen Wirtschaftslehre.

Tatsächlich fördert er in der Regel nicht bewusst das Allgemeinwohl, noch weiß er, wie hoch der eigene Beitrag ist. Wenn er es vorzieht, die nationale Wirtschaft anstatt die ausländische zu unterstützen, denkt er eigentlich nur an die eigene Sicherheit, und wenn er dadurch die Erwerbstätigkeit so fördert, dass ihr Ertrag den höchsten Wert erzielen kann, strebt er lediglich nach eigenem Gewinn. Und er wird in diesem wie auch in vielen anderen Fällen von einer unsichtbaren Hand geleitet, um einen Zweck zu fördern, den zu erfüllen er in keiner Weise beabsichtigt hat. Auch für das Land selbst ist es keineswegs immer das schlechteste, so dass der Einzelne ein solches Ziel nicht bewusst anstrebt, ja, gerade dadurch, dass er das eigene Interesse verfolgt, fördert er häufig das der Gesellschaft nachhaltiger, als wenn er wirklich beabsichtigt, es zu tun. Alle, die jemals vorgaben, ihre Geschäfte dienten dem Wohl der Allgemeinheit, haben meines Wissens niemals etwas Gutes getan. [...]

Gibt man daher alle Systeme der Begünstigung und Beschränkung auf, so stellt sich ganz von selbst das einsichtige und einfache System der natürlichen Freiheit her. Solange der Einzelne nicht die Gesetze verletzt, lässt man ihm völlige Freiheit, damit er das eigene Interesse auf seine Weise verfolgen kann und seinen Erwerbsfleiß und sein Kapital im Wettbewerb mit jedem anderen oder einem anderen Stand entwickeln oder einsetzen kann. Der Herrscher (das Staatsoberhaupt) wird dadurch vollständig von einer Pflicht entbunden, bei deren Ausübung er stets unzähligen Täuschungen ausgesetzt sein muss und zu deren Erfüllung keine menschliche Weisheit oder Kenntnis jemals ausreichen könnte, nämlich der Pflicht oder Aufgabe, den Erwerb privater Leute zu überwachen und ihn in Wirtschaftszweige zu lenken, die für das Land am nützlichsten sind. Im System der natürlichen Freiheit hat der Souverän lediglich drei Aufgaben zu erfüllen [...]: Erstens die Pflicht, das Land gegen Gewalttätigkeit und Angriff anderer unabhängiger Staaten zu schützen, zweitens die Aufgabe, jedes Mitglied der Gesellschaft so weit wie möglich vor Ungerechtigkeit oder Unterdrückung durch einen Mitbürger in Schutz zu nehmen oder ein zuverlässiges Justizwesen einzurichten, und drittens die Pflicht, bestimmte öffentliche Anstalten und Einrichtungen zu gründen und zu so unterhalten, die ein Einzelner oder eine kleine Gruppe aus eigenem Interesse nicht betreiben kann, weil der Gewinn ihre Kosten niemals decken könnte, obwohl er häufig höher sein mag als die Kosten für das ganze Gemeinwesen.

Smith, Adam: Der Wohlstand der Nationen. Eine Untersuchung seiner Natur und seiner Ursachen. Aus dem Englischen übertragen von H. C. Recktenwald, Deutscher Taschenbuch Verlag. München 1978, S. 369-71, S. 582

Aufgaben

72043-917

F **zu den Aufgaben 1, 2**
Entwickeln Sie mit Hilfe einer Positionslinie ein vorläufiges Urteil zu der Frage, inwieweit eine „universelle Gleichheit aller Menschen, ewiger Frieden und Wohlstand aller Nationen" durch die freie Marktwirtschaft erreicht worden ist (**M6**).

1. Erläutern Sie, zu welchen Veränderungen die Industrialisierung ab der zweiten Hälfte des 18. Jahrhunderts führte (**M5**).
2. Analysieren Sie in Kleingruppenarbeit den Text von Adam Smith aus dem berühmten Buch „Der Wohlstand der Nationen" aus dem Jahre 1776 (**M6**), indem Sie a) nach der Klärung von Verständnisfragen ein Schaubild mit der Überschrift „Das System der natürlichen Freiheit" entwickeln, b) den Nutzen dieses Systems für das einzelne Individuum und die Volkswirtschaft eines Landes in Tabellenform gegenüberstellen, c) die Aufgaben des „Herrschenden" erläutern, d) das Prinzip der „unsichtbaren Hand" erklären und dabei auch die Begriffe „Einzelinteresse" und „Allgemeinwohl" verwenden und e) einen Vortrag zur Darstellung des „Systems der natürlichen Freiheit" einüben und abschließend vor Ihrem Kurs halten.

M7 Wirtschaftsordnungen im Vergleich

A Die Marktwirtschaft als Wirtschaftsordnung

*Der folgende Text und das Schaubild B beschreiben die Merkmale der Marktwirtschaft generell als Wirtschaftsordnung (ohne die besondere Ausprägung der „Sozialen Marktwirtschaft" in Deutschland, → **M12-M14**) im Vergleich zu anderen Wirtschaftsordnungen.*

Wirtschaftsordnung (auch: Wirtschaftsverfassung) bezeichnet die grundlegende Rechts- und Organisationsform, innerhalb der Wirtschaftssubjekte tätig werden und Wirtschaftsprozesse ablaufen. Da moderne Volkswirtschaften hochgradig arbeitsteilig produzieren, muss zunächst grundsätzlich festgelegt werden, wie die Abstimmung zwischen Produzenten (Anbietern) und Verbrauchern (Nachfragern) verlaufen soll. Es gibt prinzipiell zwei Möglichkeiten, wie dies erfolgen kann:

a) In Form einer planwirtschaftlichen (besser: zentralverwaltungs-wirtschaftlichen) Wirtschaftsordnung, die eine zentrale staatliche Instanz voraussetzt, die alle Wirtschaftsabläufe lenkt.

b) Erfolgt die Abstimmung dezentral über Angebot und Nachfrage, liegt eine marktwirtschaftliche Wirtschaftsordnung vor.

Eng mit diesen beiden Ordnungsmodellen ist die Frage nach den Eigentumsrechten verbunden: In sozialistischen Wirtschaftsordnungen sind die Produktionsmittel verstaatlicht oder gesellschaftliches Eigentum, in kapitalistischen Wirtschaftsordnungen befinden sie sich in Privateigentum. Reale Wirtschaftsordnungen können jeweils nur Annäherungen an diese beiden Grundformen sein. Durch die Auflösung der wichtigsten zentralverwaltungswirtschaftlichen Wirtschaftssysteme beziehen sich die heutigen Auseinandersetzungen v. a. auf die Rolle des Staates in liberalen Wirtschaftsordnungen. Dabei stehen sich das marktwirtschaftliche Modell und das Modell der Sozialen Marktwirtschaft gegenüber.

Schubert, Klaus/Martina Klein, Martina: Das Politiklexikon. 7. aktual. u. erw. Aufl. Bonn: 2020. Lizenzausgabe Bonn: Bundeszentrale für politische Bildung, S. 369

Was bedeuten „Sozialismus", „Kommunismus" und Kapitalismus?

Sozialismus: eine politische Weltanschauung, die darauf abzielt, eine solidarische Gesellschaft zu schaffen, in der die Grundwerte Freiheit und Gleichheit verwirklicht werden. Eine zentrale Rolle nimmt dabei die Veränderung der privatkapitalistischen (marktwirtschaftlichen) Wirtschaftsordnung ein, die nach sozialistischem Verständnis soziale und ökonomische Abhängigkeit begründet.

Kommunismus: eine politische Bewegung und Herrschaftsform. Grundlegende Idee des Kommunismus ist die Abschaffung des privaten Eigentums und die Bildung von Gemeineigentum.

Kapitalismus: Wirtschaftssystem, das auf dem Privateigentum an Produktionsmitteln beruht und im Idealfall des gesamten Steuerungsprozesses dem Markt überlässt (→ **M15, M18**).

Schubert, Klaus/Martina Klein: Das Politiklexikon. 7. aktual. u. erw. Aufl. Bonn: Dietz 2020. Lizenzausgabe Bonn: Bundeszentrale für politische Bildung, S. 183, 190 und 311

B Idealtypische Wirtschaftsordnungen im Überblick

Merkmale der idealtypischen Wirtschaftsordnungen im Vergleich

Freie Marktwirtschaft	Merkmale	Zentralverwaltungswirtschaft
Individualismus	Leitidee hinsichtlich der Stellung des Einzelnen in der Gesellschaft	Kollektivismus
Liberalismus	aus der Leitidee entwickelte gesellschaftspolitische Auffassung	Sozialismus
Privateigentum (private Verfügungsmacht) an den Produktionsmitteln (Kapitalismus)	Eigentumsordnung	Gemeineigentum an den Produktionsmitteln (sozialisiertes Eigentum)
Einzelwirtschaftliche Planung durch die Untenehmen (Produktionspläne) und Haushalte = dezentrale Planung, Lenkung und Steuerung des Wirtschaftsprozesses zur Abstimmung der Einzelpläne durch den Preismechanismus	Aufstellung und Koordination der Wirtschaftspläne (Lenkungsprinzip)	Aufstellung eines zentralen Gesamtplans durch eine zentrale Planungsbehörde, Lenkung und Steuerung des Wirtschaftsprozesses durch die Planungsbehörde
Schutz der Freiheiten der Bürger durch Festsetzung und Überwachung eines Ordnungsrahmens („Nachtwächterstaat")	Rolle des Staates	Uneingeschränkte wirtschaftliche und politische Macht des Staates
Demokratie	Herrschaftsform	Diktatur

Nach: Lüpertz, Victor: Problemorientierte Einführung in die Volkswirtschaftslehre. Braunschweig 2018, S. 264 f.

M8 Welche Marktformen existieren in einer Marktwirtschaft?

*In unserem Beispiel des Eiscrememarktes (→ **M4**) gibt es viele Anbietende und Nachfragende. Die Wirtschaftswissenschaften nennen diese Marktform Polypol. In dem Schema werden die weiteren möglichen Marktformen dargestellt. Ob es viele oder wenige Anbieter gibt, hat Auswirkungen auf den Wettbewerb und damit die Preisbildung.*

Marktformen im Erklärfilm (3:31 Min.)

72060-34

Anbieter Nachfrager	viele	wenige	einer
viele	**Polypol** z. B. Supermarkt, Bäckereien	**Angebotsoligopol** z. B. Strommarkt, Mineralölmarkt	**Angebotsmonopol** z. B. Briefmonopol, Wasserwerke
wenige	**Nachfrageoligopol** z. B. Molkereien, Winzergenossenschaften	**zweiseitiges Oligopol** z. B. Flugzeugmarkt, Reedereien	
einer	**Nachfragemonopol** z. B. Autobahnbau		**zweiseitiges Monopol** z. B. einziger Hersteller eines BMW-Scheinwerfers

Bearbeiterin

M9 Wie bildet sich der Preis in den unterschiedlichen Marktformen?

Monopol: Das Besondere bei der Preisbildung im Monopol ist, dass oftmals ein alleiniger Monopolist die Festsetzung der Preise in den Händen hat. Er kann ziemlich alleine festlegen, die hoch der Preis für sein angebotenes Gut sein soll. Doch wird ein Monopolist zu gierig ..., dann fangen die Nachfrager an, sich einzuschränken und verzichten mitunter auf das Gut. Außerdem bietet sich für die Nachfrager die Möglichkeit, zu Ersatzgütern zu greifen. [...]

Oligopol: Etwas weniger dramatisch ist die Situation im Falle des Oligopols als Marktform. Hier gibt es wenige Anbieter und dafür viele Nachfrager. Da es beim Oligopol mehrere Mitbewerber gibt, kommen auch verschiedene Strategien zur Preisbildung zum Einsatz. Eine Strategie ist der direkte Wettbewerb über Preissenkungen. Senkt Anbieter A den Preis und Anbieter B zieht nach, entsteht eine sogenannte ruinöse Konkurrenz. Für den Nachfrager bietet diese Preisbildung natürlich den Vorteil, dass sie von einem stets günstigen Preis profitieren können. Die Anbieter laufen jedoch der Gefahr hinaus, in finanzielle Engpässe zu geraten. Im schlimmsten Fall entwickelt sich ein solches Oligopol mit der Zeit in ein Monopol. Eine andere zumeist illegale Strategie sind Preisabsprachen. Die Konkurrenten sprechen sich hier ab und erhöhen gemeinsam den Preis. Dies ist für den Verbraucher natürlich sehr von Nachteil und zudem natürlich verboten.

Polypol: Die Marktform des Polypols trifft in den meisten Volkswirtschaften wohl am häufigsten auf. Bei einem Polypol wird der Preis durch die ständige Wechselwirkung zwischen Angebot und Nachfrage gebildet. Im Idealfall pendelt sich der Preis dabei beim Gleichgewichtspreis ein. Grundsätzlich unterscheidet man dabei noch zwischen der vollkommenen und der unvollkommenen Konkurrenz bei der Marktform des Polypols. Für den Verbraucher ist diese Marktform in der Regel nur vorteilhaft.

© Rechnungswesen-verstehen: Preisbildung im Monopol & Oligopol, Polypol. In: www.rechnungswesen-verstehen.de Abruf am 27.04.2023

M10 Was kennzeichnet freie Marktwirtschaften?

Das Privateigentum an den Produktionsmitteln (z. B. Maschinen, Transportmittel, Boden) ist Voraussetzung dafür, dass sich die Unternehmen bei der Aufstellung und Verwirklichung ihre Produktionspläne frei entscheiden können.

Die Vertragsfreiheit ermöglicht es den Vertragspartnern, beliebige Verträge abzuschließen und deren Inhalt selbst zu bestimmen [...] Der Staat muss Rechtssicherheit garantieren, damit die Vertragspartner ihre Ansprüche notfalls mit staatlicher Hilfe (z. B. Gerichte, Polizei) durchsetzen können.

Die Gewerbefreiheit ermöglicht es jedem Produzenten, ein beliebiges Gewerbe zu betreiben und sich am Markt frei zu betätigen. [...] Marktzutrittsschranken würden zu einer Verringerung des Wettbewerbs führen und die Entstehung marktbeherrschender Unternehmen fördern. Die Gewerbefreiheit umfasst auch die freie Wahl von Beruf und Arbeitsplatz.

Die Produktionsfreiheit ermöglicht es jedem Produzenten, selbst darüber zu entscheiden, was und wie viel er produzieren will.

Die Konsumfreiheit ermöglicht es jedem Konsumenten, selbst darüber zu entscheiden, wie er sein Einkommen verwenden und was er in welchem Umfang kaufen will.

A Welche Struktureigenschaften gehören zur freien Marktwirtschaft?

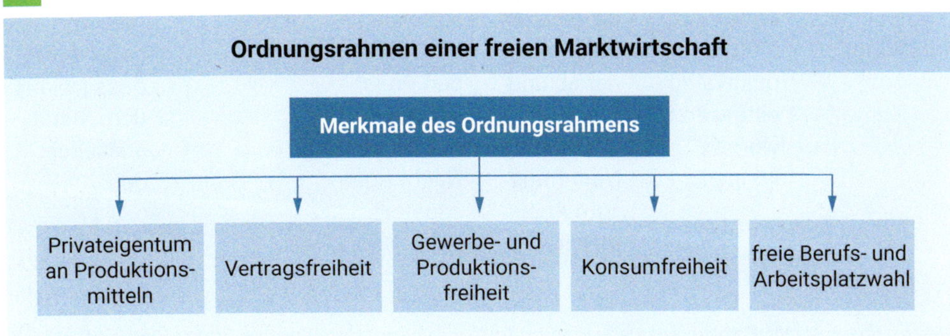

B Überblick: Wie funktioniert die freie Marktwirtschaft?

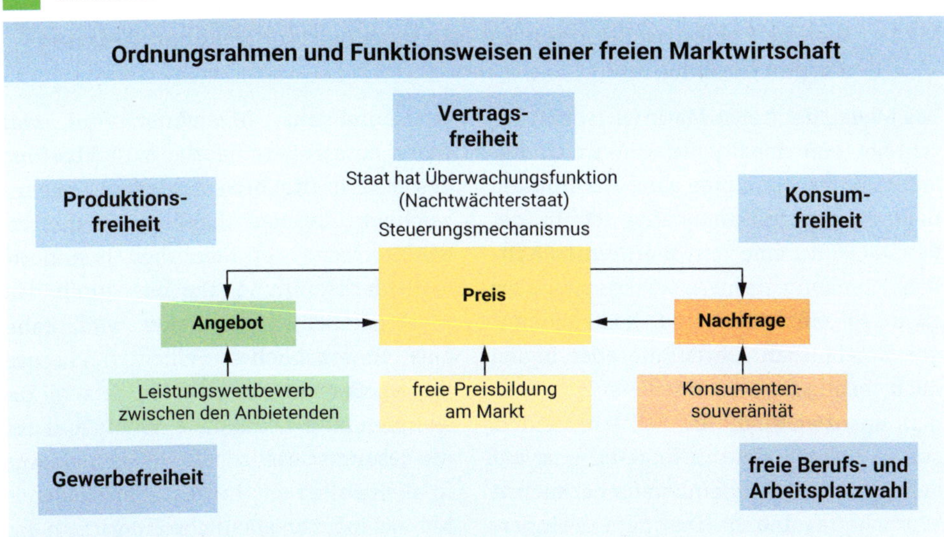

Nach: Lüpertz, Victor: Problemorientierte Einführung in die Volkswirtschaftslehre, Braunschweig (Winklers) 2018, S. 266

C Funktionen des Preises im Überblick

Welche Funktionen hat der Preis in einer freien Marktwirtschaft? Ein Überblick					
Signal- und Informationsfunktion	**Lenkungsfunktion**	**Ausgleichsfunktion / Planabstimmungsfunktion**	**Verteilungs- und Zuteilungsfunktion**	**Anreizfunktion**	**Auslesefunktion**
Der Preis in der freien Marktwirtschaft informiert über die Knappheit eines Gutes (Knappheitsindikator).	Der Preis in der freien Marktwirtschaft lenkt die Produktionsfaktoren in die Bereiche, in denen sie am produktivsten eingesetzt werden können.	Der Preis in der freien Marktwirtschaft stimmt die Pläne von Unternehmen und Haushalten aufeinander ab und bringt Angebot und Nachfrage zum Ausgleich.	Veränderungen von Güter- und Faktorpreisen wirken sich auf die Einkommensverteilung aus. Über den Preis wird das Angebot den Nachfragern zugeteilt.	Der Preis in der freien Marktwirtschaft bietet einen Anreiz, mit knappen Gütern sparsam umzugehen.	Der Preis in der freien Marktwirtschaft bestraft leistungsunfähige Unternehmen und sorgt dafür, dass sie aus dem Markt ausscheiden.

Nach: Lüpertz, Victor: Problemorientierte Einführung in die Volkswirtschaftslehre, Braunschweig (Winklers) 2018, S. 269

M11 Welche Fehlentwicklungen der rein marktwirtschaftlichen Ordnung werden beobachtet?

Das Modell der freien Marktwirtschaft beschreibt eine idealtypische Wirtschaftsordnung, die nur unter ganz bestimmten Bedingungen funktionsfähig ist. In der Realität kann eine rein marktwirtschaftliche Lenkung des Wirtschaftsprozesses zwar zu effizienten und kostengünstigen Ergebnissen führen, die aber häufig nach heutigen Gerechtigkeitsvorstellungen unsozial sind. Im 19. Jahrhundert gab es insbesondere in England eine auf dem Prinzip des Liberalismus beruhende Wirtschaftsordnung. Die damit einhergehende Wirtschaftspolitik, die auch als Laissez-faire-Liberalismus oder Manchester-Liberalismus bezeichnet wird, war durch eine äußerst starke Zurückhaltung des Staates (Nachtwächterstaat) gekennzeichnet. Eine ausschließlich an den Eigeninteressen der Menschen orientierte Wirtschaftsordnung, die nur durch den Marktmechanismus gelenkt wird, kann aber zu erheblichen Fehlentwicklungen führen. Der von A. Smith in diesem Zusammenhang behauptete Wohlstand für die gesamte Gesellschaft tritt keineswegs in allen Fällen ein. Insbesondere folgende Mängel machen staatliche Eingriffe in das Wirtschaftsgeschehen einer Marktwirtschaft notwendig:

Überblick: Fehlentwicklungen einer rein marktwirtschaftlichen Ordnung	
Unsoziale Einkommens- und Vermögensverteilung	Da die Voraussetzung zur Einkommens- und Vermögenserzielung [...] in der Realität ungleich verteilt sind, ist eine ungleiche Einkommens- und Vermögensverteilung die zwangsläufige Folge einer freien Marktwirtschaft. Es besteht die Tendenz, dass Arme immer ärmer und Reiche immer reicher werden.
Soziale Missstände durch Versagen des Arbeitsmarktes	Befürworter der freien Marktwirtschaft behaupten, es würde sich automatisch Vollbeschäftigung einstellen. Statt [...] Vollbeschäftigung können sich auf einem freien Arbeitsmarkt vielmehr Marktmacht der Arbeitgeber, starke Abhängigkeit der besitzlosen Arbeitnehmer und ein Lohnniveau unterhalb des Existenzminimums einstellen. [...]
Einschränkung des Leistungswettbewerbs zwischen den Anbietern	[...] Durch die Ausnutzung der Vertragsfreiheit zum Zweck von unerlaubten Absprachen zwischen Unternehmen zur Ausschaltung des Wettbewerbs können Kartelle und Monopole entstehen, die zu einer weiteren Konzentration von wirtschaftlicher und politischer Macht führen. Wettbewerbsbeschränkungen machen das entscheidende Koordinations-, Motivations- und Kontrollsystem einer Marktwirtschaft funktionsunfähig.
Unterversorgung mit öffentlichen Gütern und Überbeanspruchung von Umweltgütern	Ohne wirtschaftliche Einflussnahme des Staates kommt es in einer Marktwirtschaft zu einer Unterversorgung mit öffentlichen Gütern (z.B. Infrastruktur, Gesundheits- und Bildungswesen), da solche Güter nicht oder nicht im erwünschten Umfang von privaten Anbietern über den Markt bereits gestellt werden. Auch bei der Nutzung von Umweltgütern liegt ein solches Marktversagen vor.
Wirtschaftskrisen	Kritiker [...] behaupten, dass ein rein marktwirtschaftliches System u.a. aufgrund einer Tendenz zur Überproduktion regelmäßig wiederkehrende Wirtschaftskrisen auslöst. [...] Konjunkturschwankungen werden als Beleg dafür herangezogen, dass die [...] behauptete Tendenz zur Vollbeschäftigung ohne staatliche Eingriffe [...] nicht besteht. [...] Befürworter [...] behaupte[n], dass gerade die staatliche Einflussnahme auf den Wirtschaftsprozess die Wirtschaftsschwankungen erst hervorruft.

Nach: Lüpertz, Victor: Problemorientierte Einführung in die Volkswirtschaftslehre. Braunschweig (Winklers) 2018, S. 270

Aufgaben

72043-918

1. Werten Sie zu zweit **M7** im Hinblick auf die unterschiedlichen Merkmale der freien Marktwirtschaft und der Zentralverwaltungswirtschaft aus. Erläutern Sie, inwiefern Adam Smiths mit den im Schaubild dargestellten Begriffen übereinstimmen.
2. Analysieren Sie das Schaubild zu den unterschiedlichen Marktformen in einer Marktwirtschaft (**M8**).
3. Stellen Sie die Preisbildung in unterschiedlichen Marktformen in einem Schaubild dar (**M9**) und beschreiben Sie knapp die unterschiedlichen Mechanismen der Preisbildung und erläutern Sie Vor- und Nachteile.
4. Erläutern Sie die Schaubilder zum Ordnungsrahmen der freien Marktwirtschaft (**M10**).
5. Gestalten Sie eine Präsentation, in der Sie den Zuhörenden die Wirtschaftsordnung der freien Marktwirtschaft erklären (**M5-M10**).
6. Stellen Sie Fehlentwicklungen einer rein marktwirtschaftlichen Ordnung dar (**M11**).
7. Beurteilen Sie abschließend unter Einbeziehung der Informationen von **M11**, inwieweit aus dem System der natürlichen Freiheit durch die Verfolgung des Eigeninteresses automatisch das Allgemeinwohl resultiert.

F zu Aufgabe 1
Gestalten Sie ein Referat (ggf. eine Power-Point-Präsentation), in dem Sie die Wirtschaftsordnung der DDR darstellen und die Unterschiede zur Marktwirtschaft der Bundesrepublik Deutschland erläutern.

H zu Aufgabe 6
Weitere Informationen finden Sie in Kapitel 11.

9.2 Die Soziale Marktwirtschaft als Wirtschaftsordnung Deutschlands: „Eine Ordnung, die mit wirtschaftlicher Stärke die Schwächsten auffängt?"

Zum Thema: In Deutschland wurde nach dem Ende des Zweiten Weltkrieges die Soziale Marktwirtschaft eingeführt. Da sich herausgestellt hatte, dass der freie Markt zu großen sozialen Problemen führte, sollte nun der Staat durch sozialpolitische Maßnahmen dafür sorgen, dass die Schwächen des Marktes durch einen aktiven Staat ausgeglichen wurden.

M12 Die Einführung der Sozialen Marktwirtschaft in Deutschland nach dem Ende des Zweiten Weltkrieges

Die Konzeption der Sozialen Marktwirtschaft, die die deutsche Nachkriegsgeschichte maßgeblich prägen sollte, entstand nach Kriegsende nicht auf dem Reißbrett, sondern wurzelte in den geistigen Vorarbeiten, z. B. von Alfred Müller-Armack, der in seinem 1947 veröffentlichten Buch „Wirtschaftslenkung und Marktwirtschaft" erstmals den Begriff der Sozialen Marktwirtschaft verwendete, oder der ordoliberalen Freiburger Schule um Walter Eucken. Eine entscheidende Rolle spielte Ludwig Erhard, der sich während seiner wissenschaftlichen Laufbahn seit Ende der 1920er Jahre ebenfalls intensiv mit Fragen einer freiheitlichen und wettbewerblich organisierten Wirtschaftsordnung befasst hatte. Mit seinem Namen wird zudem die politische Umsetzung der Sozialen Marktwirtschaft verbunden, die bereits vor der Gründung der Bundesrepublik Deutschland 1949 begann. Der marktwirtschaftliche Neuanfang begann mit der Währungsreform und den damit gekoppelten Wirtschaftsreformen in den westlichen Besatzungszonen im Juni 1948. Die Geburt der D-Mark war die notwendige Bedingung für einen Neuanfang. Aber erst mit der mutigen Entscheidung Ludwig Erhards, die Währungsreform mit marktwirtschaftlichen Reformen zu koppeln, entwickelte sich die wirtschaftliche und gesellschaftliche Dynamik, die in den folgenden Jahren oft als „deutsches Wirtschaftswunder" verklärt wurde.

Die maßgeblichen „Köpfe" der Sozialen Marktwirtschaft
Der deutsche Ökonom **Alfred Müller-Armack** (1901 – 1978) prägte den Begriff der „Sozialen Marktwirtschaft" und unterstützte Ludwig Erhard u. a. als Staatssekretär im Wirtschaftsressort dabei, das Konzept nach dem Krieg politisch umzusetzen.
Walter Eucken (1891-1950), Wirtschaftswissenschaftler, Mitbegründer der Freiburger Schule, einer Schule von Wirtschaftswissenschaftlern, die einen Liberalismus vertraten, der ein Konzept für ein marktwirtschaftliches Wirtschaftssystem mit einem durch einen Staat geschaffenen Ordnungsrahmen vorsah („Ordoliberalismus").
Ludwig Erhard (CDU), 1897-1977, Bundeswirtschaftsminister 1949-1963, Bundeskanzler 1963-1966

Vogel, Lars: Soziale Marktwirtschaft: Politische Umsetzung, Erosion und Handlungsbedarf. www.kas.de, Abruf am 15.03.2018

Einstiegsaufgaben

72043-912

1. Beschreiben Sie die Entstehungsgeschichte der Sozialen Marktwirtschaft in der Bundesrepublik Deutschland nach dem Ende des Zweiten Weltkrieges (**M12**).
2. Entwickeln Sie Hypothesen, inwiefern die „Soziale Marktwirtschaft durch wirtschaftliche Stärke die Schwächsten auffängt". (Zitat der ehemaligen Bundeskanzlerin Angela Merkel im Deutschen Bundestag am 07.09.2016)

M13 Was macht die Sozialen Marktwirtschaft besonders? Grundzüge ...

Die Soziale Marktwirtschaft stellt den Versuch einer möglichst optimalen Verknüpfung zweier Säulen dar. Die eine Säule betont die Selbstständigkeit des Individuums, die Entfaltung seiner Interessen, Freiheiten und Leistungsmöglichkeiten. Die andere Säule betont die Belange des Gemeinwesens, der Menschenwürde sowie der sozialen Sicherheit und Gerechtigkeit. Erfüllungsort für die erste Säule ist der Markt. Ein von Freiheit und Leistungsstreben geprägter Markt, auf dem sich die Preise nach Angebot und Nachfrage bilden, verspricht hohe Effizienz bei der Entwicklung, Herstellung und Verteilung von Gütern. Für die Anliegen der zweiten Säule muss – da der Markt sie nicht erfüllen kann – eine andere Instanz sorgen. Das kann letztlich nur der Staat sein.

Der Dualismus von Markt und Staat zieht sich wie ein roter Faden durch die Diskussion um die Ausgestaltung der Sozialen Marktwirtschaft. Dabei wird dem Staat keineswegs die Rolle eines „Nachtwächters“ zugewiesen; er soll vielmehr die geeigneten Rahmenbedingungen schaffen (und diese auch schützen) und bestimmte Ziele durch Eingriffe in die Wirtschaft aktiv anstreben. [...]

Zu den unverzichtbaren Bestandteilen des Leitbildes gehören weiterhin das Privateigentum (auch an Produktionsmitteln) und dezentrale Entscheidungsstrukturen. Den einzelnen Wirtschaftssubjekten wird ein hohes Maß an selbstbestimmten Entfaltungsmöglichkeiten zugebilligt; im Gegenzug wird von ihnen aber auch Verantwortung im Umgang mit ihrer Freiheit eingefordert.

Albers, Hans-Jürgen: Volkswirtschaftslehre, Haan-Gruiten (Verlag Europa Lehrmittel) 2017, S. 190

M14 Welche Aufgaben übernimmt der Staat in der Sozialen Marktwirtschaft?

Die Soziale Marktwirtschaft ist eine Marktwirtschaft – aber nicht nur. Ihre Grundpfeiler und zugleich die regulierenden Stellschrauben sind „Markt“ und „Staat“. Was der Markt regeln kann, soll der Markt regeln. Was der Markt aber nicht oder nicht in der gesellschaftlich gewünschten Form regeln kann, soll der Staat übernehmen, zumindest gesellschaftlich konform steuern. Die Offenheit der Leitidee erlaubt es, aus gesellschaftlichen, (koalitions-)politischen oder sonstigen Gründen an den Stellschrauben zu drehen und mal die Rolle des Marktes oder mal die Rolle des Staates stärker zu betonen. Insofern deckt die Soziale Marktwirtschaft ein breites Spektrum zwischen wirtschaftlicher Freiheit und staatlicher Lenkung ab. [...] Für die Justierung der regulierenden Stellschrauben „Markt“ und „Staat“ gilt der Grundsatz: „So viel Markt wie möglich, so viel Staat wie nötig“. Der Markt übernimmt vor allem eine Koordinationsfunktion. Er ist der Ort, an dem Nachfrage und Angebot zusammengeführt und abgestimmt werden und an dem sich Preise bilden. Kernaufgabe des Gütermarktes ist dabei die bestmögliche Versorgung der Menschen mit Gütern. Bestmöglich heißt: ausreichende Menge bei guter Qualität und angemessenem Preis. Kernaufgabe des Arbeitsmarktes ist die bestmögliche Versorgung der Menschen mit Arbeit und der Betriebe mit Arbeitskräften. Notwendige Bedingung für das Funktionieren der Märkte, im engeren Sinne für die Erfüllung der Marktfunktionen, ist freier Wettbewerb zwischen unabhängigen und möglichst zahlreichen Marktteilnehmern. Die Wirtschaftstheorie arbeitet zur Darstellung von Marktabläu-

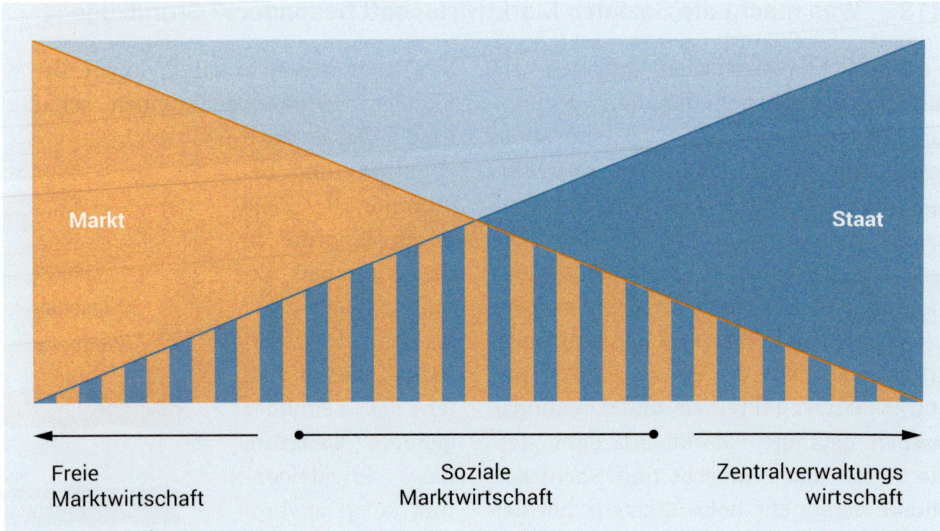

fen unter solchen Bedingungen mit dem Modell der vollkommenen Konkurrenz. In der Realität sind Märkte jedoch in der Regel unvollkommen. [...] Wenn die Allokation durch Märkte nicht bestmöglich funktioniert, [...] wird von Marktversagen gesprochen. Neben den bereits genannten wettbewerbsmindernden Faktoren gilt dies vor allem für die Bereitstellung öffentlicher Güter und für Marktverzerrungen durch das Auftreten externer Effekte. [...] Marktversagen zeigt in aller Regel einen staatlichen Eingriffs- und Regulierungsbedarf an. Marktversagen liegt vor, wenn die Koordination über den Markt nicht zu einer optimalen Allokation der Ressourcen, zu Marktverzerrungen und externen Effekten führt. Wichtigste ordnungspolitische Aufgabe des Staates ist die Sicherung des Wettbewerbs. Dieser Aufgabe dienen Gesetze (v. a. Gesetz gegen Wettbewerbsbeschränkungen, Gesetz gegen unlauteren Wettbewerb) und Institutionen (u. a. Bundeskartellamt, Monopolkommission).

Nach: Albers, Hans-Jürgen: Volkswirtschaftslehre, Haan-Gruiten (Verlag Europa Lehrmittel) 2017, S. 193 f.

Aufgaben

72043-919

1. Erläutern Sie die Grundzüge der Sozialen Marktwirtschaft auf der Grundlage des Textes und des Schaubildes in **M13**. Charakterisieren Sie die Rolle des Staates in der Sozialen Marktwirtschaft.
2. Gestalten Sie einen Post, in dem Sie zentrale Unterschiede zwischen der freien und der Sozialen Marktwirtschaft benennen.
3. Erläutern Sie zu zweit den Stellenwert und die Aufgaben von Markt und Staat in der Sozialen Marktwirtschaft (**M14**) und erklären Sie mit Hilfe des Schaubildes, was die „Offenheit der Leitidee" für die Ausgestaltung der Sozialen Marktwirtschaft in Deutschland bedeutet.
4. a) Bewerten Sie mit Hilfe von **M13** zunächst in Kleingruppen die Position, dass die Soziale Marktwirtschaft einen starken demokratischen Staat fordere, und entwickeln Sie Vorstellungen über die Aufgaben eines starken demokratischen Staates.
   b) Notieren Sie Ihre Ideen auf einer Wandzeitung und diskutieren Sie anschließend Ihre Vorstellungen im Kurs.

M15 Ist die Soziale Marktwirtschaft eine kapitalistische Wirtschaftsordnung?

*Die Wirtschaftsordnung der Bundesrepublik Deutschland, die Soziale Marktwirtschaft, wird manchmal auch als Kapitalismus oder als eine kapitalistische Wirtschaftsordnung bezeichnet, wobei es unterschiedliche Vorstellungen darüber gibt, was Kapitalismus eigentlich bedeutet und ob der Begriff noch zeitgemäß ist. Da in der gegenwärtigen Diskussion um die Ausgestaltung der Sozialen Marktwirtschaft der Begriff Kapitalismus häufig gebraucht wird, geben die folgenden Texte (**M15** A - C) Informationen über die unterschiedlichen Sichtweisen von Kapitalismus.*

A Kapitalismus aus historischer Perspektive

Der unter den Produktions- und Arbeitsbedingungen des ausgehenden 18. Jahrhunderts und des beginnenden 19. Jahrhunderts geprägte Begriff für eine Wirtschafts- und Gesellschaftsordnung, in der das private Eigentum an den Produktionsmitteln (Fabrikhallen, Maschinen, Anlagen), das Prinzip der Gewinnmaximierung und die Steuerung der Wirtschaft über den Markt typisch ist. Das wirtschaftliche und soziale Zusammenleben in der damaligen Gesellschaft wurde weitgehend von den Interessen der Kapitaleigentümer bestimmt. Im Kapitalismus ist Kapitalbesitz die Voraussetzung für die Verfügungsgewalt über die Produktionsmittel, was das Weisungsrecht über die Arbeitskraft der abhängig Beschäftigten einschließt. Die Masse der Arbeiter ist überwiegend besitzlos. [...] Nach Karl Marx führt die totale Abhängigkeit der Arbeiter, die außer ihrer Arbeitskraft nichts besitzen, was sie verkaufen könnten, zu deren Ausbeutung, da die Kapitaleigentümer (Kapitalisten) den Arbeitern den von ihnen im Produktionsprozess erwirtschafteten Mehrwert in Form des Profits aus den verkauften Erzeugnissen vorenthalten. Die Ausbeutung der Arbeiter, verbunden mit einer Spaltung der Gesellschaft in Kapitalisten und Besitzlose, sowie die ungehemmt wirkenden Gesetze des Kapitalismus (z. B. ruinöse Konkurrenz, Verelendung breiter Massen) wird nach Karl Marx am Ende zur revolutionären Erhebung der Arbeiterklasse und zur Beseitigung der kapitalistischen Produktionsweise führen. Der Sozialismus ist damit das höhere Gesellschaftssystem, das zwangsläufige Ergebnis kapitalistischer Wirtschafts- und Gesellschaftsbedingungen. [...] Dabei wird der Begriff Kapitalismus oft mit dem Begriff Marktwirtschaft [...] gleichgesetzt und davon ausgegangen, dass allein Privateigentum an den Produktionsmitteln kennzeichnend für eine kapitalistische Gesellschaftsordnung ist. Das Privateigentum an den Produktionsmitteln ist jedoch nur ein Kennzeichen einer modernen, marktwirtschaftlichen Wirtschaftsordnung. Seit dem Ende des 19. Jahrhunderts wurden die Wirtschaftsordnungen der westlichen Industrieländer durch eine große Anzahl von Sozial- und Wirtschaftsgesetzen ständig den veränderten Wirtschafts- und Gesellschaftsbedingungen entsprechend reformiert und ihrer Zeit angepasst. Der Staat greift immer dann lenkend in das Marktgeschehen ein, wenn dies z. B. aus sozialer oder wettbewerbsrechtlicher Sicht geboten erscheint. Darüber hinaus sorgen starke Gewerkschaften für eine Vertretung der Interessen der abhängig Beschäftigten gegenüber den Arbeitgebern. Gerade in den westlichen Industrieländern mit marktwirtschaftlicher Wirtschaftsordnung hat der wirtschaftlich-technische Fortschritt zu erheblichen sozialen Fortschritten geführt und auch dafür gesorgt, dass sich in großen Teilen der Bevölkerung solide Wohlstandsverhältnisse entfalten konnten.

Duden Wirtschaft von A bis Z: Grundlagenwissen für Schule und Studium, Beruf und Alltag. 6. Aufl. Mannheim: Bibliographisches Institut 2016. Lizenzausgabe Bonn: Bundeszentrale für politische Bildung 2016, S. 26

Für Karl Marx (* 1818, † 1883) steht die Art und Weise der Produktion im Kapitalismus geschichtlich zwischen Feudalismus (Wirtschafts- und Gesellschaftsform, die von einer adligen Oberschicht beherrscht wird) und dem Sozialismus.

Exponentielles Wachstum
Hier: unbegrenztes Wachstum

B Gedanken über den Begriff „Kapitalismus“

Die Wortwahl [Kapitalismus] mag zunächst erstaunen, gilt es doch als „links“ oder gar „marxistisch“, den Begriff Kapitalismus zu verwenden. Diese Phobie [Angst] ist jedoch typisch deutsch. In den USA wird der Ausdruck Kapitalismus völlig selbstverständlich verwendet. [...] Der Begriff Kapitalismus hat den Vorteil, dass er präzise beschreibt, was die heutige Wirtschaftsform auszeichnet: Es geht um den Einsatz von Kapital mit dem Ziel, hinterher noch mehr Kapital zu besitzen, also einen Gewinn zu erzielen. Es handelt sich um einen Prozess, der exponentielles Wachstum erzeugt.

Herrmann, Ulrike Herrmann: Der Sieg des Kapitals, München 2016, S. 9

C Der Begriff Kapitalismus ist in den westlichen Industrieländern überholt

Rückblickend betrachtet zeigt sich [...], dass die Gesellschafts- und Wirtschaftsverhältnisse, wie sie Karl Marx zu seiner Zeit vorfand, mit den gegenwärtigen Produktionsbedingungen und einer an demokratischen und rechtsstaatlichen Werten orientierten Gesellschaft heutiger westlicher Industriestaaten nicht zu vergleichen sind. Der Begriff Kapitalismus beschreibt deshalb die heute existierende marktwirtschaftliche Wirtschaftsordnung der westlichen Industrieländer nicht richtig, da der Kapitalismus in seiner reinen Ausprägung seit Langem überholt ist.

Duden Wirtschaft von A bis Z: Grundlagenwissen für Schule und Studium, Beruf und Alltag. 6. Aufl., S. 26

Aufgaben

72043-920

1. Analysieren Sie in arbeitsteiliger Gruppenarbeit die unterschiedlichen Definitionen des Begriffs „Kapitalismus“ und notieren Sie Ihre Ergebnisse auf einer Folie, die später vervielfältigt wird:

   Gruppe A

   a) Analysieren Sie den in der Zeit der industriellen Revolution (Ende des 18./Beginn des 19. Jahrhunderts) insbesondere von Karl Marx geprägten Begriff „Kapitalismus“ im Hinblick auf das Verhältnis von Kapitalistinnen bzw. Kapitalisten und Arbeiterinnen bzw. Arbeitern (**M15** A).

   b) Erläutern Sie, zu welchen ökonomischen und sozialen Verhältnissen der Kapitalismus in der Zeit der industriellen Revolution geführt hat.

   c) Ergänzen Sie die Informationen aus **M15** A auf der Grundlage von Kenntnissen aus dem Geschichtsunterricht oder durch im Internet recherchierte Informationen über den Frühkapitalismus in Deutschland.

   Gruppe B

   a) Analysieren Sie die unterschiedlichen Verwendungen für den Begriff „Kapitalismus (**M15** A - C).

   b) Erläutern Sie, wie in **M15** A der Begriff „Kapitalismus“ von dem Begriff „Soziale Marktwirtschaft“ abgegrenzt wird.

   c) Vergleichen Sie die Bewertungen der Autoren von **M15** B und **M15** C.

2. Stellen Sie Ihre Ergebnisse aus Ihren Gruppen im Kurs vor.
3. Diskutieren Sie, worauf zu achten ist, wenn der Begriff „Kapitalismus“ in der Diskussion über die Wirtschaftsordnung der westlichen Industrieländer verwendet wird.
4. Entwickeln Sie ein vorläufiges Urteil im Hinblick auf die Frage, ob die Wirtschaftsordnung der Bundesrepublik Deutschland kapitalistisch ist.

M16 Welche Akteure gibt es im Wirtschaftssystem? Der einfache Wirtschaftskreislauf

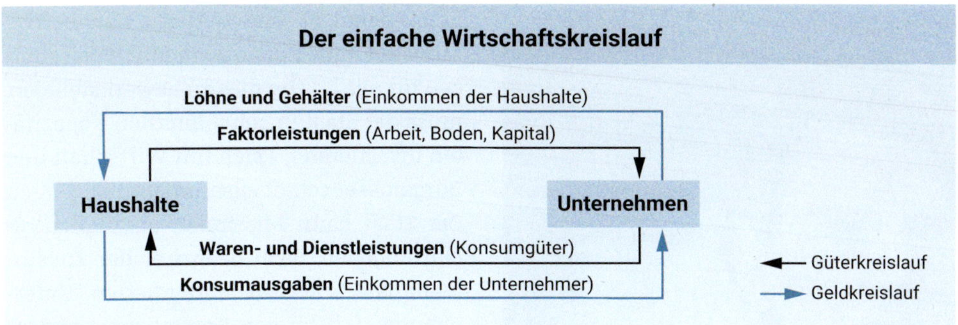

© C.C. Buchner Verlag

M17 Welche weiteren Akteure gibt es im Wirtschaftssystem? Der erweiterte Wirtschaftskreislauf

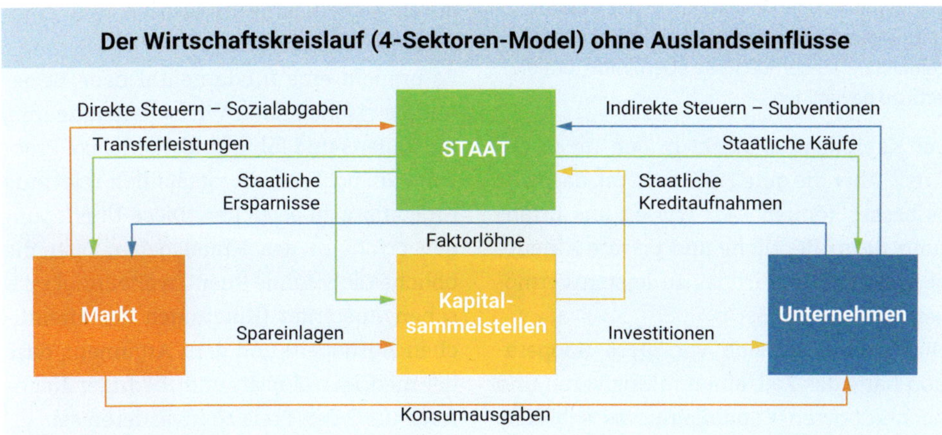

© C.C. Buchner Verlag

Die Ersparnisse der Haushalte, des Staates und der Unternehmen (z. B. Rücklagen) fließen dem Sektor Vermögensveränderung (Bankensystem, Anleihe- und Aktienmarkt, Investmentgesellschaften, etc.) zu, sie erhalten dafür Zinsen. Vom Sektor der Vermögensveränderung werden die Ersparnisse zur Finanzierung von Investitionen an Unternehmen und als Kredite an den Staat weitergegeben. Der staatliche Sektor konsumiert Güter der Unternehmen, stellt öffentliche Güter bereit und leistet Transferzahlungen an Unternehmen und Haushalte (z. B. Subventionen und Sozialleistungen). Dem Staat fließen andererseits Mittel von Unternehmen und Haushalten (z. B. in Form von indirekten und direkten Steuern, Gebühren und Sozialabgaben) zu. Nimmt man zum erweiterten Wirtschaftskreislauf noch die Transaktionen mit dem Ausland in das Kreislaufmodell mit auf, so spricht man vom Wirtschaftskreislauf einer offenen Volkswirtschaft. Haushalte und Unternehmen können z. B. Faktoreinkommen aus dem Ausland beziehen und umgekehrt. Es können Sparleistungen vom Ausland in den Sektor Vermögensveränderung fließen und umgekehrt. Waren und Dienstleistungen können exportiert und importiert werden. Der Kreislauf einer offenen Volkswirtschaft berücksichtigt also auch die Ein- und Ausfuhr von Kapital, Waren und Dienstleistungen.

Bearbeiterin

Der einfache Wirtschaftskreislauf
Das Modell des einfachen Wirtschaftskreislaufs beschränkt sich auf die Beziehungen zwischen den Sektoren Konsumenten und Produzenten. Der Wirtschaftskreislauf stellt die wesentlichen Geldströme und Güterströme zwischen beiden dar. Einflüsse von Staat, Kreditinstituten, Kapitalsammelstellen sowie des Auslands werden dabei nicht betrachtet.

Der erweiterte Wirtschaftskreislauf
Der erweiterte Wirtschaftskreislauf nimmt diese Sektoren hingegen auf. In der Realität geben die Haushalte nämlich nicht ihr ganzes Einkommen für Konsum aus, sondern sparen einen Teil. Es werden auch nicht alle Güter verbraucht, sondern zum Teil auch für Investitionszwecke genutzt. Dies wird im erweiterten Wirtschaftskreislauf ebenso berücksichtigt wie die Akteure Staat und Ausland.

M18 Eine neue Form von Kapitalismus im 21. Jahrhundert als Lösung der Probleme?

Mariana Mazzucato, hier auf dem World Economic Forum im Jahr 2019, entwickelt in ihrem Buch „Mission" ausgehend von der mit riesigen Investitionen des Staates ausgestatteten Mondmission von John F. Kennedy ein neues Konzept für die kapitalistische Wirtschaft, in der der Staat eine stark steuernde Rolle übernimmt, um die Herausforderungen des 21. Jahrhunderts zu bewältigen.

Der Kapitalismus steckt in der Tat in der Krise. Aber die gute Nachricht ist, dass wir es besser können. Wir wissen aus Erfahrung, dass öffentliche und private Akteure gemeinsam Großartiges zu leisten vermögen [...]

Nun stellen Sie sich vor, diese Kooperation hätte das Ziel, einen inklusiveren und nachhaltigeren Kapitalismus zu schaffen: grüne Produktion, grüner Konsum, weniger Ungleichheit, ein höheres Maß an persönlicher Erfüllung, ein robusteres Gesundheitssystem, gesundes Altern, nachhaltige Mobilität und Zugang zu digitalen Ressourcen für alle [...] Um dies zu bewerkstelligen, muss der Staat in seine internen Kapazitäten investieren [...] sich mit Wirtschaft und Bürgergesellschaft zusammentun [...]

Der Staat kann Missionen unmöglich allein angehen; dazu bedarf er der Zusammenarbeit mit zweckorientierten Unternehmen, [...] Um den Kapitalismus anders anzugehen, braucht es einen Neuentwurf des gesamten Potenzials eines am öffentlichen Zweck orientierten öffentlichen Sektors; es gilt, auf demokratische Weise klare Ziele zu definieren, welche die Gesellschaft durch gemeinsame Investition und Innovation erreichen muss.

Es braucht eine fundamental neue Beziehung zwischen allen Wirtschaftsakteuren, die willens und fähig sind, komplexe Probleme anzugehen, um tatsächlich relevante Ergebnisse zu erreichen. Diese Überlegungen erfordern das Hinausgehen über die übliche Dichotomie [hier: Zweiteilung] zwischen Austerität (Kürzungen der öffentlichen Ausgaben) und dem Argument, dass bei niedrigen Zinsen und niedriger Nachfrage um jeden Preis zu investieren sei.

Mazzucato, Mariana: Mission, Campus Verlag Frankfurt. 2021, S. 251-254

Aufgaben

72043-921

H zu den Aufgaben 1, 2
Entwickeln Sie einen Merkzettel, mit dessen Hilfe Sie die Erläuterungen der Schaubilder frei im Kurs vortragen.

1. a) Analysieren Sie in Kleingruppen (3-5 Personen) **M16** und **M17** im Hinblick auf die Akteure im Wirtschaftssystem und erläutern Sie jeweils die Aktivitäten von privaten Haushalten, Unternehmen, Staat und Kapitalsammelstellen (Banken).
b) Stellen Sie Ihre Ergebnisse im Kurs vor.

2. Erklären Sie sich zu zweit gegenseitig die Schaubilder in **M16** und **M17**.

3. Analysieren Sie die Positionsbestimmung von Mazzucato in **M18** im Hinblick auf die neue Rolle des Staates im Kapitalismus des 21. Jahrhunderts.

4. a) Erklären Sie mit Hilfe des Schaubildes in **M17**, in welchen Bereichen der Staat konkret eingreifen sollte, um die von Mazzucato in **M18** genannten Aufgaben zu erfüllen.
b) Vergleichen Sie Ihre Ergebnisse im Kurs.

9.3 Die sozial-ökologische Marktwirtschaft: Kann mit der Wirtschaftspolitik der Ampel-Regierung Wohlstand und Klimaschutz vereinbart werden?

Zum Thema: Als im Herbst 2021 die Ampelregierung gebildet wurde, vereinbarte sie im Koalitionsvertrag, dass die Soziale Marktwirtschaft der letzten Jahrzehnte durch einen sozialökologischen Schwerpunkt ergänzt werden sollte. Fossile Energieträger sollten durch regenerative Energieträger ersetzt werden, um auf diese Weise die negativen Folgen des Klimawandels zu bekämpfen.

M19 „Energiewende kostet Wohlstand!" Eine Karikatur …

Nach dem Angriff Russlands auf die Ukraine wurden zahlreiche Maßnahmen beschlossen, um den Umstieg auf erneuerbare Energien zu beschleunigen und dadurch u. a. die Abhängigkeit von russischem Gas zu verringern. Es gab in der folgenden Zeit unterschiedliche Meinungen in der Regierung, dem Parlament, den Parteien und der Öffentlichkeit, ob der beschleunigte Ausstieg aus fossilen Energien zu Wohlstandsverlusten führen werde und was der Staat tun könne, um den Wandel sozialpolitisch abzufedern.

Karikatur: Gerhard Mester, 2020

Einstiegsaufgaben

72043-913

1. Analysieren Sie die Aussage des Karikaturisten in **M19**.
2. Ermitteln Sie in einer Kurs-Umfrage, ob Sie der Meinung sind, dass die Energiewende zu Wohlstandsverlusten führt.

M20 Die sozial-ökologische Marktwirtschaft: Wohlstand und Klimaschutz

A 24.11.2021: Koalitionsregierung stellt Weichen für eine sozial-ökologische Marktwirtschaft

Mit dem Koalitionsvertrag, den die drei Parteien heute besiegelten, solle die „Vereinbarkeit von Wohlstand und Klimaschutz“ gelingen, betonte Co-Grünen-Chef Robert Habeck. „Wir stellen die Weichen auf eine sozial-ökologische Marktwirtschaft und leiten ein Jahrzehnt der Zukunftsinvestitionen ein“, heißt es in dem 177-seitigen Vertrag.

Christian Lindner, Parteivorsitzender der FDP (l-r), Olaf Scholz, SPD-Kanzlerkandidat und geschäftsführender Bundesfinanzminister, Annalena Baerbock, Bundesvorsitzende von Bündnis 90/Die Grünen und Robert Habeck, Bundesvorsitzender von Bündnis 90/Die Grünen stellen auf einer Pressekonferenz am 24.11.2021 den gemeinsamen Koalitionsvertrag der Ampel-Parteien von SPD, Bündnis 90/Die Grünen und FDP für die künftige Bundesregierung vor.

Kohleausstieg kommt schon 2030: Kern des rot-grün-liberalen Wirtschaftsmodells ist der Umstieg von den fossilen Energieträgern in erneuerbare Energien. Der Kohleausstieg soll um acht Jahre auf 2030 vorgezogen werden. Der wegfallende Strom soll zunehmend aus Solar- und Windenergie kommen. Der Ökostrom-Anteil wird massiv ausgebaut. Bis 2030 soll 80 Prozent des Stromverbrauchs aus erneuerbaren Energien stammen. Bisher waren nur 65 Prozent vorgesehen.

Mehr Sonnenenergie dank Solardachpflicht: Besonders große Hoffnungen setzen die Ampel-Parteien auf die Sonne. Rund 200 Gigawatt Leistung an Solarparks und Photovoltaik-Anlagen sollen bis 2030 installiert werden. Das wäre gut drei Mal so viel wie derzeit gebaut wird.

Gelingen soll dies unter anderem durch neue Vorgaben wie eine Solardachpflicht bei gewerblichen Neubauten. Beim Neubau von Privathäusern sollen die Dachflächen nach Möglichkeit ebenfalls für Solarenergie genutzt werden.

Windenergie wird weiter ausgebaut: Ebenso wird die On- und Offshore-Windenergie forciert. Künftig sollen zwei Prozent der Bundesfläche für die Onshore-Windenergie reserviert werden. Für Windparks auf dem Meer sind bis 2030 Kapazitäten von mindestens 30 Gigawatt geplant. Bisher waren 20 Gigawatt vorgesehen. Bis 2045 sollen die Kapazitäten dann mehr als verdoppelt werden auf 70 Gigawatt.

Um Hindernisse beim Ausbau der Windenergie an Land zu überwinden, soll den erneuerbaren Energien in Abwägung etwa mit Naturschutzzielen Vorrang eingeräumt werden. Planungs- und Genehmigungsverfahren sollen beschleunigt werden.

Neue Gaskraftwerke als Übergangstechnik: Solange die erneuerbaren Energien noch nicht ausreichen zur Deckung des Strombedarfs, sind neue Gaskraftwerke als Übergangstechnik nötig. Der Koalitionsvertrag sieht die Errichtung moderner Gaskraftwerke vor. Diese müssen dann aber auf den Betrieb mit Wasserstoff umgerüstet werden können. Auf Erdgas für die Stromerzeugung soll spätestens ab 2040 verzichtet werden.

Die Wohnungswirtschaft muss sich auf ein baldiges Aus von Erdgasheizungen einstellen. In Neubauten soll der Brennstoff schon in den nächsten Jahren nicht mehr eingesetzt werden. In Bestandshäusern sollen Erdgas-Heizungen bis Mitte der 2030er Jahre ausgetauscht werden.

© Tagesschau: Koalitionsvertrag. Wie die Ampel die Wirtschaft umkrempelt. In: www.tagesschau.de, 24.11.2021

B Januar 2022: Stellungnahme des Bundeswirtschaftsministeriums: Die sozial-ökologische Marktwirtschaft als Weiterentwicklung der Sozialen Marktwirtschaft

Die zentrale Idee der Sozialen Marktwirtschaft besteht darin, die Freiheit der Wirtschaft und einen funktionierenden Wettbewerb zu schützen und gleichzeitig Wohlstand und soziale Sicherheit in unserem Land zu fördern. Um jedoch den Schutz globaler Umweltgüter wie dem Klima oder der Biodiversität zu gewährleisten, bedarf es einer grundlegenden Weiterentwicklung des deutschen, aber auch des internationalen Ordnungsrahmens. [...]
Aufgabe der Politik ist es, die Rahmenbedingungen im Sinne des Wohlstands und des Schutzes globaler Umweltgüter wie dem Klima oder der Biodiversität zu definieren. Dazu zählt z. B. die Korrektur von Marktversagen etwa durch Internalisierung von externen Effekten (z. B. Impulse für den Klimaschutz im Rahmen der CO_2-Bepreisung).

Wettbewerb sichern

Die Marktwirtschaft sorgt dafür, dass Unternehmen innovative Produkte entwickeln, die den Menschen Mehrwert bringen. Der Wettbewerb um die Gunst der Kunden spornt Unternehmen an, ihre Produktionsmittel effizient einzusetzen, eine hohe Qualität von Waren und Dienstleistungen zu erreichen und auch Preissenkungsspielräume an die Verbraucher weiterzugeben. Wer seine Produkte ständig hinterfragt und neue Ideen entwickelt, hat gute Chancen, sich im Qualitätswettbewerb zu behaupten und verbessert dabei die Lebensbedingungen. Auf diese Weise treibt der Wettbewerb Innovationen und Fortschritt voran und steigert die Lebensqualität der Menschen. [...] Um den Missbrauch von Marktmacht zu verhindern, hat der Staat in der sozial-ökologischen Marktwirtschaft die Aufgabe, den Wettbewerb zu schützen. Er gibt Spielregeln vor, die dafür sorgen, dass Märkte für Wettbewerber offenbleiben und der Wettbewerb funktioniert. Dies muss auch für digitale Dienstleistungen insbesondere in der Plattformökonomie gelten.

Leistungsgerechtigkeit und Chancengleichheit

In der sozial-ökologischen Marktwirtschaft schafft eine starke Wirtschaft gute und sichere Jobs. Dabei werden die Einkommen grundsätzlich nach dem Leistungsprinzip erzielt. Wichtig ist es auch, dass über Tarifverträge, die zwischen Arbeitgebern und Arbeitnehmervertretungen ausgehandelt werden, leistungsgerechte Löhne und Teilhabe am Wohlstandszuwachs gesichert werden. Ebenso große Bedeutung kommen etwa angemessenen Regelungen zur Arbeitszeit sowie zum Arbeits- und Kündigungsschutz zu. Über den sozialen Ausgleich trägt außerdem die Solidargemeinschaft für diejenigen Sorge, die aufgrund von Alter, Krankheit oder Arbeitslosigkeit keine oder nur sehr geringe Einkommen erzielen können. Die beitragsfinanzierten Sozialversicherungen garantieren dabei ein hohes Maß an Sicherheit.
Der soziale Ausgleich wird zudem über das Steuersystem und über die soziale Grundsicherung gewährleistet. Der Staat garantiert, dass existenzielle Risiken abgesichert sind (zum Beispiel durch eine allgemeine Krankenversicherungspflicht) und Chancengleichheit gestärkt wird. Kostenloser Schulbesuch etwa trägt zu gleichen Bildungschancen für alle bei.

© Bundesministerium für Wirtschaft und Klimaschutz: Wohlstand und Klimaschutz. Die sozial-ökologische Marktwirtschaft ist das Konzept für die Transformation hin zur Klimaneutralität. In: www.bmwi.de, Abruf am 12.04.2023

Welche rechtlichen Grundlagen gibt es für eine sozial-ökologische Marktwirtschaft?

Zwar ist die sozial-ökologischen Marktwirtschaft nicht explizit im Grundgesetz festgeschrieben, jedoch legen zentrale Elemente unserer Rechtsordnung die Grundlage für das Wirtschaftssystem Deutschlands. So sind beispielsweise die Existenz von Privateigentum, die Vertrags- und Koalitionsfreiheit oder das Recht auf eine freie Berufs- und Arbeitsplatzwahl im Grundgesetz verankert. Zudem bestimmt das Grundgesetz die Bundesrepublik als sozialen und demokratischen Bundesstaat. Eine Zentralverwaltungswirtschaft oder eine schrankenlose Marktwirtschaft sind damit ausgeschlossen.
© Bundesministerium für Wirtschaft und Klimaschutz: Wohlstand und Klimaschutz. Die sozial-ökologische Marktwirtschaft ist das Konzept für die Transformation hin zur Klimaneutralität.

In: www.bmwi.de, Abruf am 12.04.2023

M21 Institut der Deutschen Wirtschaft: Die „Soziale Marktwirtschaft" bietet eine gute Ausgangsposition für den Strukturwandel hin zu einer ressourcenschonenderen Produktion

In den letzten beiden Dekaden hat sich eine Debatte um das Verhältnis zwischen Wachstum und Wohlstand entsponnen, die zahlreiche neue Konzepte, Indikatoren und Zielbündel hervorgebracht hat. Dies schließt zunehmend die Betonung von Nachhaltigkeitskonzepten mit ein. Verstärkt wird diese Entwicklung auch vom deutlichen Wunsch in der Bevölkerung nach mehr Klimaschutz und Nachhaltigkeit, zu dem sich auch Fragen nach der Sinnhaftigkeit von Wachstum gesellen. Die Präferenzverschiebungen in der Bevölkerung gehen einher mit Milieuveränderungen und haben auch zu einem veränderten Wahlverhalten und einer neuen Regierungskoalition geführt. In einer stilisierten Triangulation der drei Markenkerne einer Ampelkoalition – nämlich Gerechtigkeit (SPD), Nachhaltigkeit (GRÜNE) und Wachstum (FDP) – wird [...] gezeigt, dass das deutsche Wirtschaftsordnungsmodell der „Sozialen Marktwirtschaft" eine gute Ausgangsposition bietet, um den Strukturwandel hin zu einer ressourcenschonenderen Produktion erfolgreich zu meistern. Bei einem internationalen Vergleich der 17 Sustainable Development Goals (SDG) der Vereinten Nationen für 164 Länder rangiert Deutschland im Hinblick auf die Erreichung der Ziele Gerechtigkeit und Nachhaltigkeit auf Rang 4 und hat sich bei 15 der 17 Ziele auf hohem Niveau sogar noch weiter verbessert. Zwischen sozialer Gerechtigkeit und einem freiheitlichen Ordnungsrahmen gibt es dabei einen positiven Zusammenhang. [...] Wachstum, Gerechtigkeit und Nachhaltigkeit können einander innerhalb eines ordnungspolitischen, institutionellen Rahmens verstärken und dadurch die Qualität des Wachstums verbessern. Wohlstand und Nachhaltigkeit können dabei umso besser gesichert werden, je verlässlicher der politische Ordnungsrahmen ist. Durch eine stärkere Bepreisung von Umweltgütern und eine investive Kraftanstrengung kann es gelingen, die Wertschöpfungsbasis der deutschen Volkswirtschaft zu sichern und dadurch auch die anderen SDG noch besser zu erreichen. Damit werden Priorisierungen und De-Priorisierungen staatlichen Handelns verbunden sein müssen. Zu den Priorisierungen zählen die Sicherung der fiskalischen Nachhaltigkeit einerseits und der ökologischen Nachhaltigkeit andererseits. Für beide Ziele stellen die Schaffung eines marktwirtschaftlichen Level Playing Fields, die Sicherung eines Gleichgewichts der drei Nachhaltigkeitssäulen sowie die Setzung und Nutzung marktwirtschaftlicher Anreize und eines Green Nudging wichtige Erfolgsfaktoren dar.

Enste, Dominik H. / Klös, Hans-Peter: Wachstum, Gerechtigkeit und Nachhaltigkeit: Tripolare Herausforderungen für die soziale Marktwirtschaft. In: www.iwkoeln.de, 01.12.2021

Aufgaben

72043-922

F zu den Aufgaben 1, 2
Entwickeln Sie eine Präsentation, in der Sie die in **M20 B** dargestellten Charakteristika erläutern und Gemeinsamkeiten sowie Unterschiede herausarbeiten.

1. Erläutern Sie die zentralen Vereinbarungen des Koalitionsvertrages zwischen den Ampel-Parteien zur Einführung der sozial-ökologischen Marktwirtschaft (**M20 A**).
2. Arbeiten Sie aus **M20 B** heraus, mit welchen Argumenten der Bundeswirtschaftsminister die Notwendigkeit des Wandels von der Sozialen Marktwirtschaft zur sozial-ökologischen Marktwirtschaft begründet.
3. Diskutieren Sie, inwieweit Sie die Vereinbarungen des Koalitionsvertrages zur Einführung der sozial-ökologischen Marktwirtschaft überzeugen. Berücksichtigen Sie bei Ihrer Argumentation mögliche Chancen und Risiken.
4. Arbeiten Sie heraus, warum das unternehmernahe Institut der Deutschen Wirtschaft (IW) begründet, dass die Soziale Marktwirtschaft gute Voraussetzungen für den Strukturwandel zu einer sozial-ökologischen Marktwirtschaft bietet (**M21**).
5. Analysieren Sie, inwieweit in dem Text (**M21**) deutlich wird, welche Position das IW zur Notwendigkeit des Strukturwandels vertritt.
6. Beurteilen Sie abschließend, ob die Energiewende zu Wohlstandsverlusten führt.

9.4 *Vertiefung*: Beschleunigt der russische Angriffskrieg gegen die Ukraine die Abkehr von fossiler Energie?

Zum Thema: Der russische Angriffskrieg gegen die Ukraine machte deutlich, wie sehr Europa und insbesondere Deutschland von dem Import fossiler Energien aus Russland abhängig sind. Kurz nach Beginn des russischen Angriffskriegs wurden Stimmen laut, den Import sofort zu stoppen, um einen Beitrag zur Beendigung des Krieges zu leisten. Die Bundesregierung vertrat die Position, dass das nicht sofort möglich sei. Der Wirtschaftsminister und sein Ministerium entwickelten aber umgehend Pläne, möglichst bald die Importe aus Russland durch Importe aus anderen Ländern zu ersetzen und den Umstieg zu regenerativen Energien zu beschleunigen. In dieser Vertiefung ist es Ihre Aufgabe, herauszufinden, inwieweit der Umstieg auf alternative Energien schon gelungen ist.

M22 Russischer Angriffskrieg gegen die Ukraine: Was passiert mit der Energiewende in Deutschland?

Die Ampel-Koalition hatte bis vor kurzem einen Plan für die Energiewende: Atomausstieg vollenden, den Kohleausstieg möglichst auf 2030 vorziehen, die Erneuerbaren zügig ausbauen – und die Versorgungslücken durch neue Gaskraftwerke ersetzen. Erdgas sollte die neue Brückentechnologie werden. Aber dieser Plan ist nun wohl Makulatur - angesichts des russischen Krieges in der Ukraine und angesichts der Erkenntnis, viel zu abhängig zu sein von russischem Erdgas. Denn 55 Prozent des hier verbrauchten Erdgases kommt per Pipeline aus Russland. Deutschland hat diese Energieabhängigkeit von dem einen Hauptlieferanten über Jahrzehnte aufgebaut. Weil sich die großen Erdgaspläne nun wohl erledigt haben, werden Forderungen laut, den Ausstiegsplan aus der Kohle zu überdenken. [...] Wackelt also der Kohleausstieg? Der grüne Wirtschaftsminister Robert Habeck betont dieser Tage, dass es keine Denk-Tabus geben dürfe, auch wenn er natürlich am zügigen Kohleausstieg festhalten will. Nach einer Sonderkonferenz mit den Energieministern sagte Habeck, dass die Kohlekraftwerke, die eigentlich zur Abschaltung anstehen, in die Reserve überführt werden sollen. „Die Energieversorgungssicherheit steht im Moment über allem", so Habeck. „Das heißt: Kraftwerke, die unter bestimmten Szenarien jetzt vom Netz gehen können, werden trotzdem ready gehalten, falls sie doch noch einmal gebraucht werden." [...] Die akute Sorge um die Energiesicherheit will Habeck nun erst recht als Antrieb verstanden wissen, die Energiewende noch schneller voranzutreiben. Im Wirtschaftsministerium werden gerade entsprechende Pläne erarbeitet – insbesondere, um die Abhängigkeit von russischem Erdgas zu reduzieren: Durch den Bau von LNG-Terminals für Flüssiggas aus den USA oder arabischen Ländern, durch massive Investitionen in Wasserstoff-Technologie für die Industrie und einen umfassenden Umbau der Wärmeversorgung – Gasheizungen sollen möglichst breitflächig durch Wärmepumpen ersetzt werden. Habeck will die Energiewende nun „in Tesla-Geschwindigkeit" vorantreiben, wie er sagt.

Polansky, Martin: Folgen des Ukraine-Kriegs. Was passiert mit der Energiewende? In: www.tagesschau.de, 10.03.2022

Einstiegsaufgabe

72043-914

Analysieren Sie **M22** im Hinblick auf die Bedeutung des russischen Angriffskriegs gegen die Ukraine für die Energiewende in Deutschland.

M23 US-Zukunftsforscher: Russischer Angriffskrieg gegen die Ukraine kann ein Energiewende-Beschleuniger sein

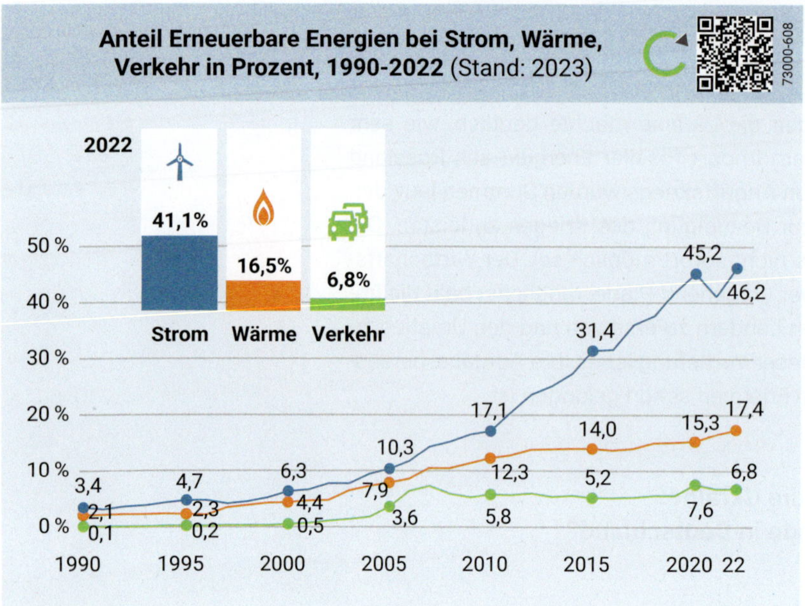

© C.C. Buchner Verlag, aktuelle Daten nach: Umweltbundesamt (Datenerhebung: 2022; Grafikerstellung: 2023)

Der US-Zukunftsforscher Jeremy Rifkins sieht den Krieg in der Ukraine als Beschleuniger der Energiewende. „Dies ist der Beginn der großen Transformation", sagte er dem „Handelsblatt".

„Dies wird der letzte Krieg um fossile Brennstoffe sein." Rifkin appellierte an Deutschland, die Energiewende voranzutreiben, um sich schneller unabhängig von fossilen Brennstoffen zu machen. Deutschlands Verhalten bei den Sanktionen gegen Russland sei mit dem Stopp von Nord Stream 2 historisch. „Jetzt sollte es in Deutschland eine Mobilisierung geben, wie bei der Vorbereitung eines Kriegs. Aber eben nicht für eine militärische Auseinandersetzung, sondern dafür, Solar und Windenergie überall zu installieren und die entsprechende Infrastruktur dafür aufzubauen", sagte der Zukunftsforscher.

Atomkraft hält der Ökonom und Bestseller-Autor dagegen für keinen sinnvollen Energieträger. „Kernkraft ist keine Option", sagte Rifkin dem „Handelsblatt" dazu. „Die Stromentstehungskosten von Atomkraft sind enorm hoch im Vergleich zu Wind und Sonne."

Es ergebe wirtschaftlich – ganz abgesehen vom Atommüll – keinen Sinn. „Einen Atommeiler zu bauen dauert viele Jahre. Einen großen Teil der neuen Infrastruktur für die Energiewende können wir schon in zwei Jahren bauen", sagte er.

US-Zukunftsforscher: Ukraine-Krieg ein Energiewende-Beschleuniger. In: www.nachrichten-heute.net, 31.03.2022

M24 Sonderbeauftrage für internationale Klimapolitik: Russischer Angriffskrieg gegen die Ukraine könnte Energiewende voranbringen

Die Sonderbeauftragte für internationale Klimapolitik im Auswärtigen Amt, Jennifer Morgan, erhofft sich vom Ukraine-Krieg eine Beschleunigung der globalen Energiewende. Der Krieg mache die Abhängigkeit vieler Staaten von fossilen Energieimporten deutlich, sagte Morgan der „Süddeutschen Zeitung". Jedem sei jetzt klar, woher Deutschland sein Öl und sein Gas bekomme. „Investitionen in erneuerbare Energien sind Investitionen in unsere Unabhängigkeit und unsere Freiheit", sagte die Staatssekretärin und frühere Chefin von Greenpeace International. Klimapolitik müsse als Geopolitik verstanden werden, sagte Morgan und fügte hinzu: „Dieses Verständnis müssen wir auch global verankern." Die Energiewende sei zudem „eine Jahrhundertchance für die deutsche Wirtschaft". „Wir müssen diejenigen unterstützen, die so schnell wie möglich in Energieeffizienz, in erneuerbare Energien und grünen Wasserstoff investieren", forderte sie.

© Tagesschau: Krieg gegen die Ukraine. EU gibt 500 Millionen für Ukraine frei. In: www.tagesschau.de, 24.03.2022

M25 Fallbeispiel Strom: Im ersten Quartal 2023 war ca. jede zweite Kilowattstunde in Deutschland grün

A Deutschlands Stromerzeugung Anfang 2023

In den ersten 3 Monaten des Jahres 2023 wurden in Deutschland 139 TWh Strom erzeugt. Der Anteil Erneuerbarer Energien an der Stromerzeugung in Deutschland liegt bei 48,6 % [Netto]. Mit erzeugten 67,3 TWh sind Sonne, Wind & Co. die wichtigsten Energiequellen im deutschen Energiemix 2023. Für dieses Ergebnis sorgte vor allem die Stromerzeugung aus Wind und Sonne dank günstiger Wetterverhältnisse zu Jahresbeginn.

Bearbeiterin, nach: © 2013-2023 strom-report.de: Strommix Deutschland: Aktuelle Stromerzeugung bis 2023. In: www.strom-report.com, Abruf am 28.04.2023 Die statistischen Daten wurden auf die gesamte Nettostromerzeugung angepasst.

B Stromerzeugung in Deutschland: Wie viel Kilowattstunden werden in Deutschland bereits durch erneuerbarer Energie generiert?

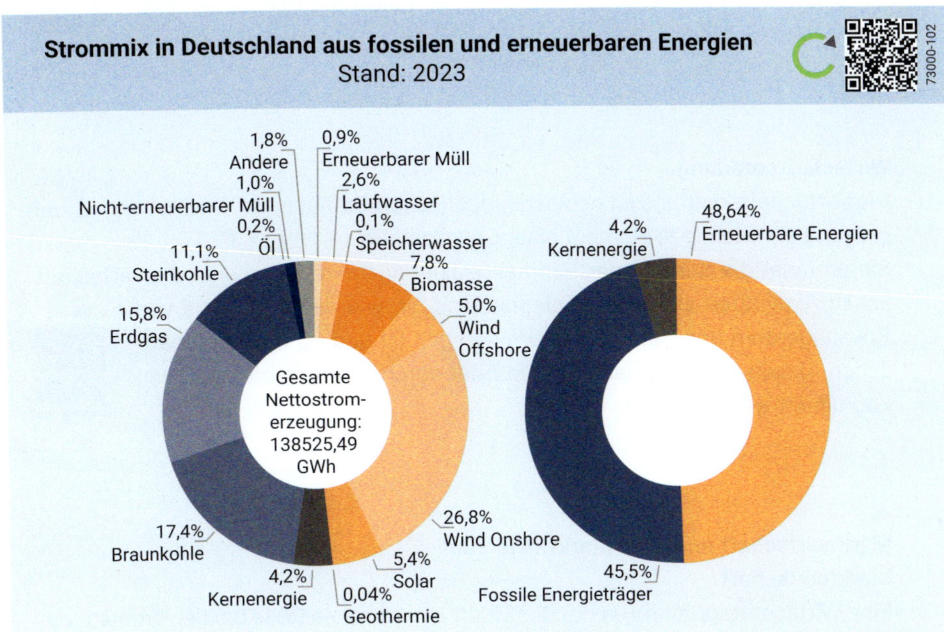

© C.C. Buchner Verlag, aktuelle Daten nach: EnergyCharts (Datenerhebung: 2023; Grafikerstellung: 2023)

Aufgaben

72043-902

1. Stellen Sie dar, wie der Zukunftsforscher Rifkin (**M23**) und die Sonderbeauftragte Morgan (**M24**) die Folgen des russischen Angriffskrieges gegen die Ukraine für die Energiewende beurteilen.
2. a) Analysieren Sie mit Hilfe von **M25** den Strommix in Deutschland.
   b) Beurteilen Sie anschließend anhand Ihrer Ergebnisse aus Aufgabe 2a die Aussage: „Was den Strommarkt betrifft, schafft Deutschland die Energiewende!"
3. Bewerten Sie folgende Aussage des Zukunftsforschers Rifkin: „Dies wird der letzte Krieg um fossile Brennstoffe sein!" im Hinblick auf die Kapitelfrage, ob der russische Angriffskrieg gegen die Ukraine Deutschlands Energiewende beschleunigt.

F zu Aufgabe 1
Entwickeln Sie eine Präsentation, in der Sie unterschiedliche Forschungsergebnisse zu den Folgen des russischen Angriffskrieges gegen die Ukraine für die Energiewende darstellen.

Markt und vollkommener Markt

Ein Markt besteht aus einem – realen (z. B. Wochenmarkt) und fiktiven (z. B. eine Auktionsplattform) – „Ort“, an dem eine Gruppe von Käuferinnen, Käufern, Verkäuferinnen und Verkäufern eine Ware oder Dienstleistung nachfragen, bzw. anbieten. Der Markt hat also nicht zwingend einen festen Ort, sondern steht für das Zusammentreffen von Angebot und Nachfrage.

Die Preise auf dem Markt werden nicht von den einzelnen Marktteilnehmenden oder von dem Staat festgesetzt, sondern die abgesetzte Menge und der Marktpreis bilden sich im Zusammenspiel aller Marktteilnehmenden heraus.

Vollkommener Markt

Der vollkommene Markt setzt voraus, dass die folgenden Prämissen erfüllt sind: Homogenität der Waren, Markttransparenz, keine zeitlichen und räumlichen Präferenzen, Marktverhalten der Käuferinnen, Käufer, Verkäuferinnen und Verkäufer. Diese Bedingungen sind in der Realität selten erfüllt. Deshalb ist der vollkommene Markt ein zur Veranschaulichung dienendes ökonomisches Modell.

Übung
72043-903

Marktmodell

Das Marktmodell ist ein ökonomisches Modell, in dem die Entstehung des Gleichgewichtspreises durch das Zusammenspiel von Angebot und Nachfrage dargestellt wird.

Wirtschaftsordnung

Die Wirtschaftsordnung ist neben der politischen Ordnung, der Rechts- und Sozialordnung ein wichtiges Element einer Gesellschaft.

Sie umfasst die Summe der Rahmenbedingungen, in denen sich die wirtschaftlichen Aktivitäten abspielen. Entscheidend ist, wie das Verhältnis von Privateigentum und Staatseigentum geregelt ist und ob die wirtschaftlichen Aktivitäten durch einen Markt oder durch einen staatlichen Plan koordiniert werden.

Übung
72043-904

Gleichgewichtspreis

Der Gleichgewichtspreis ist der Preis, bei dem im Marktmodell die Angebotskurve die Nachfragekurve schneidet. Beim Gleichgewichtspreis stimmen die angebotene und die nachgefragte Menge überein.

Marktwirtschaft und freie Marktwirtschaft

Marktwirtschaft

Eine Wirtschaftsordnung, in der der Markt eine zentrale Rolle bei der Ordnung des Wirtschaftens spielt. Es gibt privates Eigentum und die wirtschaftlichen Aktivitäten werden dezentral über den Markt geregelt. Es herrscht freier Wettbewerb, freie Preisbildung und Konsumfreiheit.

Freie Marktwirtschaft

Die freie Markwirtschaft ist eine Modellvorstellung der Wirtschaftsordnung. Das Modell der freien Markwirtschaft ist in Deutschland nach dem Zweiten Weltkrieg als (überholtes) Gegenmodell zum Modell der Sozialen Marktwirtschaft definiert worden.

In der freien Markwirtschaft haben alle Wirtschaftsbürgerinnen und -bürger volle Selbstverantwortung und wirtschaftliche Entscheidungsfreiheit ohne Eingriffe des Staates. Der Staat hat in der freien Marktwirtschaft vorwiegend eine Überwachungsfunktion. Er hat die Aufgabe, die Bürgerinnen und Bürger zu schützen und für Rechtssicherheit zu sorgen, damit die Vertragspartnerinnen und -partner notfalls ihre Ansprüche auch vor Gericht durchsetzen können („Nachtwächterstaat“).

Übung
72043-905

Soziale Marktwirtschaft
Die Soziale Markwirtschaft ist eine Modellvorstellung einer Wirtschaftsordnung, die allgemein als die Wirtschaftsordnung der Bundesrepublik Deutschland bezeichnet wird. Aufbauend auf den wirtschaftspolitischen Vorstellungen der „Freiburger Schule" (Alfred Müller-Armack, Walter Eucken), die wirtschaftliche Freiheit mit sozialer Sicherheit und Gerechtigkeit verbanden, begann der Wirtschaftsminister Ludwig Erhard in der 1949 gegründeten Bundesrepublik diese Ideen in konkrete Politik umzusetzen. Der entscheidende Unterschied zu der freien Markwirtschaft ist, dass der Staat aktiv darauf einwirkt, dass es einen ausreichenden Wettbewerb gibt und eine aktive Wirtschafts-, Konjunktur- und Sozialpolitik betreibt. Die Zielsetzung der Sozialen Marktwirtschaft ist ein größtmöglicher Wohlstand bei bestmöglicher sozialer Absicherung. Das Spannungsverhältnis von Markt und Staat prägt heute die Diskussion um die Ausgestaltung der Sozialen Marktwirtschaft.

Übung
72043-906

Sozial-ökologische Marktwirtschaft
„Die zentrale Idee der Sozialen Marktwirtschaft besteht darin, die Freiheit der Wirtschaft und einen funktionierenden Wettbewerb zu schützen und gleichzeitig Wohlstand und soziale Sicherheit in unserem Land zu fördern. Um jedoch den Schutz globaler Umweltgüter wie dem Klima oder der Biodiversität zu gewährleisten, bedarf es einer grundlegenden Weiterentwicklung des deutschen, aber auch des internationalen Ordnungsrahmens. „Die ordnungspolitischen Leitplanken weiterzuentwickeln und aus der Sozialen eine ökologisch-soziale Marktwirtschaft zu schaffen, das wird die große Aufgabe unserer Zeit sein." (Robert Habeck). Denn sie ist die richtige Antwort auf diese Herausforderungen und Veränderungen, damit auch unter veränderten Bedingungen der Rahmen für unsere Art zu leben, zu arbeiten und zu wirtschaften erhalten bleibt. Die sozial-ökologische Marktwirtschaft ist die beste Voraussetzung, um das Wohlstands- und Sicherheitsversprechen für die Menschen zu erneuern und mit dem Klimaschutz zu verbinden."

© Bundesministerium für Wirtschaft und Klimaschutz: Wohlstand und Klimaschutz: Die sozial- ökologische Marktwirtschaft ist das Konzept für die Transformation hin zur Klimaneutralität. In: www.bmwk.de, Abruf am 18.07.2022

Übung
72043-907

Kapitalismus
Wenn heute der Begriff „Kapitalismus" verwendet wird, ist häufig die Wirtschaftsordnung der Sozialen Marktwirtschaft gemeint, wobei es unterschiedliche Vorstellungen darüber gibt, was Kapitalismus eigentlich bedeutet, da es unterschiedliche Definitionen von Kapitalismus gibt: Kapitalismus aus historischer Perspektive (Karl Marx) und aus heutiger Sicht (Kapitalismus wird in den westlichen Industrieländern mit Marktwirtschaft gleichgesetzt). Die heutige (Soziale) Marktwirtschaft unterscheidet sich aber deutlich von den von Karl Marx beschriebenen Verhältnissen zu Beginn der Industriellen Revolution (Eingriffe des Staates, starke Gewerkschaften, ...).

Übung
72043-909

Marktformen: Marktformen beschreiben das Verhältnis von Anbieterinnen bzw. Anbietern und Nachfragerinnen bzw. Nachfragern auf einem Markt.
Monopol: Es gibt nur einen Anbietenden für eine Ware (z. B. Wasserwerk) oder sie wird nur von einem Nachfragenden (z. B. Autobahnen) nachgefragt.
Oligopol: Es gibt wenige Anbietende (z. B. Mineralöl) oder wenige Nachfragende (z. B. Flugzeuge).
Polypol: Es gibt viele Anbietende (z. B. Speiseeis) und viele Nachfragende (Eiskäufer).

Übung
72043-908

Einfacher und erweiterter Wirtschaftskreislauf
Einfacher Wirtschaftskreislauf: Der einfache Wirtschaftskreislauf ist ein Modell, das die Beziehungen der Geld- und Güterströme zwischen den Sektoren Produzierende und Konsumierende darstellt.
Erweiterter Wirtschaftskreislauf: Der erweiterte Wirtschaftskreislauf ergänzt den einfachen Wirtschaftskreislauf um die Sektoren Staat und Kapitalsammelstellen (Banken).

KOMPETENZEN PRÜFEN

I. Selbstdiagnose

Ich kann …	sehr gut	nicht gut	Übung durch z. B.
Privateigentum, Vertragsfreiheit und Wettbewerb als wesentliche Ordnungselemente eines marktwirtschaftlichen Systems benennen (AFB I) und den Zusammenhang zwischen Marktpreis und Wert von Gütern und Arbeit beurteilen (AFB III).			M2-M4, M6-M8
das Marktmodell und die Herausbildung des Gleichgewichtspreises durch das Zusammenwirken von Angebot und Nachfrage beschreiben (AFB I).			M4 A - C
Rationalitätsprinzip, Selbstregulation und den Mechanismus der „unsichtbaren Hand" als Grundannahmen liberaler marktwirtschaftlicher Konzeptionen vor dem Hintergrund historischer Bedingtheit erklären (AFB II).			M6
die Preisbildung in unterschiedlichen Marktformen erläutern (AFB II).			M7
Grenzen der Leistungsfähigkeit des Marktsystems erläutern (AFB II) und aufgrund von Modellannahmen beurteilen (AFB III).			M11
die normativen Annahmen der Sozialen Marktwirtschaft gemäß dem Sozialstaatsprinzip des Grundgesetzes erläutern (AFB II).			M13
mit Hilfe des erweiterten Wirtschaftskreislaufs die Beziehungen zwischen den Akteuren am Markt erläutern (AFB II).			M16
Notwendigkeit und Grenzen ordnungs- und wettbewerbspolitischen staatlichen Handels erläutern (AFB II) und die Zielsetzungen beurteilen (AFB III).			M14
kontroverse Gestaltungsvorstellungen zur Sozialen Marktwirtschaft analysieren (AFB II) und im Hinblick auf ökonomische Effizienz, soziale Gerechtigkeit und Partizipationsmöglichkeiten beurteilen (AFB III).			M18
das Konzept der Sozial-ökologischen Marktwirtschaft erläutern (AFB II) und mit dem Konzept der Sozialen Marktwirtschaft vergleichen (AFB II).			M20, M21
die Folgen des russischen Angriffskrieges gegen die Ukraine für die Energiewende ermitteln (AFB II) und die Maßnahmen der Bundesregierung diskutieren (AFB III).			M22-M25 A - B

Ins Heft

II. Kompetenzen anwenden – am Beispiel

Aufgabe 72043-923

Die Preisbildung auf dem Markt durch das Zusammenwirken von Angebot und Nachfrage: Entwerfen Sie auf einem Blatt Papier ein Preis-Mengen-Diagramm, in dem Sie zunächst den Gleichgewichtpreis für ein Kilo Tomaten bei 3,50 Euro einzeichnen. Erläutern Sie anschließend mit Hilfe des Diagramms den Angebotsüberschuss bei einem Preis von 4,50 Euro und den Nachfrageüberschuss bei 2,50 Euro. Zeichnen Sie den jeweiligen Überschuss in das Diagramm ein. Erklären Sie abschließend (ggf. zu zweit in einem Podcast) am Beispiel des Preises für Tomaten auf einem Wochenmarkt, warum der Preis sich um den Gleichgewichtspreis herum einpendelt.

III. Klausurtraining

Politischer Hintergrund der Sozialen Marktwirtschaft – Leitbild der Sozialen Marktwirtschaft

1. Die Soziale Marktwirtschaft basiert auf den Funktionen eines beweglichen und sich dynamisch entwickelnden Marktes.

2. Die Soziale Marktwirtschaft ist angetreten mit dem Anspruch, durch den marktwirtschaftlichen Prozess nicht nur die Gütererzeugung anzuheben, den Bereich persönlicher freier Gestaltungsmöglichkeiten für die Einzelnen zu erweitern, sondern auch soziale Fortschritte zu bringen.

3. Die Soziale Marktwirtschaft fordert keinen schwachen Staat, sondern sieht in einem starken demokratischen Staat die Voraussetzungen für das Funktionieren dieser Ordnung. [...].

4. Garant des sozialen Anspruchs der Marktwirtschaft ist nicht nur der Markt [...]. Der Staat hat vielmehr die unbestrittene Aufgabe, über den Staatshaushalt und die öffentlichen Versicherungen die aus dem Markt resultierenden Einkommensströme umzuleiten und soziale Leistungen, wie Kindergeld, Mietbeihilfen, Renten, Pensionen, Sozialsubventionen und so weiter, zu ermöglichen. Das alles gehört zum Wesen dieser Ordnung, und es wäre eine Farce [hier: Unsinn], nur den unbeeinflussten Marktprozess zu sehen, ohne seine vielfältige Einbettung in unsere staatliche Ordnung zu beachten.

Alfred-Müller-Armack (1901-1978) deutscher Ökonom, prägte den Begriff der Sozialen Marktwirtschaft.

Das bedeutet keineswegs ein Hinüberwechseln aus dem Markt in den staatlichen Bereich [...]. Es muss die Grenze eingehalten werden, deren Überschreitung eine Störung der Marktvorgänge bewirkt.

5. Neben den engeren Aufgaben der Wettbewerbssicherung und den weiteren Aufgaben des sozialen Schutzes steht der Staat [...] vor Aufgaben der Gesellschaftspolitik, um die [...] Lebensumstände für alle zu verbessern. [...] Ich nenne Erweiterung der Vermögensbildung, Verbesserungen der Investitionen im Bereich des Verkehrs, des Gesundheitswesens, Aufwendungen für Bildung und Forschung, Schutz gegen die wachsende Verschlechterung vieler Umweltbedingungen, Städtebauförderung.

6. Die Ordnung der Sozialen Marktwirtschaft schließt also alle Ziele, die wir auch für eine weitere Zukunft ins Auge zu fassen haben, ein. Sie bleibt insofern Marktwirtschaft, als sie darauf besteht, dass das durch freie Betätigung aller Gruppen gesicherte Privateigentum, eine gesicherte Rechtsordnung und stetes Wirtschaftswachstum auch [...] in der Zukunft die besten Grundlagen bieten, um die Fülle der vor uns stehenden Aufgaben im staatlichen und privaten Bereich zu fördern. [...] Die Soziale Marktwirtschaft ist ein Stil, der ein festes Formprinzip mit der Fülle der Gestaltungsmöglichkeiten im Einzelnen verbindet.

Müller-Armack, Alfred: Unser Jahrhundert der Ordnungsexperimente. In: Genealogie der Sozialen Marktwirtschaft. Frühschriften und weiterführende Konzepte. 2. Aufl. Bern/Stuttgart 1981, S. 150

Alfred-Müller-Armack (1901-1978) deutscher Ökonom, prägte den Begriff der Sozialen Marktwirtschaft.

Aufgaben 72043-910

1. Stellen Sie die Grundannahmen der freien Marktwirtschaft und die Fehlentwicklungen einer rein marktwirtschaftlichen Ordnung dar.
2. Analysieren Sie das von Müller-Armack geprägte Leitbild der Sozialen Marktwirtschaft und arbeiten Sie die Unterschiede zur freien Marktwirtschaft heraus.
3. Erörtern Sie ausgehend von den Aussagen des Textes, inwieweit das Leitbild der Sozialen Marktwirtschaft angesichts der Herausforderungen des 21. Jahrhunderts noch zeitgemäß ist. (Kriterien: soziale Gerechtigkeit, Klimaschutz)

Erwartungshorizonte zu den Aufgaben

72043-911

Selbständigkeit, flache Hierachien
Teamarbeit und gute Atmosphäre
Internationales Arbeitsumfeld
Abwechslung
Verantwortung
Was ist für Sie am wichtigsten, wenn Sie an Ihre berufliche Zukunft denken?
Umgang mit Menschen
Lernen, Weiterbildung
Sinn und Erfüllung
Kreativität, Selbstverwirk-lichung
Flexible Arbeitszeit und -orte
Sicherer Arbeitsplatz
Karriere
Geld
?
Freizeit / Urlaub, wenig Stress

Arbeitgebende und Arbeitnehmende: miteinander oder gegeneinander? Der Betrieb als wirtschaftliches und soziales System

10

Für viele Arbeitnehmende steht nicht mehr allein der Lohn an erster Stelle, sie suchen Sinn in ihrer Arbeit und wollen sich verwirklichen. Das impliziert auch ein neues Verständnis von Arbeitszeiten und -orten. Gleichzeitig wollen die Betriebe wirtschaftlich erfolgreich sein und Gewinne erzielen.
Nicht immer sind beide Interessen kompatibel zueinander. In diesem Kapitel werden daher Unternehmensziele, Möglichkeiten der betrieblichen Mitbestimmung und die Rolle von Gewerkschaften und Arbeitgeberverbänden thematisiert. Abschließend wird anhand eines konkreten Beispiels, der Diskussion um Inhalte des Arbeitszeitgesetzes, auch in den Blick genommen, welche Rolle der Staat in diesem Kontext spielen sollte.

Kompetenzen

Am Ende des Kapitels sollten Sie Folgendes können:

- Strukturen, Prozesse und Normen im Betrieb als soziales System beschreiben;
- Auswirkungen von Veränderungen der Produktionsprozesse im Rahmen der Entwicklung zur Industrie 4.0 erläutern und bewerten;
- Unternehmenskonzepte wie den Stakeholder -und Shareholder-Value-Ansatz sowie Social Entrepreneurship vergleichen;
- Gesetzliche Grundlagen der Mitbestimmung sowie Aufgaben und Interessen von Verbänden der Arbeitgebenden und der Arbeitnehmenden erläutern;
- Grundprinzipien und Bezugspunkte von Tarifverhandlungen erklären;
- Anforderungen an staatliche Regelungen von Seiten der Tarifparteien am Beispiel des Arbeitszeitgesetzes vergleichen und beurteilen.

Aufgaben

72043-950

1. Bringen Sie die auf der linken Seite genannten Items in eine Reihenfolge. Was ist für Sie persönlich in Ihrer beruflichen Zukunft am wichtigsten?
2. Tauschen Sie sich in einer Kleingruppe (3-5 Personen) über Ihre Entscheidungen aus Aufgabe 1 aus.
3. a) Berichten Sie aus Ihren betrieblichen Erfahrungen (Berufsfelderkundungstage, Praktika, ...), an welchen Stellen es ggf. zu Konflikten zwischen Arbeitnehmenden und Arbeitgebenden gekommen ist.
   b) Überlegen Sie, wie die Konflikte gelöst werden können und stellen Sie geeignete Lösungswege dar.
   c) Stellen Sie Ihre Ergebnisse bzw. Ihre Erfahrungen im Kurs vor.

10.1 Industrielle Transformation: Chance oder Risiko für Unternehmen als wirtschaftliches und soziales System?

Zum Thema: Die Digitalisierung verändert alle Lebensbereiche – auch die Art und Weise, wie wir arbeiten und produzieren. In diesem Zusammenhang ist häufig von der sogenannten Industrie 4.0 die Rede. In diesem Unterkapitel erarbeiten Sie zunächst Grundlagen zu Strukturen und Prozessen in Unternehmen und setzten sich dann mit den Chancen und Herausforderungen der aktuellen und zukünftigen Veränderungen im Produktionsprozess auseinander.

M1 Fallbeispiel: Veränderungen im Produktionsprozess am Beispiel der Automobilindustrie

Die Produktion von Autos im Laufe der Zeit

Einstiegsaufgaben

72043-956

1. Ordnen Sie die Bilder des Produktionsprozesses in **M1** in einen zeitlichen Ablauf ein und beschreiben Sie die Veränderungen.
2. Beschreiben Sie, welche Veränderungen der Produktionsprozesse auf andere Bereichen übertragbar sind.
3. Nennen Sie Hypothesen zu Chancen und Herausforderungen, die mit dieser Entwicklung einhergehen.

M2 Sind Unternehmen mehr ökonomische oder soziale Systeme?

Von Autos für Fernost bis zur Tiefkühlkost für den Supermarkt um die Ecke, Unternehmen produzieren Güter und Dienstleistungen für den Fremdbedarf. Sie wirtschaften selbstständig und sind darauf ausgerichtet Gewinn zu erzielen. Ohne dass es ihr direktes Handlungsmotiv ist, dienen sie der Befriedigung von Bedürfnissen Dritter. Sie sind in den Wirtschaftskreislauf eingebunden und als Marktteilnehmer mit vielfältigen Märkten verflochten. So tragen sie zur Güterversorgung, zur Einkommensentstehung und zur Bereitstellung von Arbeitsplätzen bei. Um Güter und Dienstleistungen zu „produzieren" und „bereitzustellen", müssen sie die dafür erforderlichen Ressourcen auf Beschaffungs-, Arbeits- und Geldmärkten besorgen, diese in Güter und Dienstleistungen umwandeln und sie schließlich auf Absatzmärkten anbieten.
Unternehmen sind komplexe ökonomische Systeme, die in Konkurrenz mit anderen um die Gunst Dritter unter Unsicherheit handeln. Um ihre Ziele zu realisieren, benötigen sie eine adäquate Organisation. Gewinn und Verlust sind dabei die steuernden, wenngleich auch nicht die alleinigen Entscheidungskriterien: Denn schließlich steht bei dauerhaften Verlusten die Existenz eines Unternehmens auf dem Spiel.
Unternehmen sind aber auch komplexe soziale Systeme, in denen Menschen mit unterschiedlichen Interessen agieren, die miteinander in Einklang zu bringen sind. Müssen und können diese Menschen allein ökonomischen Funktionszwängen unterworfen sein und reibungsfrei zugunsten der Unternehmensziele funktionieren? Ohne die Berücksichtigung der Bedürfnisse, Interessen und Ideen der Beschäftigten wirtschaften Unternehmen unterhalb ihrer Möglichkeiten, aber auch ethische Erwägungen erfordern, die im Unternehmen tätigen Menschen nicht allein als bloßen Produktionsfaktor zu begreifen und wie eine am Arbeitsmarkt erworbene Ware zu behandeln.

Weber, Birgit: Unternehmen und Produktion. In: www.bpb.de, Abruf am 07.03.2007

Was ist der Unterschied zwischen einem Betrieb und einem Unternehmen?
[Ein Betrieb ist] eine Wirtschaftseinheit, die Güter bzw. Leistungen erstellt und auf Märkten anbietet.
Es wird der Begriff »Betrieb« häufig mit technisch-organisatorischer Einheit gleichgesetzt, das Unternehmen dann eher mit juristisch-finanzieller Einheit. Beispiel: Die Volkswagen AG ist das Unternehmen, die einzelnen Werke des Unternehmens weltweit sind Betriebe.

Duden Wirtschaft von A bis Z: Grundlagenwissen für Schule und Studium, Beruf und Alltag. 6. Aufl. Mannheim: Bibliographisches Institut 2016. Lizenzausgabe Bonn: Bundeszentrale für politische Bildung 2016

M3 Wie sind Unternehmen strukturiert?

A Aufbau- und Ablauforganisation eines Unternehmens

Die Unternehmensstruktur kann aus zwei Blickwinkeln betrachtet werden: So können Sie sich der Struktur des Unternehmens über den Aufbau (die Aufbauorganisation) oder den Ablauf der Prozesse (Ablauforganisation) nähern. [...] Mit Blick auf die Aufbauorganisation umfasst die Unternehmensstruktur [...] zunächst drei Komponenten:

- **Rechtliche Struktur** des Unternehmens: welche Rechtsform hat das Unternehmen? [...]
- **Führungsstruktur:** welche Verantwortlichkeiten bestehen, welche Abteilungen wurden gebildet [...]
- **Räumliche Struktur** des Unternehmens: welche Standorte bestehen für das Unternehmen und wodurch zeichnen sich diese aus. [...]

Bei der Ablauforganisation geht [es] [..] nicht nur um die Verbindung von Prozessen wie Beschaffung und Einkauf, Produktion und Fertigung sowie Verkauf und Vertrieb, sondern vor allem um die effiziente Organisation der Abläufe.

© Für-Gründer.de: Unternehmensstruktur für Ihr Start-Up im Businessplan darstellen. www.fuer-gruender.de, Abruf am 28.04.2023

Merkmale einzelner Unternehmensformen in tabellarischer Übersicht

72043-951

B Welche Unternehmensrechtsformen gibt es in Deutschland?

Unternehmen lassen sich auf verschiedene Arten voneinander differenzieren. ... Die Rechtsform definiert die juristischen Rahmenbedingungen eines Unternehmens. Die Entscheidung, in welcher Rechtsform man ein Unternehmen gründet, sollte daher wohl bedacht sein. Denn hierdurch wird festgelegt, wer im Falle von Misserfolg die Haftung trägt, wie die Gewinne verteilt werden und wer das Unternehmen leitet.

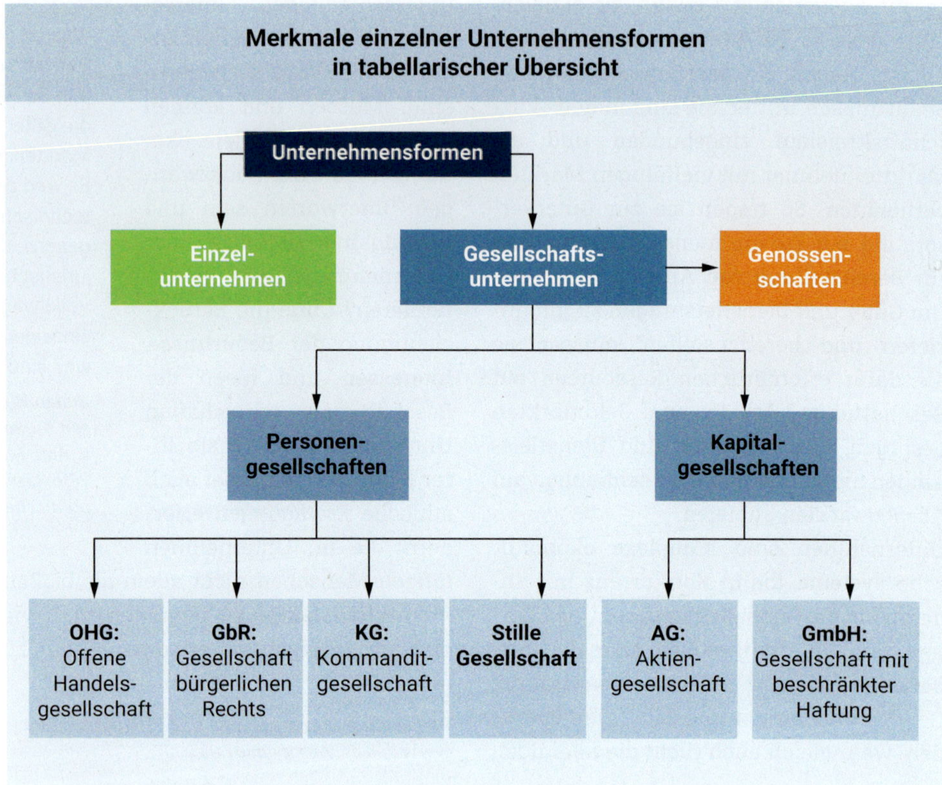

©C.C. Buchner Verlag

C Wie werden wichtige Prozesse in Unternehmen organisiert?

Um die Unternehmensziele zu erreichen, müssen Unternehmen die Leistungserstellung angemessen organisieren. Dazu gehören eine zweckmäßige Organisation der Arbeitsabläufe und eine sinnvolle Abstimmung der Teilaufgaben. Die drei Grundfunktionen von Unternehmen – Beschaffung von Produktionsfaktoren, Produktion und Absatz von Gütern und Dienstleistungen – sind alle zunächst auf eine Vorfinanzierung angewiesen, während erst der Absatz der Produkte im Anschluss einen Finanzierungsbeitrag leistet. Daraus ergibt sich schon das umfassende Interesse an einem sparsamen Einsatz der verfügbaren Ressourcen. Diese Prozesse müssen durch das Management sowohl auf die Ziele des Unternehmens hin geplant als auch aufeinander abgestimmt, gesteuert, koordiniert und kontrolliert werden. Dabei sind die Aufgaben nach Zuständigkeiten und Verantwortlichkeiten zu ordnen und nach ihrem Ablauf zu gestalten. Wie in der Volkswirtschaft so bedürfen auch im Unternehmen die Arbeitsteilung und Spezialisierung der Koordination, damit nicht permanent neue Absprachen für regelmäßige Abläufe getroffen werden müssen.

Weber, Birgit: Unternehmen und Produktion. In: www.bpb.de, Abruf am 07.03.2007

M4 Fallbeispiel: Ausbildung bei der Kölner Verkehrs-Betriebe AG

Thomas Nolden berichtet auf dem Blog der Kölner Verkehrs-Betriebe AG (KVG) über seine Ausbildung zum Industriekaufmann.

Auszubildender im Büro eines Verkehrs-Betriebes

Nach der Einführungswoche wurden wir auf einzelne Fachbereiche im Unternehmen verteilt. Mein erster Einsatz führte mich zur Presse- und Öffentlichkeitsarbeit. Die Aufgaben des Teams sind vielfältig: Fragen von Journalisten zu allen möglichen Themen beantworten, Interviews geben, Pressemitteilungen verfassen, Pressekonferenzen organisieren und einiges mehr. In meiner Einsatzzeit hatte ich die Möglichkeit, bei einer Pressekonferenz dabei zu sein: Es ging um die zunehmenden Graffiti-Schmierereien in Köln, von denen natürlich auch die KVB betroffen ist. [...] Nach [...] der Presse- und Öffentlichkeitsarbeit führte mich mein Weg ins Marketing. Das ist bei der KVB in verschiedene Bereiche unterteilt. Neben dem Social-Media-Team, das für die Kanäle auf YouTube, Instagram, Facebook und Twitter verantwortlich ist, zählen dazu auch die Mitarbeiter der Marketingprojekte und die Telefonische Kundebetreuung. In all den Bereichen konnte ich wichtige und interessante Erfahrungen sammeln. [...]

Ein weiterer Bereich im Marketing, bei dem ich mitarbeiten durfte, war das Verbesserungsmanagement. Unglaublich, wie groß die Bandbreite der Meldungen ist. [...] Dann führte uns der Weg wieder zurück in den Betrieb [...]. Ich war im „Lager 1" eingesetzt: Dieses „Zentrallager" ist das größte der KVB und steht in Weidenpesch, einem der insgesamt fünf Standorte der KVB. Meine Aufgabe war es, geforderte Materialien der Fachbereiche herauszusuchen und bereitzustellen. Das ging von Toilettenpapier über Werkzeuge aller Art bis hin zu schweren Federn. [...] Zu erleben, welch ein komplexes System hinter dem Hochregallager steckt und wie konzentriert die Kollegen bei der Arbeit sein müssen, damit nicht reihenweise Lagerkisten an falschen Stellen landen, das war schon bemerkenswert. [...]

Nächste Station: Einkauf. Dort wird bestellt, was vielleicht später im Lager ankommt – so kriegt man einen Eindruck vom gesamten Beschaffungs- und Logistikvorgang bei der KVB. Meine Arbeit beim Einkauf bestand darin, Dispositionslisten zu bearbeiten, Bestellungen zu tätigen etc.

Nolden, Thomas: Meine Ausbildung bei der KVB - Ein Erfahrungsbericht. In: www.blog.kvb-koeln.de, 29.05.2018,

Aufgaben

72043-961

1. Beschreiben Sie die Tätigkeiten von Unternehmen, ihre Verflechtungen mit verschiedenen Märkten und ihre Rolle im Wirtschaftskreislauf (**M2**).
2. Erläutern Sie, inwiefern Unternehmen ökonomische und soziale Systeme sind (**M2**).
3. Gestalten Sie eine Präsentation über Strukturen im Unternehmen (**M3**). Gehen Sie dabei auf die Aufbau- und Ablauforganisation, mögliche Unternehmensrechtsformen und Prozessplanungen in Unternehmen ein.
4. Erklären Sie anhand des Fallbeispiels in **M4**, was unter Aufbau- und Ablauforganisation zu verstehen ist. Erläutern Sie, in welchen Funktionsbereichen (Beschaffung, Produktion, Absatz) Thomas Nolden eingesetzt war und welche Aufgaben er hier übernommen hat.

H zu Aufgabe 1
Wählen Sie hierfür selbstgewählte Beispiele.

H zu Aufgabe 3
Unternehmensrechtsformen im Erklärfilm
(4:49 Min.)

72060-37

M5 Ist Deutschland bereits in der Industrie 4.0? Veränderungen in den Produktionsprozessen

Erklärfilm (Link): Fabrik von morgen (2:36 Min.)

72043-952

Industrie 4.0 bezeichnet die intelligente Vernetzung von Maschinen und Abläufen in der Industrie mit Hilfe von Informations- und Kommunikationstechnologie. Für Unternehmen gibt es viele Möglichkeiten, intelligente Vernetzung zu nutzen. Zu den Möglichkeiten zählen beispielsweise:

- **Flexible Produktion:** In der Herstellung eines Produkts sind viele Unternehmen involviert, die Schritt für Schritt bei der Entstehung eines Produkts beitragen. Digital vernetzt können diese Schritte besser abgestimmt und die Auslastung der Maschinen besser geplant werden.
- **Wandelbare Fabrik:** Produktionsstraßen sind in Zukunft in Modulen aufgebaut. Sie lassen sich schnell für eine Aufgabe zusammenbauen. Produktivität und Wirtschaftlichkeit werden verbessert, individualisierte Produkte können in kleiner Stückzahl zu bezahlbaren Preisen hergestellt werden.
- **Kundenzentrierte Lösungen:** Konsument und Produzent rücken näher zusammen. Die Kunden können selbst Produkte nach ihren Wünschen mitgestalten – beispielsweise können Elemente von Turnschuhen selbst designt und auf die individuelle Fußform angepasst werden. Gleichzeitig können smarte Produkte, die schon aufgeliefert und im Einsatz sind, Daten an den Produzenten senden. Mit den Nutzungsdaten kann der Produzent seine Produkte verbessern und dem Kunden neuartige Services bieten.
- **Optimierte Logistik:** Algorithmen berechnen ideale Lieferwege, Maschinen melden selbstständig, wenn sie neues Material benötigen – die smarte Vernetzung ermöglicht einen optimalen Warenfluss.
- **Einsatz von Daten:** Daten zum Ablauf der Produktion und zum Zustand eines Produkts werden zusammengeführt und ausgewertet. Die Datenanalyse gibt Hinweise, wie ein Produkt effizienter hergestellt werden kann. Noch wichtiger: Sie ist die Grundlage für vollkommen neue Geschäftsmodelle und Services. [...]
- **Ressourcenschonende Kreislaufwirtschaft:** Produkte werden datengestützt über ihren vollständigen Lebenszyklus betrachtet. Schon im Design wird festgelegt, in welcher Form die Materialien wiederverwertet werden können.

Seit den 1970er Jahren zog die Informationstechnologie in die Unternehmen ein. Desktop PCs, der Einsatz von Office-IT und erste computergestützte Automatisierungen revolutionierten die Industrie. Für Industrie 4.0 ist nicht der Computer die zentrale Technologie, sondern das Internet. Mit der weltweiten Vernetzung über Unternehmens- oder Ländergrenzen hinweg gewinnt die Digitalisierung der Produktion eine neue Qualität: Das Internet der Dinge, Maschine-zu-Maschine-Kommunikation und Produktionsstätten, die immer intelligenter werden, läuten eine neue Epoche ein – die vierte industrielle Revolution, Industrie 4.0.

Bundesministerium für Wirtschaft und Klimaschutz/Bundesministerium für Bildung und Forschung: Plattform Industrie 4.0. Was ist Industrie 4.0? In: www.plattform-i40.de, Abruf am 24.04.2023

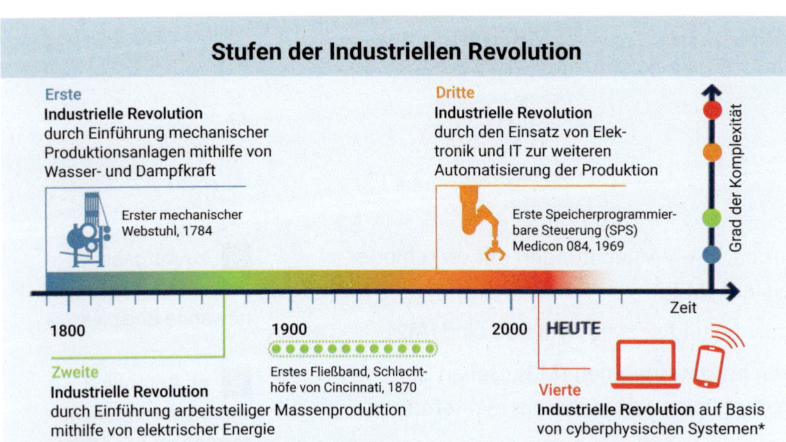

* Cyber-physische Systeme (CPS): Verbund informatischer, software-technischer Komponenten mit mechanischen und elektronischen Teilen, die über eine Dateninfrastruktur, wie z. B. das Internet, kommunizieren. Technologische Grundlagen für das CPS liefern Wissenschaften wie die Informatik, Mathematik, Maschinenbau, Elektrotechnik und Robotik.

© C.C. Buchner Verlag, Daten nach: Deutsches Forschungszentrum für Künstliche Intelligenz (DFKI), 2022

M6 Welche Herausforderungen entstehen durch Industrie 4.0?

1 Im Zuge der digitalen Transformation müssen Unternehmen sich komplett neu digital aufstellen. Dieser Verwandlungsprozess erfordert in der Regel hohe Investitionen. Es entstehen Kosten für Software, deren Implementierung sowie für das Personal, das mit diesen neuen Anwendungen umgehen soll. Unternehmen gehen je nach Aufwand ein hohes Risiko ein, damit der digitale Wandel im Zuge der Industrie 4.0 erfolgreich wird. Niemand wird auch genau voraussagen können, in welchem Umfang die Umstellung Erfolg haben wird. Somit ist von Unternehmen immer ein gewisses Maß an Risikobereitschaft gefordert, wenn sie die Weichen ins digitale Zeitalter der Konnektivität stellen wollen.

2 Durch die umfangreiche Vernetzung von Maschinen, Kunden, Lieferanten, Produktions- und Distributionsprozessen entstehen sehr große Datenmengen. Diese Daten werden für die intelligente, auf Algorithmen basierende Software auch benötigt. Allerdings bergen diese Daten ein höheres Risiko für Unternehmen. Potentiell kann jedes vernetzte Gerät zum Datenleck werden, über welches Hacker das Unternehmen angreifen oder konkurrierenden Firmen Industriespionage betreiben können. Indem außerdem die Daten von an allen Prozessen beteiligten Personen mit vernetzt werden, besteht darüber hinaus ein persönliches Datenrisiko. [...]

3 Was passiert, wenn uns in immer mehr Bereichen Maschinen die Arbeit abnehmen? Wo früher zum Beispiel in der Autoproduktion viele Menschen nötig waren, um ein Auto herzustellen, kommen heute automatisiert arbeitende, intelligente Fertigungsroboter zum Einsatz. Wenn Unternehmen sich auf den Weg zur Industrie 4.0 begeben, sollten sie sich auch der Tatsache bewusst sein, dass viele Mitarbeitende gerade aus der Produktion damit ihren Arbeitsplatz verlieren können. Gleichzeitig müssen Firmen Fachkräfte für die neuen Aufgaben finden. Der digitale Wandel ist in diesem Fall auch ein personeller Wandel [...].

Haufe Akademie: Digitalisierung in der Industrie 4.0 – Chancen und Risiken. In: www.haufe-akademie.de, 08.09.2021

M7 Künstliche Intelligenz: Bedrohung oder Chance für den Arbeitsmarkt von morgen? Der Bundesarbeitsminister im Interview ...

Tagesspiegel: Ist das, was wir jetzt bei der KI-Revolution erleben werden, gleichzusetzen mit der Industriellen Revolution im 19. Jahrhundert? Damals veränderten Erfindungen wie die Dampfmaschine die Arbeitswelt komplett.

Heil: Ja, das ist vergleichbar. Damals wurde beispielsweise der mechanische Webstuhl erfunden. Viele hatten große Angst, weil er menschliche Arbeit in Textilfabriken ersetzt hat. Es gab sogenannte Maschinenstürmer, die versucht haben, mit Hacke und Spaten diesen Fortschritt aufzuhalten. Sie haben historisch verloren. Aber es ist damals auch die moderne Arbeiterbewegung mit den Gewerkschaften und der Sozialdemokratie entstanden, die gesagt hat: Wenn es schon diesen Technologiesprung gibt, müssen wir dafür sorgen, dass das nicht nur ein Fortschritt für wenige wird, sondern ein Fortschritt für viele. Damals sind moderne Arbeitnehmerrechte geschaffen worden.

Was folgt daraus?

Wir haben die Frage im Blick: Was machen die neuen technischen Möglichkeiten mit der Arbeit? Da gibt es eine sehr, sehr gute Nachricht: Nach allem, was wir wissen und erheben können, wird uns als Gesellschaft auch in Zukunft die Arbeit nicht ausgehen. Aber die anstrengende Nachricht ist: Es wird in vielerlei Hinsicht andere Arbeit sein.

Was heißt das [...] für den Arbeitsmarkt?

Hubertus Heil, SPD, Bundesarbeitsminister

Was ist Künstliche Intelligenz (KI)?
KI (künstliche Intelligenz, en: Artificial Intelligence, AI) bezeichnet die Fähigkeit von Maschinen und Computern, menschenähnliche Denk- und Handlungsmuster zu entwickeln und auszuführen. Dabei kommen Methoden wie Machine Learning, neuronale Netze und Deep Learning zum Einsatz. KI wird in verschiedenen Bereichen wie der Medizin, der Robotik und der Automatisierung eingesetzt.

Bearbeiterin, basierend auf: „chatGPT", 02.05.2023

Wir haben Bereiche in der Industrie, wo wir KI dringend brauchen, um wettbewerbsfähig zu bleiben. Da kann KI den Menschen im Produktionsprozess helfen, schneller und besser die richtigen Entscheidungen zu treffen. Dann gibt es Bereiche, wo die KI tatsächlich menschliche Arbeit ersetzen wird und zwar nicht wie in der Vergangenheit bei Menschen, die als „Blue Collar Worker" bezeichnet werden …

… die klassischen Arbeiter …

… sondern überwiegend bei Menschen, die Schlips und Kragen tragen etwa im Bereich Handel, Banken und Versicherung. Hier wird es irgendwann tatsächlich um berufliche Neuorientierung gehen. Deswegen setzen wir jetzt schon stark auf Weiterbildung und Qualifizierung. Und es gibt einen Bereich, da wird die Nachfrage nach menschlicher Arbeit nicht weniger werden, sondern sogar dramatisch wachsen: Das ist der Bereich Gesundheit, Bildung, Pflege, also alle sozialen Dienstleistungen.

[…] **Wie lange wird es noch Jobs geben, die gar nichts mit KI zu tun haben?**

Meine Expertinnen und Experten hier im Haus prognostizieren: Bis 2035 gibt es keinen Job mehr, der nichts mit KI zu tun hat. Das gilt auch für Tätigkeiten, von denen man das jetzt noch nicht glaubt. Das kann zum Beispiel im Handwerk heißen, dass Tätigkeiten von KI unterstützt werden und von Plattformen vermittelt werden. Oder dass die Routen des Müllwerkers von KI geplant werden. Es wird kein Berufsbild mehr geben, das völlig losgelöst von dieser Technologie ist. Gleichzeitig ist es so, dass bislang nur rund zehn Prozent aller Unternehmen KI nutzen. Das zeigt, wie groß die anstehende Veränderung ist.

Heil, Hubertus im Interview mit Christmann, Karin / Fiedler, Maria (Tagesspiegel): Künstliche Intelligenz wird den Arbeitsmarkt rasant verändern. In: www.bmas.de, 29.04.2023

Aufgaben

72043-962

1. Stellen Sie dar, was „Industrie 4.0" bedeutet (**M5, Video Randspalte**).
2. Beschreiben Sie die Entwicklung der Produktionsverfahren im Allgemeinen (**M5**) und prüfen Sie Ihre Vermutungen aus den Einstiegsaufgaben 1 und 2 auf S. 340.
3. Erläutern Sie die Chancen, die mit der Entwicklung zur Industrie 4.0 verbunden sind. Arbeiten Sie dabei auch heraus, welche Wirtschaftssubjekte von den Chancen besonders profitieren (**M5, Video Randspalte**).
4. Nennen Sie die aufgeführten Herausforderungen (**M6**) mit jeweils einer Überschrift. Arbeiten Sie heraus, welche Wirtschaftssubjekte von den Herausforderungen jeweils besonders betroffen sind.
5. Überprüfen Sie die von Ihnen in der Einstiegsaufgabe 3 auf S. 340 aufgeführten Chancen und Herausforderungen.
6. Entwickeln Sie in Gruppen jeweils ein Lösungsmodell zu einer der aufgeführten Herausforderungen (**M6**). Benennen Sie innerhalb des Modells klare Verantwortlichkeiten verschiedener Ebenen (z.B. Staat, Unternehmensleitung, Arbeitnehmende, Konsumierende) und konkrete Handlungsanweisungen.
7. a) Arbeiten Sie in Ihren Gruppen mögliche Chancen und Gefahren der KI für den Arbeitsmarkt von morgen heraus, wie der Bundesminister Hubertus Heil sie einschätzt (**M7**).
   b) Diskutieren Sie im Kurs folgende Aussage: „Künstliche Intelligenz hat viel größeres Potenzial, den Arbeitsmarkt zu verändern, als die Dampfmaschine Ende des 18. Jahrhunderts hatte."

F zu den Aufgaben 1-3
Erstellen Sie eine Präsentation zur Umsetzung von Industrie 4.0 in einem selbst gewählten Unternehmen. Einen Link zu Beispielen finden Sie hinter dem QR-Code.

72043-953

10.2 Hohe Gewinne sowie verantwortungsvolles Wirtschaften: ein Gegensatz? Shareholder- und Stakeholder-Ansatz

Zum Thema: Dieses Unterkapitel beschäftigt sich mit der Frage, welche Rolle Unternehmen in politischen, ökologischen und gesellschaftlichen Themen spielen und inwiefern diese in der Formulierung von Unternehmenszielen berücksichtigt werden sollten.

M8 Fallbeispiel: Unternehmensziele im Widerspruch?!

„Die soziale Verantwortung eines Unternehmens ist es, seine Gewinne zu erhöhen."

Milton Friedman (1912-2006), amerikanischer Wirtschaftswissenschaftler, im Jahr 1970

Einstiegsaufgaben

72043-957

1. Erklären Sie das Zitat von Milton Friedman (**M8**) in eigenen Worten.
2. Bilden Sie im Kurs eine Positionslinie mit den Polen „Ich stimme zu" und „Ich stimme nicht zu". Begründen Sie Ihre Entscheidung.

M9 Was genau bedeuten „Shareholder-Value" und „Stakeholder-Value"?

A Der Shareholder-Ansatz

Shareholder sind Inhaber und Anteilseigner eines Unternehmens. Demnach können Shareholder finanziell von dem Unternehmen profitieren. Darüber hinaus haben Shareholder auch eine gewisse Macht und können beispielsweise bei regelmäßigen Versammlungen über die Unternehmensleitung bestimmen bzw. diese beeinflussen. [...] Beim Shareholder Ansatz richtet sich das Unternehmen auf die Erfüllung der Wünsche und Vorstellungen aller Anteilseigner. Die überwiegende Anzahl der Großunternehmen orientiert sich an diesem Ansatz. Die wirtschaftlichen Ziele der Anteilseigner und Shareholder sind die höchste Maxime für die Unternehmensleitung.

Aus praktischer Sicht versuchen die Verantwortlichen, den Umsatz des Unternehmens zu erhöhen und folglich einen höheren Gewinn zu generieren. Andere Interessen werden nur dann berücksichtigt, wenn diese mit den Unternehmenszielen übereinstimmen. [...]

Eigenkapitalgeber
Natürliche oder juristische Personen, die Anteile an einem Unternehmen besitzen, beispielsweise Unternehmende, Eigentümerinnen bzw. Eigentümer oder Aktienbesitzende. Sie sind an Gewinnen und Verlusten des Unternehmens beteiligt.

B Der Stakeholder-Ansatz

Stakeholder sind die Personen und Interessengruppen, die im Zusammenhang mit dem Unternehmen stehen und von deren Handeln betroffen sind. Allen Stakeholdern ist gemein, dass diese Ansprüche an das Unternehmen haben und differente, eigene Interessen verfolgen. [...] Beim Stakeholder Ansatz stehen [...] die Ansprüche der verschiedenen Interessengruppen im Vordergrund des unternehmerischen Handelns. Neben den Shareholdern gehören zu den Interessengruppen auch all jene Personen, die unmittelbar oder mittelbar vom Handeln des Unternehmens betroffen sind.

Hinter diesem Ansatz steckt die Idee, dass eine Berücksichtigung sämtlicher Interessen vonnöten ist, um im Zuge eines Ausgleichs Zufriedenheit für alle Beteiligten zu schaffen. Gerade für Unternehmen, die mit verschiedenen Interessengruppen verbunden sind, ist demnach eine Vereinheitlichung aller Ziele notwendig, um langfristig wirtschaftlich erfolgreich zu sein. [...] Stakeholder gibt es in unterschiedlichen Varianten. Die folgenden Interessengruppen stellen Beispiele für die Stakeholder eines Unternehmens dar: Mitarbeiter, Kunden, Geschäftspartner, Gesetzgeber, Politik, Banken.

© BWL-Lexikon.de: Stakeholder und Shareholder. In: www.bwl-lexikon.de, Abruf am 27.12.2022

M10 Warum gezieltes Stakeholdermanagement sich lohnt ...

Unternehmen leben von der Qualität ihrer Stakeholder, seien es die Mitarbeiter, Kunden, Zulieferer oder Investoren. So hilft es einem Wirtschaftstreibenden nichts, ein hervorragendes Geschäftsmodell zu entwickeln, wenn er nicht die richtigen Lieferanten gewinnt oder die Beschäftigten sein erfolgsversprechendes Geschäftsmodell nicht mittragen. [...] Eine der einflussreichsten Theorien in der Betriebswirtschaftslehre ist daher die Stakeholder-Theorie. Ausgehend vom traditionellen Modell der primären Stakeholder des Unternehmens wurde diese Theorie in den letzten Jahren kontinuierlich weiterentwickelt. So gelten heute auch Personengruppen als externe Stakeholder, die nicht in einem unmittelbaren Vertragsverhältnis mit dem Unternehmen stehen, aber das Unternehmen dennoch beeinflussen können, etwa NGOs, Medien, Staat – oder vom Unternehmenshandeln direkt betroffen sind wie beispielsweise Anwohner, Mitbewerber oder Zivilgesellschaft. [...] Zudem zeigt sich, dass [...] einseitig an den Shareholder Value ausgerichtete Managementmodelle regelmäßig zu suboptimalen Ergebnissen führen – sowohl für die Mitarbeiter, für die Kunden, aber insbesondere auch für die Shareholder selbst. So erzielten viele Unternehmen [mit reinem Sharholder Value Modell] oftmals unterdurchschnittliche Renditen. [...]

Es zeigt sich, dass Stakeholder-orientierte Unternehmen bewusster mit Ressourcen umgehen. So entstehen Effizienzgewinne und Materialeinsparungen, die sich wirtschaftlich positiv ausdrücken. Das gleiche gilt für soziale Maßnahmen, die sich in einer fairen Bezahlung, adäquaten Sozialleistungen und Arbeitszeitregelungen ausdrücken. Auf diese Weise werden [...] die Mitarbeiterzufriedenheit und Identifikation gesteigert, was sich wiederum positiv auf Krankenstände und somit Produktionsausfälle auswirkt.

Schmidpeter, René / Funk, Christophe Funk: Gezieltes Stakeholdermanagement lohnt sich. In: www.springerprofessional.de, 25.11.2021,

Passen die Interessen von Stakeholdern und Shareholdern zusammen?
Nachhaltige Unternehmen, die es verstehen die verschiedenen Interessen der Stakeholder in Einklang zu bringen, werden auch für ihre Shareholder das optimale Ergebnis erreichen. Der Stakeholder-Ansatz ist somit eng mit dem Nutzen der Shareholder verbunden. Und der vermeintliche Gegensatz zwischen Stakeholdern und Shareholdern löst sich durch das Ziel der gemeinsamen Wertschöpfung für Unternehmen und Gesellschaft – den sogenannten Shared Value – auf.
Ebd.

M11 Was bedeutet „Social Entrepreneurship"?

A Begriffsbestimmung

Während Entrepreneurship im Allgemeinen ein kreatives und innovatives Unternehmertum bezeichnet, spricht man von Social Entrepreneurship, wenn nicht der Profit, sondern soziale Ziele im Vordergrund stehen. Bei Ecopreneurship ist es ähnlich, nur, dass der Schutz der Umwelt im Mittelpunkt steht.

Sozialunternehmen – im Englischen Social Business oder auch Social Enterprises – sind das Produkt sozialer Entrepreneur*innen. Insgesamt schließt das Konzept sowohl Unternehmungen mit einer gewinnorientierten Business-Struktur als auch solche mit einer Non-Profit-Struktur mit ein. Wenn es Profite gibt, sollen diese die eigene Finanzierung absichern und Überschüsse werden im Idealfall reinvestiert. Darüber hinaus ist eine messbare soziale Wirkung das ultimative Ziel, wobei man auch von einem Social Return on Investment spricht.

*© Gründerplattform.de: Social Entrepreneur*in und Social Entrepreneurship. Unternehmergeist und soziale Wertschöpfung – das ultimative Dream-Team. In: www.gruenderplattform.de, Abruf am 28.04.2023*

B Wie organisieren sich Sozialunternehmen?

	Sozial motivierte Organisationen				Kommerzielle Organisationen	
	Reine Wohltätigkeitsorganisation	Wohltätigkeitsorganisation mit Erwerbselementen	Gemeinnützig verfasstes Sozialunternehmen	Gewerblich verfasstes Sozialunternehmen	Sozial verantwortliches Unternehmen	Rein kommerzielles Unternehmen
Primärer Geschäftszweck	Soziale Mission	Soziale Mission	Soziale Mission mit Gewinn als Nebenprodukt	Soziale Mission in Übereinstimmung mit Gewinnerwirtschaftung	Sozialverantwortliche Gewinnmaximierung	Gewinnmaximierung
Finanzielle Nachhaltigkeit	Begrenzt kommerzielle Umsätze, größtenteils abhängig von Spenden und Zuschüssen	50-75 % Kostendeckung durch kommerzielle Umsätze, z. T, abhängig von Spenden und Zuschüssen	Kostendeckend, (potenziell) wirtschaftlich tragfähig	(Potenziell) wirtschaftlich tragfähig	(Potenziell) wirtschaftlich tragfähig	(Potenziell) wirtschaftlich tragfähig
Gewinnausschüttung	Nein	Nein	Typischerweise nein (Ausnahmen möglich)	Typischerweise ja (in begrenztem Rahmen)	Ja	Ja

*Nach: © Gründerplattform.de: Social Entrepreneur*in und Social Entrepreneurship. Unternehmergeist und soziale Wertschöpfung – das ultimative Dream-Team. In: www.gruenderplattform.de, Abruf am 28.04.2023*

C Welche Geschäfts- und Wirkungsmodelle verfolgen Social-Entrepreneur:innen?

Im Unterschied zu klassischen Unternehmen ist die Wirkung in einem Social Enterprise daher dem Gewinn übergeordnet, d. h. der Gewinn ist eher ein Mittel zum Zweck, anstatt der Zweck selbst. [...] Häufig unterscheidet man zwischen Geschäftsmodell und Wirkungsmodell, wobei diese beiden in der Regel miteinander interagieren. Im Geschäftsmodell zeigst du auf, wer die Zielgruppe deines Unternehmens ist und was dein Unternehmen den Kunden für einen Mehrwert bietet. Im Falle eines Social Enterprises gibt es zudem Begünstigte, die von deiner Organisation eine Wirkung erhalten, die ebenfalls einen Mehrwert bietet. Dies wird durch das Wirkungsmodell entsprechend dargestellt. An dieser Stelle zwei Beispiele zur Veranschaulichung:

1 Quartiermeister: Das Social Enterprise Quartiermeister produziert und verkauft Bier und spendet 10ct pro verkauftem Liter an soziale Projekte in der Nachbarschaft. Das Geschäftsmodell von Quartiermeister besteht darin, dass die Konsumenten des Bieres das Bier kaufen, also Geld ausgeben und somit die Kunden von Quartiermeister sind. Die Begünstigten von Quartiermeister bestehen aus den Personen, die durch das an soziale Projekte gespendete Geld profitieren. Der Mehrwert für die Kunden ist hier offensichtlich der Genuss des Bieres und das Gefühl, etwas für die sozialen Projekte beigetragen zu haben. Der Mehrwert für die Begünstigten ist die direkte Hilfe durch die sozialen Projekte.

2 Afb social & green IT: Das Social Enterprise Afb social & green IT verkauft mit Hilfe der Arbeitskraft von Menschen mit und ohne Behinderung gebrauchte IT-Geräte, wie z.B. Laptops. In diesem Geschäftsmodell zahlen die Konsumenten Geld für die technischen Geräte, die sie kaufen. Der Mehrwert ist dementsprechend die Nutzung des Gerätes und die Gewissheit, ein soziales und ökologisches Unternehmen zu unterstützen. Die Begünstigten von Afb sind zum einen Menschen mit Behinderung, denen das Unternehmen die Möglichkeit bietet, einem geregelten Job nachzukommen. Zum anderen ist auch die Umwelt ein Wirkungsempfänger, da das Unternehmen durch die Weitervermarktung gebrauchter Geräte aktiv Ressourcen schont und die Umwelt auf diese Weise schützt.

© Gründerplattform.de: Die Wirkung von Sozialunternehmen. Das Social Entrepreneurship Netzwerk Deutschland (SEND) fasst zusammen. In: www.gruenderplattform.de, Abruf am 28.04.2023

Aufgaben

72043-963

1. Stellen Sie den Shareholder- und Stakeholder-Ansatz (**M9** A, B) jeweils in einem Schaubild dar und verdeutlichen Sie die Unterschiede.
2. Ermitteln Sie an einem konkreten Beispiel, etwa eines Herstellenden von Schokoladenprodukten, die Ansprüche verschiedener Stakeholderinnen und Stakeholdern. Arbeiten Sie dabei auch mögliche Zielkonflikte heraus.
3. Vergleichen Sie tabellarisch die Vor- und Nachteile beider Ansätze für verschiedene Anspruchsgruppen (etwa Aktionärinnen und Aktionäre, Unternehmen, Investierende, Kundinnen und Kunden, ...).
4. Erklären Sie den Shareholder-Value mit Hilfe von **M10**.
5. Diskutieren Sie, inwiefern verstärkte Nachhaltigkeitsdebatten in der Öffentlichkeit den Gegensatz zwischen Shareholder- und Stakeholder-Ansatz verringern können (**M10**).
6. Erklären Sie mit Hilfe von **M11** A - C den Unterschied von Sozialunternehmen zu kommerziellen Unternehmen. Beziehen Sie sich dabei auch auf das Verhältnis zu Shareholder- bzw. Stakeholder-Value-Ansätzen.
7. Erläutern Sie den Zusammenhang zwischen Geschäfts- und Wirkungsmodell in einem Sozialunternehmen (**M11** C).

F zu den Aufgaben 1-7
Im Deutschen Social Entrepreneurship Monitor finden sich weitere Beispiele für Sozialunternehmen. Stellen Sie ein Unternehmen im Kurs vor. Beziehen Sie sich dabei auch auf Organisationsformen, Geschäfts- und Wirkungsmodelle.

72043-954

M12 Wie Unternehmen Verantwortung übernehmen …

A Unternehmen reagieren auf den russischen Angriffskrieg gegen die Ukraine

Westliche Unternehmen machen seit jeher auch Geschäfte mit autokratisch regierten Ländern. Gleichzeitig pochen in den westlichen Gesellschaften viele auf die Einhaltung von Menschenrechten. Oft nimmt man den Widerspruch hin. Ein Großteil der politischen und wirtschaftlichen Entscheider in Deutschland war sogar felsenfest überzeugt, durch Handel könne die Demokratisierung in Russland befördert und der Frieden gesichert werden […].

Spitzenverantwortliche im Westen schlagen inzwischen neue Töne an, auch Nato-Generalsekretär Jens Stoltenberg: „Freiheit ist wichtiger als Freihandel, und Werte zu schützen ist wichtiger als Profite." Sagte der Norweger der versammelten Wirtschaftselite im Mai in Davos ins Gesicht. Bekommt mit dem russischen Angriffskrieg die alte Frage nach der moralischen Verantwortung von Unternehmen ein neues Momentum? […] Reihenweise zogen sich in den vergangenen Monaten westliche Konzerne aus Russland zurück. Ikea, Apple, VW, Lego, Starbucks, McDonald's, Coca-Cola. Andere Unternehmen setzen dagegen ihre Geschäfte in Russland fort und argumentieren unter anderem mit ihrer Verantwortung für Beschäftigte oder Kunden. Rittersport begründet sein Festhalten am Russland-Geschäft auch mit der Lage der Kakaobauern in Nicaragua. Angesichts eines gesättigten Kakaomarkts könne man deren Ernte nicht einfach woanders verkaufen, argumentiert der Mittelständler. Und wenn man stattdessen auf Kakao aus Westafrika verzichten würde, bekämen Kleinbauern dort Probleme. Das könne auch keine Lösung sein. Nach der Entscheidung des Unternehmens brach ein Sturm der Entrüstung in den sozialen Medien los. Schließlich entschied das Unternehmen, den Gewinn aus dem Russland-Geschäft für humanitäre Zwecke zu spenden.

Dohmen, Caspar: Das Ringen um Moral in der Wirtschaft. In: www.deutschlandfunk.de, 26.07.2022

B Wandel durch Handel – in der Karikatur

Karikatur: Kostas Koufogiorgos, dieKLEINERT.de, 2018

M13 Vivek Ramaswamy: Politik ist keine Aufgabe der Unternehmen!

Immer mehr Unternehmen verpflichten sich auf Klimaschutz und Diversität. Der Bestsellerautor und Unternehmer Vivek Ramaswamy, im Interview mit der Neuen Zürcher Zeitung /NZZ), sieht das kritisch.

Herr Ramaswamy, Sie haben eine Botschaft für Unternehmen. Wie lautet diese?

Die Botschaft ist sehr einfach. Unternehmen sollten sich ausschließlich darauf konzentrieren, ihren Kunden exzellente Produkte und Dienstleistungen zu liefern. Jenseits davon sollten keine anderen Ziele verfolgt werden, weder soziale noch politische. [...]

Sie sprechen von Exzellenz-Kapitalismus und Spitzenleistungen als Gegenentwurf zum Stakeholder-Kapitalismus. Das klingt nach Chicago-School und Milton Friedman.

Einer meiner Kritikpunkte am Stakeholder-Kapitalismus ist, dass er keinen nützlichen Leitfaden für CEO und Verwaltungsräte bietet, wie sie den Wert für die Aktionäre maximieren sollen. Das Konzept ist vage; es gilt eine Vielzahl von Stakeholdern mit unterschiedlichen Interessen zu berücksichtigen. Der Exzellenz-Kapitalismus bringt einen Fortschritt, weil er sehr spezifisch ist. Es ist eine klare Theorie. Der Kunde ist wichtiger als alle anderen Stakeholder. [...]

Vivek Ramaswamy (geb. 1985), amerikanischer Unternehmer und Politiker, tritt mit scharfer Kritik gegen die «Woke»-Kultur in den USA auf.

Was halten Sie davon, wenn Aktivisten, aber auch der ukrainische Präsident Selenskyj Druck auf Nestlé machen, sich aus Russland zurückzuziehen?

Im Fall von Russland haben viele Unternehmen eine kluge Geschäftsentscheidung getroffen. Der Gewinnbeitrag aus Russland ist häufig gering, das Geschäftsrisiko hingegen hoch. Der Nutzen ist das Risiko insofern oft nicht wert. Viele Unternehmen haben aber den geschäftlichen Entscheid gesellschaftlich überhöht, indem sie ihn mit der Parteinahme für die Ukraine begründet haben.

Was halten Sie davon, dass Investoren Druck auf Unternehmen ausüben, Russland zu verlassen?

Als Bürger halte ich den Angriff Russlands auf die Ukraine für eine Tragödie. Die Politik soll die Regeln aufstellen. Es ist ihr Primat, beispielsweise Sanktionen festzulegen.

Ramaswamy, Vivek im Interview mit Severin, Christin: „Wir brauchen Spitzenleistungen statt Stakeholder-Kapitalismus", sagt der lauteste Kämpfer gegen Wokeness in Corporate America. In: www.nzz.ch, 18.07.2022

Aufgaben

72043-964

1. Analysieren Sie die in M12 A genannten Fallbeispiele hinsichtlich der Zielkonflikte unterschiedlicher Stakeholder der angesprochenen Unternehmen.
2. Ordnen Sie die Aussage des Nato-Generalsekretärs Jens Stoltenberg in das Spektrum zwischen Shareholder- und Stakeholder-Value-Ansätzen (M8 A, B, M12 A) ein.
3. Beurteilen Sie die Entscheidung von Rittersport (M12 A) zur Spende der Gewinne aus dem Russlandgeschäft hinsichtlich möglicher Unternehmensstrategieentscheidungen.
4. Analysieren Sie die Karikatur in M12 B im Hinblick auf die jahrzehntelangen deutschen Geschäftsinteressen in Autokratien wie China, Iran, Russland, etc.
5. Analysieren Sie das Interview in M13 im Hinblick auf die Position von Vivek Ramaswamy zur Verantwortungsreichweite von Unternehmen.
6. Nehmen Sie in Form eines Leserbriefes Stellung zu den Ausführungen von Vivek Ramaswamy (M13) bezüglich der Verantwortung von Unternehmen in politischen, ökologischen und gesellschaftlichen Kontexten.

10.3 Betriebliche Mitbestimmung im Wandel der Arbeitswelt: Auslaufmodell oder zukunftsweisend?

Zum Thema: Nicht immer stimmen Interessen von Arbeitnehmenden und Arbeitgebenden überein. Trotzdem müssen Regelungen gefunden werden, etwa zur Arbeitszeit oder zu Lohnhöhen. In diesem Kapitel geht es darum, welche Rolle Betriebsräte dabei spielen und wie sich ihre Rolle in Zeiten der digitalen Transformation verändert.

M14 Fallbeispiele für Interessen im Betrieb von heute: miteinander oder gegeneinander?

Sichere Arbeitsplätze

Flexibilisierung der Arbeitszeit

Hohe Löhne

Gewinnmaximierung

Hohe Produktivität

Minimierung von Gefahren am Arbeitsplatz

?

Gutes Arbeitsklima

Erhöhung der Urlaubstage

Erhalt von Arbeitsplätzen

Fortbildungsmöglichkeiten

Work-Life-Balance

Soziale Absicherung

Bearbeiterin

Einstiegsaufgaben

72043-958

1. Ordnen Sie die in **M14** genannten Interessen nach „Interessen von Arbeitgebenden", „Interessen von Arbeitnehmenden" oder „gemeinsamen Interessen".
2. Stellen Sie weitere Interessen dar, die sich durch Digitalisierung und Industrie 4.0 ergeben.
3. Arbeiten Sie mögliche Konflikte zwischen den Interessen von Arbeitnehmenden und Arbeitgebenden heraus.
4. Tauschen Sie sich darüber aus, welche betrieblichen Strukturen helfen können, bestehende Konflikte zu lösen.

M15 Welche Aufgaben und Rechte haben Betriebsräte?

Für die einzelnen Angestellten in einem Betrieb ist es oft schwierig, ihre Wünsche und Bedürfnisse beim Arbeitgeber durchzusetzen. Daher gibt ihnen das Betriebsverfassungsgesetz die Möglichkeit, ab einer bestimmten Mitarbeiteranzahl einen Betriebsrat zu wählen – als Gremium, das sich für ihre Belange und Interessen gegenüber dem Arbeitgeber stark macht. [Der Betriebsrat hat u.a. folgende Aufgaben:]

1 Überwachung
- Überwachung der Einhaltung aller im Betrieb geltenden Vorschriften: Gesetze, Verordnungen, Unfallverhütungsvorschriften und Betriebsvereinbarungen.

2 Schutz
- Unterstützung besonders schutzbedürftiger Personen, z. B. schwerbehinderte, ältere oder ausländische Arbeitnehmer
- Überwachung der Einhaltung von Vorschriften zu Arbeitsschutz und Unfallverhütung.

3 Gestaltung
- Entgegennahme von Anregungen und Beschwerden von Arbeitnehmern und Mitgliedern der Jugend- und Auszubildendenvertretung (JAV)
- Beantragung und Durchsetzung von Maßnahmen beim Arbeitgeber.

4 Förderung
- Durchsetzung der tatsächlichen Gleichstellung von Männern und Frauen.
- Förderung der Vereinbarkeit von Familie und Beruf
- Vorbereitung und Durchführung der Wahl der Jugend- und Auszubildenden Vertretung (JAV)
- Förderung und Sicherung von Arbeitsplätzen
- Förderung des betrieblichen Umweltschutzes

Erklärfilm (Link) über betriebliche Mitbestimmung (1:45 Min.)

72043-955

Damit der Betriebsrat seine vielfältigen Aufgaben erfüllen kann, hat er eine ganze Reihe an speziellen Rechten und steht auch unter einem besonderen Schutz. So hat er viel mehr Möglichkeiten als ein einzelner Arbeitnehmer, um die Angelegenheiten der Belegschaft gegenüber dem Arbeitgeber zu vertreten und seine Ziele auch tatsächlich zu erreichen. Der Arbeitgeber darf in vielerlei Hinsicht nicht einfach einseitig handeln. Bei zahlreichen betrieblichen Entscheidungen muss er den Betriebsrat beteiligen. [...] Die Beteiligungsrechte des Betriebsrats sind vor allem in §§ 87 bis 113 BetrVG geregelt. Generell ist der Betriebsrat beteiligt, wenn es im Betrieb um folgende Bereiche geht:

soziale Angelegenheiten, personelle Angelegenheiten, wirtschaftliche Angelegenheiten, Arbeits- und Umweltschutz, Arbeitsplatzgestaltung, Arbeitsablauf und Arbeitsumgebung.

Wie stark der Betriebsrat jeweils mitentscheidet, unterscheidet sich je nach Bereich.

Der Grad der Beteiligung reicht von einer bloßen „Unterrichtung" des Betriebsrats bis zur echten Mitbestimmung.

A Ohne Wissen kein Einfluss: die Informationsrechte des Betriebsrats

Die Informationsrechte sind die schwächsten Beteiligungsrechte des Betriebsrats. Sie geben dem Betriebsratsgremium lediglich das Recht auf Information. Das heißt: Der Arbeitgeber muss den Betriebsrat in Bezug auf bestimmte Angelegenheiten rechtzeitig und umfassend unterrichten. Trotzdem sind die Informationsrechte extrem wichtig: Denn ohne Hintergrundwissen kann der Betriebsrat nicht handeln. Oft bestehen Informationsrechte auch in Kombination mit weiteren Rechten des Betriebsrats. So muss der Arbeitgeber den Betriebsrat z. B. über seine Personalplanung zunächst informieren und sich dann anschließend mit ihm beraten. Mehr zu den Informationsrechten finden Sie auch hier.

B Perspektive einbringen: das Recht des Betriebsrats auf Anhörung

Dieses Recht gibt dem Betriebsrat die Möglichkeit, seine eigene Sicht darzulegen und Bedenken vorzubringen. Angehört werden muss der Betriebsrat bei jeder Kündigung – ohne rechtmäßige Anhörung des Betriebsrats ist eine Kündigung unwirksam. Der Betriebsrat kann in seiner Stellungnahme der Kündigung: **zustimmen, Bedenken äußern oder widersprechen** (§ 102 Abs. 3 BetrVG). Zwar braucht der Arbeitgeber die Zustimmung des Betriebsrats im Normalfall nicht (ein Sonderfall ist die Kündigung eines Betriebsratsmitglieds). Trotzdem kann der Widerspruch des Betriebsrats dem betroffenen Kollegen helfen. Denn wenn er sich für eine Kündigungsschutzklage entscheidet, muss der Arbeitgeber ihn in diesem Fall bis zur Entscheidung des Verfahrens weiter beschäftigen.

C Mitreden und diskutieren: das Recht auf Beratung

Bei bestimmten Entscheidungen ist der Arbeitgeber gesetzlich verpflichtet, sich mit dem Betriebsrat zu beraten. Das heißt: Er muss von sich aus das Gespräch mit dem Betriebsrat suchen und die geplanten Maßnahmen diskutieren. Vor allem muss er die Auswirkungen auf die Mitarbeiter darlegen und auch Alternativvorschläge des Betriebsrats erwägen. Die Entscheidung liegt allerdings letztendlich beim Arbeitgeber. Das Recht auf Beratung gilt u. a.:

- bei baulichen Maßnahmen an Gebäuden und technischen Anlagen (§ 90 Abs. 2 BetrVG);
- bei Änderung von Arbeitsverfahren, Arbeitsabläufen und Arbeitsplätzen (§ 90 Abs. 2 BetrVG);
- bei Personalplanung und Beschäftigungssicherung (§ 92 Abs. 1 BetrVG); [...]

D Nichts geht ohne Mitbestimmung des Betriebsrats: das Recht auf Zustimmung

Die stärkste Form der Beteiligung des Betriebsrats an Maßnahmen des Arbeitgebers ist die Mitbestimmung. Von Mitbestimmung im engeren Sinne spricht man dann, wenn eine Maßnahme des Arbeitgebers regelmäßig nur mit Zustimmung des Betriebsrats getroffen werden kann. Zweck der echten Mitbestimmung ist der Schutz der Arbeitnehmer. Sie sollen an der Gestaltung der wichtigsten Arbeitsbedingungen über ihre betrieblichen Interessenvertreter beteiligt werden. [...]

Die vorherige Zustimmung des Betriebsrats benötigt der Arbeitgeber beispielsweise bei personellen Einzelmaßnahmen wie bei geplanten Einstellungen oder Versetzungen (§ 99 BetrVG). Hier hat der Betriebsrat ein gesetzliches Zustimmungsverweigerungsrecht. Macht der Betriebsrat von seinem Recht zur Zustimmungsverweigerung Gebrauch, kann der Arbeitgeber die geplante Maßnahme bis auf weiteres nicht durchführen, sondern muss vor das Arbeitsgericht ziehen und die Ersetzung der Zustimmung beantragen.

Die stärkste Form der Mitbestimmung: das Initiativrecht des Betriebsrats

Die größten Gestaltungsmöglichkeiten stehen dem Betriebsrat im Rahmen seines Initiativrechts zu, der sog. erzwingbaren Mitbestimmung. In diesem Fall hat der Betriebsrat gegen beabsichtigte Maßnahmen des Arbeitgebers nicht nur einen Unterlassungsanspruch, sondern kann hier grundsätzlich auch die Selbstinitiative ergreifen, wenn er in einer mitbestimmungspflichtigen Angelegenheit eine Regelung erreichen will. Der Arbeitgeber muss in diesen Fällen mit dem Betriebsrat verhandeln. Einigen sich die Parteien nicht, kann der Betriebsrat die Einigungsstelle anrufen, die dann verbindlich entscheidet. Das bedeutet, dass es in jedem Fall zu einem Ergebnis kommt. [...]

E Weitere Rechte des Betriebsrats

Neben den Beteiligungsrechten hat der Betriebsrat weitere besondere Rechte. Dazu gehören z. B. das Recht auf Kündigungs- und Tätigkeitsschutz der einzelnen Betriebsratsmitglieder, der Anspruch auf Schulung, das Recht, für die Betriebsratsarbeit von der üblichen Arbeit freigestellt zu werden und das Recht auf die Übernahme von Kosten.

© 2023 | ifb – Institut zur Fortbildung von Betriebsräten: Die Aufgaben, Rechte und Pflichten des Betriebsrats: Ein Überblick für Betriebsratsmitglieder und -kandidaten. In: www.brwahl.de, Abruf am 29.04.2023

M16 Welche Pflichten haben Betriebsräte?

Keine Rechte ohne Pflichten: Neben seinen Rechten und Aufgaben hat der Betriebsrat Pflichten, an die er – zum Teil sogar gesetzlich – gebunden ist. Dazu gehören allgemeine Pflichten, die Verschwiegenheitspflicht und die Pflicht zur Fortbildung. Die allgemeinen Pflichten des Betriebsrats ergeben sich zum größten Teil aus seinen oben ausgeführten Aufgaben. Darüber hinaus ist der Betriebsrat verpflichtet, an Betriebsratssitzungen und Monatsgesprächen mit dem Arbeitgeber teilzunehmen.

© 2023 | ifb – Institut zur Fortbildung von Betriebsräten: Die Aufgaben, Rechte und Pflichten des Betriebsrats: Ein Überblick für Betriebsratsmitglieder und -kandidaten. In: www.brwahl.de, Abruf am 29.04.2023

M17 Wie viele Arbeitnehmende werden in Deutschland durch Betriebsräte vertreten?

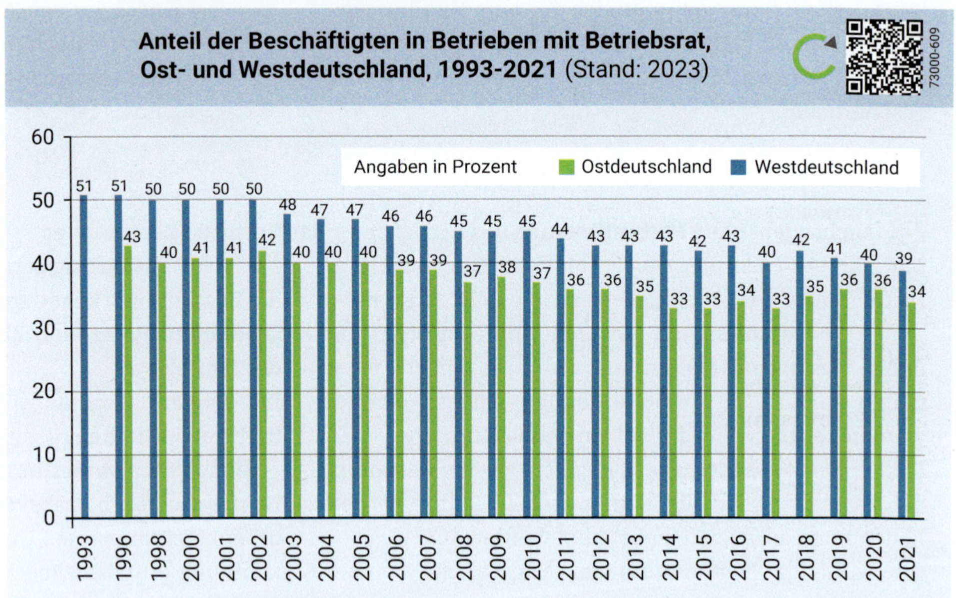

© C.C. Buchner Verlag, aktuelle Daten nach: IAB Betriebspanel (Datenerhebung: 2021; Grafikerstellung: 2023)

Aufgaben

72043-965

1. Ermitteln Sie in arbeitsteiliger Kleingruppenarbeit (3-4 Personen) die wichtigsten Aufgaben (**M15** 1 - 4) und Rechte (**M15** A - E) eines Betriebsrats und gestalten Sie ein FAQ zum Betriebsrat.
2. Ermitteln Sie die wichtigsten Pflichten eines Betriebsrats (**M16**).
3. Arbeiten Sie aus den Informationen des Erklärvideos in der Randspalte zu **M15** weitere FAQ zu Betriebsräten heraus.
4. Entwickeln Sie im Zuge Ihrer Ergebnisse zu **M15**, **M16** zu viert Fallbeispiele, in denen die genannten Rechtsebenen zur Geltung kommen.
5. Analysieren Sie die Grafik in **M17** im Hinblick auf die Veränderungen der Zahl der Beschäftigten in Ost- und Westdeutschland, die durch Betriebsräte vertreten werden.
6. Diskutieren Sie, welche Folgen sich für Arbeitnehmende und Arbeitgebende aus dieser Entwicklung ergeben können (**M17**).

M18 Welche Auswirkungen von Betriebsratsgründungen werden beobachtet?

A Auswirkungen von Betriebsräten auf Produktivität, Lohn und Gewinn

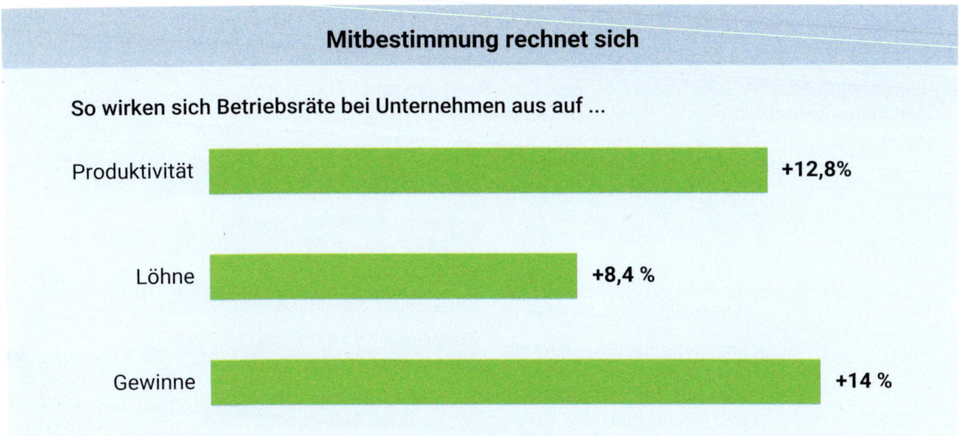

Nach: Hans-Böckler-Stiftung: Mehr Erfolg dank Mitbestimmung. In: Böckler Impuls Ausgabe 01/2021. In: www.boeckler.de, Abruf am 29.04.2023

B Darum wollen viele Arbeitgebende keinen Betriebsrat

Erstmals haben wir in einer Umfrage 153 Führungskräfte nach den Gründen gefragt und herausgearbeitet, welche Vorgehalte gegenüber Betriebsräten bestehen. Die meisten Executives halten mit 37 % die Bürokratie bei Neueinstellungen angesichts des Fachkräftemangels für kontraproduktiv, 29 % sehen bei der Einführung von technischen Systemen eine Mitbestimmung für nicht mehr zeitgemäß, 14 % sehen bei der Abstimmung von Überstunden und Schichtplänen große Herausforderungen und 9 % scheuen den bürokratischen Aufwand bei der Leistungsbeurteilung.

Emplement GmbH: Umfrage: Darum wollen viele Arbeitgeber keinen Betriebsrat. In: www.fr.de, 23.12.2022

M19 Digitale Transformation für betriebliche Mitbestimmung

A Neue Herausforderungen durch die Digitalisierung für Betriebsräte

Fertigungsmaschinen werden vernetzt und ferngesteuert, Produktionsabläufe neu organisiert, zusätzliche Möglichkeiten für das Arbeiten im Homeoffice entstehen: Die Digitalisierung verändert die Arbeitswelt in vielerlei Hinsicht nachhaltig. Dadurch entstehen auch neue Herausforderungen für die Betriebsräte in punkto betrieblicher Mitbestimmung

Denn mit der Digitalisierung sind viele Themen verbunden, die nach dem Betriebsverfassungsgesetz für die Betriebsräte relevant sind – von Fragen des Datenschutzes über die Kontrolle und Überwachung von Arbeitstätigkeiten und die Gestaltung von Arbeitsplätzen und Tätigkeiten bis hin zu den Auswirkungen auf Qualifikation, Entgelte, Arbeitszeiten und Beschäftigungssicherheit. Digitalisierung ist damit ein komplexer Gegenstand, der von den Betriebsräten ein hohes Maß an Qualifikation und Kenntnissen verlangt.

© Arbeitswelt Portal 2023: Mitbestimmung und Digitalisierung, April 2021. In: www.arbeitswelt-portal.de, Abruf am 29.04.2023

B Digitale Transformation in Betrieben: Wo besteht für Betriebsräte Handlungsbedarf? Eine Umfrage ...

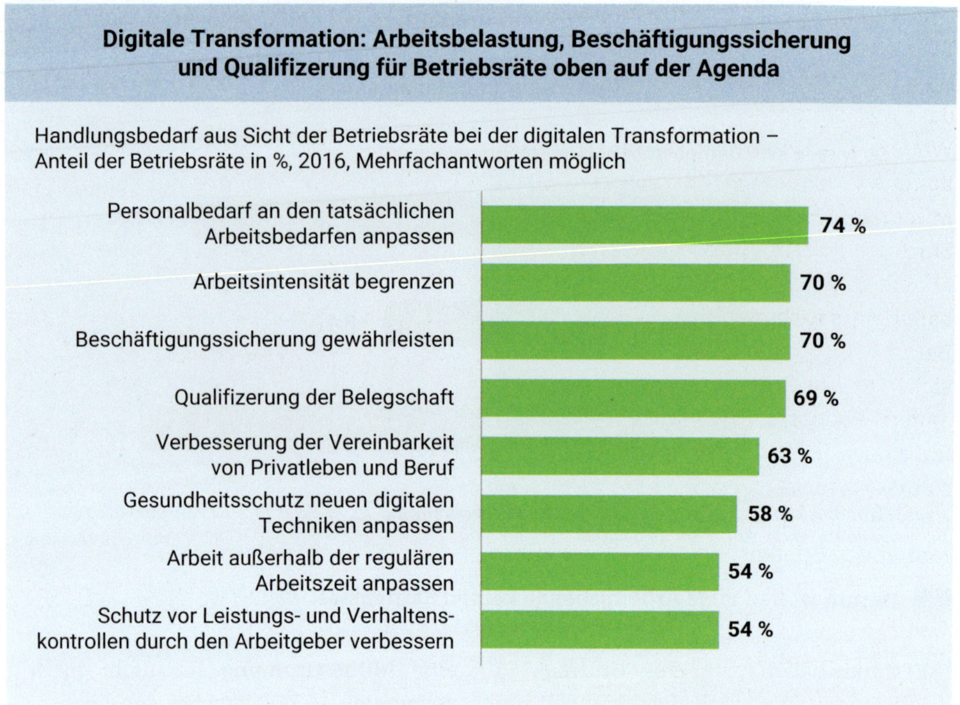

Nach: Ahlers, Elke: Die Digitalisierung der Arbeit. WSI-Report Nr. 40. Abruf unter www.boeckler.de

M20 Betriebsräte auch in Start-ups? Ein Bericht ...

Die Lieferando-Mitarbeiter in Berlin wählen diese Woche einen neuen Betriebsrat. Und wieder wird die Wahl von juristischen Streitereien begleitet. Der Lieferdienst ist längst kein Einzelfall, immer häufiger ziehen Start-ups wegen Betriebsratswahlen vor Gericht. Woran liegt das?

Der orangene Lieferando-Rucksack leuchtet schon von weitem. Jemand hat ihn auf ein parkendes Fahrrad geschnallt und zum Hinweisschild umfunktioniert. „Wahllokal" steht darauf, dazu ein dicker Pfeil, der in Richtung des Kiezcafés in Berlin-Wedding zeigt. [...] Beinahe hätte die Abstimmung gar nicht stattgefunden. Mitarbeiter aus dem Berliner Lieferando-Büro hatten im Vorfeld der Wahl versucht, eben jene mit einem Eilantrag beim Landesarbeitsgericht zu stoppen. [...] Dass man sich bei Lieferando vor dem Richter trifft, hat fast schon Tradition. Seit 2019 streiten sich die Anwälte von Management und Arbeitnehmerseite immer wieder vor Gericht, verschicken stapelweise Stellungnahmen und einstweilige Verfügungen. Lieferando ist das wohl plakativste Beispiel für das schwierige Verhältnis zwischen Digitalunternehmen und ihren Betriebsräten. Es ist aber längst nicht das einzige. Auch die Liefer-Start-ups Flaschenpost, Flink und Gorillas sowie die Smartphone-Bank N26 sind in Sachen Mitbestimmung schon vor Gericht gezogen. Gleichzeitig wächst bei den Mitarbeitern das Interesse an Betriebsratsgründungen, angesichts der Massenentlassungen. Doch warum tun sich Startups mit der Mitbestimmung so schwer? [...]

Dabei hilft ein Blick ins Betriebsverfassungsgesetz, das die betriebliche Mitbestimmung regelt. Das Gesetz wurde zuletzt

1972 grundlegend modernisiert und sei daher schon „etwas in die Jahre gekommen", sagt Falko Blumenthal von der IG Metall. Etwa in der Frage, was eigentlich ein Betrieb ist. „Das Gesetz lebt von der Idee, dass die Leute in einer Fabrik oder einer Werkstatt arbeiten und dort zusammenkommen", sagt der Gewerkschafter, der in München mehrere IT-Unternehmen und Start-ups betreut. Diese Vorstellung greife aber in Zeiten von Digitalisierung und Globalisierung nicht mehr.

Bei Lieferando etwa fährt jeder Kurier für sich. Für sie ist die App der Arbeitsort, andere Kollegen trifft man selten. „Plattformarbeit ist das radikalste Beispiel, weil es hier oft nicht mal einen physischen Betriebsort gibt, manchmal noch nicht einmal einen Briefkasten", sagt Blumenthal. Die räumliche Entkopplung von Arbeit mache es schwer, sich in der Gruppe zu organisieren. Und sie führt zu neuen Diskussionen, was einen Betrieb überhaupt ausmacht. Besteht er aus der überregionalen Leitzentrale und allen Liefergebieten, die ihr zugeordnet sind? Oder ist jedes Liefergebiet für sich schon eine Einheit?

Diese Frage war bei Lieferando in der Vergangenheit schon Gegenstand eines Gerichtsverfahrens. Und nicht nur dort. Der Berliner Lebensmittel-Lieferdienst Gorillas hatte vergangenen Herbst kurz vor einer Betriebsratswahl mit einer groß angelegten Umstrukturierung begonnen. Aus der deutschen GmbH wurde auf einmal ein Spinnwebenkonstrukt mit mehr als einem Dutzend Sub-Betrieben. „Gorillas hat das als Union-Busting-Strategie genutzt", sagt Oliver Hauser, der sich für Verdi um die Berliner Start-up-Szene kümmert. Gemeint ist die gezielte Behinderung von Arbeitnehmervertretungen. Das Unternehmen argumentierte damals, dass der zu wählende Betriebsrat nun nicht mehr für alle Beschäftigten zuständig sei – das Gericht sah das aber anders. [...]

Mit dem Betriebsbegriff ist auch die Frage verbunden, wer überhaupt wählen darf. Genau um dieses Thema geht es aktuell

Kuriere des Lieferdienstes Lieferando warten auf Aufträge auf dem Hauptverkehrsplatz Jahnplatz in Bielefeld, menschenleer wegen der Corona-Pandemie im Jahr 2020.

beim Streit um die Lieferando-Betriebsratswahl in Berlin. Bei der örtlichen Logistik-Tochter Takeaway Express arbeiten rund 1.500 Fahrradkuriere und 24 Büromitarbeiter, die meisten davon sind Kurierkoordinatoren.

Laut Gesetz sind alle Mitarbeiter wahlberechtigt, die nicht zur Leitungsebene zählen. Der Wahlvorstand hat allerdings nur Kuriere zur Abstimmung eingeladen, mit der Begründung, die anderen Kollegen würden nicht zum Betrieb gehören. Die Büromitarbeiter haben daraufhin versucht, mit einer einstweiligen Verfügung eine Aufnahme in die Wählerliste zu erwirken.

[...] Im Kleinen zeigt sich bei Lieferando ein grundsätzlicher Konflikt: In vielen Tech-Unternehmen gibt es so etwas wie eine Zwei-Klassen-Gesellschaft. Auf der einen Seite stehen prekär Beschäftigte, die in Callcentern, in der Logistik oder als Lieferfahrer arbeiten. Und auf der anderen Seite sitzen die Tech-Fachkräfte in ihren Büros. Gerade letztere würden oft nicht die Notwendigkeit für einen Betriebsrat sehen, sagt Falko Blumenthal. „Wenn es Widerstand gibt, kommt er meistens aus dem mittleren Management", so die Erfahrung des Gewerkschafters. In einer Umgebung, in der man sich freundschaftlich duzt und im kleinen Team mit flachen Hierarchien zusammenarbeitet, werde die Gründung eines Betriebsrats oft als Verrat verstanden. „Da gibt es oft das Empfinden: wir wollten doch eine andere Art von Firma haben. Agil und international. Und jetzt kommt man mit einer Struktur aus den 70er Jahren, in der jede Änderung der Arbeitsläufe erst mal diskutiert werden muss", sagt Blumenthal. [...]

Der Weg zu einem arbeitsfähigen Betriebsrat ist bei Start-ups oft steiniger als bei anderen Firmen. Das liege zum einen an der Beschäftigtenstruktur, sagt Oliver Hauser von Verdi. Start-ups haben oft eine hohe Fluktuation und viele junge, internationale Mitarbeiter, die die Besonderheiten des deutschen Arbeitsrechts nicht kennen. Bei Verdi ist man deswegen dabei, die entsprechenden Infomaterialien auch auf Englisch zu übersetzen.

Zum anderen müssen die Initiatoren oft kreativ werden, um ihre Kollegen überhaupt zu erreichen. Schließlich gibt es in Start-ups oft kein gemeinsames Werkstor, an dem man Flyer austeilen könnte. [...]

Trotz allem steigt in der Start-up-Szene das Interesse an betrieblicher Mitbestimmung. Die Nachfrage nach gewerkschaftlicher Beratung werde jedenfalls größer, sagt Verdi-Mann Oliver Hauser. Das liege auch an der anhaltenden Krisenstimmung. „Die Leute merken, dass der Elfenbeinturm nicht mehr so stabil ist", so der Gewerkschafter. Kurzarbeit sei vor der Pandemie bei IT-Fachkräften zum Beispiel nie ein Thema gewesen sei.

Und auch die Massenentlassungen im Frühsommer waren für viele, die die Finanzkrise nicht mitbekommen haben, ein Novum. „Wir bekommen schon mit, dass sich Anfragen zu Betriebsratsgründungen häufen", sagt auch Falko Blumenthal von der IG Metall. Die Gewerkschaften dürften sich über die neue Zielgruppe freuen: Sie verzeichnen seit Jahren einen Mitgliederschwund.

Schwär, Hannah: Lieferando, Gorillas, N26: Warum sich Start-ups mit Betriebsräten so schwertun. In: www.capital.de, 05.08.2022

Aufgaben

72043-966

1. Werten Sie die Grafik **M18** A im Hinblick auf die Folgen einer Betriebsratsgründung aus Sicht der Arbeitnehmenden und Arbeitgebenden aus. Erklären Sie dabei auch mögliche Ursachen der angesprochenen Veränderungen.
2. Diskutieren Sie die angesprochenen Bedenken von Arbeitgebenden (**M18** B) vor dem Hintergrund der Erkenntnisse aus **M18** A.
3. Erläutern Sie die Handlungsbedarfe betrieblicher Mitbestimmung im Hinblick auf ihren Zusammenhang zur digitalen Transformation der Arbeitswelt (**M19**).
4. Diskutieren Sie, inwiefern die gegebenen Mittel betrieblicher Mitbestimmung geeignet sind, diesen Herausforderungen zu begegnen (**M19**).
5. Arbeiten Sie aus dem Artikel in **M20** Gründe dafür heraus, dass in Start-ups häufig kein Betriebsrat vorhanden ist. Erläutern Sie auch die Konsequenzen für die Mitarbeitenden.
6. Entwickeln Sie in Anlehnung an Ihre Ergebnisse aus Aufgabe 5 Vorschläge zur Veränderung der betrieblichen Mitbestimmung, die den genannten Problemen entgegenwirken (**M20**).
7. Nehmen Sie vor dem Hintergrund der in diesem Kapitel bearbeiteten Materialien (**M14-M20**) Stellung zur Kapitelfrage: „Betriebliche Mitbestimmung im Wandel der Arbeitswelt: Auslaufmodell oder zukunftsweisend?"

Karikaturbearbeitung III

1 Aufgaben

1. Beschreiben Sie die Karikatur.
2. Analysieren Sie die Karikatur im Hinblick auf die Einstellung der Geschäftsleitung zur betrieblichen Mitbestimmung.
3. **Erörtern und beurteilen Sie die Aussage des Karikaturisten unter Berücksichtigung der Rechte des Betriebsrats nach dem Betriebsverfassungsgesetz.**

Karikatur: Reinhard Alff, 2013

2 Tipps zur Bearbeitung von Aufgabe 3

1. Lesen Sie zunächst in den „allgemeinen Hinweisen zur Karikaturbearbeitung" auf S. 406 den Abschnitt III.3.
2. Bei der Bearbeitung der Aufgabe 3 wird vorausgesetzt, dass sie die Karikatur zutreffend beschrieben und die kritische Position des Karikaturisten bezüglich der Haltung der Geschäftsleitung zur Mitbestimmung des Betriebsrates analysiert haben.
3. Es wird weiter vorausgesetzt, dass Sie die Rechte der Betriebsräte kennen und über Informationen zum Interessengegensatz von Arbeitnehmenden und Arbeitgebenden verfügen.

3 Anleitung zur Erörterung und Beurteilung der Karikatur

1. Stellen Sie in einem einleitenden Satz die Position des Karikaturisten zusammenfassend dar. Erläutern Sie, dass die Geschäftsleitung in der Karikatur die Mitbestimmungsrechte des Betriebsrates ignoriert und die Beschäftigten mit der Drohung, Maschinen könnten ihre Arbeit erledigen, unter Druck setzt, um so die Etablierung eines Betriebsrates zu verhindern.
2. Setzen Sie sich mit der negativen Sicht des Karikaturisten auseinander, indem Sie die folgenden Aspekte erörtern:
   - die Bedeutung der Digitalisierung in den Betrieben in den Bereichen Produktion und Verwaltung für die Sicherheit der Arbeitsplätze,
   - das Fehlen einer direkten Kommunikation zwischen Geschäftsleitung und Beschäftigten durch die ausschließliche Darstellung des Betriebsgebäudes,
   - die fehlenden Kenntnisse der Beschäftigten über die Regelungen des Betriebsverfassungsgesetzes, da sie nicht einmal wissen, wie ein Wahlvorstand bestimmt wird.
3. Wenn Sie die oben genannten oder weiteren Aspekte erörtert haben, formulieren Sie ein Urteil, inwiefern Sie der Meinung sind, dass der Karikaturist ein negatives Bild der Geschäftsleitung zeichnet.
4. Ziehen Sie ein Resümee aus Ihren bisherigen Argumenten und beurteilen Sie, inwieweit die Kritik des Karikaturisten an den Vorstellungen der Geschäftsleitung über die Rolle des Betriebsrates berechtigt ist. Beziehen Sie sich bei der Formulierung Ihres Urteils auf die Rechte, die dem Betriebsrat nach dem Betriebsverfassungsgesetz zustehen.

Bearbeiterin

10.4 Tarifpolitik in Zeiten von Inflation und Wirtschaftseinbruch: eine unlösbare Herausforderung?

Zum Thema: Erziehende, Post- oder Bahnbedienstete, etc., die Liste der Berufsgruppen, die in den letzten Jahren Streiks ankündigten, ist lang. In diesem Unterkapitel erfahren Sie, inwiefern ein Streik als Mittel des Arbeitskampfes eingesetzt wird, wie Tarifverhandlungen funktionieren und welche grundlegenden Positionen hier aufeinandertreffen.

M21 Fallbeispiel: Arbeitskampf auf der Straße

1

Das Personal einer Helios-Klinik in Berlin streikt am 24.04.2023.

2

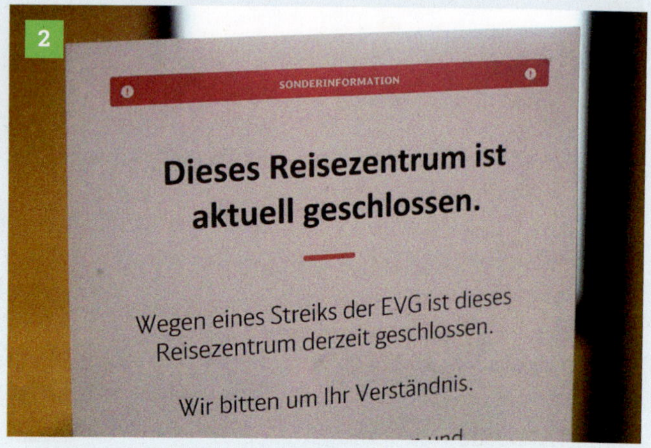

Ein Bahn-Streik legt den Fernverkehr am 21.04.2023 lahm.

Einstiegsaufgaben

72043-959

1. Beschreiben Sie die beiden Bilder in **M21** mit eigenen Worten in Bezug auf das Kapitelthema: Tarifpolitik in Zeiten von Inflation und Wirtschaftseinbruch.
2. Nennen Sie Ihnen bekannte aktuelle Auseinandersetzungen zu Lohnhöhe und Arbeitsbedingungen in Anlehnung an **M21**.
3. Sammeln Sie in einer Kleingruppe Ihr Vorwissen zum Thema Tarifpolitik.
4. Notieren Sie offene Fragen zur Tarifpolitik, die Sie durch die Bearbeitung des Kapitels beantwortet wissen möchten.

M22 Wie ist die Tarifpolitik in Deutschland geregelt?

A Definition und Grundlagen

In Deutschland regeln Gewerkschaften und Arbeitgeberverbände die Lohn- und Arbeitsbedingungen weitgehend autonom und ohne Intervention des Staates. Aus diesem Grund spricht man auch von „Tarifautonomie“. Das Grundgesetz bietet dafür die Basis. In Art. 9, Abs. 3, Satz 1 GG ist die so genannte „Koalitionsfreiheit“ definiert: „Das Recht, zur Wahrung und Förderung der Arbeits- und Wirtschaftsbedingungen Vereinigungen zu bilden, ist für jedermann und für alle Berufe gewährleistet". [...] Der in Deutschland verbreitete Flächentarifvertrag wird auf Branchenebene zwischen Gewerkschaften und Arbeitgeberverbänden verhandelt. Das Verhandlungsmandat haben auf Arbeitgeberseite die Branchenverbände wie Gesamtmetall und auf Gewerkschaftsseite eine branchen- oder berufsbezogene Gewerkschaft. Eine besondere Situation sind die Verhandlungen im öffentlichen Dienst. Dort sind Kommunen, Länder und Bund als Verhandlungsgemeinschaft auf der Arbeitgeberseite organisiert. Die Beschäftigten des öffentlichen Diensts werden wiederum in erster Linie durch ver.di und den Deutschen Beamtenbund vertreten. Beamte dürfen nicht streiken, doch die Abschlüsse im öffentlichen Dienst werden in der Regel auf sie übertragen.

Betriebsräte dürfen nicht selbst zum Streik aufrufen und sind auch keine direkten Verhandlungspartner.

Es gibt allerdings auch betriebsbezogene Tarifverträge, so genannte „Haustarifverträge". Sie gelten in der Regel in großen und gewerkschaftlich gut organisierten Betrieben wie zum Beispiel der Volkswagen AG und werden zwischen der Unternehmensleitung und der Gewerkschaft geschlossen.

B Typen und Funktionen von Tarifverträgen

Tarifverträge regeln unterschiedliche Bereiche des Arbeitslebens und es gibt auch unterschiedliche Typen von Verträgen. Der bekannteste ist der Lohn- und Gehaltstarifvertrag. Hier werden konkrete Erhöhungen der Ecklöhne ausgehandelt, in der Regel in Prozenten. Es gibt aber auch (zusätzliche) Einmalzahlungen in absoluten Beträgen, wovon niedrige Lohngruppen stärker profitieren. Solche Tarifverträge haben meist nur eine kurze Laufzeit, in der Regel ein Jahr. Zusätzlich geben Entgeltrahmentarifverträge vor, welche Berufsgruppen in welche Einkommensgruppen eingeteilt werden sollen.

Andere Aspekte von Arbeitsbedingungen werden in der Regel in Manteltarifverträgen festgelegt, die über mehrere Jahre laufen. Solche Tarifverträge regeln Fragen von Arbeitszeiten, Urlaubsansprüchen oder auch die Struktur von Schichtarbeit. Neben solchen generellen Manteltarifverträgen existieren viele weitere Tarifverträge, die ganz spezielle Bereiche erfassen, etwa die betriebliche Altersvorsorge, Altersteilzeit oder das betriebliche Gesundheitsmanagement. [...]

C Dynamik von Tarifverhandlungen

Der Verlauf von Tarifverhandlungen ist gesetzlich gerahmt, hat aber auch eine politische Eigendynamik. Die Tarifautonomie beruht darauf, dass sowohl Arbeitgeber als auch Beschäftigte hinreichend gut organisiert sind, um tariffähig zu sein. Bislang konnten sich beide Seiten häufig schon nach wenigen Verhandlungsrunden einigen, was auch ein Ausweis der Tarifautonomie und der relativen Stärke beider Seiten ist. Tatsächlich wird in Deutschland im internationalen Vergleich eher selten gestreikt, entsprechend ist der Ausfall durch Streiktage relativ gering. Auch aus diesem Grund hat sich in Politik und Öffentlichkeit der Ausdruck der „Sozialpartnerschaft" als Synonym für Tarifautonomie durchgesetzt.

Zu Beginn einer jeden Tarifrunde erheben die Gewerkschaften ihre Forderungen. Häufig drängen die Gewerkschaften darauf, einen Ausgleich für die Inflation zu bekommen plus einer Beteiligung am Produktivitätsfortschritt. Auch eine zusätzliche „Umverteilungskomponente" kommt in Betracht. In der Regel erheben Gewerkschaften die Forderung nach einem bestimmten Prozentwert, um welchen die Löhne steigen sollen. In den Verhandlungen geht es dann meist um einen komplizierten Mix aus absoluten Sockelbeträgen, einer gestaffelten prozentualen Erhöhung und einer bestimmten Laufzeit des Tarifvertrags. Die Gewerkschaften erwarten ein Angebot der Arbeitgeberseite, zumindest aber Verhandlungsbereitschaft. Gibt

Bahn-Personalvorstand Martin Seiler (r) und Chef der Gewerkschaft GDL (Gewerkschaft Deutscher Lokomotivführer) Claus Weselsky stehen zusammen bei einer Pressekonferenz am 16.09.2021 zur Einigung im Tarifkonflikt. Die Deutsche Bahn und die Lokführergewerkschaft GDL haben sich auf einen Tarifvertrag verständigt.

es kein Angebot, oder können sich beide Seiten in Verhandlungen nicht einigen, kann es zum Arbeitskampf kommen. Häufig begleiten auch schon kurze Warnstreiks die Verhandlungen nach Ablauf der Friedenspflicht, um den Druck auf die Arbeitgeber zu erhöhen. Die Arbeitgeber setzen das ihnen zustehende Mittel – Aussperrungen von Beschäftigten – hingegen kaum noch ein. Die Gewerkschaften dürfen in Deutschland Streiks nur im Rahmen aktueller Tarifauseinandersetzungen organisieren. Politische Streiks oder gar ein Generalstreik sind gesetzlich verboten. Der Streik muss außerdem verhältnismäßig sein, was auf Antrag der Arbeitgeberseite auch von den Arbeitsgerichten überprüft werden kann. [...]

Zu möglichen Streiks befragen Gewerkschaften ihre Mitglieder. In einer Urabstimmung müssen mindestens 75 Prozent der Mitglieder im Bereich des vorgesehenen Tarifvertrags zustimmen, damit gestreikt werden darf. Gibt es im weiteren Verlauf ein Verhandlungsergebnis, reichen 25 Prozent Zustimmung aus, um den Streik zu beenden. Können sich Gewerkschaften und Arbeitgeber trotz all dieser konfliktregulierenden Mechanismen nicht einigen, gibt es auch die Option eines Schlichtungsverfahrens. Langwierige, über Monate andauernde Verhandlungspoker ohne Ergebnis sind nach wie vor selten in Deutschland.

Der Staat hält sich in solchen Auseinandersetzungen zurück, um die Tarifautonomie zu wahren. Dennoch kann er Tarifverträge für allgemein verbindlich erklären. Dann gilt ein Vertrag rechtlich für alle im Geltungsgebiet ansässigen Unternehmen mit ihren Beschäftigten. Das Bundesarbeitsministerium erklärt Tarifverträge allerdings nur dann für allgemein verbindlich, wenn die Tarifparteien dies gemeinsam beantragen und eine paritätisch von Arbeitgebern und Gewerkschaften besetzte Kommission ihr Einvernehmen signalisiert.

Strünck, Christoph: Tarifpolitik – Tarifautonomie. In: Andersen, Uwe / Woyke, Wichard (Hg): Handwörterbuch des politischen Systems der Bundesrepublik Deutschland. 8. aktual. Aufl. Heidelberg: Springer VS 2021. In: www.bpb.de, Abruf am 29.04.2023

Aufgaben

72043-967

1. Arbeiten Sie in Kleingruppen aus **M22** A - C heraus,
   - was unter Tarifautonomie zu verstehen ist und welche Rolle Branchenverbände; Gewerkschaften und Betriebsräte in dieser haben;
   - welche Arten von Tarifverträgen unterschieden werden;
   - wie Tarifverhandlungen ablaufen.
2. Stellen Sie Ihre Arbeitsergebnisse aus Aufgabe 1 auf einem Lernplakat dar und vergleichen Sie Ihre Ergebnisse im Kurs.

M23 Warum Tarifverträge für beide Seiten von Vorteil sind

A Auswirkungen von Tarifverträgen auf Arbeitszeit und Einkommen

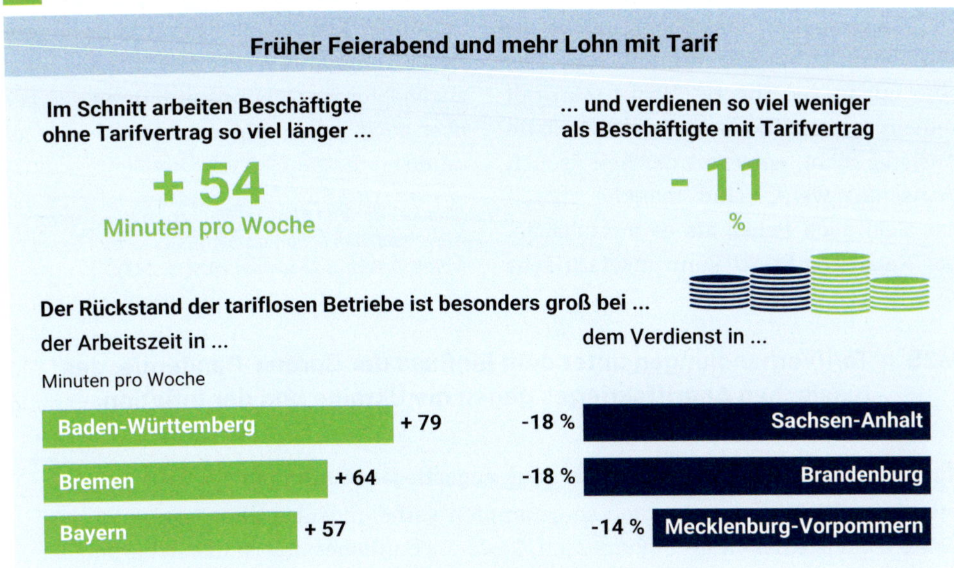

Nach: Hans-Böckler-Stiftung: Vorteil Tarif. In: Böckler Impuls, Ausgabe 06/2021

B Argumente für einen Flächentarifvertrag

Argumente für einen Flächentarifvertrag

- Der Flächentarifvertrag hält Konflikte weitgehend aus den Betrieben heraus und sichert damit den Betriebsfrieden.
- Der Flächentarifvertrag ermöglicht durch die Friedenspflicht während seiner Laufzeit störungsfreie Lieferbeziehungen. Arbeitskämpfe sind während der Friedenspflicht untersagt.
- Gerade in einer hochvernetzten und arbeitsteilig organisierten Wirtschaft bietet der Flächentarifvertrag den Betrieben Planungssicherheit.
- Der Flächentarifvertrag nimmt den Unternehmen den zeit- und kostenträchtigen Aufwand eigener Tarifverhandlungen
- Der Flächentarifvertrag ist insbesondere bei der Regelung komplexer Rechtsmaterien ein echtes Dienstleistungsangebot des tarifschließenden Arbeitgeberverbands – vor allem für kleine und mittlere Betriebe.
- Im Flächentarifvertrag können – wie nirgends sonst – auch gesamtwirtschaftliche Aspekte berücksichtigt werden.

BDA | Bundesvereinigung der Deutschen Arbeitgeberverbände e. V.: Die Tarifpolitik ist ein Kernelement der Sozialen Marktwirtschaft. In: www.arbeitgeber.de Abruf am 29.04.2023

M24 Welche Argumente nutzen die Gewerkschaften und Arbeitgebenden in den Tarifverhandlungen?

Auch der Lohn bzw. das Gehalt ist ein Preis, der sich durch Angebot und Nachfrage bildet. [...] Wenn sich Gewerkschaften und Arbeitgeber gegenübersitzen und über Entgelte streiten, argumentieren sie aber auch gesamtwirtschaftlich. Die Unternehmen sagen: Wenn Arbeit zu teuer wird, müssen wir Leute entlassen; oft verweisen sie auch auf den internationalen Wettbewerb. Wenn deutsche Produkte zu teuer sind und daher nicht gekauft werden, geht der Umsatz zurück und damit die Wirtschaftskraft. Die Gewerkschaften hingegen argumentieren, dass höhere Löhne zum Wirtschaftswachstum beitragen. Wer mehr verdient, kann mehr kaufen, und das kurbelt die gesamtwirtschaftliche Nachfrage an. Dass höhere Löhne die Wirtschaft ankurbeln, stimmt zum Teil aber nur in der Theorie. Wenn man mit seinem zusätzlichen Geld einen Urlaub im Ausland bucht, nutzt das der heimischen Wirtschaft wenig. Und manche sparen das Geld auch lieber, als es auszugeben. Der Nachfrage-Effekt kann insofern sehr viel geringer sein als erhofft. Auf der anderen Seite ist aus Arbeitgebersicht offenbar nie die Zeit für Lohnerhöhungen. Die Lage ist immer kritisch und der internationale Druck furchtbar. Wenn die Unternehmen zugleich große Gewinne einfahren, ist das aber auch keine überzeugende Argumentation.

Slomka, Marietta Slomka: Nachts im Kanzleramt. Alles, was man schon immer über Politik wissen wollte. Droemer. München 2022, S. 233 f.

M25 Tarifverhandlungen unter dem Einfluss der Corona-Pandemie, des russischen Angriffskrieges gegen die Ukraine und der Inflation

A Verantwortungsvolle Tarifpolitik unter den Bedingungen einer stark angestiegenen Inflation

Die Preise für die Energieversorgung und Lebensmittel steigen massiv. Für das Jahr 2022 ist mit einer Inflationsrate von mindestens acht Prozent zu rechnen. Das beste gewerkschaftliche Mittel dagegen sind entsprechende, nachhaltige Einkommenssteigerungen. [...] Bei der Forderungsfindung spielt die höhere Inflation eine entscheidende Rolle. Die Gewerkschaften orientieren sich tarifpolitisch an der Entwicklung der Verbraucherpreise – also der Inflation – und an der Produktivität, um den so genannten verteilungsneutralen Spielraum auszumessen. Gewerkschaftliches Ziel ist die Sicherung der Kaufkraft und eine angemessene Teilhabe der Beschäftigten am Zuwachs der Wirtschaftsleistung. Das Sozialprodukt wird dieses Jahr voraussichtlich um ca. 1,5 Prozent wachsen. Die Prognosen für 2023 liegen höher, sind jedoch angesichts des Krieges gegen die Ukraine und weiterer Krisen mit Unsicherheiten verbunden. Die börsennotierten Unternehmen in Deutschland haben dieses Jahr rund 70 Milliarden Euro an ihre Aktionär*innen ausgeschüttet, das ist ein Plus von 50 Prozent im Vergleich zum Vorjahr. Zumindest bislang verdienen große Teile der Wirtschaft prächtig. Einige Konzerne, etwa der Mineralöl-Industrie, erzielen derzeit Extraprofite. [...]

Arbeitgeber und arbeitgebernahe Wirtschaftsinstitute schüren in dieser von Inflation geprägten Situation gerne die Angst vor einer so genannten Lohn-Preis-Spirale: Stiegen die Löhne der Inflation entsprechend, würde das die Preise angeblich weiter in die Höhe treiben. Das trifft nicht zu, sondern ist reine Panikmache und durch einen Blick auf die wirtschaftliche Entwicklung leicht als Märchen zu entlarven.

Denn gerade ordentliche Lohnerhöhungen stabilisieren eine Volkswirtschaft in der Krise. Wer jetzt behauptet, steigende Löhne würden die Preise weiter in die Höhe treiben, verkennt, wie wichtig es für die Gesamtwirtschaft ist, die Kaufkraft zu erhalten.

Ver.di, FAQ zur aktuellen Wirtschafts- und Energiesituation. Verantwortungsvolle Tarifpolitik unter den Bedingungen einer massiv angestiegenen Inflation. In: www.verdi.de, 07.09.2022

Inflationsrate in Deutschland 2016-2022 (Stand: 2023)

73000-202

Jahr	Veränderungsraten zum Vorjahr in Prozent
2016	0,5
2017	1,5
2018	1,8
2019	1,4
2020	0,5
2021	3,1
2022	7,9

© C.C. Buchner Verlag, aktuelle Zahlen nach: Destatis (Datenerhebung: 2022; Grafikerstellung: 2023)

B Tarifpolitik muss erfolgreiches Wirtschaften ermöglichen

Im Januar 2022, nur drei Jahre nach Beginn der Rezession und zwei Jahre nach Ausbruch der Corona-Pandemie, befanden sich viele Unternehmen in einer Phase des Aufschwungs. Diese wurde durch den Russland-Ukraine-Krieg im Februar innerhalb weniger Tage zunichtegemacht. Die Probleme bei der Rohstoff- und Materialversorgung und den Lieferketten haben sich mit dem Krieg weiter verschärft, die Energiekosten sind explodiert und die Inflation ist so hoch wie seit 40 Jahren nicht mehr. Außerdem gefährdet der zunehmende Fachkräftemangel in vielen Bereichen sowohl Unternehmen als auch die dringend erforderliche Erneuerung und den Ausbau unserer Infrastruktur, zum Beispiel für Digitalisierung, Energie, Mobilität und Bildung. Im Mittelpunkt der aktuellen Tarifpolitik muss die Stabilisierung und Sicherung der Unternehmen und der Arbeitsplätze stehen. Denn der Erhalt der Beschäftigung und damit der Erhalt von Qualifikationen und von Ausbildungskapazitäten in den Betrieben ist von zentraler Bedeutung. [...] Lohnpolitische Orientierungsgröße ist der gesamtwirtschaftliche Produktivitätsfortschritt. Nur das, was erwirtschaftet wird, kann auch verteilt werden. [...] Die Lohnformel vieler Gewerkschaften beinhaltet neben dem gesamtwirtschaftlichen Produktivitätsfortschritt auch die Inflationsrate [...]. Der Anstieg der Verbraucherpreise zähle mit zum Verteilungsspielraum, weil die höheren Preise den Unternehmen zu Gute kämen. Die Gewerkschaftsargumentation ist jedoch falsch. Ein Großteil der Preissteigerung ist einerseits auf höhere Importpreise, zum Beispiel für Energie, Rohstoffe und Nahrungsmittel zurück zu führen, andererseits auf erhöhte administrative Preise und indirekte Steuern.

Diese Preissteigerungen fließen nicht den Unternehmen zu, sondern dem Ausland bzw. dem Staat. In der Regel sind die Unternehmen selbst von den höheren Preisen betroffen – vor allem bei Rohstoffen und Energie. [...] Die Lohnstückkosten sind der entscheidende Parameter im internationalen Wettbewerb. Die Tarifpolitik beeinflusst diese Größe erheblich. Eine falsche Tarifpolitik mit überzogenen Kostensteigerungen verringert somit die Chancen und erhöht die Risiken der Globalisierung für unsere Unternehmen.

Vbw (Vereinigung der bayerischen Wirtschaft e.V.): Anforderungen an eine moderne Tarifpolitik – Gebote und Hemmnisse. In: www.vbw-bayern.de, Mai 2022

Aufgaben

72043-968

1. Stellen Sie die Vorteile von Tarifverträgen aus der Perspektive der Mitarbeitenden wie auch der Unternehmen dar (**M23** A, B).
2. Vergleichen Sie die unterschiedlichen lohnpolitischen Positionen in **M24** und die darin aufgeführte Kritik daran.
3. Arbeiten Sie aus **M25** A, B arbeitsteilig die Positionen zu Lohnerhöhungen in wirtschaftlich schwierigen Zeiten heraus und analysieren Sie den Begründungsgang.
4. Vergleichen Sie die Argumente beider Positionen in **M25** A, B. Ergänzen Sie ggf. weitere Argumente.
5. a) Nehmen Sie in einem eigenen Statement begründet Stellung zu der Frage, ob sich die Höhe der Löhne an der Inflationsrate orientieren sollte (**M23-M25**).
   b) Stellen Sie Ihr Ergebnis in einem Kurzreferat Ihrem Kurs vor.

10.5 *Vertiefung*: Arbeit 4.0 – wie flexibel sollten Arbeitszeiten gestaltet werden?

Zum Thema: Zunehmende Digitalisierung, Entwicklungen durch die Corona-Pandemie, zunehmende Globalisierungstendenzen oder ein neues Verständnis des Work-Life-Verhältnisses haben Einfluss auf Arbeitszeitmodelle. In diesem Unterkapitel wird diskutiert, inwiefern bestehende Arbeitszeitregelungen diesen Veränderungen gerecht werden können.

M26 Fallbeispiel: Arbeitszeit flexibel gestalten ...?!

Nach: BDA (Bundesvereinigung der Deutschen Arbeitgeberverbände): New Work – Zeit für eine neue Arbeitszeit. In: www.arbeitgeber.de/newsroom/publikationen, 13.08.2019, S. 4

Einstiegsaufgaben

72043-960

1. Beschreiben Sie den Tagesablauf des Mitarbeitenden in **M26**.
2. Erschließen Sie Vor- und Nachteile flexibler Arbeitszeitmodelle für Arbeitnehmende und Arbeitgebende.
3. Tauschen Sie sich im Kurs darüber aus, ob der Gesetzgeber Vorgaben zur Begrenzung der Arbeitszeit machen sollte.

M27 Welche Auswirkungen hat eine mögliche Flexibilisierung der Arbeitszeit?

Die „Entgrenzung" der Arbeit lässt sich als eine Auflösung traditioneller räumlicher, zeitlicher oder organisatorischer Grenzen von Arbeit verstehen, insbesondere als Aufweichung und Verschiebung der Grenzen zwischen Arbeit und Privatleben, sodass sich beide Bereiche stärker durchdringen. Die Arbeitsmarktforschung umschreibt dies auch mit dem Begriff „Flexibilisierung". Flexibilität kann sich sowohl auf innerbetriebliche Abläufe als auch auf die Struktur der Unternehmen und ihrer Belegschaften beziehen – dies bedeutet auch hier eine Öffnung tradierter Grenzziehungen. Antriebskräfte für diese Entwicklung sind die Globalisierung, technologische Innovationen, die Flexibilisierung der institutionellen Regeln auf den Arbeitsmärkten sowie der strukturelle Wandel hin zum Dienstleistungssektor, aber auch veränderte Lebenslagen und Präferenzen der Erwerbstätigen. Damit gehen neue Formen flexiblen Arbeitens in einem insgesamt dynamischeren und verschärften Wettbewerb einher. [...] Was die „externe" Flexibilität betrifft, so ist zunächst für Deutschland, aber auch für viele andere europäische Staaten festzuhalten, dass in den letzten Jahren zahlreiche zusätzliche Arbeitsplätze außerhalb der unbefristeten Vollzeitarbeit, also jenseits der so genannten Normalarbeitsverhältnisse, entstanden sind. Dies gilt für befristete Arbeitsverträge, verschiedene Formen der Teilzeitarbeit (sozialversicherte Teilzeit und geringfügige Beschäftigung, also Minijobs), aber auch für Zeitarbeit und Selbstständigkeit mit abhängig Beschäftigten und ohne abhängig Beschäftigte. Die Gründe dafür liegen im Strukturwandel hin zum oft eher kleinbetrieblich organisierten privaten Dienstleistungssektor, der stärker auf bestimmte externe Flexibilitätsformen angewiesen ist, und in der Verstärkung des Wettbewerbsdrucks in einer zunehmend globalisierten Volkswirtschaft. Einen wesentlichen Beitrag hat jedoch auch die Politik geleistet, indem sie die Nutzung bestimmter Formen flexibler Beschäftigung durch den Abbau rechtlicher Schranken in den letzten Jahren deutlich erleichtert hat, was den Unternehmen die Möglichkeit eröffnete, mehr Arbeitsplätze in Form flexibler, oft auch als „atypisch" bezeichneter Arbeitsverhältnisse zu organisieren. [...] Aber auch im Bereich der Normalarbeitsverhältnisse zeichnet sich eine zunehmende Flexibilisierung und Entgrenzung ab. Bei formal stabiler, auf Dauer angelegter Beschäftigung dominieren – neben den oben diskutierten sektoralen Verschiebungen – Elemente der internen Flexibilität, die jedoch auch bei allen atypischen Beschäftigungsformen auftreten können. Diese Flexibilität lässt sich über die zunehmende Verbreitung flexibler Arbeitszeiten und ungewöhnlicher Arbeitszeitmuster, durch eine stärkere Durchdringung von Arbeitszeit und Freizeit sowie durch die verstärkten Möglichkeiten des mobilen Arbeitens abbilden.

Bertelsmann-Stiftung: Flexible Arbeitswelten: Bericht an die Expertenkommission „Arbeits- und Lebensperspektiven in Deutschland". In: www.bertelsmann-stiftung. 2014. Abruf am 29.04.2023, S. 7 und 13

M28 Was genau sind „atypische" Arbeitszeiten?

Zwar haben laut aktuellem Arbeitszeitreport 80 Prozent der Beschäftigten einen „Normalarbeitstag" mit Arbeitszeiten zwischen 7 und 19 Uhr. Aber die Zahl der Beschäftigten mit atypischen Arbeitszeiten, wie z. B. Nacht- und Schicht- sowie Wochenendarbeit, steigt seit Jahren.

A Arbeit am Wochenende: Wochenendarbeit ist weit verbreitet

So arbeiten 43 % Prozent der abhängig Beschäftigten mindestens einmal im Monat am Wochenende, davon jede(r) zweite auch an Sonn- oder Feiertagen. Während Arbeit an Samstagen am häufigsten im Handwerk und im Dienstleistungsbereich stattfindet, ist Arbeit an Sonn- oder Feiertagen insbesondere im öffentlichen Dienst weit verbreitet. In der Industrie wird etwas seltener am Wochenende gearbeitet.

B Arbeit außerhalb von 7 bis 19 Uhr

Arbeit außerhalb der Zeit zwischen 7 und 19 Uhr betrifft ein Fünftel der Beschäftigten. Sie arbeiten z. B. in festen Früh-, Spät- und Nachtschichten oder in Wechselschicht. Bei Letzterer ändern sich Schichten und Arbeitszeit dauerhaft rhythmisch. Wechselschichten, insbesondere mit Nachtarbeitsanteilen, sind in der Industrie am weitesten verbreitet.

Bundesanstalt für Arbeitsschutz und Arbeitsmedizin (BAuA): Flexible Arbeitszeitmodelle. Überblick und Umsetzung. In: www.baua.de. 2019, 8 f.

M29 Welche Flexibilisierungsmöglichkeiten und -anforderungen im Bereich Arbeitszeit werden allen Akteuren gerecht?

A Flexibilisierungsmöglichkeiten

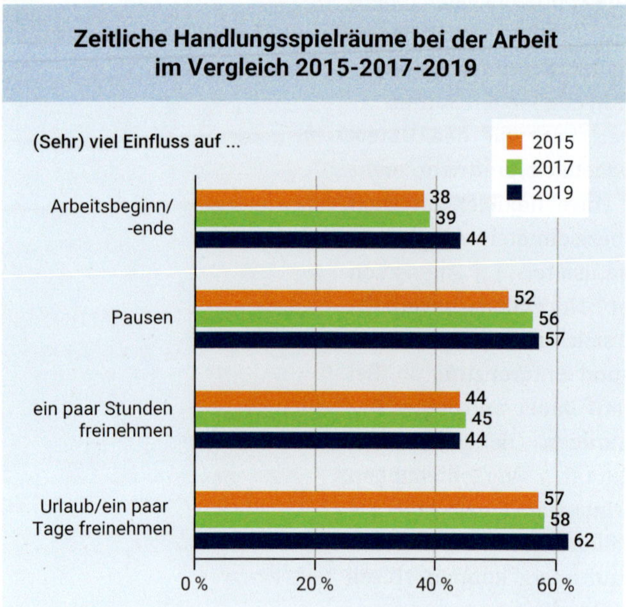

Nach: Bundesanstalt für Arbeitsschutz und Arbeitsmedizin (BAuA): BAuA Arbeitszeitbefragung 2015-2017-2019. In: www.www.baua.de, 2020, S. 31 ff. (Befragte: 2015 = 17.053 ≤ n ≤ 18.055; 2017: 8.480 ≤ n ≤ 8.746; 2019: 8.166 ≤ n ≤ 8.613)

B Flexibilisierungsanforderungen

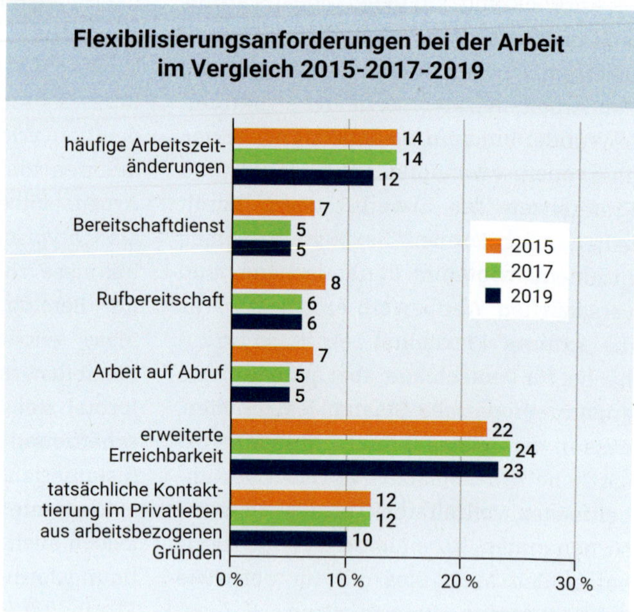

Nach: Bundesanstalt für Arbeitsschutz und Arbeitsmedizin (BAuA): BAuA Arbeitszeitbefragung 2015-2017-2019. In: www.www.baua.de, 2020, S. 31 ff. (Befragte: 2015 = 18.003 ≤ n ≤ 18.093; 2017: 8.754 ≤ n ≤ 8.767; 2019: 8.593 ≤ n ≤ 8.620)

Um betrieblichen und individuellen Bedürfnissen besser gerecht zu werden, sind die Arbeitszeiten vieler Beschäftigter nicht starr, sondern können mehr oder weniger flexibel gestaltet werden. Haben Beschäftigte selber Einfluss auf ihre Arbeitszeit, bietet dies unter anderem die Möglichkeit, die Arbeitszeit an private oder auch berufliche Anforderungen selbstbestimmt anzupassen. Die Arbeitszeitflexibilität kann hingegen zur Anforderung werden, wenn sich aus betrieblichen Gründen kurzfristig Länge und Lage der Arbeitszeit ändern oder Ruhezeiten unterbrochen werden. [...] Während Flexibilitätsmöglichkeiten für die Beschäftigten in Bezug auf die Work-Life Balance und auch die Gesundheit in den meisten Fällen eher günstig zu bewerten sind, bergen hohe zeitliche Flexibilitätsanforderungen, die an die Beschäftigten gestellt werden, eher Risiken für die Gesundheit und das Wohlbefinden.

Bundesanstalt für Arbeitsschutz und Arbeitsmedizin (BAuA): BAuA Arbeitszeitbefragung 2015-2017-2019. In: www.www.baua.de, 2020, S. 31 ff.

Aufgaben

72043-969

H zu Aufgabe 1
Gehen Sie u. a. darauf ein, wer besonders von der Flexibilisierung der Arbeitszeit betroffen ist.

1. Beschreiben Sie den Begriff Flexibilisierung im Kontext von Arbeit sowie die Gründe für zunehmende Flexibilisierung. Unterscheiden Sie dabei zwischen externer und interner Flexibilisierung (**M27**, **M28** A, B).
2. Erklären Sie den Unterschied zwischen Flexibilisierungsmöglichkeiten und Flexibilisierungsanforderungen im Kontext Arbeitszeit (**M29**).
3. Analysieren Sie die Statistiken im Hinblick auf die Veränderungen von Flexibilisierungsmöglichkeiten und -anforderungen (**M29** A, B).

M30 Wie sind die Arbeitszeiten rechtlich geregelt? Auszüge aus dem Arbeitszeitgesetz (ArbZG)

§

§ 1 Zweck des Gesetzes

Zweck des Gesetzes ist es,

1. die Sicherheit und den Gesundheitsschutz der Arbeitnehmer in der Bundesrepublik Deutschland und in der ausschließlichen Wirtschaftszone bei der Arbeitszeitgestaltung zu gewährleisten und die Rahmenbedingungen für flexible Arbeitszeiten zu verbessern sowie
2. den Sonntag und die staatlich anerkannten Feiertage als Tage der Arbeitsruhe und der seelischen Erhebung der Arbeitnehmer zu schützen. [...]

§ 3 Arbeitszeit der Arbeitnehmer

Die werktägliche Arbeitszeit der Arbeitnehmer darf acht Stunden nicht überschreiten. Sie kann auf bis zu zehn Stunden nur verlängert werden, wenn innerhalb von sechs Kalendermonaten oder innerhalb von 24 Wochen im Durchschnitt acht Stunden werktäglich nicht überschritten werden.

§ 4 Ruhepausen

Die Arbeit ist durch im Voraus feststehende Ruhepausen von mindestens 30 Minuten bei einer Arbeitszeit von mehr als sechs bis zu neun Stunden und 45 Minuten bei einer Arbeitszeit von mehr als neun Stunden insgesamt zu unterbrechen. Die Ruhepausen nach Satz 1 können in Zeitabschnitte von jeweils mindestens 15 Minuten aufgeteilt werden. Länger als sechs Stunden hintereinander dürfen Arbeitnehmer nicht ohne Ruhepause beschäftigt werden.

§ 5 Ruhezeit

(1) Die Arbeitnehmer müssen nach Beendigung der täglichen Arbeitszeit eine ununterbrochene Ruhezeit von mindestens elf Stunden haben.

(2) Die Dauer der Ruhezeit des Absatzes 1 kann in Krankenhäusern und anderen Einrichtungen zur Behandlung, Pflege und Betreuung von Personen, in Gaststätten und anderen Einrichtungen zur Bewirtung und Beherbergung, in Verkehrsbetrieben, beim Rundfunk sowie in der Landwirtschaft und in der Tierhaltung um bis zu eine Stunde verkürzt werden, wenn jede Verkürzung der Ruhezeit innerhalb eines Kalendermonats oder innerhalb von vier Wochen durch Verlängerung einer anderen Ruhezeit auf mindestens zwölf Stunden ausgeglichen wird. [...]

§ 7 Abweichende Regelungen

(1) In einem Tarifvertrag oder auf Grund eines Tarifvertrags in einer Betriebs- oder Dienstvereinbarung kann zugelassen werden, [...]

(2) abweichend von § 5 Abs. 1 die Ruhezeit um bis zu zwei Stunden zu kürzen, wenn die Art der Arbeit dies erfordert und die Kürzung der Ruhezeit innerhalb eines festzulegenden Ausgleichszeitraums ausgeglichen wird, [...].

M31 Wie werden die Erholungs- und Ruhezeiten in Deutschland eingehalten?

A Einhaltung von Erholungspausen

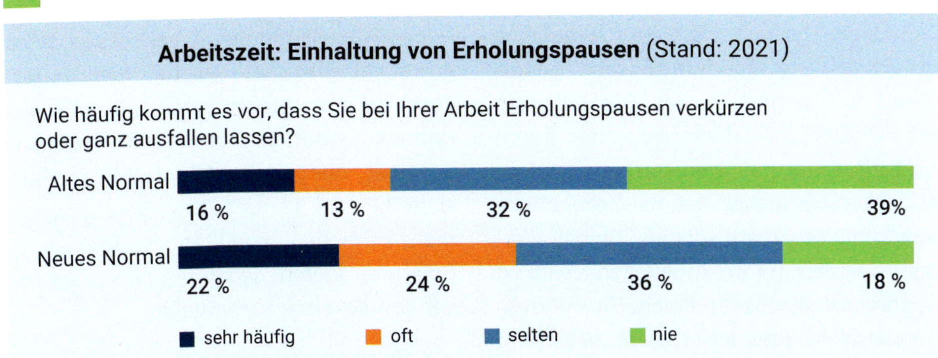

Nach: © Deutscher Gewerkschaftsbund: Grafiken: Sonderauswertung: Arbeit der Zukunft im "Neuen Normal". In: www.index-gute-arbeit.dgb.de, Abruf am 29.04.2023

B Einhaltung von Ruhezeiten

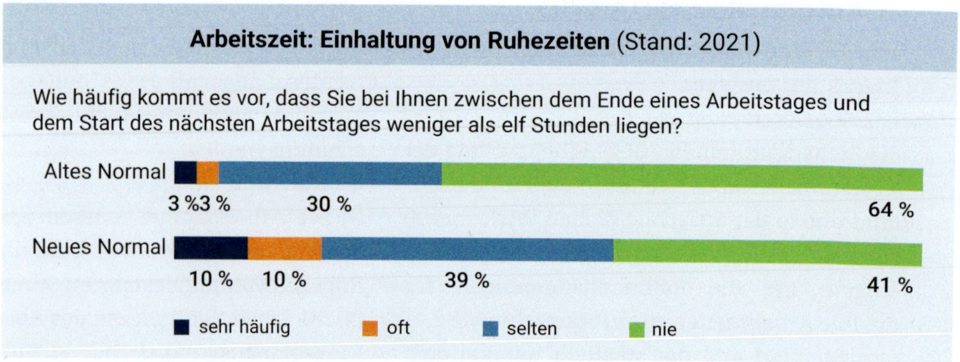

Nach: © Deutscher Gewerkschaftsbund: Grafiken: Sonderauswertung: Arbeit der Zukunft im "Neuen Normal". In: www.index-gute-arbeit.dgb.de, Abruf am 29.04.2023

M32 Kontroverse über die Arbeitszeit

A Sicht der Arbeitgebenden (BDA): Es ist Zeit für eine neue Arbeitszeit!

Ein Betrieb und seine Beschäftigten verfolgen das gemeinsame Ziel, ihre Produkte und Dienstleistungen zeitnah anzubieten, um die Wünsche der Kunden zu erfüllen. Im Zuge der Digitalisierung werden diese immer weniger statisch und zunehmend unvorhersehbar. In einem solchen Umfeld ist es zwingend notwendig, schnell und flexibel zu agieren. [...] Unsere Arbeitszeitkultur braucht dringend ein Update. Schutzbedürfnisse der Beschäftigten werden dadurch nicht in Frage gestellt. [...] Durch weitere gesetzliche Öffnungen müssen diese betrieblichen Spielräume vergrößert werden. Arbeitsvertragsparteien, Betriebsrat und Arbeitgeber sowie die Tarifvertragsparteien brauchen neue Möglichkeiten, um Chancen für mehr Flexibilität auszuloten und betriebliche Lösungen zu entwickeln. [...] Die gesetzlichen Grundlagen dürfen nicht weiter zementiert und ausgeweitet, sondern müssen modernisiert und geöffnet werden. Die Höhe und das Volumen der Arbeitszeit sollten durch die Tarifvertragsparteien stärker und konsequenter als bisher auf die betriebliche oder individualvertragliche Ebene verlagert werden. [...] Im Arbeitszeitgesetz ist [...] vorgesehen, dass in einem Tarifvertrag zugelassen werden kann, die Ruhezeit um bis zu zwei Stunden zu kürzen, wenn die Art der Arbeit dies erfordert (§ 7 Absatz 1 Nr. 3). Das Erfordernis der „Art der Arbeit" wird heute nur bei branchenspezifischen Besonderheiten (Rettungsdienste, technische Hilfsdienste oder Stördienste bei Gas-, Wasser- und Elektrizitätsversorgung) als zulässig anerkannt. Vor dem Hintergrund der Einschränkung auf die „Art der Arbeit" sollte eine gesetzliche Weiterentwicklung so ausgestaltet werden, dass eine zusätzliche Öffnungsklausel für die Tarifvertragsparteien in das Arbeitszeitgesetz aufgenommen wird, die alle Arten von Tätigkeiten umfasst. Als Folge könnte die Ruhezeit unabhängig von der Art der Tätigkeit auf bis zu neun Stunden reduziert werden. Ferner sollte es möglich sein, den Beschäftigten die Ruhezeit z. B. in zwei Blöcken zu gewähren, wovon ein Block eine zusammenhängende, „störungsfreie" Ruhezeit von z. B. 8 Stunden umfasst. [...] Eine solche Anpassung des Arbeitszeitgesetzes bringt Vorteile für die Beschäftigten, die dadurch in ihrer Arbeitszeitgestaltung mehr Optionen erhalten. Für die Unternehmen bedeutet eine solche Anpassung Rechtssicherheit: Sie können ihren Beschäftigten mehr zeitliche Flexibilität gewähren, ohne Gefahr zu laufen, gegen Vorgaben des Arbeitszeitgesetzes zu verstoßen.

BDA (Bundesvereinigung der Deutschen Arbeitgeberverbände): New Work. Zeit für neue Arbeitszeit. In: www.arbeitgeber.de, 13.08.2019, S. 2 ff.

B Sicht der Arbeitnehmenden (DGB): Flexibilisierung und Schutz für Beschäftigte

In der öffentlichen Diskussion über den als überholt geltenden gesetzlichen 8-Stunden-Tag wird ausgeblendet, dass der durch das ArbZG gesetzte Rahmen jetzt schon so großzügig ist, dass damit jegliche Flexibilisierungsbedarfe abgedeckt sind. Die Forderung „Weg vom starren 8-Stunden-Tag!" zeugt von der Unkenntnis der Rechtslage [...]. Nach dem geltenden Arbeitszeitgesetz können schon jeden Tag im Zeitraum von 13 Stunden – 24 Stunden abzüglich die 11-stündige Mindestruhezeit – 10 Stunden Arbeit geleistet werden, ohne gegen das geltende Arbeitszeitgesetz zu verstoßen. Innerhalb dieses weiten Zeitraums lässt sich nach geltendem Recht auch der durch familiale Anforderungen begründete Wunsch von Beschäftigten verwirklichen, die Arbeit vorzeitig zu beenden, um vor dem Zubettgehen Zeit mit den Kindern verbringen zu können und anschließend zu Hause weiterzuarbeiten. Dieses vielfach bemühte Beispiel zeugt allerdings von einer gewissen Wirklichkeitsferne: [...] Statistiken und Erhebungen zeigen eindeutig, dass (a) viele Beschäftigte gar nicht die Möglichkeit haben, über die Lage der Arbeitszeit zu bestimmen, (b) aber die überwiegende Mehrheit der Beschäftigten ihre Arbeit deshalb mit nach Hause nimmt, weil sie die große Menge der Arbeitsaufgaben in der dafür vorgesehenen Zeit nicht bewältigen kann. [...]

[D]ie ununterbrochene Ruhezeit von 11 Stunden, die heute richtigerweise nur in Ausnahmefällen durch Tarifverträge auf 9 Stunden gekürzt werden darf, ist für die Gesundheit der Beschäftigten von zentraler Bedeutung. [...] Laut arbeitswissenschaftlichen Erkenntnissen hat die Mindestruhezeit von 11 Stunden einen sehr hohen Stellenwert für die Sicherheit und Gesundheit von Beschäftigten. Zudem sinkt die Produktivität nach der achten Arbeitsstunde am Tag nachweisbar und die Arbeitsunfallquoten nehmen signifikant zu. [...]

Tarifverträge dürfen grundsätzlich kein Instrument zur Unterschreitung gesetzlicher Mindeststandards sein, bei denen die Gefahr besteht, dass ihrer jeweiligen Schutzfunktion nicht mehr Rechnung getragen wird. [...] Besonders problematisch sind tarifliche Öffnungsklauseln im Bereich des Gesundheitsschutzes: der Staat entledigt sich seiner originären Verantwortung und verlagert das Risiko auf die Tarifvertragsparteien.

Deutscher Gewerkschaftsbund: Flexibilität zugunsten der Beschäftigten durch mehr Gestaltungsrechte und besseren Schutz. In: www.dgb.de, 20.06.2018

Aufgaben

72043-970

1. Erläutern Sie mit Hilfe von **M30** wesentliche Aspekte des Arbeitszeitgesetzes.
2. Prüfen Sie, inwiefern der im Einstiegsmaterial **M26** auf S. 368 dargestellte Tagesablauf den gesetzlichen Bestimmungen entspricht (**M30**).
3. Analysieren Sie die Grafiken in **M31** A, B im Hinblick auf die Einhaltung gesetzlicher Regelungen zur Arbeitszeit.
4. Arbeiten Sie aus den Positionen in **M32** A, B zur Veränderung gesetzlicher Ruhezeiten die Argumente bezüglich: „aktueller gesetzlicher Möglichkeiten", „Auswirkungen einer Veränderung auf Arbeitnehmende" und „der Rolle des Gesetzgebers" heraus und stellen Sie diese gegenüber.
5. Diskutieren Sie im Rahmen einer Podiumsdiskussion mit Vertreterinnen und Vertretern von Verbänden der Arbeitgebenden und Arbeitnehmenden, inwiefern die gesetzlichen Regelungen zu Ruhezeiten flexibilisiert werden sollten.
6. Nehmen Sie abschließend Stellung zur Kapitelfrage: „Arbeit 4.0 – wie flexibel sollten Arbeitszeiten gestaltet werden?" (**M27-M32**)

F zu Aufgabe 5
Erschließen Sie aus den Materialien dieses Unterkapitels (**M27-M32**) weitere Argumente.

Unternehmensformen, Funktionen und Prozesse in Unternehmen

Unternehmensformen: Ein Unternehmen ist die juristische Rahmenbedingung der Betriebe. Es gibt Einzelunternehmen, Personengesellschaften, z. B. die offene Handelsgesellschaft (OHG), die Kommanditgesellschaft (KG) und Kapitalgesellschaften wie Gesellschaften mit beschränkter Haftung (GmbH) und Aktiengesellschaften (AG).

Funktionen und Prozesse im Unternehmen: Sie umfassen v. a. 1. die Geschäftsleitung, 2. die Entwicklung, Konstruktion und Planung, 3. die Lagerung, 4. die Fertigung, 5. den Absatz und das Marketing, 6. die Verwaltung, 7. die Beschaffung und 8. die Finanzierung.

Übung
72043-943

Shareholder- und Stakeholder-Ansatz

Shareholder-Ansatz bedeutet, dass Aktiengesellschaften sich mehr an den Interessen der Anteilseignenden (Aktionärinnen und Aktionäre) als an den Interessen der Beschäftigten, insbesondere in Bezug auf die Sicherung und Gestaltung der Arbeitsplätze, orientieren. Für die Anteilseignenden stehen die Auszahlung von Dividenden und die Steigerung des Aktienkurses im Vordergrund. Der Shareholder-Ansatz wird häufig kritisiert, weil kurzfristiges Denken nachweislich der langfristigen Entwicklung der Betriebe und der Wirtschaft schadet.

Stakeholder-Ansatz verfolgt das Ziel, die Interessen aller am Unternehmen Beteiligten, d. h. der Anteilseignenden und der Beschäftigten zu verfolgen, um die Zufriedenheit aller zu erreichen. In Unternehmen, in denen die Geschäftsleitung sich am Stakeholder-Ansatz orientiert, herrscht häufig ein gutes Betriebsklima, das u. a. die Identifikation mit dem Unternehmen steigen lässt. Investitionen in das Betriebsklima zahlen sich langfristig häufig auch ökonomisch aus.

Übung
72043-944

Unternehmensleitbild, Corporate Social Responsibility und Social Entrepreneurship

Unternehmensleitbild: Ein Unternehmensleitbild formuliert Zielvorstellungen und Verhaltenserwartungen, an denen sich sowohl die Geschäftsleitung als auch die Beschäftigten orientieren. Dazu gehören häufig folgende Ziele: ein gutes Betriebsklima, ein freundlicher und fairer Umgang miteinander, die Übernahme von Verantwortung für die Weiterentwicklung eines Unternehmens, die Schaffung von familienfreundlichen Arbeitszeiten, u. a.

Corporate Social Responsibility (CSR): Der Begriff kann mit „unternehmerischer Verantwortung für die Gesellschaft" übersetzt werden. Damit ist gemeint, dass ein Betrieb freiwillig etwas für die Gesellschaft und die Umwelt tut. Viele größere Unternehmen in Deutschland verfügen über eigene CRS-Managerinnen bzw. -Manager, die soziale Projekte entwickeln, die z. B. Schulen oder Kinder aus armen Familien unterstützen, Sportvereine finanzieren, u. a.

Social Entrepreneurship: Dieser Begriff wird mit „sozialem Unternehmertum" übersetzt und bezieht sich darauf, dass unternehmerisches Handeln dem Wohl der Gesellschaft und der Beseitigung von sozialen Missständen dient. Hier geht es nicht allein um den ökonomischen Nutzen, sondern auch um den gesellschaftlichen Nutzen.

Übung
72043-945

Betriebliche Mitbestimmung

Betriebliche Mitbestimmung bedeutet das Recht der Arbeitnehmenden, innerhalb der Unternehmen und Betriebe an Entscheidungen, die sie betreffen, beratend und in bestimmten Belangen mitentscheidend teilzunehmen. Die betriebliche Mitbestimmung ist in Deutschland für die private Wirtschaft im Betriebsverfassungsgesetz und für den öffentlichen Dienst im Personalvertretungsgesetz geregelt. In den Unternehmen wird zwischen einfacher und paritätischer (gleichgewichtiger) Mitbestimmung unterschieden. Bei der paritätischen Mitbestimmung haben Anteilseignende und Arbeitnehmende im Aufsichtsrat die gleiche Stimmenzahl. Sie gilt aber nur für Aktiengesellschaften mit mehr als 2.000 Beschäftigten, in Aktiengesellschaften mit 500 bis 2.000 Beschäftigten gilt die Drittelbeteiligung, d. h., der Aufsichtsrat muss zu einem Drittel aus Arbeitnehmenden bestehen.

Übung 72043-946

Betriebsrat

Der Betriebsrat ist das zentrale Vertretungsorgan der Arbeitnehmenden auf betrieblicher Ebene. In Betrieben mit mehr als fünf wahlberechtigten Arbeitnehmenden werden Betriebsräte gewählt, wenn die Arbeitnehmenden dies wünschen. Zu den Aufgaben der Betriebsräte gehören die Überwachung der Gesetze, der Tarifverträge, der Betriebsvereinbarungen, u. a. Der Betriebsrat kann Anregungen und Beschwerden der Beschäftigten entgegennehmen und diese zum Gegenstand von Gesprächen mit der Unternehmensleitung machen. Er hat die Aufgabe, Arbeitnehmende zu schützen.

Übung 72043-947

Organisationen zur Vertretung der Interessen im Unternehmen

Gewerkschaften: Die Gewerkschaften und Berufsverbände vertreten die Interessen der Arbeitnehmenden in direkter Auseinandersetzung mit den Verbänden der Arbeitgebenden. Mit diesen verhandeln sie über Tarifverträge, in denen u. a. Vereinbarungen über Löhne und Arbeitsbedingungen geregelt sind. Der Dachverband der Einzelgewerkschaften (z. B. IG Metall, ver.di) ist der Deutsche Gewerkschaftsbund (DGB).

Verbände der Arbeitgebenden: In den Verbänden der Arbeitgebenden schließen sich die Arbeitgebenden zusammen, um ihre Interessen z. B. bei Tarifverhandlungen gegenüber den Gewerkschaften zu vertreten. Als Dachorganisation nimmt die Bundesvereinigung der Deutschen Arbeitgeber (BDA) Interessen von über 1.000 Arbeitgebendenverbänden wahr.

Übung 72043-948

Tarifautonomie

Arbeitnehmende und Arbeitgebende haben das Recht, unabhängig von staatlicher Einflussnahme, die Arbeits- und Wirtschaftsbedingungen selbstständig zu regeln. In Deutschland treffen die Verbände der Arbeitgebenden und Arbeitnehmenden Vereinbarungen über Löhne, Gehälter, Ausbildungsvergütungen, Wochenarbeitszeit, u. a., ohne dass staatliche Stellen regelnd eingreifen. Die Tarifautonomie ist ein wichtiger Bestandteil der Sozialen Marktwirtschaft. Tarifverträge helfen Betriebsräte, ungünstige Betriebsvereinbarungen nicht zustimmen zu müssen.

Übung 72043-942

Streik

Streik ist die vorübergehende Arbeitsniederlegung gewerkschaftlich organisierter Arbeitnehmenden eines Betriebes. Der Streik ist ein gesetzlich zulässiges Arbeitskampfmittel der Gewerkschaften zur Durchsetzung der Interessen der Arbeitnehmenden, um höhere Löhne oder bessere Arbeitsbedingungen zu bekommen. Die Gewerkschaft zahlt nur ihren Mitgliedern Streikgeld während der Zeit der Arbeitsniederlegung, während die Vergütungspflicht der Arbeitgebenden während der Zeit des Streiks entfällt.

Aussperrung: Die Aussperrung ist eine Arbeitskampfmaßnahme der Unternehmenden. Die Arbeitnehmenden werden während der Zeit der Aussperrung von der Arbeit ausgeschlossen und sie bekommen keinen Lohn. Zulässig ist die Aussperrung als Reaktion auf einen Streik.

Übung 72043-941

KOMPETENZEN PRÜFEN

I. Selbstdiagnose

Ich kann ...	sehr gut	nicht gut	Übung durch z. B.
Strukturen, Kernfunktionen und Prozesse im Betrieb darstellen (AFB I) und erläutern (AFB II).			M2, M3 A - C
an einem Fallbeispiel die Kernfunktionen von Unternehmen erläutern (AFB II).			M4
Herausforderungen und Chancen im Zuge der „Arbeit 4.0" und des Einsatzes von Künstlicher Intelligenz (KI) beurteilen (AFB III).			M5, M6, M7
Unternehmenskonzepte wie den Stakeholder- und Shareholder Value-Ansatz sowie Social Entrepreneurship darstellen (AFB I) und im Hinblick auf die Interessen von Arbeitnehmenden und Arbeitgebenden beurteilen (AFB III).			M9 A , B , M10, M11 A - C
die Möglichkeiten und die gesetzlichen Grundlagen der betrieblichen und überbetrieblichen Mitbestimmung und die Rolle von Gewerkschaften darstellen (AFB I) und die unterschiedlichen Aufgaben und Interessen von Betriebsräten, Gewerkschaften und Vertreterinnen und Vertretern der Arbeitgebenden erläutern (AFB II).			M15 1 - 3 , M15 A - E
die Grundprinzipien der Koalitionsfreiheit und der Tarifautonomie in der Sozialen Marktwirtschaft erläutern (AFB I) und im Hinblick auf Effizienz und Verteilungsgerechtigkeit beurteilen (AFB III).			M22, M23 A , B
Spielregeln und rechtliche Rahmenbedingungen für Tarifverhandlungen und Arbeitskampf erläutern (AFB II) und Positionen zur Änderung des Streikrechts beurteilen (AFB III).			M20, M22 A - C , M25
die Grundprinzipien der Entlohnung und der Tarifpolitik erläutern (AFB II) und lohnpolitische Konzeptionen in der politischen Auseinandersetzung problematisieren (AFB III).			M24, M25 A , B

Ins Heft

II. Kompetenzen anwenden – am Beispiel

Aufgaben 72043-971

1. Analysieren Sie die Karikatur im Hinblick auf die unterschiedlichen Interessen von Arbeitnehmenden und Arbeitgebenden.
2. Diskutieren Sie das Verhältnis von Arbeitgebenden und Arbeitnehmenden, wie es in der Karikatur dargestellt wird.

Karikatur: Harm Bengen, 2017

III. Klausurtraining

Sozialpartner, die es richtig machen

Die Tarifparteien der Chemieindustrie fallen nicht durch Krawall und Arbeitskämpfe auf. Aber sie hätten durchaus mehr Aufmerksamkeit verdient – denn sie leisten zuverlässig gute Arbeit. Ihr neuer Tarifabschluss, den sie in nur einer Verhandlungsrunde ausgetüftelt haben, beweist es wieder einmal. Ganz nebenbei liefern sie sozusagen Lehrmaterial darüber, wie gute Sozialpartnerschaft funktioniert.

Dabei war die Ausgangslage diesmal äußerst schwierig: Kaum eine andere Branche ist so direkt von den Risiken der wacklig gewordenen Energieversorgung in Deutschland betroffen; kaum irgendwo drückt der Anstieg der Produktionskosten derart auf die internationale Wettbewerbsfähigkeit.

Dennoch haben sich die Gewerkschaft IG BCE und der Chemie-Arbeitgeberverband zielstrebig auf einen Pfad geeinigt, der sich auf Anhieb als plausibler Mittelweg erschließt. [...]

Die sogenannte tabellenwirksame Tariferhöhung bleibt mit 6,5 Prozent bis Mitte 2024 zwar ein sichtbares Stück hinter der aktuellen Teuerung zurück. Das hilft aber den Betrieben bei der Standort- und Arbeitsplatzsicherung, wenn sie riesige Kostenschübe an anderen Stellen nur begrenzt an Kunden weitergeben können. Und mit den zwei kräftigen Einmalzahlungen kommt für die Beschäftigten dennoch eine spürbare Entlastung heraus.

Zum vollständigen Bild gehört allerdings auch, dass die politisch beschlossene und zeitweilig umstrittene Steuer- und Abgabenfreiheit solcher Einmalzahlungen die Lösung stark erleichtert hat. Sie stellt eine gute Verbindung her zwischen dem Bemühen der Regierung, gesamtwirtschaftliche Krisenfolgen abzumildern, und der Verantwortung der Tarifparteien, ihrerseits jetzt stabilisierend und nicht destabilisierend zu wirken.

Demgegenüber haben die Gewerkschaften im öffentlichen Dienst, deren Klientel sich sonst gerne staatstragend gebärdet, diese Verantwortung mit der neuen Tarifforderung von 14 Prozent vorerst abgelehnt. Andere Gewerkschaften, auch die IG Metall, stellen durchaus in Rechnung, dass die Beschäftigten derzeit auch durch staatliche Hilfspakete einige Entlastung erhalten.

Wer in der Rezession jedoch eine Tarifpolitik der Kaufkraftsteigerung verabsolutiert, führt damit – gesamtwirtschaftlich gesehen – einen Verteilungskampf auf Kosten aller anderen.

Creutzburg, Dietrich: Sozialpartner, die es richtig machen. In: www.m-faz.net. 18.10.2022

Aufgaben 72043-972

1. Stellen Sie die Rolle von Arbeitgebenden-Verbänden und Gewerkschaften in Tarifverhandlungen dar.
2. Analysieren Sie den Kommentar von Dietrich Creutzburg im Hinblick auf die Höhe von Tarifabschlüssen in Zeiten von Inflation.
3. Erörtern Sie, inwiefern aktuelle wirtschaftliche Tendenzen in Tarifverträgen berücksichtigt werden sollten.

Erwartungshorizonte zu den Aufgaben

72043-949

1

Karikatur: Burkhard Mohr, 2020

2

Karikatur: Schwarwel, 2015

3

Karikatur: Mirco Tomicek, 2021

Marktwirtschaft in der Krise? Herausforderungen der Marktwirtschaft

11

Die Soziale Marktwirtschaft sieht sich mit unterschiedlichen Herausforderungen konfrontiert. Nicht nur sind es Krisen, wie die Corona-Pandemie und der russische Angriffskrieg gegen die Ukraine, die erheblichen Einfluss auf das Marktgeschehen nehmen. Auch das Spannungsverhältnis unterschiedlicher Interessen führt immer wieder zu Konflikten. Der Wettbewerb ist ein Beispiel für das Aufeinandertreffen unterschiedlicher Interessen in der Marktwirtschaft. Gegenstand des ersten Unterkapitels ist die Frage, wieviel Marktmacht auf dem bereits hochkonzentrierten Lebensmittelmarkt in Deutschland noch vertretbar ist. Im zweiten Unterkapitel wird die Frage nach der Effizienz und Legitimität von staatlichen Eingriffen in das Marktgeschehen am Beispiel des „Mindestlohns" diskutiert. Die Vereinbarkeit von Marktwirtschaft und Klimaschutz am Beispiel des Ausbaus erneuerbarer Energien bildet den Schwerpunkt des dritten Unterkapitels. In der Vertiefung wird bewertet, ob Windparkbetreiberinnen und Windparkbetreiber gesetzlich dazu verpflichtet werden sollten, betroffene Bürgerinnen und Bürger sowie Kommunen finanziell am Ertrag zu beteiligen.

Kompetenzen

Am Ende dieses Kapitels sollten Sie Folgendes können:

- die Aufgaben des Bundeskartellamtes erläutern und beurteilen;
- Auswirkungen des Mindestlohns auf Tarif- und Niedriglöhne erklären;
- erörtern, ob die Erhöhung des Mindestlohns ein sinnvoller Eingriff des Staates in die Tarifautonomie ist;
- die Bedeutung des Ausbaus der Windkraftenergie für die Energiewende und den Wirtschaftsstandort Deutschland erklären;
- am Beispiel des Wind-an-Land-Gesetzes die Effizienz und Legitimität staatlichen Handelns unter Berücksichtigung unterschiedlicher Interessengruppen erörtern;
- beurteilen, inwiefern eine ökonomische Beteiligung von Bürgerinnen und Bürgern zu mehr Akzeptanz beim Ausbau der Windkraftenergie führt.

Aufgaben

72043-850

Teilen Sie Ihren Kurs in drei Gruppen und bearbeiten Sie mit Hilfe der auf der linken Seite dargestellten Karikaturen arbeitsteilig folgende Aufgaben:

1. Analysieren Sie jeweils eine Karikatur in der Gruppe und finden Sie eine passende Überschrift für die Karikatur.
2. Präsentieren Sie die Gruppenergebnisse im Kurs und formulieren Sie gemeinsam Ihre Erwartungen, worum es in diesem Kapitel gehen sollte. Formulieren Sie allgemeine Fragestellungen und ggf. Thesen, die sich aus der Arbeit mit den Karikaturen ergeben haben und halten Sie diese auf einem Plakat fest.

11.1 Wettbewerbskontrolle auf dem deutschen Lebensmittelmarkt: Wie viel Marktmacht ist vertretbar?

Zum Thema: In Kapitel 9 haben Sie erfahren, dass der Preismechanismus auf dem Markt nur dann perfekt funktioniert, wenn es „vollkommene Konkurrenz" gibt, d. h., dass vielen Anbietenden viele Nachfragende gegenüberstehen. In Wirklichkeit gibt es aber Oligopole und Monopole, die den Preismechanismus beeinträchtigen oder sogar außer Kraft setzen können. Der Wettbewerb auf dem deutschen Lebensmittelmarkt ist hochkonzentriert. Einige wenige Unternehmen bestimmen hier den Markt. Das Bundeskartellamt muss als unabhängige Wettbewerbsbehörde auch hier entscheiden, wieviel Marktmacht noch vertretbar ist. In solche Entscheidungen sind neben dem Bundeskartellamt auch die interessierten Unternehmen sowie die Politik verwickelt.

M1 Fallbeispiel: Real in Ratingen wird zu Edeka

Hintergrundinfo: Verkauf von Real-Märkten
2020 verkauft der Düsseldorfer Handelskonzern Metro die 270 Real-Märkte an den russischen Finanzinvestor SCP. Seither konkurrieren neben Edeka die führenden Anbieter auf dem deutschen Lebensmittelmarkt um die Real-Standorte. Der Wettbewerb dort war bereits vorher hochkonzentriert.

Die Real-Filiale in Ratingen hat eine Zukunft: Der Supermarkt Edeka wird den Markt in Ratingen übernehmen. Damit steht nun eine weitere Übernahme-Filiale, die an die Kette aus Hamburg geht, fest. Im Zuge der Real-Zerschlagung hat [der Marktführer] Edeka [vom Bundeskartellamt] grünes Licht für bis zu 64 Real-Häuser bekommen. [...] Die Real-Filialen in Nordrhein-Westfalen sind bei den Supermärkten Edeka, Kaufland und Globus scheinbar hoch im Kurs. Denn in NRW haben sich die Supermärkte bereits zahlreiche ehemalige Real-Märkte gesichert. [...] Neben Edeka mischen vor allem Globus, Kaufland und seit Kurzem auch Rewe in der Real-Zerschlagung mit. Während sich Kaufland mit 115 Real-Filialen den Löwenanteil gesichert hat, kann Globus bis zu 25 Real-Märkte bekommen. Rewe hielt sich lange zurück, deshalb hat der Supermarkt bislang eine Freigabe für zwei Real-Standorte. Der Händler aus Köln möchte allerdings scheinbar bis zu 20 Real-Märkte erhalten.

Real- und Edeka-Filialen in Nordrhein-Westfalen

Wehmann, Jana (2022): Zukunft steht fest: Edeka übernimmt Real in Ratingen im April 2022. In: www.24rhein.de, 31.03.2022

Einstiegsaufgaben

72043-851

1. Stellen Sie anhand von **M1** den Fall der „Real-Zerschlagung" und die Wettbewerbssituation auf dem deutschen Lebensmittelmarkt dar.
2. Nehmen Sie spontan auf einer Positionslinie Stellung zu der Frage, ob die Entscheidung des Bundeskartellamts hinsichtlich der Übernahme von Real-Standorten durch den Marktführer Edeka vertretbar ist. Halten Sie Ihre Ergebnisse schriftlich fest.

Monopole und Oligopole
→ S. 316, M8, M9

M2 Ab wann beherrschen Unternehmen den Markt?

§ **§ 19 Gesetz gegen Wettbewerbsbeschränkungen** definiert, ab wann eine sogenannte Marktbeherrschung vorliegt.

1 Monopolvermutung

Ein Unternehmen ist als Anbieter oder Nachfrager ...

- ohne Wettbewerber oder;
- keinem wesentlichen Wettbewerb ausgesetzt oder;
- hat gegenüber seinen Wettbewerbern eine überragende Marktstellung.

Vermutungskriterien beim Monopol

Marktanteil von mindestens einem Drittel

2 Oligopolvermutung

Eine Gruppe von Unternehmen ist als Anbieter und Nachfrager keinem wesentlichen Wettbewerb ausgesetzt oder hat im Verhältnis zu Wettbewerbern eine überragende Marktstellung.

Vermutungskriterien beim Oligopol

Drei oder weniger Unternehmen erreichen zusammen einen Marktanteil von 50 %.

Fünf oder weniger Unternehmen erreichen einen Marktanteil von zwei Dritteln.

Nach: Kirchner, Bernd / Pollert, Achim / Polzin, Javier Morato: Marktanteil. In: Das Lexikon der Wirtschaft. Grundlegendes Wissen von A bis Z. Bonn 2022, S. 75

M3 Wer hat welche Marktanteile auf dem Lebensmittelmarkt in Deutschland?

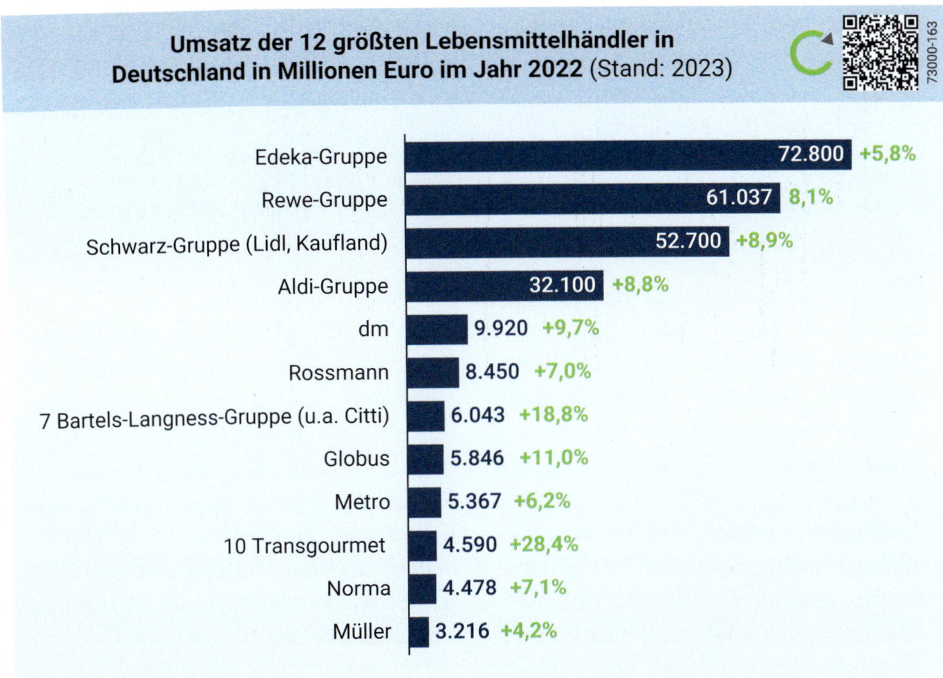

© C.C. Buchner Verlag, aktuelle Daten nach: Lebensmittel Praxis - LPV GmbH (Datenerhebung: 2022; Grafikerstellung: 2023)

Marktformen im Erklärfilm (3:30 Min.)

72043-852

M4 Welche Aufgaben hat das Bundeskartellamt?

Das Bundeskartellamt ist eine unabhängige Wettbewerbsbehörde, deren Aufgabe der Schutz des Wettbewerbs in Deutschland ist. Der Schutz des Wettbewerbs ist eine zentrale ordnungspolitische Aufgabe in einer marktwirtschaftlich verfassten Wirtschaftsordnung. Der Gesetzgeber hat den Kartellbehörden im GWB [Gesetz gegen Beschränkung des Wettbewerbs] folgende Instrumente an die Hand gegeben:

1 Kartellverbot

Wettbewerbsbeschränkende Vereinbarungen zwischen Unternehmen können verschiedene Formen annehmen. Besonders schwerwiegend sind zumeist Absprachen zwischen Wettbewerbern über Preise [Preiskartell] oder Produktionsmengen sowie die Aufteilung von Absatzgebieten oder Kundengruppen (sog. „Hardcore-Kartelle"). [...] Kartellabsprachen führen regelmäßig zu überhöhten Preisen bei sinkender Produktqualität. Gleichzeitig wird durch die Ausschaltung des Wettbewerbs die Innovationskraft der Unternehmen gebremst. [...] Das Bundeskartellamt verfolgt illegale Kartelle und kann gegen die verantwortlichen Personen und Unternehmen sowie Unternehmensvereinigungen empfindliche Bußgelder verhängen.

Bundeskartellamt (Hg.): Kartellverbot. In: www.bundeskartellamt.de, Abruf am 25.05.2023

2 Oligopolvermutung

Zusammenschlüsse zwischen Unternehmen sind grundsätzlich erlaubt [...]. Unternehmen können so ihre Geschäftsfelder neu ausrichten oder ihr Innovationspotential erhöhen [...]. Zusammenschlüsse können aber auch nachteilig für den Wettbewerb sein. Schließen sich beispielsweise Unternehmen derselben Marktstufe zusammen, verringern sich dadurch die Auswahlmöglichkeiten der Marktgegenseite, also der Lieferanten oder Abnehmer. So kann es dem zusammengeschlossenen Unternehmen künftig leichter fallen, [...] Verschlechterungen seines Angebots am Markt durchzusetzen. [...] Zusammenschlüsse [...] dürfen erst nach erfolgter Freigabe vollzogen werden. [...] Überwiegen die wettbewerblichen Nachteile, kann ein Zusammenschlussvorhaben untersagt oder nur unter Bedingungen frei gegeben werden.

Bundeskartellamt (Hg.): Kartellverbot. In: www.bundeskartellamt.de, Abruf am 25.05.2023

3 Missbrauchsaufsicht über marktbeherrschende Unternehmen

Die wirtschaftliche Macht eines Unternehmens wird in aller Regel durch vergleichbare Angebote konkurrierender Unternehmen beschränkt [...]. Manche Unternehmen unterliegen indes keinem wirksamen Wettbewerbsdruck [...|. Eine solche wirtschaftliche Machtstellung zu erlangen oder innezuhaben, ist nicht verboten. Oft beruht sie auf hoher Innovationskraft, besonderem Geschick und der bewussten Inkaufnahme von Risiken. Aufgabe des Kartellrechts und der Kartellbehörden ist es aber, die missbräuchliche Ausnutzung von Marktmacht zu verhindern. [...] Bei Wettbewerbsgefährdungen durch Unternehmen „mit überragender marktübergreifender Bedeutung für den Wettbewerb" ist es [...] auch möglich, schon vor Bestehen einer marktbeherrschenden Stellung und auch auf nicht-beherrschten Märkten bestimmte Verhaltensweisen zu untersagen.

Bundeskartellamt (Hg.): Kartellverbot. In: www.bundeskartellamt.de, Abruf am 25.05.2023

M5 Ministererlaubnis – politisches Mittel im Ausnahmefall?

Durch eine so genannte Ministererlaubnis kann eine Unternehmensübernahme trotz Ablehnung durch das Kartellamt doch noch erlaubt werden. Voraussetzung für eine Erlaubnis ist nach Paragraf 24 des Gesetzes gegen Wettbewerbsbeschränkungen (GWB, „Kartellgesetz"), dass „die gesamtwirtschaftlichen Vorteile" die Wettbewerbsbeschränkungen aufwiegen oder der Zusammenschluss durch ein „überragendes Interesse der Allgemeinheit" gerechtfertigt ist. [...] Bei der Ministererlaubnis muss abgewogen werden, ob entweder die Wettbewerbsbeschränkung von gesamtwirtschaftlichen Vorteilen des Zusammenschlusses aufgewogen wird oder es durch ein überragendes Interesse der Allgemeinheit gerechtfertigt ist. [...] Die Möglichkeit einer Ministererlaubnis soll dem Umstand Rechnung tragen, dass eine rein wettbewerbliche Beurteilung eines Zusammenschlussvorhabens zu Ergebnissen führen kann, die im Widerspruch zu den Interessen der Allgemeinheit stehen.

© 2015 Wirtschaftslexikon.co: Ministererlaubnis. In: www.wirtschaftslexikon, Abruf am 29.04.2023 am 12.04.2023

§24 Gesetz gegen Wettbewerbsbeschränkung
Die Bundesministerin oder der Bundesminister für Wirtschaft und Energie erteilt auf Antrag die Erlaubnis zu einem vom Bundeskartellamt untersagten Zusammenschluss, wenn im Einzelfall die Wettbewerbsbeschränkung von gesamtwirtschaftlichen Vorteilen des Zusammenschlusses aufgewogen wird oder der Zusammenschluss durch ein überragendes Interesse der Allgemeinheit gerechtfertigt ist. [...] Die Erlaubnis darf nur erteilt werden, wenn durch das Ausmaß der Wettbewerbsbeschränkung die marktwirtschaftliche Ordnung nicht gefährdet wird.

dejure.org Rechtsinformationssysteme GmbH: Gesetz gegen Wettbewerbsbeschränkungen. In: www.dejure.org, Abruf am 26.04.2023

M6 Bundeskartellamt zur Edeka-Real-Übernahme

Andreas Mundt, Präsident des Bundeskartellamtes: „Wir müssen sicherstellen, dass Verbraucherinnen und Verbraucher auch in Zukunft zwischen verschiedenen Lebensmittelhändlern auswählen können. Diese Auswahlmöglichkeit erzeugt Wettbewerbsdruck auf die Anbieter und sorgt so für bessere Preise, Auswahl und Qualität. Wir hatten bei einer Reihe von Standorten die Sorge, dass Edeka mit der Übernahme in den jeweiligen regionalen Märkten zu stark würde. [...]" Edeka kann deshalb 21 der 72 angemeldeten Real-Standorte nicht übernehmen. Für weitere sechs Standorte hat sich Edeka verpflichtet, nach dem Erwerb der Standorte Teilflächen für mindestens 10 Jahre an andere Unternehmen des LEH abzugeben bzw. Edeka hat verbindlich angekündigt, andere Standorte schließen zu wollen. Insgesamt verzichtet Edeka durch diese Zusagen auf ein Absatzvolumen von ca. 580 Mio. Euro. [...] „Die Edeka-Gruppe baut durch die Übernahme ihre starke Marktposition beim Einkauf von Lebensmitteln weiter aus. Die bedingte Freigabe des Vorhabens war möglich, weil sich die Verkäuferin SCP [...] dazu verpflichtet hat, Real-Standorte mit einem Food-Beschaffungsvolumen von insgesamt mindestens 200 Mio. Euro an mittelständische LEH-Unternehmen zu veräußern. [...] Wir sorgen damit für eine Stärkung des Mittelstandes als wichtige Absatzalternative für die Hersteller und Lieferanten von Lebensmitteln in Deutschland."

Bundeskartellamt (Hg.): Edeka-Übernahme von Real-Standorten nur zum Teil freigegeben – Edeka darf nur 45 Standorte ohne Auflagen übernehmen. In: www.bundeskartellamt.de, 17.03.2021

M7 Kritik an der Entscheidung des Bundeskartellamtes (BKartA) zur Real-Übernahme durch Edeka: Sorge um Kartellbildung – Markenverband appelliert an Ampel-Regierung in Berlin

Markenverband
Dem Markenverband gehören ca. 400 Unternehmen an, wie z. B. Hugo Boss, Coca-Cola, Deutsche Bank, Deutsche Bahn, Deutsche Post etc.

Zu keinem Zeitpunkt konnte das BKartA den Gesamtvorgang der Trennung der Metro von Real angemessen in der gesamtheitlichen Veränderung des Marktes beurteilen. Denn immer standen nur einzelne Scheibchen zur Disposition, die jeweils für sich genommen noch akzeptabel erschienen. Das Gesamtbild aber ist dabei doch folgendes:
Die Konzentration im Lebensmitteleinzelhandel hat weiter deutlich zugenommen, und zwar ausschließlich bei dem ohnehin dominanten Oligopol, während die verbleibenden mittelständischen Händler weiter systematisch an die Wand gedrückt wurden und mehrere Mrd. EUR an Einkaufsvolumen verloren haben. Wie kann man da von einer Stärkung des Mittelstandes sprechen? Wenn eine wirksame Marktstrukturkontrolle nicht möglich ist, macht das die Gewährleistung effektiver Missbrauchskontrolle und strikte Verfolgung von unlauteren Handelspraktiken umso wichtiger. Bei den aktuellen Konzentrationsgraden im LEH ist eine Stärkung der Zusammenschlusskontrolle fast schon hinfällig; eine gesunde Marktstruktur könnte nur noch über Zerschlagung und damit faktisch Rückabwicklung von genehmigten Zusammenschlüssen hergestellt werden. Aber das stand bisher (zu Recht) nie wirklich zur Debatte.

Markenverband e. V.: Dringender Appell des Markenverbandes an die Ampelkoalition: Kartellbildung verhindern – harte Missbrauchsaufsicht etablieren. In: www.markenverband.de, 13.04.2022

M8 Hintergrund: Auswirkungen der Marktkonzentration auf Herstellende und Verbrauchende: Wer die Marktmacht hat, diktiert die Preise

Wer die Marktmacht hat, kann Druck auf die Einkaufspreise machen. Das bekommen vor allem Bauern, kleine Produzenten und Erzeugergenossenschaften zu spüren. [...] Auch die großen Markenhersteller kommen gegen die Marktmacht nicht an. Beim Markenverband, der Interessenvertretung der meisten Marken, klagt ihr Sprecher Christian Köhler: „Die grundsätzliche Ablehnung von irgendwelchen Preiserhöhungen, obwohl allen bekannt ist, dass es dramatische Kostensteigerungen, z. B. auf der Rohwaren- oder landwirtschaftlichen Erzeugerstufe gab, das ist eines. Es wird dann in häufigen Fällen gesagt, ok, wenn du diese Kondition nicht erfüllst, zumindest mit mir jetzt diesen zusätzlichen Rabatt nicht vereinbarst, dann fange ich an, deine Artikel auszulisten." [...] „Am Ende verdienen die Unternehmen dadurch weniger Geld, sie haben weniger Chancen, in Entwicklung und Innovation zu investieren, sie haben einen viel höheren Druck auf Arbeitsplatz und Kostenstruktur, das heißt: Abbau von Arbeitsplätzen, am Ende auch eine höhere Bedrohung der Zukunft des Unternehmens."

Rehse, André: Supermarktketten diktieren Preise. In: www.swr.de, 26.03.2020

© C.C. Buchner Verlag, aktuelle Daten nach: Bundesministerium für Ernährung und Landwirtschaft (BMEL) (Datenerhebung: 2021; Grafikerstellung: 2023)

M9 Welche Folgen hat die Real-Übernahme für Kundinnen, Kunden und Mitarbeitende?

Real steht vor der endgültigen Zerschlagung: Viele Geschäfte gehen dabei an Konkurrenten wie Rewe, Kaufland und Globus. Das könnte ihre Zukunft retten – zumindest vorerst.

Der Lebensmittelhandel in Deutschland ist schon heute hoch konzentriert. Der Marktanteil der „großen Vier" – Edeka, Rewe, Aldi und die Schwarz-Gruppe mit Lidl und Kaufland – liegt laut Kartellamt mittlerweile bei mehr als 85 Prozent. Die Folge: Der Konkurrenzkampf ist immens. Auch Peter Kenning [Handelsexperte und Professor für Betriebswirtschaftslehre an der Uni Düsseldorf] weiß das. Er [...] meint: „Für viele Mitarbeiter könnte eine Übernahme durch einen zukunftsfähigen Betreiber eher eine positive Nachricht sein." [...] Vom Händler Edeka, der bis zu 51 Real-Filialen übernehmen darf, heißt es auf [...] Anfrage dazu nur: „Unter dem Dach des genossenschaftlichen Edeka-Verbunds erhalten die Lebensmittelmärkte und deren Mitarbeiterinnen und Mitarbeiter wieder eine tragfähige wirtschaftliche Zukunftsperspektive." Darüber hinaus wolle man keine weiteren Informationen geben, „aus Wettbewerbsgründen". [...] Doch nicht nur Mitarbeiter müssen sich umstellen, auch für Kunden gilt das. Denn dort, wo jetzt noch Real draußen dransteht, wird ein anderer Händler sein Konzept umsetzen. Bei Globus sieht das so aus, dass es mehr Frischetheken geben soll – Fernseher oder Laptops, die bislang bei Real im Angebot waren, finden Kunden dann nicht mehr am Platz. Bei Kaufland und Edeka dürfte das ähnlich sein. [...] „Bei Globus, Rewe und Edeka wird es im Vergleich zu Real wohl etwas teurer, dafür bekommen die Kunden aber auch mehr Service und andere Warenqualitäten."

Kloft, Mauritius: Warum sich die Konkurrenz jetzt die Hände reibt. In: www.t-online.de, 22.10.2021

Aufgaben

72043-853

1. Nennen Sie anhand von **M2** den Unterschied zwischen einer Monopol- und Oligopolvermutung.
2. Analysieren Sie die Statistik in **M3** im Hinblick auf die Wettbewerbssituation auf dem deutschen Lebensmittelmarkt.
3. Ermitteln Sie zu zweit anhand Ihrer bisherigen Ergebnisse (**M1-M3**), ob eine Marktbeherrschung nach § 19 (**M2**) auf dem deutschen Lebensmittelmarkt vorliegt.
4. a) Arbeiten Sie arbeitsteilig aus **M4** 1 - 3 die Aufgaben des Bundeskartellamts heraus.
   b) Stellen Sie sich gegenseitig in Kleingruppen Ihre Ergebnisse dar und entwickeln Sie auf dieser Grundlage eine Mindmap.
5. Ordnen Sie den Fall der „Real-Zerschlagung" (**M1**) in die Aufgabenbereiche des Bundeskartellamts ein (**M4**).
6. Erläutern Sie anhand Ihrer bisherigen Ergebnisse (**M1-M4**) die Notwendigkeit der Wettbewerbssicherung als zentrale ordnungspolitische Aufgabe.
7. Stellen Sie anhand von **M5** die Ministererlaubnis als weitere Möglichkeit der Wettbewerbspolitik dar.
8. a) Arbeiten Sie zu viert aus **M6-M9** die Pro- und Kontra-Argumente im Hinblick auf die Frage heraus, inwiefern die Entscheidung des Bundeskartellamts bei der Übernahme von Real-Standorten durch Edeka vertretbar ist.
   b) Präsentieren Sie sich im Kurs gegenseitig Ihre Ergebnisse.
   c) Stellen Sie die Argumente in einer Tabelle gegenüber.
   d) Diskutieren Sie in Kleingruppen Ihre Ergebnisse.
   e) Erörtern Sie die Frage aus Aufgabe 8a.

F zu Aufgabe 1
Arbeiten Sie mit Hilfe einer Internetrecherche Beispiele für unterschiedliche Kartellarten sowie ihre Auswirkungen auf die Verbraucherinnen und Verbraucher heraus.

F zu Aufgabe 8e
Vergleichen Sie Ihre Ergebnisse mit den Spontanurteilen aus Aufgabe 2 auf S. 380.

11.2 Mindestlohn: gefährdet das Eingreifen der Politik die Tarifautonomie?

Zum Thema: Auch mehrere Jahre nach seiner Einführung führt der Mindestlohn immer wieder zu hitzigen Diskussionen um das Eingreifen des Staates in die Marktwirtschaft. In diesem Unterkapitel steht die Frage im Mittelpunkt, ob der Staat in die Lohnentwicklung eingreifen darf und welche Folgen das Eingreifen für die Wirtschaft haben kann.

M10 Meinungen zum Mindestlohn: aus Sicht einer Arbeitnehmerin und eines Arbeitgebers

Barbara D. (Symbolbild) ist alleinstehend und arbeitet für ein privates Unternehmen als Zustellerin in Sachsen-Anhalt. Vier Tage die Woche hilft sie zusätzlich in einem Pferdestall aus.

„Meine Schicht beginnt um 1 Uhr morgens, ich arbeite sechs Nächte in der Woche. Dafür bekomme ich den Mindestlohn von 9,82 Euro in der Stunde plus zehn Prozent Nachtzuschlag. [...] Bei 30 Stunden in der Woche bekomme ich im Monat ungefähr 1.000 Euro netto überwiesen. Letztlich wäre es für mich kein spürbarer Unterschied, wenn ich [Bürgergeld] beziehen würde. [...] Es muss einen deutlichen Unterschied geben zwischen dem Mindestlohn und dem, was jemand bekommt, der [Bürgergeld] bezieht. Das ist für mich eine Frage der sozialen und menschlichen Anerkennung."

Barbara D. In: Riemer, Lucas: 12 Euro pro Stunde: Was Menschen mit geringem Einkommen vom neuen Mindestlohn halten. In: www.mdr.de, 20.02.2022

Zwölf Euro Mindestlohn? Was das für sein Gewerbe bedeute, sei eindeutig, sagt Jan Kepper, [...]. Keppers Fahrer erhalten als Grundvergütung den gesetzlichen Mindestlohn, der am 1. Januar [2022] auf 9,82 Euro pro Stunde gestiegen ist. Über eine Leistungskomponente sind sie außerdem am Umsatz beteiligt, den sie mit ihren Fahrten generieren. Gute Leute verdienten heute bereits mehr als zwölf Euro Stundenlohn, manche bis zu 16 Euro, sagt Kepper. „Aber künftig müsste ich auch die Mitarbeiter mit zwölf Euro entlohnen, die diese Summe nicht erwirtschaften können." [...] Mitarbeiter sollten gut entlohnt werden, das sei klar. „Aber ich würde mir wünschen, dass man Unternehmer sein lässt", sagt er. Und zwar auch, was den Lohn angeht.

Jan Kepper. In: Crocoll, Sophie (2022): 12 Euro: Die Kritik an den Mindestlohn-Plänen wird lauter. In: www.wiwo.de, 17.07.2022

Jan Kepper (Symbolbild) ist Vorsitzender des Landesverbands Sächsischer Taxi- und Mietwagenunternehmen. Zu seinem Betrieb zählen 20 Taxis.

Einstiegsaufgaben

72043-854

1. Beschreiben Sie anhand der Fallbeispiele in **M10**, welche Positionen die Personen zum gesetzlichen Mindestlohn vertreten.
2. Beurteilen Sie spontan, ob ein Eingreifen der Politik in die Marktwirtschaft durch die gesetzliche Festlegung des Mindestlohns gerechtfertigt ist.

M11 Hintergrundinformation: Mindestlohn in Deutschland

Zum 01.01.2015 wurde in Deutschland per Gesetz der Mindestlohn eingeführt. Ein Stundenlohn von 8,50 Euro durfte dann in keiner Branche mehr unterschritten werden. Ziel war es, den Niedriglohnsektor durch eine Lohnuntergrenze zu begrenzen und insbesondere Beschäftigten in Vollzeit ein existenzsicherndes Einkommen zu gewährleisten. Zunächst galten für eine Übergangszeit noch einige Ausnahmeregelungen. Der gesetzliche Mindestlohn gilt für alle Arbeitnehmerinnen und Arbeitnehmer ab 18 Jahren.
Jedoch sind bestimmte Gruppen vom Mindestlohn ausgenommen, z. B. Auszubildende und Ehrenamtliche.

Bearbeiterin

Niedriglohnsektor
Bereich, in dem Niedriglöhne gezahlt werden. Das Arbeitsentgelt eines vollzeitbeschäftigten Arbeitnehmenden befindet sich knapp oberhalb oder unter der Armutsgrenze.

M12 Was bedeutet Tarifautonomie?

Tarifautonomie ist die Befugnis von Gewerkschaften einerseits und Arbeitgebenden bzw. Verbänden von Arbeitgebenden andererseits, durch verbindliche Verträge (Tarifverträge) und unabhängig von staatlicher Einflussnahme die Arbeitsverhältnisse zwischen ihren Mitgliedern selbstständig zu regeln. Im Wege von Tarifverhandlungen können grundsätzlich alle Arbeitsbedingungen frei verhandelt werden. Ihre Grenzen findet die Tarifautonomie dort, wo der Gesetzgeber zum Schutz der Arbeitnehmenden bestimmte Mindestbedingungen definiert hat. [Ein Beispiel ist die Festlegung eines Mindestlohns, wodurch der Gesetzgeber Lohnschwankungen unter eine festgesetzte Größe verhindert.]
Die rechtliche Grundlage der Tarifautonomie ist im Grundgesetz für die Bundesrepublik Deutschland (GG) mit dem Grundrecht der Vereinigungsfreiheit (Koalitionsfreiheit) in Artikel 9 Absatz 3 verankert.

dbb beamtenbund und tarifunion: Tarifautonomie. In: www.dbb.de, Abruf am 29.04.2023

Art. 9 GG
(3) Das Recht, zur Wahrung und Förderung der Arbeits- und Wirtschaftsbedingungen Vereinigungen zu bilden, ist für jedermann und für alle Berufe gewährleistet.

Tarifautonomie
→ Kapitel 10, S. 362 ff.

M13 Wer entscheidet über eine Anpassung des Mindestlohns?

A Entscheidung liegt bei der Mindestlohnkommission

Eine unabhängige Kommission der Tarifpartner, die Mindestlohnkommission, schlägt der Bundesregierung alle zwei Jahre vor, in welcher Höhe der Mindestlohn angepasst werden sollte. Die Kommission prüft, welche Mindestlohnhöhe einen angemessenen Mindestschutz für die Beschäftigten bietet, faire Wettbewerbsbedingungen ermöglicht und die Beschäftigung nicht gefährdet. Sie orientiert sich bei ihrer Entscheidung an der Entwicklung der Tariflöhne in Deutschland. Die Mindestlohnkommission evaluiert zudem laufend die Auswirkungen des Mindestlohns und stellt ihre Erkenntnisse der Bundesregierung alle zwei Jahre in einem Bericht zur Verfügung.
Im Koalitionsvertrag [2021] ist festgelegt, dass die Bundesregierung den gesetzlichen Mindestlohn in einer einmaligen Anpassung auf zwölf Euro pro Stunde erhöht. Zukünftige Anpassungen des Mindestlohns erfolgen weiterhin auf Vorschlag der Mindestlohnkommission, erstmals wieder zum 30. Juni 2023 mit Wirkung zum 1. Januar 2024.

dbb beamtenbund und tarifunion: Tarifautonomie. In: www.dbb.de, Abruf am 29.04.2023

B **Wie stark ist der Mindestlohn seit seiner Einführung gestiegen?**

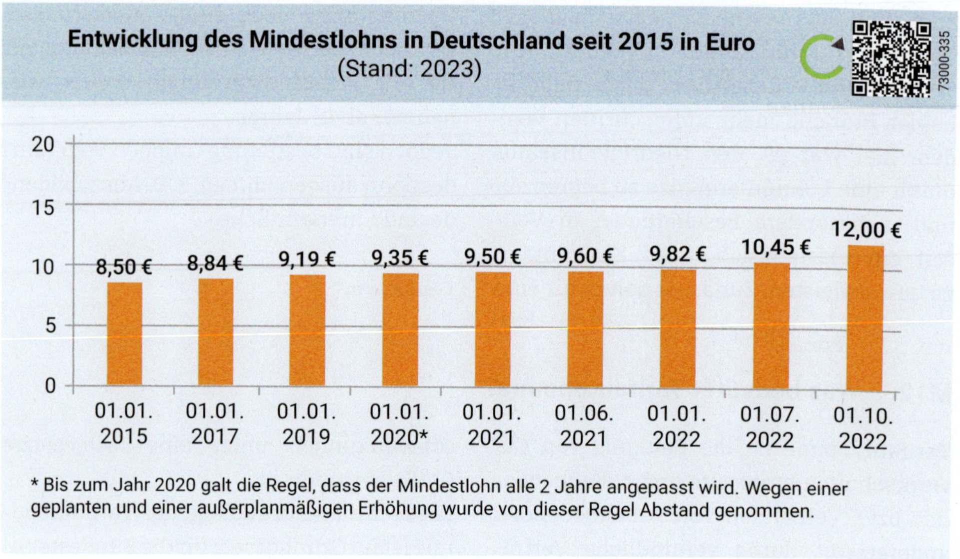

©C.C. Buchner Verlag, aktuelle Daten nach: DESTATIS (Datenerhebung: 2022; Grafikerstellung: 2023)

M14 Welche Auswirkungen hat der Mindestlohns auf unterschiedliche Lohn- und Berufsgruppen? Ein Experteninterview ...

Gemäß Beschluss des Bundestags wird der gesetzliche Mindestlohn ab Oktober 2022 auf 12 Euro erhöht. Mario Bossler, Erik-Benjamin Börschlein und Nicole Gürtzgen forschen am Institut für Arbeitsmarkt und Berufsforschung (IAB). Die Redaktion des IAB-Forums hat bei den Forschenden nachgefragt, auf wie viele Beschäftigungsverhältnisse sich die Erhöhung voraussichtlich auswirken wird.

Redaktion IAB-Forum: Wie groß wird die Reichweite des neuen Mindestlohns ausfallen?

Mario Bossler: Wenn man die geschätzten Löhne von 2021 zugrunde legt, betrifft die Erhöhung des Mindestlohns auf 12 Euro mehr als jedes fünfte Beschäftigungsverhältnis in Deutschland. In der Gruppe der Minijobs werden sogar fast drei von vier Jobs mit höchstens 12 Euro entlohnt. Der Mindestlohn steigt im Laufe dieses Jahres um insgesamt 25 Prozent. Diese Zahlen verdeutlichen die große Reichweite des Mindestlohns, die – was die Anzahl der betroffenen Beschäftigten angeht – sogar noch deutlich größer ist als zur Mindestlohneinführung 2015. [...]

In welchen Jobs werden die Beschäftigten im Herbst besonders vom höheren Mindestlohn profitieren?

Erik-Benjamin Börschlein: Der Anteil der Beschäftigten, für die ein höherer Lohn durch die Mindestlohnanpassung zu erwarten ist, unterscheidet sich relativ stark zwischen den Branchen. Unter den sozialversicherungspflichtigen Beschäftigten wird in der Landwirtschaft und im Gastgewerbe aktuell etwa jeder zweite Beschäftigte unterhalb von 12 Euro entlohnt. Unter Minijobbern ist über alle Branchen hinweg mindestens die Hälfte der Beschäftigten von der Mindestlohnerhöhung betroffen, häufig jedoch weitaus mehr. Bei stabiler Beschäftigung würde die Mindestlohnerhöhung einen höheren Lohn für 9 von 10 Minijobbern im Gastgewerbe mit sich bringen.

In ähnlichem Ausmaß könnten auch geringfügig Beschäftigte personennaher Dienstleistungen, des Handels, der Landwirtschaft und der Unterhaltungsbranche profitieren. Inwiefern sich die Höhe der Lohnsteigerung bei Mindestlohnbetroffenen in unterschiedlichen Branchen unterscheidet, können wir mit unseren Analysen leider nicht ermitteln. […]

Mit dem Mindestlohn gingen immer schon sowohl Befürchtungen als auch Hoffnungen einher. Können Sie aufgrund bisheriger Erfahrungen schon abschätzen, welche Folgen die Erhöhung insgesamt auf den Arbeitsmarkt haben wird?

Nicole Gürtzgen: Eine wichtige Befürchtung richtet sich natürlich auf einen möglichen Beschäftigungsabbau. Die wesentlich höhere Reichweite der Mindestlohnerhöhung auf 12 Euro im Vergleich zur Einführung bedeutet nicht zwingend, dass es nun zu Einbrüchen der Gesamtbeschäftigung kommen muss. Tatsächlich kann es Einbußen bei der Beschäftigung geben, wenn Arbeitgeber aufgrund der Erhöhung weniger Arbeitskräfte nachfragen und schlimmstenfalls ihre Geschäftstätigkeit einstellen. Es gibt jedoch auch Bereiche des Arbeitsmarkts, in denen Beschäftigte unterhalb ihrer Produktivität entlohnt werden. Hier kann die Mindestlohnerhöhung auch die Beschäftigung ankurbeln, zum Beispiel wenn Arbeitsuchende häufiger für sie akzeptable Jobangebote erhalten als zu einem niedrigeren Mindestlohn. Unabhängig davon kann ein höherer Mindestlohn auch das Angebot an Arbeitskräften erhöhen. Welche dieser Mechanismen überwiegen, wird letztlich eine empirische Frage sein.

IAB-Forum: Höherer Mindestlohn betrifft mehr als jedes fünfte Beschäftigungsverhältnis. In: www.iab-forum.de, 05.07.2022

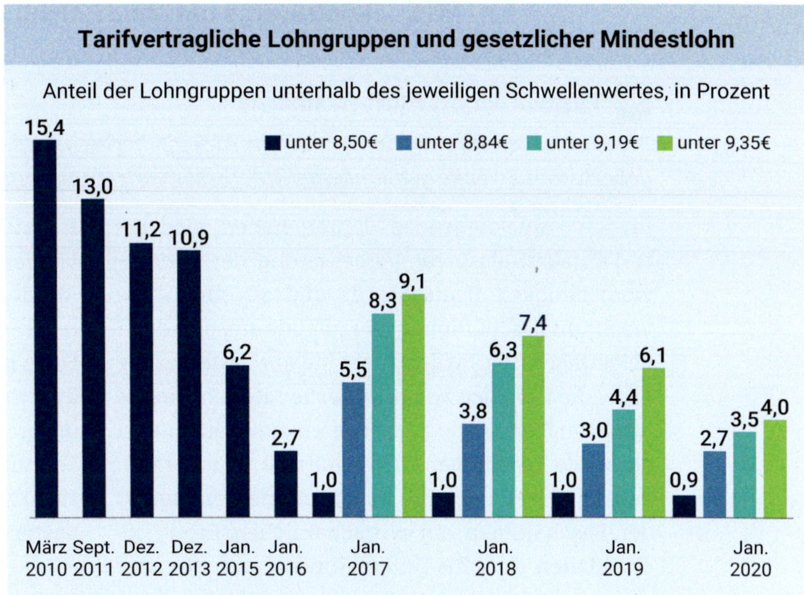

Nach: Schulten, Thorsten: Der Mindestlohn stabilisiert das Tarifvertragssystem im Niedriglohnsektor. In: Wirtschafts- und Sozialwissenschaftliches Institut (WISI): Blog. In: www.wisi.de, 23.12.2020

Aufgaben

72043-855

1. Stellen Sie anhand von **M11** dar, wie der Mindestlohn in Deutschland ausgestaltet ist.
2. Beschreiben Sie mit Hilfe von **M12** das Prinzip der Tarifautonomie und stellen Sie es Ihrer Nachbarin bzw. Ihrem Nachbarn vor..
3. Erklären Sie anhand von **M13** A, wie der Mindestlohn angepasst wird.
4. Diskutieren Sie mögliche Vor- und Nachteile einer einmaligen Anpassung des Mindestlohns auf zwölf Euro durch die Politik im Jahr 2022 (**M13** A, B).
5. a) Werten Sie arbeitsteilig das Interview und die Statistik in **M14** im Hinblick auf die Auswirkungen der Anpassung des Mindestlohns auf 12 Euro pro Arbeitsstunde auf die tarifvertraglichen Lohngruppen aus.
   b) Vergleichen Sie anschließend Ihre Ergebnisse im Kurs.
6. Beurteilen Sie auf Grundlage der Ergebnisse die Auswirkungen des Mindestlohns auf die Entwicklung von Tarif- und Niedriglöhnen (**M11-M14**).

M15 Kontroverse um Mindestlohn und Tarifautonomie

A Position der Arbeitgeberverbände

Die Bundesvereinigung der Deutschen Arbeitgeberverbände (BDA) ist ein Zusammenschluss von Arbeitgebern zum Zwecke gemeinsamer Interessenvertretung gegenüber Gewerkschaften und Staat.

In den zurückliegenden Jahren haben moderate Tarifabschlüsse zur Verbesserung der Wettbewerbsfähigkeit Deutschlands und zu einem Zuwachs an Beschäftigung hierzulande entscheidend beigetragen. Die Tarifpartner sind am besten in der Lage, die jeweilige wirtschaftliche Situation in ihren Branchen sowie Betrieben einzuschätzen und passende Regelungen zu vereinbaren. Durch Tarifverträge lässt sich eine angemessene Beteiligung der Beschäftigten am wirtschaftlichen Erfolg sicherstellen, ohne die Unternehmen durch unangemessene Arbeitsbedingungen zu überfordern und dadurch Arbeitsplätze zu gefährden. [...] Jede Form staatlicher Lohnfestsetzung greift in die Tarifautonomie ein und stellt die Motivation in Frage, sich freiwillig in Gewerkschaften und Arbeitgeberverbänden zu organisieren, um eigenverantwortlich Mindestarbeitsbedingungen in Tarifverträgen zu regeln. Staatliche Eingriffe in die Lohnfindung in Form gesetzlicher Mindestlöhne [...] führen zu einer dauerhaften Schwächung der Tarifautonomie und unseres Tarifvertragssystems. Staatlich fixierte Lohnuntergrenzen bergen zudem die Gefahr, dass sie in konjunkturell schlechten Zeiten vor allem zu Lasten der Schwächsten am Arbeitsmarkt gehen.

Bundesvereinigung der Deutschen Arbeitgeberverbände (2020): Die Tarifautonomie ist unverzichtbar für die Soziale Marktwirtschaft. In: www.arbeitgeber.de, Abruf am 29.04.2023

B IW zur Mindestlohnanpassung

Das Institut der Deutschen Wirtschaft (IW) ist ein arbeitgebernahes Wirtschaftsforschungsinstitut.

Unklar war zum Zeitpunkt der Mindestlohneinführung, inwieweit der Mindestlohn Tariflöhne überholt und dadurch faktisch außer Kraft setzt und wie sich dies wiederum auf die Verhandlungsbereitschaft der Tarifparteien auswirkt. [...] Der Mindestlohn determiniert vielfach die Tariflohnentwicklung, macht Tarifverhandlungen aber nicht überflüssig. Bei einem Mindestlohn von 12 Euro je Stunde würde das Tarifsystem mindestlohnbetroffener Branchen einem Belastungsprozess mit ungewissem Ausgang ausgesetzt. Der Vorsitzende der MLK [Mindestlohnkommission] sieht darin einen gravierenden Eingriff in die Tarifautonomie. Problematisch wäre aber nicht nur die Anpassung des Tariflohnniveaus, sondern auch die massive Stauchung der Tariflohnstruktur durch einen Mindestlohn von 12 Euro je Stunde. Eine differenzierte Entlohnung zwischen ungelernten oder angelernten Arbeitskräften auf der einen Seite und Fachkräften auf der anderen Seite wäre kaum noch darstellbar. [Dies wird noch dadurch erschwert, dass die Gewerkschaften bei den Ungelernten einen Aufschlag zum gesetzlichen Mindestlohn fordern.] Selbst im Falle einer Übergangsregelung würden die Tariflohnanpassungen über mehrere Jahre hinweg durch den Mindestlohn vorweggenommen. Ein autonomer Spielraum wäre praktisch nicht vorhanden. Im schlimmsten Fall würde die Zone „weißer Flecken" in der Tariflandschaft größer, weil der Anreiz sinkt, Tarifverträge abzuschließen.

Bundesvereinigung der Deutschen Arbeitgeberverbände (2020): Die Tarifautonomie ist unverzichtbar für die Soziale Marktwirtschaft. In: www.arbeitgeber.de, Abruf am 29.04.2023

Mindestlohnbetroffenheit
Tarifvertrag, der mindestens eine besetzte Entgeltgruppe aufweist, die einen Bruttostundenlohn unterhalb der nächsten Stufe des allgemeinen Mindestlohns vorsieht.

C Rede des Ministers Hubertus Heil zum Mindestlohn

Hubertus Heil ist Bundestagsabgeordneter der SPD. Seit 2018 ist er zudem Bundesminister für Arbeit und Soziales.

Die Einführung des Mindestlohns ist ein Erfolgsmodell. Er hat sozialversicherungspflichtige Arbeit gesichert und höhere Löhne für rund 4 Millionen Menschen gebracht. [...] Unser Ziel muss es in einer sozialen Marktwirtschaft doch sein, dass die, die Vollzeit arbeiten, auch davon leben können. [...] Wir müssen dafür sorgen, dass sich der Mindestlohn angemessen weiterentwickelt. Das ist sozialpolitisch geboten, [...] damit Millionen Menschen nicht den Anschluss an die arbeitende Mitte in diesem Land verlieren. [...] Klar ist [...], dass die Weiterentwicklung des Mindestlohns als Instrument des Sozialstaates eine Aufgabe des Gesetzgebers ist. Gleichzeitig will ich betonen, dass das bewährte System des sozialpartnerschaftlich verhandelten Mindestlohns damit nicht grundsätzlich infrage gestellt wird. Wir wollen es nur insoweit anpassen, wo das erforderlich ist, um für einen angemessenen Mindestschutz der Arbeitnehmerinnen und Arbeitnehmer zu sorgen. Klar ist auch, dass die Mindestlohnkommission in Zukunft weitere Anpassungen übernehmen wird. Das heißt, dass damit auch die Sozialpartnerinnen und Sozialpartner eingebunden sind. Natürlich [...] ist der Mindestlohn auch nach dieser Erhöhung immer nur eine absolute Lohnuntergrenze.

Heil, Hubertus: „Wir müssen dafür sorgen, dass sich der Mindestlohn angemessen weiterentwickelt", Rede des Ministers im Plenum des Bundestages zur 1. Lesung Mindestlohn am 28. April 2022. In: www.bmas.de, 28.04.2022

D Position des Wirtschafts- und Sozialwissenschaftlichen Instituts (WSI)

Malte Lübker leitet das Referat Tarif- und Einkommensanalysen am gewerkschaftsnahen Wirtschafts- und Sozialwissenschaftlichen Institut (WSI) der Hans-Böckler-Stiftung.

Der Niedriglohnsektor reicht heute [...] bis in die Arztpraxen und Anwaltskanzleien des Landes. Hintergrund ist, dass die Tarifbindung in Deutschland über die beiden vergangenen Jahrzehnte einen beispiellosen Erosionsprozess durchlaufen hat: Während zur Jahrtausendwende noch 68 Prozent der Beschäftigten unter den Geltungsbereich eines Tarifvertrages fielen, waren es im Jahr 2020 nur noch 51. Tarifverträge können ihre Schutzfunktion also nur noch unzureichend erfüllen.

Der Mindestlohn von 12 Euro ist also in erster Linie ein sozial- und arbeitsmarktpolitisches Projekt. Er korrigiert Fehlentwicklungen der letzten Jahre und führt zu einer Neubewertung von Arbeit – insbesondere in der Hälfte des Arbeitsmarktes, die inzwischen jenseits der Reichweite von Tarifverträgen liegt. In Branchen wie dem Gastgewerbe, dem Einzelhandel und anderen Dienstleistungen, wo viele Arbeitgeber ihr Geschäftsmodell auf niedrige Löhne gebaut haben, führt dies naturgemäß zu erheblichem Anpassungsdruck. Gleichzeitig schützt der künftige Mindestlohn all jene Arbeitgeber, die nach Tarif zahlen und gute Arbeitsbedingungen bieten, vor Außenseiterkonkurrenz. Der neue Mindestlohn verändert damit auch die Dynamik des Wettbewerbs: Wenn Lohndrückerei keine erfolgversprechende Strategie mehr ist, haben all jene einen Vorteil, die auf Qualität, Innovation und Qualifikation ihrer Beschäftigten setzen.

Lübker, Malte (2022): 12 Euro Mindestlohn: Eine lange überfällige Verbesserung für Millionen Beschäftigte. In: www.wsi.de, 11.03.2022

Aufgaben

72043-856

1. a) Arbeiten Sie arbeitsteilig Pro- und Kontra-Argumente aus den Standpunkten in **M15** A - D heraus. Ergänzen Sie diese auf Grundlage Ihrer bisherigen Kenntnisse.

b) Gestalten Sie eine Pro-Kontra-Diskussion zu der Kapitelfrage: „Mindestlohn – gefährdet das Eingreifen der Politik die Tarifautonomie?" (**M15** A - D).

c) Erörtern Sie die einzelnen Argumente aus **M15** A - D und formulieren Sie ein kriteriengeleitetes Gesamturteil.

H zu Aufgabe 1c
Mögliche Kriterien sind z. B.: Interessen, Kosten, Funktionsfähigkeit, Sozialstaat, Akzeptanz etc.

11.3 Energiewirtschaft unter Druck: Sind die Pläne zum Ausbau der Windenergie ausreichend?

Zum Thema: 2030 sollen 80 Prozent des verbrauchten Stroms in Deutschland aus Erneuerbaren Ernergien stammen. Im Jahr 2045 soll in Deutschland Treibhausgasneutralität erreicht werden. Die Energieversorgung der Wirtschaft und Bevölkerung erfordert jedoch einen erheblichen Einsatz von Rohstoffen. Die Erreichung von Klimazielen sowie Herausforderungen der Energieversorgung durch den Krieg in der Ukraine fordern einen schnelleren Ausbau Erneuerbarer Energien. Der Ausbau der Windenergie spielt dabei eine zentrale Rolle, bewegt sich jedoch in einem Spannungsverhältnis unterschiedlicher Interessen.

M16 Energiewende – bedeutsam für den Wirtschaftsstandort?

A

Matthias Machnig, Staatssekretär im BMWi 2017

Der energieressourceneffizienteste und nachhaltigste Standort wird auch der wettbewerbsfähigste in den nächsten Jahren sein, und deswegen sind wir gut beraten, sehr ressourceneffizient, sehr energieeffizient, sehr nachhaltig zu produzieren, weil das im internationalen Wettbewerb große Standortvorteile sein können, wenn wir die Rahmenbedingungen dafür richtig anlegen.

Machnig, Matthias: Zitat der Woche. In: www.bmwi-energiewende.de, 23.05.2017

B

Presse- und Informationsamt der Bundesregierung 2023

Deutschland hat bis zum Beginn des russischen Angriffskrieges gegen die Ukraine einen großen Teil fossiler Energien aus Russland importiert – vor allem Erdgas. [...] Nun gilt es, die Energiewende massiv zu beschleunigen. Denn nur so gelingt langfristig eine günstige, unabhängige und sichere Energieversorgung, die gleichzeitig unser Klima schützt. Die Bundesregierung hat dafür wesentliche Maßnahmen auf den Weg gebracht. Sie sorgt etwa dafür, dass nun zwei Prozent der bundesweiten Flächen für Windenergie ausgewiesen und Planungs- und Genehmigungsverfahren beschleunigt werden.

Bundesregierung: Energiesicherheit: Klimafreundliche und krisensichere Energieversorgung. In: www.bundesregierung.de, 20.01.2023

Einstiegsaufgaben

72043-857

1. Stellen Sie die Aussagen zur Bedeutung der Energiewende (**M16 A**) und die Maßnahme der Bundesregierung zur Beschleunigung der Energiewende in Deutschland dar (**M16 B**).
2. Beurteilen Sie im Kurs spontan die Maßnahme der Bundesregierung zum Ausbau der Windenergie.

M17 Das Wind-an-Land-Gesetz (WaLG)

§

Um die Windenergie an Land deutlich auszubauen, sollen Planungs- und Genehmigungsverfahren beschleunigt und die notwendigen Flächen bereitgestellt werden. [...] Das neue „Windenergie-an-Land-Gesetz" gibt dazu künftig verpflichtende Flächenziele vor. Denn bislang sind bundesweit 0,8 Prozent der Landesfläche für Windenergie an Land ausgewiesen – allerdings sind nur 0,5 Prozent tatsächlich verfügbar. Bis Ende 2032 müssen die Länder zwei Prozent der Bundesfläche für die Windenergie ausweisen. Bis 2027 sollen 1,4 Prozent der Flächen für Windenergie bereitstehen, hat der Bundestag festgelegt. [...] Die Bundesländer dürfen zwar weiterhin über Mindestabstände entscheiden, müssen aber sicherstellen, dass sie ihre Flächenziele aus dem Windenergieflächenbedarfsgesetz erreichen und so ihren Beitrag zum Ausbau der Windenergie leisten. [...] Um Genehmigungsverfahren zu beschleunigen, gelten für die artenschutzrechtliche Prüfung nun bundeseinheitliche Standards. Das Gesetz stellt klar, dass der Betrieb von Windenergieanlagen im überragenden öffentlichen Interesse liegt und der öffentlichen Sicherheit dient. Landschaftsschutzgebiete können in die Suche nach Flächen für den Windenergieausbau einbezogen werden.

Bundesregierung (Hg.): Mehr Windenergie für Deutschland. In: www.bundesregierung.de, 06.10.2022

Woher kommt Deutschlands Strom?

Der Strommix (→ Kap. 9, S. 333, **M25** B)

73000-102

M18 Wo sollen die Windräder stehen? Flächenpotenziale der Bundesländer

Für den Ausbau der Windenergie ist die verfügbare Fläche ein entscheidender Faktor. Im Auftrag des Bundesministeriums für Wirtschaft und Klimaschutz wurde eine umfassende Potenzialanalyse durchgeführt, die die langfristigen Flächenpotenziale für die Windenergie an Land in Deutschland und in den einzelnen Bundesländern ermittelt hat. Unterschieden werden Ausschlussflächen (z. B. zu geringer Abstand zu Wohngebäuden oder Windstärke von unter 6,5 m/s in 150 m Höhe über Grund), auf denen der Ausbau der Windenergie ausgeschlossen ist (86 Prozent der Bundesfläche) und Restriktionsflächen, d. h. auf denen Konfliktrisiken aufgrund von Artenschutz sowie Natur- und Landschaftsschutz bestehen. Der Konfliktrisikowert (KRW) kann dabei zwischen 1 (geringes Konfliktrisiko) und 6 (sich überlagerndes, sehr hohes Konfliktrisiko) liegen. Je höher der ermittelte Konfliktrisikowert einer Flächeneinheit, desto unwahrscheinlicher ist es, dass diese Fläche für die Windenergienutzung in Anspruch genommen werden kann. Die Einordnung der Flächen nach Konfliktrisikowerten ermöglicht eine Differenzierung der Konfliktrisiken bei der Ermittlung des Flächenpotenzials.

Guidehouse Germany GmbH, u.a.: Analyse der Flächenverfügbarkeit für Windenergie an Land post-2030. Im Auftrag von: Bundesministerium für Wirtschaft und Klimaschutz. In: www.bmwk.de, Mai 2022. S. 39 ff.

Analyse der Flächenverfügbarkeit für Windenergie an Land post-2030

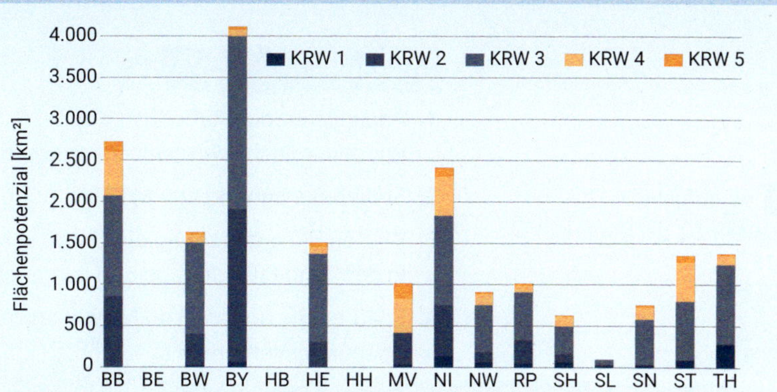

Dargestellt ist das Flächenpotenzial der Variante B. Das Flächenpotenzial der Variante A (keine Berücksichtigung der Flächenpotenziale mit KRW 4 und 5) entspricht ausschließlich den blauen Säulenabschnitten.

Nach: Guidehouse Germany GmbH, u. a.: Analyse der Flächenverfügbarkeit für Windenergie an Land post-2030. Im Auftrag von: Bundesministerium für Wirtschaft und Klimaschutz. In: www.bmwk.de, Mai 2022. S. 39 ff. (von der Bearbeiterin vereinfacht dargestellt)

M19 Ausbau der Windenergie: Probleme und gesetzliche Verpflichtungen

A Probleme beim Ausbau der Windenergie

Für den stockenden Ausbau [...] zählen derzeit oftmals sehr langwierige Genehmigungsverfahren sowie zahlreiche Klagen gegen Windenergieprojekte, insbesondere aufgrund von Natur- und Artenschutzbelangen. Darüber hinaus mangelt es aber vor allem auch an planerisch ausgewiesenen Flächen für den Windenergieausbau an Land. [...] Der Bund hat das Interesse, dass die von ihm festgelegten nationalen Ausbauziele erreicht werden. Untere Ebenen schauen hingegen stärker auf die lokalen Auswirkungen des Windenergieausbaus. [...] Gleichzeitig profitieren die Menschen vor Ort nicht unbedingt unmittelbar von Windenenergieanlagen und dem von ihnen erzeugten Strom. Deswegen haben die unteren Ebenen oftmals kein besonderes Interesse, Flächen für die Windenergie bereitzustellen. Dies wird noch dadurch verstärkt, dass eine klimaneutrale Stromversorgung mit Windenergie ein öffentliches Gut ist, solange nur eine deutschlandweit einheitliche Strompreiszone besteht. Die Länder haben somit Anreize, sich auf Ausbaubemühungen anderer Länder zu verlassen und ihren eigenen Beitrag nicht zu erhöhen. Es liegt mithin ein klassisches Trittbrettfahrerproblem vor.

B Wozu sind die Bundesländer verpflichtet?

Verfehlen Länder die für 2027 und 2032 festgelegten Flächenziele, dürfen sie den Windenergieausbau von da an nicht mehr planerisch einschränken [...]. Aktuell nutzen die Länder vielfach Möglichkeiten, um den Ausbau der Windenergie räumlich zu steuern und einzuschränken – z. B. durch die Ausweisung von Vorranggebieten mit Ausschlusswirkung für den restlichen Planungsraum oder durch pauschale Siedlungsmindestabstände. Fielen derartige planerische Einschränkungsmöglichkeiten weg, wäre die Windenergie [...] im Außenbereich grundsätzlich überall privilegiert*. Zunächst sind die Länder bis zum 31.05.2024 verpflichtet, entweder eigene Planaufstellungsbeschlüsse zur Ausweisung von Flächen nachzuweisen, mit denen die Flächenziele erreicht werden können, oder das Inkrafttreten von Landesgesetzen oder Raumordnungsplänen nachzuweisen, die regionale oder kommunale Teilflächenziele für die entsprechenden Planungsträger festsetzen [...]. Bis zum 31.05.2024 haben die Länder außerdem die Möglichkeit, sich ihre Flächenziele untereinander auf Basis von Staatsverträgen teilweise zu überschreiben.

**Privilegierung im Außenbereich:* *Windenergieanlagen dürften im Prinzip überall im Außenbereich gebaut werden, sofern dafür eine Genehmigung erteilt würde (rechtliche Anforderungen beispielsweise des Immissions- und Naturschutzes müssten weiter erfüllt werden).*

Reutter, Felix et al.: Flächenziele für die Windenergie: Wie zielführend ist das neue Wind-an-Land-Gesetz? In: Wirtschaftsdienst. Zeitschrift für Wirtschaftspolitik, 102. Jahrgang, 2022. Heft 9. S. 703-708

Aufgaben

72043-858

1. Analysieren die Statistik in Kapitel 9, S. 333, **M25** B im Hinblick auf die Bedeutung der Windenergie im Vergleich zu anderen Energieträgern in Deutschland.
2. Stellen Sie anhand von **M17** die Ausgestaltung des Wind-an-Land-Gesetzes dar.
3. Werten Sie arbeitsteilig die Grafik in **M18** in Bezug auf die möglichen Flächenpotenziale der Bundesländer aus und vergleichen Sie Ihre Ergebnisse.
4. Erklären Sie anhand von **M19**, warum es beim Ausbau der Windenergie zu einem Spannungsverhältnis unterschiedlicher Interessen kommt.
5. Arbeiten Sie aus **M19** A, B Verpflichtungen der Länder und Sanktionsmaßnahmen der Bundesregierung im Hinblick auf die Umsetzung des „Wind-an-Land-Gesetzes" heraus.
6. Bewerten Sie abschließend auf Grundlage der Ergebnisse die gesetzlich festgelegte Zielvorgabe, zwei Prozent der Bundesfläche für Windenergie auszuweisen (**M17-M19** A, B).

H zu Aufgabe 3
Lesehilfe für die Grafik in **M18**

72043-859

F zu den Aufgaben 4, 5
Recherchieren Sie Regelungen und Interessenkonflikte beim Ausbau der Windenergie in Ihrer Kommune.

11.4 *Vertiefung*: Führt eine ökonomische Beteiligung von Bürgerinnen und Bürgern zu mehr Akzeptanz beim Ausbau der Windenergie?

Zum Thema: „Klimaschutz ist wichtig!" Dieser Aussage würden wohl die meisten Menschen spontan zustimmen. Wir wünschen uns eine intakte Umwelt, wir wissen, wie wichtig sie für unsere Lebensqualität und die zukünftigen Generationen ist. Dennoch stößt der Ausbau der Windenergie immer wieder auf Widerstand bei den Bürgerinnen und Bürgern. Ist eine ökonomische Bürgerbeteiligung eine mögliche Lösung?

M20 Fallbeispiel: Windpark Coesfeld – ein Vorzeigeprojekt?

Die Menschen in Coesfeld wissen, wie man sich in Sachen Energie unabhängig macht. Sie haben vor Jahren einen Windpark auf den Weg gebracht, der mittlerweile in Betrieb ist. Die Windräder können Strom für die ganze Stadt produzieren und das dadurch gewonnene Geld bleibt auch in Coesfeld.

In Coesfeld steht der größte Windpark Nordrhein-Westfalens. Im deutschlandweiten Vergleich ist er der drittgrößte. Nach zehn Jahren Plan- und Bauzeit ist der Windpark seit Herbst 2021 an dem Netz angeschlossen.
Die insgesamt 13 Windräder sollen mehr als 40.000 Haushalte mit Strom versorgen können. Damit können sie den Jahresbedarf an Strom der gesamten Kreisstadt rein rechnerisch abdecken. Der Gewinn aus der Stromerzeugung bleibt auch vor Ort. Denn: Die Hälfte der Anteile an dem Windpark gehören den Menschen in Coesfeld. Ein Viertel besitzen die Landwirt*innen, auf deren Grundstücken die Windräder stehen und ein weiterer Teil die örtlichen Stadtwerke. Das sieht das Betreibermodell des Windparks vor. Eine Bürgerstiftung, die kulturelle und soziale Projekte umsetzt, soll ebenfalls Geld aus dem Stromgeschäft bekommen. Laut der „Bürgermeisterin handelt es sich jedes Jahr um eine sechsstellige Summe.

Windpark in Nordrhein-Westfalen

Howard, Tina: Bürgerbeteiligung Windkraft: Coesfeld erzeugt seinen eigenen Strom. In: www.deutschlandfunknova.de, 02.03.2022

Einstiegsaufgaben

72043-860

1. Beschreiben Sie anhand von **M20** mit eigenen Worten, wie das Coesfelder Windpark-Modell ausgestaltet ist.
2. Beurteilen Sie das Coesfelder Windpark-Projekt spontan unter Berücksichtigung unterschiedlicher Perspektiven.

M21 Windenergieanlagen vor der Haustür? Was wünschen sich die Bürgerinnen und Bürger? Eine Umfrage …

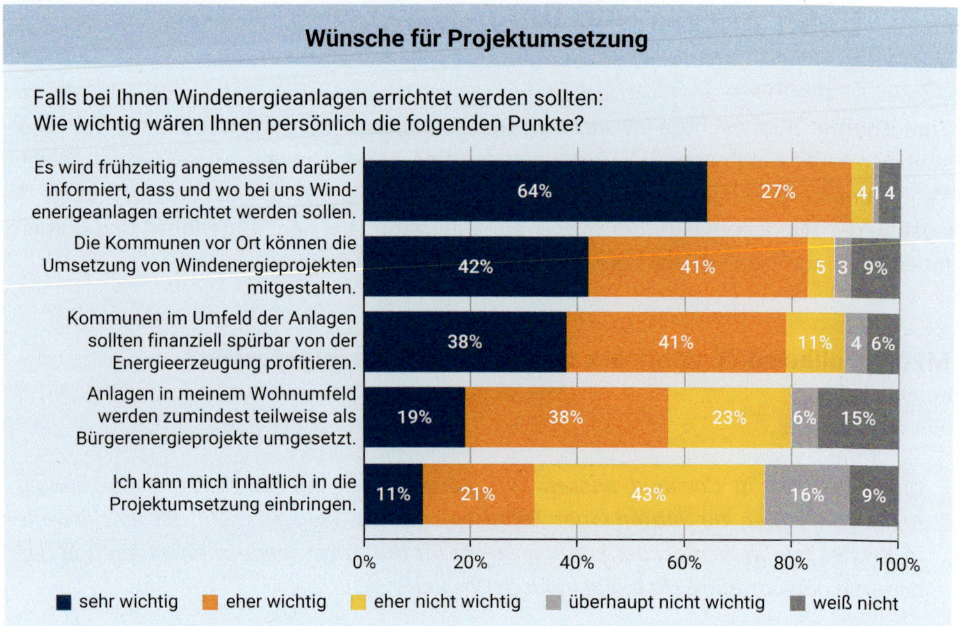

Nach: © FA Wind, 2021: Umfrage zur Akzeptanz der Windenergie an Land. Herbst 2021 – Wünsche an mögliche Projekte. In: www.fachagentur-windenergie.de. Berlin 2021, S. 9

M22 Wie erhöhen andere Bundesländer die Akzeptanz für neue Windenergieanlagen? Das Beispiel Mecklenburg-Vorpommern …

Der Landtag in Schwerin hat nach dreijähriger Vorbereitung das sogenannte „Bürger- und Gemeindenbeteiligungsgesetz" [2016] verabschiedet. Ziel des Gesetzes ist es, die Akzeptanz für neue Windenergieanlagen zu erhöhen und die Wertschöpfung vor Ort zu steigern, indem Anwohnern und Nachbargemeinden eine wirtschaftliche Beteiligung ermöglicht wird. Dazu werden Investoren zukünftig verpflichtet, eine Projektgesellschaft für jedes neue Windenergieprojekt zu gründen und Bürgern und Gemeinden in einem Fünf-Kilometer-Umkreis um neue Anlagen jeweils zehn Prozent der Anteile an der Gesellschaft zum Kauf anzubieten. Ein Anteil darf maximal 500 Euro kosten, damit die finanziellen Einstiegshürden niedrig gehalten werden. […] Alternativ können Investoren im Rahmen des Gesetzes entscheiden, den sogenannten Weg B zu gehen und den Bürgern ein Sparprodukt anzubieten. Kaufberechtigte Bürger im 5-Kilometer-Umkreis haben dann die Möglichkeit, eine entsprechende Festgeldanlage zu zeichnen. Der Zinssatz orientiert sich an den Gewinnen. Bürger werden so indirekt am Gewinn der Anlagen beteiligt, ohne dass sie ein Risiko tragen, ihre Einlagen zu verlieren. Den Gemeinden kann alternativ eine Ausgleichsabgabe – eine jährliche Zahlung aus den Erlösen des Windparks – angeboten werden. Die Gemeinden dürfen selbst entscheiden, die Abgabe anzunehmen, anstatt Gesellschaftsanteile zu erwerben, während bei dem Sparprodukt für die Bürger der Investor entscheidet. Lokal erarbeitete Lösungen, die davon abweichen, sollen unter dem Motto „Freiwilligkeit sticht Pflicht" jedoch auch möglich bleiben.

Gotchev, Boris: Bundesländer machen Bürgerbeteiligung bei Wind verpflichtend – Teil 1. In: www.iass-potsdam.de, 28.04.2016

M23 Reaktionen auf das Bürger- und Gemeindebeteiligungsgesetz: Unternehmen scheitert beim Bundesverfassungsgericht

Aus Sicht des BWE [Bundesverbands Windenergie] könnte das Gesetz in Mecklenburg-Vorpommern in seiner derzeitigen Ausgestaltung den Wettbewerb möglicherweise deutlich verzerren, weil es bestimmte Interessenten von den Genehmigungsverfahren von vorneherein ausschließt.

Dazu BWE-Geschäftsführer Wolfram Axthelm: „Das Urteil enttäuscht. [...] Es gibt eine bundeseinheitliche Regelung zur Beteiligung. Es gilt zu vermeiden, dass parallel erlassenes Landesrecht den notwendigen, zügigen Ausbau der Windenergie blockiert."

Das klagende Unternehmen hatte beanstandet, dass das Gesetz vorschreibt, dass Windparks nur durch eine eigens zu diesem Zweck gegründete Projektgesellschaft betrieben werden dürfe. Dies führe zum Ausschluss natürlicher Personen oder nicht speziell zu diesem Zweck gegründeter Gesellschaften. Darin sah die Klagepartei eine Einschränkung der Berufsfreiheit. Zudem schränke das Gesetz die Maßgabe „Bundesrecht bricht Landesrecht" ein. Diese Eingriffe seien nicht zu rechtfertigen und nicht verhältnismäßig. [...] „Der stockende Ausbau der Windenergie in Mecklenburg-Vorpommern zeigt deutlich, dass wir eine Vereinfachung der Verfahren brauchen. Speziell zu gründende Gesellschaften sind eine weitere Hürde in einem ohnehin schon zu langsamen und bürokratischen Prozess. Jetzt ist nicht die Zeit für neue Hürden. Wir brauchen jede einzelne Kilowattstunde sauberen Stroms aus erneuerbaren Quellen", so Wolfram Axthelm abschließend.

BWE (Hg.): Karlsruher Urteil nimmt Gesetzgeber zur Vermeidung von Wettbewerbsverzerrung in die Pflicht. In: www.w3.windmesse.de, 06.05.2022

Pressemitteilung: Bundesverfassungsgericht hat entschieden – Grundrechte der Betreiber werden nicht verletzt

Mit heute veröffentlichtem Beschluss hat der Erste Senat des Bundesverfassungsgerichts entschieden, dass das Gesetz über die Beteiligung von Bürgerinnen und Bürgern sowie Gemeinden an Windparks in Mecklenburg-Vorpommern (Bürger- und Gemeindenbeteiligungsgesetz – BüGembeteilG) ganz überwiegend mit dem Grundgesetz vereinbar ist. [Es] soll die Akzeptanz für neue Windenergieanlagen verbessert und so der weitere Ausbau der Windenergie an Land gefördert werden. Die damit verfolgten Gemeinwohlziele des Klimaschutzes, des Schutzes von Grundrechten vor Beeinträchtigungen durch den Klimawandel und der Sicherung der Stromversorgung sind hinreichend gewichtig, um den mit der Beteiligungspflicht verbundenen schwerwiegenden Eingriff in die Berufsfreiheit der Vorhabenträger aus Art. 12 Abs. 1 GG rechtfertigen zu können.

Bundesverfassungsgericht: Pflicht zur Beteiligung von Anwohnern und standortnahen Gemeinden an Windparks im Grundsatz zulässig – Pressemitteilung. In: www.bundesverfassungsgericht.de, 05.05.2022

Aufgaben

72043-861

1. Prüfen Sie anhand der Statistik **M21**, inwiefern beim Windpark-Modell Wünsche von Bürgerinnen und Bürgern bei der Projektumsetzung berücksichtigt werden.
2. Arbeiten Sie aus **M22** die Ausgestaltung und Ziele des Beteiligungsgesetzes in Mecklenburg-Vorpommern heraus.
3. a) Analysieren Sie **M23** im Hinblick auf die Kritik des Bundesverbands Windenergie an dem Urteil des Bundesverfassungsgerichts.
   b) Stellen Sie die Urteilsbegründung des Bundesverfassungsgerichts in **M23** dar.
4. Angenommen, das Bürger- und Gemeindenbeteiligungsgesetz (BüGembeteilG) aus Mecklenburg-Vorpommern würde bundesweit gelten. Erörtern Sie Effizienz und Legitimität eines bundesweiten Beschlusses und entwickeln Sie ein abschließendes Gesamturteil.

H zu Aufgabe 4
Mögliche Kriterien können sein: Interessen, Sozial- und Umweltverträglichkeit, Kosten, Nutzen, Zukunftsfähigkeit, etc.

Bundeskartellamt, Monopol- und Oligopolvermutung, Kartellverbot

Bundeskartellamt

Institution des deutschen Staates (Bundesinstitution) zur Überwachung des Wettbewerbs und zur Kontrolle der Einhaltung der Gesetze, die den Wettbewerb regeln. Das Bundeskartellamt darf Untersuchungen aufnehmen, wenn der Verdacht besteht, dass gegen das Gesetz zur Erhaltung des Wettbewerbs verstoßen wird.
Es prüft, ob durch Fusionen von Unternehmen der Wettbewerb außer Kraft tritt und dient damit dem Schutz der Verbraucherinnen und Verbraucher, die vom Wettbewerb profitieren.

Monopolvermutung

Wenn ein Unternehmen mindestens ein Drittel eines Marktes in einer bestimmten Branche beherrscht, besteht die Gefahr eines Monopols, das heißt, hier wird das Kartellamt tätig, um zu überprüfen, ob dieses Unternehmen seine Marktmacht nicht ausnutzt (→ Missbrauchsaufsicht).

Oligopolvermutung

Eine Oligopolvermutung liegt vor, wenn einige wenige Unternehmen einen Markt beherrschen. Auch hier wird durch das Kartellamt überprüft, inwiefern diese ihre Marktmacht nicht zu Ungunsten der Verbraucherinnen und Verbraucher ausnutzen.

Kartellverbot

Kartelle sind auf dem deutschen (und europäischen) Markt verboten, um die Nachfragenden vor zu hohen Preisen zu schützen, die nicht durch den Preisbildungsprozess auf dem Markt entstehen.
Besteht die Vermutung eines Kartells, ist es die Aufgabe des Bundeskartellamtes, dieses zu überprüfen und ggf. das Kartell zu zerschlagen. Unternehmen, die zusammen ein Kartell gebildet haben, müssen mit hohen Strafen finanzieller Art rechnen. In der Bundesrepublik Deutschland kommen immer wieder Kartelle vor: Berühmte Kartelle vergangener Jahre waren u. a. das Bier- oder das Wurstkartell.

Fusionskontrolle

Beim Zusammenschluss oder Übernahme von Unternehmen prüft das Kartellamt eine mögliche marktbeherrschende Stellung der fusionswilligen Unternehmen, um u. a. Monopolstellungen zu verhindern.

Übung
72043-866

Ministererlaubnis

Wenn das Bundeskartellamt eine Fusion von Unternehmen ablehnt, weil die Gefahr einer zu großen marktbeherrschenden Stellung besteht, hat die Bundeswirtschaftsministerin bzw. der Bundeswirtschatsminister die Möglichkeit, mit einer Ministererlaubnis diese Fusion dennoch zu erlauben.
Dieses ist nur dann möglich, wenn es im Interesse der Allgemeinheit ist, dass diese Fusion vollzogen wird, z. B. wenn dadurch viele Arbeitsplätze erhalten bleiben oder sich das Angebot für die Verbraucherinnen und Verbraucher verbessert.

Übung
72043-867

Mindestlohn
Durch ein staatliches Gesetz wird für alle Arbeitnehmerinnen und Arbeitnehmer in allen Branchen ein Lohn festgelegt, der mindestens in der Stunde zu zahlen ist. Dieser wird nicht von den Tarifparteien (Arbeitgeberverbände und Gewerkschaften) ausgehandelt. Stattdessen wird der Mindestlohn in Deutschland durch eine Mindestlohn-Kommission regelmäßig überprüft und ggf. erhöht.

Übung
72043-868

Energiewende
Durch die Energiewende soll die dauerhafte Versorgung von Wirtschaft und Gesellschaft mit Energie wie Strom und Wärme aus nachhaltig nutzbaren, erneuerbaren oder regenerativen Quellen (erneuerbare Energien) erfolgen. Dadurch soll der Anteil der fossilen Energieträger wie Erdöl, Erdgas, Kohle und der Kernenergieanteil verringert werden. Deutschland hat sich zum Ziel gesetzt, im Jahr 2030 80 Prozent des verbrauchten Stroms aus erneuerbaren Energien wie z. B. Wind- und Wasserkraft, Erdwärme, Sonnenstrahlen etc. zu beziehen. Im Jahr 2045 soll in Deutschland Treibhausgasneutralität erreicht werden.

Übung
72043-869

Wind-an-Land-Gesetz
Im Juli 2022 verabschiedeten der Bundesrat und der Deutsche Bundestag das Wind-an-Land-Gesetz. Durch das Gesetz sind die Bundesländer verpflichtet, bis Ende 2032 zwei Prozent der Bundesfläche für die Windenergie auszuweisen. Bis 2027 sollen 1,4 Prozent der Flächen für Windenergie bereitstehen. Somit soll jedes Bundesland seinen Beitrag zum Ausbau der Windenergie leisten, die eine der wichtigsten erneuerbaren Energiequellen in Deutschland ist. Hintergrund des Gesetzes ist der stockende Ausbau der Windenergie in den vergangenen Jahren durch unterschiedliche Probleme wie den langwierigen Genehmigungsverfahren, zahlreichen Klagen sowie einem Mangel an planerisch ausgewiesenen Flächen.

Bürgerbeteiligung beim Ausbau der Windenergie
Der Ausbau der Windenergie stößt in der Regel auf Widerstand in der Bevölkerung. Gründe hierfür sind u. a. negativ wahrgenommene Auswirkungen auf die Landschaft und Natur. Darüber hinaus profitieren Menschen vor Ort nicht unbedingt unmittelbar von Windenenergieanlagen und dem von ihnen erzeugten Strom. Durch Klagen von Anwohnerinnen und Anwohnern werden Planungsvorhaben zum Ausbau der Windenergie behindert. Die wirtschaftliche Beteiligung der Bürgerinnen und Bürger an Windenergieanlagen stellt eine Maßnahme dar, um die Akzeptanz der Anwohnerinnen und Anwohner vor Ort zu steigern und rechtliche Schritte gegen Bauvorhaben entgegenzuwirken.

Übung
72043-870

KOMPETENZEN PRÜFEN

I. Selbstdiagnose

Ich kann ...	sehr gut	nicht gut	Übung durch z. B.
am Beispiel darstellen, ab wann Unternehmen den Markt beherrschen (AFB I).			M1-M4
beurteilen, ob eine Entscheidung des Bundeskartellamtes zur Sicherung des Wettbewerbs sinnvoll ist (AFB III).			M6-M9
die Ministererlaubnis als weitere Maßnahmen der Wettbewerbspolitik erklären (AFB II).			M5
bewerten, ob der Staat in Form eines Mindestlohns in die Tarifautonomie eingreifen sollte (AFB III).			M10-M15
die Bedeutung der Windenergie für den Wirtschaftsstandort Deutschland beschreiben (AFB I).			M16-M18
an Beispielen die Effizienz und Legitimität staatlicher Maßnahmen zum Ausbau der Windenergie erörtern (AFB III).			M19-M23

Ins Heft

II. Kompetenzen anwenden – am Beispiel

Karikatur: Schwarwel, 2019

Aufgaben 72043-863

1. Analysieren Sie anhand Ihres Wissens aus dem Kapitel 11 die Karikatur im Hinblick auf das dargestellte Problem.
2. Erläutern Sie auf Grundlage Ihrer Kenntnisse mögliche Maßnahmen, um dem Problem entgegenzuwirken.

KOMPETENZEN PRÜFEN

III. Klausurtraining

Flächenziele für die Windenergie: Wie zielführend ist das neue Wind-an-Land-Gesetz?

Grundsätzlich haben die Länder politökonomische Anreize, ihre Flächenziele für 2027 und 2032 zu erreichen. Denn bei Zielverfehlungen müssten sie sich gegenüber der Wähler:innenschaft dafür rechtfertigen, dass sie die räumliche Steuerungsmöglichkeit des Windenergieausbaus aufgegeben haben. Dann dürften nämlich prinzipiell überall im Außenbereich Windenergieanlagen errichtet werden, ohne dass der Ausbau auf planerisch bewusst ausgewählte Flächen konzentriert werden kann. [...]

Die nun geltende Fristenregelung für die Flächenziele bis 2027 bzw. 2032 mag auf den ersten Blick nachvollziehbar sein, weil die planerische Flächenausweisung bisher viel Zeit in Anspruch nahm. In der Vergangenheit haben entsprechende Planungsprozesse in vielen Fällen fünf bis zehn Jahre gedauert [...].

Vor diesem Hintergrund ist es allerdings durchaus kritisch zu sehen, dass die Fristenregelung den Ländern und Planungstragenden keine Beschleunigungsanreize setzt, schon vor Erreichen der gesetzlichen Fristen Windenergieflächen auszuweisen. [...]

Möglicherweise kann es für Regierungen in Bundesländern, in denen viele Bürger:innen besonders ablehnend gegenüber Windenergieprojekten sind, politisch rational sein, nicht dafür zu sorgen, dass die Flächenziele fristgerecht erfüllt werden. Denn die Landespolitik könnte so versuchen, sich als Anwältin dieser Wähler:innen zu inszenieren und dem Bund den Schwarzen Peter zuzuschieben, wenn dieser bei Zielverfehlung die Windenergie im gesamten Außenbereich privilegiert. [...]

Wichtig ist daher, dass das Wind-an-Land-Gesetz durch weitere Maßnahmen flankiert wird. So könnte eine weitere Stärkung positiver Anreize zur Flächenausweisung helfen, dass schneller Windenergiegebiete bereitgestellt werden. Hierzu könnte unter anderem die bisher freiwillige finanzielle Beteiligung von Kommunen verpflichtend gemacht und möglicherweise auch betragsmäßig erhöht werden, damit lokal stärker an den finanziellen Nutzen von örtlichen Windenergieanlagen partizipiert werden kann. Auch eine gesetzliche Regelung, dass bereits Planentwürfe eine positive Vorwirkung entfalten, könnte in der Praxis zu einer schnelleren Flächenverfügbarkeit beitragen.

Reutter, Felix et al.: Flächenziele für die Windenergie: Wie zielführend ist das neue Wind-an-Land-Gesetz? In: Wirtschaftsdienst. Zeitschrift für Wirtschaftspolitik, 102. Jahrgang, 2022. Heft 9. S. 703-708

Aufgaben 72043-864

1. Stellen Sie die Ausgestaltung des Wind-an-Land-Gesetzes dar.
2. Analysieren Sie die Position des Autorenteams zum Wind-an-Land-Gesetz.
3. Nehmen Sie Stellung zur Position des Autorenteams.

Erwartungshorizonte zu den Aufgaben

72043-865

METHODENGLOSSAR

I. Methoden zur Bearbeitung von Texten, Karikaturen und Statistiken

Allgemeine Hinweise zur Textbearbeitung

I. Stellenwert der Arbeit mit Texten

Texte sind im Gegensatz zum gesprochenen Wort, zu Beobachtungen und politischen Gesprächen nicht „flüchtig", sondern für eine auch wiederholte genaue Analyse zugänglich. Zudem lassen sich politische und sozialwissenschaftliche Sachverhalte und Probleme in Texten besonders genau und differenziert beschreiben.

II. Klarstellung des inhaltlichen Zusammenhangs

Vor der Bearbeitung des Textes ist es geboten, sich klar zu machen, warum und in welchem inhaltlichen Zusammenhang der Text ausgewertet werden soll. Das erleichtert das Verständnis und die Einordnung der Textinhalte.

III. Schritte der Textbearbeitung

1. Texte darstellen (AFB I)

- **Feststellung der äußeren Textmerkmale**
  Überschrift, Verfasser, Adressat, Entstehungsanlass, Textsorte, Erscheinungsort und Erscheinungsjahr
- **Ermittlung der inhaltlichen Aussagen des Textes**
  „Überfliegen" des Textes, Erfassen der zentralen Informationen, genaues Lesen des Textes, Markieren von zentralen Aussagen, Randbemerkungen, Überschriften zu zentralen Abschnitten, Klärung von unbekannten Begriffen

Hinweis
Formulieren Sie die Darstellung der Textaussagen im Präsens. Verwenden Sie den Konjunktiv immer dann, wenn Sie die Aussagen der Autorin bzw. des Autors beschreiben. Achten Sie darauf, den Konjunktiv Präsens zu verwenden, da der Konjunktiv Präteritum schon eine Bewertung enthält.

Tipps zur Klausurbearbeitung

- Sie beginnen Ihre Textdarstellung mit einem Einleitungssatz, in dem Sie das zentrale Thema des Textes zusammenfassend beschreiben.
- Treffen Sie dann eine Entscheidung, ob Sie die inhaltlichen Grundaussagen des Textes chronologisch oder aspektgeleitet darstellen. Wenn die Autorin bzw. der Autor ihre bzw. seine Aussagen klar in einzelne Abschnitte gliedert und die Aussagen des Textes systematisch aufeinander aufbauen, bietet sich eine chronologische Darstellung an. Zieht sich aber ein Thema durch den ganzen Text, dann ist es sinnvoller, einen aspektgeleiteten Zugriff zu wählen.
- Achten Sie darauf, dass Sie die wesentlichen Argumente erfassen, aber vermeiden Sie, allzu ausführlich jede einzelne Aussage des Textes wiederzugeben. Eine Texterschließung stellt dar, beschreibt, fasst zusammen, gibt wieder, u. a. (→ Operatorenübersicht am Ende des Buches).
- Belegen Sie bitte mehrfach Ihre Darstellung mit Textverweisen (z. B. Z. 7 – 9). Zitate sollten nur sparsam verwendet und in den Satz integriert werden. Das Abschreiben ganzer Sätze ist nicht erwünscht. Beschränken Sie sich auf die Aussagen des Textes.

2. **Texte analysieren (AFB II)**

- **Untersuchung des sachlichen Gehaltes**
  Herkunft der Informationen des Textes, Sprachebene, Begründung, Schlüsselbegriffe, sachliche Richtigkeit, Art der Argumente (Nennen von Fakten, Berufen auf Autoritäten, Aufstellen von Vermutungen, die begründet oder nicht begründet sein können), Widersprüche in der Argumentation (nicht nachvollziehbare Begründungen, Aufstellen von Behauptungen, fehlende Belege), Schlüssigkeit der Argumente (nachvollziehbare Begründungen, überzeugende Belegung mit Daten), sachliche oder unsachliche Darstellung von Argumenten und Sachverhalten, Vollständigkeit der Argumente, explizite und implizite Voraussetzungen der Argumentation, Bezugnahme zu politischen und fachwissenschaftlichen Zusammenhängen, Ergebnisse der Autorin bzw. des Autors und offene Fragen
- **Untersuchung der Sprachebene**
  Beachten Sie die Sprachebene (Umgangssprache, wissenschaftliche Sprache, politische Rede u.a.) und den Aufbau des Textes (Gliederung, Wiederholungen, Schlüsselworte).
- **Rhetorische Mittel**
  Schlüsselbegriffe, Wortwahl, rhetorische Fragen, Anekdoten zur Erheiterung des Publikums und direkte Ansprache der Adressaten

Tipps zur Klausurbearbeitung

- Damit die Textanalyse sich deutlich von der Textdarstellung unterscheidet, müssen Sie darauf achten, dass Sie bei einer Analyse über eine reine Beschreibung der Textinhalte hinausgehen und ggf. auf Ausführungen verweisen, die Sie bei der Textdarstellung gemacht haben.
- Eine Analyse untersucht, im Unterschied zur Textdarstellung, die Argumentationsstruktur, die sprachlichen Mittel und Strategien der Beeinflussung der Leserin bzw. des Lesers. Manchmal bietet es sich an, schon in einem Einleitungssatz das zentrale Ergebnis der Analyse vorwegzunehmen und dann anschließend diese Einschätzung systematisch zu entwickeln (→ Schritt 2 + 3 der „Schritte der Textanalyse" auf nachfolgender Seite).
  Sie können aber auch das Ergebnis der Analyse erst am Ende des Textes als Resümee zusammenfassen.
- Vermeiden Sie eine persönliche Bewertung und trennen Sie scharf zwischen Analyse und Beurteilung.

METHODENGLOSSAR

Schritte der Textanalyse

Folgende Analyseschritte sind insbesondere bei (Klausur-) Aufgaben hilfreich, denen ein argumentativer Text zugrundeliegt, in dem die Autorin bzw. der Autor zu einem kontroversen Thema eine Position bezieht.

Hinweis zu Schritt 1
Wenn die erste Klausuraufgabe eine Darstellung oder Wiedergabe des Textes (AFB I) verlangt, dann gehört Schritt 1 („Einleitung") zur ersten Aufgabe und entfällt bei der zweiten Aufgabe bei der Textanalyse (AFB II).

1. Einleitung
Nennung von Titel, Autorin bzw. Autor, Entstehungszeitpunkt des Textes; ebenso eine Einordnung der Autorin bzw. des Autors, sowie der Quelle und der Textsorte und Vermutungen über die Adressatinnen und Adressaten; darüber hinaus Nennung des Themas

2. Herausarbeiten der Position der Autorin bzw. des Autors
Hier werden die wichtigsten Thesen der Autorin bzw. des Autors, die im Text zum Thema aufgestellt werden, erschlossen und erklärt.
Frage: Welche grundsätzliche Haltung zum Thema des Textes nimmt die Autorin bzw. der Autor ein und was sind zentralen Thesen diesbezüglich?

3. Analyse des Begründungsgangs der Autorin bzw. des Autors
Herausarbeitung der Begründungen, die die Autorin bzw. der Autor für ihre bzw. seine These heranführt. Dabei werden die Argumente der Autorin bzw. des Autors herausgearbeitet, sowie entsprechende Belege und Beispiele. Dabei bietet es sich bei den meisten Texten an, aspektorientiert vorzugehen.
Frage: Wie begründet und belegt die Autorin bzw. der Autor die unter 2. festgestellte Position im Einzelnen?

4. Argumentationsweise der Autorin bzw. des Autors
Hier wird analysiert, wie die Autorin bzw. der Autor ihre bzw. seine Argumentation aufbaut, z. B. welche Art von Argumenten gewählt wird, wie diese belegt werden, ob z. B. Quellen für genannte Zahlen angeführt werden, ob Expertinnen und Experten als fachliche Autorität angeführt werden usw. Ebenso wird auf die gewählte Sprache eingegangen, z. B.: Wortwahl, Verwendung bildlicher Ausdrücke, komplexer Fachausdrücke, diffamierende Sprache gegenüber der Gegenposition. Es darf an dieser Stelle kritisch angemerkt werden, wenn die Argumentationsweise Schwachstellen aufweist (z. B. Einseitigkeit).
Frage: Welcher sprachlichen und inhaltlichen Mittel bedient sich die Autorin bzw. der Autor, um ihre bzw. seine Position zu verdeutlichen?

5. Intention der Autorin bzw. des Autors ermitteln
Herausarbeiten der Absichten, die die Autorin bzw. der Autor verfolgt.
Fragen: Warum wurde dieser Text geschrieben? Was und wen will sie oder er damit erreichen, wozu fordert der Text auf?

Formulierungshilfen

1 Gedanken der Autorin bzw. des Autors verknüpfen
Um die Gedanken der Autorin bzw. des Autors zu verknüpfen, bieten sich u.a. folgende Möglichkeiten an:
Die Autorin / der Autor meint ...; die besondere Aufmerksamkeit gilt ...; sie oder er hebt hervor...; die Autorin / der Autor ist der Überzeugung ...; die Autorin / der Autor beweist ...; die Autorin / der Autor behauptet ...; sie oder er gibt zu bedenken ...

2 Einseitige Formulierungen vermeiden

Zur Vermeidung einseitiger Formulierungen sollte besonders auf die Verben geachtet werden. Alternativen zum Verb „sagen" können sein: betonen, klarstellen, deutlich machen, unterstreichen, ergänzen, hinzufügen, Wert auf etwas legen, argumentieren, heranziehen, untermauern, hindeuten auf etwas, hervorheben ...

3 Textanalyse strukturieren

Gliedernde Sätze geben dem Text eine Struktur und machen deutlich, an welcher Stelle der Textanalyse Sie sich befinden.

- Im Folgenden wird die Position der Autorin bzw. des Autors herausgearbeitet.
- Es folgt der Begründungsgang der Autorin bzw. des Autors.
- Schließlich wird die Intention der Autorin bzw. des Autors ermittelt.

3. **Texte erörtern und beurteilen (AFB III)**

- **Texterörterung**
  Diskussion von Pro- und Kontra-Argumenten zu den Textaussagen (kein Anspruch auf Vollständigkeit!) mit anschließender, persönlicher Stellungnahme
- **Textbeurteilung**
  Persönliche Stellungnahme mit Zustimmung, Ablehnung, Feststellung offener Fragen

Eine **Texterörterung** kann sich nur auf ausgewählte Gesichtspunkte beziehen, aber es soll deutlich werden, dass Sie über fundierte Kenntnisse verfügen.

Eine **Textbeurteilung** muss nicht unbedingt in einer vollständigen Zustimmung oder Ablehnung enden. Auch eine teilweise Übereinstimmung oder die Feststellung offener Fragen z. B. aufgrund fehlender Informationen kann am Ende stehen.

Bei der Texterörterung und -beurteilung ist es wichtig, sich der eigenen Beurteilungskriterien und Wertmaßstäbe bewusst zu sein und diese auch deutlich zu machen. Hilfreich kann die Auseinandersetzung mit expliziten oder impliziten Wertvorstellungen der Autorin bzw. des Autors sowie die Entwicklung eines eigenen kriteriengeleiteten Urteils sein.
Beispielsweise könnte man einen Text mit Hilfe der Kriterien:

- Legitimität (Anerkennungswürdigkeit nach rechtlichen und moralischen Gesichtspunkten) und
- Effizienz (Wirksamkeit der Vorstellungen der Autorin bzw. des Autors, z. B. im Hinblick auf die Förderung von Einzelinteressen, Interessengruppen, u. a.) bewerten und beurteilen.

Bearbeiterin

METHODENGLOSSAR

Allgemeine Hinweise zur Karikaturbearbeitung

I. Stellenwert der Arbeit mit Karikaturen

Karikaturen, also bildliche Darstellungen von politischen Situationen oder Zuständen, sind wichtige Mittel der politischen Kommunikation. Karikaturen spitzen ein politisches oder gesellschaftliches Problem – häufig komisch – zu, kommentieren politische Ereignisse in positiver oder negativer Weise.

Karikaturen sind ein gutes Medium für den sozialwissenschaftlichen Unterricht, obwohl wichtige Aspekte eines Problems oder Sachverhaltes einseitig und verkürzt dargestellt sein können.

II. Klarstellung des inhaltlichen Zusammenhangs

Vor der Bearbeitung von Karikaturen ist es geboten, sich klar zu machen, warum und in welchem inhaltlichen Zusammenhang diese Karikatur ausgewertet werden soll. Das erleichtert das Verständnis und die Einordnung der Inhalte der Karikatur.

III. Schritte der Karikaturbearbeitung

1. Karikaturen beschreiben (AFB I)

Beginnen Sie mit einer detaillierten Beschreibung der Darstellung: Bild, Zeichnung, Text. Sie sollten hier darauf achten, dass Sie alle Details präzise beschreiben, ohne schon auf die Aussageabsicht der Karikaturistin bzw. des Karikaturisten einzugehen.

2. Karikaturen analysieren (AFB II)

Bei der Analyse sollten Sie berücksichtigen, dass eine Karikatur sich grundsätzlich von einem Sachtext unterscheidet. Die Karikaturistin bzw. Karikaturist will bewusst eine Situation nicht realistisch wiedergeben, sondern durch die Darstellung provozieren und zum Nachdenken anregen. Die Übertreibung und einseitige Darstellung sind gebräuchliche Stilmittel bei Karikaturen. Dadurch soll ein typisches Verhalten von Personen oder Personengruppen gekennzeichnet und bewertet werden. Verständlich ist eine Karikatur dann, wenn Sie schon über Informationen zu dem karikierten Sachverhalt verfügen, weil Sie nur dann die Aussageabsicht der Karikatur erschließen können. Sie sollten bei der Analyse der Karikatur die folgenden Aspekte in den Blick nehmen:

1. Thema oder dargestelltes Problem;
2. die Meinung der Karikaturistin bzw. des Karikaturisten, z. B. am Verhalten von Personen, an politischen Entscheidungen, an gesellschaftlichen Entwicklungen, u. a.;
3. die gestalterischen Mittel, mit denen eine Meinung ausdrückt wird.

3. Karikaturen erörtern und beurteilen (AFB III)

In einem einleitenden Satz sollten Sie sich noch einmal auf das Thema der Karikatur beziehen, unklare Aussagen erörtern und dann eine Beurteilung vornehmen. Ihre Argumente könnten sich auf die folgenden Aspekte beziehen:

1. Klarheit der Darstellung,
2. Relevanz des dargestellten Sachverhalts oder Problems,
3. Nachvollziehbarkeit der Aussage,
4. Nähe zur Realität oder eher Satire,
5. Beurteilung impliziter Wertvorstellungen.

Am Ende Ihrer Ausführungen sollten Sie dann eine zusammenfassende Beurteilung abgeben.

Bearbeiterin

METHODENGLOSSAR

Allgemeine Hinweise zur Statistikbearbeitung

I. Stellenwert der Arbeit mit Statistiken

Sozialwissenschaften ist ein Fach, das sich regelmäßig mit dem zahlenmäßigen Erfassen von Massenerscheinungen („Daten") in überschaubarer Form beschäftigt. Die Daten werden durch die empirische Sozialforschung (Erhebung von Daten über soziale Tatsachen durch Beobachtung, Befragung / Interview, Experiment) gewonnen. Diese Statistiken beschränken sich auf wenige Begriffe, Zahlen und grafische Zeichen. Statistiken erwecken manchmal den Anschein einer vollkommenen Richtigkeit, obwohl sie vieles ausblenden oder eine bestimmte Tendenz haben.

II. Klarstellung des inhaltlichen Zusammenhangs

Vor der Bearbeitung einer Statistik ist es geboten, sich klar zu machen, warum und in welchem inhaltlichen Zusammenhang diese Statistik ausgewertet werden soll. Das erleichtert das Verständnis und die Einordnung der Inhalte der Statistik.

III. Schritte der Statistikbearbeitung

1. Statistiken darstellen (AFB I)

Bei der Bearbeitung der Statistik beginnen Sie zunächst mit der formalen Darstellung. Dazu gehören die folgenden Aspekte:

1. Überschrift, Thema, Verfasserin / Verfasser Quelle
2. Darstellungsform (Tabelle, Diagramm etc.)
3. Angaben in Kopfzeile und Seitenspalte
4. Zahlenarten: absolute, prozentuale, Index-Zahlen
5. Gliederung des Aufbaus der Statistik
6. Gesamtzahl, auf die sich die Prozentzahlen beziehen
7. Fehler im Aufbau der Statistik
8. Zeitraum (Bezugsrahmen)

2. Statistiken analysieren (AFB II)

Leiten Sie die Analyse der Statistik mit einem Satz ein (mündlich oder in einer Klausur), in dem die Zielrichtung der Analyse erläutert wird. Sie sollten dann, je nach Aufbau der Statistik, die folgenden Aspekte herausarbeiten:

1. Die wichtigsten Ergebnisse (nicht alle Ergebnisse nennen, sondern die Daten auswählen, die besonders aussagekräftig sind)
2. Ggf. Auffälligkeiten im zeitlichen Verlauf (Regelmäßigkeiten, Sprünge, Schwankungen, positive oder negative Entwicklung)
3. ggf. fehlende Angaben
4. Zentrale Aussagen der Statistik, zusammengefasst

3. Statistiken erörtern und beurteilen (AFB III)

Bei der Erörterung und Beurteilung der Statistik sollten Sie sich mit der Aussagekraft und Qualität der Statistik auseinandersetzen und Ihr Urteil detailliert begründen. Dabei können die folgenden Aspekte bedeutsam sein: fehlende Angaben (z. B. zur Quelle, zum Zeitraum, zu wichtigen Daten, u. a.) oder Vollständigkeit der Angaben, Unklarheiten, Mängel in der Darstellung und manipulative Darstellung von Ergebnissen. Zum Abschluss sollten Sie unter Abwägung der positiven und negativen Aspekte ein abschließendes Urteil fällen.

Bearbeiterin

METHODENGLOSSAR

II. Allgemeine Unterrichts- und Bearbeitungsmethoden

In den Aufgaben werden an vielen Stellen nachfolgende Unterrichts- und Bearbeitungsmethoden verlangt. Diese sind hier in alphabetischer Reihenfolge erklärt.

Gruppenpuzzle

I. Worum geht es?
Diese Methode arbeitet mit zwei Gruppenformen, der Stamm- und der Expertengruppe. Die Mitglieder eines Kurses werden dabei in Gruppen eingeteilt. Jede Gruppe bearbeitet das Gesamtthema, jedoch jedes Mitglied in Einzelarbeit einen anderen Teil.

II. Gehen Sie dabei wie folgt vor:

1. Schritt: Stammgruppen

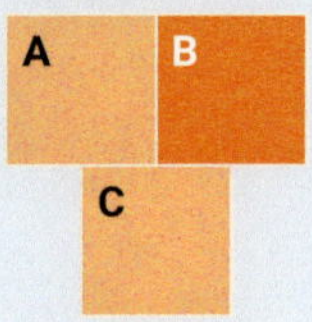

2. Schritt: Expertengruppen

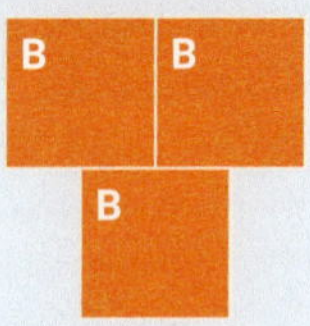

3. Schritt: Stammgruppen

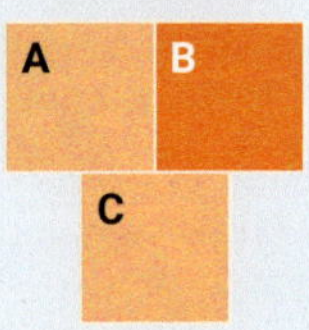

1 Vorbereitung und Bildung von Stammgruppen

Teilen Sie die Klasse in Stammgruppen von drei bis sechs Personen auf. Teilen Sie jedem Mitglied einer Stammgruppe eine Teilaufgabe zu. Jedes Gruppenmitglied wird somit zum „Experten" eines Themas. Geben Sie sich ausreichend Zeit, damit Sie sich in Ihrem Gebiet einarbeiten können.

▼

2 Bildung von Expertengruppen

Bilden Sie nun „Expertengruppen", indem sich Mitglieder des gleichen Themengebiets treffen und ihre Ergebnisse vergleichen.

▼

3 Rückkehr der Experten in die Stammgruppe

Kehren Sie als „Experten" anschließend in Ihre ursprünglichen Gruppen zurück. Vermitteln Sie als „Experten" Ihren anderen Gruppenmitgliedern, was Sie über Ihr Themengebiet erarbeitet haben.

Bearbeiterin

Lern-/ Wandplakat/ Wandzeitung

I. Worum geht es?

Neben der permanenten Präsenz im Klassenraum bietet ein Lern-/Wandplakat oder Wandzeitung den Vorteil, den gelernten Inhalt zu visualisieren. [...]
[Es] empfiehlt [...] sich, möglichst eigene visuelle Grundmuster zu entwickeln, da sich so eigene gedankliche Verknüpfungen und Verankerungen ausbilden.

II. Gehen Sie dabei wie folgt vor:

1 Vorbereitung

Halten Sie das Wichtigste fest. Hierbei können Ihnen folgende Materialien helfen: • Bilder, Tabellen, Fotos ... • Kurze Informationstexte, • Erklärung von Begriffen und Fachwörtern

▶

2 Gestaltung

• Klare, saubere, deutliche Schrift • keine Rechtschreibfehler • Farben verwenden, die auch von weitem gut erkennbar sind • Raum gut aufteilen (nicht dicht gedrängt) • Lineal benutzen

Nach: Heinz Klippert, Methodentraining. Übungsbausteine für den Unterricht, Weinheim und Basel: Beltz Verlag 1999, S. 168

Mindmap

I. Worum geht es?

Eine Mindmap (englisch: mind map; auch: Gedanken[land]karte, Gedächtnis[land]karte) erstellen, ist eine Technik, die für das Erschließen oder das visuelle Darstellen eines Themengebietes oft zum Einsatz kommt. Hierbei sollen Gedanken freien Lauf erhalten und so die Fähigkeit des Gehirns zur Kategorienbildung genutzt werden.

II. Gehen Sie dabei wie folgt vor:

1 Vorbereitung

Verwenden Sie ein unliniertes Blatt DIN A4 (oder größer) und legen es quer. Beginnen Sie in der Mitte des Blattes und schreiben Sie hier das Thema Ihrer Arbeit auf.

▶

2 Gestaltung

a) Schreiben Sie nun Oberbegriffe in Großbuchstaben auf die Hauptäste, die direkt vom Kern abgehen. Mit diesen Oberbegriffen strukturieren Sie das Thema grundlegend, überlegen Sie hier also genau, welche Begriffe Sie wählen.
b) Ergänzen Sie nun Nebenarme mit einer zweiten (und evtl. dritten) Gedankenebene.
c) Nun erweitern Sie Ihre Mindmap: Sie können an jedem Arm Begriffe und Ideen ergänzen, gerade wo Ihnen etwas einfällt.

Beispiel für eine Mindmap zum Thema „Ich"

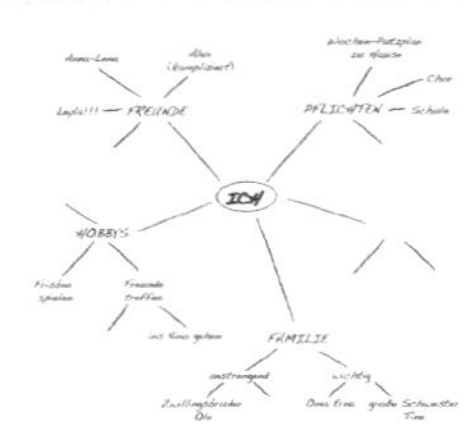

Nach: Günther Gugel, Methoden-Manual I: Neues Lernen. Tausend Praxisvorschläge für die Schule und Lehrerbildung, Weinheim und Basel, Beltz Verlag 1999, S. 80 f.

Placemat

I. Worum geht es?

Die Placemat-Methode (engl.: Platzdeckchen) strukturiert Arbeitsresultate verschiedener Personen zu einem bestimmten Thema. Der Vorteil dieser Methode ist, sie ermöglicht sowohl individuelle Arbeitsergebnisse als auch Gruppenarbeitsergebnisse.

II. Gehen Sie dabei wie folgt vor:

Placemat-Papier

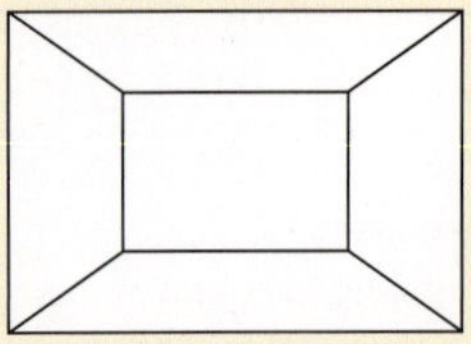

1 Vorbereitung

a) Der Kurs teilt sich in Kleingruppen mit jeweils vier Personen auf.
b) Jede Gruppe erhält eine Placemat, das wie auf der Abbildung in der Randspalte vorbereitet worden ist, damit vier Felder plus eins in der Mitte entstehen.

▼

2 Durchführung

- Nachdenken und Schreiben: Alle notieren in ihre Segmente eigene Gedanken zu der Hauptfrage zu dem Hauptthema (Dauer ca. fünf Minuten).
- Stummes Vergleichen: Alle lesen die Notizen der anderen und stellen nur Rückfragen bei Verständnisproblemen oder Leseschwierigkeiten (Dauer ca. fünf Minuten)
- Teilen und Konsens finden: Die Gruppe entscheidet gemeinsam, welche der genannten Gedanken in die Mitte des Blattes geschrieben werden.

▼

3 Reflexion

Abschließend werden die Gruppenergebnisse im Kurs präsentiert und verglichen.

Bearbeiterin

Podiumsdiskussion

I. Worum geht es?

Bei einer Podiumsdiskussion kommen Experten, Vertreter von Interessengruppen oder (vom jeweiligen Thema) Betroffene vor mehreren Zuhörern zur Diskussion zusammen. Bei dieser „Diskussion auf dem Podium" gilt es, die unterschiedlichen Meinungen der Diskussionsteilnehmer über ein bestimmtes Thema darzustellen.

Durch das gemeinsame Vergleichen wird ein Mehrwert für die Diskutanten und die Zuhörer erzeugt.

II. Gehen Sie dabei wie folgt vor:

1 Vorbereitung

Das Thema wird ausgewählt und die Hauptfrage des Themas als zugespitzter, vielleicht sogar provokanter Titel formuliert.

Für die Podiumsdiskussion werden fünf bis sechs geeignete Personen ausgewählt. Wichtig ist hierbei, dass die ausgewählten Personen erkennbar unterschiedliche Einstellungen zum Themengebiet haben.

Kurz vor der Veranstaltung wird der Raum hergerichtet: Das Podium wird mit Tischen, Stühlen und Namensschildern ausgestattet.

Die Stühle für die Zuschauer werden so aufgestellt, dass das Podium von allen Plätzen gut zu sehen ist.

2 Durchführung

1. Die Moderation eröffnet die Veranstaltung und begrüßt die Podiumspersonen, die Teilnehmerinnen und Teilnehmer und leitet die Podiumsdiskussion kurz ein, indem sie u. a. das Thema und die Vorgehensweise der Podiumsdiskussion umreißt.
2. Die Podiumspersonen stellen sich daraufhin vor und bekommen die Gelegenheit, ihre Position ca. zwei Minuten zu erläutern.
3. Danach stellt die Moderation gezielte Fragen an die Podiumspersonen und versucht, die unterschiedlichen Positionen herauszufinden.
4. Nach einiger Zeit wird das Publikum ebenfalls in die Diskussion einbezogen und stellt Fragen an die Personen auf dem Podium.
   Die Moderation hat die Aufgabe, die Diskussion lebendig zu gestalten, sie durch gezielte Fragen auf den Punkt zu bringen, die „Vielredner" zu bremsen und die „Leiseren" zu unterstützen.
   In jedem Fall muss sie darauf achten, dass die Diskussion fair bleibt und die Fragen des Plenums beantwortet werden.
5. Zum Abschluss hält jede Podiumsperson sein Abschlussstatement.
6. Die Moderation fasst daraufhin die wichtigsten Punkte der Diskussion noch einmal zusammen, zeigt kurz auf, welche Bedeutung sie für die Anliegen des Plenums haben, wie weitergearbeitet werden könnte und beendet danach offiziell die Veranstaltung.

Nach: Claudia Brunsemann, Waldemar Stange, Dieter Tiemann, Mitreden – mitplanen – mitmachen, Berlin 1997, S. 138 ff.

Goldene Regeln für die Diskussion

- Inhalte kurz und präzise formulieren
- (Ver)urteilende Aussagen über den Gesprächspartner vermeiden
- Strukturierende Formulierungen zum besseren Verständnis für die Zuhörer verwenden
- Den Gesprächspartner nicht unterbrechen
- Ruhig zu erkennen geben, wenn ein gegnerisches Argument überzeugt hat
- Freundlich und entspannt bleiben, Verärgerungen später klären

Positionslinie

I. Worum geht es?
Mit Hilfe einer Positionslinie können Einstellungen körperlich zum Ausdruck gebracht werden. Dies kann in jedem größeren Raum geschehen, z. B. in Ihrem Kursraum.

II. Gehen Sie dabei wie folgt vor:

1 Vorbereitung

Auf einer gedachten oder durch einen Klebestreifen auf dem Boden markierten Linie positionieren sich die Schüler zu einer Frage oder zu einem Problem.

2 Durchführung

Die Enden dieser Linie stellen alternative Pole (ja/nein; stimmt/stimmt nicht), der Abstand zwischen diesen Punkten entsprechend abgestufte Positionen dar.

3 Reflexion

Die Schüler werden dann aufgefordert, ihre Positionen zu begründen und sich auch argumentativ aufeinander zu beziehen.

Nach: Matthias Busch, u. a., Methode 3 – Positionslinie, www.sn.schule.de, Abruf am 16.02.2018

Pro- und Kontra-Diskussion

I. Worum geht es?
Die Pro- und Kontra-Diskussion hilft, konträre (gegensätzliche) Meinungen bzw. Positionen zwischen zwei Parteien zu einer Thematik sichtbar zu machen.

II. Gehen Sie dabei wie folgt vor:

1 Grundlegende Entscheidungen und Festlegung des Szenarios

Bei der Planung einer Pro-Kontra-Diskussion sollte zunächst die grundlegende Entscheidung getroffen werden, ob man eine simulative oder nicht-simulative Diskussion durchführen will, denn dies bedingt die Auswahl der Problem- oder Entscheidungsfrage. Es sollte sich zudem um eine bedeutungsvolle, konkret formulierte und in den Auswirkungen für viele spürbare Frage handeln. Die Frage sollte sinnvoll mit Ja oder Nein zu beantworten und zu begründen sein.
Im Anschluss daran gilt es, ein Szenario festzulegen:
• Auswahl der Akteure, • die Gestaltung des (Klassen-) Raumes, • Verständigung über den Ablauf.

2 Auswahl der Akteure

- Eine Moderatorin bzw. ein Moderator achtet darauf, dass Spielregeln und Zeitvorgaben eingehalten werden.
- Zwei Anwälte (Pro und Kontra): Sie halten das Eingangs- und Schlussplädoyer und befragen die Sachverständigen.
- Zwei bis vier Sachverständige: Sie artikulieren keine eigene Position, sondern sie bieten nur Informationen, Erfahrungen und Wissen zu Begründungen für einzelne Positionen. Die Rollen der Sachverständigen müssen in Arbeitsgruppen intensiv vorbereitet werden.
- Das Publikum darf die Beobachtungsrolle nicht vernachlässigen. Denn indem die vorgetragenen Argumente gesammelt werden und deren strategisch-taktische Relevanz für den Debattenverlauf beurteilt wird, kann ein Perspektivenwechsel zur Innenansicht aller Akteure gelingen.

Bearbeiterin

Einen Podcast erstellen

I. Worum geht es?

Ein Podcast ist ein Audio- bzw. Videobeitrag, der meist über das Internet zu beziehen ist. Das Kunstwort „Podcast" setzt sich zusammen aus den Begriffen für das Konsumieren auf Abruf („play on demand") und Ausstrahlung („broadcast"). Viele Podcasts werden direkt als Serie produziert.

Benötigtes Material: Smartphone (oder Tablet), Diktierapp (meist schon vorinstalliert)

II. Gehen Sie dabei wie folgt vor:

1 Inhaltliche Prüfung

- Themenschwerpunkt auswählen
- Thema in kleine Abschnitte gliedern und Kernaussagen formulieren
- Leitfrage als roten Faden formulieren

▼

2 Methodische Prüfung

- Gestaltung des Podcasts planen:
  - Als Interview mit Moderatorin bzw. Moderator und einer bzw. einem oder mehreren Interviewpartnerinnen oder Interviewpartner
  - Als Story mit Erzählerin oder Erzähler
  - Als Diskussion mit verschiedenen Teilnehmenden
- Drehbuch mit wichtigen Formulierungen, Stichworten etc. schreiben

▼

3 Aufnahme und Schnitt

- Podcast aufnehmen und evtl. mehrere kleine Abschnitte zusammenschneiden
  Tipp: Auf freies Sprechen und emotionale Ansprache der Zuhörerenden achten
- Evtl. Hintergrundmusik oder Jingle für den Beginn und Abschluss hinzufügen

Bearbeiterin

METHODENGLOSSAR

Referat/Vortrag

I. Worum geht es?

Ein Referat ist ein Vortrag über ein Thema, der in einer begrenzten Zeit (etwa 10–30 Minuten) gehalten wird. Die häufigsten Formen sind mündliche Berichte, Fachvorträge bei Tagungen, Kurzreferate bei Seminaren oder Übungsreferate in der Schule.

II. Gehen Sie dabei wie folgt vor:

Der erste Eindruck ist entscheidend! ...

... Der letzte Eindruck bleibt!

1 Eröffnung des Vortrags

Beginnen Sie Ihren Vortrag pünktlich. Eine gelungene Eröffnung des Vortrags ist die beste Möglichkeit, um beim Publikum Interesse für die Darbietung zu wecken. Sie können Ihrem Thema entsprechend verschiedene Einstiegsvarianten auswählen. [...]
Wählen Sie einen Einstieg, der das Publikum

- visuell einstimmt,
- mit einem Vergleich konfrontiert,
- provoziert,
- durch eine kluge Fragestellung einbezieht,
- persönlich anspricht,
- spontan anspricht,
- überrascht oder
- erheitert.

▼

Tipps bei Nervosität vor und während des Vortrags

Bei Aufregung ist schon so manches in Vergessenheit geraten.

Vermerken Sie, wann Sie etwas auflegen, zeigen oder erklären möchten.

Planen Sie die Übergänge zwischen den einzelnen Gliederungspunkten genau.

2 Hauptteil des Vortrags

Interessiert sich Ihr Publikum erst einmal für Ihr Thema, können Sie Thema und Gliederung vorstellen. Damit beginnen Sie den Hauptteil des Vortrags – das eigentliche „Filetstück“. Ihre Gliederung als „Fahrplan“ der Darbietung schreiben Sie am besten [vor dem Referat] auf eine Folie [...] auf einer Flipchart oder Tafel an. So kann das Publikum dem Inhalt Ihres Vortrags gut folgen. Planen Sie den Hauptteil wie eine Regieanweisung.

▼

3 Schlussteil des Vortrags

Der Schluss fasst die wesentlichen Aspekte Ihres Vortrags zusammen. Hüten Sie sich aber vor solchen Formulierungen: „Jetzt sind wir am Ende unseres Vortrags“ oder „Alles Wesentliche wurde gesagt, wir fassen nur noch einmal zusammen“. Gut ist es, wenn Einstieg und Schluss einen gewissen Rahmen des Vortrags bilden. Eventuell greifen Sie hier eingangs genannte Gedanken nochmals auf, klären eine gestellte Frage oder überprüfen eine gemachte Behauptung. Der Schluss ist auch dazu geeignet, offene Fragen zu formulieren und an das Publikum zur Diskussion weiterzugeben.

Nach: Elke Deparade: Planung und Durchführung der Präsentation, Methodenlernen in der gymnasialen Oberstufe, Bamberg 2013, S. 97 f.

Sozialwissenschaftliches Glossar

Beruf
Tätigkeit, die ein Mensch in der Regel gegen Entgelt erbringt bzw. für die er ausgebildet, erzogen oder berufen ist. Im Allgemeinen dient die Ausübung eines Berufes der Sicherung des Lebensunterhaltes.

Bruttoinlandsprodukt (BIP)
Messgröße, mit der die wirtschaftliche Leistungskraft eines Landes dargestellt wird. Das BIP umfasst den Geldwert aller in einem Jahr innerhalb der Landesgrenzen produzierten Waren und Dienstleistungen (von Inländern und Ausländern). Um das BIP pro Kopf zu erhalten, teilt man das BIP eines Landes durch die Zahl der Einwohner.

Bürgerinitiative
Bürgerinitiativen sind eine spezielle Variante von Interessenverbänden, die zum Teil von diesen sogar grundsätzlich abgegrenzt werden. Es sind Vereinigungen von Bürgern, die eine bestimmte politische Maßnahme des Staats verhindern oder erreichen wollen. Abwehraktionen richten sich etwa gegen den Bau bestimmter Straßen, gegen den Bau von Bahnhöfen, Flughäfen, Kläranlagen oder Kraftwerken.

Bund (Bundesstaat)
Der Zusammenschluss mehrerer Staaten zu einem Gesamtstaat, zum Beispiel die Bundesrepublik Deutschland mit allen Bundesländern.

Bundeskanzlerin / Bundeskanzler
Die Bundeskanzlerin bzw. der Bundeskanzler ist der „Kopf" der Bundesregierung und wird als einzige bzw. einziger vom Parlament (Bundestag) gewählt. Sie oder er bestimmt die Richtlinien der Politik und trägt die Verantwortung dafür.

Bundespräsidentin / Bundespräsident
Die Bundespräsidentin bzw. der Bundespräsident ist das Staatsoberhaupt der Bundesrepublik und repräsentiert den Staat nach innen und nach außen. Zur Kernfunktion des politischen Systems, für den Staat und die Bürgerinnen und Bürger verbindliche Entscheidungen herbeizuführen, leistet es nur einen geringen Beitrag. Das Staatsoberhaupt hat kein Gesetzesinitiativrecht und verfügt bei der politischen Willensbildung über keine formalen Einflussmöglichkeiten. Seine Amtshandlungen müssen von der Kanzlerin oder den Fachministerinnen und Fachministern gegengezeichnet werden. Bedeutungslos ist der Bundespräsident aber keineswegs.

Bundesrat
Durch den Bundesrat sind die Länder an der Gesetzgebung des Bundes beteiligt. Er soll es ermöglichen, dass die Länder die Gesetze mitgestalten, die ihre Interessen berühren. Zugleich soll die Qualität der Gesetzgebung durch die Einbeziehung der Länder verbessert werden. Die Verwaltungsaufgaben üben nämlich in aller Regel die Länder aus; diese Erfahrungen sollen bei der Gestaltung der Gesetze genutzt werden. Der Bundesrat ist das für den deutschen Föderalismus typische Organ. Er ist in dieser Form einmalig auf der Welt. Er ist sowohl Ausdruck einer vertikalen Gewaltenteilung als auch einer vertikalen Gewaltenverschränkung zwischen Bund und Ländern. Die Bundesratsmitglieder sollen keineswegs ausschließlich Länderinteressen vertreten, sondern „Bundes- und Länderinteressen in möglichste Übereinstimmung bringen" (Art. 50 GG).

Bundestag
Der Bundestag verkörpert das einzige direkt vom Volk gewählte Verfassungsorgan. Er ist das Parlament der Bundesrepublik Deutschland, also die Versammlung der von den deutschen Bürgern gewählten Repräsentanten.

Bundesverfassungsgericht
Das Bundesverfassungsgericht ist die übergeordnete Rechtsinstanz zum umfassenden Schutz des Rechtsstaates. Es ist in Streitfällen dafür zuständig, das Verfassungsrecht verbindlich auszulegen. Es soll Verstöße gegen das Grundgesetz unterbinden, Rechtsnormen interpretieren und weiterentwickeln. Das Bundesverfassungsgericht kann Gesetze für nichtig erklären, die es für verfassungswidrig hält. Die Entscheidungen sind für alle staatlichen Organe ver-

bindlich. Es gibt also keine Möglichkeit der Berufung gegen einen Entscheid des Bundesverfassungsgerichts.

Demokratie
Das Wort stammt aus dem Griechischen und bedeutet Herrschaft des Volkes. Die Herrschaftsform Demokratie beinhaltet als fundamentales Merkmal die Volkssouveränität. Das Prinzip der Volkssouveränität ist Grundlage aller staatlichen Gewalt. Legitimationsquelle der politischen Macht muss das Volk sein. Dies bedingt regelmäßig stattfindende freie Wahlen. Jene sind u.a. Ausdruck des Pluralismus, dessen Prinzip einen freien Wettbewerb verschiedener Interessen beinhaltet. Die Bundesrepublik Deutschland versteht sich als repräsentative Demokratie mit einem parlamentarischen Regierungssystem und dem Entscheidungsmechanismus nach Mehrheitsprinzip.

Familie
Gemeinschaft, die in modernen Industriestaaten in der Regel aus den Eltern und ihren unmündigen Kindern besteht (Klein- oder Kernfamilie). Im weiteren Sinne gehört zur Familie auch die Verwandtschaft. Immer mehr Familien sind sogenannte Patchwork-Familien. Der Begriff Patchwork kommt aus der Textilgestaltung und bedeutet Flickenteppich: Im Zusammenleben heißt das, dass Menschen aus unterschiedlichen Ursprungsfamilien zu einer neuen Familie zusammenfinden.

Föderalismus
Das Prinzip des föderativen Staatsaufbaus erfordert, dass mehrere Gliedstaaten (Bundesländer) gemeinsam einen Bund bilden (Bundesstaat). Staatliche Aufgaben sind zwischen Bundes- und Länderebene aufgeteilt. Die Festlegung auf das Prinzip eines föderativen Staatsaufbaus bedeutet aber nicht zwingend, dass die gegenwärtige Form des Föderalismus beibehalten werden muss. Länderneugliederungen, z. B. die Zusammenlegung von zwei oder mehreren Bundesländern zu einem, sind unter bestimmten Bedingungen möglich (Art. 29 GG).

Fraktion
Vereinigung im Parlament, die aus den Abgeordneten einer Partei besteht. Auch Mitglieder verschiedener Parteien, die gleichgerichtete politische Ziele verfolgen, können sich zu einer Fraktion zusammenschließen.

Gemeinwohl
Unter Gemeinwohl versteht man das Wohlergehen einer gesellschaftlichen Gruppe (z. B. eines Staates, einer Religionsgemeinschaft, einer Schule, einer Klasse). Das Gemeinwohl zu steigern, ist ein Ziel politischer Entscheidungen. Dazu müssen einzelne oder persönliche Interessen manchmal aufgegeben oder durch einen Kompromiss ausgeglichen werden.

Generationenvertrag
Der Generationenvertrag ist die Bezeichnung für das Grundprinzip der gesetzlichen Rentenversicherung, nach dem der heute arbeitende Teil der Gesellschaft für die Rentenzahlungen an den nicht mehr arbeitenden Teil der Gesellschaft aufkommt.

Gerechtigkeit
Einstellung, Prinzip, Zustand, bei dem jede Person das erhält, was ihr zusteht. Wie dieser Zustand zu erreichen ist, ist umstritten. So unterscheidet man Chancengerechtigkeit, Leistungsgerechtigkeit, Bedarfsgerechtigkeit und Teilhabegerechtigkeit.

Gesellschaft
Eine Gesellschaft bezeichnet einen relativ dauerhaften Verbund von Gemeinschaften/ Gruppen, die innerhalb einer politischen und wirtschaftlichen Ordnung leben und gemeinsame Normen und Werte teilen.

Gesetz
Ein Gesetz ist eine verbindliche Vorschrift, die das Ziel hat, das Zusammenleben der Menschen innerhalb einer Gesellschaft/ eines Staates zu regeln. Es muss in einem dafür vorgesehenen Verfahren rechtmäßig zustande kommen. Gesetze werden von den Parlamenten (Bundestag, Landtag) beschlossen.

Gewaltenteilung
Verteilung der drei Gewalten Gesetzge-

bung (Legislative), Verwaltung (Exekutive) und Gerichtsbarkeit (Judikative) auf verschiedene, voneinander unabhängige Staatsorgane. In der Regel sind dies Parlament, Regierung und Verwaltung und eine unabhängige Richterschaft. In der Bundesrepublik Deutschland ist die klassische Gewaltenteilung teilweise durchbrochen (Gewaltenverschränkung).

Grundrechte
In der Verfassung garantierte Rechte, die für jeden Einzelnen gewährleistet werden, wie zum Beispiel die Meinungsfreiheit, die Versammlungsfreiheit und die Menschenwürde.

Gruppentypen
- Primärgruppen werden durch gefühlsmäßige und persönliche Bindungen der Mitglieder zueinander charakterisiert. Die bedeutendste Primärgruppe ist die Familie, in der das Individuum seine grundlegenden sozialen Erfahrungen macht. Andere Beispiele sind die Nachbarschaftsgruppe oder die Clique.
- In den Sekundärgruppen sind die Beziehungen der Mitglieder zueinander stärker durch rechtliche und formale Regelungen bestimmt. Die sozialen Beziehungen sind unpersönlicher und zweckorientiert. Wir finden sie in Betrieben, Schulen und in Organisationen wie Gewerkschaften oder Parteien.
- Formelle Gruppen findet man überall dort, wo Menschen planvoll ein gemeinsames Ziel erreichen wollen, also insbesondere im beruflichen Bereich. Unternehmen oder auch andere Organisationen sind in erster Linie formal strukturiert.
- Informelle Gruppen bilden sich innerhalb der formellen Gruppen und Organisationen aufgrund persönlicher Zuneigung oder gemeinsamer Interessen. Diese Gruppen sind i.d.R. klein und dienen persönlichen Bedürfnissen (Kommunikation, Geselligkeit, Geborgenheit usw.), die in den Großgruppen nicht befriedigt werden können.

Immunität
Sie besagt, dass jede strafrechtliche Verfolgung oder jede Beschränkung der persönlichen Freiheit eines Abgeordneten nur mit Genehmigung des Bundestages zulässig ist. Eine Ausnahme gilt nur dann, wenn der Abgeordnete auf frischer Tat ertappt oder im Laufe des folgenden Tages festgenommen wird.

Indemnität
Wegen einer Abstimmung oder einer politischen Äußerung, die ein Abgeordneter im Bundestag oder in einem seiner Ausschüsse getan hat, darf er zu keiner Zeit gerichtlich oder dienstlich verfolgt oder sonst außerhalb des Bundestages zur Verantwortung gezogen werden. Niemand kann also einen Abgeordneten wegen seiner Abstimmung zur Rechenschaft ziehen, auch nicht nach Beendigung seiner Mandatszeit. Der Bundestag kann die Indemnität eines Abgeordneten nicht aufheben.

Judikative
Die rechtsprechende Gewalt; sämtliche Gerichte der Bundesrepublik Deutschland.

Kanzlerprinzip
Das Kanzlerprinzip weist dem Bundeskanzler die Richtlinienkompetenz zu. Es besagt, dass der Bundeskanzler die Richtlinien der Politik bestimmt und die Verantwortung dafür trägt. Der Kanzler wird dadurch deutlich aus dem Kreis der Regierungsmitglieder herausgehoben.

Koalition
Zusammenschluss zweier oder mehrerer Parteien, die gemeinsam eine Regierung bilden und Gesetzentwürfe ausarbeiten.

Kollegial-/Kabinettsprinzip
Das Kollegial- oder Kabinettsprinzip legt fest, dass wichtige Entscheidungen vom Kabinett gemeinsam getroffen werden sollen. Auch bei Meinungsverschiedenheiten zwischen Ministern soll das Kabinett entscheiden.

Konstruktives Misstrauensvotum
Der Bundestag kann den Bundeskanzler nur durch die Wahl eines neuen Kanzlers (konstruktiv!) zum Rücktritt zwingen.

Legislative
Die gesetzgebende Gewalt; sie wird in der

Bundesrepublik Deutschland von Bundestag und Bundesrat ausgeübt (auf Landesebene von den Länderparlamenten).

Markt
Der reale oder virtuelle Ort, an dem Angebot und Nachfrage nach Gütern und Leistungen aufeinandertreffen und Preise gebildet werden (z. B. Automarkt, Börse). Das Grundprinzip des Marktes ist der Tausch.

Marktwirtschaft
In der Marktwirtschaft steuern Angebot und Nachfrage, Wettbewerb und freie Preisbildung den Wirtschaftsprozess. Das Privateigentum an den Produktionsmitteln wird garantiert.

Mehrheitswahl
Bei der Mehrheitswahl wird das Wahlgebiet in so viele Wahlkreise eingeteilt, wie Mandate zu vergeben sind. In allen Wahlkreisen stellen sich Kandidaten zur Wahl. Gewählt ist, wer in diesem Wahlkreis die meisten Stimmen erhält (relative Mehrheitswahl). Diese Variante wird z. B. bei der Wahl zum Unterhaus im Vereinigten Königreich oder den Kongresswahlen in den USA angewandt. Bei der absoluten Mehrheitswahl ist derjenige Kandidat gewählt, der die absolute Mehrheit der Stimmen (50 Prozent + eine Stimme) im Wahlkreis erhält. Da dies meist nicht sofort zu erreichen ist, wird ein zweiter Wahlgang zwischen den beiden Bestplatzierten notwendig.

Menschenrechte
Das sind die persönlichen Rechte, die jedem Menschen von Geburt an zustehen, z. B. das Recht auf Meinungsfreiheit.

Migration
Im Laufe der Geschichte haben sich immer wieder kleinere oder größere Gruppen von Menschen oder ganze Völker auf Wanderungen begeben. Dies hatte ganz unterschiedliche Gründe: So wurden die Menschen aus religiösen oder politischen Motiven verfolgt, andere waren arm und sahen für sich und ihre Kinder keine Zukunft mehr in ihrer Heimat. Alle diese Wanderungen (lat. migrare = wandern) nennt man Migration.

Misstrauensvotum
Der Bundestag kann den Kanzler durch ein Misstrauensvotum stürzen. Nach den Erfahrungen der Weimarer Republik wurde dafür aber bewusst eine hohe Hürde geschaffen. Beim konstruktiven Misstrauensvotum kann der Regierungschef nur dann abgewählt werden, wenn zugleich eine absolute Mehrheit der Bundestagsabgeordneten einen neuen Regierungschef wählt (Art. 67 GG).

Monopol
Unter einem Monopol versteht man eine Marktform, in der ein Unternehmen als alleiniger Anbieter auftritt oder einen so großen Marktanteil besitzt, dass er allein die Preise kontrollieren kann und damit über eine besondere Marktmacht gegenüber den Nachfragern bzw. Konsumenten verfügt.

Ökologie
So bezeichnet man die Wissenschaft von den Wechselbeziehungen zwischen den Lebewesen und ihrer Umwelt.

Ökonomisches Prinzip
Das ökonomische Prinzip besagt, dass die vorhandenen Mittel (Geld, Zeit) optimal eingesetzt werden sollen, um ein bestimmtes Ergebnis zu erreichen. Bei vorgegebenen Mitteln soll ein möglichst hoher Ertrag erzielt werden (Maximalprinzip). Bei einem vorgegebenen Ertrag sollen möglichst geringe Mittel eingesetzt werden (Minimalprinzip).

Opposition
Alle Personen und Gruppen, die der Regierung im Parlament gegenüberstehen und sie kritisieren.

Parlament
Die Versammlung der vom Volk gewählten Abgeordneten. Das Parlament regt Gesetze an, bewilligt sie und kontrolliert die Regierung. In einer parlamentarischen Demokratie nimmt vor allem die Opposition die Kontrollfunktion wahr, da die Mehrheit im Parlament die Regierung trägt.

Pluralismus
Unter Pluralismus ist der legitime Wett-

bewerb unterschiedlichster und zum Teil auch entgegengesetzter Interessen zu verstehen. Er basiert auf der Gewährleistung zentraler Grundrechte wie der Meinungs- und Pressefreiheit, der Versammlungsfreiheit und dem Recht auf Bildung von Vereinen und Parteien.

Preisbildung
Prozess, in dem sich in einer Marktwirtschaft auf den Märkten die Preise bilden. Preisbildung ist abhängig von Marktform und Anzahl der Anbieter und Nachfrager. Sie vermittelt zwischen Produktion und der Befriedigung bestehender Bedürfnisse.

Republik
Die Bezeichnung Bundesrepublik Deutschland schließt die Monarchie mit einem gekrönten oder fürstlichen Staatsoberhaupt als Staatsform aus.

Ressortprinzip
Das Ressortprinzip bestimmt, dass im Rahmen der Richtlinien des Bundeskanzlers die Minister ihre Geschäftsbereiche (Ressorts) in eigener Verantwortung leiten.

Shell-Jugendstudie
Die „Shell-Jugendstudie" versteht sich als „Langzeit-Berichterstattung über die junge Generation" und wird in Deutschland im Auftrag des Mineralölkonzerns Shell seit 1953 durchgeführt. Untersucht werden Einstellungen, Wertorientierung und das Sozialverhalten junger Menschen im Alter zwischen 12 und 25 Jahren. Für diese Stichprobe wurden z. B. für die 16. Studie 2.604 repräsentative Jugendliche für die quantitative und 20 Jugendliche für die qualitative Erhebung ausgewählt.

Soziale Marktwirtschaft
Die Soziale Marktwirtschaft ist eine Wirtschaftsordnung, die den Grundsatz der Freiheit auf dem Markt mit dem des sozialen Ausgleichs verbindet.

Soziales Netzwerk
Der Begriff soziales Netzwerk bezeichnet ein Beziehungsgeflecht, das Menschen mit anderen Menschen verbindet. Menschen sind untereinander zum Beispiel durch Beziehungen in der Familie und Verwandtschaft sowie im Freundeskreis, aber auch mit der Nachbarschaft und in der Arbeitswelt vernetzt. Soziale Netzwerke werden zunehmend im Internet gebildet.

Staat
Die sog. „Drei-Elemente-Lehre" basiert auf den Überlegungen des deutschösterreichischen Staatsrechtlers Georg Jellinek (1851 – 1911). Demnach wird ein Staat durch ein abgegrenztes Hoheitsgebiet (Staatsgebiet), eine darauf ansässige (Kern-) Bevölkerung (Staatsvolk) sowie eine auf diesem Gebiet herrschende Gewalt (Staatsgewalt) definiert. Diese drei Merkmale sind laut Jellinek erforderlich, damit ein Staat den Status eines Völkerrechtssubjekts erlangen kann.

Staatsformen
Staatsformen beschreiben die äußere politische Organisationsform eines Staates. Es gibt mehrere Möglichkeiten, Staatsformen voneinander abzugrenzen. Ist das „Staatsoberhaupt" das zentrale Unterscheidungskriterium, gibt es weltweit nur zwei unterschiedliche Typen von Staatsformen: Republik und Monarchie. Während eine Monarchie über ein gekröntes oder fürstliches Staatsoberhaupt verfügt, sind alle Staaten ohne Kaiser, König oder Fürsten Republiken.

Streitbare/wehrhafte Demokratie
Begriff für eine Demokratie, die Mittel bereithält, um gegen Feinde der Demokratie vorzugehen. So können in Deutschland zum Beispiel Parteien oder Vereine verboten werden, die sich gegen die freiheitliche demokratische Grundordnung wenden.

Strukturwandel
Veränderungen der wertmäßigen Beiträge der einzelnen Wirtschaftssektoren (Land- und Forstwirtschaft, verarbeitendes Gewerbe und Dienstleistungen) zur Wirtschaftsleistung eines Landes. Der Anteil des Dienstleistungsbereichs nimmt dabei in Deutschland ständig zu. Beschleunigt und verstärkt wird der Strukturwandel durch neue Technologien sowie den zunehmenden internationalen Wettbewerb.

Tarifautonomie und Tarifvertrag
Die Tarifautonomie leitet sich aus dem im Grundgesetz (Art. 9 GG) garantierten Recht der Koalitionsfreiheit ab und genießt in Deutschland hohes Ansehen. Ergebnis der Tarifverhandlungen ist der Tarifvertrag, der die Rechte und Pflichten der Vertragsparteien regelt.

Verbände
Organisierte Gruppen, die auf die Politik Einfluss nehmen möchten, ohne politische Verantwortung zu übernehmen. Zur Verfolgung gemeinsamer Interessen werden Zusammenschlüsse gebildet, z. B. Berufsverbände.

Verhältniswahl
Bei der Verhältniswahl legen die Parteien Listen mit Namen von Kandidaten für das jeweilige Wahlgebiet vor. Alle Stimmen, die für eine Partei abgegeben wurden, werden zusammengezählt. Dann wird errechnet, wie viele Parlamentssitze ihr nach ihrem Stimmenanteil zustehen. Wenn eine Partei z. B. 20 Prozent der Wählerstimmen errungen hat, bekommt diese auch 20 Prozent der Parlamentssitze. Diese Sitze werden an die Kandidaten in der Reihenfolge verteilt, wie sie auf der Liste ihrer Partei platziert waren.

Vertrauensfrage
Nur der Bundeskanzler kann die Vertrauensfrage stellen. Kombiniert er diese mit der Entscheidung über eine Sachfrage, kann er die Regierungsfraktionen dazu bringen, ihm bei einer umstrittenen Entscheidung den Rücken zu stärken und in seinem Sinne abzustimmen. Versagt ihm die Mehrheit des Parlamentes diese Zustimmung, kann der Bundeskanzler den Bundespräsidenten bitten, den Bundestag aufzulösen. Dies hätte Neuwahlen zur Folge, was für die Parlamentarier zunächst den Verlust ihres Mandates bedeuten würde.

Volkspartei
Partei, die aufgrund ihres Programms für Wähler und Mitglieder aller gesellschaftlichen Schichten unterschiedlicher Weltanschauungen offen ist.

Volkssouveränität
Volkssouveränität ist ein fundamentales Merkmal aller Demokratien, welches besagt, dass die höchste Gewalt des Staates und oberste Quelle der Legitimität das Staatsvolk selbst ist („Alle Staatsgewalt geht vom Volke aus.", Art. 20 Abs. 2 GG). Die Idee der Volkssouveränität setzte sich mit den Menschenrechtserklärungen des 18. Jahrhunderts allgemein durch und wurde mit dem Prinzip der Gewaltenteilung zum Fundament des modernen Verfassungsstaates.

Wahlen
Verfahren der Berufung von Personen in bestimmte Ämter durch Stimmabgabe einer Wählerschaft. In Demokratien werden die wichtigsten Staatsämter durch Wahlen besetzt. Demokratische Wahlen müssen die Bedingungen allgemein, frei, gleich und geheim erfüllen. Das genaue Wahlverfahren (Verhältniswahl, Mehrheitswahl) ist meist in Wahlgesetzen geregelt.

Wirtschaftssektoren
Die Wirtschaftswissenschaften unterteilen die Produktionsbereiche einer Volkswirtschaft in drei Wirtschaftssektoren:
Der primäre Sektor beinhaltet die Produktgewinnung der Land- und Forstwirtschaft sowie Fischerei.
Im sekundären Sektor werden Produkte hergestellt oder verarbeitet (Industrie und Handwerk, Bergbau und Baugewerbe).
Der tertiäre Sektor umfasst die Dienstleistungen, zum Beispiel Handel, Verkehr, Kultur, Bildung und Gesundheitswesen.

Zustimmungsgesetze
Zustimmungsgesetze sind Gesetze, die nur verabschiedet werden können, wenn eine Mehrheit der Bundesratsmitglieder zustimmt. Der Bundesrat kann in diesen Fällen also die „rote Karte" für ein Gesetzesvorhaben zücken. In diesen Bereich fallen alle Bundesgesetze, die Länderinteressen berühren. In der Vergangenheit waren alle Bundesgesetze zustimmungspflichtig, die Vorgaben zur Behördenorganisation oder zum Verwaltungsverfahren enthielten, da dies üblicherweise Aufgabenbereiche der Länder sind. Dies hat sich durch die Föderalismusreform von 2006 geändert; dadurch soll der Anteil der Zustimmungsgesetze deutlich sinken.

Register

N

O

P

R

S

Bildnachweis

akg-images – S. 340; - / Bildarchiv Pisarek – S. 44; Alamy Stock Photo / Greg Balfour Evans – S. 36; - / Robert Clay – S. 347; - / Ian Dagnall Computing – S. 120; - / GRANGER - Historical Picture Archive – S. 80, 81; - / Granger Historical Picture Archive – S. 119; - / Pictorial Press Ltd – S. 122, 314; - / Peter Probst – S. 170, 181; Reinhard Alff, Dortmund – S. 361; Alternative für Deutschland (AfD) – S. 171, 181; Baaske Cartoons / Harm Bengen – S. 376; - / Gerhard Mester – S. 159, 166 (2), 306 (2), 327; - / Burkhard Mohr – S. 378; - / Thomas Plaßmann – S. 112; Bergmoser + Höller Verlag, Aachen – S. 152; BMAS / Dominik Butzmann – S. 345; Wolfgang Borrs – S. 195; Bundesrat – S. 132; Bundesregierung / Steffen Kugler – S. 111; Bundeszentrale für Politische Bildung / CC BY-NC-ND/3.0/de/ - S. 196; BÜNDNIS 90 / DIE GRÜNEN / www.gruene.de – S. 171, 180; BürgerBegehren Klimaschutz e.V. – S. 234; CDU Bundesgeschäftsstelle, Berlin – S. 170, 180; CSU - Christlich-Soziale Union in Bayern e. V. – S. 171, 180; Deutscher Bundestag / Xander Heinl / photothek – S. 156; DIE LINKE, Bundesgeschäftsstelle Berlin – S. 170, 181; (c) FDP – S. 171, 181; Fotolia / stockWERK – S. 274; Friedrich-Ebert-Stiftung – S. 264; Getty Images Plus / iStock Editorial, AL-Travelpicture – S. 282; - / iStock Editorial, Jchambers – S. 132; - / iStock Editorial, Philartphace – S. 276; - / iStockphoto, bernardbodo – S. 293; - / iStockphoto, Chalabala – S. 48; - / iStockphoto, Clarini – S. 132; - / iStockphoto, diegograndi – S. 132; - / iStockphoto, golubovy – S. 274; - / iStockphoto, hanohiki – S. 132; - / iStockphoto, Hero Images – S. 276; - / iStockphoto, Kerkez – S. 61; - / iStockphoto, Kiuikson – S. 214; - / iStockphoto, Lazy_Bear – S. 285; - / iStockphoto, Liderina – S. 52; - / iStockphoto, monkeybusinessimages – S. 22, 44; - / iStockphoto, Petr_Joura – S. 205; - / iStockphoto, shvili – S. 214; - / iStockphoto, stockfour – S. 343; - / iStockphoto, Vladimir Vins – S. 205; - / iStockphoto, visdia – S. 395; - / iStockphoto, wattanaphob – S. 285; - / iStockphoto, Zinkevych – S. 205; - / iStockphoto, Михаил Руденко – S. 274; - / Photodisc, David De Lossy – S. 62; - / Photos.com – S. 323; Horst Haitzinger, München – S. 295; imago images / POP-EYE – S. 195; - / Ralph Peters – S. 272; iStockphoto / alvarez – S. 205, 276, 340; - / beyhanyazar – S. 274; - / FG Trade – S. 214; - / fotostorm – S. 308; - / franckreporter – S. 276 (2); - / izusek – S. 214; - / Juanmonino – S. 205; - / LPETTET – S. 276; - / NadejdaReid – S. 386; - / Leo Patrizi – S. 27; - / SDI Productions – S. 386; - / shapecharge – S. 205; - / Alihan Usullu – S. 274; © Marie Marcks – S. 84; Mauritius Images / Alamy Stock Photo, The History Collection – S. 119; - / United Archives – S. 46 (2); Foto: Photothek – S. 217; picture-alliance – S. 362; - / akg-images, Straube – S. 36; - / AP Photo, Martin Meissner – S. 216; - / APA, picturedesk.com, Jeff Mangione – S. 104; - / brandstaetter images, Sigm.Freud Priv.Stiftung – S. 47; - / dieKLEINERT.de, Kostas Koufogiorgos – S. 351; - / dieKLEINERT.de, Schwarwel – S. 378, 400; - / dpa, Oliver Berg – S. 269; - / dpa, Uli Deck – S. 260; - / dpa DENA – S. 96; - / dpa, dpa-POOL, Swen Pförtner – S. 242; - / dpa, dpa-Zentralbild, Robert Michael – S. 240; - / dpa, dpa-Zentralbild, Hendrik Schmidt – S. 246; - / dpa, Moritz Frankenberg – S. 39; - / dpa, Federico Gambarini – S. 125; - / dpa, Sebastian Christoph Gollnow – S. 31; - / dpa, Rolf Haid – S. 97; - / dpa, Robert Michael – S. 109; - / dpa, Kay Nietfeld – S. 261, 328, 364; - / dpa, Swen Pförtner – S. 242; - / dpa, Revierfoto – S. 380; - / dpa, Fabian Strauch – S. 30; - / dpa, TASS, Anton Dolgunov – S. 240; - / dpa Themendienst, Christin Klose – S. 285; - / dpa Themendienst, Benjamin Nolte – S. 292; - / dpa, Bernd von Jutrczenka – S. 186; - / dpa, Bernd Weissbrod – S. 340; - / dpa, Xie Zhengyi – S. 274; - / dpa, Paul Zinken – S. 249; - / EPA-EFE, GIAN EHRENZELLER – S. 326; - / Eventpress, Eventpress Becher – S. 51; - / Tim Brakemeier – S. 17; - / Robert B. Fishman – S. 359; - / Flashpic, Jens Krick – S. 195; - / Geisler-Fotopress, Christoph Hardt – S. 240, 244; - / Markus C. Hurek – S. 392; - / Rainer Keuenhof – S. 362; - / Markus Mainka – S. 297; - / Frank May – S. 256; - / Jens Niering – S. 380; - / Panama Pictures, Christoph Hardt – S. 252; - / photothek, Michael Gottschalk – S. 93; - / photothek, Janine Schmitz – S. 200; - / POP-EYE, Christian Behring – S. 267; - / REUTERS, Eduardo Munoz – S. 352; - / REUTERS, WOLFGANG RATTAY – S. 247; - / Rohwedder – S. 337; - / Winfried Rothermel – S. 228; - / SZ Photo, Catherine Hess – S. 305; - / United Archives – S. 79; - / ZB, euroluftbild.de, Hans Blossey – S. 227; - / ZB, Karlheinz Schindler – S. 273; - / ZB, Wolfgang Thieme – S. 185; - / ZB, Jan Woitas – S. 71; - / ZUMAPRESS.com, Zakir Hossain Chowdhury – S. 274; Heiko Sakurai, Köln – S. 222; Frank Speth / norddt. Bildhauer und Maler, Quickborn, www.kunstsam.de – S. 144; SPD-Parteivorstand, Berlin – S. 170, 180; STERO / Stefan Roth – S. 42; Klaus Stuttmann, Berlin – S. 112, 164, 194; toonpool.com / Timo Essner – S. 12; - / Kostas Koufogiorgos – S. 254; - / Pfohlmann – S. 224; - / Mirco Tomicek – S. 378; ullstein bild – S. 340; Verlagsgruppe Random House GmbH, München – S. 53.

Operatoren

Hinweise zur Bearbeitung der Aufgaben – Operatorenübersicht für Sozialwissenschaften und Sozialwissenschaften / Wirtschaft

Operatoren, die Leistungen im Anforderungsbereich I (Reproduktion) verlangen:	
aufzählen **nennen** **wiedergeben** **zusammen-fassen**	Kenntnisse (Fachbegriffe, Daten, Fakten, Modelle) und Aussagen in komprimierter Form unkommentiert darstellen
benennen **bezeichnen**	Sachverhalte, Strukturen und Prozesse begrifflich präzise aufführen
beschreiben **darlegen** **darstellen**	Wesentliche Aspekte eines Sachverhaltes im logischen Zusammenhang unter Verwendung der Fachsprache wiedergeben

Operatoren, die Leistungen im Anforderungsbereich II (Reorganisation und Transfer) verlangen:	
analysieren	Materialien oder Sachverhalte kriterienorientiert oder aspektgeleitet erschließen, in systematische Zusammenhänge einordnen und Hintergründe und Beziehungen herausarbeiten
auswerten	Daten oder Einzelergebnisse zu einer abschließenden Gesamtaussage zusammenführen
charakterisieren	Sachverhalte in ihren Eigenarten beschreiben und diese dann unter einem bestimmten Gesichtspunkt zusammenführen
einordnen	Eine Position zuordnen oder einen Sachverhalt in einen Zusammenhang stellen
erklären	Sachverhalte durch Wissen und Einsichten in einen Zusammenhang (Theorie, Modell, Regel, Gesetz, Funktionszusammenhang) einordnen und deuten
erläutern	Wie erklären, aber durch zusätzliche Informationen und Beispiele verdeutlichen
herausarbeiten **ermitteln** **erschließen**	Aus Materialien bestimmte Sachverhalte herausfinden, auch wenn sie nicht explizit genannt werden, und Zusammenhänge zwischen ihnen herstellen
interpretieren	Sinnzusammenhänge aus Materialien erschließen
vergleichen	Sachverhalte gegenüberstellen, um Gemeinsamkeiten, Ähnlichkeiten und Unterschiede herauszufinden
widerlegen	Argumente anführen, dass Daten, eine Behauptung, ein Konzept oder eine Position nicht haltbar sind